T0258500

Contemporánea

Thomas Mann (1875–1955), genial ensayista y narrador alemán, nació en Lübeck (Alemania) en el seno de una familia de la alta burguesía. En 1891, tras la muerte de su padre, se trasladó a Múnich e inició una intensa actividad literaria, sobre todo en revistas, hasta que a los veinticinco años publicó su primera novela, *Los Buddenbrook* (1901), con la que adquirió fama mundial. Sus siguientes obras –«Tonio Kröger» (1903), *Alteza real* (1909) y *La muerte en Venecia* (1912)– reflejaron su intento por aprehender el mundo a través de valores estéticos. En las postrimerías de la Primera Guerra Mundial publicó «Señor y perro» (1918) y *Consideraciones de un apolítico* (1918), obra que causó consternación en los círculos intelectuales al enarbolar la bandera del imperialismo alemán y atizar el odio contra Francia. Sin embargo, los movimientos revolucionarios de la Europa de posguerra lo llevaron a adoptar posiciones socialdemócratas. Reflejo de esta etapa de transición es la novela *La montaña mágica* (1924), obra cumbre de la literatura universal. Más adelante publicó «Mario y el mago» (1929) y tuvo lugar la conferencia «Sufrimientos y grandeza de Richard Wagner» (1933). Desde ese mismo año, su vida consistió en un permanente exilio entre Zúrich y California. Convertido ya en un ferviente defensor de la democracia como ensayista, recurrió en su obra narrativa al mito para tratar los problemas del mundo moderno y defender los principios humanistas ante el peligro de una nueva barbarie. De esa etapa son la tetralogía José y sus Hermanos (1933-1943), *Carlota en Weimar* (1939), *Doctor Faustus* (1947) y *Confesiones del estafador Félix Krull* (1954). Es autor también de un importante *Diario* que refleja su vida y la de su tiempo. En 1929 la Academia Sueca le concedió el Premio Nobel de Literatura.

PREMIO NOBEL DE LITERATURA

Thomas Mann

Doctor Faustus

Traducción de
Eugenio Xammar

DEBOLS!LLO

Papel certificado por el Forest Stewardship Council®

MIXTO
Papel | Apoyando la
silvicultura responsable
FSC
www.fsc.org
FSC® C117695

Penguin
Random House
Grupo Editorial

Título original: *Doktor Faustus. Das Leben des deutschen Tonsetzers Adrian Leverkühn,
erzählt von einem Freunde*

Primera edición: marzo de 2020
Quinta reimpresión: enero de 2024

© 1947, Thomas Mann. Todos los derechos reservados por S. Fischer Verlag GmbH, Frankfurt am Main
Publicado por acuerdo con S. Fischer Verlag GmbH a través de International Editors' Co.
© 2020, Penguin Random House Grupo Editorial, S. A. U.
Travessera de Gràcia, 47-49. 08021 Barcelona
© Eugenio Xammar, por la traducción, cedida por Ediciones Edhasa
Diseño de la cubierta: Penguin Random House Grupo Editorial / Sergi Bautista
Ilustración de la cubierta: © Pep Boatella

Penguin Random House Grupo Editorial apoya la protección del *copyright*.
El *copyright* estimula la creatividad, defiende la diversidad en el ámbito de las ideas
y el conocimiento, promueve la libre expresión y favorece una cultura viva.
Gracias por comprar una edición autorizada de este libro y por respetar las leyes del *copyright*
al no reproducir, escanear ni distribuir ninguna parte de esta obra por ningún medio sin permiso.
Al hacerlo está respaldando a los autores y permitiendo que PRHGE continúe publicando libros
para todos los lectores. Diríjase a CEDRO (Centro Español de Derechos Reprográficos,
http://www.cedro.org) si necesita fotocopiar o escanear algún fragmento de esta obra.

Printed in Spain – Impreso en España

ISBN: 978-84-663-5242-0
Depósito legal: B-461-2020

Compuesto en M. I. Maquetación, S. L.

Impreso en Liberdúplex
Sant Llorenç d'Hortons (Barcelona)

P 3 5 2 4 2 A

I

Aseguro resueltamente que no es en modo alguno por el deseo
de situarme en primer lugar que hago preceder de algunas
palabras sobre mí mismo esta crónica de la vida del difunto
Adrian Leverkühn, esta primera y ciertamente sumaria biografía de un hombre querido, de un músico genial que el destino levantó y hundió con implacable crueldad. Me empuja
a hacerlo únicamente la suposición de que el lector —mejor
diré: el futuro lector, ya que por ahora no existe la más leve
probabilidad de que mi original llegue a ver la luz pública, a
no ser que un milagro permita hacerlo salir de nuestra Europa, fortaleza asediada, para llevar a los de afuera un soplo de
los secretos de nuestra soledad—, únicamente, repito, la suposición de que el lector deseará conocer, aunque sólo fuere
superficialmente, algo sobre el quién y el cómo del que esto
escribe, me impulsa a apuntar, a modo de introducción, algunos datos sobre mi persona —aun temiendo, claro está, que con
ello he de suscitar en el lector la duda de si ha caído en buenas manos, es decir, si en atención a lo que ha sido mi vida
soy el hombre indicado para una tarea hacia la cual me atraen
los impulsos del corazón mucho más que una afinidad cualquiera de temperamento.

Vuelvo a leer las líneas que preceden y no puedo dejar
de observar en ellas cierta inquietud y una respiración difícil, signo evidente ambas del estado de espíritu en que me
encuentro hoy, 27 de mayo de 1943, dos años después de la
muerte de Leverkühn, quiero decir dos años después del día en
que de las profundas tinieblas de su vida descendió a la más

profunda noche, cuando, en Freising del Isar y en la modesta pieza que desde largos años me sirve de cuarto de trabajo, tomo asiento con el propósito de empezar a narrar la vida de mi desdichado amigo que ahora descansa —así sea— en la paz de Dios. Signo de un estado de espíritu, digo, en el que se mezclan del modo más oprimente el deseo impetuoso de contar lo que sé y el temor a las insuficiencias de mi trabajo. Creo poder decir que soy hombre de temperamento moderado, sano, humano, inclinado a la templanza, a la armonía, a la razón, un estudioso, un «conjurado de las legiones latinas» no desprovisto de enlace con las bellas artes (toco la viola de amor), en suma, un hijo de las Musas, según el sentido académico de la expresión, que gusta de considerarse como un descendiente de aquellos humanistas alemanes que se llamaron Reuchlin, Crotus von Dornheim, Mutianus y Eoban Hesse. Sin pretender, ni mucho menos, negar el influjo de lo demoníaco en la vida humana, lo he considerado siempre como extraño a mi ser, lo he eliminado instintivamente de mi panorama universal y nunca he sentido la más ligera inclinación a entrar temerariamente en contacto con las fuerzas infernales, ni mucho menos la de provocarlas con jactancia o de ofrecerles mi dedo meñique cuando han llegado hasta mí sus tentaciones. En aras de ese sentimiento he consentido sacrificios, tanto en el orden ideal como en el del aparente bienestar, y es así como sin vacilación, renuncié un día a mi querida profesión docente sin esperar a que fuera patente la demostración de su incompatibilidad con el espíritu y las exigencias de nuestra evolución histórica. Desde este punto de vista estoy contento de mí. Pero esta resolución, o si se quiere limitación, de mi persona moral, no hace más que reforzar las dudas que abrigo sobre mi idoneidad para la tarea que trato de emprender.

Apenas acababa de poner en movimiento la pluma y ya se le había escapado una palabra que secretamente me dejó sumido en cierta confusión: la palabra «genial». Hice referencia al genio musical de mi difunto amigo. Sin embargo, esta palabra, «genio», aun cuando extremada, es eufónica, noble y sanamente humana, y a hombres como yo, aun cuando privados de entrar por sí mismos en tan elevadas regiones y sin haber jamás pretendido ingresar en la gracia del *divinis influxibus ex alto*, del soplo divino venido de las alturas, nada debiera razonablemente privarles de hablar y tratar de lo genial con un sentimiento de gozosa contemplación y respetuosa confianza. Así parece. Y no obstante, es innegable, y nadie ha pretendido negarlo nunca, que en esa radiante esfera la participación de lo demoníaco y contrario a la razón es inquietante; que existe una relación, generadora de un suave horror, entre ella y el imperio infernal, y que los mismos adjetivos que he tratado de aplicarle, «noble», «humanamente sana», «armónica», no acaban de encajar perfectamente, incluso cuando –he de reconocerlo aunque no sin dolor– se trata de una sublime y genuina genialidad, dada, o impuesta, por Dios, y no de una genialidad adquirida y perecedera, de la consunción pecaminosa y enfermiza de dones naturales, del cumplimiento de un oneroso contrato de enajenación...

Me interrumpe aquí un sentimiento de insuficiencia y de inseguridad artística que me avergüenza. No es probable que el propio Adrian, en una de sus sinfonías, pongo por ejemplo, hubiese indicado semejante tema tan prematuramente; en todo caso, lo hubiese hecho en forma delicadamente oculta, apenas perceptible, y anunciándolo desde lejos. Lo que a mí me decidió a descubrirme podrá parecerle, por otra parte, al lector, una oscura y discutible indicación y a mí mismo como una forma grosera de entrar en materia sin rodeos. Para un hombre como yo es difícil, y en cierto modo casi frívolo, adoptar sobre una cuestión que estima vital y que le quema los dedos el punto de vista del artista compositor y tratarla con la natural ligereza del músico. Así se explica la prisa con que he tratado de establecer una diferencia entre el genio puro y el genio impuro, diferencia que proclamo únicamente para poner en seguida en duda si es, en efecto, auténtica. En verdad, la experiencia me ha obligado a reflexionar sobre este problema con tanto ahínco y tal esfuerzo de penetración, que a veces he tenido la espantosa sensación de sentirme como arrancado del valle natural de mis pensamientos y de sufrir una «impura exaltación» de mis dones naturales...

Me interrumpo de nuevo para recordar que si he dado en hablar del genio y de su naturaleza, como sometida, *en todo caso*, a influencias demoníacas, ello ha sido tan sólo para preguntarme, con desconfianza, si poseía para mi tarea las afinidades necesarias. Diga ahora cada cual, contra los escrúpulos de conciencia, lo que yo mismo no dejo de decir. He tenido ocasión de pasar largos años de mi vida junto a un hombre genial, el héroe de esta narración, de cuya confianza fui depositario. Le conocí desde su niñez, fui testigo de su carrera y de su destino, colaboré modestamente en su obra de creación. Soy autor del libreto de una ópera inspirada en la comedia de Shakespeare *Penas de Amor Perdidas*, obra juvenil, llena de atrevimiento, y asimismo aconsejé a Leverkühn en la preparación de los textos de la *suite* operática grotesca *Gesta romanorum* y del oratorio *Revelación de san Juan Teólogo*. Esto por una parte, o si se quiere por ambas partes. Me encuentro, además, en posesión de papeles, apuntes de inestimable valor, que el desaparecido, en días venturosos, o relativamente venturosos, me legó, por última voluntad, y a mí y a nadie más que a mí, y de los cuales pienso servirme, no sólo como base para mi relación, sino en forma de extractos, debidamente elegidos. Finalmente, y en primer lugar, porque es el más válido de los motivos, si no ante los hombres, cuando menos ante Dios: le quería. Con aversión y con ternura, con compasión y con admiración rendida, sin preguntarme siquiera si mis sentimientos eran en lo más mínimo correspondidos.

Seguro es que no lo fueron. Al legarme los manuscritos de sus composiciones y su diario, lo hizo en términos reveladores de una confianza amistosa y objetiva, podría decir protectora y desde luego para mí honrosa en mi corrección, escrupulosidad y fidelidad a su memoria. Pero, ¿cariño? ¿A quién pudo haber querido ese hombre? Quizás, en tiempos pasados, a una mujer. Puede ser que a un niño, en las postrimerías de su vida. ¿A ese muchacho, ligero y simpático, inexperimentado y siempre dispuesto a servir, a cuya devoción correspondió con un desvío que fue la causa de su muerte? ¿A quién abrió su corazón, a quién permitió jamás que penetrara en su vida? Adrian no era hombre para eso. Su indiferencia era tal, que apenas si se dio cuenta nunca de lo que ocurría en torno suyo, de la sociedad en que se encontraba, y si raramente se dirigía a un interlocutor por su nombre, me da a pensar que era porque las más de las veces lo ignoraba, aun cuando el ignorado tuviera derecho a suponer lo contrario. Me inclino a comparar su soledad con un precipicio, en el cual desaparecían, sin ruido ni rastro, los sentimientos que inspiraba. En torno suyo reinaba la *frialdad* –palabra de que él mismo se sirvió en ocasión monstruosa y que ahora no puedo emplear sin sobrecogerme–. La vida y la experiencia pueden prestar a ciertos vocablos un acento totalmente extraño a su cotidiana significación y coronarlos de un nimbo de espanto que sólo pueden comprender aquellos que hayan descubierto su sentido más aterrador.

II

Me llamo Serenus Zeitblom y soy doctor en filosofía. Soy el primero en criticar el retraso con que presento mi tarjeta de visita, pero, sea como fuere, las exigencias de mi narración no me han permitido hacerlo antes. Tengo 60 años de edad. Nací, el mayor de cuatro hijos, en Kaisersaschern del Saale, distrito de Merseburg, el año del Señor de 1883. Fue también en esta ciudad donde Leverkühn pasó sus años escolares, lo que me permitirá no hablar de ella con mayor detalle hasta el momento en que haya de describir dicha época. Y como la carrera de mi vida va con frecuencia unida a la del Maestro, será conveniente hablar de ambas en relación una con otra, a fin de no caer en inadecuadas anticipaciones, error al que, por otra parte, se siente uno ya de por sí inclinado cuando se trata de dejar que hable un corazón pronto a desbordar.

Me limitaré, por de pronto, a decir que vine al mundo en el ambiente, no muy elevado, de un hogar de clase media y de mediana cultura. Mi padre, Wolgemut Zeitblom, era farmacéutico, y la suya era, por cierto, la farmacia más importante del lugar; había otra botica en Kaisersaschern, pero que nunca gozó de reputación comparable a la suya, colocada bajo la muestra: «Al Mensajero Salvador». Mi familia formaba parte de la reducida comunidad católica de la ciudad, cuyos habitantes eran naturalmente, en su mayoría, de confesión luterana; mi madre, en particular, era devota hija de la Iglesia, estricta cumplidora de sus deberes religiosos. Mi padre, en cambio, debido quizás a sus muchas ocupaciones, no se mostraba tan celoso practicante, sin que por ello pensara en negar la solidaridad que le unía a sus correligionarios, solidaridad espiritual que no estaba, por otra parte, desprovista de cierto alcance político. Es de notar que no sólo nuestro párroco, el reverendo doctor Zwilling, sino también el doctor Carlebach, rabino de la ciudad, frecuentaban (cosa que en un hogar protestante hubiese sido punto menos que inconcebible) el primer piso, donde vivíamos, de la misma casa cuya planta baja ocupaban la botica y el laboratorio. De los dos, el ministro de la Iglesia Romana era el más aventajado físicamente. Pero en mí persiste la impresión, fundada quizás en juicios oídos a mi padre, de que el pequeño talmudista, con su larga barba y su casquete, era muy superior a su hermano en distinta religión, tanto por su saber como por su agudeza teológica. Estas experiencias juveniles, pero también la comprensión con que los hebreos juzgaron siempre la obra de Leverkühn, fueron sin duda causa de que en la cuestión judía y en el trato dado a los judíos no pudiera yo nunca aprobar sin reservas la política del Führer y de sus paladines, hecho que no dejó de influir en mi decisión de renunciar a ejercer el profesorado. Cierto es también que han pasado por mi vida ejemplares de aquella estirpe —me bastará recordar el ejemplo de Breisacher de Munich, hombre consagrado, por inclinación personal, a la erudición y al estudio—, sobre cuya perturbadora y poco simpática influencia me propongo proyectar alguna luz en lugar adecuado.

Por lo que atañe a mis orígenes católicos, claro está que ellos influyeron sobre mi vida interior y contribuyeron a modelarla, pero esta tonalidad de mi vida nunca entró en conflicto con mi concepción humanista del mundo, con mi amor por las que, en pasados tiempos, fueron llamadas «excelsas artes y ciencias». Entre estos dos elementos de mi personalidad la armonía fue siempre completa, cosa que por otra parte no es difícil de lograr cuando, como en mi caso, se ha crecido en el ambiente de una vieja ciudad, cuyos recuerdos y monumentos se sitúan en lejanos tiempos precismáticos, cuando el mundo cristiano vivía unido aún. Verdad es que Kaisersaschern se encuentra en el centro mismo de la cuna de la Reforma, en el corazón del país de Lutero, circundado por esas ciudades que se llaman Eisleben, Wittenberg, Quedlinburg, y también Grimma, Wolfenbüttel y Eisenach —lo que ayuda, por otro lado, a comprender la vida interior de Leverkühn, luterano él, y explica que sus primeros estudios fueran consagrados a la teología—. Pero la Reforma es, para mí, comparable a un puente que no sólo conduce de los tiempos escolásticos a nuestro mundo de librepensamiento, sino que nos lleva también, en sentido inverso, hacia la Edad Media y nos permite, quizá, penetrar más profundamente en ella que una tradición puramente católica, de más amable cultura pero ajena a la división de la Iglesia. Por mi parte, mi hogar espiritual se sitúa precisamente en aquella edad de oro que daba a la Santa Virgen el nombre de *Jovis alma parens*.

Prosiguiendo la narración de lo más esencial de mi vida, he de decir que, por bondadosa decisión de mis padres, frecuenté el liceo del lugar, la misma escuela en que, dos clases más atrás, Adrian cursaba también sus estudios, y que, fundada en la segunda mitad del siglo XV, llevó hasta hace poco el nombre de Escuela de la Hermandad Comunal. Un cierto sentimiento de incomodidad ante ese nombre superhistórico y de sonoridad algo cómica para el oído moderno hizo que fuera cambiado por el de Liceo de San Bonifacio, santo patrón de la vecina iglesia. Cuando, a principios de siglo, salí de aquella escuela me consagré, sin vacilar, a las lenguas clásicas, en cuyo estudio me había ya distinguido hasta cierto punto, y seguí los cursos de las universidades de Giessen, Jena y Leipzig; más tarde, de 1904 a 1906, los de la Universidad de Halle, al propio tiempo, y ello no por casualidad, que Leverkühn estudiaba también allí.

No puedo dejar de referirme, al pasar, y como tantas veces, a la íntima y casi misteriosa relación que existe entre la filología clásica y el sentido vivo y afectivo de la belleza y de la dignidad del hombre como ente de razón —relación que se manifiesta ya en el nombre de Humanidades dado al campo de investigación de las lenguas antiguas y también en el hecho de que la coordinación íntima entre la pasión del lenguaje y las humanas pasiones se opere bajo el signo de la educación y como coronada por él, en virtud de lo cual la misión de formar la juventud se presenta como una consecuencia casi obligada de los estudios filológicos—. El hombre versado en las ciencias naturales podrá ser profesor, pero no será nunca un educador en el sentido y con el alcance que puede serlo el cultivador de las buenas letras. Tampoco el lenguaje de los sonidos (si así puede la música ser llamada), ese lenguaje quizá más profundo, pero maravillosamente inarticulado, me parece formar parte de la esfera humanista y pedagógica, aun sabiendo muy bien que en la pedagogía griega y, de un modo general, en la vida pública de las ciudades de Grecia representó útil papel. A pesar del rigor lógico-moral de que gusta envanecerse, entiendo, al contrario, que la música pertenece a un mundo espiritual del que no quisiera, en las cosas de la razón y de la dignidad humanas, tener que responder incondicionalmente poniendo la mano en el fuego. Si, no obstante, me siento cordialmente atraído hacia ella, será, sin duda, por una de esas contradicciones que, ya sean de lamentar o motivo de satisfacción, son inseparables de la naturaleza humana.

Todo ello al margen del asunto. O quizá no tanto, ya que la cuestión de saber si es posible trazar una frontera definida entre lo que hay de noble y educador en el mundo del espíritu y ese otro mundo espiritual al cual no es posible acercarse sin peligro, pertenece sin duda, y muy decididamente, al asunto de que trato. ¿Qué zona de lo humano, así fuere la más elevada, la más dignamente generosa, puede ser totalmente insensible a la influencia de las fuerzas infernales, más aún, puede renunciar a su fecundante contacto? Este pensamiento, que está en su lugar incluso para aquel cuyo ser nada tenga de demoníaco, no se ha separado nunca de mí desde ciertos momentos vividos durante el viaje de estudios –casi año y medio– que mis buenos padres me permitieron hacer por Grecia e Italia, una vez terminados mis exámenes universitarios. Desde lo alto de la Acrópolis pude contemplar el desfile, por la ruta sagrada, de las doncellas coronadas de azafrán, el nombre de Baco en los labios, y en la región de Euboleo, en el lugar mismo de la iniciación, me encontré un día al borde de las rocas del abismo plutónico. Allí tuve la intuición de la inmensidad de los sentimientos humanos que encuentran su expresión en la contemplación iniciatoria que la Grecia olímpica dedicaba a las divinidades de las tinieblas, y muchas veces, más tarde, hube de explicar desde la cátedra a mis alumnos que la cultura no es otra cosa que la devota y ordenadora, por no decir benéfica, incorporación de lo monstruoso y de lo sombrío en el culto de lo divino.

De regreso de aquel viaje, a los veinticinco años, entré a formar parte del claustro de profesores del liceo de mi ciudad natal, el mismo liceo donde empezara mi formación científica y en el cual, durante varios años, me consagré modestamente a la enseñanza del latín, del griego y de la historia, hasta que en el año 12 de nuestro siglo ingresé en el cuerpo docente de Baviera como profesor del Liceo de Freising y de la Escuela Superior de Teología. Allí he vivido desde entonces y allí encontré, durante más de dos decenios, en la enseñanza de las mismas disciplinas, un campo satisfactorio para mis actividades.

Temprano, poco después de instalarme en Kaisersaschern, contraje matrimonio. A dar ese paso me impulsaron la necesidad de llevar una existencia ordenada y de integrarme a la vida según las normas morales consuetudinarias. Helena Oelhafen, mi digna esposa, ocupada aun hoy de velar sobre el ocaso de mi vida, era la hija de un compañero de profesión que ejercía sus funciones en Zwickau, ciudad del reino de Sajonia, y, aun a riesgo de que el lector se sonría de mí, confesaré que el nombre de la tierna muchacha, Helena, su preciosa sonoridad, no fue el último de los motivos de mi elección. Semejante nombre significa una consagración cuyo puro encanto no queda sin efecto aun cuando la persona que lo lleva sólo corresponda físicamente a lo que significa en modesta medida, y ello aun por tiempo limitado, hasta que se marchita la frescura juvenil. Helena se llamó también nuestra hija, casada desde tiempo con un hombre cabal, apoderado, en la sucursal de Ratisbona, del Banco de Efectos de Baviera. Además de ella, mi mujer querida fue madre de dos hijos. De las alegrías y sinsabores de la paternidad he tenido pues, sin exceso alguno, la parte que humanamente me corresponde. Ninguno de mis hijos, lo reconozco, tuvo nunca nada de excepcional. Ninguno, durante su niñez, podía compararse en hermosura con ese Nepomuk Schneidewein, sobrino de Adrian y, más tarde, la niña de sus ojos. Soy el primero en no pretender tal cosa. Mis dos hijos sirven hoy a su Führer, uno en la vida civil, otro en las fuerzas armadas, y así como mi posición refractaria ante los dictados patrióticos ha creado, de un modo general, un cierto vacío en torno de mi persona, así se han aflojado también los lazos entre esos muchachos y el tranquilo hogar paterno.

III

El nombre de Leverkühn pertenecía a un linaje de acomodados artesanos y labradores, floreciente en el valle del río Saale, parte en la región de Schmalkaldisch, parte en la provincia de Sajonia. La propia familia de Adrian estaba asentada desde varias generaciones en Hof Buchel, finca sita en el pueblo de Oberweiler cerca de la estación de Weissenfels, a la que se llegaba desde Kaisersaschern en tres cuartos de hora de ferrocarril, pero desde cuya estación era preciso mandar un carruaje para quien quisiera trasladarse a Hof Buchel. Era esta finca, por sus dimensiones, de las que, en el lenguaje del país, daban a su propietario el rango de «labrador completo». Cincuenta buenas fanegas de campos y praderas, más parte de un bosque explotado colectivamente y una espaciosa casa de madera y limo con fundaciones de piedra. Con las cuadras y pajares formaba un cuadrilátero abierto, en cuyo centro se elevaba —inolvidable para mí— un viejo y pujante tilo, que un verde banco rodeaba y cuyas hojas, al llegar el mes de junio, se cubrían de olorosas flores. El hermoso árbol no dejaba de ser un estorbo para carros y caballos y se daba, según me contaron, el caso de que el hijo mayor reclamaba siempre del padre, y en vano, la desaparición del árbol, cuya permanencia habría de defender, más tarde, contra su propio hijo.

Cuántas veces no habría de proyectar ese tilo su sombra sobre las travesuras y los juegos del pequeño Adrian, hijo de Jonathan y Elsbeth Leverkühn, venido al mundo en el primer piso de la casa de Hof Buchel con las flores de primavera del año 1885. Su hermano Georg, que hoy debe de ser allí el propietario, había nacido cinco años antes. Su hermana, Ursel, nació otros cinco años después. Entre los amigos y conocidos con que los Leverkühn contaban en Kaisersaschern, mis padres figuraban en primer lugar. Existía de antiguo entre nuestras familias una cordial amistad y así ocurría que, al llegar la buena estación, muchos domingos por la tarde los pasábamos en la finca de nuestros amigos y, venidos de la ciudad, gustábamos allí, con tanto mayor placer, de los dones de la tierra con que la señora Leverkühn nos obsequiaba: el pan moreno y la dulce mantequilla, la dorada miel, las deliciosas fresas con crema, la leche azucarada servida en tazones azules. Durante la primera niñez de Adrian, de Adri como solía ser llamado, vivían aún sus abuelos, retirados en la parte vieja de la casa. La explotación de la finca estaba en manos de los padres de Adrian y sólo a la hora de la cena abría el abuelo su desdentada boca para dar su opinión, siempre escuchada con respeto. De esos dos ancianos, muertos casi al mismo tiempo, sólo conservo un vago recuerdo. Tanto más vivo y preciso es el que dejaron en mí sus hijos, Jonathan y Elsbeth Leverkühn. Su imagen, sin embargo, hubo de transformarse, y durante mis años de mocedad y de vida estudiantil, gracias a esa propiedad que el tiempo posee de correr insensiblemente dejando rastro, pasó poco a poco de la juventud a la madurez fatigada.

Jonathan Leverkühn era un hombre, un alemán, del mejor cuño. Un tipo como ya no se encuentra en nuestras ciudades y menos en parte alguna entre los que hoy, con un descaro que a menudo da congoja, nos defienden y representan contra el mundo. Una persona, física y moral, como forjada en pasados tiempos, cercana a la tierra y transplantada de la Alemania anterior a la Guerra de los Treinta Años. Tal fue la impresión que me hiciera cuando, ya mayor, pude contemplarle con ojos que iban acostumbrándose a ver las cosas. El pelo, rubio ceniciento y algo grifo, caía en mechones sobre la frente, abultada y partida en dos por un marcado surco; cubría, largo y espeso, la nuca y por encima de la oreja, pequeña y bien modelada, iba a poblar, de rubia y rizada barba, parte de las mejillas, el mentón y la cavidad del labio inferior. Éste sobresalía, enérgico y redondeado, bajo el bigote, corto y ligeramente caído, con una sonrisa que, aparejada a sus ojos azules, sonrientes también a pesar de su fijeza y de su mirada algo tímida, resultaba en extremo atractiva. La nariz era delgada y de fina curva, la parte de las mejillas que la barba dejaba al descubierto, enjuta y casi demacrada. Llevaba siempre al desnudo su nervudo cuello y no gustaba de las prendas de vestir corrientes en la ciudad y que tan poco se avenían con su porte, con sus manos sobre todo, esa mano robusta, morena, seca, con ligeras manchas pecosas, sólidamente agarrada al puño del bastón cuando Jonathan iba de camino hacia el pueblo para asistir a la sesión del Ayuntamiento.

En cierto cansancio de la mirada, en cierta sensibilidad de las sienes, un doctor hubiese podido quizá descubrir la propensión a la jaqueca de que, en efecto, sufría Jonathan Leverkühn, aun cuando no en demasía, una vez al mes y no más, y sin que ello le impidiera ocuparse de su trabajo. Gustaba de fumar la pipa, una pipa de porcelana, medianamente larga, con tapa de metal, cuyo aroma, más agradable que el de las colillas apagadas de cigarrillos y cigarrillos, perfumaba las piezas de la planta baja. Antes de acostarse gustaba igualmente de preparar el sueño con un vaso, no pequeño, de cerveza de Merseburg. Las veladas de invierno, mientras lo que había heredado y que era ahora suyo descansaba bajo la nieve, se dedicaba a la lectura, de preferencia a la lectura de una voluminosa Biblia, encuadernada en cuero repujado y provista de cintas, también de cuero, para cerrarla; libro de familia, impreso en el año 1700 en Brunswick, con licencia ducal, y en el que figuraban no sólo las anotaciones marginales y los prólogos espirituales del doctor Martín Lutero sino también los sumarios, *locos parallelos* y versos histórico-morales, explicativos de cada capítulo, por un cierto señor Davin von Schweinitz. Pretendía la leyenda, o mejor dicho una tradición exacta, que este libro había pertenecido a la princesa de Brunswick-Wolfenbüttel, que casó con el hijo de Pedro el Grande, después de lo cual se fingió muerta y mientras tenía lugar su entierro se fugó a la Martinica para contraer allí matrimonio con un francés. No pocas veces Adrian, dotado como estaba de un sediento sentido de lo cómico, se había divertido conmigo comentando esa historia que su padre, levantando la cabeza inclinada sobre el libro, contaba con una profunda blandura en la mirada, después de lo cual, sin sentirse aparentemente molestado por la procedencia, un tanto escandalosa, del volumen, se enfrascaba de nuevo en la lectura de los comentarios poéticos del señor von Schweinitz o de los *Sabios consejos de Salomón a los tiranos.*

Junto a la tendencia espiritual de sus lecturas corría otra, de la cual se hubiese dicho en otros tiempos que pretendía «especular con los elementos». Quiere esto decir que, en modesta medida y con modestos medios, Jonathan se consagraba a las ciencias, a los estudios biológicos y aun físico-químicos, para lo cual contaba con la ayuda ocasional de mi padre, siempre dispuesto a facilitarle productos de su laboratorio. Si estos trabajos los definía yo con palabras ya olvidadas y no exentas de reproche, ello era a causa de ciertos elementos místicos, fáciles de descubrir y que hubiesen motivado, siglos atrás, la sospecha de brujería. Quiero añadir, por otra parte, que la desconfianza con que una época religiosa y espiritualista recibió la naciente pasión que llevaba a investigar los secretos de la naturaleza me ha parecido siempre comprensible. Sin perjuicio de la contradicción que pueda residir en el hecho de considerar moralmente condenables la naturaleza y la vida, creaciones de Dios, el temor de la divinidad tenía por fuerza que estimar dichas investigaciones como libertinas complacencias con lo prohibido. La naturaleza está demasiado llena de manifestaciones humillantes por lo que en ellas hay de brujería, de caprichos de doble sentido, de extrañas e inciertas alusiones, para que el trato con ellas no apareciera como un exceso peligroso a los ojos de una ortodoxia rígida y disciplinada.

Cuando, caída la noche, el padre de Adrian abría uno de sus libros, ilustrados en color, sobre la fauna y la flora de tierras y mares exóticos, era frecuente que sus hijos y yo, también a veces la señora Leverkühn, tratáramos de echar, por encima del respaldo de su silla de cuero, una ojeada sobre aquellas páginas. Con su índice, Jonathan llamaba nuestra atención sobre las maravillas y excentricidades allí reproducidas: mariposas y morfos de los trópicos, decorados con todos los colores de la paleta y modelados con el más exquisito gusto como por mano de artífice —insectos de fantástica, inenarrable belleza, depositarios de una vida efímera, algunos de ellos considerados por los indígenas como espíritus malignos, portadores de la fiebre—. El más hermoso de los colores que esos animales ostentan, un azul celeste de ensueño, no es en verdad, nos explicaba Jonathan, un color auténtico y verdadero, sino el resultado óptico de una serie de rugosidades en las membranas de las alas que, al quebrar artificialmente los rayos luminosos, eliminándolos en su mayor parte, sólo permite que llegue a nuestros ojos la brillante luz azul.

Me parece estar aún oyendo a la señora Leverkühn decir:

—¿Entonces todo esto es engaño?

—¿Llamarás engaño el azul del cielo? —le replicaba su marido, echando el cuerpo atrás y mirándola fijamente—. Y no creo que puedas darme el nombre de la materia colorante con que está hecho.

En verdad que mientras escribo creo estar aún allí, con la señora Elsbeth, Georg y Adrian, detrás de la silla del padre, que, con su índice, nos conducía a través de esta historia. Figuraban reproducidas en el libro una serie de mariposas cuyas alas, completamente desprovistas de escamas, parecían como de cristal y dejaban perceptible la red oscura de su sistema venoso. Estas mariposas, de transparente desnudez y amigas de las obras crepusculares, llevaban el nombre de Hetaera Esmeralda. Una sola mancha, violácea o rosada, tenía la Hetaera en sus alas y, en su vuelo, parecía un pétalo suavemente agitado por el aire. Otra de las mariposas ofrecía la particularidad de que sus alas, de tres colores distintos en su parte de arriba, eran, por debajo, la imitación perfecta de una hoja, no sólo por su forma y estructura nerviosa, sino por una serie de irregularidades, gotas de agua ficticias y hongosidades verrugosas, lo que le permitía, al posarse con las alas plegadas, confundirse astuciosamente con el medio y ello de modo tan completo que el más codicioso enemigo no podría descubrirla.

Jonathan trataba, y no en vano, de comunicarnos su emoción ante esos refinamientos imitativos. «¿Cómo se las arregla el animal? —solía preguntarnos—. ¿Y cómo se las arregla la naturaleza para servirse así del animal? No es por observación ni por cálculo que el insecto puede llegar a tales resultados. La naturaleza, sin duda, tiene un conocimiento perfecto de la hoja, conocimiento que alcanza hasta sus mismas imperfecciones y cotidianas desfiguraciones y, por caprichosa amabilidad, reproduce su aspecto externo en otro lugar, debajo de las alas de la mariposa y para confundir así a otras de sus criaturas. Y aun cuando puede convenir a la mariposa asemejarse totalmente a una hoja —¿dónde está la conveniencia, vistas las cosas por sus hambrientos perseguidores, reptil, pájaro o araña, a los cuales está destinada como presa, y que no pueden descubrirla por mucho que agucen la mirada? Os lo pregunto a fin de que no me lo preguntéis.»

Pero si este lepidóptero podía hacerse invisible para protegerse, bastaba con hojear el libro un poco más allá para encontrar otros que conseguían el mismo objeto haciéndose visibles del modo más ostentoso, por no decir provocativo. No solamente eran de gran tamaño, sino también de una excepcional riqueza de dibujos y colores, y Leverkühn tenía cuidado de explicar que esas mariposas desplegaban en su vuelo un ropaje aparentemente escandaloso, no con decoro, sino más bien con cierta melancolía, sin ocultarse jamás y sin que nunca otro animal cualquiera, simio, pájaro o reptil, se dignara siquiera echarles una mirada. ¿Por qué? Porque eran repulsivas y así lo daban a entender con su extravagante hermosura, unida a la lentitud de su vuelo. Sus jugos eran de gusto y olor tan nauseabundos que, cuando por azar se producía una confusión o un error, el agresor que creía recrearse con un exquisito bocado no tardaba en abandonar la presa con visibles signos de asco. Pero su incomestibilidad es universalmente conocida y esto hace que se sientan seguras —con triste seguridad—. Por lo menos los que nos encontrábamos detrás de la silla de Jonathan no podíamos dejar de preguntarnos si esta seguridad no tenía algo de humillante y nada, desde luego, que fuera motivo de regocijo. El caso tenía una consecuencia imprevista. Otras variedades de mariposas se adornaban astuciosamente con los mismos colores y ello les permitía, a pesar de ser perfectamente comestibles, poder lanzarse con seguridad a lentos vuelos sin peligro.

El regocijo de Adrian, que ante tales cosas se partía materialmente de risa, era contagioso, y yo mismo me reía de buena gana. Pero el papá Leverkühn, para quien eran merecedoras de la más respetuosa devoción, nos llamaba al orden. Respetuosa era también la devoción con que contemplaba, empleando su gran lupa cuadrada, de la cual nos permitía asimismo servirnos, los signos indescifrables grabados en la venera de ciertos mariscos. La contemplación de esas criaturas, pechinas y caracoles de mar, no estaba falta de interés, sobre todo cuando Jonathan cuidaba de dar la explicación de los grabados. Que todas esas construcciones, sus bóvedas y sus contornos, ejecutados con un sentimiento de la forma tan atrevido y tan delicado a la vez, con sus entradas color de rosa y sus irisaciones de porcelana, fueran obra exclusiva de sus gelatinosos moradores podía parecer sorprendente. Por lo menos si se acepta la idea de que la naturaleza se crea a sí misma, sin recurrir a la ayuda del Creador, a quien es dado imaginar como un artífice de ilimitada fantasía, como el orgulloso inventor de las artes de la alfarería y del vidrio. A menos que todo ello –nunca fue mayor la tentación de suponerlo así– no sea obra de un intermediario demiurgo. Lo repito: que tan peregrinas moradas fueran creación de las blandas criaturas que en ellas encontraban refugio era algo que el pensamiento sólo aceptaba con dificultad.

Jonathan solía decirnos:

–Fácilmente podéis daros cuenta, al palpar vuestro codo o vuestro costado, que hay en vuestro interior un armazón rígido, un esqueleto que da consistencia a vuestra carne y a vuestros músculos y que lleváis con vosotros de una parte a otra, aun cuando sería más justo decir que sois llevados por él. Aquí ocurre lo contrario. Esos animales han proyectado hacia el exterior la parte rígida de sus cuerpos. No es un armazón, es una casa, y en el hecho de que se trata de algo externo y no interno reside seguramente el secreto de su belleza.

Adrian y yo, muchachos todavía, sonreíamos a medias como sin saber por qué ante ciertas observaciones del padre, como ésta que acababa de hacer sobre la vanidad de lo visible.

Esa estética externa era a veces maligna. Ciertos caracoles, de una asimetría en extremo interesante, de color rosa pálido o castaño de miel con blancas manchas, eran tristemente célebres por su mordedura venenosa. Y el dueño de Buchelhof nos hacía notar que una fantástica ambigüedad y cierta mala fama eran inseparables de esta maravillosa sección del mundo vivo. La diversidad de los usos a que eran aplicadas esas magníficas veneras era expresivo de una curiosa ambivalencia. Eran, en la Edad Media, elemento indispensable en los antros de las brujas y en los laboratorios de los alquimistas, recipiente preferido para administrar pociones venenosas y filtros de amor. Por otra parte, y al propio tiempo, la Iglesia los empleaba en la decoración de sagrarios e incluso como cálices. Los contactos son aquí múltiples y complejos: veneno y hermosura, hermosura y magia, magia y liturgia. Si nosotros no hubiésemos pensado en ello, de sobra los comentarios de Jonathan nos lo habrían dado a comprender.

El dibujo que más preocupaba a Jonathan se encontraba, grabado en rojo oscuro, sobre el fondo blanco de la concha de un molusco de Nueva Caledonia, de mediano tamaño. Los caracteres, como trazados con pincel, formaban un ornamento lineal en las proximidades del borde, pero en la mayor parte de la abovedada superficie ofrecían la cuidadosa complicación que es propia de ciertos signos alfabéticos, y me recordaban, con acusada semejanza, los perfiles del viejo alfabeto arameo. Para complacer a su amigo, mi padre le llevaba a veces libros de arqueología de la relativamente bien provista Biblioteca Municipal de Kaisersaschern, con ayuda de los cuales ciertas investigaciones y comparaciones resultaban posibles. Unas y otras no daban naturalmente ningún resultado, tan confusas y contradictorias eran las conclusiones que de ellas podían sacarse. Jonathan lo reconocía, así, no sin cierta melancolía, al mostrarnos el misterioso grabado. «Ha quedado demostrada —nos decía— la imposibilidad de descubrir el sentido de estos signos. Así es por desgracia, hijos míos. Escapan estos signos a nuestra comprensión y así será para siempre, por muy sensible que ello sea. Digo que "escapan" para indicar que "no se revelan" y nada más. Nadie me hará creer, en efecto, que estos signos, de los cuales no poseemos la clave, los ha grabado la naturaleza en esta venera con un propósito exclusivamente ornamental. Signo y significado han seguido siempre una marcha paralela, y los viejos manuscritos eran, a la vez, obras de arte y medios de comunicación. Que nadie me diga que esos signos no contienen un mensaje. Si a él nos está vedado el acceso, el placer de recrearse en esta contradicción tiene también su encanto.»

¿Cómo no se le ocurría a Jonathan pensar que si, en efecto, se hubiese tratado de un alfabeto misterioso, ello había significado que la naturaleza disponía de una lengua propia, nacida de su seno? De otro modo, ¿cuál de las lenguas de humana invención hubiese debido elegir para expresarse? Ya entonces, en mi mocedad, me daba clara cuenta de que la naturaleza extrahumana es analfabeta por esencia, y era por consiguiente muy viva la desconfianza que me inspiraba.

Leverkühn padre era, sin duda, un especulador y un adivino, y ya he tenido ocasión de decir que su tendencia a la investigación —si tal palabra puede emplearse para designar lo que en realidad no era otra cosa que soñadora contemplación— se inclinaba siempre hacia una orientación intuitiva, semimística, inseparable por otra parte, me parece a mí, del pensamiento humano cuando éste se siente atraído por las cosas de la Naturaleza. Ya de por sí, la atrevida empresa de investigar lo natural, de suscitar sus fenómenos, de «tentar» la naturaleza con experimentos que ponen al descubierto sus modos de hacer —todo esto era, en tiempos pretéritos, considerado como cosa de hechicería y obra misma del «Tentador». Creencia respetable, a mi entender. Quisiera saber, en efecto, con qué ojos hubiese sido visto en aquellos tiempos ese hombre de Wittenberg que, según nos contaba Jonathan, había imaginado, ciento y pico de años antes, el experimento de la música visual, experimento del que a menudo nos fue dado ser testigos. Entre los contados aparatos de física que poseía el padre de Adrian, figuraba una plancha redonda de vidrio, sostenida por una sola espiga en el centro, que permitía presentar esta maravilla. Sobre la plancha se esparcía una arenilla finísima y con un viejo arco de violoncelo pasado por su borde, de arriba abajo, se producían en ella vibraciones que a su vez repercutían en la arenilla y formaban con ella una sorprendente sucesión de precisas figuras y rebuscados arabescos. Esa acústica facial en la que atractivamente se combinaban la claridad y el misterio, lo fatal y lo maravilloso, era grata a nuestra pueril sensibilidad y con frecuencia pedíamos una nueva demostración, sobre todo porque sabíamos el placer que con ello íbamos a causar al experimentador.

Análogo placer encontraba Jonathan en la larga contemplación de las cristalinas floraciones que el hielo, llegado el invierno, formaba en los cristales de las exiguas ventanas de Buchelhof. Su estructura le preocupaba y, a ojo desnudo o con la lupa, no cesaba de interrogarla. La cosa no hubiese tenido para él mayor importancia si las cristalizaciones hubiesen sido siempre, como lo eran en muchos casos, figuras simétricas, regulares, rígidamente geométricas. Lo que provocaba en él prolongados movimientos de cabeza en los que se mezclaban la desaprobación y la admiración, lo que no se resignaba a admitir era el travieso descaro con que el hielo coqueteaba con lo orgánico, imitando las formas del mundo vegetal, representando, con peregrina hermosura, helechos, hierbas, cálices y estrellas florales. Su pregunta era: esas fantasmagorías, ¿son imitaciones o prefiguraciones del mundo vegetal? Y él mismo cuidaba de contestar que ni lo uno ni lo otro. Eran formaciones paralelas. Soñadora y creadora, la naturaleza tuvo idéntico sueño aquí y allá y si de imitación hablamos será únicamente para reconocer que se trata de una imitación recíproca. ¿Hay que presentar las flores como modelos porque poseen una orgánica profundidad real, mientras que las cristalizaciones no son más que apariencia? Su presencia, sin embargo, es el resultado de combinaciones materiales no menos complicadas que las que provocan la aparición de las plantas. Si no comprendía yo mal las palabras de nuestro huésped, lo que le preocupaba era la unidad de la naturaleza viva y de la que podríamos llamar naturaleza inerte, el pensamiento de que somos injustos con esta última cuando trazamos entre ambas una línea divisoria demasiado rígida. En realidad las fronteras son indecisas y no existe propiedad vital alguna exclusivamente reservada a los seres vivos que el biólogo no pueda también estudiar en los modelos inertes.

La «gota voraz», a la cual Jonathan Leverkühn dio más de una vez su pitanza ante nuestros ojos, nos reveló en forma desconcertante hasta qué punto los tres reinos de la naturaleza comunican unos con otros. Una gota, sea de lo que fuere, de parafina o de aceite etéreo —me parece recordar que la gota en cuestión era de cloroformo—, una gota, repito, no es un animal, ni siquiera en su forma más primitiva. No es ni siquiera una larva. Nadie le supone el apetito de alimentarse, la capacidad de absorber lo que conviene y de rechazar lo que podría serle dañino. Pero la gota en cuestión era capaz de todas estas cosas. Flotaba aislada en un vaso de agua, donde Jonathan la había depositado con una jeringuilla antes de entregarse al experimento siguiente. Tomaba una diminuta baqueta o más exactamente un hilo de vidrio, previamente cubierto de barniz y, sirviéndose de unas pinzas, lo colocaba a proximidad de la gota. No hacía nada más. De hacer lo restante se encargaba la gota. Empezaba por proyectar en su superficie una ligera protuberancia, una especie de tubo receptor a través del cual absorbía la varilla en sentido longitudinal. Al propio tiempo la gota también se alargaba, adquiría forma de pera, de modo que pudiera encerrar dentro de sí la varilla en su totalidad. Entonces empezaba la gota —doy de ello mi palabra— a engullir el barniz de que la varilla de cristal estaba pintada e iba, poco a poco, repartiéndolo en su cuerpo que, a la vez, adquiría primero una forma ovalada y finalmente su forma redonda original. Terminada la operación, la gota empujaba de lado la baqueta, ya completamente limpia, hacia su periferia y acababa depositándola de nuevo en el agua del vaso.

No puedo pretender que todo ello me agradara con exceso, pero confieso que me impresionaba, y lo mismo le ocurría a Adrian, aun cuando fuera grande, como siempre en estos casos, su tentación a la risa, que refrenaba únicamente por respeto a la seriedad del padre. Pero si la «gota voraz» podía tener algo de burlesco, no era posible decir otro tanto de ciertos productos naturales que de modo extraño había conseguido cultivar Jonathan y que eran asimismo ofrecidos a nuestra contemplación. Nunca olvidaré aquel cuadro. El recipiente de cristalización que le servía de marco estaba lleno en sus tres cuartas partes de un líquido viscoso, obtenido con la disolución de salicilato de potasa, y de su fondo arenoso surgía un grotesco paisaje de excrecencias de diverso color, una confusa vegetación, azul, verde y parda, de brotaciones que hacían pensar en algas, hongos, pólipos inmóviles, y también en musgos, en moluscos, en mazorcas, en arbolillos y ramas de arbolillos, a veces en masas de miembros humanos. La cosa más curiosa que me hubiese sido dado hasta entonces contemplar. Curiosa no sólo por su extraño y desconcertante aspecto sino por su naturaleza profundamente melancólica. Y cuando papá Leverkühn nos preguntaba qué nos parecía que pudiera ser aquello y nosotros le contestábamos, tímidamente, que bien pudieran ser plantas, él replicaba: «No, no son. Hacen tan sólo como si lo fueran. Pero no por ello merecen menos consideración. Su esfuerzo de imitación es digno de ser admirado por todos conceptos».

En verdad, esas excrecencias eran de origen absolutamente inorgánico, formadas con materias procedentes de la botica Al Mensajero Salvador. Con la arena colocada en el fondo del recipiente Jonathan, antes de echar en él la solución de salicilato de potasa, había mezclado diversos cristales, y de esa semilla, en virtud de un proceso físico al que se da el nombre de «presión osmótica», había surgido la lamentable creación hacia la cual su celoso guardián quería atraer nuestra simpatía. A este fin Jonathan nos mostraba cómo esos tristes imitadores de la vida estaban sedientos de luz. Eran, dicho en lenguaje científico, «heliotrópicos». Jonathan exponía el acuario a la luz del sol, por una sola de sus cuatro caras, dejando las otras tres en la sombra, y al poco tiempo todo aquel mundo inquietante de hongos, pólipos, algas, arbolillos y masas de miembros mal formados se inclinaba hacia la pared por donde entraba la luz, y ello con tal deseo de calor y de goce que acababan por quedar pegados al cristal.

—Y sin embargo carecen de vida —decía Jonathan con los ojos húmedos de emoción, mientras Adrian, sin podérmelo ocultar, se convulsionaba tratando de reprimir la risa.

Por mi parte dejo que cada cual decida si tales cosas son motivo de risa o de lágrimas. Una sola cosa digo: esas alucinaciones son cosa exclusiva de la naturaleza, y más especialmente de la naturaleza cuando el hombre trata de tentarla. En el sereno reino de las humanidades no hay lugar para tales fantasmagorías.

IV

Habiéndose alargado el capítulo anterior más de la cuenta, hago bien en abrir otro nuevo para consagrar algunas palabras de homenaje a la figura de la dueña de Buchelhof, la madre querida de Adrian. La gratitud que siente uno siempre por los tiempos de su niñez, y los buenos bocados con que nos colmaba, podrán favorecer este retrato, pero no vacilo de todos modos en afirmar que no he encontrado en mi vida mujer de mayor atractivo que Elsbeth Leverkühn, y al hablar de la sencillez de su persona, totalmente desprovista de pretensiones intelectuales, lo hago con la veneración que infunde en mí el convencimiento de que el genio del hijo procedía en buena parte de la sana vitalidad de esa madre.

Si el contemplar la hermosa cabeza, típicamente germánica, del marido era para mí motivo de complacencia, no era menor el agrado con que mis ojos se fijaban en la figura de la esposa, agradable por todos conceptos, muy original y a la vez de justas proporciones. Nacida en la comarca de Apolda, era de tipo moreno, como se encuentra a veces en el campo alemán, sin que su genealogía conocida permitiera suponer sangre romana en sus ascendientes. Su tez y su pelo oscuros, sus ojos, su mirada serena y amable, le hubiesen permitido pasar por francesa, de no haber sido por cierta dureza germánica de los rasgos fisonómicos. La cara era breve y ovalada, el mentón más bien puntiagudo, la nariz irregular y de perfil ligeramente aguileño, la boca normal. Las orejas, hasta la mitad cubiertas por el pelo, que, partido por una raya central y muy tendido, dejaba al descubierto sobre la frente la blancura del cuero cabelludo e iba plateándose a medida que yo crecía. No siempre, y por lo tanto no con intención, flotaban dos mechones, graciosamente, ante las orejas. La trenza, muy gruesa todavía en los tiempos de nuestra niñez, formaba, en la parte trasera de la cabeza, un moño a la moda campesina, adornado los días de fiesta con una cinta de color.

Por el modo de vestir de la ciudad sentía tan poca afición como su marido. No le sentaban los atavíos de gran dama, pero sí, en gran modo, el traje popular tradicional, la falda ajustada y el corpiño festoneado, cuyo escote rectangular, dejando al descubierto el cuello algo abultado y la parte alta del busto, se adornaba con una sencilla joya de oro. Las manos de piel oscura, acostumbradas al trabajo, ni toscas ni cuidadas con exceso, con la alianza en el anular derecho, tenían algo, diría yo, de humanamente cabal y certero, que daba gusto contemplar, y lo mismo cabe decir de los pies, ni grandes ni pequeños, de paso franco y seguro, calzados siempre con cómodos zapatos de bajos tacones y medias de lana, verdes o grises, que dejaban adivinar el bien moldeado tobillo. Todo ello era agradable. Pero el mayor de sus encantos era la voz, por el tono de mediosoprano, aterciopelada, y al hablar, con ligero acento turingino, extraordinariamente atractiva. No digo acariciadora porque eso supondría intención y propósito. Esta gracia vocal procedía de una musicalidad interior que, por otra parte, no pasaba del estado latente. Elsbeth, en verdad, no se ocupaba de música, no era cosa a la que consagrara atención. Dábase el caso, muy de tarde en tarde, de que ensayara arrancar algunos acordes a la vieja guitarra que era uno de los adornos del salón y de que, con ella, se acompañara tal o cual estrofa suelta de una canción cualquiera. Pero nunca trató de cantar en serio, a pesar de que su voz, de ello estoy seguro, era apropiada como pocas para el canto.

Cierto es, en todo caso, que nunca oí hablar de más graciosa manera, a pesar de que las cosas que decía no podían ser más sencillas y directas. Y según mi sentir, algo significa que esa música instintiva y natural hubiese sonado desde un principio, con maternales acentos, en los oídos de Adrian. El hecho contribuye a explicar, para mí, el increíble sentido de la sonoridad que se manifiesta en sus obras, aun cuando preciso es reconocer que su hermano Georg gozó del mismo privilegio sin que ello ejerciera la menor influencia sobre el curso de su vida. Georg tenía, por otra parte, mayor parecido con su padre. El físico de Adrian, en cambio, era de origen materno, aun cuando él, y no su hermano, heredó del padre la propensión al dolor de cabeza. Pero tanto el conjunto como muchos detalles –la tez morena, los ojos, el perfil de la boca y de la barbilla– venían de la madre, y ello se echó de ver sobre todo mientras anduvo afeitado, es decir, antes de que, en años tardíos, se dejara crecer una barba que cambió extrañamente su aspecto. El azabache de los ojos maternos y el azul de los del padre se mezclaban en sus pupilas, que eran de un indefinido color azul-verde-gris, con un cerco pardo rojizo, y nunca me cupo la menor duda de que esta oposición entre los ojos de sus padres, resuelta en el color de los suyos propios, era la causa de un estado ambiguo que nunca le permitió decidir cuál era su color preferido en los ojos de los demás. Se sentía alternativamente atraído por los extremos, el brillo del alquitrán entre las cejas, o el azul celeste.

Grande y benéfica era la influencia de la señora Elsbeth sobre el personal de Buchelhof, poco numeroso en tiempos normales pero al que se añadían otras gentes, venidas de los lugares vecinos, cuando llegaba el tiempo de la cosecha. Su autoridad, si no ando equivocado, era mayor que la de su marido. Recuerdo todavía las figuras de algunos criados. Thomas cuidaba de los caballos y era quien nos iba a buscar o llevaba a la estación de Weissenfels. Era tuerto, huesudo, alto y, sin embargo, con una joroba a la altura de los hombros sobre la cual cabalgaba a menudo el pequeño Adrian, a quien años más tarde, ya convertido en gran maestro, le oí a menudo elogiar la comodidad de aquel asiento. Me acuerdo también de Hanne, criada de servicio en los corrales, con sus pechos vacilantes y pies descalzos, siempre sucios, con la cual Adrian, por motivos particulares que se precisarán, tenía una particular amistad, y de la señora Luder, encargada de la lechería, una viuda cuya dignidad de expresión venía en gran parte de su talento para fabricar exquisitos quesos con comino y de la alta idea de sí misma que ello le daba. Ella era quien, en ausencia de la dueña de la casa, se ocupaba de nuestra merienda y en el mismo corral, cálida y agradable morada, hacía que la criada ordeñara directamente, de la ubre a nuestros vasos, la leche tibia, espumosa y perfumada de animal perfume.

No me perdería en recuerdos de estos tiempos de mi niñez, ciertamente, y del paisaje que les servía de marco, campos y bosques, estanques y colinas, si no se tratara del ambiente en que transcurrió la infancia de Adrian, en que pasaron los primeros diez años de su vida, su casa paterna y su paisaje nativo que tantas veces fueron comunes a él y a mí. Eran los tiempos en que echó raíces nuestro tuteo, en que él me llamaba, seguramente, por mi nombre de pila —he perdido de ello el recuerdo—, pero no puedo imaginar que a los seis u ocho años no me llamara él a mí «Serenus» o «Seren» como yo a él «Adri». No puedo decir fijamente la fecha, pero debió de ser en los primeros años de escuela cuando cesó de hacerlo y empezó a llamarme, y esto sólo raras veces, por mi apellido, cosa que a mí me hubiese sido imposible. Así fue —y me duele dar a entender que lo lamento—. Me ha parecido tan sólo que valía la pena de hacer notar que yo le llamaba Adrian, mientras él, cuando no evitaba mi nombre, me llamaba Zeitblom. Dejemos de lado ese hecho curioso, al que me acostumbré por completo, y volvamos a Buchelhof.

Su amigo, y amigo mío, a la vez, era *Suso*, el perro guardián, un sabueso de pelo algo raído, que solía reírse a boca abierta cuando le llevaban la pitanza pero que no era del todo inofensivo para los extraños. Llevaba *Suso* la vida propia del perro que permanece durante el día encadenado a su garita y sólo de noche puede correr libremente de una parte a otra. Juntos íbamos, Adrian y yo, a contemplar la sucia promiscuidad del corral de cerdos, presentes en nuestra imaginación ciertas historias de criadas, según las cuales esos cochinos de ojos azules, rubias cejas y piel de color semejante a la del hombre, son capaces, en ciertos casos, de comerse crudos a los niños de corta edad; tratábamos de imitar sus gruñidos y nos deteníamos a observar cómo la rosada prole se agarraba a los pezones de la marrana. Juntos nos divertíamos ante el digno espectáculo, interrumpido por accesos de histeria que ofrecían las gallinas detrás de las alambradas de su corral, y hacíamos de vez en cuando prudentes visitas a las colmenas situadas detrás de la casa, escarmentados como estábamos por el dolor de algunas picadas que en la nariz nos dieran abejas equivocadas de rumbo.

Recuerdo las grosellas del huerto, que tragábamos a racimos, la acedera del prado, que gustábamos de probar, ciertas flores de las cuales sabíamos chupar unas gotas de néctar, las bellotas que comíamos tendidos de espaldas en el bosque, las moras color de púrpura, tan abundantes en los senderos de Buchelhof y con cuyo jugo apagábamos nuestra sed. Éramos niños y el recuerdo de esa niñez me conmueve, no por efecto de mi propia sensibilidad, sino por causa suya, al pensar en su destino, en su ascensión desde el valle de la inocencia a cimas inaccesibles, por no decir aterradoras. Su vida fue la de un artista y porque a mí, hombre modesto, me fue dado observarla tan de cerca, todos los sentimientos que en mi alma pueden despertar la vida y la suerte de los hombres giran en torno de esa forma particular de la humana existencia. En virtud de mi amistad con Adrian, el artista se me presenta como el paradigma de cuanto se relaciona con el destino humano, como el instrumento clásico para comprender lo que llamamos curso de la vida, evolución, predestinación. Y es posible que sea así, en efecto. Porque aun cuando el artista, durante toda su vida, permanezca más cerca de su niñez, o si se quiere más fiel a ella que el hombre especializado en las cosas de la realidad práctica; aun cuando pueda decirse que, al revés de este último, el artista se instala permanentemente en el estado de ensueño y de juego, puramente humano, que es propio de la infancia, es su camino, desde los años de inocencia hasta las más tardías, imprevisibles fases de su evolución, mucho más largo, aventurado y emocionante que la carrera del hombre aburguesado, para el cual la idea de que él también fue niño un día no es, ni de lejos, tan triste y desconsoladora.

Ruego encarecidamente al lector que cuanto antecede, escrito con emoción, lo ponga en mi cuenta exclusivamente y no crea un solo instante que con ello he querido interpretar modos y sentimientos de Adrian Leverkühn. Soy un hombre chapado a la antigua, invariablemente adicto a ciertas concepciones románticas que me son caras y entre las cuales figura la oposición entre lo artístico y lo aburguesado. Una afirmación como la que acabo de hacer, Adrian la hubiese contradicho con frialdad, en el supuesto de estimar que valía la pena contradecirla. Sus opiniones sobre arte y artistas eran de una extremada sobriedad, sus reacciones al respecto eran casi negativas, y a tal extremo le repugnaban las «baratijas románticas» con que el mundo adornó durante largo tiempo estos conceptos, que las mismas palabras «arte» y «artistas» eran ingratas a su oído y así lo daba a entender cuando alguien las pronunciaba en su presencia. Lo mismo sucedía con la palabra «inspiración», que había que evitar al hablar con él y sustituirla por «ocurrencia» o «antojo». Odiaba y menospreciaba esa palabra, y al recordar ese odio y ese menosprecio no puedo reprimir el ademán de levantar mi mano del papel para cubrirme con ella los ojos. Había en aquel odio un tormento dema-

siado visible para que pudiera ser tan sólo el resultado impersonal de los cambios de espíritu que trae consigo el cambio de
los tiempos. Estos cambios ejercían también su efecto, de todos
modos, y recuerdo que, siendo todavía estudiantes, me hizo
observar un día Adrian que el siglo diecinueve debió de ser
una época sumamente amable, pues de otro modo no se explicaría que a la generación actual le fuese más penoso que a ninguna otra en la historia de la Humanidad el tener que renunciar a los hábitos de las generaciones que la precedieron.

A diez minutos de la casa se encontraba el estanque, rodeado de sauces, al cual hice ya fugaz referencia. Era de forma
oblonga y las vacas iban a beber allí. Su agua, no sé por qué,
era excesivamente fría y sólo se nos permitía bañarnos en verano al atardecer, después de muchas horas de sol. La próxima
colina era frecuente y agradable pretexto para un paseo de
media hora. La cima llevaba desde tiempo inmemorial el ina-
decuado nombre de Monte Sión y en invierno –época en que
mis visitas eran poco frecuentes– ofrecía un excelente terreno para el trineo de montaña. Coronada de arces y con un
banco que invitaba a sentarse y a descansar, era en verano
un agradable lugar al cual la familia Leverkühn, y yo con ella,
iba con frecuencia de excursión antes de la cena.

Me veo ahora obligado a hacer una observación. La casa
y el paisaje que fueron más tarde marco de la vida de Adrian
cuando, ya hombre hecho, se instaló con carácter permanente en Pfeiffering cerca de Waldshut, lugares de los Alpes Bávaros, y en la casa de la familia Schweigestill, se encontraban en
la más curiosa relación de semejanza con los que fueron marco de su infancia. Dicho de otro modo, la residencia de sus
años de madurez era una extraña repetición del lugar donde
transcurrieron su niñez y sus años mozos. No tan sólo había
en los alrededores de Pfeiffering (o Pfeffering, la ortografía
del nombre es dudosa) una colina con un banco, debido como
el otro a la munificencia del Ayuntamiento, aun cuando el

nombre de la colina era distinto. No tan sólo había a igual distancia de la casa un estanque cuya agua era asimismo muy fría. La casa, el patio y las circunstancias de familia correspondían exactamente con los de Buchelhof. En el patio había también un árbol, que estorbaba también un poco pero que era conservado por razones sentimentales. Era un olmo en lugar de un tilo. Es preciso conceder, asimismo, ciertas diferencias de construcción entre la casa paterna de Adrian y la de la familia Schweigestill. Esta última era un antiguo monasterio, con espesos muros, ventanas profundas y abovedadas, corredores un poco húmedos. Pero aquí y allí el olor a tabaco de la pipa del dueño invadía los aposentos de la planta baja, y aquí como allí el dueño y la dueña eran «padres», es decir, un labrador de larga cara y pocas palabras, calmoso y reflexivo, y una mujer ya también entrada en años y un poco en carnes, bien proporcionada, avispada y enérgica, con el pelo partido y estirado, las manos y los pies bien formados, con un hijo mayor, heredero de la finca, que se llamaba aquí Gereon en lugar de Georg, y una hija, venida años después, a la que se puso el nombre de Clementine. El perro guardián sabía también reír, pero en lugar de *Suso* se llamaba *Kaschperl*. Por lo menos en un principio, porque más tarde, y bajo la influencia del huésped, el nombre de *Kaschperl* pasó a ser un mero recuerdo y el propio animal respondía de mejor gana al nombre de Suso que al suyo primitivo. No había un segundo hijo, lo que lejos de debilitar el fenómeno repetitivo servía para subrayarlo. ¿Quién, en efecto, hubiese podido ser ese segundo hijo?

Nunca hablé con Adrian de ese perfecto paralelismo, que se imponía a la atención. No lo hice al principio y no lo quise tampoco hacer más tarde. Pero la cosa nunca fue de mi agrado. Esta elección de residencia en la que se repetían los primeros años de la vida, este retorno al más remoto pasado, a la infancia o, por lo menos, a sus circunstancias externas, puede ser prueba de fidelidad, pero revela, por otra parte, la existencia de un elemento de angustia en la vida espiritual de un hombre. Tanto más sorprendente era ello tratándose de Leverkühn, en quien no había nunca notado una relación verdaderamente íntima y afectiva con el hogar paterno, del cual llegó a separarse por completo, sin pena aparente, en ciertas ocasiones. Ese retorno artificioso, ¿era un simple juego? No puedo creerlo. Su caso me recuerda el de un conocido mío, hombre aparentemente robusto y vigoroso, pero de cuerdas internas tan sensibles que cuando se ponía enfermo, y era cosa que le ocurría con frecuencia, sólo quería ser visitado por un especialista de enfermedades infantiles. Y el médico era, por otra parte, de tan pequeña estatura que el visitar a personas mayores no hubiese sido cosa a su medida.

Esta anécdota puede ser considerada como una digresión, ya que ni el paciente ni su especialista en enfermedades infantiles han de volver a aparecer en este relato. Es posible que esto sea una falta. Lo es sin duda que, dejándome llevar por mi inclinación a anticipar los acontecimientos, haya hablado ya aquí de Pfeiffering y de la familia Schweigestill. Ruego, por lo tanto, al lector que quiera perdonarme estas irregularidades en gracia a la excitación de que soy presa desde que empecé esta biografía y no sólo durante las horas que consagro a escribirla. Son ya bastantes los días que llevo trabajando en estas hojas y si consigo mantener mis frases en equilibrio y trato de encontrar para mis pensamientos una expresión adecuada, no se engañe por ello el lector y tenga presente que vivo en un estado de turbación constante, hasta el extremo de que mi mano, ordinariamente firme, traza una escritura temblorosa. Por otra parte espero que mis lectores llegarán, con el tiempo, no sólo a comprender mi emoción sino a compartirla conmigo.

Se me olvidaba decir que en la casa de los Schweigestill, donde más tarde se instalaría Adrian, había también, cosa natural por otra parte, de servicio en los corrales una criada de pechos vacilantes y pies descalzos, siempre sucios, tan parecida a la Hanne de Buchelhof como una criada puede serlo a otra. Esta segunda se llamaba Waltpurgis y no es de ella de quien quiero hablar, sino de su modelo Hanne, con quien Adrian tenía amistosa relación, fundada en su afición a cantar que la llevaba a organizar, con la gente menuda de la casa, verdaderos ejercicios de canto. Cosa curiosa de observar: mientras Elsbeth Leverkühn, con su hermosa voz, no se atrevía a cantar por timidez, esa criatura maloliente nos cantaba, sin freno alguno y con voz gritona, pero en extremo ajustada, sentada en el banco del patio al llegar la noche, toda clase de canciones, melodías populares y refranes de la calle o del cuartel, casi siempre sentimentales o crueles, que nosotros no tardábamos en aprender. Tan pronto nos uníamos nosotros al canto, nos dejaba la primera voz y, de modo ostentativo, hacía ella la segunda. Y como para invitarnos a gozar debidamente del placer armónico que se nos ofrecía, solía reírse, ensanchando la cara, como *Suso* cuando recibía su pitanza.

Cuando digo «nosotros» me refiero a Adrian, a mí mismo y a Georg, que tenía ya 13 años cuando su hermano contaba sólo ocho y yo diez. Ursel, la hermanita, era aún demasiado pequeña para tomar parte en esos ejercicios, y aun de los cuatro cantantes sobraba uno, cuando Hanne trataba de elevar el nivel artístico de nuestras canturrias. Su vanidad estaba en enseñarnos a cantar cánones, esas composiciones de contrapunto elemental en las que cada voz repite, sucesivamente, lo que cantaron las anteriores. Los más fáciles y conocidos, naturalmente, y en particular uno que todos los niños alemanes conocen: «¡Ah, qué grato es el crepúsculo! —cuando las campanas llaman al descanso—. Ning nang, ning nang». Estas horas de asueto al anochecer no se han borrado de mi memoria; al contrario, se han grabado más profundamente en ella, porque fue entonces —por lo menos yo así lo creo— cuando mi amigo entró por primera vez en contacto con la «música», entendiendo por tal algo más artísticamente orgánico que las simples canciones cantadas al unísono. Se contrapuntaban aquí, unas con otras, las diversas partes componentes de la melodía, sin que ello diera lugar a confusión. Al revés, la entrada del segundo cantor repitiendo la primera frase «¡Ah, qué grato es el crepúsculo!» mientras el primero atacaba la segunda –«cuando las campanas llaman al descanso»–, completada después por la entrada del tercero repitiendo «¡Ah, qué grato es el crepúsculo!» cuando el primero empezaba la imitación del ruido de las campanas –«Ning nang, ning nang»–, todo ello se armonizaba a la perfección y era extremadamente grato al oído. Hanne cuidaba, con buenos pellizcos en los ijares, de que cada cantor entrara a tiempo. Sobraba uno, desde luego, el cuarto, ya que las frases componentes de la melodía eran sólo tres. Era preciso, por lo tanto, que entraran dos a la vez. Adrian se aprovechaba de ello, ya bajando la voz en una octava, o separándose del terceto para limitarse a imitar, durante toda la canción, el ruido de las campanas.

De este modo, separados siempre uno de otro en el tiempo, conseguíamos sin embargo fundir armónicamente las diversas presencias melódicas y lográbamos formar un tejido vocal, una sonoridad que el canto al unísono, es decir, al mismo tiempo, no podía poseer; un conjunto armonioso que nos complacía sin que ninguno de nosotros se preocupara mayormente de su naturaleza o de sus causas. Ni siquiera Adrian, que tendría entonces ocho o nueve años. A menos que la sonrisa que solía escapársele cuando acababa de dejar resonar en el crepúsculo el último «Ning nang» de las campanas, sonrisa que era de burla más que de admiración y que más tarde hube de notar tantas veces en él, a menos que esa sonrisa no significara que había descubierto el sencillo secreto de esos cánones. Sea de ello lo que fuere, ninguno de nosotros sospechaba que, bajo la dirección de una criada, habíamos entrado en regiones relativamente elevadas de la cultura musical, regiones situadas en el reino de la polifonía imitativa que el siglo XV había creado para nuestra diversión. Pero al recordar la sonrisa de Adrian descubro en ella retrospectivamente algo que significaba saber y burlona iniciación. Ese rasgo lo conservó siempre y muchas veces pude observarlo cuando, encontrándome a su lado en un concierto o en el teatro, un artificio cualquiera, un incidente interesante de la estructura musical que para el público pasaba inadvertido, una sutil alusión espiritual en el diálogo, llamaban la atención de Adrian. El rasgo tenía algo de anormal en un muchacho, y el hombre, más tarde, lo conservó tal cual. Consistía en un ligero soplido, por la nariz y por la boca, acompañado de un cabeceo hacia atrás, breve, frío, menospreciativo, o como queriendo significar en el mejor de los casos: «No está mal, curioso, ocurrente, divertido», y al propio tiempo abría desmesuradamente los ojos, buscaba la lejanía y el reflejo metálico de su mirada se hacía más profundo y sombrío.

V

También el capítulo que acabo de terminar es, para mi gusto, de dimensiones excesivas y es natural que me pregunte hasta dónde llegará la paciencia del lector. Cada una de las palabras que aquí escribo me parece a mí de un ardiente interés, pero he de poner mucho cuidado en no creer que esto basta para que les ocurra lo mismo a quienes ven las cosas desde afuera. No he de olvidar, por otra parte, que yo no escribo ni para el momento presente ni para los lectores que, sin tener noción de quién era Leverkühn, no pueden tener tampoco el deseo de conocerle mejor. Preparo este manuscrito con vistas a una época en que las condiciones de la pública atención serán muy distintas y, sin duda alguna, mucho más favorables. El deseo de conocer los detalles de esta vida estremecedora, mejor o peor contados, será entonces vivo y general.

Este momento habrá llegado cuando se abran las puertas de la extensa y estrecha cárcel en cuyo aire viciado nos ahogamos, es decir: cuando la furiosa guerra que ahora está en marcha haya terminado de un modo o de otro –y me horroriza decir de un modo o de otro–. Me horrorizo de mí mismo y me horroriza la situación violenta en que, por la fuerza del destino, se encuentra el alma alemana. Porque claro está que sólo pienso en uno de los dos «modos». Sólo con ese modo cuento y en él confío, a despecho de los dictados de mi conciencia ciudadana. Una propaganda que no se da punto de reposo ha conseguido evocar en todos nosotros las consecuencias ruinosas, terribles y definitivas de una derrota alemana, hasta el punto de hacernos temer esta derrota más que cualquier otra cosa en el mundo. Y no obstante, hay algo que algunos de nosotros, en ciertos momentos como avergonzándonos, en otros con franca resolución, tememos más aún que la derrota alemana, y ello es la victoria alemana. No sé cuál de estos sentimientos domina en mí. Quizás un tercero, que consiste en desear la derrota sin vacilaciones, pero con constantes remordimientos de conciencia. Mis deseos y mis esperanzas me obligan a oponerme a la victoria de las armas alemanas porque bajo su losa quedaría enterrada la obra de mi amigo, prohibida y olvidada quizá durante un siglo, condenada al destierro en su propia época y a no recibir más honores que los históricos de la posteridad. Este es el motivo especial de mi crimen, motivo que comparten, aquí y allá, algunas personas, en número tan reducido que los dedos de ambas manos bastarían de sobra para contarlas. Pero mi estado de ánimo no es más que una derivación especial del estado de ánimo que es destino común de todo nuestro pueblo (exceptuados los casos de bajo interés y de estupidez insigne) y siento ciertamente ganas de proclamar que este destino encierra una tragedia sin precedentes, aun sabiendo que otras naciones se han visto también en el caso de desear la derrota de su Estado para salvar el porvenir del mundo y el suyo propio. Pero la lealtad, la buena fe, la fidelidad y la devoción, propias del carácter alemán, hacen que el dilema, a mi modo de ver, se agudice aún, si cabe, en nuestro caso y por ello resulta imposible reprimir la cólera contra aquellos que han precipitado a tan noble pueblo en una situación que ha de resultarle más penosa que a cualquier otro y ha de alejarlo incurablemente de su propio ser. Me basta imaginar que, por infausta casualidad, estas notas cayeran en manos de mis hijos y que éstos, obrando con espartano rigor e insensibles a todo sentimiento de blandura, me denunciaran a la policía secreta para hacerme cargo, diría casi que con patriótico orgullo, de la profundidad del conflicto en que estamos envueltos.

Sé perfectamente que con lo que antecede he sobrecargado también excesivamente este capítulo, que había de ser breve, y al proceder así no puede dejar de asaltarme la sospecha psicológica de que busco deliberadamente las excusas dilatorias y los circunloquios, o que por lo menos aprovecho con secreta complacencia cuantas ocasiones se me ofrecen de recurrir a ellos, simplemente porque me da *miedo* lo que va a venir. Quiero dar al lector una prueba de sinceridad y reconocer, en efecto, que no procedo siempre del modo más directo. Ello puede ser debido a que, en el fondo de mi conciencia, me asusta esta tarea, emprendida obedeciendo a dictados del cariño y del deber. Pero nada, ni siquiera la insuficiencia de mis medios, me privará de seguir adelante con la empresa —y recojo, por lo tanto, el hilo de mi narración recordando que los cánones cantados en común con Hanne la criada crearon, si no ando equivocado, el primer contacto entre Adrian y el mundo de la música—. No ignoro, claro está, que de niño Adrian frecuentaba, acompañado de sus padres, los oficios divinos dominicales en la iglesia rural de Oberweiler y que a estos oficios solía concurrir un estudiante de música de Weissenfels, cuya misión era la de preludiar y acompañar en el órgano los cantos de la comunidad y la de improvisar, con mejor o peor fortuna, algunos motivos y variaciones solemnes mientras los fieles salían del templo. Pocas veces estuve presente en estas ocasiones porque casi siempre llegábamos a Buchelhof después del servicio religioso, y he de añadir que nunca oí de labios de Adrian una palabra de la que pudiera deducirse que su incipiente sensibilidad había sido en modo alguno herida por las interpretaciones de aquel ejecutante o, de ser esto imposible, que el fenómeno de la música en sí misma le hubiese de una u otra forma impresionado. Por lo que yo puedo apreciar le faltaba aún entonces, y le había de seguir faltando durante años, la capacidad de atención y su relación con el mundo sonoro permanecía oculta a sus propios sentidos. Juega en ello un papel, sin duda, la timidez espiritual, sin perjuicio de una interpretación fisiológica, también plausible. En verdad fue a los catorce años, en los comienzos de la pubertad, al dejar atrás, por lo tanto, la inocencia infantil, cuando Adrian, en casa de un tío suyo residente en Kaisersaschern, empezó, por espontáneo impulso, sus experimentos musicales. Fue entonces cuando las jaquecas hereditarias empezaron a atormentar sus días.

El porvenir de su hermano, mayorazgo y heredero de Buchelhof, estaba perfectamente asegurado, y desde siempre aceptó Georg con complacencia el destino que le estaba reservado. Cuál había de ser la carrera del segundo hijo era, para los padres, una cuestión abierta, que habría de resolverse según las inclinaciones y capacidades que Adrian pusiera de manifiesto, y es cosa digna de mención que, en la cabeza de sus familiares como en la de todos nosotros, surgió muy pronto la idea de que Adrian debía ser un hombre de estudio. Qué estudios habían de ser los suyos era cosa que quedaba por ver, pero el comportamiento moral del muchacho, su modo de expresarse, sus maneras formales, su mirada y su cara misma hacía que mi padre, por ejemplo, no tuviera la más leve duda de que ese vástago de la estirpe de los Leverkühn estaba llamado a «grandes cosas» y que, desde luego, sería el primer hombre de su familia consagrado a las cosas del saber.

Esta convicción nació y se afirmó a causa, sobre todo, de la facilidad verdaderamente superior con que Adrian asimiló la enseñanza elemental recibida en casa de sus padres. Jonathan Leverkühn no quiso que sus hijos frecuentaran la escuela primaria del lugar, y la causa de esta decisión hay que buscarla, a mi entender, más que en consideraciones de rango social, en el sincero deseo de dar a sus hijos una mejor educación que la que hubieran podido procurarles las lecciones comunes en compañía de toda la chiquillada de Oberweiler. El maestro, hombre todavía joven y de naturaleza blanda, incapaz de vencer el terror que *Suso* le inspiraba, venía por las tardes, una vez terminadas sus oficiales obligaciones, a Buchelhof —en invierno Thomas iba a buscarle con el trineo— a dar sus cotidianas lecciones, y cuando Georg, a los trece años, había aprendido ya cuanto le era necesario para formar la fase de sus estudios posteriores, empezaron para Adrian, cinco años más joven, los cursos elementales. Y el maestro —Michelsen, de nombre— era el primero en proclamar, a voz en grito y con cierta excitación, que el muchacho debía, «por Dios y por los santos», frecuentar el liceo y la universidad. Una cabeza tan despierta y tan capaz de aprender no la había encontrado, afirmaba Michelsen, en su vida, y sería por cierto vergonzoso que no se hiciera cuanto fuere dable para abrirle el camino hacia las cumbres de la ciencia. En estos o parecidos términos, y en todo caso con cierto aire de sermón, solía expresarse el maestro, que no vacilaba incluso en hablar del «ingenio» de su discípulo, palabra excesiva para aplicar a tan juvenil talento, pero dictada sin duda por un cordial asombro.

Nunca asistí a esas lecciones y lo que sé lo sé de oídas. Pero me es fácil imaginar cuál sería el comportamiento de mi Adrian y cómo un preceptor, acostumbrado, a pesar de su gran juventud, a inculcar por medio de estimulantes elogios y descorazonadas censuras, en cabezas poco activas o impermeables, lo que estaba llamado a enseñarles —cómo un preceptor, digo, acostumbrado así no podía dejar de encontrar en aquel comportamiento algo de ofensivo—. Me parece estar oyéndole decir: «Si lo sabes ya todo, tanto vale que me marche». No era cierto, claro está, que su educando «lo supiera ya todo». Pero se conducía un poco como si fuera así, y ello únicamente porque el suyo era uno de esos casos de facilidad soberana, de rápida asimilación, de comprensión anticipativa, que pronto le quitan al maestro las ganas de elogiar, hasta tal punto las cabezas así formadas son un peligro para la sencillez de espíritu y pueden fácilmente caer en la soberbia. Desde el alfabeto hasta la gramática y la sintaxis, desde los guarismos hasta las cuatro reglas y la regla de tres, desde el aprender de memoria breves poemas (sin esfuerzo alguno adivinaba el sentido y retenía las palabras de los versos) hasta la redacción de cortos trabajos sobre geografía o historia alemana –siempre era igual a sí mismo–. Adrian escuchaba a medias, se distraía en seguida y adoptaba el aire del que quiere decir: «Muy bien, comprendido, con esto basta, vamos a otra cosa». Para el alma del pedagogo hay en esta actitud algo de indignante. Una y otra vez caía el joven maestro en la tentación de decirle: «¿Qué modos son éstos? Trata de esforzarte...». ¿Pero por qué esforzarse si no siente uno la necesidad?

Como ya dije, nunca asistí a las lecciones. Pero por fuerza he de suponer que los conocimientos científicos que el señor Michelsen trataba de comunicarle los acogía mi amigo con aquel gesto, ya descrito, que era en él espontáneo al descubrir, por ejemplo, bajo las ramas del tilo familiar, que nueve compases de melodía horizontal al superponerse verticalmente por terceras partes pueden crear un armónico conjunto. Su profesor sabía algo de latín y una vez se lo hubo enseñado declaró que el muchacho –tenía entonces diez años– estaba preparado para entrar en las clases, si no del tercero, por lo menos del segundo año de bachillerato. Su misión había terminado.

Así salió Adrian, por Pascua de 1895, de la casa paterna y vino a la ciudad para seguir sus estudios en nuestro liceo de San Bonifacio (la vieja Escuela de la Hermandad Comunal). Su tío Nikolaus Leverkühn, hermano de su padre, vecino prestigioso de Kaisersaschern, le hospedó en su casa.

VI

Por lo que a mi ciudad natal, situada a orillas del Saale, se refiere, precisaré que se encuentra situada al sur de Halle, hacia Turingia. Estuve a punto de escribir que se *encontraba* situada. Mi prolongado alejamiento de ella me la hace ver como una cosa del pasado. Pero sus torres se alzan aún en la misma plaza y no creo que, hasta ahora, su conjunto arquitectónico haya sido poco ni mucho desfigurado por los horrores de la guerra aérea, cosa que sería muy de lamentar a causa del interés histórico que la ciudad presenta. Lo declaro así con cierto sosiego indiferente, porque comparto con una no pequeña parte de nuestra población, incluso aquella que más ha sufrido y se encuentra sin casa y sin hogar, el convencimiento de que nos están devolviendo tan sólo aquello que de nosotros habían antes recibido, y si nuestra penitencia ha de ser más terrible que nuestro pecado, bueno será no olvidar que quien siembra vientos cosecha tempestades.

Ni Halle, gran centro comercial, ni Leipzig, la ciudad en cuya iglesia de Santo Tomás, Juan Sebastián Bach fue maestro de capilla, ni Weimar, Dessau o Magdeburgo se encontraban muy lejos. Pero Kaisersaschern, centro de comunicaciones ferroviarias, tiene, con sus 27.000 habitantes, una personalidad propia y, como toda ciudad alemana, está orgullosa de su importancia cultural y de su dignidad histórica. Aseguran su vida económica diversas industrias, fábricas de maquinaria, de curtidos, de hilados, de productos químicos, grandes molinos, y además del Museo, con su cámara especial en la que se guardan curiosos instrumentos de tortura, cuenta con una Biblioteca de 25.000 volúmenes y 5.000 manuscritos, entre los que figuran dos tratados de magia, poco importantes por otra parte, escritos en dialecto fuldanés, que ciertos eruditos consideran como anteriores a los de Merseburgo. La ciudad fue sede episcopal en el siglo x y, de nuevo, desde principios del siglo XII hasta el XIV. Tiene su palacio y su catedral, y en ésta puede admirar el visitante las tumbas del emperador Otón III, hijo de Adelaida y esposo de Teófana, que se daba el nombre de emperador de Roma y de Sajonia, no porque quisiera ser sajón sino por las mismas razones que Escipión quiso llamarse el Africano, es decir, porque había vencido a los sajones. Cuando en el año 1002, desterrado de su querida Roma, murió de desesperación, sus restos fueron llevados a Alemania y enterrados en Kaisersaschern —muy en contra de su gusto, porque era el suyo un ejemplo de auto-antipatía alemana y durante su vida entera había sufrido de ser alemán.

Sobre la ciudad, de la que decididamente prefiero hablar en tiempo pasado puesto que, al fin y al cabo, se trata de la Kaisersaschern de nuestras experiencias juveniles, puede decirse que tanto en su atmósfera como en su aspecto externo había conservado algo de medieval. Las viejas iglesias, las casas solariegas, piadosamente conservadas, construcciones con salidizos que a menudo dejaban al descubierto el armazón de sus vigas y travesaños de madera, sus torres redondas y tejados puntiagudos, sus plazas arboladas y pavimentadas de guijarros, una Casa Ayuntamiento de estilo entre gótico y renacimiento, con su campanario, una galería abierta en el piso superior y dos torres en los ángulos que descendían, formando arimez, hasta la planta baja —todo ello establece una relación ininterrumpida con el pasado; más aun, parece llevar grabada en la frente la famosa fórmula intemporal, el *Nunc stans* de los escolásticos—. La identidad del lugar, la misma ahora que hace tres siglos, o que hace nueve siglos, resiste al paso del tiempo que cambia continuamente muchas cosas mientras otras –plásticamente decisivas– desafían lo temporal y permanente firmes como recuerdo y por una preocupación de mantener la dignidad.

Eso por lo que se refiere al marco. En la atmósfera seguía flotando algo de lo que fue el espíritu humano durante la última década del siglo XV. Histeria de la Edad Media agonizante, como una suerte de epidemia espiritual latente, lo que podrá parecer curioso tratándose de una ciudad moderna, sobria y comprensiva (pero no era una ciudad moderna, era una vieja ciudad, y la vejez no es más que pasado hecho presente, un pasado cubierto con una mera capa de presente). Por extraño que parecer pueda, llegaba uno a creer que en aquel ambiente podía estallar de un momento a otro, bajo el estímulo de visionarias predicaciones, un movimiento místico popular, un verdadero baile de San Vito. Por supuesto que no llegaba a ocurrir tal cosa. Hubiese sido imposible. De acuerdo con las exigencias de la época y del orden la policía no lo hubiese tolerado. ¡Pero alto ahí! La policía no prohíbe todas las manifestaciones de este género, de acuerdo también, al no hacerlo, con la época, favorable precisamente a ciertas cosas de este estilo. Nuestra época, en efecto, se inclina secretamente, ¿qué digo secretamente?, al contrario, con abierta y pública complacencia, que hace dudar de la nobleza y de la virtud de la vida y que es generadora quizá de un funesto historicismo –nuestra época se inclina, digo, a imitar con entusiasmo actos simbólicos de épocas pasadas que tienen algo de tenebroso a la vez que de afrentoso para el espíritu de los tiempos modernos, tales como las quemas de libros y otros que prefiero no tocar con palabras.

Signos de ese arcaico y neurótico diabolismo, de esa secreta disposición de la ciudad, son el gran número de tipos originales, extraños, semilocos inofensivos, que dentro de sus muros viven y que, como los antiguos edificios, contribuyen a formar su fisonomía. Estos tipos van seguidos, como de su sombra, de grupos de niños que se mofan de ellos y que, al menor gesto de amenaza, empujados por la superstición, huyen despavoridos. Un determinado tipo de «vieja mujer» suscitaba ya de por sí, en pasadas épocas, la sospecha de brujería. Bastaba para ello su aspecto exterior, pintoresco y lamentable, aspecto que bajo la influencia de la sospecha no hacía más que completarse y adaptarse perfectamente a la figura concebida por la fantasía popular: pequeña, avejentada, torcido el cuerpo, maliciosa la mirada, ojos lagañosos, nariz aguileña, labios enjutos, con un cayado que se levanta amenazador, viviendo en compañía de gatos, de una lechuza y de un pájaro hablador. Kaisersaschern albergaba siempre en su seno diversos ejemplares de este tipo de mujer, y la más popular, la más perseguida y la más temida era «Keller-Liese», así llamada porque vivía en un sótano (*keller*) del callejón Kleinen Gelbgiesser. De tal modo había adaptado esta vieja su aspecto al público prejuicio, que incluso los más indiferentes, al tropezar con ella, sobre todo si iba seguida de la cohorte infantil contra la cual echaba maldición tras maldición para ahuyentarla, no podían dejar de experimentar un arcaico terror, a despecho de que, en el fondo, no había en ella nada de anormal.

Quiero decir sin temor, al llegar a este punto, algo que es fruto de la experiencia de nuestros días. Para todo amigo de la ilustración, la palabra «pueblo» y su concepto mismo conservan algo de primitivo que causa aprensión y es porque se sabe que basta tratar de pueblo a la multitud para predisponerla a actos de regresiva maldad. Ante nuestros ojos, o lejos de ellos, ¿cuántas cosas no han ocurrido en nombre del pueblo que no hubiesen podido ocurrir en nombre de Dios, de la humanidad o del derecho? Lo cierto es que el pueblo sigue siendo siempre pueblo, por lo menos en una zona de su ser, la arcaica o primitiva, y que gente y vecinos del callejón Klein Gelbgiesser, que en días de elección votaban la candidatura socialista, eran capaces al propio tiempo de ver en la pobreza de una pobre vieja, que no podía permitirse el lujo de una vivienda a ras de tierra o en un piso superior, algo demoníaco, y al acercarse ella sujetaban a sus niños por la mano como para protegerles de la mirada de la bruja. Si una mujer así debiera ser llevada de nuevo a la hoguera, cosa que, variando ligeramente los motivos, ha dejado de ser inconcebible, contemplarían el espectáculo detrás de las barreras y con la boca abierta, pero no se rebelarían. Hablo del pueblo, a pesar de que el elemento popular reside en cada uno de nosotros y para decir de una vez todo lo que pienso: no creo que la religión sea el medio más eficaz de mantener a buen recaudo ciertos impulsos. El único remedio, a mi entender, son las letras, la ciencia humanística, el ideal del hombre bello y libre.

Volviendo a los tipos extraños de Kaisersaschern, había allí un hombre de edad indefinida que, al ser súbitamente llamado, respondía con una especie de baile convulsivo, levantando una pierna, y sonreía con triste y fea expresión, como excusándose, a los chicos de la calle que le perseguían con sus gritos y cuchufletas. No hay que olvidar tampoco una señora ataviada del modo más anacrónico, con traje de cola y volantes de tul, peinada con rizos y el pelo adornado con cintajos, pintado el rostro y, por otra parte, alejada de toda inmoralidad, ya que era demasiado tonta para lo contrario, acompañada de perros falderos encaparazonados, Mathilde Spiegel, eterna y altiva paseante que no cesaba de recorrer sin rumbo la ciudad. Y ese pequeño rentista, por fin, de nariz roja y aberrugada, con su gran sortija de oro en el índice, a quien la chiquillada había cambiado de nombre y en lugar de Schnalle, que era el suyo, llamaba «Tararía», ridiculizando así su costumbre de colocar ese trompeteo sin sentido al final de cada una de sus frases. Su gran diversión consistía en pasar horas y horas en la estación y esperar a que saliera un tren de mercancías para gritarle al hombre sentado en la garita del último vagón: «No se caiga del asiento, tenga cuidado, amigo, ¡tararí!».

Me doy cuenta de que hay una cierta falta de dignidad en evocar estos recuerdos chocarreros. Pero no se olvide que esas figuras eran verdaderas instituciones, tipos altamente representativos del carácter psíquico de nuestra ciudad, es decir, del medio en que se desenvolvió durante nueve años juveniles, y hasta el momento de entrar en la universidad, la vida de Adrian Leverkühn y la mía propia, pasada a su lado. Porque aun cuando yo, por mi edad, le adelantaba dos clases, durante las horas de recreo permanecíamos siempre juntos y apartados de nuestros respectivos compañeros, y por la tarde nos encontrábamos de nuevo en nuestros exiguos cuartos de estudio, ya sea que él viniera a la botica del Mensajero Salvador, o que yo fuera a la casa de su tío, el número 15 de la Parochialstrasse, en cuyo entresuelo estaba el renombrado almacén de instrumentos de música de Nikolaus Leverkühn.

VII

En un lugar tranquilo, apartado del centro comercial de Kaisersaschern, Markstrasse y Grieskramerzeile, en una callejuela tortuosa y sin aceras, cerca de la catedral, la casa de Nikolaus Leverkühn llamaba la atención por su mejor apariencia. De tres pisos, sin contar las habitaciones del ático, era una mansión burguesa del siglo XVI y había pertenecido ya al abuelo del actual propietario, con cinco ventanas en el primer piso, sobre la puerta de entrada, y sólo cuatro en el segundo, donde se encontraban las habitaciones, y empezaba, por la parte de fuera, sobre la alta base de piedra, completamente lisa, el armazón de vigas y travesaños dejados al descubierto. La misma escalera no se ensanchaba hasta después del rellano del entresuelo, de modo que visitantes y clientes —y muchos de éstos venían de fuera, de Halle y aun de Leipzig— tenían que practicar una hasta cierto punto penosa ascensión para llegar a la meta de sus deseos, que era el almacén de instrumentos de música. Me apresuro a decir que éste era digno del esfuerzo y así espero en seguida demostrarlo.

Nikolaus Leverkühn era viudo. Su mujer murió siendo aún joven, y hasta el momento en que llegó Adrian vivía en la casa solo, con una antigua ama de llaves, la señora Butze, una criada y un joven italiano de Brescia, llamado, como el pintor de vírgenes tricentista, Cimabue que le ayudaba en el negocio y aprendía además la construcción de violines, de la que era maestro el tío Leverkühn. Era éste un hombre de pelo desordenado, largo y grisáceo, de rostro afeitado y simpático, pómulos salientes, nariz aguileña y caída, boca grande y expresiva, ojos voluntariamente bondadosos pero también inteligentes. En casa acostumbraba a llevar siempre una blusa de molesquín, cerrada al cuello y de anchos pliegues. Imagino que, solo y sin hijos, Nikolaus estuvo contento de dar acogida en su casa, demasiado espaciosa, a sangre joven de su linaje. He oído asimismo decir que Nikolaus dejó que su hermano pagara los gastos de escuela, pero no quiso aceptar pago alguno por el hospedaje o la comida. Sin darlo a entender demasiado, era evidente que algo esperaba de Adrian. Lo consideraba como hijo propio y estaba satisfecho de ver así completada, con alguien de la familia, su mesa, que hasta entonces habían compartido solamente la ya nombrada Frau Butze y, según las normas patriarcales, Luca Cimabue, su dependiente.

Podría parecer extraño que ese joven latino, amable y simpático en su modo de hablar mal el alemán, a pesar de que en su propia patria podía encontrar el modo de aprender a maravilla su oficio, hubiese encontrado el camino de Kaisersaschern y de la casa del tío de Adrian. Lo parecerá menos si se tiene en cuenta que Nikolaus Leverkühn mantenía relaciones comerciales con los más diversos lugares, no sólo con los grandes centros alemanes de construcción de instrumentos musicales, Maguncia, Brunswick, Leipzig, Barmen, sino también con casas extranjeras de Londres, Lyon, Bolonia y de la misma Nueva York. De todas partes hacía venir su sinfónica mercancía y su almacén era famoso no sólo por la calidad sino por la gran variedad de los instrumentos, incluso los menos corrientes, que en él podían encontrarse. Así bastaba que en cualquier parte de Alemania se organizara un festival Bach, para cuya adecuada ejecución fuese indispensable un oboe *d'amore*, el oboe profundo desaparecido de las orquestas, para ver llegar al almacén de la Parochialstrasse un cliente músico que estaba seguro de que allí había de encontrar y poder ensayar el elegiaco instrumento que andaba buscando.

El almacén del entresuelo, desde cuyas piezas resonaban, con las más diversas sonoridades, esos ensayos de octava, ofrecía hermoso y atractivo aspecto. Tenía, si así puede decirse, un encanto cultural que las fantasías de la acústica contribuían aun a realzar. A excepción del piano que el padre adoptivo de Adrian dejaba a las casas especializadas, había allí expuesto todo lo que suena y canta, todo lo que ganguea, rechina, gorjea, zumba y retumba, incluso un instrumento de teclado, el piano de campanas, la siempre grata celesta. Se encontraban allí en los aparadores o en cajas cuyo exterior, como los ataúdes de las momias, reflejaba la forma de lo que llevaban dentro, una serie de violines, de amarillo o pardo barniz, con sus ágiles arcos sujetos a la tapa del estuche: italianos, que por la pureza de sus formas revelaban al conocedor su origen cremonés, pero también tiroleses, holandeses, de Mittenwald y del propio taller de Leverkühn. El melodioso violoncelo, cuya perfecta forma es debida a Antonio Stradivarius, estaba representado por numerosos ejemplares, así como su predecesora, la *viola da gamba* de seis cuerdas, que con él comparte los honores en ciertas antiguas obras, la viola corriente y esa otra hermana del violín, la viola alta. También mi *viola d'amore*, cuyas siete cuerdas he acariciado a lo largo de toda mi vida, procedía del almacén de la Parochialstrasse. Fue el regalo de mis padres el día de mi confirmación.

No faltaban allí tampoco diversos ejemplares de violón, el violín gigante, ni el engorroso contrabajo, capaz de majestuosos recitados, cuyo *pizzicato* es más sonoro que la percusión de los timbales y cuyas tonalidades altas tienen un velado encanto que muchos no sospechan. Y asimismo su equivalente entre los instrumentos de viento: el contrabajón, construido en dimensiones dobles que las de su hermano, el jocoso fagot, jocoso porque se trata de un instrumento bajo sin verdadera fuerza de tal, sonoridad curiosamente débil y temblona, casi caricaturesca. Cuán elegante no era, sin embargo, con su soplador torcido y las relucientes llaves y palancas de metal de su complicado mecanismo. Y qué encanto no tenía la hilera de los modernos caramillos, técnicamente perfeccionados, provocando la habilidad del virtuoso en todas sus formas: el oboe bucólico, el cuerno inglés tan apto para los cantos de tristeza, el clarinete de innumerables llaves, tan sombrío en sus registros bajos, tan brillante y plateado al elevar el tono, el *corno di basseto*, el clarinete bajo.

Ninguno de esos instrumentos, cada uno en su estuche forrado de terciopelo, faltaba en casa del tío Leverkühn. Y además, las flautas de diversos sistemas y modelos, flautas de boj, de ébano y otras maderas antillanas con conteras de marfil, flautas de plata y sus agudos parientes, los flautines, cuyo silbido rasga por lo alto los conjuntos orquestales y tan bien se adapta a la expresión del encanto del fuego. ¿Y qué decir del brillante coro de los instrumentos de metal? La linda trompeta, de la que parece que han de surgir espontáneamente la clara señal, la canción irónica, la suave cantilena; la complicada trompa de válvulas, instrumento preferido de los románticos, y la voluminosa y pesada tuba, pasando por el trombón de varas y el cornetín. Se encontraban incluso en el almacén de Leverkühn verdaderas rarezas de museos, como un par de trompas de bronce retorcidas como cuernos de toro. Pero vistas las cosas con ojos de muchacho, y así las vuelvo a ver ahora al recordarlas, no había allí nada tan divertido, tan magnífico, como la gran colección de instrumentos de percusión. Se presentaban a nuestros ojos, para que se sirvieran de ellas personas mayores, cosas que nosotros habíamos conocido, como juguetes, bajo el árbol de Navidad y que habían dado alimento a nuestros inocentes sueños infantiles. Cuán distinto era aquí el tambor de aquel otro que nos regalaron cuando teníamos seis años y que en seis días quedó deshecho. No era un tambor para llevarlo suspendido al cuello, sino que descansaba sobre un trípode de metal y sus manillas, más elegantes que las del nuestro, estaban cuidadosamente colocadas en dos anillos laterales. Allí los juegos de campanas, que conocíamos también como juguete al cual logramos arrancar alguna que otra fácil melodía y que ahora se presentaba bajo la forma de una serie de planchas de metal, cuidadosamente afinadas, para cuya melódica percusión se empleaban diminutos martillos de acero, cuidadosamente guardados en el interior de la tapa. El xilofón, hecho al parecer para sugerir al oído la danza de los fuegos fatuos en el cementerio a medianoche, allí estaba también, como el enorme cilindro del bombo y las calderas de cobre de esos timbales que Berlioz llegó a poner en número de dieciséis para la ejecución de su Réquiem. El compositor francés no llegó a conocer, sin embargo, el modelo moderno, tal como se encontraba en el almacén de Leverkühn, provisto de diversas llaves que permiten al ejecutante cambiar la tonalidad con un ligero movimiento de la mano. Una de nuestras travesuras —o mejor dicho mías, porque Adrian dejaba que la ejecutara solo— consistía precisamente en dejar caer la manilla sobre la piel tendida, mientras Luca alteraba la tonalidad provocando una verdadera cacofonía. No olvidemos tampoco en esta enumeración los curiosos platillos que sólo los chinos y los turcos saben fabricar, porque sólo ellos conocen el secreto de forjar el bronce a mano, y que el ejecutante, después del choque, levanta triunfalmente ante el auditorio; el retumbante tam-tam; el tamboril gitano; el triángulo sonoro, con uno de sus ángulos abierto; el címbalo moderno; las bien vaciadas y chasqueantes castañuelas. Todo ello dominado por la espléndida y dorada arquitectura del arpa a pedales de Erard: así hay que imaginar el almacén del tío Nikolaus para comprender la irresistible atracción que ese paraíso silencioso, en el que bajo cien formas distintas se anunciaban los más armónicos sonidos, ejercía sobre nosotros.

¿Nosotros? Mejor será que hable sólo de mí, de mi encantada fruición. No me atrevo a poner a mi amigo en el asunto cuando de esos sentimientos hablo, porque, fuera por ganas de dar a entender que, como hijo de la casa, todo aquello le era familiar, fuera por deseo de poner una vez más de manifiesto la frialdad general de su carácter, lo cierto es que ante todas aquellas maravillas conservaba una ecuanimidad vecina de la indiferencia, y a mis exclamaciones de admiración respondía con una breve sonrisa y alguna que otra despegada observación: «No está mal», «Curioso instrumento», «Hay que ver lo que se les ocurre a los hombres», «Más vale vender eso que café y azúcar». A veces, cuando por deseo mío –subrayo que el deseo venía de mí– dejábamos la buhardilla de Adrian, desde donde se dominaba el panorama complejo de los tejados de la ciudad, con el estanque del Palacio y la vieja torre de aguas, para bajar al almacén, cosa que no nos estaba prohibida, se unía a nosotros el joven Cimabue, en parte, me temo, para vigilarnos, pero en parte también para servirnos de agradable cicerone. De sus labios oímos la historia de la trompeta, que en su origen se componía de varios tubos rectos que se comunicaban entre sí por medio de esferas huecas, hasta que se descubrió el arte de torcer los tubos de latón sin desgarrarlos. Nos explicaba también que, según ciertas personas entendidas, el sonido de un instrumento, ya fuera de madera o de metal, no dependía del material empleado en su construcción sino de su forma y proporciones. Lo mismo daba que una flauta fuera de madera o de marfil, que una trompeta fuera de latón o de plata. Pero añadía que su maestro, el tío de Adrian, negaba que fuera verdad tal cosa. Su oficio de constructor de violines le había enseñado la importancia del material, madera o barniz, y para saber de qué material estaba hecha una flauta, decía él, le bastaba con oírla. Luca pretendía que él era también capaz de hacer otro tanto. Con sus manos de italiano, pequeñas y bien modeladas, nos enseñaba el mecanismo de la flauta, cuyas transformaciones y perfeccionamientos en los últimos ciento cincuenta años, desde que viviera el célebre virtuoso Quantz, han sido considerables; el de la flauta cilíndrica de Boehm y el de la antigua flauta cónica, de sonido más dulce. Nos revelaba lo que era la estructura del clarinete y la del bajón de siete orificios, cuyo sonido tan fácilmente se confunde con el de la trompa. Nos explicaba, en fin, el volumen sonoro de los instrumentos, la manera de tocarlos y mil cosas más.

Vistas las cosas de modo retrospectivo no cabe duda de que, consciente o inconscientemente, Adrian seguía todas estas explicaciones con tanto interés como yo y sacaba de ellas mejor provecho. Pero no lo dejaba ver y nada denotaba en él que todo aquello le interesara o pudiera interesarle jamás. Hacerle preguntas a Luca era cosa que dejaba a mi cargo. Más aún, nos dejaba a menudo solos, a Luca y a mí, para prestar atención a algo distinto de lo que se hablaba. No pretendo acusarle de hipocresía y no olvido tampoco que la música, en aquellos tiempos, no tenía para nosotros otra realidad que la puramente corpórea que le daban los instrumentos guardados en el almacén de Nikolaus Leverkühn. Es cierto que habíamos entrado ya en contacto ocasional con la música de cámara. Cada semana, o por lo menos cada quince días, tenían lugar en la casa ensayos a los que yo asistía muy de tarde en tarde y Adrian no siempre. Se reunían, con este objeto, el señor Wendell Kretzschmar, organista de la catedral y tartamudo, que no había de tardar en ser profesor de Adrian, y el maestro de canto del Liceo de San Bonifacio, con los cuales el tío Leverkühn ejecutaba cuartetos de Haydn y de Mozart. Su parte era la de primer violín, Luca Cimabue tocaba el segundo, Kretzschmar el violoncelo y el maestro de canto la viola. Eran típicas reuniones de hombres, cada uno con el cigarro en la boca y el vaso de cerveza en el suelo junto al atril, y la ejecución se veía con frecuencia interrumpida por los golpes de arco y el recuento de los compases cada vez que los ejecutantes, casi siempre por culpa del maestro de canto, se perdían en la confusión. Un verdadero concierto, una orquesta sinfónica, no lo habíamos oído nunca, y esto podrá ser suficiente, si se quiere, para explicar la indiferencia de Adrian hacia el mundo de los instrumentos. Él, por lo menos, así lo creía, con lo cual quiero decir que se ocultaba detrás de esa indiferencia o, dicho de otro modo, que se ocultaba ante la música. Largo tiempo, con adivinatoria obstinación, trató Adrian de escapar a su destino.

Por otra parte, nadie pensaba en establecer una relación cualquiera entre él y la música. La idea de que estaba destinado a los estudios universitarios había arraigado en todos los cerebros y se veía cada día confirmada por su brillante conducta en el Liceo, donde fue siempre el primero de la clase, por lo menos hasta los últimos años, cuando los dolores de cabeza, que empezaron entonces a atormentarle, le privaban de llevar a cabo los pocos esfuerzos que le eran necesarios para prepararse. De todos modos, lo que sus estudios exigían de él podía darlo Adrian sin esfuerzo alguno, y si el hecho de ser un alumno excelente no le atraía el cariño de los profesores —al contrario, podía observarse en ellos cierta irritación y el deseo de empujarle al fracaso—, la causa de que así fuera hay que buscarla en su aparente soberbia. Se le tenía por orgulloso, en efecto, pero no porque lo estuviera de sus talentos sino, al contrario, porque no lo estaba lo bastante y en ello residía precisamente su soberbia, acompañada de un evidente desprecio hacia aquello que tan fácilmente conseguía dominar, es decir, la asignatura, la disciplina especializada, cuyo prestigio era para los profesores cuestión de principio y de dignidad y que, como es fácil de comprender, no deseaban ver tratado con altivo menosprecio. Mis relaciones con los profesores eran mucho más cordiales —cosa que nada tiene de extraño si se considera que pronto había de ser uno de ellos y que mis serias intenciones al respecto eran conocidas—. Yo también figuraba entre los buenos alumnos, pero lo era, y sólo podía serlo, en virtud del amor y el respeto que las cosas que estudiaba me inspiraban, en particular las lenguas antiguas y sus clásicos, poetas y escritores, amor y respeto que eran para mí un estímulo y una invitación al trabajo. Adrian, al contrario, no perdía ocasión de mostrar –no me lo ocultaba a mí y tengo fundados motivos para temer que tampoco lo ocultaba a sus profesores– hasta qué punto los estudios le eran indiferentes y le parecían cosa secundaria. Esto me infundía miedo a veces, no por su carrera, que no corría peligro ninguno, tan grande era su facilidad, sino porque me preguntaba si había algo en el mundo que para él *no* fuera indiferente. No descubría, y no había modo de descubrir, lo que a él podía parecerle «cosa principal». En los años de que hablo la vida escolar es la vida misma. Una y otra se confunden y sus intereses cierran el horizonte que toda vida necesita para desenvolver valores que, aun siendo relativos, ponen a prueba el carácter y las capacidades. La fe en valores absolutos, por ilusoria que sea, me parece a mí una necesidad vital. Los dones de mi amigo, en cambio, se medían en valores cuya relatividad le parecía evidente, sin que por ello los menospreciara como tales valores. Los malos alumnos no escasean. Adrian se presentaba como un fenómeno especial: era el mal alumno situado como primero de la clase. Repito que esto me infundía miedo. Pero al propio tiempo me impresionaba, me atraía y fortalecía en mí una adhesión, a la cual se mezclaban –no sabría decir por qué– algo de dolor y de desconsuelo. Preciso es reconocer, de todos modos, que esta regla de irónica desconsideración por todo lo que tenía que ver con el estudio, comprendía una excepción. Su interés por las matemáticas, asignatura en la que yo descollaba poco; era evidente. Mi insuficiencia en esta disciplina, sólo compensada por el ardor que ponía en los estudios filológicos, me hizo comprender que no era posible dominar una materia sin sentir hacia ella, y era para mí un verdadero goce ver que, por lo menos en este punto, mi amigo se conformaba a dicha regla. Las matemáticas, en su acepción de lógica aplicada pero mantenida no obstante en la más pura y elevada abstracción, ocupan una curiosa posición intermedia entre las ciencias humanísticas y las naturales, y de lo que me decía Adrian, en nuestras pláticas, sobre las satisfacciones que le procuraba su estudio se desprendía que esta posición intermedia la consideraba él, al propio tiempo, como elevada y dominante, universal, como «lo verdadero», según él solía decir. Era un auténtico placer oírle hablar de algo como de «lo verdadero». Era como un áncora, un asidero. Se descubría por fin cuál era su «cosa principal». «Eres un animal —me decía— si no te interesas por eso. No hay nada mejor que la presencia de relaciones ordenadas. El orden lo es todo. Epístola a los Romanos, trece: "Lo que es de Dios es del orden".» Se ruborizó al mirarle yo de hito en hito. Resultaba que Adrian era religioso.

Con él todo tenía que «resultar». Era preciso descubrirlo, sorprenderlo, alcanzarlo desprevenido —y entonces se ruborizaba—, mientras uno se daba en la cabeza por no haber sabido ver antes algo que ahora resultaba patente. Fue también por casualidad que descubrí su afición a ocuparse del álgebra más allá de lo que era exigido en clase, a analizar la tabla de logaritmos por puro placer, a resolver ecuaciones de segundo grado antes de que le hubiesen pedido la elevación a potencias, y cuando se vio descubierto quiso primero tomar la cosa a chacota antes de decidirse a decirme lo que más arriba dejo apuntado. Otro descubrimiento, por no decir desenmascaramiento, había precedido a éste. Ya hice alusión a él antes. Se trata de sus secretos y autodidácticos ejercicios con el teclado, los acordes, las tonalidades, el círculo de las quintas, y del partido que de todo ello sacaba sin educación digital y sin conocimiento del pentagrama. Sus hallazgos armónicos se combinaban en una serie de modulaciones y figuras melódicas de incierto ritmo. Cuando hice este descubrimiento estaba él en los quince años. Después de haberle buscado una tarde inútilmente en su cuarto, lo encontré ante un pequeño armonio que, de antiguo, estaba como medio olvidado en un cuarto de paso. Un minuto permanecí de pie en la puerta, oyéndole, pero esta situación no me pareció que debiera prolongarse y penetré en la pieza preguntándole lo que estaba haciendo allí. Cesó de mover los pedales, apartó las manos del registro y enrojeció mientras se reía a la vez.

—La ociosidad —dijo— es el origen de todos los vicios. Me aburría. Cuando me aburro vengo a veces por aquí. La vieja caja está completamente abandonada, pero a pesar de su humildad tiene todo lo que hay que tener. Es curioso, es decir que no tiene nada de extraño, pero cuando uno prueba por primera vez, resulta curioso descubrir que todo se encadena y forma círculo.

Y dejó oír un acorde, en negras solamente, *fa* sostenido, *la* sostenido, *do* sostenido, a los cuales añadió un *mi* y el acorde que hubiese debido ser de *fa* sostenido mayor quedaba, por así decirlo, al descubierto como un acorde de *si* mayor por su quinta dominante. Un tal acorde —pretendía él— carece de tonalidad definida. Todo en él es relación y esta relación forma el círculo. Después de lo cual me demostraba que sobre la base de cada una de las doce notas de la escala cromática era posible construir una escala propia lo mismo en tono mayor que en tono menor.

—Pero todo esto es viejo —añadía—. Son cosas que se me ocurrieron hace ya tiempo. Hay mejor... —Y empezó una serie de modulaciones entre tonalidades distantes, empleando para ello las llamadas analogías de tercera o sexta napolitana.

Ninguna de estas cosas hubiese sido Adrian capaz de nombrarla por su nombre. Y seguía diciendo:

—Todo está en la relación. Para ser aún más preciso habría que emplear la palabra «ambigüedad». —Y para probar que el empleo de esta palabra estaba justificado, dejó oír una serie de acordes en tonalidad flotante o indecisa, demostrando con ello cómo una serie así se mantiene entre *do* mayor y *sol* mayor, cuando se deja de lado el *fa*, que en el acorde de *sol* mayor se convierte en *fa* sostenido; cómo queda el oído en la incertidumbre, indeciso entre *do* mayor y *fa* mayor cuando se evita el *si* que, en el acorde de *fa* mayor, se atenúa en *si* bemol.

—¿Sabes lo que pienso? —decía—. Pienso que la música es la ambigüedad erigida en sistema. Toma un tono cualquiera. Puedes entenderlo como quieras: sostenido en el sentido ascendente o bemol en el sentido descendente y, con un poco de malicia, puedes explotar a favor tuyo ese doble sentido. —Así revelaba conocer el secreto del trastrueque armónico y demostraba a la vez que no ignoraba tampoco ciertos recursos de los cuales es posible servirse para convertirlo en modulación.

¿Por qué me quedé yo, más que sorprendido, conmovido y como algo asustado? Se puso rojo como una amapola, como no le había visto nunca en clase ni siquiera en los ejercicios de álgebra.

Recuerdo haberle pedido que siguiera fantaseando todavía un poco, pero me sentí aliviado ante su negativa. «Todo esto no tiene sentido», dijo. ¿Pero qué clase de alivio podía ser aquél? Me di cuenta de lo que significaba su indiferencia y de que su frecuente expresión: «Es curioso» no era más que una máscara. Y al propio tiempo descubrí en Adrian —¡en Adrian!— el germen de una pasión. ¿Hubiera debido alegrarme? La verdad es que me sentí, en cierto modo, avergonzado y sobrecogido por el temor.

Su afición a los experimentos musicales cuando creía que nadie le observaba la había descubierto yo, pero, dado el lugar donde se encontraba el instrumento, no habían de tardar tampoco en descubrirla los otros. Una noche su padre adoptivo le dijo:

—Querido sobrino, lo que acabo de oír hoy me demuestra que no era éste tu primer ensayo.

—¿Cómo dices, tío?

—No te hagas el inocente. Es evidente que te ocupas de música.

—¡Qué cosas de decir!

—Otras cosas peores ha tenido que soportar el instrumento. Este modo de pasar de *fa* mayor a *la* mayor no está del todo mal. ¿Te divierte?

—¿Qué sé yo?

—No hay duda de que te divierte. Por lo tanto, pondremos esa vieja cómoda en tu pieza y así la tendrás a tu disposición siempre que quieras.

—Eres muy amable, tío, pero no vale la pena de tomarse tanto trabajo.

—El trabajo es poco y el placer puede ser mayor. Otra cosa, sobrino. Debieras tomar lecciones de piano.

—¿Lecciones de piano, tío? ¿Como las señoritas de buena familia?

—Como lo que tú quieras. Estudiarás con Kretzschmar, que es un viejo amigo y no cobrará caro. Esto te dará un fundamento para tus lecciones en el aire. Hablaré con él.

Esta conversación me la contó Adrian, palabra por palabra, en el patio de la escuela. Desde entonces, Wendell Kretzschmar le dio lección dos veces por semana.

VIII

Wendell Kretzschmar, todavía joven, apenas si había pasado los veinticinco años, nació de padres alemanes en el estado norteamericano de Pensilvania y había cursado sus estudios de música en su país de adopción. Pero pronto hubo de regresar a su país de origen, donde se encontraban no sólo sus propias raíces sino las de su arte. En el curso de una vida errante cuyas etapas no duraban más allá de uno o dos años, vino a parar a Kaisersaschern como organista. Un episodio más en su carrera, que otros habían precedido (había sido director de orquesta en pequeños teatros municipales de Alemania y de Suiza) y que otros habían de continuar. Kretzschmar, además, se dio a conocer como autor de composiciones para orquesta y escribió una ópera, *La estatua de mármol*, que fue estrenada y representada con éxito en diversas escenas.

De aspecto modesto, regordete y de cabeza redonda, un bigotito con puntas y ojos pardos que sonreían de buena gana, la mirada penetrante a veces y a veces profunda, hubiese podido representar para la vida cultural y espiritual de Kaisersaschern una verdadera adquisición, de haber existido tal vida o cosa semejante. Su modo de tocar el órgano acusaba a la vez profundos conocimientos y una noble fantasía, pero los feligreses capaces de apreciarlo podían contarse con los dedos de una mano. De todos modos los conciertos gratuitos que daba ciertas tardes en la iglesia y en cuyos programas figuraban composiciones para órgano de Michael Pretorius, Froberger, Buxtehude y, naturalmente, Sebastián Bach, y otras, menos importantes pero interesantes también, de la época que va de Haendel a Haydn, atraían un público bastante numeroso en el que Adrian y yo figurábamos regularmente. Fueron en cambio un completo fracaso, por lo menos en apariencia, las conferencias que diera, imperturbable, durante largos meses, en la Sociedad de Actividades para el Bien Común, conferencias acompañadas de ilustraciones musicales al piano y de gráficos en la pizarra. Fueron un fracaso estas conferencias, en primer lugar, porque al público de nuestra ciudad no le interesaban, en principio, las conferencias; en segundo lugar, porque los temas elegidos eran poco populares y caprichosamente rebuscados, y finalmente porque el tartamudeo del conferenciante hacía de la tarea de escucharle una azarosa navegación entre escollos, en la que alternaban el temor y la crisis de risa. El auditor se distraía de lo que el conferenciante explicaba, para pensar tan sólo en el momento en que su explicación volvería a quedar interrumpida por una convulsión paralizadora.

Su tartamudeo era trágico, por tratarse precisamente de un hombre de fecundo pensamiento y aficionado con pasión a comunicar sus ideas. De vez en cuando su barquilla se deslizaba sobre las aguas sin ninguna dificultad, hasta el punto de hacer olvidar el defecto que le acongojaba. Pero inevitablemente llegaba, a intervalos más o menos largos, el momento que todo el mundo aguardaba y temía, y allí estaba el pobre, congestionado y tembloroso, como el acusado en el potro. Tan pronto era una gutural que arrancaba de su boca desmesuradamente ensanchada sonidos semejantes a los de una locomotora soltando vapor, tan pronto una labial que se resolvía en una serie de breves explosiones después de haberle hinchado desmesuradamente las mejillas. Ocurría también, a veces, que su respiración se hacía irregular, y, con la boca en forma de embudo, como un pez fuera del agua, trataba de cazar aire. Verdad es que el interesado, con los ojos húmedos por el esfuerzo, no se privaba de reír y de demostrar así que no tomaba la cosa trágicamente, pero para muchos esto no era un consuelo y, en realidad, se explica que el público no acudiera numeroso a esas conferencias. Tan poco numeroso era, en efecto, que a veces no había en la sala mucho más allá de media docena de personas, mis padres, el tío de Adrian, Luca Cimabue, Adrian y yo, más algunas alumnas de la Escuela Superior para Señoritas, discípulas del conferenciante y que no eran las que menos se reían cuando el orador no conseguía salir del paso.

Kretzschmar estaba dispuesto a pagar de su propio bolsillo los gastos de luz y alquiler de sala, muy superiores, claro está, al producto de las entradas. Pero mi padre y Nikolaus Leverkühn, miembros ambos de la Junta Directiva de la Sociedad, habían conseguido que ésta renunciara a cobrar un alquiler del local, en atención a que se trataba de conferencias de alto valor cultural y de interés común. Se trataba, en realidad, de un favor amistoso, porque el interés que las conferencias podían presentar para la comunidad era discutible, empezando por faltar, como era el caso, una comunidad de oyentes, cosa que, en parte por lo menos, era debida, como ya he dicho, al carácter especial de los temas tratados. Wendell Kretzschmar proclamaba como principio que lo que importa no es lo que interesa a los demás sino lo que le interesa a uno, y de lo que se trata, por lo tanto, es de *despertar* interés, lo que sólo puede ocurrir, pero entonces ocurre con seguridad, cuando uno se interesa fundamentalmente por un tema y de este modo, al tratarlo, necesariamente comunica su interés a los demás o, si se quiere, crea un interés insospechado, cosa preferible al trabajo que consiste en procurar nuevas satisfacciones a un interés ya existente.

Era muy de lamentar que nuestro público no le diera casi oportunidad de demostrar su teoría. A los pocos que en la vasta sala, con sus sillas numeradas, nos reuníamos para escucharle, la teoría había de parecernos justa, porque en realidad el conferenciante conseguía retener nuestro interés con cosas en las que nunca habíamos pensado y que, con tanta mayor facilidad, llamaban nuestra atención. Su espantoso tartamudeo acababa por no parecernos otra cosa que la expresión de su ardor entusiasta. Muchas veces, al ocurrir el percance, le hacíamos todos un signo común de aliento y alguno de sus amigos presentes dejaba oír un cordial «no importa». Esto bastaba para poner fin al atascamiento. Se excusaba entonces el orador con una franca sonrisa y durante un rato proseguía el discurso con una alarmante facilidad.

¿De qué trataba? El hombre era capaz de hablar una hora seguida sobre «por qué Beethoven no había añadido un tercer tiempo a la sonata para piano op. 111» –tema que, sin duda, vale la pena de ser tratado–. Pero imagínese uno el anuncio en el tablero de la Sociedad de Actividades para el Bien Común o perdido en un rincón de las columnas del diario local, *El Ferrocarril*, y comprenderá sin esfuerzo la escasa curiosidad que había de despertar entre el público de Kaisersaschern. Los que a la conferencia asistíamos, pasábamos una velada en extremo instructiva. (A los demás no les interesaba ni poco ni mucho saber por qué la sonata op. 111 tenía sólo dos tiempos.) Al salir de la conferencia estábamos muy bien enterados. Kretzschmar la había ejecutado de modo impecable en el piano vertical puesto a su disposición (la Sociedad no contaba con un piano de cola) y había también, al propio tiempo, analizado su contenido espiritual y las circunstancias en que –con otras dos sonatas más– había sido escrita, dando pruebas de cáustico ingenio al comentar la explicación que el propio Beethoven diera de por qué había renunciado a escribir un tercer movimiento que correspondiera con el primero. Al criado que se lo preguntara contestó el Maestro –y se añade que la respuesta fue dada muy tranquilamente– que no había escrito un tercer movimiento, limitándose a prolongar el segundo, por *falta de tiempo*. Hay en esta respuesta un menosprecio hacia el preguntante que no ha sido puesto de relieve, pero que el carácter de la pregunta justifica. Y al llegar a este punto exponía el orador el estado de Beethoven alrededor del año 1820, cuando su oído, atacado por un proceso de corrosión imposible de detener, iba extinguiéndose progresivamente, hasta el punto de que no sería posible, de entonces en adelante, dirigir sus propias obras. Nos contaba cómo el rumor de que el célebre músico había llegado ya a su completo agotamiento y que, incapaz de producir y de dedicarse a trabajos de más alcance, se dedicaba, como el viejo Haydn, a anotar canciones escocesas, ganaba cada día terreno, precisamente porque, desde hacía años, no se había ofrecido al público ninguna obra importante que llevara su nombre. Pero ya avanzado el otoño, al volver de Moedling, donde había pasado el verano, a Viena, puso el maestro manos a la obra y de un solo aliento, sin levantar, puede decirse, los ojos del pentagrama, escribió aquellas tres obras para piano y las mandó al conde de Brunswick, su protector, como para tranquilizarle sobre su estado. Entonces empezaba a hablar Kretzschmar de la sonata en *do* menor, difícil de comprender como obra espiritualmente equilibrada; del problema estético ante el cual esta sonata colocó a la crítica contemporánea y a los amigos del compositor; de cómo estos amigos y admiradores no habían podido, más allá de la cumbre clásica a que el maestro, en sus años de madurez, había llevado la sinfonía, la sonata para piano y el cuarteto para instrumentos de cuerda, seguir su evolución y, frente a las obras del último período, se habían visto colocados ante un proceso de desintegración, de alejamiento, de abandono de las normas familiares, ante un *plus ultra* que, a sus ojos, no era otra cosa que una depravación de tendencias que siempre fueron suyas, un exceso de sutileza y de especulación, de minuciosidad y de dominio de la ciencia musical, patente incluso en el tratamiento de temas tan sencillos como la *arietta* de las extraordinarias variaciones que forman el segundo tiempo de esta sonata. Más aún:

así como este tema, a través de cien aventuras, de cien contrastes rítmicos, acaba por salir de sí mismo y va a perderse en alturas vertiginosas, abstractas, de igual modo se superó a sí mismo el arte de Beethoven, y de las templadas regiones de la tradición se elevó, ante los ojos asustados de sus contemporáneos, a esferas que son del exclusivo dominio de la Personalidad, de un yo aislado dolorosamente, aislado incluso del mundo sensorial por la pérdida del oído, príncipe solitario de un reino espiritual, libre de extraños, testigos, incluso los más benévolamente dispuestos, cuyos pavorosos mensajes sólo por excepción y en contados momentos eran comprendidos.

Todo esto, hacía notar Kretzschmar, es comprensible. Pero sólo hasta cierto punto y condicionalmente. Porque con la subjetividad ilimitada y la voluntad expresiva, radicalmente armónica, en oposición al objetivismo polifónico. Insistía Kretzschmar sobre esta distinción: subjetividad armónica, objetividad polifónica; pero como en la mayor parte de sus postreras composiciones, esta comparación, esta oposición, no resultaban aquí aplicables. En realidad, Beethoven fue, a mediados de su vida, mucho más subjetivo, por no decir mucho más «personal», que en sus últimos años. Su preocupación de sacrificar a la expresión personal, de dejar absorber por ella lo mucho que la música tiene de convencional, de formalista, de retórico, era más patente. A despecho de la originalidad, por no decir monstruosidad, de su lenguaje formal, la relación de Beethoven con lo convencional aparece en las últimas obras de su vida, por ejemplo en las últimas cinco sonatas para piano, como mucho más aflojada, menos vigilante. En estas obras tardías lo convencional, exento de desnudez, o si se quiere descarnado, desprovisto de individualidad, y su majestuosidad es más impresionante que la de cualquier atrevimiento personal. En esas obras, decía el orador, se establece entre lo subjetivo y lo convencional una nueva relación cuyo origen hay que buscarlo en la Muerte. Del encuentro de la grandeza y de la muerte, añadía, nace una objetividad hasta cierto punto convencional, cuya soberana belleza supera a la del más desenfrenado subjetivismo porque en ella lo exclusivamente personal, el dominio de una tradición llevada a su más alta cumbre, se supera a su vez y, en plena grandeza espiritual, accede a lo mítico y a lo colectivo.

No se preocupaba Kretzschmar de preguntarnos si habíamos comprendido ni cuidábamos tampoco de preguntárnoslo nosotros. Cuando él decía que lo importante era que le escucháramos, nosotros, por nuestra parte, compartíamos plenamente esta opinión. La obra que especialmente estudiábamos, la Sonata op. 111, había de ser considerada a la luz de lo que antecede. Dicho lo cual, se sentaba al piano y tocaba de memoria la sonata en cuestión, su primer movimiento y las extraordinarias variaciones que constituyen el segundo, intercalando en la ejecución comentarios hablados simultáneos, para subrayar hasta qué punto se veía su tesis ilustrada y confirmada. En otros pasajes unía con visible entusiasmo su propia voz a la del instrumento. En conjunto la cosa resultaba a la vez emocionante y cómica y constituía un espectáculo que, con frecuencia, provocaba la hilaridad del reducido auditorio. Su pulsación era en extremo vigorosa y para que sus comentarios de los pasajes de fuerza resultaran a medias comprensibles tenía que proferirlos a voz en grito. Con la boca trataba de imitar lo que tocaba con las manos y los implacables acordes iniciales del primer tiempo eran subrayados con onomatopeyas de su cosecha: «Bum bum, wum wum, schrum schrum». Los pasajes amables y melódicos los acompañaba cantando de falsete y el cielo tempestuoso de la obra aparecía entonces como desgarrado por suaves rayos de luz. Finalmente cruzaba las manos y descansaba un instante antes de anunciar: «Ahora empieza». Y empezaba, en efecto, la ejecución de las variaciones del segundo movimiento: *Adagio molto, semplice e cantabile.*

El tema de *arietta*, cuya idílica inocencia no hace presentir las aventuras y sobresaltos a que está destinado, aparece en seguida y se expresa en dieciséis compases, reducible a un motivo que al final de la segunda mitad surge como un grito del alma. Tres notas nada más, una corchea, una semicorchea y una semínima. Lo que ocurre con esta suave declaración, con esa indicación melancólica en el curso de su marcha rítmico-armónico-contrapuntística, las bendiciones y maldiciones que su autor lanza sobre estas tres notas, las tinieblas y los resplandores (esferas de cristal, donde el frío y el calor, la calma y el éxtasis son uno y lo mismo) en que las precipita o hacia donde las eleva, todo esto puede ser llamado de muchas maneras, prolijo, maravilloso, extraño, excesivo en su grandeza, y ninguno de estos nombres será el suyo porque en realidad se trata de algo sin nombre. Y Kretzschmar; con sus industriosas manos, ejecutaba esas extraordinarias transformaciones a la vez que iba cantando –Dim-dada– y comentando en alta voz: «Oigan las cadenas de trinos, los arabescos y las cadencias. Fíjense cómo lo convencional se impone. No se trata de eliminar del lenguaje la retórica, sino de eliminar de la retórica la apariencia de su dominio subjetivo. Se abandonan las apariencias del arte, el arte acaba siempre repudiando, las apariencias del arte. ¡Dim-dada! Oigan cómo la melodía queda aquí aplastada bajo el peso del acorde. Se hace estática, monótona. Dos veces *re*, tres veces *re*, una tras otra. Los acordes lo son todo. ¡Dim-dada! Fíjense ahora en lo que va a pasar».

Resultaba extraordinariamente difícil prestar atención a sus gritos y a la música, en sí nada fácil, a la que iban mezclados. Hacíamos un esfuerzo para conseguirlo, inclinados hacia adelante, con las manos entre las rodillas, mirando alternativamente sus manos y su boca. El carácter distintivo de la frase es la gran separación entre el bajo y el distante, entre la mano izquierda y la mano derecha, y llega un momento, una situación extrema, en que el pobre motivo, solo y abandonado, parece flotar sobre un inmenso abismo, un instante de pálida sublimidad, seguido inmediatamente de un gesto de miedo, de espanto y de terror ante el hecho de que semejante cosa haya podido ocurrir. Pero muchas otras cosas suceden y se suceden antes de llegar al final. Y cuando después de tanta cólera, tanta obstinación, tanta tenacidad y tanta jactancia se llega al final, ocurre algo inesperado y conmovedor por su bondad y su dulzura. El manoseado motivo, que se despide de nosotros y se convierte él mismo en despedida, en un gesto y un grito de adiós, adquiere aquí una ligera ampliación melódica. Entre el *do* inicial y el *re* se intercala un *do* sostenido. Las tres sílabas sonoras se convierten en cinco y el *do* sostenido que viene a completar la melodía tiene algo de infinitamente emocionante y tiernamente consolador. Es como si una mano amorosa nos acariciara el cabello o las mejillas, es como una última mirada clavada profundamente en nuestra pupila. Es como una bendición sobrehumana después de la terrible sucesión de formas violentas. Un despido al oyente, despido eterno, de tan gran blandura para el corazón que arranca lágrimas a los ojos. Se cree estar oyendo palabras que dicen: «Olvida el tormento», «Todo fue sueño», «Dios es grande en nosotros», «No dejes de serme fiel». Y de pronto se interrumpe. Una serie de rápidos tresillos preparan la fórmula final, que bien hubiese podido ser la de otra obra cualquiera.

Terminada la ejecución al piano, Kretzschmar no volvía ya a su pupitre de conferenciante. Permanecía sentado en el taburete, en posición idéntica a la nuestra, inclinado hacia adelante, las manos entre las rodillas, y así terminaba, con pocas palabras, su conferencia sobre por qué Beethoven no había añadido un tercer tiempo a su sonata op. 111, dejando que nosotros mismos nos encargáramos de encontrar una respuesta a la pregunta, para lo cual bastaba —decía él— haber oído la obra. ¿Un tercer movimiento? ¿Un nuevo comienzo después de tal despedida? ¿Un regreso después de tal separación? Imposible. Ese segundo, enorme movimiento pone a la sonata punto final —y no hay retorno posible. Y cuando decía «la sonata» entiéndase bien que no se refería precisamente a esta sonata en do menor sino a la sonata en sí, considerada como forma artística tradicional. La sonata terminaba aquí, había sido conducida a su término, había llenado su destino y alcanzado su meta, se elevaba y se disolvía— se despedía, en fin. El gesto de despedida del motivo *re-sol-sol*, melódicamente completado por el *do* sostenido, era así como había que interpretarlo, como un adiós, igual en grandeza a la obra: el adiós a la sonata.

Con esto se retiraba Kretzschmar, acompañado de aplausos más prolongados que nutridos, y nos retirábamos también nosotros con la cabeza llena de nuevas ideas y reflexiones. A la salida, y como suele ocurrir en estos casos, la mayoría, mientras endosaban el abrigo y se ponían el sombrero, canturreaba el tema del segundo movimiento, en su forma inicial y en la de la despedida, y las notas de aquella melodía resonaban largo tiempo en las callejuelas de la pequeña ciudad, mientras los auditores volvían a casa cada uno por su camino.

No fue esta la última vez que oímos hablar de Beethoven a nuestro tartamudo. Poco tiempo después consagró una de sus conferencias a otro tema beethoveniano: *Beethoven y la fuga*. También de esta conferencia me acuerdo perfectamente y, al verla anunciada, comprendí en seguida que el público no invadiría la sala del «Bien Común» para escucharla. Nuestro pequeño grupo sacó de la velada, sin embargo, placer y provecho. Siempre habían pretendido los envidiosos y los enemigos del gran innovador —se nos dijo— que Beethoven era incapaz de escribir una fuga. «Es cosa superior a sus fuerzas», afirmaban unos y otros, sabiendo muy bien lo que hacían al hacer esta afirmación, porque esta noble forma del arte musical gozaba entonces aún de gran prestigio y ningún compositor que no fuera capaz de dominarla perfectamente podía esperar un juicio benévolo de la crítica musical y menos aún que potentados y mecenas le confiaran encargo alguno. El príncipe Esterhazy, por ejemplo, era gran amigo de la forma fugada, a pesar de lo cual, en la misa en *do*, que Beethoven escribió por encargo suyo, sólo encontramos algunos atisbos de fuga, cosa que desde el punto de vista puramente social era una descortesía, y desde el punto de vista estético una omisión imperdonable. En el oratorio *Jesucristo en el Monte de los Olivos*, los pasajes fugados, indicadísimos dado el carácter de la obra, brillaban por su ausencia. Una tentativa tan poco afortunada como la fuga del tercer cuarteto (opus 59) no era muy a propósito para desmentir la versión de que el gran hombre poco sabía de contrapunto, y los círculos musicales autorizados de la época compartían esta opinión después de oír los pasajes fugados de la marcha fúnebre de la *Sinfonía heroica* y del *Allegretto* de la sinfonía en *la* mayor. ¿Y qué decir del último tiempo de la sonata para piano y violoncelo en *re*, opus 102, indicado como *Allegro Fugato*? Kretzschmar nos contaba que la obra fue recibida con gritos y denuestos. Se dijo de ella que era intolerablemente oscura y que, por lo menos durante veinte compases seguidos, imperaba una tal confusión —debida principalmente al colorido excesivo de las modulaciones— que la incapacidad del hombre para componer según las normas del estilo clásico quedaba definitivamente demostrada.

Interrumpo un momento mi narración únicamente para hacer notar que el conferenciante hablaba de cosas, asuntos y valores estéticos que hasta entonces no habían entrado en el ámbito de nuestros conocimientos y que ahora veíamos surgir de modo impreciso en el horizonte, al conjuro de su siempre vacilante palabra. No estábamos en situación de comprobar lo que decía, como no fuera a la luz de sus propias interpretaciones pianísticas, y escuchábamos todas aquellas explicaciones con la oscura y agitada fantasía del niño que presta oído a legendarias historias incomprensibles mientras su espíritu, blandamente impresionable, se siente, como en sueño y por intuición, enriquecido y estimulado. «Fuga», «contrapunto», «Heroica», «confusión por colorido excesivo de las modulaciones», «estilo clásico», todo ello tenía para nosotros algo de fabuloso, pero lo escuchábamos con gusto y boquiabiertos, como los niños gustan de prestar oído a lo incomprensible y a lo inaccesible. Con mayor gusto en verdad que si se tratara de cosas próximas, correctas y normales. Muchos se resistirán a creerlo, pero ésta es la forma más intensa, la forma superior, y quizá la más fructífera, de la enseñanza. La enseñanza anticipativa, pasando por encima de vastas zonas de ignorancia. Mi experiencia pedagógica me dice que éste es el método que la juventud prefiere y, por otra parte, el espacio que deja uno vacío tras de sí, se llena por sí mismo con el tiempo.

Decíamos pues, o nos decían, que Beethoven gozaba fama de ser incapaz de escribir una fuga, y de lo que se trataba era de descubrir hasta qué punto era cierta tan maliciosa pretensión. Es evidente que, por su parte, Beethoven trató de demostrar que era falsa. Repetidamente había introducido fugas, y fugas para tres voces, en sus composiciones para piano, en la sonata para clavicémbalo y en la sonata en *la* bemol mayor. En uno de estos casos había añadido a la indicación de tiempo la mención «con algunas libertades», indicando así que no ignoraba las reglas contra las que se había permitido faltar. Por qué había violado estas reglas, si por propia y absoluta libertad, o porque no había conseguido dominarlas, es cuestión que no quedó zanjada, y asimismo cabe discutir si las composiciones en cuestión merecen el nombre de fugas en el verdadero sentido de la palabra. Aparecían, en efecto, como demasiado sometidas a la forma sonata, como obedeciendo con exceso a la preocupación expresiva, a la rebusca de armonías y acordes. Poco adecuadas en suma para absolver al autor de la acusación de ignorar el contrapunto, que contra él se formulaba. Claro está que la fuga-obertura opus 124 y las majestuosas fugas del *Gloria* y el *Credo* de la *Missa solemnis* vinieron después a demostrar que en el combate contra este Ángel el gran Luchador había salido también victorioso.

Kretzschmar nos contó una absurda historia que nos dejó una imagen monstruosa e inolvidable de la dificultad de este combate y de la persona del desgraciado artista. Era en pleno verano de 1819; Beethoven, aposentado en casa de Hafner, en Moedling, trabajaba en la composición de la *Missa*, desesperado de ver cómo cada una de sus partes se prolongaba más de lo previsto y que no podría cumplir la promesa de tener la obra lista para el día primero de marzo del año siguiente, fecha fijada para la coronación del archiduque Rodolfo como arzobispo de Olmutz. Dos amigos y admiradores que fueron entonces una tarde a visitarle se enteraron, apenas llegados a la casa, de algo horrible, horriblemente absurdo. Aquella misma mañana se habían marchado las dos criadas del maestro, dejándole abandonado, después de una escena violenta, ocurrida durante la noche, que revolvió la casa entera. Durante horas y horas Beethoven había trabajado en el *Credo*, en el credo con la fuga, sin querer cenar, mientras la cena seguía calentándose en el hogar y junto a éste, sin poder resistir ya más, se dormían las criadas. Cuando el maestro, por fin, pasada ya la medianoche, pidió la comida, encontró a las fámulas durmiendo y los manjares carbonizados, y el ruido con que dio rienda suelta a su indignación a altas horas de la noche fue tanto más estruendoso cuanto que él era incapaz de oírlo. «¿No podíais esperar una hora?», repetía gritando sin cesar a las criadas que habían esperado no una, sino cinco o seis. A la mañana siguiente, antes de salir el sol, salieron de la casa dejando al destemplado dueño abandonado a sí mismo. Beethoven se quedó sin cenar y sin comer al día siguiente. No había probado bocado desde el día anterior a mediodía. En lugar de comer trabajaba en su cuarto. Trabajaba en el *Credo* —en el credo y en su fuga—. Detrás de la puerta cerrada los visitantes le escuchaban trabajar. Mientras componía su credo, el pobre sordo cantaba, rugía y pateaba. Algo emocionante y terrible a la vez, que helaba la sangre en las venas de los que escuchaban detrás de la puerta. Profundamente atemorizados, pensaban en marcharse cuando, de pronto, se abrió la puerta y apareció Beethoven en el umbral. Su aspecto daba espanto. Vestido de cualquier manera, el rostro demudado que daba miedo, fijó en ellos una mirada a la vez inquisitiva y ausente. Se hubiese dicho que salía de un combate a vida o muerte con el contrapunto y todos sus adversos espíritus. Pronunció primero unas palabras sin sentido y empezó a quejarse después del estado en que estaba la casa y a contar que le habían abandonado y que le dejaban morir de hambre. Fue necesario calmarle. Uno le ayudó a vestirse y a lavarse, otro fue a encargar comida de la cercana taberna... Sólo tres años después quedaba terminada la *Missa*.

No conocíamos nosotros la *Missa*; sólo oíamos hablar de ella. Pero nadie negará que pueda ser también provechoso oír hablar de la grandeza desconocida. Todo dependerá de cómo se hable de ella. Al volver a nuestras casas después de la conferencia de Wendell Kretzschmar teníamos la sensación de haber oído la *Missa* y a esta ilusión contribuía sin duda la imagen del maestro, rendido por el hambre y el sueño en el umbral de la puerta, que sus palabras habían grabado en nuestra imaginación.

Tampoco conocíamos el «monstruo de los cuartetos», del que nos hablara después, uno de los cinco últimos, escrito en seis tiempos, ejecutado por primera vez cuatro años después de terminada la *Missa* y demasiado difícil para que el cuarteto de Nikolaus Leverkühn hubiese podido atreverse con él. Pero oíamos a Kretzschmar hablar de él con el corazón palpitante, emocionado por el contraste entre el alto concepto que de esta obra se tiene hoy y el dolor, la pena, el desconcierto en que por ella se vieron sumidos los contemporáneos que más fielmente creían en Beethoven y le querían. Kretzschmar nos hablaba de este cuarteto porque su fuga final era ante todo, ya que no exclusivamente, un grito de desesperación. Para el sano oído de la época resultaba insoportable. Las gentes se negaban a escuchar lo que el autor no había podido él mismo oír, y sí sólo se había atrevido a imaginar: es decir, una desenfrenada lucha de las más altas y las más profundas notas instrumentales, de las más diversas figuras musicales cruzándose y superponiéndose del modo más irregular, y con el acompañamiento de diabólicas disonancias, en cuya ejecución los intérpretes, tan poco seguros de la obra como de sí mismos, sólo comprendían a medias lo que hacían y acababan, con ello, de completar la babilónica confusión. A petición del editor este fragmento fue separado de la obra, sustituido por un tiempo final en *estilo libre*, y Kretzschmar pretendía que, aun hoy, no es lícito afirmar, sin bizantinismo, que nada hay en aquellas formas que no sea claro y agradable. «Yo también quiero ser atrevido —decía el conferenciante— y afirmo por mi parte, aunque al decirlo se me queme la lengua, que en ese modo de tratar la forma fugada no es difícil discernir un sentimiento de odio y de violencia, hijo de la relación difícil y problemática que existía entre el artista y este aspecto de su arte y que asimismo se reflejaba en las relaciones, o falta de relaciones, entre nuestro gran hombre y Juan Sebastián Bach, más grande aun, para muchos, que el propio Beethoven.» En aquellos tiempos Bach había caído casi en el olvido, y Viena, sobre todo, nada quería saber de la música de aquel protestante. Para Beethoven, el rey de los reyes era Haendel y grandes eran también sus preferencias por Cherubini, cuya obertura de *Medea* no se cansó de escuchar mientras fue capaz de oírla. De Bach poseía pocas cosas: un par de motetes, el clavicordio bien templado, una tocata y unas cuantas piezas sueltas más, reunidas en un volumen. Una mano desconocida había escrito en el interior de la cubierta estas palabras: «Para conocer el valor de un músico hay que saber hasta qué punto aprecia las obras de Bach». A ambos lados de este texto había pergeñado Beethoven, con la más ancha de sus plumas, dos enfáticos y como furiosos signos de interrogación.

Todo esto es muy interesante y, al mismo tiempo, paradójico, porque no es aventurado afirmar que, de haber sido Bach más conocido en aquella época, más fácil le hubiese sido al arte de Beethoven encontrar la comprensión del público. Las cosas son así. Por su espíritu, la fuga pertenece a un período litúrgico de la música, del cual estaba ya Beethoven muy alejado. Él fue, en efecto, el Gran Maestro de un período profano durante el cual la música se emancipó del culto para refugiarse en la cultura. Esta emancipación no fue, sin embargo, nunca completa ni definitiva. Las misas del siglo XIX, escritas para la sala de conciertos, las sinfonías de Brückner, la música espiritual de Brahms y de Wagner, por lo menos en *Parsifal*, ponen de manifiesto los antiguos lazos, nunca completamente rotos, entre la música y el culto. Por lo que a Beethoven se refiere, no vaciló en escribir al director de una sociedad coral de Berlín para animarle a dar una audición de su *Missa solemnis*, que la obra podía ser interpretada *a capella* desde el principio hasta el fin; esto aparte, uno de los fragmentos de la misa, el Kyrie, estaba escrito sin acompañamiento instrumental y su opinión era (añadía Beethoven) que ese era el *único estilo musical religioso verdadero*. Quede por averiguar si, al escribir estas palabras, pensaba en Palestrina o en el estilo vocal contrapuntístico-polifónico de los maestros flamencos Joaquin des Près o Adrian Willaert, fundador este último de la escuela veneciana, estilo en el que Lutero veía el ideal de la música. Sea como fuere, sus palabras expresan la nostalgia inextinguible que la música emancipada siente de sus orígenes litúrgicos, y sus esfuerzos para dominar la forma fugada son la lucha de un gran arte dinámico y emotivo con el arte frío de esta forma musical que, en un más allá rígido y abstracto, donde reinan los números y tiempos del mundo sonoro, ha llevado las pasiones al regazo de Dios, ordenador del cosmos multiforme.

Así hablaba Kretzschmar de *Beethoven y la fuga* y en verdad que sus palabras nos dieron motivo de conversación durante el camino de regreso a nuestros hogares –motivo también de callarnos juntos, entregado cada cual a sus reflexiones sobre lo Nuevo, lo Grande y lo Remoto que su discurso, a despecho del tartamudeo, había introducido en nuestras almas–. Digo nuestras y pienso, naturalmente, en Adrian nada más. Lo que yo pude entonces escuchar y el provecho que de ello sacara no hacen al caso. Pero que estas cosas y circunstancias entraran en contacto con mi amigo y causaran impresión en su ánimo es de sumo interés para el lector y el motivo de que, con tanta extensión, me ocupe de las conferencias de Kretzschmar.

Su modo de presentar las cosas podía tener algo de obstinado y hasta de brutal, pero la acción estimulante que ejercía sobre un espíritu joven y excepcionalmente bien dotado, como el de Adrian Leverkühn, era prueba del valor de su inteligencia. A juzgar por lo que decía al salir de la conferencia o al día siguiente en el patio de la escuela, lo que más impresionó a Adrian fue la diferenciación que Kretzschmar estableciera entre épocas de culto y épocas de cultura y la idea expresada de que la secularización del arte, su apartamiento del servicio divino, revisten un carácter solamente superficial y transitorio. Algo que el conferenciante no dijo pero que sus palabras suscitaron, preocupaba profundamente a Adrian, a saber, que al desprenderse del conjunto litúrgico, al conquistar su libertad y elevarse a las regiones de lo exclusivamente personal o de la cultura por la cultura, el arte aceptó la carga de una solemnidad sin pretextos, de una severidad absoluta y de un patetismo doloroso, que aparecen como esculpidos en la figura de Beethoven al presentarse en el umbral de la puerta, pero sin que esa carga haya de ser considerada como su destino permanente, definitivo. ¡Había que oír al muchacho! Falto aún casi por completo de experiencia práctica en los dominios del arte, fantaseaba en el vacío, y sirviéndose de términos rebuscados, sobre la probable recaída del arte en una posición más modesta que la suya actual, pero más feliz, consagrada al servicio de una comunidad más elevada y que no había de ser, como fue en otro tiempo, precisamente la Iglesia. Cuál había de ser esta comunidad, no podía precisarlo. Pero de la conferencia de Kretzschmar había resueltamente estos principios: que el concepto de cultura es una manifestación histórica transitoria; que esta noción es susceptible de disolverse en otras, y que no es seguro, por lo tanto, que el futuro le pertenezca necesariamente.

—Pero no hay otra alternativa a la cultura —le dije— que la barbarie.

—Permíteme —objetó él—. La barbarie es lo contrario de la cultura, pero únicamente dentro del sistema de ideas que la cultura nos propone. Fuera de este sistema, es posible que lo contrario sea una cosa muy distinta o simplemente que no haya contrario.

No se me ocurrió otra cosa que imitar a Luca Cimabue, persignarme y exclamar: «¡Santa María!». En los labios de Adrian apuntó una leve sonrisa.

En otra ocasión se expresó así:

—Si la nuestra es una época de cultura, yo entiendo, y no sé si te parecerá a ti lo mismo, que se está haciendo de la palabra «cultura» un empleo excesivo. Quisiera saber si las épocas que han poseído verdaderamente una cultura han conocido y empleado la palabra. La ingenuidad, la inconsciencia, la naturalidad, me parecen el criterio básico del contenido que atribuimos a este nombre. Lo que nos falta precisamente es la ingenuidad, y este defecto, si de defecto puede calificarse, nos protege contra ciertas pintorescas manifestaciones de la barbarie compatibles con la cultura, e incluso con un muy elevado nivel de cultura. Quiero decir que nuestro plano es el de la civilización. Ella crea, a no dudarlo, una situación digna de encomio, pero es asimismo indudable que para ser capaces de vivir una vida culta debiéramos ser mucho más bárbaros de lo que somos. La técnica y el *confort* permiten *hablar* de la cultura sin tenerla. No podrás privarme de ver en el carácter melódico-homofónico de nuestra música un estado de civilización opuesto a la antigua cultura contrapuntística y polifónica.

En estos discursos, con los cuales trataba de exasperarme y de irritarme, había mucho de imitación. Pero tenía un modo personal de apropiarse y de reproducir lo que le interesaba. Sus imitaciones, si podía haber en ellas algo de inseguro y de infantil, no tenían nada de ridículo. No pocas veces también, en animadas conversaciones, nos habíamos dedicado a comentar otra conferencia de Kretzschmar, *La música y lo visual*, asimismo merecedora de un público más numeroso que el que acudió a escucharla. Como su título indica, el conferenciante habló de su arte en cuanto éste afecta, o afecta *también*, el sentido de la vista, cosa que hace ya desde un principio con la notación musical, sistema empleado desde tiempo inmemorial, y cada día más perfeccionado, para fijar, por medio de rayas y puntos, las oscilaciones del sonido. Sus ejemplos eran en extremo curiosos y al propio tiempo halagadores porque creaban entre la Música y nosotros esa agradable relación de intimidad que el aprendiz desea tener con su oficio. Nos enterábamos de que numerosas expresiones de la jerga musical se refieren, no a lo acústico, sino a lo visual de la notación escrita: se habla, por ejemplo, de «anteojos» y de «tijeras», porque la disposición de ciertas notas en el pentagrama recuerdan estos instrumentos. Hablaba del aspecto puramente óptico de la notación musical y aseguraba que, para el experto, una ojeada al manuscrito bastaba para darse cuenta del espíritu y del valor de una composición. A mí me ha ocurrido —nos decía— tener abierta en el atril la obra cualquiera de un aficionado que deseaba conocer mi opinión y, al entrar en mi pieza un compañero, exclamar apenas pasada la puerta: «¡Qué porquería, Virgen Santa!». Y, por otra parte, describía el placer que causa la mera contemplación visual de una partitura de Mozart a quien es capaz de apreciarla: su clara disposición, la afortunada repartición de los grupos instrumentales, el caprichoso e inteligente perfil de la línea melódica. «Un sordo —exclamaba— sin experiencia alguna del sonido habría de recrearse con la contemplación de tan nobles rasgos. *To hear with eyes belongs to love's fine wit*, dijo Shakespeare en uno de sus sonetos. «"Oír con los ojos es una de las agudezas del amor."» Y Kretzschmar pretendía que, desde siempre, los compromisos habían secretamente introducido en su escritura no pocos signos destinados al ojo lector más que al oído. Cuando, por ejemplo, los maestros flamencos del estilo polifónico, en su infinito afán de jugar con las voces, establecían la relación contrapuntística de modo que una voz igualara a la otra leyéndola al revés, no tenía esto gran cosa que ver con la sensibilidad sonora y más bien podía creerse en el deseo de cosquillear el ojo de las gentes del oficio. Kretzschmar pretendía que para el oído de los más la ocurrencia había de pasar inadvertida. Asimismo, en *Las bodas de Caná* de Orlando de Lassus, los seis jarros de agua están representados por seis voces, más fáciles igualmente de distinguir a la vista que al oído.

El conferenciante citaba otros ejemplos de pitagorismo, de travesuras hechas, si así puede decirse, a espaldas del oído, en las que la Música parece haberse divertido una y otra vez, y acababa por declarar que, a su juicio, y en último análisis, había que atribuirlas a la secreta inclinación al ascetismo que existe en la Música, a su innata castidad, por no decir antisensualidad. En realidad no hay arte más intelectual que la música, como lo demuestra ya el hecho de que, en ella, forma y contenido se entrelazan como en ningún otro; son, en realidad de verdad, una sola y misma cosa. Se dice generalmente que la música «se dirige al oído». Pero esto lo hace, en cierto modo, nada más en la medida en que el oído, como los demás sentidos, es órgano e instrumento perceptivo de lo intelectual. En realidad hay música que no contó nunca con ser oída; es más, que excluye la audición. Así ocurre con un canon a seis voces de Juan Sebastián Bach, escrito sobre una idea temática de Federico el Grande. Se trata de una composición que no fue escrita ni para la voz humana ni para la de ningún instrumento, concebida al margen de toda realización sensorial, y que de todos modos es música, tomando la música como una pura abstracción. Quién sabe, decía Kretzschmar, si el deseo profundo de la Música es el de no ser oída, ni siquiera vista o tocada, sino percibida y contemplada, de ser ello posible, en un más allá de los sentidos y del alma misma. Pero ligada al mundo de los sentidos, es natural que anheles, por otra parte, su realización sensorial, vigorosa y hasta apasionada, como aquella Kundry que hace lo que no quiere hacer y echa sus brazos pecadores en torno al cuello del Inocente. La forma más completa de esta realización sensorial la da la orquesta. Por ella, y a través del oído, se diría que afecta a todos los sentidos y que, como un estupefaciente, mezcla el reino de la sonoridad al de los colores y de los perfumes. La música orquestal es la penitente bajo el manto de la hechicera. Pero existe un instrumento, es decir, un medio de realización musical, que hace la música perceptible al oído de modo, sin embargo, casi casto, casi abstracto, y muy adecuado, por lo tanto, a su intelectual naturaleza. Ese instrumento es el piano, y sobre el piano nos dijo aquella noche Kretzschmar cosas interesantes al final de su conferencia. Nadie puede reprocharle a Berlioz, verdadero fanático de la orquesta, su desapego hacia un instrumento que no puede ni sostener el tono ni aumentarlo o disminuirlo, insuficiencias que quedan puestas de manifiesto, por modo lamentable, al ejecutar en el piano composiciones escritas para el conjunto orquestal. El piano lo resuelve todo en la abstracción, y como quiera que la idea orquestal es muy a menudo la idea musical misma y toda su sustancia, es natural que de la música instrumental transcrita al piano no quede a menudo casi nada, como no sea el recuerdo de cosas que, para apreciarlas, hay que haber oído antes en su prístina realidad. Y sin embargo este carácter de abstracción constituye un insigne título de nobleza. Es la nobleza misma de la música, es decir, su intelectualidad, y quien presta oído al piano y a la gran música escrita para piano y sólo para piano, puede decir que oye y ve la música al mismo tiempo, sin intermediario sensorial o reducido éste al mínimo, en toda su intelectual pureza. Ahí está por ejemplo, nos decía Kretzschmar, un héroe de la orquesta, maestro en el arte de conmover a las masas, un dramaturgo de la música –Ricardo Wagner, para no ocultar ya su nombre por más tiempo–. Cuando Wagner, ya viejo, volvió a escuchar un día la «sonata para clavicordio», dio rienda suelta a su frenético entusiasmo ante «ese puro espectro de la existencia» (tales fueron sus palabras) y exclamó: «Algo así sólo es imaginable para el piano. Tocar para el público no tiene sentido». El homenaje al piano y a su música era solemne, viniendo como venía de un brujo de la instrumentación. Característico, al propio tiempo, del conflicto entre ascetismo y mundanidad que la propia personalidad de Wagner había dramatizado. Y basta ya por hoy con lo dicho sobre un instrumento, que no lo es en el mismo sentido que los demás porque es, en su esencia, extraño a cuanto signifique especialización. Cierto que, en manos de un solista, puede convertirse, como cualquier otro instrumento, en un pretexto de virtuosismo, pero eso es sólo uno de sus aspectos y, a decir verdad, un abuso. Visto como debe ser, el piano es el representante directo y soberano de la música misma considerada en su intelectualidad, y es así como hay que aprenderlo.

La enseñanza del piano no debe ser, o no debe ser esencialmente, en primer y último lugar, la enseñanza de una especial habilidad, sino la enseñanza de la...

Y como el orador quedara cortado súbitamente y su lengua de tartamudo se trabara ante esta última palabra, tantas veces dicha, una voz de entre el escaso público completó la frase gritando:

—Música.

—Usted lo ha dicho —contestó Kretzschmar. Acababa de quitarse un peso de encima; bebió un sorbo de agua y se fue.

Séame perdonado ahora que deje aún hablar a Kretzschmar una vez más. Hay, en efecto, una cuarta conferencia suya que no puedo echar en olvido —antes hubiese dejado de hablar de cualquiera de las otras— porque, aparte lo que yo piense de ella, fue esa conferencia precisamente la que más profunda impresión causó a Adrian.

No puedo recordar su título con absoluta exactitud. Sería *Lo Elemental en la Música*, o *La Música y lo Elemental* o *Los Elementos musicales* o algo parecido. Sea como fuere, tenía en ella el papel principal la idea de lo elemental, de lo primitivo, de lo original en el sentido de originario, y junto con esta idea una segunda, la de que, entre todas las artes, la Música precisamente, por rico y complicado, por maravilloso y adelantado que, en el curso de los siglos, haya llegado a ser el edificio de su creación histórica, nunca se ha desposeído de una piadosa inclinación a tener presentes sus más rudimentarios comienzos, a evocarlos con solemnidad, a celebrar, en suma, sus elementos. De este modo, pretendía Kretzschmar, la música conmemora su identidad con el cosmos. Porque aquellos elementos son, al propio tiempo, las primeras piedras del mundo, y de ese paralelismo, un artista dado a la filosofía y casi contemporáneo —de nuevo se refería a Wagner— supo aprovecharse hábilmente, al establecer en su mito cosmogónico de *El anillo de los nibelungos* una identidad entre los elementos básicos de la música y los del universo. En Wagner el principio de todas las cosas tiene su música: es la música del principio y también el principio de la música lo que expresan el trítono en *mi* bemol mayor de la corriente profunda del Rin, los siete acordes primitivos que, cual ciclópeos bloques de piedra, sostienen la morada de los dioses. Inteligente en grado sumo, supo unificar el mito de la Música y el mito del Mundo, y al ligar la música a las cosas del mundo exterior y éstas, a su vez, a la música, Wagner creó un agente de sensorialidad simultánea, grandioso, sin duda, y grávido de significación, aun cuando en último término quizá demasiado ingenioso, si se le compara, sobre todo, con ciertas revelaciones de lo Elemental transmitidas por el arte de músicos que no fueron otra cosa que músicos, Beethoven y Bach, por ejemplo, y de Bach, en particular el preludio de la suite para violoncelo. Esta obra, también en *mi* bemol mayor, construida sobre trítonos primitivos, sólo emplea los tonos más inmediatos. En ella la voz del violoncelo no expresa otra cosa que lo más sencillo, lo más fundamental, la pura verdad, podríamos decir, original y desnuda. Para ser digno de la pureza, de la originalidad de esta música, de lo que hay en ella de único (decía el conferenciante sentado al piano, del cual se servía para confirmar sus palabras), es preciso que el corazón pueda llegar al estado de vacío absoluto y de predisposición que las Santas Escrituras imponen como necesario a quien desee recibir el cuerpo de Dios. Y recordaba el caso de Anton Bruckner que, en el órgano o en el piano, se recreaba con el mero ejercicio de alinear trítonos. «¿Hay algo más íntimo, más hermoso —exclamó un día— que una simple sucesión de trítonos? ¿No es como un baño del alma?» También estas palabras de Bruckner —decía Kretzschmar— confirman noblemente la inclinación de la música a volver a lo elemental y a recrearse en lo que fueron sus principios y fundamentos.

Prosiguiendo su disertación Kretzschmar hablaba de los

estados preculturales de la música, cuando el canto era una serie de quejidos sin gradación de tono; del nacimiento del sistema tonal, surgido de un caos de sonidos sin normas, y del monódico aislamiento del tono tal como prevaleció en la música de occidente durante el primer milenio de la era cristiana; un unanimismo vocal y sensorial del cual nuestro oído, armónicamente educado, no llega a formarse idea, acostumbrado como está a envolver involuntariamente en una armonía cada tono percibido, mientras que entonces el tono ni solicitaba una armonía ni hubiese podido suscitarla. Por otra parte, en aquella época primitiva, la interpretación musical se sustraía casi por completo al compás y a todo ritmo periódicamente ordenado. La notación antigua pone de manifiesto una resuelta indiferencia hacia esas normas y da a entender que la ejecución musical tenía entonces más bien algo de improvisación y de recitación libre. Pero observando lo que ocurre en la Música, y más particularmente en las últimas fases de su evolución, se descubre en ella como un ansia secreta de volver a esa primitiva situación. Sin duda alguna, afirmaba con vehemencia el conferenciante, reside en la naturaleza misma de ese arte extraordinario la capacidad de empezar de nuevo en todo momento, de descubrir y de volver a crear otra vez, partiendo de la nada, lo que ha sido logrado en el curso de una historia de siglos de cultura. Al intentar hacerlo, vuelve a atravesar las fases de primitividad de sus comienzos históricos y puede alcanzar, al margen del macizo central de su evolución, solitaria y recoleta, maravillosas cimas de la más peregrina belleza. Y al llegar a este punto nos contó una historia burlesca y chocarrera, pero adaptada a las consideraciones que estaba haciendo.

Hacia mediados del siglo XVIII se formó en Pensilvania, lugar de su nacimiento, una comunidad alemana, una secta religiosa del rito anabaptista. Sus miembros más distinguidos y que de mayor consideración intelectual gozaban vivían en el celibato y se les daba, como título honorífico, el nombre de

«Hermanos y Hermanas Solitarios». La mayoría de los demás sabían llevar, en el matrimonio, una vida ejemplar, limpia y devota, consagrada al trabajo, sobria en la comida, llena de renunciamiento y disciplinada. Sus centros eran dos: uno, llamado Ephrata, en el condado de Lancaster; otro, que llevaba el nombre de Snowhill, en el condado de Franklin. Y todos los miembros de la secta miraban con respeto a su fundador, jefe, pastor y padre espiritual, hombre en cuyo carácter iban unidos el más sincero temor de Dios a cualidades de gran conductor de almas y dominador de multitudes, la religiosidad más efusiva a la más concentrada energía.

Johann Conrad Beissel –tal era su nombre– nació de padres muy pobres en Eberbach del Palatinado y quedó muy pronto huérfano. Había aprendido el oficio de panadero. Corriendo el país de una parte a otra en busca de trabajo, Beissel entró en contacto con pietistas y miembros de las hermandades bautistas, y estas relaciones despertaron su durmiente inclinación al culto independiente de la verdad y al libre convencimiento religioso. Era esta una esfera considerada en su país de origen como vecina de la hechicería, y, comprendiendo los peligros que corría al acercarse a ella, Beissel, a los treinta años, decidió alejarse de la intolerancia del viejo mundo y emigrar a América, donde durante algún tiempo y en diversos lugares, Germantown y Conestoga entre ellos, ejerció el oficio de tejedor. Sufrió entonces una nueva crisis religiosa, y, obedeciendo a una voz interior, decidió retirarse a tierras incultas para llevar allí, como anacoreta, una vida de soledad y de privaciones enteramente consagrada al servicio de Dios. Pero ocurrió entonces, como tantas otras veces, que al querer huir de los hombres el fugitivo se acerca aún más a ellos, y Beissel no tardó en verse rodeado de un grupo de seguidores e imitadores que veneraban su soledad. Así, en lugar de encontrarse libre del mundo, se vio, sin comerlo ni beberlo y en menos que canta un gallo, convertido en jefe de una comunidad que pronto llegó a ser una secta independiente, la de los «anabaptistas del séptimo día». A ella se consagró con tanto más ardor por cuanto sabía que había llegado a ser su jefe contra sus deseos e intenciones, sin habérselo propuesto nunca.

No poseía Beissel una instrucción digna de este nombre. Había aprendido a leer y escribir por su solo esfuerzo y, como quiera que su alma desbordaba de ideas y sentimientos místicos, sus funciones de director espiritual las ejerció sobre todo como escritor y como poeta. Un verdadero río de prosa didáctica y de canciones espirituales corría de su pluma para edificación de los Hermanos y Hermanas y mayor esplendor de los servicios religiosos. Su estilo era ampuloso y crítico, cargado de metáforas, oscuras alusiones a pasajes de los Libros Sagrados y asomos de simbolismo erótico. Un tratado sobre la fiesta del sábado, bajo el título de *Misteriosas anomalías*, y una colección de 99 *Máximas místicas y muy secretas* son sus dos primeras producciones. Vinieron después, y sin hacer esperar, una colección de himnos que habían de cantarse según conocidas melodías corales europeas y que llevaban por título *Cantos de amor en loor de Dios*, *El palenque de san Jacobo* y *La colina de incienso de Sión*. Se trataba de breves florilegios que unos años más tarde aparecieron, corregidos y aumentados, bajo el dulce y triste título de *Canto de la abandonada y solitaria tórtola, a saber, la Iglesia de Cristo*. En ediciones sucesivas, aumentadas con producciones de miembros de la secta contagiados de idéntico fervor, célibes y desposados, hombres y, sobre todo, mujeres, cambiaba la obra de título con frecuencia y la llamó una vez *Maravillas del Paraíso*. Llegó a comprender no menos de 770 himnos, algunos de ellos de un imponente número de estrofas.

Estos cantillos eran para ser cantados, pero carecían de notas. Eran textos nuevos adaptados a antiguas melodías y así los utilizó la comunidad durante largos años, hasta que Johann Conrad Beissel recibió una nueva iluminación. El mismo espíritu que hiciera de él un poeta y un profeta le obliga ahora a hacerse compositor.

Hacía algún tiempo que vivía en Ephrata un joven aficionado a la música, llamado Ludwig, y Beissel gustaba de frecuentar, como oyente, su escuela de canto. Allí descubrió, sin duda, Beissel que la música ofrecía para la expansión y el cumplimiento del reino de Dios posibilidades que el joven Ludwig no sospechaba siquiera. Ese hombre extraño tomó su decisión rápidamente. Lejos ya de la juventud, y muy cerca de los sesenta, se dedicó a forjar una teoría de la música, propia y apropiada a sus fines, puso al maestro de canto en la calle y se encargó él mismo de la cosa con tal éxito que al cabo de corto tiempo la música era el elemento principal de la vida religiosa de la comunidad.

La mayoría de las melodías corales llegadas de Europa le parecían demasiado difíciles, complicadas y artificiosas para ser aprendidas por sus ovejas. Se propuso hacer algo nuevo y mejor, crear una música más afín a la sencillez de sus almas, música no sólo fácil de interpretar sino susceptible de ser perfeccionada en el momento de su interpretación. Ordenó a este efecto que en toda escala musical debía haber «notas señoras» y «notas sirvientas». Hizo del trítono el centro melódico de toda tonalidad dada y los tonos correspondientes a este acorde fueron nombrados «señores», mientras los demás quedaban relegados a la categoría de «sirvientes». Dado un texto cualquiera, las sílabas sobre las cuales recaía el acento tónico habían de estar siempre representadas por una «nota señora» y las demás sílabas por «notas sirvientas».

Su método de armonía era de una sumaria sencillez. Estableció tablas de acordes para todas las tonalidades posibles, con ayuda de las cuales cualquiera podía componer, sin esfuerzo, canciones a cuatro o cinco voces, y suscitó de este modo en la comunidad un verdadero frenesí de composición musical. No hubo pronto ningún anabaptista del séptimo día, hombre o mujer, que no aprovechara estas facilidades e imitando el ejemplo del Maestro no se dedicara a componer obras de música.

El ritmo era un problema que le quedaba todavía al intrépido Beissel por resolver y lo resolvió del modo más radical. Con el mayor cuidado seguía, en sus composiciones, la línea melódica de los vocablos, representando por notas largas las sílabas acentuadas y por notas breves las no acentuadas. No se preocupó de establecer una relación fija entre los valores de las diversas notas, con lo cual dio a su metro una considerable flexibilidad. Que toda la música de aquel tiempo, o poco menos, fuera escrita a compás, es decir, sobre la base de la repetición de intervalos de tiempo de igual longitud, es cosa que ignoraba o que no le preocupaba. Esta ignorancia o indiferencia le favoreció, sin embargo, más que nada, y en virtud de esta indecisión rítmica algunas de sus composiciones, sobre todo si la letra estaba escrita en prosa, eran de extraordinario efecto.

Beissel cultivó el campo de la música con la obstinación que solía aportar a todos sus fines. Compiló sus ideas sobre la teoría musical y las añadió, como prólogo, al libro de los *Cantos de la abandonada: y solitaria tórtola*. Las poesías de *La colina de incienso* fueron dotadas, todas ellas, de una notación musical, y algunas de dos o tres notaciones distintas, y lo mismo hizo con todos los cánticos religiosos, ya fueran escritos por él o por sus discípulos. No contento con eso escribió un cierto número de composiciones corales sobre textos directamente tomados de la Biblia y pareció un momento como si hubiera de poner en música, según su receta musical, los Libros Sagrados en su totalidad. No era Beissel hombre a quien tal idea pudiese arredrar. Si no lo hizo fue porque una gran parte del tiempo tenía que dedicarla a la ejecución de las obras que había creado, a los ensayos y a las lecciones de canto —y lo que en este aspecto consiguió fue verdaderamente extraordinario.

La música de Ephrata, nos decía Kretzschmar, era en exceso original, se apartaba demasiado de lo corriente para que los extraños la adoptaran y así cayó prácticamente en el olvido cuando los anabaptistas alemanes del séptimo día dejaron de ser una secta floreciente. Pero se ha conservado de ella, a través de los decenios, un recuerdo legendario, de modo que podemos hoy, hasta cierto punto, imaginar lo que fueron su originalidad y su fuerza emocional. Los tonos del coro trataban de imitar la más delicada música instrumental, de modo de causar en los oyentes una impresión de piedad y de dulzura. Todo era cantado de falsete y los cantantes apenas si abrían la boca o movían los labios. El efecto acústico era maravilloso. De este modo el sonido era como proyectado contra el techo, no muy alto, de la sala de oración, y se hubiese dicho que las notas, al revés de la costumbre, llegaban de lo alto y flotaban angélicamente sobre las cabezas de la comunidad.

Hacia 1830 ese estilo coral había desaparecido ya de Ephrata por completo. Pero en el condado de Franklin, en Snowhill, una rama subsistente de la secta lo seguía practicando, y aun cuando sólo fuera un pálido reflejo del coro creado por Beissel, cuantos tenían ocasión de oír aquel canto no podían olvidarlo en los días de su vida. Su propio padre, contaba Kretzschmar, había podido escuchar a menudo aquella maravilla en los años de su juventud y no era capaz de recordarla ante los suyos sin que se le humedecieran los ojos. Durante un verano pasado en las cercanías de Snowhill tuvo ocasión de asistir una primera vez a las oraciones del viernes por la noche en la capilla de los piadosos sectarios y desde entonces, cada viernes, cuando el sol iba hacia el ocaso, movido por una irrefrenable nostalgia, ensillaba el caballo y cabalgaba una buena legua para volver a oír aquellos cantos. Era algo indescriptible y que no podía compararse a nada en este mundo. Había tenido ocasión, el viejo Kretzschmar, y así lo proclamaba, de asistir a espectáculos de ópera en inglés, en francés y en italiano. Pero esas músicas eran para el oído. Los cantos de Beissel penetraban profundamente en el alma y eran una anticipación, ni más ni menos, de los placeres celestes.

Un arte —decía el orador— que al margen de la época y de su propia gran corriente histórica es capaz de crear una manifestación particular como la descrita y provocar, por ocultos caminos secundarios, tales explosiones de espiritualidad, es ciertamente un arte de primera magnitud.

Recuerdo, como si de ayer se tratara, el regreso a casa, con Adrian, después de esta conferencia. A pesar de no ser mucho lo que hablamos, no acertábamos a separarnos. Le acompañé hasta la casa de su tío y desde allí vino él conmigo hasta la farmacia. Volvimos los dos entonces de mi casa a la suya, como solíamos hacer muchas veces. Ambos nos divertíamos con el caso de ese Beissel, dictador lugareño, y conveníamos en que su reforma musical recordaba el pasaje de Terencio en que éste habla de «hacer cosas absurdas razonablemente». Pero la reacción de Adrian ante el caso era tan distinta de la mía que pronto llegó a interesarme más que el caso mismo. Distinta de la mía porque, en plena burla, se reservaba la libertad de una apreciación favorable, el derecho, o si se quiere el privilegio, de guardar cierta distancia y, con ella, la posibilidad de hacer compatible con la mofa y la irrisión cierta condescendencia protectora o condicional aprobación. Esa pretensión al distanciamiento irónico, a una objetividad inspirada por una preocupación de libertad personal más que por el amor a la cosa misma, me ha parecido siempre un signo de orgullo poco común. En hombre tan joven como era entonces Adrian, esa actitud —fuerza será admitirlo— tenía algo de desmesurado que daba miedo y justificaba cierta inquietud por su estado de espíritu. Por otra parte no hay duda de que con ella conseguía impresionar a un camarada como yo, menos complicado intelectualmente, y siendo así que le quería, aceptaba también su orgullo, a menos que no fuera precisamente este orgullo la causa de mi afecto. Así fue sin duda: en su altivez hay que buscar el motivo principal de la cordial amistad que durante toda mi vida sentí por él.

—Deja en paz a ese extravagante mochuelo —me decía mientras con las manos en los bolsillos del abrigo íbamos de su casa a la mía y viceversa, envueltos en la niebla invernal que apenas dejaba filtrar la luz de los faroles de gas–. Tengo por él cierta simpatía. Por lo menos tenía un cierto sentido del orden y un orden estúpido es preferible a ninguno.

—No pretenderás seriamente —le contestaba yo— defender un dictado ordenador tan francamente absurdo, tan infantilmente racional, como esa invención de las «notas señoras» y las «notas sirvientas». Imagínate lo que debían ser esos cánticos de Beissel, en los que un trítono había de recaer necesariamente sobre cada sílaba acentuada.

—En todo caso no podían ser sentimentales. Tenían que ajustarse estrictamente a la ley. Puedes consolarte pensando que a la fantasía, para ti superior a la ley, le quedaba el recurso de emplear con liberalidad las «notas sirvientas». —Y al emplear esta expresión Adrian no pudo reprimir una sonrisa acompañada de un sumiso saludo a la húmeda atmósfera.

—Muy curioso, muy curioso —siguió diciendo—. Tendrás que concederme que toda ley, cualquiera que sea, provoca un enfriamiento y calor propios, calor animal estoy por decir, calor de establo de la música, tanto que bien puede soportar el enfriamiento de reglas y leyes. Es más, ha existido siempre en ella una tendencia en ese sentido.

—Puede haber algo de verdad en lo que dices —le contesté–. Pero en resumidas cuentas ese Beissel no constituye ningún ejemplo decisivo. Olvidas que la rigidez de su melodía está compensada por el desarreglo de su ritmo, totalmente abandonado a la sensibilidad. Y su estilo de canto, proyectadas las voces primero hacia el techo, de donde volvían a descender en seráfico falsete, era en alto grado engañador y susceptible de devolver a la música todo el «calor de establo» que antes le hubiese quitado con su enfriamiento pedante.

—Kretzschmar hubiese dicho: con su enfriamiento ascético —replicó Adrian—. En ese punto Beissel representa la verdad. La sensualidad de la música va siempre precedida de la penitencia intelectual. Los flamencos primitivos compusieron, en honor de Dios, los más rebuscados ejercicios musicales, ejercicios concebidos al margen de toda sensualidad, puras operaciones de cálculo. Pero estos actos de penitencia eran después *cantados*, es decir, entregados a la sonora respiración de la voz humana, que, entre todos los elementos sonoros, es, sin duda, el más impregnado de «calor de establo» que sea dado imaginar...

—¿Crees tú eso?

—¿Cómo no he de creerlo? Ningún instrumento inorgánico puede, desde este punto de vista, comparársele siquiera. La voz humana puede ser abstracta, puede ser la abstracción del ser humano. Pero es abstracta en el mismo sentido que es abstracto un cuerpo sin vestir.

Guardé silencio bajo la impresión de estas palabras. Mis pensamientos volvían hacia atrás en nuestras vidas —en su vida.

—Ahí tienes tu música —y ese modo de expresarse me irritó, como si la música fuera cosa mía más que suya—. Ahí la tienes de cuerpo entero, como siempre fue. Su rigidez, que tú podrás llamar si quieres la ley moral de su forma, no es más que una excusa para todo lo que hay de engaño en su realidad sonora.

Por un instante me sentí más viejo, más sazonado que él:

—Un regalo de la vida —dije—, por no decir un regalo de Dios, como es la música, no debe ser analizado en sus antinomias. Éstas son, por otra parte, un signo de su riqueza. La música hay que amarla.

—¿Crees tú que el amor es el más fuerte de los sentimientos?

—¿Conoces tú otro más fuerte?

—El interés.

—Es decir, un amor desposeído de calor animal.

—O si tú quieres, una predestinación. —Y sonriendo añadió—: Buenas noches.

Nos encontrábamos de nuevo ante su casa; sacó la llave y abrió la puerta.

IX

No vuelvo la vista hacia atrás y me guardo muy bien de contar el número de páginas acumuladas entre la cifra romana que acabo de apuntar y la precedente. La desgracia —inesperada por cierto— pasó ya y de nada serviría confundirme en excusas y acusaciones contra mí mismo. Me hubiera sido imposible, por otra parte, dedicar un capítulo especial a cada una de las conferencias de Kretzschmar. Los capítulos de una obra han de tener, cada uno, cierto peso específico, cierta importancia para el conjunto, peso e importancia que las conferencias de Kretzschmar, tales como las he relatado, poseen en su conjunto, pero no cada una de por sí.

¿Pero por qué les atribuyo tanta importancia? ¿Por qué he sentido la necesidad de hablar de ellas con tanta extensión? No es la primera vez que indico el motivo. Es sencillamente por tratarse de cosas que Adrian oyó, que penetraron en su alma, que provocaron la explosión de sus facultades intelectuales, que dieron a su fantasía alimento o estímulo, palabras cuyo significado es el mismo cuando de la fantasía se trata. Necesaria era también, por lo tanto, la presencia del lector. Porque es imposible escribir una biografía, narrar el proceso ascensional de una inteligencia, sin dar cuenta a los lectores de lo que fueron los comienzos del principiante en la vida y en el arte, desde el banco mismo de la escuela, cuando empezó a escuchar, a atisbar, a aprender; ora a fijarse en lo inmediato, ora a descifrar adivinatoriamente lo por venir. Y por lo que atañe especialmente a la música deseo y trato que el lector entre en contacto con ella como lo hiciera en su día mi llorado amigo. A este fin las conferencias de su maestro son un medio que no es posible despreciar; que es, al contrario, indispensable.

Quiero decir con ello, si se me permite la ocurrencia, que con cuantos en el capítulo –reconozco que monstruoso– de las conferencias han cometido el pecado de saltar párrafos y doblar páginas, habría que proceder según el sistema que Lawrence Sterne aplica a una imaginaria auditora, culpable de no haber prestado atención durante cierto tiempo y que el autor remite a un capítulo precedente para que complete allí las lagunas de su saber. Al cabo de un rato, ya mejor informada, reaparece la dama con gran regocijo de todos los presentes.

Me viene esto a la punta de la pluma porque, estando Adrian en el último año del bachillerato, cuando yo frecuentaba ya la Universidad de Giessen, empezó a estudiar, por su cuenta y bajo la influencia de Kretzschmar, la lengua inglesa, asignatura que no figura en el plan de estudios humanísticos. Con gran complacencia se dedicaba mi amigo a la lectura de Sterne, y más aún a la de Shakespeare, de cuyas obras era el organista perfecto conocedor y admirador apasionado. En su cielo espiritual, Shakespeare y Beethoven eran dos astros gemelos cuya luz lo dominaba todo, y ninguna tarea le era más grata que la de llamar la atención de su discípulo sobre los curiosos parentescos y coincidencias de principios y métodos de creación que aparecían en la obra de ambos gigantes –lo que demuestra hasta qué punto la influencia del tartamudo sobre mi amigo era mucho mayor que la de un simple profesor de piano–. Como tal debía inculcarle principios infantiles, pero al propio tiempo, y como cosa secundaria –el contraste no podía ser más singular–, establecía el primer contacto entre él y la literatura universal, despertaba en él la curiosidad por las inmensas avenidas de la novela inglesa, rusa y francesa, por la lírica de Shelley y Keats, Holderlin y Novalis, le daba a leer las obras de Manzoni y Goethe, Schopenhauer y Ekehart. Tanto en sus cartas como en sus conversaciones universitarias, Adrian me hacía participar de todas estas conquistas y no negaré que, aun sabiendo cuán grandes eran su rapidez y su facilidad, la carga suplementaria que estos prematuros descubrimientos representaban para todo su sistema, intelectual y físico, llegó a veces a inquietarme. Eran sin duda un nuevo esfuerzo que había que añadir al que le imponía la preparación del examen de reválida y del cual hablaba, por supuesto, despectivamente. Estaba pálido con frecuencia, y no sólo los días en que sufría de la heredada jaqueca. Era visible que no dormía lo bastante. Dedicaba a la lectura horas de la noche. No dejé de comunicar mis preocupaciones a Kretzschmar y de preguntarle si no creía, como yo, que Adrian era una de esas inteligencias más necesitadas de freno que de estímulo. Pero el músico, aun cuando me llevaba no pocos años de ventaja, se mostró decidido partidario de la juventud impaciente y hambrienta de saber, hombre de un duro idealismo, indiferente a las cosas del cuerpo y de la «salud». Era la salud para él un valor filistino e inspirado por el miedo.

—Querido amigo —me contestó (y dejó de lado los tropiezos labiales de su disertación)—, si lo que a usted le preocupa es la salud, le diré que las relaciones de la salud con la inteligencia y el arte son pocas, que existe incluso un cierto contraste entre una cosa y otra y que, en todo caso, nunca la salud se ha preocupado gran cosa del espíritu o viceversa. Para representar el papel del médico de familia que aconseja renunciar a las lecturas prematuras, simplemente porque se trata de lecturas que para él hubiesen sido prematuras siempre, que no se cuente conmigo. Asimismo entiendo que es una falta de tacto y prueba de brusquedad llamar constantemente la atención de un muchacho dotado sobre su falta de madurez y decirle a cada momento: «Eso no es para ti». ¡Que lo diga él! Que se las arregle como mejor lo entienda. No es extraño, por otra parte, que el tiempo se le haga largo y que Adrian se impaciente por salir de este rincón tan típicamente germánico.

Ya lo sabía, pues, y ya lo sabía también Kaisersaschern. Me irritó la conversación porque el punto de vista del médico de familia no era ciertamente el mío. Por otra parte me daba perfecta cuenta de que Kretzschmar no sólo no se contentaba con ser profesor de piano e instructor en una técnica particular, sino que la finalidad misma de su enseñanza, la Música, se le aparecía como una especialización atrofiante para el espíritu humano, si había que considerarla fuera de relación con las demás manifestaciones de la forma, del pensamiento y de la cultura.

En verdad, y según me contaba el propio Adrian, las lecciones de piano en las viejas habitaciones que Kretzschmar ocupaba cerca de la catedral no eran otra cosa, una buena mitad del tiempo, que conversaciones sobre temas de filosofía y de literatura. Así y todo, mientras frecuenté el liceo con él, pude darme cuenta día por día de sus progresos como pianista. La familiaridad con el teclado y con los acordes, adquirida por propio impulso, facilitó sus primeros pasos. Se ejercitaba en las escalas y arpegios con la más escrupulosa atención, pero nunca, que yo sepa, estudió un método de piano propiamente dicho. En su lugar, Kretzschmar le hacía tocar fáciles composiciones corales y —a pesar de ser poco adaptados para el piano— salmos a cuatro voces de Palestrina, compuestos de puros acordes con breves pasajes armónicos y cadencias. Vinieron más tarde breves preludios y fuguinas de Bach, improvisaciones a dos voces del mismo compositor, la *sonata facile* de Mozart, las sonatas de un solo tiempo de Scarlatti. Esto aparte, Kretzschmar no se privaba del placer de escribir él mismo, para su alumno, pequeñas composiciones, marchas y danzas, algunas para solista y otras a cuatro manos. En estas últimas la parte segunda era la musicalmente importante, y la primera, reservada para el alumno, no ofrecía mayor dificultad, de modo que el principiante podía experimentar la satisfacción de dirigir una obra técnicamente superior a sus medios.

Había en todo ello algo de lo que pudiéramos llamar «educación de príncipe», expresión de la que me serví, para irritarle, durante una conversación con mi amigo y que provocó en él la sonrisa habitual, acompañada de un movimiento de cabeza como para indicar que hubiese preferido no oír mis palabras. Sin duda alguna estaba agradecido al profesor por un método pedagógico que tenía en cuenta las circunstancias especiales del alumno, demasiado adelantado intelectualmente para someterse a los primeros ejercicios de un estudio emprendido cuando no estaba ya en los primeros años. Kretzschmar no tenía, por su parte, nada que oponer. Veía con gusto, al contrario, cómo ese muchacho tan superiormente dotado obraba con la música como en todo lo demás, trataba de anticiparse a lo que había de aprender y se ocupaba de cosas que un profesor pedante hubiese calificado despreciativamente de tonterías. Porque apenas conocía las notas cuando ya trataba de componer y de experimentar acordes sobre el papel. Le había dado entonces por la manía de proponerse continuamente problemas musicales, que resolvía cual si se tratara de problemas de ajedrez. La cosa no era del todo inocente: existía el peligro de que confundiera esa continua invención y solución de problemas técnicos con el arte de componer. Durante horas enteras se ocupaba de agrupar, en el más breve espacio posible, acordes que, en conjunto, comprendían todos los tonos de la escala cromática, pero en forma tal que el desplazamiento cromático de dichos acordes quedara evitado y su combinación resultara perfectamente armoniosa. Asimismo se complacía en la construcción de disonancias muy apoyadas, para las cuales encontraba después las más variadas resoluciones.

Un día el principiante, en plena acción de armonía, presentó, y Kretzschmar no se divirtió poco con ello, el descubrimiento del doble contrapunto. Le dio a leer dos veces simultáneas, cada una de las cuales podía ser primera y segunda voz; que eran por lo tanto intercambiables. A lo que Kretzschmar hizo observar simplemente: «Si has descubierto también el triple o el tretanto puedes guardarlo para ti. No me interesan tus descubrimientos precipitados».

Su reserva era grande y sólo en ciertos momentos de abandono dejaba que yo tomara parte en sus especulaciones. Estaba especialmente absorbido por el problema de la unidad, de la intercambiabilidad, de la identidad entre las dos líneas de la música, la horizontal y la vertical. No tardó en poseer una consumada habilidad, que a mí me parecía sospechosa, para inventar líneas melódicas, cuyos tonos podían superponerse, simultanearse, reunirse en complicadas armonías y, al revés, fundar acordes susceptibles de ser descompuestos en la horizontal melódica.

En el patio de la escuela, entre una clase de griego y otra de trigonometría, apoyado contra el salidizo del muro de ladrillo, me hablaba a veces de esas mágicas distracciones de sus horas de asueto: de la transformación del intervalo en acorde (su preocupación fundamental), de lo horizontal en lo vertical, de lo sucesivo en lo simultáneo. La simultaneidad era, a su juicio, lo primario, porque el tono mismo, con sus próximos y lejanos supertonos, es un acorde y la escala no es otra cosa que la descomposición analítica del sonido en su línea horizontal.

Pero con el acorde propiamente dicho, compuesto de varios tonos o notas, ocurre algo distinto. Un acorde ha de ser continuado y tan pronto se inicia la continuación, tan pronto se pasa de un acorde a otro, cada una de sus partes componentes se convierte en voz. Desde el momento en que el acorde se produce cada una de sus notas está predestinada al desarrollo horizontal. «Voz» es un vocablo excelente. Recuerdo que, por mucho tiempo, la música fue cantada –a una voz primero y a varias voces después–, y el acorde es el resultado del canto polifónico, es decir, del contrapunto. Éste, a su vez, no es otra cosa que un tejido de voces independientes que, en cierto grado y según leyes cambiantes del gusto, se tienen mutuamente en cuenta. Entiendo que en un acorde no ha de verse nunca otra cosa que el resultado del movimiento de las voces. El tono acordado ha de hacer honor a la voz y no al acorde. Éste es, de por sí, un acto subjetivo y voluntario que merece el desprecio, a menos que no pueda justificarse polifónicamente, es decir, por el curso de las voces. El acorde no es una golosina armónica, sino que es, en sí mismo, polifonía, y las notas que lo constituyen son voces. Y lo son tanto más, pretendo yo, y es tanto más polifónico el acorde, cuanto más aguda es su disonancia. La disonancia da la medida de su dignidad polifónica. Cuanto más caracterizadas son las disonancias de un acorde, cuanto mayor es el número de sus notas divergentes, mayor es su valor polifónico, más claramente definido aparece, en su manifestación sonora simultánea, el carácter vocal de cada nota.

Durante largo tiempo le miré fijamente, inclinando repentinamente la cabeza con aire a la vez irónico y fatalista. Por fin dije:

–Ya puedes ir solo.

–¿Yo? –replicó Adrian distanciándose según su costumbre–. Hablo de la música y no de mí. Hay una pequeña diferencia.

A esta pequeña diferencia le daba Adrian gran importancia y solía hablar de la música como de una potencia extraña, de un fenómeno maravilloso, pero que no le afectaba personalmente; críticamente y, por así decirlo, de arriba abajo. Pero hablaba de ella, y con tanto mayor motivo cuanto que durante este año, el último que pasamos juntos en la escuela, y durante mi primer semestre de estudios universitarios, su experiencia musical, sus conocimientos de la literatura musi-

cal del mundo entero progresaron rápidamente. En forma que
la distancia entre lo que sabía y lo que podía prestaba cierto
sentido a la diferencia que él pretendía subrayar. Porque mientras como pianista ensayaba todavía las *Escenas infantiles* de
Schumann y las dos sonatas cortas de Beethoven, opus 45; si
como alumno de composición armonizaba modestos corales
con el tema en el centro de los acordes, adquiría al propio
tiempo con gran celeridad una visión, sin duda incoherente,
pero intensa en el detalle, de la producción musical preclásica, clásica, romántica, posromántica y moderna, no sólo alemana sino también italiana, francesa, eslava. Todo esto, claro
está, a través de Kretzschmar, tan enamorado de todo −verdaderamente de todo− lo que era música, que en modo alguno hubiese podido dejar de introducir a un alumno capaz de
oír y de escuchar, como lo era Adrian, en las maravillas e ideales estéticos de un mundo tan rico en estilos y caracteres nacionales como en valores de tradición y en personalidades
individuales. Y todo esto, claro está también, por medio de
audiciones al piano. Horas enteras de lección, y prolongadas
además sin fijarse en el reloj, las pasaba Kretzschmar al piano, interpretando para su joven amigo cuando le venía a mano,
esto, aquello y lo de más allá, acompañado todo ello de gritos, comentarios y caracterizaciones, lo mismo que en sus
conferencias «para el bien común». En realidad era difícil imaginar interpretaciones más interesantes, más convincentes y
más instructivas.

No necesito subrayar que, para los habituales de Kaisersaschern, las oportunidades de oír música eran extraordinariamente raras. Dejando aparte las sesiones *de camera* en
casa de Leverkühn y los conciertos de órgano de la catedral, tales ocasiones eran punto menos que inexistentes, ya que
sólo muy de vez en cuando recibía la pequeña ciudad la visita de un virtuoso o de una orquesta. Pero Kretzschmar estaba allí, para satisfacer con sus animadas interpretaciones el

apetito de saber, en parte inconsciente y en parte inconfesado de mi amigo. Y con tanta liberalidad era ese apetito satisfecho que casi me atrevería a hablar de un alud de experiencias musicales, bajo el cual la juvenil receptividad de Adrian quedó como sumergida. Vinieron después años de negación y de disimulo, durante los cuales oyó Adrian mucha menos música, a pesar de ser mucho mayores las oportunidades que se le ofrecían de oírla.

Tomando como ejemplo obras de Clementi, Mozart y Haydn, el profesor enseñó al alumno los elementos constructivos de la sonata. Nada más natural. Pero pronto pasó de ésta a la sonata para orquesta, a la sinfonía. En su abstracción pianística, Kretzschmar interpretó para su alumno, que le escuchaba con el ceño fruncido y la boca abierta, todas las fases temporales y personales de esa forma de la creación musical, la que más directamente hablaba a los sentidos y a la inteligencia: obras instrumentales de Brahms y Bruckner, de Schubert y Robert Schumann, así como de compositores más recientes y hasta los más modernos: Chaikovsky, Borodin y Rimsky-Korsakov, Anton Dvořák, Berlioz, Cesar Franck y Chabrier. En esta empresa no cesaba Kretzschmar un instante de estimular la imaginación del oyente con explicaciones destinadas a animar las sombras pianísticas con colores orquestales: «Cantinela de los violoncelos —gritaba—. Este acorde hay que imaginarlo prolongado. Solo de fagot, comentado por arabescos de la flauta. Trémolo de los timbales. Eso lo hacen los trombones y ahora entran los violines. Hay que leer la partitura de orquesta. Dejo de lado la entrada de las trompetas porque no tengo más que dos manos».

Con esas dos manos hacía lo que podía y, no contento con ellas, añadía a menudo su voz cantante, un poco chillona, pero perfectamente soportable, incluso atractiva, a causa de su musicalidad y de la entusiasta justeza de expresión. Variaba constantemente de tema, a causa, en primer lugar, de las muchas cosas que tenía en la cabeza, pero también, y más que nada, debido a su pasión por comparar y relacionar, por demostrar la existencia de ciertas influencias y poner al descubierto la unidad oculta de la cultura. Era para él un placer, al que dedicaba horas enteras, tratar de hacer comprender a su discípulo cómo los franceses habían influido sobre los rusos, los italianos sobre los alemanes, los alemanes sobre los franceses. Llamaba su atención sobre lo que Gounod había heredado de Schumann y Cesar Franck de Liszt, lo que Mussorgsky representaba para Debussy y Wagner para d'Indy y Chabrier. Demostrar cómo la mera contemporaneidad bastaba para establecer un intercambio de influencias entre naturalezas tan distintas como Chaikovsky y Brahms formaba asimismo parte de esas instructivas lecciones. A este fin presentaba a su único auditor fragmentos de las composiciones de uno que lo mismo hubiesen podido ser extraídos de las obras del otro. En Brahms, por el cual sentía gran admiración, ponía de relieve su entroncamiento con lo arcaico, lo que debía a las viejas formas de la música religiosa, subrayaba cómo el elemento ascético daba a sus obras una severa riqueza y una oscura plenitud. Hacía notar que en ese género de romanticismo, no exento de una sensible relación con Bach, el principio vocal se opone resueltamente a la modulación y al color y los obliga a batirse en retirada. Y sin embargo no se trata de otra cosa que del prurito no del todo legítimo que siente la música instrumental armónica de atraer hacia su esfera medios y valores que, en realidad, son de la antigua polifonía vocal. En su esencia el carácter homofónico de la música instrumental subsiste. La polifonía, los recursos del contrapunto son utilizados para dar a las voces medias una mayor dignidad propia. Pero esto no es verdadera independencia de las voces, verdadera polifonía, y no lo era ya en Bach, continuador de la tradición contrapuntística de la época vocal de la música, pero que era, por naturaleza, un armonista y nada más. Así lo demostró ya en su «clavicordio bien templado», verdadero prólogo de todo el moderno arte de modulación armónica, y su contrapunto armónico tiene tan poco que ver con la antigua pluralidad vocal como los acordes al fresco de Haendel.

A esta clase de observaciones prestaba Adrian un oído particularmente atento. En sus conversaciones conmigo las comentaba a menudo.

—El problema para Bach —decía— era el siguiente: «¿Es posible hacer una auténtica polifonía armónica?». Para los modernos, la cuestión ha variado y se preguntan más bien: «¿Es posible una armonía que suscite las apariencias de la polifonía?». Es curioso, pero se diría que, ante la polifonía, la música homofónica siente remordimientos de conciencia.

No hace falta decir que tantas y tantas audiciones estimulaban en Adrian el afán de leer partituras. Para satisfacer este deseo disponía de dos fuentes: la colección particular de su profesor y la Biblioteca Municipal. Muchas veces le sorprendí sumido en ese estudio o en la escritura instrumental. Aun cuando el hijo adoptivo del propietario de un almacén de instrumentos de música apenas si las necesitaba, figuraban también en el plan de estudios nociones sobre la extensión del registro de cada uno de los instrumentos de la orquesta, y Kretzschmar encargaba a Adrian, a modo de ejercicio, la instrumentación de breves composiciones de música clásica, de tiempos de sonatas para piano de Schubert y también del acompañamiento pianístico de ciertas melodías. Fue en este tiempo cuando Adrian entró por primera vez en contacto con el mundo glorioso de la canción alemana, forma de arte que, después de modestos comienzos, surgió con maravillosa potencia en la obra de Schubert y llegó después, sucesivamente, con Schumann, Robert Franz, Brahms, Hugo Wolf y Mahler a alcanzar incomparables triunfos como manifestación del espíritu nacional alemán. Magnífico contrato, del cual fue para mí una dicha ser testigo. Una perla, un milagro, como la *Noche de luna* de Schumann y la infinita suavidad de su acompañamiento en segundas; otras composiciones del mismo Schumann, especialmente de la llamada época de Eichendorff, y en particular la canción que pretendiendo conjurar todos los peligros y amenazas del romanticismo termina con esa advertencia de elevada moralidad. «¡Guárdate! ¡Despierta y vigila!»; un hallazgo afortunado como *En las alas del canto* de Mendelssohn, capricho de la inspiración de un músico sobre el cual solía Adrian llamarme la atención a causa de su riqueza métrica —esos y otros semejantes eran temas de conversación de una inmensa fertilidad. De Brahms, como compositor de *lieder*, apreciaba mi amigo sobre todo la rigidez y novedad de estilo de los *Cuatro cantos graves* compuestos sobre textos bíblicos y especialmente del que lleva por título: *Oh muerte, cuán grande es tu amargura*. De Schubert, genio crepuscular y marcado por la muerte, elegía aquellas composiciones en que más patéticamente se expresaba la tragedia de la soledad, como el grandioso *Vengo de la montaña* de la serie del Herrero de Lübeck y aquel «¿Por qué evito los caminos por donde los otros van?» de la serie *Viajes de invierno*, con sus primeros versos que penetran como un cuchillo en el corazón:

> Nada cometí por cierto
> que me condene al destierro.

Estas palabras y las siguientes:

> ¿Por qué, entonces, el deseo
> de perderme en el desierto?

se las he oído decir, o mejor aun canturrear, hablando consigo mismo, al propio tiempo que se le saltaban las lágrimas, y tan grande fue mi consternación que nunca más las olvidaré.

Su modo de instrumentar adolecía, naturalmente, de tal experiencia en todos sentidos y Kretzschmar hacía cuanto podía para llenar esta laguna. Aprovechando las vacaciones de otoño o de Navidad lo llevaba (conseguido el permiso del tío) a representaciones de ópera o a conciertos sinfónicos en las ciudades de las cercanías: Merseburgo, Erfurt y el propio Weimar, a fin de darle a conocer la realización sonora de las obras que hasta entonces sólo conocía por transcripción o por la simple lectura. Así se abrió su alma al esoterismo, a la vez infantil y solemne, de *La flauta encantada*; a la gracia exquisita de *Las bodas de Fígaro*; al prestigio diabólico de la voz profunda de los clarinetes en el famoso *Cazador Furtivo* de Weber; al doloroso y sombrío apartamiento de figuras gemelas como las de Hans Heiling y el Holandés Errante; a la sublime humanidad y fraternidad de *Fidelio*, en fin, con su gran obertura en *do*, que servía de prólogo al último cuadro. Fácil es comprender que esta obertura fuera lo que más profunda impresión causó en su juvenil receptibilidad. Días después de haberla oído por primera vez seguía enfrascado en la lectura de *Leonora N.º 3* y llevaba la partitura consigo a todas partes.

—Querido amigo —decía—, no es probable que hayan esperado a que yo lo descubriera, pero esto es una pieza de música completa. El clasicismo es esto. Ningún refinamiento, sólo grandeza. Hay también grandeza refinada, pero es entonces una grandeza mucho más familiar. ¿Qué piensas tú de la grandeza? Yo encuentro inquietante mirarla de hito en hito. Pone a prueba el valor de uno. ¿Será posible aguantar su mirada sin pestañear? En realidad, no la aguanta uno; se suspende uno a ella. Cada día me siento más inclinado a admitir que hay en la música algo de extraño. Una afirmación de máxima energía. No diré abstracta sino más bien sin objeto, energía pura, en la claridad del éter. ¿Hay algo semejante en el mundo? Los alemanes hemos tomado de la terminología filosófica el giro «en sí», que empleamos a diestro y siniestro sin parar mientes en su significado metafísico. Pero una música como ésta es sin duda la energía «en sí», la energía misma, pero no como idea sino como realidad. Y te invito a considerar que esto es casi la definición de Dios. *Imitatio Dei*. Me maravilla que una cosa así no esté prohibida. O quizá lo esté. En todo caso es peligroso, quiero decir con ello que puede ser considerada como un peligro. Fíjate: una sucesión, vigorosa, variada, emocionante como ninguna otra, de sucesos y movimientos, situada únicamente en el tiempo; en su división, en su cumplimiento, en su organización, devuelta por un instante quizás al plano de la acción concreta por el repetido aviso de las trompetas llegando desde fuera. Todo esto es de una gran nobleza y grandiosidad, es espiritual y al mismo tiempo sobrio, incluso en los «bellos» pasajes. No es centelleante, ni suntuoso en exceso, ni muy excitante por su colorido. No es más que magistral, en grado insuperable. Cómo todo va y viene y se presenta, cómo se crea un tema para abandonarlo después, para disolverlo, y cómo en la disolución algo nuevo se prepara, cuán grande es la fertilidad de las figuras de relleno, de modo que no se produzca ningún vacío, ninguna languidez, cómo se inician los crescendos y se van nutriendo de afluentes venidos de todas partes, cómo se embravecen y estallan en estrepitoso triunfo, el triunfo mismo, el triunfo «en sí»... no diré que esto sea bello. Ha habido siempre en la palabra belleza algo que me repugna; la expresión tiene algo de torpe y las gentes no la emplean sin poner en ella algo de lujuria y de pureza. Pero diré que es *bueno*. Bueno hasta el extremo. No puede ser mejor y quizá no debe ser mejor.

Así hablaba Adrian. Su modo de hablar, en el que se mezclaba un gran dominio sobre su propio intelecto y una cierta febrilidad, ejercía sobre mí una gran fascinación. Me conmovía además ver que Adrian se daba cuenta de su febrilidad y se avergonzaba de ella.

Su vida estaba entonces animada por el poderoso deseo, en gran parte realizado, de aprender las cosas de la música y por una gran corriente de entusiasmo. Deseo y entusiasmo que después, durante años, se extinguieron por completo, cuando menos en apariencia.

X

Durante el último año de sus estudios de bachiller empezó
Leverkühn una asignatura que no era obligatoria y que yo no
cursé: la lengua hebraica. Con ello daba a conocer la tendencia de su orientación profesional. «Resultaba» —y empleo ahora el mismo verbo que al hablar de modo como, casualmente, me reveló su sentimiento religioso—, resultaba, pues, que
se había propuesto estudiar teología. Se acercaban los exámenes finales y era preciso tomar una decisión, elegir una
facultad. Dio cuenta de su elección a su tío, que la aprobó
aplaudiéndola, y más viva fue aún, si cabe, la aprobación que
encontró cerca de sus padres. A mí me la había ya confiado
antes, advirtiéndome que no consideraba los estudios teológicos como una preparación al ejercicio del sacerdocio sino
como base para una carrera académica.

Esto no dejó de tranquilizarme en cierto modo. Imaginarlo en funciones de predicador, de párroco o en otras cualesquiera, por elevadas que fueran, del ministerio eclesiástico,
era cosa que no me complacía en modo alguno. ¡Si por lo
menos hubiese sido católico como lo éramos nosotros! Fácil
era imaginar cuán rápido hubiese sido, a través de los grados
de la jerarquía, su encumbramiento al rango de príncipe de la
Iglesia. Esta perspectiva sedante me hubiese hecho feliz. Pero
su decisión de dedicarse a los estudios teológicos como a una
profesión cualquiera fue algo que me chocó hasta el extremo
de hacerme cambiar de color. ¿Por qué? No hubiese sabido
cómo hacerme comprender. Era, en el fondo, que la cosa no
me parecía digna de él, que no me parecía digno de él lo que

toda profesión tenía de aburguesado y de empírico, y la verdad es que en vano había tratado muchas veces de imaginar una profesión cuyo ejercicio práctico hubiese podido convenirle. Mi ambición por él era absoluta, y así y todo, me temblaron las piernas de miedo al darme cuenta —con toda claridad— de que él, por su parte, había tomado su decisión al dictado de la soberbia.

Nos habíamos en repetidas ocasiones puesto de acuerdo para reconocer que la filosofía es la reina de las ciencias. Su lugar entre ellas era, a nuestro entender, comparable al del órgano entre los instrumentos. La filosofía abarca las demás ciencias, las resume intelectualmente, inserta y ordena en un cuadro universal los resultados de la investigación en todas las disciplinas, crea una síntesis superior y normativa, reveladora del sentido de la vida y de la posición del hombre en el cosmos. Mis reflexiones sobre el porvenir de mi amigo, sobre la «profesión» que pudiera convenirle me habían siempre llevado a la misma conclusión. Su esfuerzo multiforme, que tanta inquietud me daba pensando en su salud, su afán de aprender unido a su espíritu crítico, me parecían una justificación de mis sueños. Lo más universal era lo que a mi entender le convenía, una existencia consagrada a la polihistoria y a la humana ciencia. Mis capacidades ilusorias no me dejaban ser más preciso. Y ahora debía comprender que Adrian, por su parte, calladamente, había ido mucho más allá, y sin aparentarlo —hablaba de su decisión con calma y las más sencillas palabras— había superado, avergonzándola, la ambición que, como amigo, yo sentía por él.

Existe, si se quiere, una disciplina en la que la filosofía pasa de reina a sirvienta, a ciencia auxiliar, dicho en lenguaje universitario: a asignatura secundaria. Esta disciplina es la teología. Cuando el amor al saber se eleva a la contemplación de la más alta entidad, a la fuente del Ser, a la doctrina de Dios y de las cosas divinas, bien puede decirse que se asciende a la cima de la dignidad científica, a la esfera superior del conocimiento, a la cumbre del pensar. Se ofrece al intelecto espiritualizado el más sublime de los objetivos. El más sublime, porque las ciencias profanas, la mía por ejemplo, la filología, y con ella la historia y otras, se convierten en meros instrumentos al servicio del conocimiento de lo sagrado —y al propio tiempo un objetivo que hay que perseguir con la más profunda humildad porque, según las palabras de la Escritura, es «superior a toda la razón»— y la inteligencia humana, al ir en su busca, contrae obligaciones más estrictas y fervorosas que las que pueda imponerle cualquier otra disciplina.

Todo esto pasó por mi cabeza al darme cuenta Adrian de su decisión. Si ésta obedecía a un cierto instinto de autodisciplina intelectual, es decir, al deseo de encerrar dentro de los límites de la religión su inteligencia fría y diversa, pronta a comprenderlo todo y echada un poco a perder por la conciencia misma de su superioridad, estaba por mi parte dispuesto a inclinarme. No sólo hubiese calmado, de ser así, la viva aun cuando imprecisa preocupación que Adrian siempre me había causado. Me hubiera, al propio tiempo, emocionado profundamente, porque el *Sacrificium Intellectus* que el conocimiento contemplativo del otro mundo lleva siempre consigo ha de ser tanto más admirado cuanto más poderosa sea la inteligencia que tal sacrificio consiente. Pero en el fondo yo no creía en la humildad de mi amigo. Creía en su orgullo, del cual por mi parte estaba orgulloso, y no podía caberme duda de que, en último término, su orgullo era la causa de su decisión. De ahí la sensación de confuso sobresalto que me causó la noticia.

Adrian se dio cuenta de mi confusión y fingió creer que el pensamiento en una tercera persona era causa de ella.

—Pareces estar seguro de que Kretzschmar sufrirá una desilusión —me dijo—. Sé muy bien que su deseo es que me consagre enteramente al arte hímnico. Es curioso que las gentes quieran siempre arrastrarle a uno hacia el camino que cada cual sigue. Resulta imposible dar gusto a todo el mundo. Tendré que recordarle que, a través de la liturgia y de su historia, la música penetra vastamente en la teología, mucho más, práctica y artísticamente, que en los dominios físico-matemáticos, en la acústica.

Al decirme que tenía la intención de decirle tales cosas a Kretzschmar me las decía en realidad a mí y, dándome perfecta cuenta de ello, reflexioné largamente sobre el caso a solas. Cierto es que en relación con la ciencia y el servicio de Dios, no sólo las ciencias profanas, sino también las artes, y en particular la música, revisten un carácter secundario y este pensamiento se enlazaba a su vez con ciertas conversaciones que sobre el destino del arte habíamos tenido, sobre lo que tiene de estimulante, y de melancólico a la par, su emancipación del culto y su adaptación al mundo de la cultura profana. Me parecía perfectamente claro que el deseo personal y profesional de devolver la música al nivel que ocupaba en otros tiempos, según él más felices, había influido sobre su vocación. Al igual que las profanas investigaciones científicas, la música había de estar también, para Adrian, colocada por debajo de la esfera de actividades a que había decidido consagrarse, e involuntariamente, como para ilustrar su concepción, imaginaba una especie de pintura barroca, un descomunal retablo en el que todas las artes y ciencias contribuían sumisamente a la apoteosis de la teología.

Adrian dio rienda suelta a la risa al contarle yo mi visión. Estaba aquel día de muy buen humor, dispuesto a tomar las cosas a broma. Y se comprende. Cuando se llega a la nubilidad y la libertad apunta, cuando las puertas de la escuela se cierran tras de nosotros y se abren las murallas de la ciudad donde hemos crecido, dejando el mundo al descubierto, ¿no es este el momento más feliz de nuestra vida, o por lo menos el que más esperanzas suscita? Sus excursiones musicales con

Wendell Kretzschmar a las ciudades más importantes de las cercanías le habían permitido, en varias ocasiones, echar una ojeada al mundo exterior. Ahora se trataba de dar el adiós definitivo a Kaisersaschern, la ciudad de las brujas y de los tipos originales, del almacén de instrumentos de música y de las tumbas reales en la catedral. No volvería a ella sino de visitante, y pasaría por sus callejuelas con la sonrisa del que conoce otros mundos.

¿Fue así en efecto? ¿Fue el adiós a Kaisersaschern definitivo? ¿No llevó, al contrario, consigo aquel lugar adondequiera que fue? Las decisiones que él creía tomar, ¿no le fueron dictadas por aquel recuerdo? ¿Y en qué consiste la libertad? Únicamente es libre lo indiferente. Lo característico no lo es nunca. Es, al contrario, determinado, sujeto, acuñado. ¿No tenía Kaisersaschern acaso algo que ver con la decisión que mi amigo tomara de estudiar teología? Adrian Leverkühn y esa ciudad... las dos cosas combinadas, por fuerza habían de dar teología. ¿Qué otra cosa podía yo esperar? Muchas veces me lo pregunté después. Más tarde se consagró Adrian a la composición. Pero si la música que escribió fue, en efecto, muy atrevida, no por ello puede decirse que fuera «libre», y mucho menos que todo el mundo estuviera libre de comprenderla. Era la música de alguien que no se sintió verdaderamente libre jamás, música característica en sus más recónditos matices, en sus secretas asociaciones de lo genial y lo burlesco. Música, en fin, de Kaisersaschern.

Repito que estaba entonces Adrian de muy buen humor. El mérito de los trabajos presentados al examen escrito hizo que fuera dispensado del oral. Agradeciéndoles cuanto por él hicieran, se despidió de sus profesores. El respeto que éstos sentían por los estudios a que Adrian iba a consagrarse, hizo olvidar en parte la secreta mortificación que les había causado el desapego y la excesiva facilidad de aquel alumno. Sin embargo, el digno director del liceo, doctor Stoientin, venido de Pomerania a Kaisersaschern, su profesor de griego, de alemán medieval y de hebreo, no se privó de hacerle una observación en este sentido.

—Vaya usted con Dios, Leverkühn —le dijo—. Y conste que estas palabras me salen del corazón, porque creo, sea cual sea su opinión, que la ayuda de Dios le es a usted necesaria. Es usted un hombre con grandes dones y de sobra sabe usted que es así: ¿cómo podría usted ignorarlo? Sabe usted también, puesto que a su servicio quiere consagrarse, que esos dones le han sido confiados por Aquel que en las alturas está y de quien todo nos viene. Tiene usted corazón: los méritos naturales son méritos que Dios nos concede, no son méritos propios. Su Rival, que la soberbia precipitó en las tinieblas, trata de hacérnoslo olvidar. Se trata de un visitante ruin, de un león rugiente, siempre a la busca de alguien que devorar. Usted es de los que tienen sobrado motivo para ponerse en guardia contra sus asechanzas. Le hago a usted el cumplido de decirle que lo que usted es lo es por providencial designio. Séalo usted con humildad, amigo, sin retos ni alardes, y no olvide que la complacencia para consigo mismo significa decadencia e ingratitud hacia el dispensador de todos los bienes.

Así habló el buen profesor, bajo cuya dirección hube de ejercer yo mismo, más tarde, funciones docentes en el liceo. Adrian me dio cuenta de la escena con su habitual sonrisa, durante uno de los largos paseos que durante aquellos días de Pascua hicimos por los campos y bosques de los alrededores de Buchelhof. Allí pasó Adrian, después de aprobado el bachillerato, algunas semanas, y sus padres me habían amablemente invitado a que le acompañara. Me acuerdo muy bien de la conversación que, andando sin rumbo fijo, sostuvimos sobre las advertencias de Stoientin y especialmente de la expresión «méritos naturales» empleada en su discurso de despedida. Adrian hizo notar que esta expresión la había tomado de Goethe, muy aficionado a usarla, como también la de «méritos innatos», asociación de palabras paradójicas por medio de la cual trata de arrebatarle a la palabra «mérito» su sentido moral, a la vez que eleva lo natural-innato a la categoría de un mérito aristocrático y extramoral. Por esta razón, explicaba Adrian, Goethe había protestado siempre contra las exigencias de modestia que formulan los que la naturaleza ha desaventajado, y dijo un día: «Sólo los granujas son modestos». Stoientin había empleado las palabras de Goethe en el sentido que les diera Schiller, preocupado ante todo de la libertad y que, por lo tanto, establece una distinción moral entre el talento y los méritos personales, una radical separación entre el mérito y la suerte, que Goethe considera como indisolublemente unidos. Lo mismo hace el director al dar a la naturaleza el nombre de Dios, y al decir que los talentos naturales han de ser llevados con humildad por tratarse de méritos que Dios nos ha concedido.

—Los alemanes —decía el bachiller mientras mascaba una brizna de hierba— se sirven de un sistema de pensamiento de una complejidad ilícita y orientado sobre doble vía. Quieren siempre lo uno y lo otro. Lo quieren todo. Son capaces de discernir atrevidamente la existencia de principios intelectuales y vitales antitéticos en ciertas grandes personalidades. Pero después lo enredan todo, lo que ha dicho una de ellas lo interpretan según las ideas de la otra y suponen que pueden reducir a un común denominador la libertad y la corrección, el idealismo y el naturalismo. Sospecho que esto no debe ser posible.

—Llevan ambas cosas en sí —repliqué yo—; de otro modo no hubiesen podido descubrirlas en Goethe y Schiller. Es un pueblo rico.

—Es un pueblo confusionario —insistió Adrian— y, para los demás, desconcertante.

No filosofamos muy a menudo, por otra parte, durante aquellas semanas de distracción y vida campestre. Más que a las conversaciones metafísicas nos sentíamos inclinados a reír de todo y a hablar porque sí. Su sentido de lo cómico, su gusto nunca saciado por lo grotesco, su inclinación a la risa y a desternillarse de risa han sido ya puestos de manifiesto, y habría dado de él una falsa impresión si el lector se encontrara ahora sorprendido por esta faceta de su carácter. No hablaré de sentido del humor. La palabra humor tiene algo de comedido que no conviene a Adrian. Su predisposición a la risa aparecía más bien como un refugio, como una disolución en cierto modo orgiástica, que a mí siempre me alarmó un tanto, del concepto rígido de la vida que va siempre unido a la posesión de dones excepcionales. El recuerdo de los años que acababan de pasar le daba oportunidad para manifestar esta predisposición a rienda suelta: los tipos ridículos de estudiantes y profesores, las primeras experiencias en clase, las representaciones de ópera en capitales de provincia, donde no faltaban nunca, a despecho de la grandeza de las obras, detalles sabrosos y burlescos. Así, por ejemplo, aquel rey Enrique del *Lohengrin*, patizambo y panzudo, dejando escapar su temblona voz de bajo a través de una boca que era más bien un agujero redondo practicado en medio de una barba negra y cuadrangular. Evocar la figura de aquel rey Enrique y entrar en convulsiones era todo uno para Adrian, y este ejemplo es uno, elegido entre mil, para ilustrar su pasión de la risa. Muchas veces se reía sin motivo, por el puro placer de reír, y confieso que a menudo me resultaba difícil seguirle en esas expansiones. No soy gran amigo de la risa y cada vez que Adrian se abandonaba a su pasión favorita no podía dejar de pensar en una historia que conocía precisamente por referencia suya. La cuenta san Agustín en *De Civitate Dei* y explica que Cam, hijo de Noé y padre del mago Zoroastro, fue el único hombre que se rió al nacer, cosa que por otra parte sólo pudo ocurrir gracias a la ayuda del diablo. Este recuerdo venía a mi memoria inevitablemente, pero otros motivos me privaban de

sumarme a sus explosiones: los secretos temores que me inspiraba su carácter en primer lugar y también cierta tiesura y
sequedad del mío.

Más tarde encontró Adrian en el escritor anglicista Rudiger Schildknapp, con quien trabó conocimiento en Leipzig,
un compañero más afín para esa clase de expansiones, lo que
no dejó de despertar en mí un vago sentimiento de celos.

XI

La Universidad de Halle del Saale cuenta con sólidas tradiciones teológicas y filológico-pedagógicas, entre las cuales descuella la figura de August Hermann Francke, patrón de la ciudad en cierto modo. Hacia fines del siglo XVII, es decir, poco tiempo después de la fundación de la universidad, Francke, educador pietista, instituyó las fundaciones que llevan su nombre, escuelas y orfandades. En su persona y en su obra se suman la religiosidad y el interés por las humanidades. El Instituto Bíblico de Castein, autoridad máxima para la revisión de la obra filológica de Lutero, establece asimismo una relación entre la religión y la crítica de los textos. Esto aparte, profesa en aquellos tiempos en la Universidad de Halle un eminente latinista, Heinrich Osiander, a cuyos cursos tenía gran interés en asistir. Adrian me explicó, en fin, que la asignatura de historia religiosa, confiada al profesor doctor Hans Kegel, comprendía una serie de materias histórico-profanas que yo podía aprovechar, siendo así que había elegido la historia como el principal de mis estudios complementarios.

Desde el punto de vista intelectual, mi decisión de proseguir los estudios en Halle, después de haber cursado dos semestres en cada una de las universidades de Jena y Giessen, estaba plenamente justificada, y más aún si se tiene en cuenta (lo que no deja de ser halagador para la imaginación del estudiante) que la Universidad de Halle es idéntica a la de Wittenberg, ya que con ella fue reunida al volver a abrir sus puertas después de las guerras napoleónicas. Cuando yo llegué a Halle, Leverkühn estaba ya matriculado allí desde hacía medio año y no pretendo negar, claro está, que su presencia fue el motivo determinante de mi traslado. Un cierto sentimiento de soledad y de abandono le había impulsado, poco tiempo después de su llegada, a pedirme que fuera a reunirme con él, cosa que decidí al instante hacer y que probablemente hubiese hecho también sin su invitación, aun cuando pasaron algunos meses entre ésta y mi llegada a Halle. Hubiese bastado para llevarme allí el deseo de estar juntos, de ver cómo progresaba, cómo sus dones se desenvolvían en la atmósfera de la libertad académica. Este deseo de intercambio diario, de poderle ver y vigilar de cerca, repito que hubiese sido suficiente de no haber existido las razones objetivas ya apuntadas en relación con mis propios estudios.

Los dos años de mi juventud pasados en Halle cerca de mi amigo, interrumpidos por las semanas de vacaciones en Kaisersaschern y en Buchelhof, sólo podrán, como los años escolares, encontrar un pálido reflejo en estas páginas. ¿Fueron años felices? A esta pregunta puede contestarse afirmativamente si se tiene en cuenta que fueron años de libertad, de exploración, de acumulación, y que los pasé al lado de un compañero de infancia cuyo ser, cuya carrera, cuya vida me interesaban en realidad más que los míos propios. El problema de mi existencia era sencillo. No tenía que pensar mucho en él. Me bastaba trabajar seriamente para saber que había de encontrar la solución de antemano prevista. El suyo era distinto, más elevado y, en cierto sentido, más enigmático, y para preocuparme de él mis escasas preocupaciones personales me dejaban energías y tiempo sobrados. Si vacilo en aplicar a aquellos años el adjetivo, siempre dudoso, de «felices», ello es porque mi vida común con Adrian hizo que penetrara en sus estudios mucho más profundamente que él en los míos y la atmósfera teológica ni convenía a mi temperamento ni me era simpática. Respirarla era cosa que me oprimía y me desconcertaba. En Halle, cuyo ámbito intelectual lo llenaban desde siglos las controversias religiosas, es decir las disputas y discordias que la cultura humanista ha considerado siempre con aversión —en Halle, digo, me encontraba yo en situación parecida a la de mi antepasado intelectual, Crotus Rubianus, canónigo en esa ciudad allá por el año 1530, a quien Lutero no designaba por otros nombres que el «epicúreo Crotus» o «el doctor Kroter, limpiaplatos del cardenal de Maguncia». Bien es verdad que el propio Lutero, gran hombre sin duda pero insoportablemente grosero, calificaba al Papa de «marrana del Diablo». Siempre me ha inspirado simpatía el estado de opresión en que la Reforma colocó a hombres como Crotus, que veían en ella una arbitraria intervención subjetiva en la objetividad del orden y de los estatutos de la Iglesia. Era, por lo demás, un temperamento altamente pacífico, inclinado a las concesiones razonables, y que por lo tanto se encontró colocado en la más embarazosa situación cuando su señor, el arzobispo Albrecht, prohibió con implacable dureza la doble comunión tal como se practicaba en Halle.

Tal es el destino de la tolerancia, del amor a la cultura y a la paz, entre los fuegos del fanatismo. Halle fue la ciudad que tuvo el primer superintendente luterano, el año 1541. Justus Jonas, que así se llamaba, era uno de aquellos humanistas, como Melanchton y Hutten, que para mayor desconsuelo de Erasmo pasaron del Humanismo a la Reforma. No era menor, por otro lado, el resentimiento del pensador de Rotterdam ante el odio de Lutero y los suyos por los estudios clásicos, en los cuales era Lutero poco versado sin que ello le impidiera considerarlos como la fuente de la revuelta intelectual. Pero lo que entonces ocurría en el seno de la Iglesia universal, es decir, la insurrección de la arbitrariedad subjetiva contra las normas objetivas, había de producirse ciento y pico de años más tarde en el interior del protestantismo. Contra una ortodoxia anquilosada hasta el punto de ser incapaz de toda caridad se operó la revolución de los sentimientos de devoción y de gozo celestial interno que dieron lugar al nacimiento del pietismo y a que éste dominara por completo la facultad de teología de la Universidad de Halle cuando fue fundada. También el pietismo, con Halle, durante largo tiempo, como fortaleza principal, fue una renovación de la Iglesia, un esfuerzo reformador para devolver la vida a una religión que estaba en trance de morir, abandonada a la general indiferencia. Y los hombres como yo no pueden por menos de preguntarse si, desde el punto de vista de la cultura, no son de lamentar estos repetidos intentos para salvar algo que va hacia la muerte, y si no hay que considerar a los reformadores como reaccionarios y mensajeros de infortunio. No cabe duda de que le hubiesen sido ahorrados a la humanidad espantosas luchas fratricidas e infinitos derramamientos de sangre de no haberse propuesto Lutero la Reforma de la Iglesia.

Me disgustaría que, de cuanto antecede, se sacara la consecuencia de que soy un hombre completamente insensible a las cosas religiosas. No lo soy. Creo, al contrario, con Shleirmacher, otro teólogo de Halle, que la religión representa «el sentido y el gusto de lo infinito» y que constituye «un hecho dado» en el hombre. No son pues unos principios filosóficos lo que la religión propone a la ciencia sino un hecho espiritual, internamente situado. Esto evoca la prueba ontológica de la Divinidad, la que yo prefiero entre todas, que de la idea subjetiva de un ser superior deduce su existencia objetiva. Kant ha demostrado, en términos categóricos, que esta prueba no resiste mejor que otra cualquiera el análisis de la razón. Pero la ciencia no puede descifrar los enigmas de la razón, y querer convertir en una ciencia el enigma eterno y el sentido del infinito significa imponer una confusión, a mi entender desgraciada y condenada a continuos fracasos, a dos esferas que, fundamentalmente, son extrañas una a otra. La religiosidad, que en modo alguno considero extraña a mi corazón, es ciertamente algo distinto de la religión positiva y confesional. El «hecho dado» del «sentido del infinito» en el hombre, ¿no hubiese sido preferible abandonarlo al sentimiento de la piedad, a las bellas artes, a la libre contemplación, incluso a las ciencias exactas como la cosmología, la astronomía y la física teórica, capaces de servir este ideal con verdadera devoción religiosa hacia el secreto de la creación? ¿No hubiese sido esto preferible, en lugar de hacer de él una ciencia especial de la divinidad y levantar sobre sus bases construcciones dogmáticas cuyos adeptos están dispuestos a combatirse a sangre y fuego por una cópula? Llevado por su entusiasmo, el pietismo quería trazar una división radical entre la piedad y la ciencia y pretendía que ningún cambio, ningún movimiento en el campo de la ciencia había de ejercer influencia alguna sobre la fe. Pero esto constituía un engaño, porque, en todo momento, la teología, de mejor o peor gana, se ha dejado influir por las corrientes científicas de la época, ha querido ser hija de su tiempo, y ello a pesar de que los tiempos le hacían la cosa cada vez más difícil y la acorralaban hacia el rincón de lo anacrónico. ¿Existe otra disciplina cuyo solo nombre baste para retrotraernos en forma igual al pasado, al siglo XVI o al siglo XII? Los esfuerzos de adaptación, las concesiones a la crítica científica son inútiles. Con ellas sólo se consiguen híbridos compuestos de ciencia y verdad revelada conducentes a la propia negación. La misma ortodoxia cometió la falta de abrir a la razón las puertas del dominio religioso, al tratar de demostrar, según la razón, los principios de la fe. Durante la época racionalista la misión de la teología consistió exclusivamente en defenderse de las flagrantes contradicciones que se le demostraban y, para esquivarlas, fueron tantas sus concesiones contrarias al espíritu de la revelación que poco le faltó para llegar al sacrificio de la fe. Eran aquellos los tiempos en que se «adoraba razonablemente a Dios» y en que el profesor Wolf de Halle declaraba, en nombre de sus compañeros teólogos, que la «razón era la piedra filosofal para el contraste de todas las verdades». Una generación que estimaba superada toda aquella parte de la Biblia incapaz de contribuir al mejoramiento moral y que en la historia de la Iglesia y en su doctrina no veía otra cosa que una comedia de errores. Contra los excesos de esta tendencia surgió una teología que pudiéramos llamar conservadora o centrista, equidistante de la ortodoxia y del liberalismo racionalista. Desde entonces los conceptos de «salvación» y de «sacrificio» han predominado en la «ciencia de la religión», conceptos que encierran ambos un elemento temporal limitativo. Con ello la teología ha puesto límites a su vida. Fiel a la revelación y a la exégesis tradicional, ha tratado de salvar de los elementos de la religión bíblica todo aquello que podía ser salvado, y adoptando, por otra parte, el método crítico de la ciencia histórica profana ha «sacrificado» partes esenciales de su contenido, como la fe en el milagro, diversas fases importantes de la Cristología, la resurrección corporal de Jesús –y no pretendo con ello haber agotado la lista. Pero yo me pregunto qué ciencia puede ser ésta, cuyas relaciones con la razón son tan precarias y difíciles, amenazada siempre de muerte por los compromisos que con ella contrae. A mi entender la «teología liberal» es una madera férrea, una contradicción en los términos. Aceptando la cultura, dispuesta a adaptarse a los ideales de la sociedad burguesa tal como está constituida, la teología liberal rebaja lo religioso al nivel de lo humano y disuelve lo estático y lo paradójico, elementos esenciales del genio religioso, en un progresismo ético. Pero la religión no puede ser absorbida por la ética y eso es causa de una nueva división entre el pensamiento científico y el pensamiento teológico propiamente dicho. La superioridad científica de la teología es débil porque a su humanismo y a su moralismo les falta la comprensión del carácter demoníaco de la existencia humana. Es una teología culta, pero vacía, y en el fondo la tradición conservadora está mucho más próxima de la naturaleza trágica de la vida. En consecuencia, sus relaciones con la cultura son más profundas que las de la ideología liberal.

Cabe observar, en este punto, la infiltración del pensamiento teológico en esas corrientes irracionales de la filosofía, cuyo armazón teórico tiene como temas principales lo antiteórico, lo vital, la voluntad, el impulso y, para decirlo de una vez, lo demoníaco. Y hay que observar también, al propio tiempo, el resurgimiento del estudio de la teología católico-medieval, un retorno al neotomismo y a la neoescolástica. Esto, claro está, permite a la teología, que el liberalismo hizo palidecer, cobrar nuevos y vivos, por no decir ardientes, colores. Puede mostrarse de nuevo digna de las antiguas concepciones estéticas que su nombre evoca involuntariamente. Pero el intelecto del hombre civilizado, sea ese intelecto burgués o simplemente civilizado, no puede sustraerse a una sensación de malestar. Puesta en contacto con el espíritu de la filosofía vital, con el irracionalismo, la teología corre peligro de convertirse en demonología.

Digo todo esto únicamente para explicar ese sentimiento de desagrado a que me refería al hablar de mi estancia en Halle y de la parte que tomé en los estudios de Adrian, asistiendo como oyente, a fin de oír lo que él oía, a algunos de los cursos que él frecuentaba. No encontré en él la más ligera comprensión por mis preocupaciones, porque si bien es cierto que gustaba de discutir conmigo las cuestiones teológicas que en la cátedra se planteaban, evitaba toda conversación que pudiera ir al fondo de las cosas, es decir a la posición problemática de la teología como ciencia, con lo cual dejaba de lado aquello que, a mi entender, era lo primero que convenía dejar esclarecido. He de decir que lo mismo ocurría en sus relaciones con los catedráticos y con sus compañeros de la asociación estudiantil cristiana Winfried, de la cual entró a formar parte para cumplir con lo que era una costumbre y a cuyas reuniones fui yo también invitado algunas veces. Es posible que más adelante vuelva sobre este punto. Quiero decir aquí únicamente que estos jóvenes, en parte tipos pálidos de aspirantes a un título académico, en parte muchachos fornidos, de origen campesino, en parte figuras distinguidas cuyo exterior revelaba el ambiente intelectual en que se habían desarrollado, eran todos ellos teólogos, y como tales ostentaban los vivos sentimientos religiosos propios del caso. Pero cómo puede uno ser teólogo, cómo es posible elegir esta profesión en el mundo intelectual contemporáneo, si no es por mera obediencia al mecanismo de una tradición familiar, era cosa sobre la cual ninguno de ellos daba la menor explicación y por mi parte hubiese sido poco correcto pedírsela. Una pregunta tan directa habría estado quizás en su lugar entre personas sujetas a la influencia del alcohol. Pero los comilitones de la Winfried estaban exentos de la obligación de desafiarse y también de la de emborracharse, obligaciones que son inexcusables para los miembros de otras asociaciones estudiantiles. Su constante sobriedad les hacía inaccesibles a las preguntas capciosas. Sabían que el Estado y la Iglesia necesitaban funcionarios espirituales y se preparaban en consecuencia para esta carrera. La teología era algo que les era dado. Pero, ¿es que la teología no es algo históricamente dado?

Tenía que aguantar que Adrian tomara las cosas también así, aun cuando no dejaba de apenarme pensar que, a pesar de nuestra amistad de infancia, me estaba prohibido hacerle a él una pregunta directa como a cualquiera de sus compañeros. Esto demuestra hasta qué punto cuidaba de evitar que las gentes se le acercaran y cómo trazaba para la confianza fronteras que era imposible traspasar. ¿Pero no dije ya la importancia característica que atribuía a su orientación profesional? ¿No traté de explicarla con el nombre de «Kaisersaschern»? Muchas veces este nombre me sacó de apuros cuando más preocupado estaba por lo que había de problemático en los estudios de Adrian. Me decía entonces que tanto él como yo nos mostrábamos dignos hijos del viejo rincón germánico en que habíamos crecido: yo como humanista y él como teólogo. Y al tratar de darme cuenta del nuevo lugar en que vivíamos, llegaba a la conclusión de que nuestro ámbito se había ciertamente ensanchado, pero sin sufrir ningún cambio esencial.

XII

Aunque no fuera una gran ciudad, Halle era, de todos modos, una ciudad grande. Contaba más de 200.000 habitantes, pero, a pesar de su gran movimiento, no podía ocultar, por lo menos en su parte central donde vivíamos, un sello de dignidad que sólo el tiempo confiere. Han pasado, en efecto, mil años desde que la fortaleza construida a orillas del Saale, con sus valiosas minas de sal, fue asignada al nuevo arzobispado de Magdeburgo y elevada al rango de ciudad por Otón II. En un lugar así es dado observar cómo la voz baja de un largo pasado consigue penetrar intelectualmente en la actualidad, aparte la presencia visual de dicho pasado en los monumentos arquitectónicos e incluso en el modo de vestir. Así, por ejemplo, la nota pintoresca que ponen en la vida de Halle los trajes típicos de los viejos obreros que trabajan en las salinas. Mi «choza», como suelen decir los estudiantes, se encontraba en la Hansastrasse, una callejuela detrás de la iglesia de San Mauricio que lo mismo hubiera podido ocultarse en un rincón de Kaisersaschern, mientras que Adrian había encontrado alojamiento, un gabinete con alcoba, en una casa burguesa, con arimeces, de la Marktplatz, como realquilado de una vieja señora, viuda de un funcionario. Su habitación daba a la plaza y desde la ventana podían contemplarse el palacio medieval del Ayuntamiento; la iglesia gótica de Nuestra Señora, cuyas torres cupulares están unidas por una especie de puente de los suspiros; la Torre Roja, alzándose, solitaria, curiosa construcción también de estilo gótico; la estatua de Rolando y el monumento a Haendel. La pieza no era más que regular, sin otra nota de lujo que el tapete de terciopelo rojo que cubría la mesa cuadrada junto al sofá, mesa llena de libros en la cual tomaba Adrian, por las mañanas, su café con leche. Había completado la instalación con un piano de alquiler sobre el cual se acumulaban las notas de música, algunas de ellas escritas de su propia mano. En la pared, sujeto con chinches, un grabado aritmético, descubierto en algún puesto de libros viejos, uno de esos llamados cuadrados mágicos, como el que figura, al lado del reloj de arena, el círculo, la balanza, el poliedro y otros signos, en la *Melancolía* de Alberto Durero. Aquí como allí el cuadrado aparece dividido en 16 cuadros numerados con cifras árabes, de modo y forma que el número 1 se encuentra en el cuadro del ángulo derecho inferior y el número 16 en el del ángulo izquierdo superior. Y la magia —o la curiosidad— reside en el hecho de que, súmense estas cifras como se quiera, de arriba abajo, de derecha a izquierda o diagonalmente se obtiene siempre el mismo total de 34. Sobre qué principio ordenador descansaba esa identidad mágica de resultados es cosa que nunca pude descubrir, pero el lugar destacado, sobre el piano, en que Adrian había colocado el extraño documento, hacía que los ojos se vieran atraídos hacia él y no recuerdo haberme encontrado en la pieza una sola vez sin haber, en rápida ojeada, comprobado vertical, horizontal o diagonalmente la fatal identidad de la suma.

Entre su casa y la mía las idas y venidas eran las mismas que, en otros tiempos, entre la farmacia y la casa de su tío. Por la noche, al volver del teatro, del concierto o de una reunión de estudiantes en la asociación Winfried. Por la mañana, cuando uno iba a buscar al otro para ir juntos a la universidad y antes de emprender el camino comparábamos nuestros apuntes. La clase de filosofía, obligatoria para pasar el primer examen en la Facultad de Teología, era el punto de coincidencia entre nuestros respectivos programas de estudios y ambos nos habíamos matriculado en el curso del profesor Kolonat Nonnenmacher, una de las grandes lumbreras de la universidad de aquella época. Con tanto énfasis como saber explicaba este profesor la doctrina presocrática de los filósofos naturistas jónicos, de Anaximandro y, en particular, de Pitágoras, con lo cual entraba en sus enseñanzas una buena dosis de aristotelismo, ya que casi todo lo que sabemos de la explicación pitagórica del mundo nos ha llegado a través del Estagirita. Allí prestábamos nuestro oído, tomando notas y alzando de vez en cuando nuestros ojos hacia el profesor, muy digno con su barba blanca: allí prestábamos oídos, digo, a esa primitiva concepción cosmológica de un espíritu sincero y rígido que convertía su pasión fundamental, las matemáticas, la proporción abstracta, el número, en principio del origen y de la existencia del mundo, y enfrentándose con el conjunto de las cosas naturales como un hombre que estaba en el secreto, fue el primero en darles, con gran énfasis, el nombre de cosmos, es decir, orden y armonía. El número y la relación de los números como esencia constitucional del ser y de la dignidad moral... —era impresionante asistir a la solemne confluencia de lo bello, lo exacto y lo moral en la idea de Autoridad («Autos Efa», soplo animador de la alianza pitagórica), de la escuela esotérica del renovamiento religioso de la vida fundado en la obediencia silenciosa y en la estricta sumisión. He de acusarme de la constante falta de tacto que en la clase puse de manifiesto. Era costumbre mía, al oír ciertas expresiones, volver la vista hacia Adrian para tratar de descubrir el efecto que en él causaban, y era esto una falta de tacto porque Adrian se sentía molesto por esa insistencia, obligado a volver los ojos, las mejillas teñidas por el rubor. Decididamente no era amigo de las miradas de complicidad, se negaba a corresponderlas, y es casi inconcebible que, sabiéndolo, insistiera yo en mi mala costumbre. Con ello me cerraba la puerta para hablar después libremente de cosas que me interesaban precisamente por la relación que existía entre ellas y él.

Tanto mejor era cuando resistía a la tentación y sabía conducirme con la discreción que él exigía. Con cuánto placer no solíamos hablar del pensador inmortal, siempre actual a través de los milenios, a cuya mediación debemos el conocimiento de la concepción pitagórica del mundo. De la doctrina aristotélica nos encantaba tanto el fondo como la forma. El fondo, que es lo potencial, lo posible, en busca de la forma como medio de realizarse. La forma, que es el movimiento de lo inmóvil, que es espíritu y alma, el alma del Ser que aparece para realizarse y para completarse, la entelequia que, cual un fragmento de eternidad, se introduce en los cuerpos y los anima, interviene en lo orgánico para orientar su funcionamiento, conducirlo a su fin y vigilar su destino. El profesor Nonnenmacher hablaba de todas esas intuiciones con gran aptitud y sensibilidad y Adrian se sentía profundamente conmovido. «Cuando la teología —solía decir— afirma que el alma es divina proclama una verdad filosófica, porque, como principio formativo de todas las individualidades, el alma es parte de la pura forma del Ser en su más amplia acepción y procede del pensamiento eterno, por sí mismo concebido, al que damos el nombre de "Dios"... Creo adivinar que Aristóteles entendía por entelequia el ángel del ser individual, el genio de su vida, a cuya sabia dirección se entrega confiado. Lo que llamamos oración no es más que la expresión, anunciadora o implorante, de esa confianza. Pero el nombre de oración o plegaria es justo porque, en el fondo, se trata de un llamamiento a Dios».

«Que tu ángel sea prudente y te sea fiel», era lo único que yo podía pensar, ya que no decir.

Asistía a este curso, al lado de Adrian, con verdadero placer. Las clases de teología que frecuentaba también, irregularmente y como oyente, a fin de no encontrarme separado de lo que eran sus preocupaciones, sólo me procuraban una dudosa satisfacción. El plan de estudios de un estudiante de teología comprende, principalmente en los primeros años, asignaturas de exégesis e historia, investigaciones bíblicas, historia de la Iglesia y del dogma, evolución de las confesiones. Los cursos intermedios están consagrados a la sistemática, es decir, la filosofía de las religiones, el dogmatismo, la ética y la apologética. Al final de la carrera se sitúan las disciplinas prácticas, a saber: liturgia, predicación, catequismo, cura de almas, orden eclesiástico y derecho canónico. Pero la gran flexibilidad de los programas universitarios en Alemania deja a los estudiantes amplia libertad para ordenar su carrera según sus preferencias personales, incluso la de invertir la sucesión de las asignaturas, y, haciendo uso de esta libertad, Adrian se consagró desde un principio a la sistemática, en primer lugar, ciertamente, por el mayor interés intelectual de estos estudios, pero también porque el profesor titular de la cátedra de sistemática, Ehrenfried Kumpf, era el más jugoso orador de toda la universidad y su clase la más frecuentada por estudiantes de todos los cursos y facultades. He dicho ya que asistíamos también juntos al curso de historia eclesiástica del profesor Kegel, pero las horas que allí pasábamos eran monótonas. El profesor Kegel no podía en modo alguno competir con el profesor Kumpf.

Era este último lo que los estudiantes llaman «una personalidad vigorosa», y aun cuando, en efecto, su temperamento no dejaba de causarme cierta admiración, la simpatía que me inspiraba era nula y no podía abstenerme de pensar que su excesiva exuberancia había de resultar muchas veces molesta para Adrian aun cuando éste no la criticara abiertamente. Vigoroso lo era sin duda ya en su físico. Alto, macizo, relleno, las manos gruesas, la voz retumbante, el labio inferior adelantado a fuerza de tanto hablar. Kumpf daba su curso a base de un manual impreso, del cual era él por otra parte el autor, pero el motivo de su fama eran las llamadas «interpolaciones» que en sus lecciones tenía por costumbre intercalar mientras iba de un lado para otro de la vasta tarima, con los faldones de la levita echados hacia atrás y las manos en los bolsillos del pantalón. Su espontaneidad, su brío y su aspereza, su buen sentido y también las palabras y giros arcaicos de que gustaba servirse, agradaban sobremanera a los estudiantes. Decía las cosas, según sus propias palabras, «en buen alemán, sin remilgos ni rodeos», con lo cual quería significar de modo directo y claro, «sin guardarse nada en la barriga». Hablaba siempre de la Biblia como de la «Sagrada Escritura». Cuando decía «aquí crecen hierbas» quería en realidad significar que se trataba de desfigurar las cosas con malas artes, y para acusar a alguien de caer en error científico decía de él que «vivía entre las escorias». Se complacía en esta clase de giros, así como en los refranes —«quien no arriesga no gana»— y en las interjecciones. «Rayos y centellas», «voto a bríos», «cáspita» y «Belcebú» eran exclamaciones frecuentes en su boca. La última provocaba siempre grandes pateos de aprobación.[1]

Desde el punto de vista teológico Kumpf representaba la tendencia conservadora conciliatoria con ribetes crítico-liberales. Durante sus peripatéticas interpolaciones cuidaba de explicarnos que, en su juventud, había sido un estudioso entusiasta de la poesía y la filosofía alemanas y pretendía haber sabido de memoria todas las «obras importantes» de ciertos clásicos, como Goethe y Schiller. Más tarde, sin embargo, algo pasó en su interior, bajo la influencia, sin duda, del movimiento de despertar religioso sobrevenido a mediados del pasado siglo, y el mensaje paulino del pecado y de la gracia justificante le alejó del humanismo estético. Hay que haber nacido teólogo para poder apreciar dignamente esas aventuras espirituales, esas

---

1. Es costumbre en las universidades alemanas que los estudiantes manifiesten al profesor su aprobación o desaprobación. El pateo es un signo aprobador. Frotar el piso con las suelas de los zapatos indica disconformidad o desagrado. *(N. del T.)*

nuevas revelaciones en el camino de Damasco. Kumpf había adquirido la certidumbre de que nuestro pensamiento está también en descomposición y necesitado de la gracia justificante. En ello fundaba precisamente su posición liberal: el dogmatismo se le aparecía como la forma intelectual del fariseísmo. Había llegado, pues, a la crítica del dogma siguiendo un camino opuesto al de Descartes, para quien la certidumbre de la conciencia era superior a toda autoridad escolástica. Tal es la diferencia entre las liberaciones filosóficas y las teológicas. Kumpf había efectuado su conversación con alborozo y plena confianza en Dios y así la explicaba, «en buen alemán», a sus oyentes. No sólo era antifarisaico y antidogmático, sino también antimetafísico. Su orientación era ética y basada en la teoría del conocimiento. Su ideal era la personalidad moralmente constituida y rechazaba vigorosamente la distinción pietista entre las cosas del mundo y las de la religión. Su religión se situaba en el mundo; era inclinado a los placeres sanos y aceptaba la cultura –especialmente la cultura alemana–. A cada momento quedaba al descubierto su recio nacionalismo de cuño luterano y no podía imaginar nada peor para un hombre que decir de él que pensaba y hablaba como «un condenado latino». Enrojecido entonces por la cólera solía añadir: «Que el diablo se ensucie con él, amén», expresión que era asimismo saludada con prolongados pateos.

Su liberalismo, fundado no en la duda humanista sobre el dogma sino en la duda religiosa sobre el crédito que pueda merecer nuestro pensamiento, no disminuía en modo alguno su fe en la verdad revelada, ni le privaba tampoco, por otra parte, de sostener con el diablo relaciones estrechas aun cuando tirantes. No trataré de averiguar hasta qué punto creía Kumpf en la existencia personal del Maligno, pero no puedo dejar de decirme que, desde el momento que de teología se trata –y sobre todo cuando la teología va unida a una naturaleza tan expansiva como la de Ehrenfried Kumpf–, el diablo tiene su lugar señalado en el retablo y mantiene, frente a Dios, su realidad complementaria. Es fácil decir que un teólogo moderno toma al diablo «simbólicamente». A mi entender la teología no puede ser moderna, y no digo que esto no sea una gran cualidad. Pero si de simbolismo se trata no veo por qué el infierno ha de ser tomado más simbólicamente que el cielo. Es cierto que el pueblo nunca lo ha hecho así. La drástica, humorísticamente obscena figura del diablo está incluso más próxima al pueblo que la soberana Majestad. Y Kumpf era, a su manera, un hombre del pueblo. Cuando él hablaba de la «madriguera de los demonios», expresión de la que se servía con frecuencia para designar el infierno, no se tenía en modo alguno la impresión de que empleaba un lenguaje simbólico sino, al contrario, de que decía lo que quería decir «sin remilgos ni rodeos». Lo mismo ocurría cuando se trataba de la propia figura del Tentador. Ya he dicho que Kumpf, como hombre de saber y de ciencia, hacía concesiones a la crítica racionalista de la fe bíblica, y no era poco lo que, por condescendencia intelectual, estaba dispuesto a «sacrificar», por lo menos en ciertas ocasiones. Pero, en verdad, la razón le parecía el campo más propicio para las empresas del impostor, del maligno enemigo, y pocas veces exponía su punto de vista sin añadir: *Si Diabolus non esset mendax et homicida.* De mala gana se avenía a nombrar al Maligno por su nombre. Prefería emplear formas corruptas como «demontre» y «demono» para referirse a él. Pero tanto esas ocurrencias, dictadas en parte por la timidez y en parte por el deseo de tomar la cosa a chacota, como todos los circunloquios y motes de que era capaz, revelaban una especie de malévolo reconocimiento personal, una relación directa y activa con el enemigo de Dios.

Adrian y yo habíamos ido a presentar al profesor Kumpf nuestros respetos en su propia casa, lo que dio lugar a que fuéramos en repetidas ocasiones invitados a cenar en familia con él, su esposa y sus dos hijas, dos muchachas de rojas mejillas y pelo rubio rígidamente trenzado. Una de ellas bendecía la mesa mientras los demás inclinábamos discretamente nuestras cabezas, después de lo cual empezaba la comida y el dueño de la casa, mientras multiplicaba sus incursiones retóricas en los dominios de Dios y del mundo, de la Iglesia, la política, la universidad e incluso el arte y el teatro, según el estilo de las pláticas de mesa de Lutero; mientras comía con buen apetito y bebía lo que hacía falta, para mostrarnos con el ejemplo que no despreciaba los placeres normales del paladar y de la cultura, nos invitaba con la palabra a hacer lo propio y a gustar de la pierna de cordero y del perfumado vino del Mosela con que Dios había querido colmarnos. Así transcurría la comida y después del postre, Kumpf, ante nuestros ojos algo asustados, tomaba la guitarra que pendía en la pared y, cruzando las piernas después de haber apartado la silla de la mesa, nos cantaba con voz estentórea una serie de conocidas canciones: *La marcha es el placer del molinero*, *La carga frenética de los húsares de Lutzow*, *Gaudeamus Igitur* y *Loreley* y –para coronarlo todo– *Quien no ama las mujeres, el vino y las canciones, por necio quedará toda su vida*. Ponía luego en práctica el consejo de la canción abrazando a su regordeta esposa por el talle, después de lo cual señalaba con su índice carnoso un rincón de la pieza al cual apenas si la pantalla de la gran lámpara de mesa dejaba llegar un rayo de luz y exclamaba: «¡Ved cómo se oculta en el rincón el pájaro de mal agüero, el triste y amargado espíritu, irritado por la alegría de nuestros corazones que, en la paz de Dios, gustan de los alimentos del cuerpo y del placer del canto! Pero es inútil que quiera alcanzarnos con sus flechas emponzoñadas. ¡Aléjate!», rugía entonces Kumpf, a la vez que arrojaba con violencia un pedazo de pan contra el sombrío rincón y, satisfecho de su proeza, templaba de nuevo la guitarra para cantarnos: «Quien quiera andar con el corazón tranquilo».

Todo esto tenía algo de inquietante y he de suponer que tal era el sentimiento de Adrian, aun cuando se abstuviera, por delicadeza, de censurar a su profesor. De todos modos, después de cada uno de estos combates contra el diablo, Adrian, una vez en la calle, sufría una crisis de risa, de la que sólo conseguía calmarse poco a poco, distraído por la conversación.

XIII

He de dedicar algunas palabras al recuerdo de otra figura del personal docente que, a causa de su intrigadora ambigüedad, quedó más fuertemente grabada en mi memoria que todas las demás. Se trata del «docente privado» Eberhard Schleppfuss. Durante dos semestres disfrutó de la *venia legendi* para explicar un curso en la Universidad de Halle, después de lo cual desapareció de la circulación sin que se supiera nunca dónde fue a parar. Schleppfuss era hombre de menos de mediana estatura, delgado, envuelto en una capa negra que usaba en lugar de abrigo y que ajustaba al cuello con una cadenilla de metal. Llevaba un extraño sombrero de copa baja y rígida y alas muy arrolladas, semejante al de los jesuitas, y no dejaba nunca de quitárselo cuando encontraba a un estudiante para saludar muy profundamente, a la vez que murmuraba: «Siempre su seguro servidor». Tengo la idea de que Schleppfuss, haciendo honor al significado alemán de su nombre, arrastraba algo, en efecto, uno de sus pies, aun cuando otros negaban que así fuera, y en realidad era imposible asegurarlo. Supongamos, pues, que se trata de una sugestión impuesta por el significado del apellido y estimulada también por el carácter de sus lecciones, cada una de las cuales se prolongaba durante dos horas. No recuerdo el título bajo el cual su curso figuraba inscrito en el índice de asignaturas, pero la materia tratada, en forma un poco vaga por cierto, hubiese podido justificar el de «Psicología de la Religión» —y es posible que éste fuera, en efecto—. Eran lecciones para los exámenes, y sólo un grupo de estudiantes, de tendencias más o menos revolucionarias y muy preocupados por los problemas intelectuales, las frecuentaban: diez o doce personas a lo sumo. Cosa extraña, por otra parte, porque las lecciones de Schleppfuss revestían atractivo suficiente para despertar una más amplia curiosidad. Sería porque las cosas picantes pierden una parte de su interés cuando van acompañadas de una preocupación intelectual.

He dicho ya que la teología, por su naturaleza misma, tiende, y necesariamente ha de tender en determinadas circunstancias, a convertirse en demonología. Schleppfuss era un ejemplo de lo que digo, aun cuando bajo forma muy intelectualizada, ya que su concepción demoníaca del mundo y de Dios, explicada psicológicamente, resultaba de este modo aceptable y aun agradable para la corriente científica moderna. Su modo de profesar, muy propio para impresionar a la gente joven, contribuía a ello. Hablaba sin apuntes, con gran claridad, sin esfuerzo y sin detenerse un instante, con la corrección de un texto listo para la imprenta, con giros ligeramente irónicos, sin sentarse en el sillón de la cátedra, puesto de pie, apoyándose de lado contra la pared o la barandilla de la tarima, las puntas de los dedos cruzadas y los pulgares enhiestos, moviendo de arriba abajo la cabeza con su barba partida y dejando ver entre ésta y el puntiagudo bigote dos hileras de dientes afilados. Las relaciones familiares y violentas del profesor Kumpf con el demonio no eran nada al lado de la realidad psicológica que Schleppfuss solía prestar a la figura del Destructor, del ángel caído, expulsado del reino de Dios. Nuestro hombre elevaba dialécticamente, si así puede decirse, la afrenta blasfematoria a las regiones de lo divino, el infierno al Empíreo; presentaba la aberración como un complemento necesario e innato de lo sagrado y éste como una constante tentación satánica, como una casi irresistible provocación a profanar la divinidad.

Esto lo demostraba ofreciendo como ejemplo la vida espiritual de la época clásica del imperio de la religión sobre la existencia, la Edad Media cristiana, especialmente en sus últimas centurias. Una época en que era completo el acuerdo entre el juez espiritual y el delincuente, entre el Inquisidor y la bruja, sobre lo que significaban la abjuración de Dios, la alianza con el diablo, la repugnante comunidad con los demonios. El prurito de profanación derivado de lo sacrosanto era lo esencial, el fondo mismo de la aberración, y así quedaba puesto de manifiesto en el nombre –la mujer gorda– que los réprobos daban a la Virgen María y en las interpolaciones de una extraña vulgaridad, verdaderas obscenidades, que por diabólica sugestión se intercalaban en la celebración del sacrificio de la misa y que el doctor Schleppfuss, siempre con las puntas de los dedos cruzadas, repetía palabra por palabra –me abstengo de hacer yo lo propio por razones de buen gusto–, pero no le reprocho en modo alguno que, sin detenerse en estas consideraciones, rindiera él a la verdad científica el honor que le es debido. Era sin embargo curioso observar cómo los estudiantes anotaban concienzudamente estos pasajes en sus cuadernos. Según el orador, el mal y la persona misma del Maligno eran un resultado necesario, un inevitable aditamento a la sagrada existencia de Dios. El vicio no tenía así un carácter propio: era el mero apetito de manchar la virtud, sin la cual el vicio carecería de raíces. Dicho de otro modo, el vicio era el goce de la libertad, de la posibilidad de pecar, inherente al acto mismo de la creación.

De ello resultaba, en cierto modo, que la omnipotencia y la suprema bondad de Dios eran incompletas, ya que la criatura, el hombre, que él desprendió de su Ser y que ahora vivía fuera de él, no había podido crearla incapaz de pecar. Esto hubiera equivalido a retirar a la criatura la libre voluntad de separarse de Dios –lo que hubiese sido una creación incompleta; más aún, no hubiese sido una creación, un enajenamiento de Dios–. El dilema lógico de la Divinidad era éste precisamente: que no podía dar a la criatura, hombres y ángeles, la independencia de elección, es decir la libre voluntad o arbitrio y a la vez el don de no poder pecar. La piedad y la virtud consistían, pues, en hacer buen uso de la libertad que Dios había debido dar a la criatura como tal, lo que equivale a decir que de esa libertad no debía hacerse uso ninguno. Esto, a su vez, cuando se oía a Schleppfuss, daba por resultado que el no-uso de esta libertad se traducía en un debilitamiento existencial, en una disminución de la intensidad vital del ser extradivino.

Libertad. ¡Cuán extraña resultaba esta palabra en boca de Schleppfuss! Cierto era que ponía en ella un acento religioso. Hablaba como teólogo y hablaba de la libertad sin desdén. Al contrario, ponía de relieve la gran importancia que Dios mismo debía atribuir a esta idea, ya que de otro modo no se explicaría que hubiese preferido exponer a hombres y ángeles al pecado antes que privarles de libertad. Quedaba claro, entonces, que libertad significaba lo contrario de inocencia innata. Por propia voluntad de Dios, libertad significaba mantener la fidelidad o, de lo contrario, abandonarse a los demonios y a la murmuración de indecencias durante el sacrificio de la misa. Esta definición era propuesta por la psicología religiosa. Pero la libertad tiene también, en la vida de los pueblos y en los hechos de la historia, otro sentido, quizá menos espiritual pero no desprovisto de entusiasmo y cuya función ha sido considerable. Lo sigue teniendo aún hoy, mientras escribo esta biografía −en la guerra que ahora se desencadena− y, así quiero creerlo mientras vivo alejado en mi retiro, también en el alma y en los pensamientos del pueblo alemán que, sometido al imperio de la más desenfrenada arbitrariedad, atisba quizá por primera vez en su vida lo que la libertad significa. Preciso es, sin embargo, reconocer que no habíamos llegado entonces tan lejos. El problema de la libertad no era, o no parecía, candente en nuestros tiempos estudiantiles, y el doctor Schleppfuss daba a la palabra la significación que le era propia dentro del marco de su asignatura, dejando de lado otras que pudiera tener. No creo, de todos modos, que se limitara a dejarlas de lado y que, sumido en su concepción psicológico-religiosa, no pensara en ellas. Supongo, al contrario, que pensaba en ellas y que su concepción teológica de la libertad no estaba desprovista de una intención apologética y polémica contra ideas más vulgares y corrientes, que él llamaba «modernas» y que sus auditores podían comparar a la que él exponía. Ved cómo nosotros disponemos también de la palabra —parecía querer decir—; no creáis que sólo se encuentra en vuestros diccionarios y que la idea que os formáis de ella es la única razonable. La libertad es cosa excelsa, es la condición misma de la creación, es la que privó a Dios de impedir que pudiéramos apartarnos de Él. Libertad significa la libertad de pecar y la piedad consiste en no hacer uso, por amor de Dios, de la libertad que Él debió conceder.

Eso era lo que venía a decir, tendenciosamente, con cierta malignidad si los signos no me engañan. Para decirlo de una vez, esas cosas me irritaban. Me disgusta que alguien pretenda tenerlo todo, le quite al adversario la palabra de la boca, pervierta el sentido de lo que dice y cree así una confusión de conceptos. Es lo que ocurre ahora en grado superlativo y ello es la causa principal de mi reserva y de mi alejamiento. Ciertas gentes no debieran hablar de libertad, de razón, de Humanidad. Debieran abstenerse de hacerlo por motivos de decencia. Pero Schleppfuss hablaba también de Humanidad. Lo hacía, naturalmente, según el sentido que a esta palabra se daba en «los siglos clásicos de la fe», cuya estructura espiritual servía de base a sus disquisiciones psicológicas. Ponía visible empeño en dar a entender que el concepto de Humanidad no era una invención del pensamiento libre; que, lejos de ser su propiedad exclusiva, esta idea ha existido siempre y que, por ejemplo, la Inquisición se inspiraba en la más acendrada humanidad. En aquellos tiempos «clásicos», contaba Schleppfuss, una mujer que durante seis años había tenido trato íntimo con un íncubo, incluso junto a su marido, mientras éste dormía, y de preferencia en los días santos, fue detenida, procesada y quemada en la hoguera. La mujer estaba ligada al demonio por la promesa de pertenecerle en cuerpo y alma al cabo de siete años. Su suerte fue, sin embargo, grande, ya que antes de que expirara el plazo permitió Dios, en su bondad infinita, que cayera en manos de la Inquisición, y desde los primeros grados de la cuestión confesó, plenamente arrepentida, su crimen, lo que permite pensar que no le fue negado el perdón de Dios. Fue a la muerte por su propia voluntad, declarando expresamente que, aun pudiendo evitarla, prefería resueltamente la hoguera, con tal de escapar así al poder del diablo. Hasta tal punto, bajo el peso de sus horribles pecados, la vida se había convertido para ella en un objeto de repulsión. Pero cuán espléndida no era la unidad cultural que resultaba de esa concordancia armónica entre el juez y el delincuente y cuán henchida de cálida humanidad la satisfacción de haber, en el último momento, procurado a esta alma el perdón de Dios, después de haberla arrancado por el fuego a las garras del diablo.

Así decía Schleppfuss y cuidaba de hacernos notar que esto no era *otro* aspecto del humanitarismo sino el humanitarismo propiamente dicho. De nada hubiese servido invocar otra de las palabras del vocabulario librepensador y hablar de superstición. Schleppfuss disponía también de este vocablo, que los siglos «clásicos» estaban, por otra parte, muy lejos de ignorar. En la más desenfrenada superstición había caído la mujer que tenía tratos con el íncubo y nadie más, porque se había desprendido de Dios, desprendido de la fe, y la superstición es esto. No es supersticioso el que cree en demonios e íncubos, sino el que, de modo nefando, entra en tratos con ellos y de ellos espera lo que sólo puede esperarse de Dios. Superstición significa prestar credulidad a las insinuaciones y tentaciones del enemigo del género humano. El concepto de superstición comprende todos los vicios, infracciones y crímenes de la magia, todas las fascinaciones del heretismo, todas las ilusiones demoníacas.

La alianza dialéctica de lo malo con lo sagrado y lo bueno desempeña naturalmente un papel importante en la teodicea, en la justificación de Dios a despecho de la presencia del mal en el mundo, problema al cual Schleppfuss daba atención preferente en sus lecciones. Lo malo contribuye a la plenitud o perfección del Universo y éste no sería, sin aquél, perfecto. Así se explica que lo permitiera Dios, que, siendo perfecto, ha de querer lo perfecto, y no solamente lo perfectamente bueno, sino la perfección entendida como complejidad, como recíproca afirmación de la existencia. Porque lo bueno existe, lo malo es más malo aún e, inversamente, lo bueno es mejor porque lo malo existe. Quizá —aun cuando esta sea materia abierta a discusión— lo malo no sería malo, y lo bueno no sería bueno, si lo bueno y lo malo no existieran en sí. San Agustín llegó, en todo caso, a afirmar que la función de lo malo consistía en realzar lo bueno, tanto más grato al espíritu y más digno de la loa cuanto más de cerca se le compara con lo malo. A este respecto, el tomismo interviene para advertir que sería peligroso creer que lo malo acaece por expresa voluntad divina. Dios no quiere ni *deja de querer* que lo malo acaezca. Al margen de la voluntad y de la no voluntad, deja paso abierto al mal en aras de la plenitud o perfección. Es error pretender que Dios permite lo malo en beneficio de lo bueno, ya que nada puede ser considerado bueno si no corresponde a la idea misma de «bondad» en sí misma y no accidentalmente. Así se plantea, hacía observar Schleppfuss, el problema de lo bueno y lo bello absolutos, de lo bueno y lo bello sin relación con la maldad y fealdad —el problema de la cualidad incomparable—. Donde hay comparación —decía— hay medida, y no había lugar a hablar aquí de más o menos pesado o ligero, de más o menos grande o pequeño. Lo bueno y lo bello quedarían entonces reducidos a una existencia sin cualidad, muy parecida a la inexistencia y quién sabe si preferible a ella.

Anotábamos todo esto en nuestros cuadernos y nos retirábamos a nuestros hogares más o menos convencidos. Añadíamos aún, al dictado de Schleppfuss, que la verdadera justificación de Dios ante el desconcierto de la creación reside en su capacidad de hacer surgir lo bueno de lo malo. Esta propiedad ha de tender necesariamente, para la mayor gloria de Dios, a ejercitarse, y su revelación sería imposible si Dios hubiese retirado al hombre la posibilidad de pecar. En tal caso el Universo estaría privado de aquel Bien que Dios sabe hacer surgir del pecado, del dolor, del vacío, y poco motivo tendrían entonces los ángeles para entonar cánticos de alabanza. Cierto es que la historia nos hace continuamente ver cómo, en sentido inverso, es mucho el mal que surge del bien, en forma que, para evitarlo, Dios hubiese debido evitar el mundo mismo, contradiciendo así su esencia de Creador. Por esto el mundo es como es, cuajado de males, abandonado en parte a diabólicas influencias.

, Nunca fue posible poner en claro si, al hablar así, Schleppfuss nos comunicaba sus propias ideas o trataba sencillamente de hacernos comprender la psicología de los «siglos clásicos» de la fe. Era indudable, claro está, que, como teólogo, no podía dejar de sentir por esos estados psicológicos una simpatía que muchas veces llegaba a la conformidad. Y me extrañaba que no fuera mayor el número de jóvenes estudiantes atraídos por el curso de Schleppfuss, precisamente porque todas sus alusiones al poder demoníaco sobre la vida del hombre ofrecían un acusado carácter sexual. No hubiese podido ser de otro modo, claro está. El carácter demoníaco de lo sexual era uno de los principales instrumentos de trabajo de la «psicología clásica». Era este el campo de acción preferido de los demonios, el punto de partida ideal del adversario de Dios, del Tentador, del Enemigo. De todas las acciones humanas, el coito es aquélla sobre la cual Dios permitió a las brujas el ejercicio de una mayor influencia, no sólo por la vulgaridad exterior del acto sino también porque la abyección del primer hombre fue transmitida a la humanidad entera bajo la forma de pecado original. El acto procreador, caracterizado por su estética fealdad, fue expresión y vehículo del pecado general. No es de extrañar, por lo tanto, que se le dejara aquí al diablo una especial libertad. No en vano le dijo el Ángel a Tobías: «El demonio se apodera de aquellos que se abandonan a la lujuria». El poder demoníaco anida en los riñones del hombre y este es el significado que hay que atribuir a las palabras del Evangelista: «Quien, bien armado, guarda su Palacio, conserva la propia paz». La alusión sexual es evidente y siempre existió la posibilidad de dar esa interpretación a las palabras misteriosas. La Piedad, siempre en acecho, no les daba otra.

Sorprendía cuán débil había demostrado ser, en torno de los santos, la guardia de los ángeles, por lo menos en cuanto a la paz se refiere. Abundan en el santoral los ejemplos de resistencia victoriosa a las tentaciones de la carne, pero esto no obsta para que el apetito de la hembra tentara a los santos con una frecuencia increíble: «Llevo clavada una espina en la carne, ángel satánico que me golpea con sus puños». Estas palabras son una confesión a los corintios, y aun cuando es posible que el autor de las Epístolas les diera otro significado, que aludiera a la epilepsia o a un mal semejante, la Piedad les ha dado una interpretación sexual y es muy posible que no se haya equivocado al hacerlo, que no le haya engañado su instinto al presumir la existencia de oscuras relaciones entre las debilidades cerebrales y el demonio de la sensualidad. La tentación a la cual se resiste no es, claro está, un pecado en sí misma sino un examen al que se encuentra sometida la virtud. Y, no obstante, la frontera entre la tentación no es ya, en efecto, la agitación del pecado en nuestra sangre, y el estado de excitación sensual no es ya, en sí mismo, y en gran medida, un abandono al mal. Una vez más quedaba puesta de manifiesto la identidad dialéctica entre el bien y el mal, ya que la santidad es inconcebible sin la tentación. La intensidad de la tentación da la medida de la potencialidad pecadora de un ser humano.

¿Pero de dónde venía la tentación? ¿Sobre quién había de recaer la maldición por haberla provocado? Fácil era decir que la tentación procedía del diablo. En el diablo residía la fuente, pero el encantamiento procedía del objeto tentador, y este objeto, instrumento del Tentador, era la hembra. Con ello la hembra era, al propio tiempo, instrumento de la santidad, ya que ésta era inconcebible sin el apetito tumultuoso de pecar. La gratitud que por ello merecía era amarga. Era, al contrario, de notar, y cosa característica al propio tiempo, que si bien el Hombre, en sus dos formas, era un ser sexual, y aun cuando la localización del demonio en los riñones se aplicaba mejor al hombre que a la mujer, la maldición de la carne y la esclavitud del sexo eran exclusivamente atribuidas a la mujer y así se llegó al apotegma: «Una hembra hermosa es como un anillo en la nariz de una cerda». ¡Cuántas cosas semejantes, y profundamente sentidas, no se han dicho desde tiempo inmemorial sobre la mujer! Todas se refieren a la apetencia de la carne identificada con la hembra en tal forma que lo carnal en el hombre es también de cuenta de la mujer. De aquí la palabra: «Encontré a la mujer más amarga que la muerte e incluso una buena mujer está sometida a la apetencia de la carne».

Podría preguntarse si no le ocurre lo mismo al buen hombre. Y de un modo más particular aún al Santo. Sin duda, pero todo ello era obra de la hembra que, como tal, representaba la lujuria sobre la tierra. El sexo era su dominio, y por su mismo nombre, Femina, que en parte significa fe y en parte quiere decir menos, es decir, de poca fe, era natural su relación con los espíritus abominables de que este reino está poblado y natural también que pesara sobre ella la sospecha de brujería. Ejemplo de ello era precisamente aquella mujer que tuvo durante largos años relaciones con un íncubo en presencia de su dormido y confiado marido. Pero además de los íncubos existían también los súcubos, y así lo demuestra el caso de un muchacho extraviado de la época clásica, que después de vivir con un ídolo fue al fin víctima de sus celos diabólicos. Al cabo de algunos años, en efecto, por consideraciones de intereses más que por verdadera inclinación se casó con una mujer de bien, pero fue incapaz de consumar el matrimonio porque el Ídolo se interpuso continuamente entre ambos. La mujer, justamente enojada, le abandonó y durante el resto de su vida se vio condenado a vivir con el Ídolo implacable.

Pero era mucho más significativo aún, decía Schleppfuss, para caracterizar el estado psicológico de aquellos tiempos, la limitación a que se encontró sometido otro muchacho, no por culpa suya sino por hechizo femenino, y de la cual sólo pudo librarse trágicamente. Como recuerdo de los estudios a que me dediqué en compañía de Adrian quiero intercalar aquí, brevemente, esta historia, contada por Schleppfuss con indudable ingenio.

Hacia fines del siglo XV vivía en Meresburgo, cerca de Constanza, un honrado muchacho llamado Heinz Klöpfgeissel, apto de cuerpo y con buena salud, tonelero de oficio. Sentía Heinz una viva, y correspondida, inclinación por una muchacha, Barbel, hija única de un campanero viudo, y quería casarse con ella, proyecto que tropezaba con la oposición del padre. Klöpfgeissel era pobre y el campanero, antes de darle su hija, le exigía una posición social o, cuando menos, que fuera maestro en su oficio. La inclinación de los dos jóvenes fue, sin embargo, más fuerte que esta oposición y la pareja fue tal, en efecto, antes de tiempo. De noche, cuando el campanero estaba junto a sus campanas, Klöpfgeissel entraba en el aposento de Ana por la ventana y, abrazados los dos, cada uno creía que era el otro el ser más bello de la tierra.

Así andaban las cosas cuando un día el tonelero, en compañía de otros muchachos de oficio, a los que no faltaban ni el atrevimiento ni el buen humor, se fue a Constanza, donde se celebraba la consagración de una iglesia. Allí pasaron un buen día, tanto que al llegar la noche vino la tentación y decidieron ir en busca de mujeres a uno de los garitos del lugar. No le gustaba la cosa a Klöpfgeissel y se resistía a ir con los demás. Pero sus compañeros se mofaron de él, le trataron de andrajo, mortificaron su pundonor hasta el punto de preguntarle si le faltaba algo para ser un hombre cabal. No pudo tolerar nuestro muchacho tales ofensas y, sujeto, como los demás, a la influencia de la mucha cerveza que había bebido, acabó por rendirse y, proclamando que «iban a ver lo que verían», se fue con sus compañeros al lugar *non sancto*.

Ocurrió entonces que el muchacho fue víctima de una irritante humillación, hasta el punto que no sabía qué pensar de sí mismo. Sin que hubiese podido sospecharlo resultó que, con aquella mujer, una húngara porcallona, le faltaron por completo sus potencias, cosa que además de exasperarle en extremo no dejó de asustarle también. La hembra no sólo le tomó a burla. Empezó a cabecear significativamente y a decir que algo había allí de anormal y de sospechoso. Un hombre hecho y derecho como él y que de pronto no podía conducirse como tal hombre, por fuerza tenía que ser prisionero del diablo y merecedor de que le echaran a morir en un caldero. Estas y otras semejantes cosas le dijo la hembra y mucho fue lo que Klöpfgeissel hubo de darle para conseguir que no contara lo sucedido a los demás compañeros. Regresó a su casa abrumado y deprimido.

Tan pronto como pudo, y aunque no sin aprensión, dio una cita a su querida Barbel, y mientras el campanero estaba con sus campanas, pasaron los dos la hora más deliciosa de sus vidas. Su honor juvenil así restaurado, bien hubiese podido darse Klöpfgeissel por satisfecho ya que, fuera de su primera y única, no sentía interés por ninguna mujer. ¿Y por qué habría de interesarle ninguna otra? Pero desde aquel fracaso persistía en el fondo de su alma una inquietud que le atenazaba y le daba ganas de probar otra vez, de jugarle a la niña de sus ojos una nueva, la última, mala pasada. Así anduvo en busca de una oportunidad de ponerse a prueba, y también de ponerla a ella, ya que la desconfianza en sí mismo encerraba también una tierna y secreta sospecha de que la culpa pudiera ser de aquella que amaba con toda su alma.

Ocurrió entonces que en la bodega del tabernero, un pobre enfermo barrigudo, había que ajustar los cercos de dos toneles y la tabernera, mujer todavía deseable, hizo por estar presente mientras Klöpfgeissel se afanaba en su trabajo. De pronto le acarició el brazo, acompañando el gesto de tales insinuaciones que hubiese sido imposible negarle lo que, por otra parte, y a pesar de toda su voluntad, la carne se negó a dar. Ello le obligó a buscar mil excusas, a decir que no estaba aquel día dispuesto, que tenía gran prisa, que el marido seguramente iba a bajar y armaría un escándalo. Por fin se marchó, sin darle a la mujer, que encolerizada se reía de él, lo que ningún otro en su caso le hubiese negado.

Se sintió profundamente herido, sin saber qué pensar de sí mismo y no sólo de sí mismo. La sospecha que, después del primer fracaso, penetró en su ánimo, se había adueñado ahora de él por completo y ya no podía caberle la menor duda de que su cuerpo había caído en garras del demonio. Viendo que estaban en juego la salvación de su alma, y su honor de hombre además, Klöpfgeissel tomó el camino del confesionario para confiárselo todo al cura párroco: que las cosas no andaban bien con él, que sólo era hombre con una mujer, y que deseaba saber cómo era esto posible y si la Iglesia no conocía el medio de poner fin maternalmente a tal situación.

En aquellos tiempos la brujería infestaba la región como la peste y no pocas prácticas ilícitas, vicios y pecados, que, gratos al enemigo del hombre, representaban una ofensa para la divina Majestad, eran a tal punto moneda corriente que a todos los pastores de almas se les había recordado el deber de ejercer una extrema vigilancia. El párroco, para quien el caso lamentable de un hombre víctima del hechizo no era cosa nueva, antes al contrario, harto conocido, dio cuenta de la confesión de Klöpfgeissel a sus superiores jerárquicos. Llamada e interrogada, la hija del campanero confesó, lisa y llanamente, que, por miedo a perder la fidelidad del muchacho, para evitar que se fuera con otra antes de casarse con ella como Dios manda, se procuró cerca de una vieja pelleja, lavandera de oficio, un cierto específico, un ungüento, hecho al parecer con la grasa de un niño muerto sin bautizar, con el cual untaba, siguiendo un determinado perfil, la espalda de Heinz al abrazarle y de este modo se aseguraba su posesión. Interrogada también, la lavandera se obstinó en negar los hechos y hubo de ser entregada al brazo secular y a sus métodos interrogativos, que no eran los de la Iglesia. Bastó una relativa presión para poner de manifiesto lo que podía suponerse. La mujerzuela tenía cerrado un pacto con el diablo, y éste se le había aparecido bajo el aspecto de un monje con pies de macho cabrío. Una vez que la hubo inducido a profanar las divinas personas y la fe cristiana con las más horribles blasfemias, le ofreció, en compensación, recetas para la preparación no sólo del ungüento de amor sino también de otras pretendidas panaceas, entre ellas una grasa que, frotando con ella un palo cualquiera, permitía a los adeptos elevarse por los aires. Las circunstancias y particularidades del pacto que la vieja mujer había cerrado con el diablo fueron apareciendo poco a poco, a medida que se le aplicaba el interrogatorio, y eran tales que ponían los pelos de punta.

Para la que sólo indirectamente había sido pervertida, se trataba de saber hasta qué punto la salvación de su alma se encontraba comprometida por el hecho de haber aceptado y empleado el ungüento maldito. Para infortunio de la hija del campanero, declaró la vieja que el diablo le había dado especial encargo de buscar el mayor número posible de prosélitos, haciendo valer que por cada nuevo adepto (y como tal había de considerar a todo aquel que fuera inducido a emplear sus pócimas) aumentaría su potencia para defenderse contra el fuego eterno, de forma que, si trabajaba con buen resultado, acabaría por verse armada de una coraza de asbestos que la haría invulnerable contra las llamas del infierno. Esta declaración fue fatal para Barbel. La necesidad de salvar su alma y de arrancarla a las garras del diablo sacrificando el cuerpo no podía ser más evidente. Y como, además, los progresos del mal imponían la necesidad de un ejemplo, fueron quemadas en la plaza pública, y en vecinas hogueras, dos brujas, la vieja y la joven. Heinz Klöpfgeissel, el hechizado, se encontraba, con la cabeza descubierta y murmurando oraciones, entre la multitud de los curiosos. Los gritos extraños, ahogados por el humo, que su amante profería resonaban en sus oídos como la voz misma del diablo surgiendo involuntariamente de su boca. A partir de aquella hora la vil limitación de que era víctima desapareció como por encanto. Apenas reducido su amor a cenizas le fue restituida la hombría que pecadoramente había perdido.

Nunca más se borró de mi memoria esa repugnante anécdota, tan típicamente adaptada al carácter especial de las materias que explicaba Schleppfuss. Y no se ha apaciguado aún la irritación que su recuerdo me causa. En repetidas ocasiones, tanto entre Adrian y yo como en las discusiones del grupo Winfried, hubimos de comentarla. Pero ni al mismo Adrian, siempre reservado y silencioso cuando se trataba de sus profesores y de lo que ellos enseñaban, ni a ninguno de sus compañeros de facultad pude comunicarles nunca la indignación que me causaba este episodio y en particular el caso de Klöpfgeissel. Aún hoy mis pensamientos le atacan y creo que era un perfecto idiota. ¿De qué se quejaba el imbécil? ¿Por qué tenía que hacer ensayos con otras mujeres, cuando tenía la suya y la amaba de tal modo que se sentía frío e impotente con las demás? ¿Y qué significaba esta impotencia si era, por otra parte, capaz de amar a una mujer? Se trataba, en verdad, de una noble costumbre, y si no es natural que el sexo deje de funcionar en ausencia del amor, nada tiene de contrario a la naturaleza que esto ocurra por efecto del amor. Cierto es que Barbel había absorbido y «limitado» la capacidad de Heinz, pero no por virtud de los arcanos diabólicos, sino por su encanto amoroso y por la voluntad imperiosa con que le retenía y lo fortalecía contra otras tentaciones. Que el vigor de esta protección y su influencia sobre la naturaleza del muchacho se vieran fortalecidas psicológicamente por el ungüento mágico y la fe de la muchacha en él, estoy dispuesto a admitirlo, aun cuando me parece mucho más sencillo considerar las cosas desde el punto de vista de Heinz y atribuir la causa de la inhibición que tan absurdamente le irritara a un estado selectivo impuesto por el amor. Pero este punto de vista encierra el reconocimiento de un poder natural y maravilloso del alma para influir de modo decisivo y transformador sobre lo corporal y orgánico. Y este aspecto mágico del problema, Schleppfuss se complacía naturalmente en ponerlo de relieve al comentar el caso que acabo de contar.

Revestían estos comentarios un carácter casi humanístico y tenían por objeto dejar al descubierto la idea que aquellos siglos, aparentemente atrasados, se formaban del carácter exquisito del cuerpo humano. Lo tenían por mucho más noble que cualquiera otra concreción de la materia, y en su accesibilidad a las influencias del alma veían el indicio de su alcurnia, de un alto rango en la jerarquía material. El cuerpo era capaz de sentir escalofríos o de acalorarse al impulso del temor o de la indignación, de enflaquecer de pena, de abrirse, como una flor, a la caricia del gozo o del júbilo. Una idea de asco puede, por sí sola, provocar iguales vómitos que una comida putrefacta, y para que las fresas causen erupciones de la piel no es preciso comerlas: bastará, para ciertos glotones, contemplarlas. La enfermedad y la muerte misma pueden ser consecuencia de puros fenómenos psíquicos. Pero esta idea de que el alma, la psiquis, puede influir sobre la materia que le es propia sólo está separada por un paso del convencimiento, fundado en abundantes experiencias humanas, de que es también posible que un alma pueda de modo sabedor y voluntario, por hechizo, influir sobre la sustancia de cuerpos extraños. Dicho en otras palabras, la realidad de la magia, del influjo demoníaco, del maleficio, se veía confirmada. Quedaban sustraídos a los dominios de la superstición una serie de fenómenos como el del mal de ojo, ese conjunto de experiencias centradas en la leyenda del poder mortífero de la mirada del basilisco. Impía crueldad sería negar que un alma impura podía, por el solo poder de la mirada, voluntariamente y también sin querer, causar males y daños corporales, sobre todo a los niños, cuya tierna sustancia era particularmente sensible al veneno de una mirada maligna.

Así hablaba Schleppfuss en su original curso. Original por su espíritu y por su arriesgada escrupulosidad. «Escrupuloso» es un vocablo excelente, al cual siempre he atribuido, como filólogo, un gran valor. Solicita la adhesión, una adhesión envuelta en precauciones y provoca, al propio tiempo, un movimiento de aversión. Sitúa las cosas —y los hombres— bajo la doble luz de la dificultad y la repugnancia.

Al encontrarle en la calle o en los corredores de la universidad, saludábamos a Schleppfuss con toda la creciente consideración que en nosotros despertaba el alto nivel intelectual de su curso. A nuestro saludo contestaba él, sistemáticamente, con una reverencia más profunda que la nuestra, acompañada siempre de las rituales palabras: «Su muy seguro servidor».

XIV

La mística de los números no es cosa que me seduzca y la atracción que ella ejerció desde siempre, aun cuando no la manifestara de modo ruidoso, sobre Adrian, no dejó nunca de causarme aprensión. Pero que al precedente capítulo le haya correspondido el número 13, generalmente considerado como de mal agüero, es una casualidad a la que involuntariamente aplaudo y casi, casi, estoy tentado de ver en ello algo más que una casualidad. Pero si he de ser sincero y razonable, confesaré que el hecho es casual y nada más, porque, en realidad, las experiencias universitarias de Leipzig constituyen, en su conjunto, una unidad, ni más ni menos que las conferencias de Kretschmar, y si no la he tratado como tal ha sido únicamente por consideración al lector, siempre en busca de suspensiones y de nuevos puntos de partida. Así se explica que haya dividido en varios capítulos lo que, según mi honesta convicción de escritor, no hubiera debido serlo. Por mi gusto, pues, nos encontraríamos todavía en el capítulo XI, y únicamente porque soy hombre dado a las concesiones le ha correspondido al doctor Schleppfuss la cifra XIII. Se la concedo, por otra parte, de buena gana, como de buena gana hubiese concedido la cifra XIII a todos los recuerdos de nuestros estudios en Halle, hasta tal punto me fue ingrata, y así lo confesé desde un principio, la atmósfera teológica de esa ciudad. Mi participación voluntaria en los estudios de Adrian, después de vencer no pocas repugnancias, no fue otra cosa que un sacrificio consumado en aras de nuestra amistad.

¿Nuestra? Mejor sería decir mía. A él no le interesaba en lo más mínimo que yo estuviera sentado a su lado mientras Kumpf o Schleppfuss explicaban su curso y sacrificara así asignaturas de mi propio programa. Lo hacía por mi propia voluntad, movido por el irresistible deseo de saber lo que él aprendía y aprender lo mismo que él, o dicho de otro modo, por el deseo de *vigilarle*. Me parecía esto una cosa necesaria, aun cuando inútil. Un sentimiento complejo y doloroso, en el que se mezclaban la urgencia y la superfluidad. Sabía perfectamente que me encontraba ante una vida que podría vigilar pero no cambiar, no influir sobre ella, y las ganas que tenía de no perder de vista al amigo eran quizás en parte debidas a la intuición de que un día habría de dar cuenta biográfica de esas impresiones juveniles. Porque claro está que no me hubiese extendido tan prolijamente sobre cuanto precede si se tratara tan sólo de explicar por qué no me era a mí simpática la atmósfera de Halle. Lo hice por los mismos motivos que me indujeron a la prolijidad cuando hablé de las conferencias de Kretzschmar, es decir, porque deseo, y no puedo dejar de desear, que el lector se convierta en testigo de la vida intelectual de Adrian.

Por idénticos motivos deseo también que el lector nos acompañe durante alguna de las excursiones que los jóvenes hijos de las musas solíamos emprender por los alrededores de Halle cuando la clemencia del tiempo lo permitía. Amigo íntimo y paisano de Adrian, aficionado a la teología aun cuando no la estudiara con fines profesionales, la asociación estudiantil Winfried me admitía a tomar parte en estas salidas colectivas cuyo objeto no era otro que el de gozar, al aire libre y entre la verdura, de las maravillas de la creación.

Si frecuentes eran estas excursiones, no lo era tanto, ni mucho menos, nuestra participación en ellas. No necesito decir, en efecto, que Adrian no se distinguía precisamente por su asidua asistencia a los actos de la corporación. Pertenecía a ella con el propósito principal de guardar las formas, por cortesía y para dar una prueba de buena voluntad y adaptación a las costumbres tradicionales. Aprovechaba, sin embargo, todas las excusas posibles, y en particular sus jaquecas, para no asistir a las reuniones, en forma que, al cabo de meses y años, eran tan tenues sus relaciones con los miembros de la corporación, unos setenta en total, que le resultaba violento emplear el tuteo de rigor y no pocas veces olvidaba esta regla. Gozaba, a pesar de ello, de indudable prestigio entre sus camaradas, y su presencia, podríamos casi decir excepcional, en tal o cual reunión, era siempre saludada con exclamaciones en las que se mezclaban el reproche por su habitual alejamiento y el sincero placer de verle. Eran muy apreciadas, en efecto, sus intervenciones en los debates filosóficos, a los cuales, sin pretender dirigirlos, daba a menudo interesantes orientaciones. Pero en mayor aprecio aun eran tenidas sus dotes musicales. Nadie mejor que él para acompañar al piano los obligados coros, sin los cuales no es concebible una reunión de estudiantes en Alemania. Pero tampoco se negaba Adrian, invitado por el presidente, muchacho alto, y moreno, con los párpados siempre medio cerrados y la boca contraída como a punto de silbar, que respondía al nombre de Baworinski, a interpretar, de vez en cuando, para regalo de sus compañeros, una toccata de Bach o fragmentos de Beethoven y de Schumann. No era tampoco raro que se sentara al piano por propia decisión, apenas llegado y antes de que empezaran los debates, y en aquel instrumento, que por su tono sordo y otras insuficiencias recordaba extrañamente el piano de que se servía Kretzschmar en sus doctas conferencias, ensayara de dar forma a ideas que probablemente se le habían ocurrido durante el camino. Me parece todavía verle llegar, lanzar un saludo furtivo a los presentes y, sin quitarse a veces el sombrero y el abrigo, precipitarse sobre el piano, como si tal fuera el único propósito de su visita, y empezar a probar, con pulsación violenta y las cejas arqueadas por la tensión, una serie de acordes introductorios, de transiciones, de acordes resolutivos. Como si en el piano buscara protección y refugio, como si le infundieran miedo el lugar y las personas que en él había, como si tratara de encontrar en sí mismo defensa contra el extraño ambiente en que había caído.

Prendido a una idea fija, que bajo sus dedos iba transformándose sin llegar a cuajar, seguía tocando Adrian un día, cuando el pequeño Probst, tipo acabado del estudiante con su pelo rubio, largo y lustroso, le preguntó:

—¿Qué es esto?

—Nada —contestó Adrian con un breve movimiento de cabeza, como si tratara de ahuyentar una mosca.

—¿Cómo puede ser nada una cosa que estás tocando?

—Fantasea —observó Baworinski con aire entendido.

—¿Fantasea? ¿Es decir que delira? —exclamó Probst sinceramente asustado. Y fijó sus claros ojos azules en la frente de Adrian, como para descubrir en ella los signos de la fiebre.

La risa fue general y Adrian cesó de tocar para reírse como los demás, con las manos sobre el teclado y la cabeza inclinada.

—Probst, eres un cándido —dijo Baworinski—; ¿no comprendes que improvisa, que estaba tocando lo que se le ocurría en aquel preciso momento?

—Eran muchas las notas que se le ocurrían todas a la vez —replicó Probst defendiéndose—. ¿Y cómo puede pretender, cuando toca algo, que este algo que toca no es nada? No hay modo de tocar lo que no existe.

—Te equivocas —dijo Baworinski con dulzura—. Es posible tocar lo que no existe todavía.

Y oigo todavía la voz de un cierto Deutschlin, Konrad Deutschlin, un muchacho de la ciudad, con el pelo enmadejado sobre la frente, abundando en la misma idea con estas palabras:

—Querido Probst, todas las cosas que después han existido empezaron por no existir.

—Puedo asegurarles... puedo aseguraros —dijo Adrian— que no era realmente nada, en todos los sentidos de la palabra.

Levantó entonces la cabeza, pasada la crisis de risa, y su cara reflejaba un evidente desagrado. Tenía la sensación de que había quedado en evidencia. Recuerdo sin embargo que esta escena sirvió de pretexto para una interesante discusión sobre la facultad creadora, en la que Deutschlin tuvo un papel preponderante. Se analizaron especialmente las limitaciones de dicha facultad bajo la influencia de elementos que le son anteriores: cultura, tradición, sucesión, convencionalismo, modelo. En conclusión, no obstante, la facultad creadora fue teológicamente proclamada y reconocida como un eco de la omnipotencia divina, como una manifestación de la presencia inmanente de Dios, como algo que el hombre recibe de lo alto.

Además, y dicho sea sólo de paso, era para mí halagüeño que, aun no siendo allí otra cosa que un huésped tolerado, mis habilidades de ejecutante con la viola de amor fueran a veces solicitadas para animar aquellas reuniones. La música gozaba en aquel medio de gran prestigio. Era reconocida como un arte divino y existía con ella, como con la naturaleza, una «relación» a la vez piadosa y romántica. Entre la música, la naturaleza y la piedad existía un estrecho parentesco. Constituían, para los miembros de la corporación Winfried, un conjunto ideal irrecusable y así se encuentra, en cierto modo, justificada la expresión de «hijos de las musas» que en un principio no parece la más adecuada para caracterizar a un grupo de estudiantes de teología. Dentro del marco de estas disposiciones ideológicas se situaban aquellas excursiones al campo de que me propongo ahora hablar.

Dos o tres veces por curso revestían carácter corporativo, es decir, cada uno de los setenta miembros era invitado a tomar parte en ellas. Tanto Adrian como yo permanecimos siempre alejados de esas salidas en masa. Pero con frecuencia, en cambio, nos sumábamos a las excursiones de un grupo limitado en el que figuraban, junto al propio presidente Baworinski, otros amigos unidos por mutuas afinidades: Deutschlin, ya nombrado, un cierto Dungersheim, Carl von Teutleben, Hubmayer, Matthäus Arzt y Schappeler. No se me han olvidado estos nombres ni tampoco las fisonomías de los interesados, que no hace falta describir aquí.

Las cercanías inmediatas de Halle forman una llanura arenosa y sin encanto alguno. Pero bastan pocas horas de tren, subiendo el curso del Saale, para llegar a los lindos paisajes de Turingia, y una vez allí, sin pasar las más de las veces de Naumburg o de Apolda (la región donde nació la madre de Adrian), dejábamos la vía férrea y proseguíamos la ruta a pie, con nuestro saco a cuestas y una capa con capuchón impermeable para defendernos contra la lluvia. Así andábamos durante varios días, comiendo en las posadas o debajo de un árbol y durmiendo a menudo en el pajar de una granja. Al rayar el alba hacíamos nuestras abluciones en las aguas de cualquier arroyo, para volver en seguida a ponernos en marcha. Esa forma interina de vida, estas incursiones en lo primitivo emprendidas por gentes cuya vida normal se desarrollaba en la ciudad y estaba consagrada a fines intelectuales, por gentes que, además, sabían que aquello no había de durar, que pronto habían de reintegrarse a su esfera «natural», a sus comodidades burguesas, esa forma de vida tenía necesariamente algo de artificio, de autocomplacencia, de cómico diletantismo que no escapaba a nuestra percepción y que explicaba, por otra parte, la irónica sonrisa con que acostumbraban a obsequiarnos los campesinos cuando íbamos a pedirles permiso para dormir en el pajar. Nuestra juventud hacía, sin embargo, que en aquellas sonrisas irónicas se mezclaran la condescendencia y aún la aprobación. ¿No es acaso la juventud el único eslabón que puede legítimamente servir de enlace entre la civilización burguesa y la primitividad natural? La juventud es un estado preburgués del cual se deriva todo el romanticismo estudiantil. Podría decirse que la juventud es la edad romántica por esencia. Tal fue la fórmula de que se sirvió Deutschlin, siempre vigoroso en la expresión de sus ideas, para concretar su pensamiento, en el curso de una conversación sobre los aspectos problemáticos de nuestra existencia sostenida en un pajar, y a la pálida luz de una linterna, antes de que nos rindiera el sueño. Deutschlin tuvo buen cuidado de añadir que estimaba como cosa de muy mal gusto que la juventud tratara de analizarse a sí misma. Una forma de vida que trata de investigarse y de definirse, decía, se disuelve *ipso facto* como tal forma. La verdadera existencia corresponde exclusivamente al ser directo e inconsciente.

No le faltaron contradictores. Hubmayer, Shappeler y Teutleben estaban lejos de compartir su punto de vista. Sería lindo, decían, que sólo los viejos tuvieran facultad para juzgar a los jóvenes, como si la juventud no pudiera ser otra cosa que un objeto sometido a la consideración de los extraños y careciera de propia participación en la vida objetiva del espíritu. Existe un algo al que se le da el nombre de sentimiento de la vida y que se identifica con la conciencia de sí mismo, y si esto bastara para suprimir la forma de la vida, tanto valdría proclamar la imposibilidad de toda vida espiritual. Con el solo ser encharcado en la inconsciencia, con una existencia de ictiosauro, no se va a ninguna parte, y en nuestro tiempo se impone la afirmación articulada de los sentimientos propios y de una forma de vida específica. Demasiado tiempo pasó antes de que la juventud fuese reconocida como tal.

—Este reconocimiento —se oyó decir a la voz de Adrian— ha venido de los pedagogos, es decir, de los viejos, mucho más que de la juventud misma. Colocada ante una época que habla del siglo de la niñez y que ha inventado la emancipación de la mujer, una época excesivamente inclinada a las concesiones y dispuesta a admitir el postulado de las formas de vida independientes de la pedagogía, dio su asentimiento con todo entusiasmo.

Hubmayer y Schappeler, sostenidos por los demás, no aceptaron esta tesis:

–Leverkühn no tiene razón, o por lo menos no la tiene toda. El sentimiento de la propia vida, sostenido por una conciencia cada vez más acusada, ha hecho que la juventud se impusiera a la atención del mundo, aun cuando el mundo, sin duda, no fuera completamente reacio al reconocimiento que se le pedía.

–No muchísimo menos –dijo Adrian–. Nada reacio. Se trata de un época a la que basta decirle «tengo un sentimiento específico de la vida» para obtener de ella una profunda reverencia. Puede decirse que la juventud ha empujado una puerta abierta. Por lo demás, es natural que la juventud y la época de la juventud se comprendan mutuamente.

–¿Por qué tanta ironía, Leverkühn? ¿No encuentras bien que se reconozcan los derechos de la juventud en la sociedad, la dignidad particular del período de la vida en que el hombre se forma?

–Claro que sí –contestó Adrian–. Pero ustedes partían, vosotros partíais, nosotros partíamos de una idea...

Las risas le interrumpieron y Matthäus Arzt tomó entonces la palabra:

–¡Bravo, Leverkühn! ¡Excelente progresión! Primero nos tratas de usted, después nos hablas de tú, finalmente empleas el «nosotros» y por poco te muerdes la lengua. No puedes acostumbrarte al tuteo porque eres un empedernido individualista.

Esto no lo aceptó Adrian. Tratarle a él de individualista no era justo. Aceptaba, al contrario, sin reservas, la idea de comunidad.

—En teoría es muy posible –replicó Arzt–. Pero de arriba abajo y a condición de que Adrian Leverkühn quede excluido de la comunidad. De la juventud habla también Adrian Leverkühn como si no perteneciera a ella. Es incapaz de adaptarse y de someterse. La modestia es cosa de la que no está muy al corriente.

Adrian hizo observar que no se había tratado precisamente de modestia sino, al contrario, de sentimiento consciente de la vida. Deutschlin intervino para proponer que se dejara hablar a Leverkühn sin interrumpirle.

—Es muy sencillo –dijo éste–. Partíamos aquí de la idea de que la juventud tiene con la naturaleza una relación más inmediata que el hombre de ciudad ya entrado en años. De la mujer se dice también que está más próxima a la naturaleza que el hombre. Es una idea que no acepto. No creo que exista entre la juventud y la naturaleza una intimidad especial. Al contrario, la timidez, la extrañeza de la juventud ante la naturaleza me parecen evidentes. A lo que hay en él de natural, el hombre sólo se acostumbra con los años. Pero la juventud, y me refiero a la juventud con preocupaciones intelectuales, experimenta ante lo natural una impresión de terror que puede ir hasta la enemistad. ¿Qué significa la palabra «naturaleza»? ¿Bosques y prados? ¿Montañas, árboles y lagos, bellezas del paisaje? Para todas estas cosas, la juventud (tal es mi opinión) posee un sentido mucho menos agudo que el hombre ya más entrado en la paz de los años. El hombre joven no es muy dado ni a la contemplación ni al goce de las bellezas naturales. La vida interior, intelectual, ejerce sobre él mayor atracción que las sensaciones externas. Tal es mi opinión.

—*Quod demostramus* –dijo alguien, probablemente Dungersheim–. Aquí estamos nosotros para demostrarlo, durmiendo en la paja, prontos a salir mañana para la Selva de Turingia, Eisenach y el Wartburgo.

Y otro añadió:

—Tal es mi opinión, dices tú siempre. Pero debieras decir: tal es mi experiencia.

—Me acusáis de hablar de la juventud con desdén. Decís que no me siento unido a ella y al propio tiempo pretendéis que trato de suplantarla.

—Leverkühn —dijo entonces Deutschlin— tiene sobre la juventud sus propias ideas, pero es evidente que no por ello deja de considerarla como una forma de vida específica y merecedora de respeto por ser tal. Esto es lo que importa. He hablado yo contra el autoanálisis de la juventud, únicamente en cuanto este análisis destruye lo que la vida tiene de inmediato. Pero como conciencia de su propio ser contribuye a vigorizar la existencia, y en este sentido, es decir en esta medida, lo apruebo yo también. El concepto de juventud es privilegio y cualidad de nuestro pueblo, del pueblo alemán. Los demás pueblos apenas si tienen noción de él. La juventud como entidad propia les es punto menos que desconocida y se maravillan ante el modo de ser, e incluso ante el modo de vestir de la juventud alemana, ante el empeño que pone en afirmar su personalidad —todo ello con la aprobación de las generaciones que han dejado ya de ser jóvenes—. Dejemos que se maravillen. La juventud alemana representa, en su juventud misma, el espíritu popular, el espíritu alemán, joven también y lleno de porvenir. Falto de madurez si se quiere, pero eso importa poco. Las proezas de los alemanes fueron siempre hijas de esa pujante falta de madurez. No en vano somos el pueblo de la Reforma, otra gran obra sin sazonar. De espíritu sazonado eran los señores florentinos que al disponerse a ir a la iglesia con su esposa le decían: «Es hora de ir a inclinarnos ante las absurdas creencias del pueblo». Pero Lutero no. Era hombre del pueblo, del pueblo alemán, y así pudo traernos la nueva fe, purificada. Qué sería del mundo si la última palabra fuese: madurez. Gracias a nuestra falta de sazón podremos darle al mundo aún no pocas renovaciones y revoluciones.

Después de estas palabras de Deutschlin reinó, por unos segundos, el silencio. Cada uno se recreaba en su propia juventud, personal y nacional, patéticamente confundidos estos dos elementos. La «pujante falta de madurez» era sin duda algo muy halagador para la mayoría.

La voz de Adrian cortó el silencio:

—Quisiera saber de buena gana —dijo— por qué somos, como pueblo, tan faltos de madurez y tan jóvenes como tú dices. En el fondo hemos recorrido el mismo camino que los demás y sólo el hecho de que realizáramos nuestra unidad y creáramos una conciencia colectiva con cierto retraso hace que nuestra historia nos dé la ilusión de la juventud.

—Se trata de algo muy distinto —interrumpió Deutschlin—. La juventud, en su concepto más elevado, no tiene nada que ver con la historia política ni siquiera con la historia en su más amplia acepción. Es un don metafísico, algo esencial, una estructura y una predestinación. ¿No has oído nunca hablar de la transformación del pueblo alemán, de sus correrías, de su espíritu consagrado a una marcha sin fin? Si tú quieres, el alemán es, entre los pueblos, el eterno estudiante, el eterno aspirante...

—¿Y sus revoluciones? —interrumpió Adrian acompañando sus palabras de una breve risa—. ¿Son el encanto mágico de la historia universal?

—Muy ingenioso, Leverkühn. Pero me extraña que tu protestantismo te permita ser tan ocurrente. Lo que yo llamo juventud puede también ser tomado en serio. Ser joven significa ser original, permanecer situado cerca de las fuentes vitales. Significa ser capaz de levantarse y romper las cadenas de una civilización superada, tener el valor que hace falta, y que otros no tienen, para sumergirse de nuevo en lo elemental. Intrepidez juvenil, es decir, morir y transformarse, saber que después de la muerte viene la resurrección.

—¿Es esto tan alemán como tú dices? Resurrección se llamó un día Renacimiento y su cuna está en Italia. Las primeras recomendaciones de «volver a la naturaleza» fueron dadas en francés.

—En el primer caso se trata de una renovación cultural y en el segundo de un mero sentimentalismo pastoril.

—Del sentimentalismo pastoril —insistió Adrian— salió la Revolución y la Reforma de Lutero no fue otra cosa que una derivación ética del Renacimiento, su aplicación a lo religioso.

—Tú lo has dicho: a lo religioso. Y lo religioso es fundamentalmente distinto de la restauración arqueológica y de la crítica demoledora del sistema social. La religiosidad es, quizá, la juventud misma, la relación inmediata con lo ignoto, la intrepidez y la profundidad de la vida personal, la voluntad y la capacidad de afrontar y de superar lo que la existencia tiene de natural y de demoníaco, tal y como nuestra conciencia, gracias a Kierkegaard, vuelve a percibirlo.

—¿Consideras que la religiosidad es un don típicamente alemán? —preguntó Adrian.

—En el sentido que yo le doy, es decir, como juventud del espíritu, como espontaneidad, como fe en la vida, como carrera entre la muerte y el diablo según Durero, sin duda alguna.

—¿Y Francia entonces, el país de las catedrales, cuyo soberano era el «rey muy cristiano», y que nos ha dado teólogos como Bossuet y Pascal?

—Eso pertenece al pasado. Desde siglos la historia atribuye a Francia el papel de potencia anticristiana en Europa. Alemania se encuentra situada en la posición opuesta, y eso, Leverkühn, lo sentirías y lo sabrías si no fueses precisamente Adrian Leverkühn, es decir, demasiado frío para poder ser joven y demasiado discreto para ser religioso. Con la discreción es posible hacer una brillante carrera en la Iglesia pero no en la religión.

—Muchas gracias, Deutschlin —dijo Adrian riéndose de nuevo—. En buen alemán, como diría el profesor Kumpf, sin remilgos ni circunloquios, acabas de darme una lección. Tengo una vaga idea de que no he de hacer una carrera muy brillante ni en la Iglesia siquiera, aun cuando sin ella yo no sería ciertamente teólogo. Sé muy bien que los más inteligentes entre vosotros son los que han leído a Kierkegaard, sitúan la verdad, incluso la verdad ética, en lo subjetivo y desdeñan todo espíritu de rebaño. Pero vuestro radicalismo, que por otra parte no durará mucho (el tiempo justo de obtener vuestra licencia universitaria nada más), digo que vuestro radicalismo, la separación entre la Religión y la Iglesia tal como la propone Kierkegaard, es cosa para mí inaceptable. En la Iglesia, incluso como es hoy, secularizada y aburguesada, veo yo una fortaleza del orden, una institución encargada de disciplinar, de canalizar, de contener la vida religiosa objetivamente y de evitar así que caiga en las aberraciones subjetivas, en el caos innumerable, que harían de ella un mar demoníaco, un mundo de fantásticas alucinaciones. Separar la Iglesia de la religión equivale a negarse a distinguir entre la religión y la locura...

—¡Alto ahí! —clamaron varias voces a la vez. Pero otra voz, la de Matthäus Arzt, socialista cristiano, cuya pasión por los problemas sociales era conocida, y que a menudo citaba la frase de Goethe de que el cristianismo era una revolución política que, fracasada, se hizo revolución moral, la voz de Matthäus Arzt exclamó:

—Tiene razón. La religión tiene que volver a ser política, es decir, social. Este es el verdadero medio, y el único, de disciplinar lo religioso y de defender la religión contra los peligros de degeneración que la amenazan y que Leverkühn ha descrito en términos apropiados. El socialismo religioso, la religiosidad animada de un contenido social es lo que hay que tratar de encontrar, el enlace adecuado, teonómico, entre lo religioso y lo social, único modo de llevar a cabo la misión que Dios nos ha dado de perfeccionar el orden de las sociedades. Creedme, lo que importa es crear un pueblo, una nación industrial, dotados de responsabilidad internacional, capaz de constituir un día una justa y auténtica sociedad económica europea. La semilla está ya dada. Existe un impulso creador que habrá de hacer posible no sólo la realización técnica de una nueva organización económica, de una higiene superior de las manifestaciones naturales de la vida, sino también el establecimiento de un nuevo orden político.

Reproduzco aquí tales como los oí los discursos de aquellos muchachos, sus giros rebuscados, copias de la terminología sabia. No era posible, sin embargo, acusarles de engolamiento o de pedantería. Al contrario, se servían, en su polémica, de los términos más artificiosos con la mayor naturalidad. «Manifestaciones naturales de la vida» y «enlace teonómico» no son más que dos perlas entre las muchas de que estaba esmaltada la conversación. Las mismas cosas podían decirse de modo más sencillo, pero el empleo de un lenguaje científico-intelectual tiene sus exigencias. Se complacían aquellos estudiantes en «plantear la cuestión esencial», en hablar de «espacio sacral», de «espacio político» o de «espacio académico», de «principio estructural», de «tensión dialéctica» y de «correspondencias existenciales». Apoyando el cogote contra las manos cruzadas, Deutschlin planteó entonces la «cuestión esencial» en relación con el origen genético de la sociedad económica de Matthäus Arzt. Este origen tenía que ser idéntico al de la razón económica, de la cual la sociedad económica no puede ser más que un reflejo.

—Hemos de darnos cuenta —dijo dirigiéndose a Matthäus— que el ideal de una sociedad fundada en lo económico surge de un pensamiento liberal, de un racionalismo que escapa al poder de las fuerzas infrarracionales y suprarracionales. Sobre la base de la comprensión y de la razón humanas pretendes fundar un orden justo, identificando lo «justo» con lo «socialmente útil» y afirmando que así surgirán nuevos órdenes políticos. Pero el espacio económico es muy distinto del político y entre el pensamiento basado en consideraciones de utilidad económica y la conciencia política basada en la misma historia no existe comunicación directa alguna. No me explico cómo puedes desconocer este hecho. El orden político se refiere al Estado. Su autoridad y su poder no derivan de consideraciones de utilidad, y su concepto, por ejemplo, de la dignidad y del honor, no es el mismo que pueden tener los representantes del patronato o los secretarios de sindicato.

—¡Qué cosas dices! —objetó Arzt—. Para la sociología moderna no cabe duda de que la vida del Estado está también guiada por consideraciones de utilidad. ¿Qué son, si no, las normas jurídicas y las garantías de seguridad? Pero esto aparte, vivimos en una época económica; lo económico es la característica histórica de nuestro tiempo y la dignidad y el honor no le sirven de nada al Estado si éste es incapaz de comprender las situaciones económicas y de orientarlas con su autoridad.

Deutschlin asintió, aun cuando manteniendo que la utilidad no es el fundamento *esencial* del Estado. La legitimación del Estado reside en su soberanía, concepto independiente del interés individual, porque —al revés de lo que se pretende en las divagaciones del Contrato Social— es anterior al individuo. Los intereses supraindividuales tienen la misma originalidad existencial que los individuos y el economista no puede comprender el Estado precisamente porque no comprende su fundamento trascendental.

Von Teutleben intervino entonces para decir:

—No deja de serme simpática la solidaridad entre lo social y lo religioso tal como la propone Arzt. Mejor este enlace que ninguno, y a Matthäus le sobra razón cuando afirma que lo que importa es encontrar el enlace justo. Pero para ser justo, y al propio tiempo religioso y político, es indispensable que el enlace sea nacional, y lo que yo me pregunto es si es posible que una nueva conciencia nacional surja de la sociedad económica. Fijaos en la cuenca del Ruhr: lo que allí se dan son concentraciones de seres humanos, pero no células nacionales o populares. Tomad el tren y haced el viaje en tercera clase entre Halle y Leuna. Viajaréis con obreros que son perfectamente capaces de discutir una cuestión de salarios y de tarifas, pero de cuya conversación no se deduce que tengan todos la menor conciencia de pertenecer a un mismo pueblo. En la economía predomina cada día con más fuerza la finalidad, monda y lironda...

—Pero el pueblo, después de todo, es finito también —recordó alguien cuyo nombre no recuerdo fijamente y que bien pudiera ser Hubmayer o Schappeler—. Como teólogos no podemos admitir que el pueblo, la nación, sean algo eterno. La capacidad de entusiasmo es cosa buena en sí y la necesidad de la fe algo natural en la juventud, pero es al propio tiempo una tentación, y ahora que el liberalismo pasa a mejor vida es preciso investigar rigurosamente la sustancia de las nuevas ideologías, descubrir si hay en su nudo central una realidad o si son el mero producto de lo que podríamos llamar un romanticismo estructural cuyo contenido ideológico es puro nominalismo, cuando no pura ficción. Creo, o mejor dicho, temo que la exaltación divinizadora de la nación y del pueblo, así como la idea utópica del Estado, no pasen de ser concepciones nominalistas, y la fe en ellas, pongamos la fe en Alemania, no puede tener más que un valor relativo, porque en realidad es extraña a lo que hay de cualitativo y de sustancial en nuestra personalidad. De esto no se preocupa nadie, y cuando uno jura por Alemania y sólo por ella, no tiene necesidad de añadir nada más ni de probar nada. Nadie le pregunta tampoco, ni él mismo se pregunta, en qué medida él, personalmente, es decir cualitativamente, encarna valores alemanes y es capaz de contribuir a mantener en el mundo una forma de vida alemana. A esto le llamo yo nominalismo, mejor aún, fetichismo de los hombres y, en mi opinión, no es otra cosa que idolatría ideológica.

—Muy bien —dijo Deutschlin—, todo esto está muy en razón y en todo caso tu crítica permite que nos acerquemos al centro del problema. No acepto el predominio del principio de utilidad en el espacio económico, tal como nos lo ha propuesto Matthäus Arzt. Pero reconozco, como él, que el enlace teonómico en sí, es decir lo religioso general, tiene algo de formalista y de desencarnado y requiere, por lo tanto, un contenido terrenal empírico, una aplicación mantenedora, una acción práctica de obediencia divina. Arzt ha elegido el socialismo, Carl Teutleben el nacionalismo. Estas son las dos ideologías propuestas a nuestra elección. Niego que exista superabundancia de ideologías, desde que la fraseología liberal dejó de importarle un pito a nadie. No existen, en verdad, más que estas dos posibilidades de obediencia y de realización religiosa: la social y la nacional. Por desgracia, tanto la una como la otra suscitan serias aprensiones y ofrecen peligros no menos serios. Hubmayer ha comentado en forma pertinente la vaciedad nominalista y la despersonalización que son frecuentes atributos de la doctrina nacionalista. En términos generales podríamos decir que el dar su adhesión a ciertas estimulantes objetivaciones no significa nada si esta adhesión carece de valor para el enriquecimiento de la propia vida personal y sólo ha de servir de ostentación en circunstancias solemnes, entre las cuales incluyo el sacrificio enajenado de la vida. No hay sacrificio auténtico si no va acompañado de dos valores cualitativos: el de la causa y el del sacrificio mismo... Existen casos, sin embargo, en los cuales la sustancia personal de germanismo fue lo bastante grande para objetivarse espontáneamente en el sacrificio sin que se diera el sentimiento de solidaridad nacional. Más aún, la negación de esta solidaridad era completa, en forma que el sacrificio venía precisamente del conflicto entre el ser y la doctrina... No diré más ahora sobre la ideología nacional. Por lo que a la ideología social se refiere, su inconveniente es éste: cuando en el espacio económico todo esté perfectamente reglamentado, el problema del sentido de la existencia y de la dignidad de la conducta seguirá planteado lo mismo que hoy. Un día llegará en que se establezca la administración económica universal de la Tierra. El triunfo del colectivismo será completo. Muy bien: con ello habrá desaparecido para el hombre la relativa inseguridad que el carácter socialmente catastrófico del sistema capitalista ha dejado subsistir. Es decir que habrán desaparecido los últimos vestigios de la noción de peligro para la vida humana y con ellos se habrá extinguido también la problemática intelectual y espiritual. Uno se pregunta si en estas condiciones valdrá la pena seguir viviendo...

—¿Quisieras conservar el sistema capitalista —preguntó Arzt— únicamente porque mantiene despierta la noción de peligro para la vida humana?

—No, querido Arzt, esto no lo quisiera yo —contestó Deutschlin irritado—. Pero supongo que está permitido aludir a las muchas y trágicas antinomias de la vida.

—Alusión superflua —intervino Dungersheim con voz quejumbrosa—. En este sentido la situación es calamitosa y el hombre religioso tiene derecho a preguntarse si el mundo es verdaderamente obra exclusiva de un dios bondadoso, o producto de una colaboración —no digo con quién.

—Lo que yo quisiera saber —hizo observar Von Teutleben— es si la juventud de otros países se acuesta también en la paja y se preocupa de discutir, antes de dormirse, problemas y antinomias.

—Apenas —contestó Deutschlin con displicencia—; su vida intelectual es más cómoda y simplificada que la nuestra.

—Exceptuando la juventud rusa revolucionaria —objetó Arzt—. Entre esta juventud, si no ando equivocado, el afán de discutir es infatigable y la dialéctica adquiere una extremada tensión.

—Los rusos —declaró sentenciosamente Deutschlin— son profundos, pero carecen de forma. En el oeste hay forma, pero no profundidad. Los alemanes somos únicos en la posesión de una y otra.

—No dirás que esto no sea un aglutinante popular y nacional —exclamó Hubmayer acompañando sus palabras de una risa irónica.

—Es únicamente el enlace con una idea —afirmó Deutschlin—. De lo que yo hablo es de la exigencia que pesa sobre nosotros. Nuestro deber es excepcional, pero no puede decirse otro tanto de la medida en que lo cumplimos. La divergencia entre ser y deber es mayor en nosotros que en los demás, precisamente porque hemos situado lo que debiera ser a una mayor altura.

—Al hablar de todo esto —advirtió Dungersheim— habría que dejar de lado el elemento nacional y considerar la problemática únicamente en relación con el hombre moderno. Desde que se ha desvanecido la confianza inmediata en el propio ser, confianza que en otros tiempos era el resultado de la integración en un orden general anterior, orden impregnado de sacramentalidad, en cierto modo enlazado con la verdad revelada... desde que se desvaneció esta confianza, digo, con la constitución de la sociedad moderna, nuestra relación con los hombres y con las cosas es más complicada, tiene muchas más facetas, hasta el punto de que apenas si nos queda ya otra cosa que incertidumbre y problemática. El anhelo de verdad amenaza con disolverse en la resignación y el desengaño. El esfuerzo por salir de la disgregación, por descubrir los elementos de nuevas energías ordenadoras, es un fenómeno general, aun cuando sea preciso reconocer que a nosotros, alemanes, el problema se nos presenta con caracteres particulares de seriedad y de urgencia, y que los demás sufren menos que nosotros bajo el peso del destino histórico, ya sea porque son más fuertes o porque son más insensibles...

—Más insensibles —proclamó Teutleben.

—Así lo dices tú. Pero si convertimos en motivo de honor nacional la aguda conciencia de la problemática histórico-psicológica, si identificamos el germanismo con el anhelo de encontrar nuevas fórmulas de orden universal, no hacemos con ello otra cosa que ponernos al servicio de un mito, cuya autenticidad es tan dudosa como es indudable su soberbia, a saber, del mito nacional, cuya estructura romántica se eleva en torno de la figura del guerrero y hace de Cristo el «Señor de los ejércitos celestes». Esto no es otra cosa que paganismo natural, disfrazado de cristianismo. Una posición diabólicamente amenazada.

—¿Y qué más da? —preguntó Deutschlin—. Las fuerzas demoníacas y los valores de orden conviven en todo movimiento vital.

—Hay que llamar las cosas por su nombre —dijo entonces no recuerdo quién—. En alemán lo demoníaco se confunde con lo impulsivo. Y lo que hoy ocurre es que los impulsos son explotados como medio de propaganda en favor de las más diversas doctrinas; más aún, los impulsos entran a formar parte de la doctrina. Se recurre a la psicología del impulso para remozar el viejo idealismo y darle una más profunda y atractiva realidad. Pero así y todo las doctrinas propuestas pueden ser un engaño...

No puedo añadir otra cosa que: «y así sucesivamente», porque ha llegado la hora de que ponga término a esta conversación —o a una conversación como ésta—. En realidad el cambio de impresiones parecía tener que ser interminable y se prolongó hasta muy entrada la noche. Las «posiciones bipolares» alternaban con «los análisis inspirados en la conciencia de la historia», las «cualidades supratemporales» con el «naturalismo ontológico», la «dialéctica lógica» con la «dialéctica realista», todo ello muy serio, muy de buena fe y perdiéndose al fin en lo infinito, en la arena, o mejor dicho en el sueño.

El presidente Baworinski se encargó de recordar a los oradores que había llegado la hora de dormir y que mañana –era ya casi mañana– había que ponerse en marcha temprano. Era de agradecer a la naturaleza que tuviera el sueño dispuesto para recibir en él tantas discusiones y mecerlas en el olvido. Esta gratitud la expresó Adrian, silencioso desde hacía tiempo, con breves palabras un tanto despectivas:

–Muy buenas noches... y suerte la nuestra de poderlo decir. Todas las discusiones habría que tenerlas antes de dormir. Después de una conversación intelectual, sería profundamente desagradable tener que permanecer aún despierto mucho tiempo.

–Esto es una huida –murmuró alguien todavía. Pero en seguida empezaron a resonar los primeros ronquidos, pacíficas manifestaciones del retorno a las actividades vegetativas. Unas cuantas horas bastarían para devolver a aquella juventud las energías necesarias a la contemplación de la naturaleza y a la respiración de sus aires puros, sin dejar de proseguir los interminables debates teológico-filosóficos. Durante el mes de junio sobre todo, cuando de los típicos barrancos frecuentes en los bosques del macizo montañoso de Turingia sube a lo alto, como un vaho, el perfume del jazmín y del arraclán, los paseos por aquellas ubérrimas tierras y sus apiñadas, hospitalarias aldeas, eran espléndidos y los días allí pasados inolvidables. Y el paisaje era todavía más grandioso, más romántico, cuando dejando la región agrícola pasábamos a otras comarcas más típicamente ganaderas, por la ruta legendaria de las cimas que va de Franconia a Eisenach y ofrece al caminante el magnífico espectáculo del valle del Werra. Lo que Adrian había dicho del desdén de la juventud por la naturaleza y de la conveniencia de terminar con el sueño las discusiones intelectuales no aparecía allí confirmado por ninguna parte. El propio Adrian, cuando la jaqueca no le obligaba a mostrarse taciturno, participaba activamente en las conversaciones, y aun cuando las bellezas naturales no le arrancaran, como a otros, gritos explosivos de entusiasmo y mantuviera siempre una actitud reservada, no me cabe duda de que sus imágenes dejaban en él más profunda impresión que en muchos otros y ciertos pasajes de serenidad que aparecen, aquí y allá, en su obra atormentada, son sin duda hijos de la evocación tardía de aquellas impresiones.

Horas, días y semanas estimulantes. La vida oxigenada al aire libre, las impresiones del paisaje unidas a las de la historia entusiasmaban a aquellos muchachos, exaltaban su espíritu y su pensamiento con la exuberante libertad propia de los años estudiantiles y que ya no habrían de volver a encontrar una vez situados en el filisteísmo –aunque fuese un filisteísmo de la inteligencia y del espíritu– de la vida profesional. Con frecuencia pude observarlos en el curso de sus discusiones teológico-filosóficas sin poder dejar de pensar que, más tarde, aquellos días habrían de parecerles los más felices de sus vidas. Esta observación no se aplicaba, por supuesto, a Adrian. Si yo, por no ser teólogo, era un extraño entre ellos, mucho más extraño era todavía él, a pesar de consagrarse al estudio de la teología. Adivinaba, no sin aprensión, un verdadero abismo del destino entre la existencia de Adrian, la diferencia entre la medianía, aun la favorecida con los mejores dones, destinada a adaptarse a la vida burguesa una vez pasadas las vagas inquietudes de la juventud, y la individualidad marcada con un signo invisible, predestinada a no poder abandonar jamás la ruta problemática del espíritu. Su mirada, su actitud nunca exenta de cierta reserva, sus vacilaciones ante el tú, el vosotros y el nosotros, me decían, por otra parte, y dejaban adivinar a los demás, que el propio Adrian se daba también cuenta de esta diferencia.

Al empezar el cuarto semestre adquirí la convicción de que mi amigo pensaba abandonar el estudio de la teología sin esperar siquiera el primer examen.

XV

Nunca se interrumpieron, ni siquiera aflojaron, las relaciones de Adrian con Wendell Kretzschmar. El joven estudiante de teología y su antiguo profesor se veían durante las vacaciones, cuando Adrian tenía por costumbre ir a Kaisersaschern. Frecuentes visitas a la casa que el organista seguía teniendo en la catedral se unían a los encuentros en casa del tío Leverkühn. Adrian procuraba, por otra parte, que sus padres invitaran de vez en cuando a Kretzschmar, y ambos, una vez en Buchel, daban grandes paseos y se divertían con las salidas de Jonathan Leverkühn que, a invitación de su hijo, había de presentar al invitado sus figuras sonoras y su gota voraz. Las relaciones entre Kretzschmar y el padre de Adrian eran excelentes, mejores que con la madre, aun cuando no puede decirse por ello que éstas fueran difíciles o tendidas. La señora Elsbeth se sentía sin duda como atemorizada por el tartamudeo del músico, defecto que en su presencia y en sus diálogos con ella parecía aun agravarse. Es curioso: en Alemania la música goza del mismo prestigio popular que en Francia la literatura, y ningún alemán se siente inclinado a considerar con extrañeza, mucho menos aún con burla o desconsideración, a quienquiera se dedique a la música. Tengo la seguridad de que Elsbeth Leverkühn sentía por el viejo amigo de Adrian y por su profesión, realzada además por el hecho de que la ejercía en la catedral, el máximo respeto. Y sin embargo pude darme cuenta durante los dos días y medio que pasé por allí, coincidiendo con él, de la reserva con que le trataba y que sus esfuerzos para ser amable no podían disimular del todo. El pobre Kretzschmar se precipitaba, por así decirlo, en verdaderas crisis de tartamudeo, como si la presencia de aquella mujer fuera causa en él de una inexplicable confusión e incomodidad.

Por mi parte, no era dudoso de que en Adrian residía la causa de la tensión entre su madre y Kretzschmar, y de ello pude darme aún más fácilmente cuenta porque en el conflicto que entre una y otro existía yo representaba el término medio. Alternativamente me inclinaba hacia la una o la otra de las dos partes. Daba la razón a Kretzschmar cuando en conversaciones conmigo proclamaba resueltamente, con verdadera obstinación, que su alumno estaba llamado a ser músico. «Tiene para la música —decía— la visión del iniciado, no la del que únicamente es capaz de apreciarla desde fuera. Su modo de descubrir ciertas relaciones entre determinados motivos musicales, relaciones que escaparían a la mayoría; su capacidad para ordenar en preguntas y respuestas musicales un breve pasaje o de percibir esta ordenación dondequiera que exista me confirman en mi apreciación. El hecho de que no se haya puesto todavía a componer seriamente y que trate sólo de distraerse con ensayos juveniles de composición es cosa que le honra. Obra así por orgullo, porque no quiere componer música sometido a otras influencias que las de su propia personalidad.»

Con todo esto estaba yo de acuerdo. Pero asimismo comprendía el impulso protector de la madre, hasta el punto de que muchas veces me sentía solidario con ella contra el tentador. Nunca olvidaré una escena de que fui testigo en el salón de la casa de Leverkühn, en Buchel, encontrándonos casualmente allí los cuatro juntos, la madre y el hijo, Kretzschmar y yo. Mientras la conversación se desarrollaba completamente al margen de Adrian y el pobre músico tartamudeaba de lo lindo, Elsbeth acercó a su seno, con significativo gesto de abrazo, la cabeza de su hijo sentado junto a ella. Le puso la mano en la frente y no cesó de acariciarlo mientras sus negros ojos seguían fijos en Kretzschmar, y a lo que éste decía contestaba del modo más amable.

Además de estos encuentros personales, las relaciones entre el maestro y el discípulo revestían también la forma de un seguido intercambio epistolar. Cada 15 días, poco más o menos, se cruzaban cartas entre Halle y Kaisersaschern, de las cuales Adrian me daba cuenta de vez en cuando y me hacía leer tal o cual pasaje. Kretzschmar estaba entonces en trato para entrar como profesor de piano y órgano en el conservatorio particular Hase, en Leipzig, cuya fama se comparaba entonces con la de la Escuela Nacional de Música de dicha ciudad, fama que conservó durante años hasta la muerte del excelente pedagogo Clemens Hase, que la dirigía. Me enteré de estos proyectos de Kretzschmar en septiembre de 1904 y en los primeros días del año siguiente Wendell salía en efecto de Kaisersaschern para ir a instalarse en sus nuevas funciones. A partir de entonces las cartas se cruzaron entre Halle y Leipzig. Kretzschmar tenía por costumbre escribir sobre una sola carilla, con grandes letras rígidas y salpicadas de borroncillos, que procedían de su costumbre de rasgar el papel. Adrian empleaba para sus cartas un papel amarillento y sin satinar, sobre el cual trazaba, con pluma de redondilla, sus caracteres germánicos, cuyo perfil anacrónico se complacía incluso en acusar. Sus cartas eran difíciles de descifrar. Abundaban en ellas las correcciones e interpolaciones que yo, por mi parte, acostumbrado desde niño a su escritura, descifraba sin dificultad. Me dejó ver el borrador de una de estas cartas y asimismo la respuesta de Kretzschmar. Lo hacía con el visible propósito de que el paso que se preparaba a dar no me sorprendiera con exceso. No estaba todavía decidido. Tenía aún dudas, y muy serias dudas. De su carta se desprendía hasta qué punto era riguroso el autoexamen a que él mismo se sometía. Buscaba mi consejo y sólo Dios sabe si de este consejo esperaba una advertencia o un estímulo.

En cuanto a mí, no podía sorprenderme su propósito, como tampoco hubiese podido sorprenderme una resolución ya tomada en ese sentido. Sabía lo que se preparaba, aun cuando ignorara si el proyecto llegaría a convertirse en realidad. En todo caso, su traslado a Leipzig había de serle a Kretzschmar de una gran ayuda para salirse con la suya. En la carta de Adrian quedaba puesta de manifiesto una facultad superior de autocrítica. En términos que me conmovieron por su irónica crudeza exponía, al que habiendo sido su mentor aspiraba resueltamente a volver a serlo, los escrúpulos con que tropezaba para decidirse a cambiar de profesión y consagrarse sin reservas a la música. En términos más o menos velados confesaba que el estudio empírico de la teología le había decepcionado, y la causa de esta decepción no la atribuía ni a la ciencia teológica en sí ni a los profesores que se la habían enseñado, sino únicamente a sí mismo. Así lo prueba el hecho de que no podía imaginar otra vocación cualquiera susceptible de ejercer sobre él mayor atractivo. Pensando a veces en la posibilidad de cambiar la orientación de sus estudios se había detenido en la hipótesis de elegir las matemáticas, que tan agradable distracción le habían ya procurado en la escuela. (Las palabras «agradable distracción» figuraban textualmente en la carta.) Pero se daba cuenta con verdadero temor de que también esta disciplina, en el caso de elegirla para consagrarse a ella, para identificarse con ella de un modo absoluto, no habría de tardar en ser para él una causa de hastío. «Puedo deciros —escribía (porque aun cuando tratara a su corresponsal de usted gustaba de emplear de vez en cuando la forma arcaica del vos)—, y no puedo tampoco ocultármelo a mí mismo, que vuestros consejos me encuentran en un estado de abandono que nada tiene de ordinario y que más bien merece compasión.» De Dios había recibido el don de la versatilidad y desde su niñez había asimilado fácilmente, quizá con excesiva facilidad para poder sacar de ello verdadero provecho, cuanto le fuera ofrecido para su instrucción. Este exceso de facilidad hacía que no consagrara calor alguno ni a un tema dado ni al estudio del mismo. «Mucho me temo, querido amigo y maestro —seguía diciendo—, que soy un mal sujeto porque no siento en mí ningún ardor. Cierto que la maldición persigue, según dicen, no a las almas frías ni a las que el fuego consume, sino a las almas tibias. No creo que pueda acusárseme de tibieza, pero sí de frialdad. Este juicio sobre mí mismo quiero sin embargo que sea independiente de la Superior Potencia a la que es dado dispensar bendiciones y maldiciones.»

La carta seguía en estos términos:

«Por ridículo que parezca nunca me sentí mejor que en el Liceo, a causa precisamente de la variedad de sus disciplinas, que cambian y se suceden del modo más variado cada tres cuartos de hora. Pero incluso estos tres cuartos de hora me parecían demasiado largos. Eran una causa de aburrimiento y el aburrimiento es la cosa más fría del mundo. Al cabo del primer cuarto de hora, y a veces antes, estaba ya fatigado mientras el pobre profesor seguía murmurando su lección durante media hora más. En la lectura de los clásicos iba siempre unas cuantas páginas adelantado y cuando me preguntaba no sabía qué contestar, precisamente porque me encontraba ya en la lección siguiente. Tres cuartos de hora sobre un mismo tema era demasiado para mi paciencia y el dolor de cabeza venía, por añadidura, a complicar las cosas. No eran estos dolores de cabeza hijos del cansancio, sino, al contrario, del aburrimiento, y desde que no puedo ir saltando de una disciplina a otra y me encuentro vinculado a los estudios de una determinada profesión crea usted, querido amigo y maestro, que las cosas no han hecho más que empeorar.

»No imagine, por Dios, que me considero superior a toda profesión. Al contrario: me siento inferior a cualquiera y muy especialmente a la de la música, precisamente a causa del amor que por ella siento, de lo que tiene para mí de especialmente atractivo.

»Me preguntará usted por qué entonces me consagré a la teología. Lo que hice, en realidad, fue someterme a ella precisamente porque la consideraba una ciencia superior ante la cual deseaba inclinarme, disciplinarme, humillarme. Fue un castigo que me impuse, un acto de contrición. Aspiraba al sayal y al cilicio. Mi gesto tiene precedentes. Llamaba a la puerta de un monasterio de regla estricta. Esta vida monacal instalada en la ciencia tiene algo de absurdo y de ridículo, sin duda alguna, y sin embargo un secreto temor me advierte que no debiera abandonarla para consagrarme al arte que usted me reveló y que no me considero digno de adoptar como profesión.

»Usted cree que estoy predestinado para ese arte y que no será largo el camino que tendré que recorrer si me decido a cambiar de profesión. Esto último lo creo yo también. Mi fe luterana me hace considerar la teología y la música como esferas vecinas e íntimamente emparentadas y a mí personalmente la música se me ha aparecido siempre como una mágica combinación de teología y álgebra. Hay en ella mucho, asimismo, de la alquimia y del arte negro de pasados tiempos, colocados también bajo el signo de la teología al propio tiempo que de la apostasía. No apostasía de la fe sino en la fe. La apostasía es un acto de fe y todo es y se da en Dios, pero sobre todo el acto de apartarse de Él.»

Mi transcripción es casi literal y, en ciertos pasajes, literal del todo. Puedo fiarme de mi memoria y tomé, además, abundantes notas inmediatamente después de leído el borrador, especialmente del pasaje referente a la apostasía.

Se excusaba después Adrian de la gran extensión de su carta, aun cuando todo lo que en ella decía tenía su importancia y examinaba la cuestión desde el punto de vista práctico: cuáles habrían de ser sus actividades musicales, en el caso en que se rindiera a los argumentos de Kretzschmar. Explicaba Adrian a su maestro que en ningún caso podría llegar a ser un virtuoso. «Las ortigas —escribía— empiezan a picar desde jóvenes», y su contacto con los instrumentos de música había empezado demasiado tarde, cosa que, por otra parte, es signo de que su vocación no iba en ese sentido. Puso sus manos sobre el teclado no con el propósito de llegar a ser un maestro pianista, sino únicamente por pura curiosidad musical. No tenía nada del concertista, que ve en la música un pretexto de exhibición ante el público. Hacen falta para esto condiciones que él estaba seguro de no poseer y, sobre todo, el deseo de entrar en diálogo con la multitud para recibir de ella honores y aplausos. (Se abstenía de añadir que, aun en el caso de haber empezado sus estudios de ejecutante más pronto, su orgullo, su timidez y su amor de la soledad no le hubiesen nunca permitido llegar a ser un virtuoso.)

Con los mismos inconvenientes había de tropezar, añadía Adrian, para seguir la carrera de director de orquesta. Si no se sentía prestidigitador instrumental tampoco creía estar dotado para presentarse al público en representaciones de gala, vestido de frac, en calidad de director de orquesta y embajador de la música ante el mundo. Al llegar a este punto se le escapó hablar de su «timidez universal», defecto que, según él, era la expresión de su falta de calor, de simpatía y de cordialidad. Pero si no podía ser ni solista ni director, era evidente que no le quedaba otro refugio que el de la música propiamente dicha, ni otro recurso que el de consagrarse a ella en el laboratorio hermético, en la fragua alquímica de la composición. ¡Maravilloso! «Tendréis que iniciarme, amigo Alberto Magno, en los secretos de la teoría y cierto que, de antemano, y aleccionado también por la experiencia, me doy cuenta de que no habré de ser un discípulo absolutamente estulto. No me será difícil ni adueñarme de las triquiñuelas ni someterme a las reglas obligatorias. Mi espíritu tiende hacia unas y otras. El terreno está preparado y encierra ya algunas semillas. Trataré de ennoblecer la materia prima con los recursos magistrales del arte. Haré pasar la masa fluida por cien tubos y retortas antes de dejarla cristalizar. ¡Gloriosa empresa! No conozco otra más secretamente exaltadora, más alta y más profunda, ni que mejor se adapte a mi deseo sin que hagan falta grandes argumentos para convencerme.

»Y siendo así, me pregunto por qué una voz interior me advierte de la existencia de un peligro. A esta pregunta no sabría contestar cumplidamente. Sólo puedo decir que el dar promesa de consagrarme al arte me infunde temor porque dudo de que mi naturaleza —dejando por completo de lado la cuestión de los dones— sea apta a su cumplido servicio, porque no puedo reconocer en mí la robusta inocencia que ha de ser, a mi entender, uno de los atributos del artista y no ciertamente el más insignificante. En lugar de esta cualidad me ha sido deparada una inteligencia fácilmente asimiladora, de la cual puedo hablar sin rubor porque el cielo y el infierno saben que su posesión no despierta en mí ni pizca de vanidad. Esta inteligencia, unida a una gran capacidad para el cansancio y a mis náuseas y dolores de cabeza, es la causa de mi timidez y de mi aprensión. A pesar de mi juventud, querido maestro, tengo del arte bastante experiencia para saber —y no sería vuestro discípulo si no lo supiera— que por encima de lo esquemático, de lo que se adquiere, de lo tradicional, de lo que uno puede enseñar a otro y del "cómo hay que hacerlo" el arte va mucho más allá, sin negar, por ello, la influencia que sobre él ejercen todos esos factores. Preveo (por suerte o por desgracia mi naturaleza se inclina también a la anticipación) que no habré de tardar en fatigarme de todo lo que es armazón, sustancia cristalizadora del arte, aun en sus expresiones más geniales.

»Sería absurdo que le preguntara: "¿Comprende usted?" Claro que me comprende usted. Examinemos lo que suele llamarse una bella composición: los violoncelos entonan solos un tema que incita a la melancolía, un tema que es como una expresiva interrogación filosófica para descubrir la causa de todos los afanes e inquietudes del mundo. Los violoncelos vacilan y se lamentan ante ese enigma y en un punto dado de su discurso, muy deliberadamente elegido, intervienen los instrumentos de viento para dejar oír un himno coral solemne y emocionante, suntuosamente armonizado, al cual la sonoridad contenida del metal confiere una austera dignidad. Así avanza la sonora melodía hacia un punto de culminación que, sin embargo, y según las leyes económicas de la composición, no llega completamente a alcanzar. Lo evita de momento, lo elude, lo ahorra, lo guarda para más tarde. Sin perder nada de su belleza, el tema hace marcha atrás y deja lugar a la aparición de otro, más sencillo, de carácter alegre y como popular, y que a pesar de su simplicidad no está exento de maliciosas intenciones, que más tarde el análisis orquestal y el colorido de la instrumentación pondrán de relieve. Con este tema, el compositor opera hábil y amablemente durante un rato, lo descompone, presenta una a una sus diversas facetas, y a través de los tonos medios lo confía, con encantadoras figuraciones, a flautas y violines. Cuando mayor es el embeleso surge de nuevo, en el metal, y dominando el conjunto, el himno coral, pero arrancando no de sus primeras notas sino de sus compases intermedios, para llegar esta vez al punto culminante que antes evitara. De este modo es más intenso el efecto de la gloriosa explosión final, en cuyo noble canto se expresa la satisfacción del autor ante su propia obra.

»Me pregunto, querido amigo, por qué la risa se apodera de mí con fuerza irresistible. No es posible utilizar la tradición ni rendir culto a las fórmulas de un modo más acabado. ¿Pero es posible llegar a la belleza por otros caminos? No es que ciertas obras así concebidas dejen de emocionarme, pero el impulso a la risa acaba siempre por predominar. Las cosas más solemnes me han dado siempre ganas de reír. Es como una maldición que sobre mí pesa y para huir de ese sentido exagerado de lo cómico me refugié en la teología, con la esperanza de encontrar así un elemento apaciguador. Lo que en realidad encontré fueron nuevos y no pocos elementos de comicidad. ¿Por qué han de aparecérseme casi todas las cosas como su propia parodia? ¿Por qué ha de parecerme que casi todos, más aún, que todos los medios y reglas del arte sólo son útiles hoy para la parodia? Preguntas retóricas, sin duda alguna. No espero a ellas respuesta alguna. Pero comprendo mal cómo puede usted creer que un corazón tan desesperado, un espíritu tan frío, puede estar dotado para la música. ¿No valdría más que siguiera consagrándome humildemente a la ciencia divina?»

Tal fue la profesión de fe recusatoria de Adrian. No poseo la respuesta escrita de Kretzschmar. No figuraba entre los papeles que dejó Leverkühn. La guardaría algún tiempo y se le extraviaría en uno de sus cambios de domicilio, al trasladarse a Munich o a Italia o a Pfeiffering, pero me acuerdo de ella casi tan bien como de la carta de Adrian, aun cuando no tomé ninguna nota. El tartamudo insistía en sus puntos de vista. Ni una sola de las palabras de Adrian, decía, era susceptible de modificar su convicción de que la música era su verdadero destino. Entre la música y él existía una atracción mutua, a la que trataba de resistir en parte por miedo y en parte por coquetería, invocando ahora su carácter como antes había ido a refugiarse en la teología, cosa ésta verdaderamente absurda. «Todo esto, querido Adrian, no han sido más que pérdidas de tiempo, y más fuertes dolores de cabeza a modo de castigo.» El sentido de lo cómico se compadecería mejor del arte musical que de su artificiosa ocupación presente. Las características de que se acusaba, o pretendía acusarse, a modo de excusa, y que presentaba como desfavorables, eran en realidad propicias. No le interesaba a Kretzschmar averiguar hasta qué punto Adrian se calumniaba a sí mismo. Las calumnias que profería contra el arte, o mejor la denuncia de sus contactos con la multitud y de las manifestaciones de exhibicionismo a que tenían que someterse los artistas, eran excusables. En realidad, las características que invocaba para recusarse como artista eran precisamente aquellas de que el arte está hoy más necesitado. El arte requería hombres como Adrian y, aun cuando hipócritamente lo disimulara, él sabía perfectamente que tal era el caso. La frialdad, la inteligencia fácilmente asimiladora, el sentido de lo original, la inclinación al cansancio, todas estas cosas precisamente, unidas a sus dones, contribuían a hacer de él un elegido. ¿Por qué? Porque todas estas características sólo eran individuales en parte y constituían, por lo demás, una expresión supraindividual de cansancio colectivo ante ciertos procedimientos artísticos y de anhelo por descubrir nuevos caminos. «El arte progresa —escribía Kretzschmar—, y progresa gracias a la personalidad que es a la vez producto e instrumento de su tiempo y en la cual se conjugan hasta identificarse e intercambiar sus formas lo subjetivo y lo objetivo. El progreso revolucionario, la gestación de la novedad son necesidades vitales del arte, que sólo pueden verse satisfechas por el vehículo de un subjetivismo lo bastante fuerte para rechazar los valores tradicionales, para comprender su agotamiento. El cansancio, el tedio intelectual, el asco por los procedimientos conocidos, el maldito impulso de ver las cosas iluminadas por su propia parodia, el sentido de lo cómico, son el recurso de que el arte se sirve para manifestarse objetivamente y realizar su esencia. ¿Es todo esto excesivamente metafísico? Era, esta metafísica, indispensable para decir la verdad, esa verdad que le es a usted perfectamente conocida. Escudriñe su alma, Adrian, y decídase. Tiene usted ya 20 años y es mucho lo que tiene todavía que aprender, mucho y lo bastante difícil para interesarle. Más vale calentarse la cabeza con ejercicios de canon, fuga y contrapunto que con la refutación de la refutación kantiana de las pruebas para demostrar la existencia de Dios. El estado de virginidad teológica duró ya lo bastante. Como dijo el poeta:

"la virginidad que no llega a la maternidad es como un campo de tierra yerma".»

Con esta cita del *Querubín andariego* terminó Kretzschmar la carta y al levantar yo los ojos tropezó mi mirada con la sonrisa irónica de Adrian.

—No está del todo mal —dijo.

Le contesté yo que no estaba del todo mal, en efecto, y él añadió entonces, que mientras Kretzschmar sabía perfectamente lo que quería, él no lo sabía más que a medias y que esto le parecía vergonzoso. A lo que yo repliqué:

—Creo que lo sabes muy bien.

En verdad, nunca había considerado yo su carta como una verdadera negativa, sino como la expresión del empeño que ponía en hacer más difícil su resolución. Sabía cuál sería esta resolución y en realidad, cuando hablamos él y yo, entonces, sobre nuestro inmediato porvenir, nuestras palabras fueron tales como si estuviera ya tomada. Habíamos de separarnos de todos modos. A pesar de mi miopía fui considerado apto para el servicio militar y me disponía a hacer mi año en Naumburg, con el tercer regimiento de artillería de campaña. Adrian, cuyas jaquecas parecían haberse agravado, disponía de una semana de dispensa de estudios, que se proponía pasar en Buchel y aprovechar para hablar con sus padres de su determinación. Tenía el propósito, según me dijo, de presentar la cosa como un mero cambio de universidad, y así la consideraba él también en cierto modo. Diría a sus padres que se proponía consagrar mayor atención a la música que hasta aquí y que, a este efecto, le parecía oportuno ir a reunirse con el que había sido ya su mentor musical. No les diría de momento que pensaba abandonar el estudio de la teología. Además tenía el propósito de matricularse en la Facultad de Filosofía y de hacer en ella su doctorado.

Al empezar el curso de invierno de 1905, Adrian Leverkühn se trasladó a Leipzig.

XVI

No hace falta decir que nuestra despedida fue poco expansiva, casi fría. Apenas si cambiamos una mirada y un apretón de manos. Demasiado frecuentes habían sido, desde la infancia, nuestras despedidas, seguidas de nuevos encuentros, para que consideráramos necesario consagrar una y otros con un apretón de manos. Salió Adrian de Halle un día antes que yo. La noche anterior habíamos ido, los dos solos, al teatro. Había de marcharse a la mañana siguiente y, sin embargo, nos separamos como de costumbre, sin ceremonia, tomando cada cual el camino de su casa. No pude reprimir, por mi parte, el deseo de nombrarle por su nombre −Adrian− al darle las buenas noches. No hizo él otro tanto y se limitó a despedirse con un «hasta siempre», fórmula que Kretzschmar solía emplear y que Adrian imitaba de buena gana, cediendo al gusto con que, por medio de una cita o de un gesto, evocaba y caricaturizaba la figura de sus conocidos. Sus últimas palabras fueron para tomar jocosamente a chacota el «período marcial» de mi vida que iba a empezar.

Tenía razón Adrian, después de todo, de no tomar por lo trágico una separación que no habría de durar, seguramente, mucho más que mi servicio militar, es decir, un año, pasado el cual volveríamos a encontrarnos aquí o allá. Y, sin embargo, representaba, en cierto modo, el final de un período de nuestras vidas y el principio de otro. La conciencia de que era así infundía en mi ánimo algo de melancólica tristeza. Mi presencia en Halle, junto a él, había prolongado nuestros años escolares. Nuestra vida había sido poco más o menos la misma que en Kaisersaschern. Ni siquiera el período en que yo estudiaba ya en la universidad y él seguía frecuentando el liceo me parecía comparable al que ahora iba a empezar. Le había dejado entonces en la atmósfera del hogar y mis viajes a la ciudad natal eran frecuentes. Sólo ahora se separaban nuestras existencias una de otra, empezaba para cada uno de nosotros una propia vida personal. Se acababa lo que a mí me parecía tan necesario (aun cuando inútil) y que sólo puedo describir con las mismas palabras de que ya me he servido. No podría seguir ocupándome de él sin perderle de vista. Tenía que dejarle solo y ello en el momento en que la observación de su vida, aun sabiendo que no podría cambiar nada, me parecía más indispensable que nunca —cuando Adrian se preparaba a abandonar la carrera teológica, a «poner las Sagradas Escrituras debajo del banco» para consagrarse enteramente a la música.

Esta decisión era, a mi juicio, importante, diría casi fatal. Anulaba, por así decirlo, el tiempo intermedio, para enlazarse con momentos anteriores de nuestra vida común, cuyo recuerdo me afectaba cordialmente. Los momentos en que le sorprendí, todavía muchacho, ensayando su habilidad en el armonio del tío y, antes aún, las horas que dedicábamos a cantar a coro bajo el tilo de Buchel y la dirección de Hanne, la criada. Esta decisión me encantaba y, al propio tiempo, me llenaba de temerosa aprensión. Una sensación parecida a la que nos causa el columpio cuando, de niños, nos balanceamos en él y tratamos de lanzarlo tan alto como podemos. Comprendía que era natural y necesaria, inevitable, y me daba perfecta cuenta de que el estudio de la teología no había sido ni podía ser otra cosa que un paréntesis, un disimulo de la realidad. Que mi amigo se hubiese decidido a reconocer la verdad era cosa que me llenaba de orgullosa satisfacción. Por otra parte sabía también que para decidirle había sido preciso ejercer sobre él ciertas presiones y era también para mí motivo de complacencia saber que en ellas no había tenido ni arte ni parte. Aun prometiéndome, como me prometía, los más brillantes resultados de la decisión de mi amigo, cuando de ello hablamos me había limitado a decirle: «tú sabes mejor que nadie lo que debes hacer».

Doy a continuación el texto de una carta que recibí a los dos meses de haber empezado mi servicio militar en Naumburg, carta que leí con sentimientos que podríamos llamar maternales, suponiendo que los hijos fueran capaces de escribir en tales términos a sus madres. Desconociendo todavía sus señas, había escrito yo tres semanas antes a Kretzschmar, en el conservatorio Hase de Leipzig, una carta suplicada para Adrian. Le daba cuenta en esta carta de lo que era mi vida, en sus nuevas y más incómodas circunstancias, y le rogaba que él hiciera lo propio y me contara, aunque fuese en breves palabras, cómo se desenvolvía su existencia y cómo adelantaban sus estudios en la gran ciudad. Hago observar, antes de reproducir la carta, que su estilo y sus términos anticuados son una parodia de la terminología que era corriente en la Universidad de Halle, y muy particularmente en la clase del profesor Ehrenfried Kumpf. Al propio tiempo puede descubrirse en ella una expresión de la personalidad y del propio estilo de Adrian, siempre preocupado de disimularse detrás de la parodia —sin perjuicio de encontrar en ella la realización de su esencia.

La carta decía:

«Leipzig, viernes después de la Purificación, 1905.

»En la Peterstrasse, casa 27.

»Honorable, muy erudito, querido y bondadoso, señor Maestro y Balístico: os damos muy amistosamente las gracias por vuestros cuidados y escrito y por la cuenta que nos dais de las cosas necias, duras y jocosas que os ocurren, de vuestros saltos, ejercicios, manejos de armas y de escobas, tan donosamente relatados. Grandes fueron nuestra risa y nuestro regodeo, especialmente con el caso del sargento que, aun amonestándoos y sacudiéndoos, siente admiración profunda por vuestro gran saber e ilustración y al cual, en la cantina, habéis tenido que explicar los secretos de la poesía y de su métrica que son para él los valores culminantes de la distinción intelectual. A ello corresponderé, si el tiempo me basta, con el relato de una aventura grotesca y farsa insigne que aquí me ocurriera, a fin de daros también motivo de divertimiento y maravilla. De momento te expreso mi cordial simpatía y buena voluntad y espero que las pruebas a que estás sometido hayan de ser útiles más tarde y que salgas de ellas con las trenzas y galones que distinguen al buen sargento de la reserva a caballo.

»De lo que se trata ahora, como dijo el otro, es de "confiar en Dios, observar los hombres y no hacer mal a nadie". Junto a estos ríos de Leipzig, el Pleisse, el Parthe y el Elster, pulsa vida más activa que en las riberas del Saale, ya que aquí medra reunido un gran pueblo, más de setecientas mil almas, lo que engendra, ya de por sí, simpatía y tolerancia, como el corazón del poeta se inclinaba a perdonar irónicamente los pecados de Nínive a causa de los cien mil hombres y pico que allí vivían. ¿Qué será con setecientos mil?, preguntarás tú, sin pensar siquiera que esta cifra aumenta todavía en los tiempos de feria (cuya primera de otoño acabo de presenciar, recién llegado), con extrañas cohortes venidas de todas partes de Europa y también de Persia, de Armenia y de otros asiáticos parajes.

»No creas, por eso, que esta Nínive me agrade en demasía. No es, ciertamente, la más bella ciudad de mi patria. Más hermosa es Kaisersaschern, aun cuando esto no le cueste gran cosa, ya que carece de pulso y le basta, para ser bella y digna, con ser antigua y quieta. Muy bien construida sí lo es esta ciudad de Leipzig, con la mejor piedra, y de ello están muy orgullosos y satisfechos sus habitantes, satisfacción y orgullo que proclaman con un acento espantoso, un acento que infunde terror, y con un énfasis descocado, pero sin mala intención, al contrario, con muy justificado motivo, ya que Leipzig es un centro de la música, un centro de la imprenta y de cuanto tiene que ver con el libro y una muy ilustre universidad. La ciudad es extensa y su principal edificio, en la Augustusplatz, es la Biblioteca. Las diversas facultades tienen cada una su propio colegio: la de Filosofía está instalada en la Rothe Haus y la de Derecho en el Colegio de la Virgen, en la propia calle donde demoro, y donde encontré, apenas salido de la estación, alojamiento conveniente. Bajé del tren a primeras horas de la tarde, dejé mi equipaje en la estación, llegué aquí como conducido por mano invisible, leí el anuncio fijado en la puerta, llamé y, a los pocos instantes, trataba con la patrona, redonda y parlanchina, las condiciones de alquiler de dos piezas en la planta baja. Tan rápidamente quedó cerrado el trato que aquella misma tarde recorrí casi toda la ciudad, guiado esta vez no por una mano invisible, sino por el mensajero que fue a la estación por mi equipaje. De aquí la aventura grotesca y farsa insigne a que antes me referí y de la que, quizá, te daré cuenta detallada más adelante.

»Nada tuvo que objetar la gorda patrona a mi clavicémbalo. Están aquí las gentes acostumbradas a soportar este instrumento. No someto tampoco sus oídos a un tormento muy dilatado, ya que mis grandes ocupaciones en este momento son la lectura y la escritura. Estoy sumergido en la teoría. Ejercito por mi cuenta las armonías y el contrapunto. Por mi cuenta, quiero decir, bajo observación y tutela del amigo Kretzschmar, a quien, cada dos días, presento ejercicios y temas para oír de sus labios las buenas y malas cosas que su examen le sugiere. El hombre estuvo contento de verdad al verme y abrazarme, contento sobre todo del crédito que yo hacía a su confianza. No quiere en modo alguno que yo vaya al conservatorio, ni al grande ni al de Hase donde él es profesor. No encontraría allí, dice, la atmósfera que me conviene. Más vale imitar el ejemplo de papá Haydn, que nunca tuvo maestro y conquistó sus galones en el libre Parnaso, inspirándose de la música de su tiempo y muy especialmente del Bach de Hamburgo, lo que no le impidió aprender admirablemente su oficio. Dicho entre nosotros, el tratado, de la armonía me incita con frecuencia a bostezar, mientras el contrapunto me despierta las potencias y no encuentro nunca bastantes las incursiones que practico en este campo encantado. Jamás me fatigo de resolver, con alegre obstinación, los problemas que plantea, y a estas horas he acumulado ya un buen montón de desdeñables cánones y fugas que mi maestro ha juzgado con elogio. Este trabajo es fecundo, excita la fantasía y la invención. El juego de dominio con mi poco calurosa concepción del mundo. Todo lo demás, la modulación, las transiciones, los preludios y las codas son cosas que no hay que ir a buscar en los libros y que es mejor aprender de oído, por experiencia y según los antojos de la propia inventiva. Es una aberración, por otra parte, la distinción mecánica entre la armonía y el contrapunto; tan íntimamente y sí sólo en conjunto, como música —en la medida que la música puede ser enseñada. Kretzschmar mismo no lo niega y proclama que, desde un principio, hay que reconocer la importancia de la melodía para la buena articulación del lenguaje musical. La mayoría de las disonancias, dice, se introducen en la armonía melódicamente y no por combinaciones armónicas.

»Trabajo mucho, pues. Estoy lleno de un celo quizás excesivo, ya que, además, frecuento en la universidad los cursos de filosofía de Lautensack y los de enciclopedia de las ciencias filosóficas y de lógica del célebre Bermeter. Vale. Lo hecho, hecho está. A Dios rogando que de ello os proteja, a vos y todos los corazones inocentes. "Su siempre seguro servidor", solía decir aquel señor de Halle. Con todo lo que te he dicho, más mis relaciones especiales con Satanás, que de sobra conoces, supongo tu curiosidad muy excitada. Lo único que ocurrió fue que aquel mensajero me condujo, llegada la noche, a un lugar indebido. Curioso tipo, con su cuerda arrollada al cuerpo, una gorra roja y su placa de latón sobre la blusa impermeable. Indeciblemente locuaz, como todo el mundo por aquí, y con ese acento que se obtiene, al parecer, adelantando cuanto se puede la quijada inferior. Evocaba, gracias a su barbilla, la figura de Schleppfuss, y ahora, a distancia, encuentro que era grande el parecido entre uno y otro. Sólo que el mensajero era más recio y corpulento. En fin, el hecho es que me ofreció sus servicios como guía y me enseñó su patente de tal, al propio tiempo que, para acabar de convencerme, pronunció media docena de palabras en francés y otras tantas en inglés con un acento espantoso.

»Otrosí. Nos pusimos de acuerdo y en un par de horas me lo hizo ver todo o poco menos. La iglesia de San Pablo, con su magnífico claustro, la de Santo Tomás, a causa de Bach que allí fue organista, la tumba del propio Juan Sebastián en la iglesia de San Juan, el monumento a la Reforma y la nueva Gewandhaus, el templo de la música. Muy animadas estaban las calles porque, como ya he dicho, llegué en plena feria de otoño, y de casi todas las ventanas en el centro de la ciudad pendían curiosas banderas y estandartes anunciando infinidad de artículos y en particular los de la industria de la peletería, una de las más importantes de la ciudad. El hormigueo humano era sobre todo grande en torno del palacio del Ayuntamiento; mi guía tuvo empeño en mostrarme la casa del Rey, el patio de Auerbach y la Torre de Pleissenburg, donde Lutero tuvo su histórica controversia con Eck, conservada intacta hasta hoy. Calles, callejuelas y encrucijadas, patios cubiertos y soportales forman un verdadero laberinto donde era casi imposible dar un paso. Abundan en el barrio las bodegas, los almacenes atiborrados de mercancías, y las gentes que por allí circulaban aquel día le miraban a uno con ojos exóticos y hablaban en lenguas de las que no se comprende una palabra. Todo ello resultaba muy excitante. Tenía uno la sensación de percibir en sí mismo el pulso del mundo.

»Se hizo por fin de noche. Se vaciaron poco a poco las calles y yo me sentí cansado y hambriento. Le pedí al guía, como última cosa, que me llevara a un lugar donde pudiera comer. ¿Un buen lugar?, me preguntó guiñando el ojo. Bueno, le contesté yo, pero que no sea demasiado caro. Me llevó entonces hasta una casa a cuya puerta se llegaba por una breve escalera exterior. El pasamano de la baranda era de latón, brillante como la placa que llevaba el guía, y roja, como su gorra, era la linterna encendida sobre la puerta. Me desea buen apetito, mientras yo llamo a la puerta, y se aleja contando las monedas que le diera en pago de su trabajo. La puerta se abre y aparece en el dintel una acicalada madama, de pintadas mejillas y un collar de falsas perlas en torno del carnoso cuello, que me saluda con voz aflautada y signos de satisfacción, y a través de una serie de puertas con cortinajes, me lleva a un salón donde todo brillaba, la lámpara de cristal, las paredes cubiertas de brocado, los espejos y los candelabros. Allí me esperaban seis o siete ninfas o hijas del desierto, no sé cómo decirlo, apariciones mórficas, mariposas, esmeraldas, escasamente vestidas, transparentemente vestidas, como envueltas en tules y gasas y lentejuelas, unas con el pelo largo y caído sobre la espalda, otras con el pelo corto y rizado, empolvadas todas y con los brazos cubiertos de brazaletes, mirándote con ojos llenos de codicia y de lujuria.

»Cuando digo mirándote quiero decir que me miraban. El maldito guía, el falso Schleppfuss, me había llevado a un lupanar. Allí me encontraba yo, preocupado tan sólo de no traicionar la impresión que todo aquello me causaba. Veo de pronto ante mí, abierto, un piano, un amigo, sobre el cual, a través de la sala alfombrada, me precipité y sin sentarme siquiera ataqué tres acordes. No pensé entonces en lo que hacía, pero recordé perfectamente, después, que aquellos acordes eran los mismos que figuran en la plegaria del ermitaño del *Cazador furtivo* de Weber, cuando entran en el acompañamiento timbales, oboes y trompetas. Vino a colocarse entonces a mi lado una morenita de ojos rasgados, nariz achatada y boca carnosa, Esmeralda, vestida con una chaquetilla española, y con su brazo desnudo me acarició la mejilla. Doy media vuelta, aparto con la rodilla el taburete, atravieso de nuevo aquel infierno de la lujuria, paso junto a la patrona, y abriendo la puerta me precipito a la calle. Tan rápidamente bajé la escalera que ni siquiera puse la mano sobre el pasamanos de latón de la barandilla.

»Aquí tienes, pues, mi historia, contada por lo menudo y tal como ocurrió, para corresponder a la tuya sobre el sargento que aprende de tus labios el arte de la métrica. Cerremos el capítulo y *ora pro nobis*. Sólo he oído hasta ahora uno de los conciertos de la Gewandhaus, con la tercera sinfonía de Schumann como pieza de resistencia. Un crítico, contemporáneo del compositor, elogió esta música "por la universalidad de su doctrina", lo que me parece pura palabrería y no me extraña que los clasicistas tomaran este juicio a chacota. En cierto modo, sin embargo, hay en esas palabras un indicio de la mayor importancia que el romanticismo atribuía a la música y a los músicos. Para los románticos la música cesó de ser una pura especialización, un modo de divertir, y penetró en la esfera general del movimiento intelectual y artístico de la época. No hay que olvidar. Este movimiento arranca de la última época de Beethoven, la época polifónica, y encuentro en extremo elocuente que los enemigos del romanticismo, es decir, de un arte que vuelve la espalda a lo puramente musical para incorporarse a las corrientes generales de la inteligencia y del espíritu, son los mismos que combaten y lamentan la última fase de la evolución de Beethoven. ¿Te has detenido alguna vez a reflexionar sobre el modo como Beethoven individualiza la voz en sus obras superiores? Hay allí el signo de un doloroso esfuerzo, que no encontraremos en la música anterior, para la cual la empresa era mucho más fácil. Hay juicios que por su grosera verdad comprometen a quien los formula y que a mí me divierten en alto grado. Haendel solía decir que Gluck: "sabe menos de contrapunto que mi cocinero". Y un crítico francés no desdeñable, admirador apasionado de Beethoven hasta la novena sinfonía, decía allá por el año 1850 que esta obra de un genio fatigado estaba dominada por la tenebrosa pedantería de un contrapuntista sin talento. No puedes imaginarte hasta qué punto me divierten y me entusiasman estos juicios, tan exactamente equivocados. Cierto es que Beethoven nunca trató la fuga con la seguridad técnica, la limpieza y la facilidad que distinguen a Mozart. Pero por esta razón precisamente posee su polifonía un contenido intelectual que supera y ensancha los dominios de lo musical.

»Mendelssohn, de quien tengo, como tú sabes, el mejor concepto, empezó, por así decirlo, en el tercer período de Beethoven, es decir, su estilo fue plurivocal desde un principio, y ello no únicamente por espíritu de imitación. Sólo le reprocho su excesiva facilidad para la polifonía. Pero, a pesar de las ondinas y de los elfos, es un clásico.

»Toco mucho Chopin y leo cosas sobre él. Me atrae lo que tiene de angélico su personalidad, emparentada con la de Shelley, su manera propia y secreta, velada, de defenderse y de inhibirse, su horror de las aventuras, su aversión a las lecciones externas y a la experiencia material, la sublime incestuosidad de su arte tan delicadamente seductor. Lo que era el hombre nos lo dice la profunda amistad que por él sentía Delacroix. "Espero verle esta noche —escribió un día el pintor al músico— pero este momento es capaz de volverme loco." Me inclino, desde luego, ante el Wagner de la paleta. Pero Chopin, por su parte, en no pocas de sus obras y tanto en lo armónico como en lo puramente sentimental, hizo más que anticipar a Wagner: lo superó a la primera embestida. Toma, por ejemplo, el nocturno en do sostenido menor, op. 27 n.º 2, y el canto intermedio que se eleva después del paso inarmónico de *do* sostenido menor a *si* bemol menor. Es algo que por su extrema eufonía deja atrás todas las orgías de Tristán e Isolda y ello en la intimidad pianística, no, como una batalla de la lujuria tumultuosamente librada en plena mística teatral. Y no olvidemos su escepticismo ante la tonalidad, su modo reservado y flotante de violarla y de negarla, su burla constante del signo conductor. Todo esto apunta muy alto, estimula y conmueve por elevación...»

Con la mención *ecce epistola* termina la carta. Y estas palabras añadidas: «se entiende que destruirás inmediatamente estas líneas». A modo de firma una inicial, la del apellido, L, no la A del nombre.

XVII

La instrucción categórica de destruir esta carta, me abstuve de cumplirla –y nadie podrá reprochárselo a una amistad que, como la de Delacroix por Chopin, justifica el adjetivo de profunda–. No me rendí a lo que Adrian me pedía, en primer lugar porque deseaba volver a leer su carta con mayor detenimiento, estudiar críticamente su estilo y su psicología. Hecho esto, el momento de destruirla me pareció superado y me acostumbré a considerarla como un documento del cual la orden de instrucción era parte integrante y, como tal, se destruía a sí misma.

Claro era desde un principio que la instrucción final no había sido dictada por el ejemplo de la carta sino únicamente por lo que él llamó «aventura grotesca y farsa insigne», por su visita al lugar dudoso donde le llevara el guía fatal. Pero, a la vez, esta parte de la carta era la carta entera. Sabía de sobra su autor que el grotesco incidente no habría de hacerme ninguna gracia y me lo contaba, sin embargo, porque yo, el amigo de infancia, era el único lugar donde él podía ir a descargarse de un peso que le oprimía. El resto de la carta no era más que añadido, embalaje, excusa incluso, y sobre todo, las apreciaciones de crítica musical que pretendía dar a los últimos párrafos el carácter de una misiva como otra cualquiera. Pero en realidad, y para emplear una palabra completamente objetiva, todo iba orientado hacia la anécdota. Desde el principio la vemos aparecer en primer término, aunque su relato sea aplazado. Antes de contada, está ya presente en las jocosas alusiones a Nínive y a las palabras excusadoras del Profeta. Estuvo a punto de contarla al aparecer por primera vez la figura del guía —y lo dejó también para más tarde—. A punto de cerrar la carta sin contar la anécdota, como si la hubiese olvidado, se da entonces el caso de que vuelve a su memoria, por asociación de ideas, al citar el saludo de Schleppfuss. La cuenta, por fin, rápidamente, como resbalando sobre ella, mezclándola con la evocación de las investigaciones paternas sobre las mariposas. Pero no quiere cerrar con ella su carta y de ahí sus consideraciones sobre Schumann, el romanticismo, Chopin, destinadas visiblemente a quitarle importancia, a hacerla olvidar. O por lo menos a querer dar, por orgullo, esta impresión, ya que difícilmente puedo creer que Adrian se hiciera la ilusión de que yo no habría de darme cuenta de lo que, en la carta, era verdaderamente esencial.

Me chocó, al leer las palabras de Adrian por segunda vez, que la imitación del lenguaje arcaico de Kumpf cesara precisamente después de contar el equívoco episodio. El resto de la carta estaba escrito de modo corriente y normal. Aparecía claramente que aquel modo de escribir había sido elegido con el único propósito de poder contar la anécdota envolviéndola en una atmósfera verbal apropiada. ¿Y cuál es esta atmósfera? Lo diré aun sabiendo que la palabra de que pienso servirme ha de aparecer como poco indicada para aplicarla a una farsa. En la atmósfera religiosa. No me cabía duda de que ciertos giros del lenguaje de la Reforma habían sido elegidos para contar esta historia, a causa del carácter religioso que su protagonista le atribuía. Si no fuera así, ¿cómo explicar las palabras «ruego por nos» con que cierra el relato? Imposible encontrar mejor ejemplo de la cita como excusa, de la parodia como pretexto. Y poco antes había empleado otra expresión que nada tiene de humorística y que me impresionó desde el primer momento: «infierno de lujuria».

La frialdad del análisis que acabo de hacer de la carta de Adrian no habrá engañado a nadie sobre cuáles fueron mis sentimientos al leerla y releerla. El análisis es siempre aparentemente frío aun cuando la persona que a él se entrega lo haga bajo el impulso de la emoción. Más que emocionado estaba yo fuera de mí. Mi indignidad ante la obscena jugarreta de Schleppfuss de la cloaca era indescriptible y no vea en ello el lector un indicio de mi propia mojigatería. Nunca fui mojigato y de haberme ocurrido a mí la aventura de Leipzig hubiese sabido seguramente tomarla por el lado menos trágico. En mis sentimientos ante el caso no debe verse otra cosa que una caracterización de la personalidad de Adrian, al cual sería también absurdo acusar de mojigatería, pero que indudablemente era hombre merecedor de cierta consideración y capaz de suscitar el deseo de verlo respetado y protegido.

El hecho solo de que me hubiese contado la aventura semanas después de sucedida, aumentaba mi emoción, porque, al hacerlo, Adrian rompía una reserva que hasta entonces había sido total y que yo siempre había respetado. Por extraño que ello pueda parecer dada nuestra antigua camaradería, el tema del amor, del sexo de la carne, nunca fue abordado de modo personal e íntimo en nuestras conversaciones. A él nos referíamos únicamente a través del arte y de la literatura, de las manifestaciones de la pasión en la vida intelectual. Sus observaciones eran siempre de una gran objetividad y desprovistas de toda alusión a su propia persona. Claro está que el elemento sexual no podía estar ausente de una personalidad como la suya. No lo estaba y, al contrario, ciertas enseñanzas de Kretzschmar sobre la importancia de la sensualidad en el arte, y no sólo en el arte, Adrian las aceptaba y hacía suyas. Sus comentarios sobre Wagner y sobre la desnudez de la voz humana compensada espiritualmente por los artificios de la primitiva música vocal eran también harto elocuentes. No había en todo esto nada de virginal, sino el indicio de una serena comprensión y contemplación del mundo de los deseos sensuales. Pero esto explica precisamente la profunda emoción que me causaron esta vez sus explicaciones. Si puedo emplear una imagen enfática, diré que la impresión fue la que hubiese podido producirme oír hablar del pecado a un ángel. También éste hubiese evitado las frivolidades y las triviales expansiones al abordar el tema, a pesar de lo cual, y reconociendo su derecho a hablar de lo que hablaba, ¿cómo reprimir el deseo de decirle: «Calla amigo. Tus labios son demasiado puros y demasiado firmes para esas cosas»?

La repugnancia de Adrian por las groserías del género lascivo se manifestaba de un modo radical, y de sobra me era conocida la expresión de asco y de desprecio con que acogía no sólo las alusiones de este género sino la mera sospecha de que tales alusiones iban a producirse. En Halle, y entre sus amigos de la asociación Winfried, la sensibilidad de Adrian se encontraba eficazmente protegida contra tales ataques. La corrección era allí completa –por lo menos de palabra–. Mujeres, hembras, muchachas, amoríos, no eran temas de conversación entre los comilitones. Ignoro cómo cada uno de aquellos jóvenes teólogos se las arreglaba individualmente y si, en efecto, todos ellos se reservaban para el matrimonio cristiano. Por mi parte confieso que conocía ya el sabor de la manzana y que durante siete u ocho meses había tenido íntimas relaciones con una muchacha del pueblo, hija de un tonelero, relaciones que no me fue fácil ocultar a Adrian, aun cuando creo que no llegó a darse cuenta de nada. Pasado aquel período, rompí con la muchacha en buena forma. Me fatigaba su falta de instrucción y el no poder hablar con ella más que de una sola cosa. A entablar aquel contacto me había inducido no sólo el temperamento, sino también la curiosidad, la vanidad y el deseo de trasladar a la práctica las antiguas concepciones sobre la libertad sexual que eran parte de mis convicciones teóricas.

Este elemento de intelectual recreo en lo sensual, al que yo, quizá no sin cierto pedantismo, pretendía, estaba completamente ausente de la concepción que Adrian tenía del problema. No hablaré de castidad cristiana ni me serviré tampoco de la palabra clave *Kaisersaschern* porque hay en ella implicaciones de moral pequeñoburguesa y de horror medieval al pecado que no vienen al caso. Con todo ello no conseguiría dar a entender el amistoso miramiento y el cuidado de no herir su susceptibilidad que me infundía la actitud de Adrian. Uno no podía –ni quería– imaginarlo en una situación «galante» a causa de la atmósfera de pureza, de inhibición, de orgullo intelectual y de frialdad en que aparecía envuelto. Atmósfera que era para mí sagrada, aun cuando me fuera doloroso y avergonzante pensar que la pureza de la vida carnal es imposible, que el apetito es más fuerte que la altivez del espíritu, que el tributo a la naturaleza ha de pagarlo incluso el más altanero. Queda sólo la esperanza de que esta humillación por Dios, y el consuelo de que los espiritualmente elegidos puedan consumarla bajo el signo del amor abnegado y de los más nobles sentimientos.

He de añadir que no me parece lícito esperar que así haya de ocurrir en casos como el de mi amigo. El ennoblecimiento de que hablo es obra del alma, esa zona media, penetrada de poesía, en la que lo impulsivo y lo espiritual se compenetran y dan la ilusión de reconciliarse. Una posición sentimental, en suma, en la que yo me encuentro bien, pero que no satisface a muy rigurosas exigencias. Adrian era una de esas naturalezas en las que el alma no está muy presente. Mi amistad, siempre en estado de observación, me permitió comprobar hasta qué punto el más exaltado intelectualismo está próximo a la animalidad, a los desnudos impulsos. Esta es la causa de la aprensión que Adrian había necesariamente de provocar en un temperamento como el mío, y por eso la absurda aventura había de parecerme tan terriblemente simbólica.

Me parecía verle en el umbral de la puerta de aquel salón del placer, la vista fija en las hijas del desierto que le asaeteaban con sus miradas y comprendiendo sólo lentamente la verdadera situación. Le veía, igual que en aquellas reuniones de Halle, cuya imagen no se había borrado de mi memoria, precipitarse al piano para arrancarle acordes cuyo sentido sólo más tarde había de comprender. Veía a la muchacha de achatada nariz junto a él –Hetaera Esmeralda–, empolvada y vestida a la española, acariciando su mejilla con el brazo desnudo. Sentía, retrospectivamente, el deseo de haber estado allí, de apartar a la bruja de un rodillazo, como él hiciera con el taburete del piano para encontrar de nuevo libre el camino de la calle. Días enteros sentí sobre mi propia carne el contacto de aquel brazo y pensaba, con terror y repugnancia a la vez, que él sentía la misma quemadura. Repito que no era mía sino suya la culpa de que yo no pudiera tomar la cosa a la ligera. Me inquietaba profundamente lo ocurrido, y si he conseguido dar al lector una idea, aun cuando sólo remota, del carácter de mi amigo, seguro estoy de que habrá de sentir como yo lo que aquel contacto tenía de indescriptiblemente corruptor, de despreciativamente humillante y de peligroso.

Que Adrian hasta aquel momento no había tenido contacto con mujer era cosa de la que estaba, y sigo estando, completamente seguro. Y cuando una mujer entró en contacto con él no hizo más que provocar su huida. Tampoco esta evasión tiene nada de cómico, como no sea contemplada desde el punto de vista de su trágica y amarga inutilidad. A mis ojos Adrian no había logrado fugarse y la impresión de haber escapado a un peligro fue sin duda en él breve y provisoria. La altivez espiritual había recibido el choque del impulso puramente carnal. Adrian no podía dejar de volver al lugar adonde le condujo el Tentador.

XVIII

No debe el lector extrañarse de que conozca con tanto detalle lo que cuento y relato, a pesar de que no siempre viví junto al protagonista, desaparecido, de esta biografía. Es cierto que durante largos períodos viví separado de él, por ejemplo durante mi servicio militar, después del cual, sin embargo, proseguí mis estudios en Leipzig y tuve así ocasión de conocer exactamente el medio en que Adrian vivía. Lo mismo ocurrió durante mi viaje de estudios, en 1908 y 1909. Muy breve fue nuestro contacto al regresar de este viaje, cuando Adrian tenía ya formado el plan de trasladarse al sur de Alemania. Vino inmediatamente después el período más prolongado de separación: los años que mi amigo pasó en Italia, con su compañero Schildknapp, mientras yo, después de pasados los meses de prueba, entraba a formar definitivamente parte del claustro de profesores del Liceo de Kaisersaschern. No volví a acercarme a él hasta 1913, cuando Adrian se instaló en Pfeiffering y yo me trasladé a Freising. Entonces fui testigo, durante diecisiete años sin interrupción, o casi, de su vida ya fatalmente predestinada, del creciente frenesí que aportaba a su actividad creadora, hasta que, en 1930, se produjo la catástrofe.

Cuando Adrian, en Leipzig, volvió a colocarse bajo la dirección y orientación de Wendell Kretzschmar, había dejado ya de ser, desde tiempo, un principiante en el estudio de la música. Su técnica era, a la vez, cabalística, ligera, rigurosa, ingeniosa y profunda. Sus progresos, estimulados por una inteligencia que todo lo asimilaba instantáneamente, eran grandes en los dominios tradicionales del arte musical: modulación, forma, orquestación. Era indudable que sus dos años de estudios teológicos no habían interrumpido su relación con la música. Su carta nos ha dicho el interés con que se había consagrado a los ejercicios de contrapunto. Kretzschmar atribuía mayor importancia aún a la instrumentación, y en Leipzig, como en Kaisersaschern, hizo que Adrian orquestara numerosos tiempos de sonata, e incluso cuartetos para instrumentos de cuerda. Estos ejercicios eran comentados, criticados y corregidos en largas conversaciones. Kretzschmar llegaba a confiar ocasionalmente a Adrian la orquestación, basándose en la partitura para piano, de actos enteros de óperas que no conocía, para comparar después los ensayos de su alumno, al corriente de la música de Berlioz, Debussy y los posrománticos austroalemanes, con las realizaciones orquestales de Grety y de Cherubini. Estas comparaciones daban lugar a que maestro y discípulo se divirtieran de consuno. Kretzschmar trabajaba entonces en su propia ópera *La estatua de mármol* y pedía a su alumno que instrumentara tales o cuales fragmentos del esbozo de su partitura para comparar después estos trabajos con la propia instrumentación o con los planes instrumentales del maestro. Fructuosos cambios de impresiones, en los que, naturalmente, la experiencia y el saber del maestro triunfaban. Una vez, por lo menos, se impuso, sin embargo, la intuición del discípulo. Después de rechazarla por su torpe insignificancia, Kretzschmar adoptó un día una combinación tonal propuesta por Adrian, considerándola, después de madura reflexión, más afortunada que la suya propia.

No fue cosa que enorgulleciera a Adrian fuera de medida. Maestro y discípulo divergían ampliamente en sus instintos y propósitos estéticos. Es indispensable, por otra parte, para asimilar lo que en un arte hay de oficio, que la juventud recurra a las enseñanzas de los representantes de una generación ya en parte superada. Pero importa que los maestros sean capaces de descubrir las tendencias secretas de los discípulos y que, aun criticándolas irónicamente, no traten de ahogar su expansión. Kretzschmar creía que la música había encontrado en la composición orquestal su expresión melódica, punto de vista que Adrian estaba muy lejos de compartir. La identidad entre la técnica instrumental y la concepción musical armónica era para Adrian un concepto histórico. Ante la hipertrofia sonora de las gigantescas orquestas posrománticas, adoptaba una actitud de manifiesta frialdad. Entendía que era indispensable provocar una nueva condensación, volver, en cierto modo, a los tiempos prearmónicos de la música vocal polifónica. Al propio tiempo manifestaba Adrian una predilección precoz por el oratorio, forma que más tarde había de dar ocasión, al autor de *La revolución de san Juan* y el *Lamento del Doctor Faustus*, para dar la más alta medida de su valor y de su osadía.

No por ello dejaba Adrian de proseguir con ardor, bajo la inspección de Kretzschmar, sus ejercicios de instrumentación. Entendía que era preciso asimilar las conquistas logradas aun cuando no les atribuyera importancia esencial. Un compositor —me dijo un día— que, por fatiga del impresionismo orquestal, dejara de aprender la instrumentación, sería comparable a un dentista que abandonara el tratamiento de las raíces dentales y se convirtiera en sacamuelas a la antigua, únicamente porque, según parece, los dientes muertos pueden ser causa de reumatismos articulares. Esta comparación, tan rebuscada y al mismo tiempo tan exacta, entró a formar parte de nuestra terminología habitual y el «diente muerto», conservado gracias a los refinamientos del arte de embalsamar, se convirtió en expresión simbólica para designar ciertas producciones ultramodernas de la paleta orquestal, incluso su propia fantasía sinfónica *Luces del mar*, compuesta al regreso de un viaje a los mares del norte, cuya audición semipública Kretzschmar había de conseguir más tarde. Se trataba de un ejercicio típico de colorido musical, punto menos que indescifrable para el oído a la primera audición y que hizo aparecer al compositor, ante un público entendido, como un hábil continuador de la línea Debussy-Ravel. Juicio erróneo. En realidad, Adrian nunca consideró esta obra como verdaderamente suya, cosa que puede decirse igualmente de sus ejercicios de composición anteriores: corales a seis y ocho voces, la triple fuga para quinteto de cuerda y piano, una sinfonía, la sonata en *sol* menor para violoncelo, con su magnífico tiempo lento, cuyo tema había de volver a utilizar más tarde en sus melodías compuestas sobre poemas de Brentano. Aquellas *Luces del mar* eran para mí la demostración de cómo un artista puede ser capaz de poner lo mejor de sí mismo en el empleo de medios que él considera ya como agotados en su fertilidad. Es un «tratamiento de raíces» tal como me ha sido enseñado, solía decirme. «Y desde luego no responde de las inflamaciones que puedan provocar los estreptococos.» Cada una de las palabras de Adrian indicaba que, para él, la música pictórica era un género completamente agotado.

Pero hay que decir también que, en esta obra maestra de colorido orquestal es ya posible descubrir los rasgos de parodia, de intelectualismo irónico frente al arte, que habían de caracterizar, de modo extrañamente genial, las obras posteriores de Leverkühn. Algunos auditores, entre los buenos, ya que no entre los mejores, se sintieron repelidos por esta faceta de su personalidad. Los más superficiales la encontraban tan sólo ingeniosa y divertida. En realidad, el elemento parodístico no era aquí otra cosa que altiva reacción ante la amenaza de esterilidad que la extensión de lo trivial, unida al escepticismo y a la timidez intelectuales, hace pesar sobre todo temperamento favorecido por dotes excepcionales. Espero haber transcrito ideas y palabras que no son propiamente mías y sí sólo asimiladas a fuerza de trato con Adrian. No quiero hablar de falta de inocencia porque en último término la inocencia es inseparable del ser, incluso del más consciente y complicado. El conflicto, punto menos que imposible de apaciguar, entre la inhibición y el impulso creador del genio innato, entre la castidad y la pasión —en este conflicto reside la inocencia de una naturaleza de artista como la de Adrian, la base para el desarrollo, difícil y característico a la vez, de su obra—. El esfuerzo inconsciente, el «don» que infunde al impulso creador la indispensable superioridad sobre las inhibiciones —desdén, orgullo, timidez intelectual—, ese esfuerzo instintivo adquiere decisiva importancia cuando a los estudios previos de carácter técnico vienen a mezclarse los primeros ensayos, profesionales y preparatorios, de creación personal.

XIX

No sin que tiemble mi mano y mi corazón se estremezca llega el momento de hablar del sucedido fatal que había de acae-
cer un año después de haber recibido yo en Naumburg la
carta referida, más de un año después de su llegada a Leipzig, es decir, poco antes de que, terminado mi servicio militar, fuera de nuevo a reunirme con él y le encontrara el mismo de siempre en apariencia, pero en verdad predestinado ya,
herido por la flecha del destino. Siento deseo de invocar a
Apolo y las Musas para que me dispensen el hallazgo de los
términos más nobles, de las palabras más suaves, al ir a dar
cuenta de lo que sucedió. Suaves para no herir la susceptibilidad del lector sensible ni ofender la memoria del amigo que
dejó de existir. Suaves para mí, que al ir a relatar lo ocurrido
me encuentro en el estado de espíritu del hombre que se apres-
ta a una confesión. Pero esta misma innovación pone de relieve hasta qué punto son contradictorios mi estado de espíritu y el carácter, completamente ajeno a la cultura clásica, de
la anécdota que voy a contar. Ya dije, al principio de esta narración, que no me consideraba el hombre más indicado para
llevar a cabo la empresa. A pesar de esto, puse manos a la obra
y no volveré a repetir los motivos, ya explicados, de mi decisión. En ellos me apoyo y encuentro nuevas fuerzas para seguir
adelante.

Adrian volvió al lugar donde estuvo ya una vez, siguiendo los pasos de un procaz mensajero. No ocurrió ello tan pronto. Un año entero resistió la altivez espiritual a la humillación
recibida y fue siempre para mí un consuelo pensar que si

Adrian había sucumbido al maligno asalto, el acto natural no estuvo del todo desprovisto ni de contenido espiritual ni de humana nobleza. Esa nobleza la distingo yo en toda *cristalización* individual del apetito, por rudimentaria que sea; la descubro en el acto de la *elección*, aun cuando ésta sea involuntaria y groseramente provocada. Un soplo de amor pasa desde el momento en que el deseo adquiere faz humana, por anónima y despreciable que la faz pueda ser. Y es un hecho que Adrian volvió a aquel lugar en busca de determinada persona: aquella que se le acercara mientras estaba sentado al piano y le quemara la mejilla con su brazo desnudo. La «morenita» de labios carnosos, con su chaquetilla española, a la que dio el nombre de Esmeralda. En busca de ella andaba —y no la había de encontrar.

La fatal cristalización hizo que esta segunda vez abandonara aquel lugar como la primera, aun cuando no sin haber averiguado el paradero de la mujer que le interesaba. Con una excusa profesional emprendió Adrian, a lugar relativamente lejano, un viaje que no tenía otro objeto que ir a su encuentro. Estaba anunciado para entonces, mayo de 1906, el estreno en Austria, en la ciudad de Graz y bajo la dirección del propio compositor, de la ópera *Salomé*, a cuya primera audición mundial, en Dresde, había tenido ya ocasión de asistir en compañía de Kretzschmar. No cuadraba *Salomé*, obra a la vez revolucionaria y felizmente lograda, con sus concepciones estéticas. Pero le interesaba desde el punto de vista técnico musical y, muy especialmente, como ropaje lírico y sonoro de una obra en prosa. Así justificó su viaje, que emprendió solo, y no es posible, en efecto, asegurar que no estuvo entonces en Graz para ir después a Presburgo, o que no se detuviera allí a la vuelta. Cierto es, en todo caso, que en una casa de Presburgo se encontraba la mujer de cuyo contacto había conservado el recuerdo. Allí había ido ella al salir del hospital y allí fue Adrian en su busca.

Escribo conmovido y tratando de encontrar las palabras más discretas, siempre con el consuelo, como ya dije, de pensar que la elección hizo que por allí pasara algo parecido a un soplo de amor, que un reflejo de espiritualidad se introdujo en la unión de la preciosa juventud de Adrian con aquella desgraciada criatura. Esa idea consoladora es inseparable, claro está, de otra tanto más cruel. Amor y ponzoña se confunden aquí en una terrible experiencia: la unidad mitológica, simbolizada en la *saeta*.

Parece ser que los sentimientos de Adrian no dejaron de despertar cierto eco en el alma de la pobre ramera. No había duda de que se acordó de él y de su breve visita. Su modo de acercarse a él la primera vez, de acariciarle la mejilla con el brazo desnudo, pueden haber sido la tierna y vulgar expresión del efecto que en ella causara alguien tan poco parecido a los clientes habituales. Adrian le dijo que su viaje no tenía otro objeto que verla —y ella se lo agradeció *advirtiéndole que su cuerpo era peligroso*—. Lo sé por el propio Adrian. ¿Y no indica esto una grata diferenciación entre la parte superiormente humana de su ser y la parte física, rebajada a la condición de un objeto de uso corriente? Aquella advertencia fue un acto de elevación espiritual por encima de su despreciable existencia, un acto de humano renunciamiento, un acto de compasión y de amor. ¿Y qué fue también, cielo santo, sino amor, llámesele voluntad, obcecación o como se quiera, qué fue si no amor, repito, el impulso de tentar a Dios, el deseo de confundir la penitencia con el pecado, el secreto anhelo de concepción demoníaca, de transformación de la propia naturaleza, que le hizo a Adrian despreciar la advertencia y desear, a cualquier precio, la posesión de aquella carne?

Nunca he podido pensar sin un estremecimiento religioso en aquel abrazo, que fue sacrificio para un ser y redención para otro. Purificación, justificación, elevación, todo esto había de representar para la contaminada el que Adrian, de tan lejos venido, se negara a renunciar a ella, y es de suponer que derrochó a manos llenas los tesoros de su feminidad para compensarle de su atrevimiento. Escrito estaba que no había de olvidarla. Pero tampoco había de ser olvidada en sí misma y su nombre —el que Adrian le diera en un principio— queda inscrito con caracteres únicos que sólo yo puedo reconocer, en ciertos pasajes de su obra. No se tome a vanidad si revelo ya desde ahora el descubrimiento que hice y que el propio Adrian me confirmara tácitamente un día. Adrian no fue el primer compositor, ni será el último, dado a ocultar en su música fórmulas cabalísticas, fórmulas que confirman las tendencias innatas de la música a la superstición, a la mística de los números y al simbolismo de las letras. Así se encuentra en el tejido sonoro de mi amigo una serie de cinco o seis notas, empezando en *si* y terminando en *mi* bemol, entre las cuales se intercalan el *la* y el *mi* alternativamente, serie cuya repetición frecuente no puede dejar de llamar la atención. Motivo de una profunda melancolía que, presentado bajo los más diversos ropajes rítmicos y armónicos, atribuido ora a una voz ora a otra, invertida a veces la sucesión de las notas, aparece en diversas obras suyas. Por primera vez en la más bella de las melodías compuestas sobre poemas de Brentano, la canción *Querida niña, qué mala eres*, melodía completamente dominada por ese motivo. Más tarde, en el *Lamento del Doctor Faustus*, obra compuesta en Pfeiffering, mezcla extraña de osadía y de desesperación, reaparece el motivo no sólo en la melodía sino en las simultaneidades armónicas.

Esta cifra sonora adquiere su verdadero sentido en la expresión fonética de la notación musical alemana: *si, mi, la, mi, mi* bemol equivale en alemán, a: *h, e, a, e, es*: Hetaera Esmeralda.

Adrian volvió a Leipzig y expresó allí jocosamente su admiración por la ópera que pretendía haber vuelto, y quizás había vuelto, a oír. Creo estar escuchándole todavía cuando hablaba de su autor. «¡Qué tipo, y qué dones extraordinarios! Revolucionario y bien educado, desvergonzado y conciliador. Novedades y disonancias a manos llenas –y en seguida la discreta vuelta al redil para calmar las aprensiones de los asustadizos y darles a entender que la cosa no era tan grave como temían...–. Pero el acierto es indiscutible...» Cinco semanas después de haber reanudado sus estudios musicales y filosóficos, una molestia local hizo que Adrian se decidiera a consultar un médico. El doctor Erasmi, especialista consultado –Adrian había encontrado su nombre en el anuario–, era hombre robusto y sanguíneo, con una barbilla negra, cuya dificultad para inclinarse era evidente y que, incluso sin hacer esfuerzo alguno, no cesaba de echar resoplidos por su boca entreabierta. Esta costumbre le daba un aire de indiferencia, real o fingida, ante las cosas. Examinó a Adrian sin cesar de resoplar como si tal cosa, y una vez terminado el examen prescribió un tratamiento riguroso y prolongado que empezó a aplicar inmediatamente. Tres días seguidos acudió Adrian a continuar el tratamiento, después de lo cual el doctor decidió una interrupción de otros tres días para volver a empezar el cuarto. Pero cuando el paciente, que por lo demás no sufría dolor alguno ni había experimentado el menor cambio en su estado general, se presentó a la hora indicada, las cuatro de la tarde, se encontró con algo tan inesperado como espantoso.

En lugar de tener que llamar, una vez subidos los altos peldaños hasta el tercer piso y esperar a que una sirvienta viniera a abrirle, encontró esta vez la puerta de entrada abierta de par en par y lo mismo las otras puertas en el interior del departamento: las de la sala de espera, las de la sala de consulta y las que, de esta sala, llevaban al salón, vasta pieza con dos ventanas, abiertas asimismo, cuyos cortinajes eran agitados por el viento de la calle. Allí estaba, en medio de la pieza, el doctor Erasmi, con los párpados profundamente cerrados y la punta de la barbilla levantada, amortajado con una blanca camisa de almidonados puños en el abierto ataúd que sostenían dos pies de madera.

Las causas de todo aquello, por qué estaba allí el muerto abandonado en pleno vendaval, dónde podían encontrarse la esposa del doctor y la sirvienta, si el apartamento había sido abandonado unos instantes por los empleados de pompas fúnebres, son cosas que nunca pudieron ser puestas en claro. Adrian sólo supo contarme el estado de confusión en que, después de volver la espalda a aquel espectáculo, bajó precipitadamente las escaleras de la casa para encontrarse cuanto antes en la calle. Nunca se preocupó de averiguar las causas de la súbita muerte del doctor. Se limitó a pensar que aquellos continuos resoplidos no prometían nada bueno.

De mala gana y con invencible repugnancia, he de añadir que la elección del segundo doctor no fue tampoco afortunada. Dos días necesitó Adrian para reponerse de la sacudida. Buscó después de nuevo en el anuario y sus ojos se fijaron en cierto doctor Zimbalist, cuyo nombre figuraba también en una placa de porcelana colocada en la puerta de la casa del centro de la ciudad donde vivía, casa cuyos bajos eran ocupados por un café y en cuyo primer piso se encontraba un almacén de pianos. Las dos salas de espera del dermatólogo, una de ellas reservada para las clientas, estaban decoradas con plantas tropicales. Revistas y libros técnicos, entre ellos una historia ilustrada de las costumbres, se encontraban sobre la mesa del salón donde, por dos veces, Adrian esperó a que le recibiera el doctor Zimbalist.

Era éste un hombre de pequeña estatura, con gafas de concha, de pelo rojo y cabeza calva ovalada, con un bigotito debajo de la nariz, muy de moda entonces entre la buena sociedad masculina y atributo más tarde de una máscara famosa en la historia del mundo. Su modo de expresarse era vulgar, esmaltado de juegos de palabras poco ingeniosos y de dudoso gusto, con los cuales ni él mismo parecía divertirse excesivamente. Un cierto modo, probablemente involuntario y de origen nervioso, de contraer una de sus mejillas, torciendo a la vez la boca y guiñando el ojo, le daba una expresión amarga, poco simpática, de perplejidad, de pájaro de mal agüero.

Ocurrió algo insólito cuando Adrian iba por tercera vez a ver al doctor. Al subir la escalera, entre el primero y el segundo piso, encontró al hombre en busca del cual iba guardado a derecha e izquierda por dos personajes de gran corpulencia y típico modo de vestir. El doctor Zimbalist, con los ojos bajos, como el hombre que mira dónde pone los pies, iba sujeto por una manilla a uno de sus acompañantes. Al levantar los ojos y distinguir a su cliente le dijo, contrayendo amargamente la mejilla: «Otra vez será». Adrian, adosado a la pared para dejar paso a los tres, salió detrás de ellos a la calle, estupefacto. Frente a la casa subieron a un coche que allí esperaba y que arrancó en seguida a toda velocidad.

Así terminaron las consultas de Adrian con el doctor Zimbalist. He de añadir que tampoco se preocupó poco ni mucho de poner en claro las causas ocultas de este segundo fracaso. Por qué fue detenido el doctor en el preciso momento de ir él a consultarle, era cosa que no le interesó averiguar. Pero no fue en busca de un tercer médico. Como atemorizado, abandonó todo tratamiento, con tanto mayor motivo cuanto que la molestia local no tardó en desaparecer y puedo asegurar, dispuesto a mantener lo que digo contra cualesquiera dudas de carácter facultativo, que nunca se manifestaron en Adrian síntomas secundarios de ninguna clase. Una vez, en casa de Wendell Kretzschmar, donde se encontraba para someter a su maestro un ensayo de composición, sufrió un vahído que le hizo vacilar y le obligó a acostarse. Siguieron dos días de jaqueca quizá más fuerte que de ordinario, pero no eran en sí ninguna novedad. Cuando, vuelto a la vida civil, llegué a Leipzig, encontré a mi amigo igual, el mismo de siempre, tanto por dentro como por fuera.

XX

¿O quizá no? Durante el año de nuestra separación no había cambiado, es cierto. Pero se parecía a sí mismo, en cambio, más que nunca, y esto bastaba para impresionarme, tanto más cuanto que me había olvidado un poco de cómo era. Hablé ya de la frialdad de nuestra despedida en Halle. No fue menos frío ahora su recibimiento, y, como la idea de volver a verle me causaba inmensa alegría, hube de poner freno a sentimientos que amenazaban desbordar. No esperaba que viniese a la estación y ni siquiera le había indicado la hora de llegada del tren. Fui a su casa antes de buscar alojamiento. Su patrona me anunció y penetré en la pieza llamándole alegremente por su nombre.

Adrian estaba sentado a su mesa de trabajo, ocupado en escribir música.

«Hola —dijo sin levantar cabeza—. En seguida podremos hablar.» Y siguió trabajando durante unos minutos sin preocuparse de saber si yo permanecía de pie o prefería sentarme. No lo tomé a mal, ni había por qué tomarlo. Era una prueba de antigua intimidad, de una vida común que no podía estar afectada en modo alguno por un año de separación. Era como si nos hubiésemos despedido ayer. A pesar de todo quedé un poco desilusionado y cohibido, aun cuando la escena me divirtiera, como divierte siempre lo característico. Hacía ya rato que me había sentado en uno de los sillones sin brazos, recubiertos de tejido de alfombra y situados a ambos lados de la librería, cuando puso el capuchón a su pluma estilográfica y, viniendo hacia mí sin mirarme, se sentó del otro lado de la mesa y dijo:

–Llegas a buena hora. El cuarteto Schaffgosch toca esta noche la opus 132. ¿Vienes conmigo?

Comprendí que se refería al cuarteto en *la* menor para instrumentos de cuerda, una de las últimas obras de Beethoven.

–Claro que voy –contesté–. Oiré con gusto, después de tanto tiempo, la «acción de gracias del hombre que ha recobrado la salud».

–Al oír esta música agoto la copa y se me nublan los ojos –dijo Adrian. Y empezó a hablar de las tonalidades religiosas y del sistema tonal ptolomeico, el «natural», cuyos seis diferentes tonos quedaron reducidos a dos en el sistema templado, es decir, el falso: el tono mayor y el tono menor, y de la superioridad de la escala musical auténtica sobre la templada. Decía de esta última que era una fórmula para uso doméstico, lo mismo que el piano, un instrumento para uso doméstico también, un tratado de paz provisional, que sólo tiene 150 años de existencia, que ha prestado algunos importantes, muy importantes, servicios, pero al cual sería absurdo querer dar un valor de eternidad. No ocultaba hasta qué punto le complacía que la mejor de todas las escalas musicales conocidas, la que él llamaba natural o propiamente dicha, fue obra de un astrónomo y matemático, Claudio Ptolomeo, originario del Alto Egipto y residente en Alejandría. Esto pone de manifiesto una vez más, decía, el parentesco entre la música y la astronomía, ya demostrado en la doctrina pitagórica de la armonía cósmica. Todo esto mezclado con observaciones sobre el cuarteto, el exotismo de su tercer tiempo, evocador de un paisaje lunar, y las enormes dificultades de su ejecución.

–En realidad –decía– cada uno de los cuatro ejecutantes debiera ser un Paganini y dominar no sólo su parte sino igualmente la de los otros tres. De lo contrario es imposible salir del paso airosamente. Menos mal que de los artistas del cuarteto Schaffgosch puede uno fiarse. La obra puede ser ejecutada hoy. Pero no hay duda de que está situada en las fronteras de lo ejecutable y que, cuando fue escrita, su ejecución era sencillamente imposible. Esa implacable indiferencia de un elegido por lo terrenal y lo técnico me entusiasma en grado extremo. «Qué me importa a mí su maldito violín», le dijo Beethoven a un ejecutante que había ido a quejársele de las dificultades de la obra.

Nos reímos juntos... sin que nos hubiésemos todavía saludado.

—Y no olvidemos —siguió diciendo Adrian— el cuarto tiempo, incomparable, con la breve marcha introductoria y el altivo recitado del primer violín, afortunada introducción a la aparición del tema. Es irritante tan sólo, a menos que no quiera uno ver en ello motivo de satisfacción, que no exista para caracterizar ciertos elementos de la música, o por lo menos de esta música, ningún adjetivo apropiado, ni ninguna combinación de adjetivos. Es algo que me ha preocupado estos últimos días. Imposible encontrar palabras adecuadas para descubrir el espíritu, el estilo, el ademán de este tema. El ademán tiene aquí una gran importancia. ¿Cómo calificarlo? ¿Trágico, atrevido, obstinado, enfático, impulsivo hasta lo sublime? Todo esto no vale nada. Y «magnífico» no pasa de ser, naturalmente, una lamentable capitulación. En último término acaba uno por quedarse con la sobria indicación del compositor: *Allegro appassionato*. Es lo más aceptable.

Le di la razón y añadí, para decir algo, que quizá por la noche se nos ocurriera algo mejor.

—Verás pronto a Kretzschmar —dijo entonces Adrian—. ¿Dónde vives?

Le dije que pasaría la noche en cualquier hotel y que al día siguiente buscaría algo que pudiera convenirme.

—Comprendo que no me hayas dado ese encargo. Son cosas que uno mismo las hace mejor que nadie. He hablado de ti y de tu llegada a los del Café Central. Tienes que venir pronto para que te presente.

«Los del Café Central» eran el grupo de jóvenes intelectuales con quienes Kretzschmar le había puesto en contacto. Tenía el convencimiento de que su actitud hacia ellos era la misma que para con sus compañeros de la asociación Winfried. Imagino, le dije, que ha de haber sido grato para ti encontrar tan pronto una serie de agradables relaciones. A lo que él contestó:

—Relaciones, relaciones...

—Schildknapp —añadió— es la persona de trato más interesante. Pero su susceptibilidad un poco enfermiza le induce a retraerse tan pronto se da cuenta de que uno le necesita o piensa servirse de él. Es hombre dotado de un espíritu de independencia muy vigoroso, a menos que no sea un poco débil. Pero simpático, entretenido, y, por lo demás, tan poco provisto de medios económicos que se ve obligado a trabajar para ganarse la vida.

Lo que Adrian quería de Schildknapp, traductor muy familiarizado con la lengua inglesa y gran admirador de todo lo inglés, conseguí descubrirlo aquella misma noche. Me enteré de que Adrian, andando en busca de asunto para una ópera, se había interesado, ya mucho antes de acometer el trabajo en serio, por *Penas de amor perdidas*. Y lo que él quería de Schildknapp, hombre además versado en música, era que se encargara de la preparación del texto, cosa a la que el interesado se mostraba poco dispuesto, en parte a causa de sus trabajos personales y en parte también porque no creía que Adrian pudiese retribuirle inmediatamente el esfuerzo que le pedía. Este servicio se lo presté yo más tarde a mi amigo y recuerdo aún hoy con placer la primera conversación exploratoria que tuvimos aquella noche sobre el asunto. Pude darme cuenta entonces de que la tendencia a hermanar la música con la palabra, con la articulación vocal, le dominaba cada día con más fuerza. Se consagraba casi exclusivamente a la composición de canciones, incluso algunos fragmentos épicos, sobre textos extraídos de una antología mediterránea en la que figuraban, felizmente traducidas al alemán, ejemplos de lírica provenzal y catalana de los siglos XII y XIII, poesías españolas, portuguesas e italianas, incluso algunos pasajes exaltadamente visionarios de la *Divina Comedia*. Dadas la época musical y la edad del compositor, era poco menos que inevitable la influencia de Gustav Mahler, sensible en diversos pasajes. Pero, al propio tiempo, se imponían ya a la atención cierta sonoridad, cierto estilo, una visión, una originalidad, reciamente afirmados y nutridos de su propia savia que hacían presentir al maestro de la grotesca *Historia del Apocalipsis*.

Aparecía esto con la máxima claridad en las canciones compuestas sobre textos del *Purgatorio* y el *Paradiso* de Dante, elegidos con un certero sentido de su afinidad con la música, y muy particularmente en el fragmento que más me impresionó y que Kretzschmar había también celebrado, cuando el poeta deja que en la luz de la frente de Venus describan sus círculos otras luces más pequeñas, que son las almas de los santos, «moviéndose unas más aprisa, otras más despacio, según su modo de contemplar a Dios». El poeta compara estas luces a las chispas que surgen en la llama, a las voces que se distinguen en el canto, cuando unas se enlazan con otras. El reflejo musical de las chispas en el fuego, las voces que se entrelazan unas con otras, me sorprendieron y encantaron. Y sin embargo no sabía si mis preferencias iba a estas fantasías sobre la luz en la luz o a otros fragmentos más sutiles, en los que el pensamiento predomina sobre la visión. Adrian había elegido la serie de duros versos que explican la condena de la inocencia, la incomprensible justicia que precipita en el infierno a los buenos y puros no bautizados, no tocados por la fe. No había vacilado ante la traducción musical de la atronadora respuesta que proclama la impotencia de la bondad de las criaturas ante la bondad en sí, fuente de la suprema justicia que no puede apartarse de su ley para tener en cuenta la que puede parecer injusto a nuestro entendimiento. Esta negación de lo humano en favor de una predestinación absoluta inaccesible me indignaba y he de decir que siempre me han inspirado cierta repugnancia las marcadas preferencias de Dante por la crueldad y el martirio, sin dejar por ello de admirar la grandeza de su genio. Recuerdo que censuré a Adrian la elección de este insoportable episodio para tema de una de sus composiciones, y fue entonces cuando sorprendí en él, por primera vez, un modo de mirar nuevo para mí, y en el cual pensaba precisamente al preguntarme si, durante el año de nuestra separación, mi amigo no había cambiado en nada. Este modo de mirar, que había de conservar en lo sucesivo, aun cuando sólo se manifestara ocasionalmente y, muchas veces, sin motivo especial alguno, era en verdad algo nuevo: mudo, nublado, distante hasta los límites de lo ofensivo, lleno de sentido sin embargo y de una fría tristeza, acompañado al final de una desdeñosa sonrisa con los labios cerrados y de un movimiento de repliegue que era ya uno de sus gestos acostumbrados.

La impresión era dolorosa y, voluntaria o involuntariamente, molesta. No tardé en olvidarla, de todos modos, a medida que iba escuchando la emocionante dicción musical descriptiva del hombre que, en el purgatorio, avanza con una luz en la espalda que, sin iluminarle a él, alumbra el camino de los que le siguen. Los ojos se me humedecían al escucharle. Pero la perfecta configuración musical de los nueve versos con que el poeta inaugura su canto alegórico y lamenta que el mundo no haya de comprender nunca su sentido oculto me causó más grata impresión todavía. Pero ya que no puede ser comprendida su profundidad, el Creador le encarga que invite a los hombres a admirar su belleza. «¡Fijaos por lo menos en mi hermosura!» La maestría con que el compositor pasa de la extraña confusión de los primeros versos a la luz delicada de este grito y se disuelve con emoción en ella me pareció desde el primer momento maravillosa y no hube de regatear mi entusiasta aplauso.

Mejor que mejor si esto tiene ya algún valor y en el curso de la conversación quedó claro que este «ya» no se refería a su juventud sino al hecho de que, por grande que fuera el interés puesto en la composición de sus canciones, consideraba su trabajo únicamente como un ejercicio previo para llegar a la obra musical y dramática que se proponía realizar a base, precisamente, de la comedia de Shakespeare. La alianza con la palabra, por él perseguida, trataba además de exaltarla teóricamente y, a este efecto, citaba una absurda frase de Sören Kierkegaard, para la cual este pensador se atrevía a esperar el asentimiento de los músicos. Nunca me ha interesado mucho, decía Kierkegaard, la música sublime que cree poder prescindir de la palabra porque se estima superior a ella, cuando en realidad le es inferior. Le repliqué con una carcajada y él admitió que, de acuerdo con su estética musical, Kierkegaard no hubiese hecho gran caso del cuarteto opus 132 y que, por otra parte, muchas de sus ideas estéticas eran equivocadas. Pero la frase se ajustaba demasiado bien a sus preocupaciones creadoras para que se aviniera a sacrificarla. Adrian rechazaba la música programática. La consideraba como un producto híbrido de la detestable época burguesa, como un aborto estético. Pero la música y el lenguaje se pertenecían mutuamente, eran en el fondo uno y lo mismo, el lenguaje música, la música un lenguaje, y separadas se invocan una a otra, se imitan, se sustraen una a otra los medios de expresión. Que la música puede ser en principio palabra, puede ser pensada y planeada verbalmente, pretendía demostrármelo Adrian con el ejemplo de Beethoven, sorprendido varias veces en plena composición de música verbal. «¿Qué está escribiendo en su libro de notas?», preguntó alguien. «Compone –fue la respuesta–. Pero lo que escribe no son notas sino palabras.» Y así era, en efecto. Anotaba ordinariamente con palabras el movimiento ideal de una composición, y apenas si añadía a lo escrito un par de notas musicales. Adrian hablaba de la cosa con visible placer. La idea artística, decía, constituye una sola y particular categoría intelectual, pero es difícil imaginar que las palabras puedan ser el primer esbozo de un cuadro o de una estatua —con lo cual queda demostrado el especial parentesco de la música y el lenguaje. Es natural que la música se inflame en la palabra y que la palabra surja de la música como ocurre al final de la novena sinfonía. Es cierto, en último término, que la evolución general de la música alemana tiende hacia el drama musical de Wagner y en él encuentra su objetivo.

—No su objetivo sino *un objetivo* —dije yo, y mencioné el caso de Brahms y lo que había añadido de absolutamente musical al episodio de la «luz en la espalda». Adrian aceptó la limitación tanto más fácilmente por cuanto que la obra que se proponía realizar no tenía nada de wagneriano. Se situaba al contrario en los antípodas del misticismo patético y del elemento demoníaco de la naturaleza. Era una renovación de la ópera bufa lo que perseguía, caracterizada por la viveza de la acción y la burla del ascetismo afectado y de los remilgos que son el fruto social de los estudios clásicos. Me habló con entusiasmo del asunto y de la oportunidad que ofrecía para confrontar el atolondramiento espontáneo con lo cómicamente sublime, sirviéndose del primero para poner en ridículo lo segundo y recíprocamente. El heroísmo arcaico y la etiqueta extremada de una época extinguida resaltaban en el personaje de Don Armando, en el cual veía Adrian, con razón, una figura operática de primer orden. Y me citaba, en inglés, los versos de la obra que más le habían impresionado.

Me era grato su entusiasmo, su amor por el asunto, aun cuando no lo compartiera. Las burlas y befas a costa de los excesos del humanismo me entristecían siempre porque, a fin de cuentas, acababan por ridiculizar también el humanismo en sí. Esto no me privó de escribir, más tarde, el libreto de la ópera. Traté en cambio, con todas mis fuerzas, de quitarle de la cabeza la idea de escribir su ópera sobre el texto inglés. Atraído por los juegos de palabras, la versificación popular, las rimas vulgares del texto original, entendía Adrian que debía emplearlo como el único auténtico, apropiado y digno de la obra. Se negaba a admitir la objeción principal que podía hacérsele, a saber, que un texto en lengua extranjera era obstáculo suficiente para cerrar a su ópera las puertas de los teatros alemanes. Se negaba igualmente a admitir que sus sueños exclusivos y absurdos pudieran ser ofrecidos a un público contemporáneo. Era una idea barroca, pero profundamente anclada en su carácter, formado, a la vez, de orgullosa timidez, de acusado provincialismo alemán y de resuelto espíritu cosmopolita. No en vano era hijo de la ciudad donde está enterrado Otón III. Su aversión al germanismo que esta figura histórica representa (una repugnancia que le hacía simpatizar con el anglófilo y anglómano Schildknapp) quedaba doblemente patentizada en esa timidez y en ese anhelo universal que, unidos, le sugerían el propósito de ofrecer al público alemán canciones en lengua extranjera, o mejor dicho, de servirse de una lengua extranjera para no tener que ofrecer sus canciones al público alemán. Durante el año de mi permanencia en Leipzig, Adrian compuso, en efecto, una serie de canciones sobre poemas de Verlaine y de William Blake, este último uno de sus autores favoritos, que no fueron interpretadas hasta decenios después. Algunas de sus melodías, con letra de Verlaine, tuve ocasión de oírlas más tarde en Suiza. Una de ellas es el maravilloso poema con el último verso *Chanson d'automne*; una tercera está inspirada en las tres estrofas, locamente melódicas, que empiezan así: «*Un grand sommeil noir – tombe sur ma vie*». Asimismo había encontrado Adrian inspiración en algunos poemas extravagantes de las *Fêtes galantes*, como «*He, bonsoir la lune!*» y el macabro «*Courons ensemble, voulez-vous?*», proposición a la que se da la risa por respuesta. De las extrañas poesías de Blake, Adrian había elegido, entre otras, la de la rosa destruida por el oscuro amor de un gusano, oculto en su lecho carmesí, y el lúgubre «Árbol envenenado», para cuya maléfica sencillez encontró el músico admirables acentos. Pero más profunda aún fue la impresión que me causara otra melodía con palabras de Blake, la que describe el sueño de una capilla ante la cual se detienen los desesperados, los que sufren y lloran, sin atreverse a entrar en ella. Surge entonces una serpiente que consigue penetrar en el sagrado lugar y arrastrando su cuerpo viscoso sobre la fina madera del suelo llega hasta el altar donde, con su veneno, profana el pan y el vino. Y el poeta, con desesperada lógica, añade: «por esto –y–, después de esto –dice el poeta– me retiré a un corral y me acosté entre los cerdos». El ensueño y el espanto de la visión, el terror creciente, el horror de la profanación y el renunciamiento frenético a una humanidad caída encontraban en la música de Adrian un sorprendente reflejo.

De todas estas cosas se hablará más adelante, aun cuando tengan también su lugar en un capítulo consagrado, como el presente, a los años de la vida de Adrian transcurridos en Leipzig. Aquella noche, pues, después de mi llegada, oímos el concierto del cuarteto Schaffgosch y al día siguiente fuimos a ver a Kretzschmar. A solas me habló el tartamudo de los progresos de Adrian en términos que me colmaron de orgullosa satisfacción. Estaba seguro, me dijo Kretzschmar, de que nunca habría de lamentar el haber hecho cuanto estaba de su mano para que Adrian se dedicara a la música. Cierto que la vida, interior y extrema, no habría de ser fácil para un espíritu tan dueño de sí mismo, tan resueltamente enemigo de lo vulgar y de cuanto pudiera halagar los gustos del vulgo. Pero más valía así. Sólo el arte podía dar sentido y densidad a una vida que la extrema facilidad hubiese, de otro modo, condenado a una mortal indiferencia. Me matriculé en los cursos de Lautensack y del famoso profesor Bermeter, contento de que Adrian no me obligara ya a ocuparme de teología, y fui presentado en la tertulia del Café Central, club de gentes más o menos inclinadas a la bohemia, instalado en una sala especial, ennegrecida por el humo, donde los socios se reunían cada tarde para leer periódicos, jugar al ajedrez y platicar sobre temas intelectuales y culturales. Había allí conservadores de museos, pintores, escritores, jóvenes libreros y editores, abogados amigos de las Musas y, también, un par de actores del teatro Leipziger Kammerspiele, la escena literaria de la ciudad. Rüdiger Schildknapp se dedicaba, como ya he dicho, a trabajos de traducción. Había pasado ya los treinta y nos llevaba varios años de ventaja. De todos los miembros del círculo era el único con quien Adrian tenía cierta intimidad, y esto hizo que yo le tratara también de cerca, durante las muchas horas que pasé con ambos. En el perfil de su personalidad que voy a trazar se reflejará, sin duda, el espíritu crítico con que no podía dejar de examinar a un hombre que Adrian distinguía con su amistad, aun cuando haya de procurar ser justo con él, según mi costumbre.

Schildknapp, hijo de un funcionario de correos, nació en una ciudad de mediana importancia de Silesia. Su padre ocupaba en la jerarquía administrativa un lugar relativamente elevado, aun cuando no podía ascender a los altos puestos, reservados para los empleados que estaban en posesión de un título académico. Era, por otra parte, el padre Schildknapp, hombre de buena educación y buenas maneras, socialmente ambicioso, y el hecho de no poder penetrar en los círculos superiores de la ciudad, o de sufrir humillaciones cuando ocasionalmente se introducía en ellos, había agriado su carácter y los miembros de su familia se veían obligados a aguantar las consecuencias de su mal humor. Rüdiger solía contarnos, con mayor causticidad que condescendencia, cómo las decepciones sociales del padre les había amargado la vida a la madre, a sus hermanas y a él mismo. No de un modo grosero. El hombre era demasiado refinado para ser violento. Sus plañidos, la conmiseración que por sí mismo sentía, eran de una gran suavidad. Llegaba un día, por ejemplo, se sentaba a la mesa y a la primera cucharada de la sopa fría de frutas que con frecuencia se come en Silesia durante el verano, tropezaba con el hueso de una cereza que le hacía saltar la corona de un diente. Con voz temblorosa empezaba el rosario de las lamentaciones: «Ya lo veis —decía—, así va todo conmigo, era natural que me ocurriera, no podía ni debía ser de otro modo. Me he sentado a la mesa con ilusión, con apetito. Hace calor y la sopa fría hubiese sido un placer refrescante. Ya lo habéis visto. Los placeres no son para mí. Renuncio a la comida y me voy a mi despacho. ¡Que aproveche!». Y se marchaba en efecto, profundamente deprimido.

Fácil es comprender hasta qué punto esos tristes y grotescos recuerdos juveniles divertían a Adrian, aun cuando él y yo impusiéramos a nuestra risa cierta reserva, por respeto al padre del interesado. Rüdiger aseguraba que este sentimiento de inferioridad social del padre se había comunicado a toda la familia y que él mismo no había salido de la casa paterna sin llevar consigo una herida moral. Pero esto fue causa precisamente de que el hijo se negara a vengar las humillaciones del padre y a seguir, para ello, la carrera administrativa con el propósito de acceder a los más altos puestos. Su familia le hizo seguir estudios universitarios, pero Rüdiger, en lugar de hacer oposiciones al puesto de «asesor», primer eslabón de la carrera administrativa superior en Alemania, prefirió renunciar al apoyo financiero de la familia y dedicarse a la literatura. Escribió poesías en verso libre, artículos de crítica y breves relatos en prosa, de estilo sumamente depurado; pero obligado en parte por la necesidad económica y, también, porque su producción no era excesivamente voluminosa, se dedicó con preferencia a trabajos de traducción, y en particular a traducciones del inglés, su lengua preferida. Traducía, para diversos editores, obras literarias de autores ingleses y norteamericanos y preparaba, además, para una editorial especializada de Munich, ediciones de lujo de adaptaciones alemanas de la literatura inglesa antigua: los proverbios dramáticos de Skelton, fragmentos escogidos de Fletcher y Webster, poesías didácticas de Pope, así como las obras completas, admirablemente traducidas, de Swift y Richardson. Para estas ediciones preparaba eruditas notas introductorias. Sus textos eran concienzudos, escritos con gusto certero, finamente estilizados. Tenía la obsesión de la fidelidad, de la equivalencia expresiva de las lenguas, y estaba cada vez más poseído por los problemas de la reproducción verbal y el estimulante esfuerzo que su solución exigía. Pero todo ello no dejaba de colocarle, aun cuando fuera distinto el plano, en situación de espíritu semejante a la de su padre. Se sentía escritor, capaz de crear por su propia cuenta, y hablaba con amargura del trabajo, al servicio de lo ajeno, que la necesidad le imponía y cuyo yugo humillante tenía que sufrir. Aspiraba a ser poeta, tenía la convicción de serlo y el tener que ocuparse de las obras de los demás para ganarse la vida le inducía a juzgar severamente lo que hacían otros escritores. «Si sólo tuviera tiempo —solía decir— y pudiera trabajar como es debido, en lugar de agotarme trabajando, ya verían entonces de lo que soy capaz.» Adrian se inclinaba a creer sus palabras. Por mi parte, quizás injustamente, veía en ellas, sobre todo, un pretexto que le servía para disimularse a sí mismo la ausencia de un genuino y arrollador impulso de creación.

Con todo, no era un hombre sombrío o taciturno, sino al contrario alegre hasta los límites de la tontería y dotado de un sentido del humor verdaderamente británico. Su carácter tenía algo de infantil, de lo que los ingleses llaman *boyish*. Inmediatamente se hacía amigo de cuantos ingleses llegaban a la ciudad: turistas, juerguistas, aficionados a la música. Hablaba con ellos en inglés como un inglés y, por otra parte, sabía caricaturizar de modo irresistiblemente cómico sus esfuerzos para hablar alemán. Físicamente se parecía a un inglés cualquiera y al anotar este detalle me doy cuenta de que hasta ahora nada he dicho de su físico. Era hombre de buen ver y, a pesar de ir siempre vestido de igual manera, a lo que le obligaban las circunstancias, muy elegante y deportivamente airoso. Muy acusados los trazos de su rostro, cuya nobleza sólo era perjudicada por el perfil de su boca, incierto y algo blando, rasgo por otra parte frecuente entre las gentes de su región. Alto de estatura, ancho de espaldas, fino de talle, pernilargo, llevaba constantemente un pantalón corto de montar, con altas medias de lana, recios zapatos de color, una camisa de grueso hilo con el cuello abierto y una chaqueta cualquiera de indefinido color a fuerza de usada, con las mangas algo cortas. Las manos eran distinguidas, de largos dedos y ovaladas uñas. De pies a cabeza un caballero, y su natural distinción era tanta que le permitía presentarse vestido como siempre y sin llamar por ello la atención en reuniones donde era corriente el traje de etiqueta. Tal cual, las mujeres lo preferían a sus rivales bien trajeados. Su presencia provocaba siempre un número considerable de admiraciones femeninas.

¡Y sin embargo! Si es cierto que su indigente indumentaria nada podía contra su innata elegancia, y que ésta se imponía como una verdad auténtica, esta verdad era en parte engañosa, y desde cierto complicado punto de vista Schildknapp resultaba ser un impostor. Su aspecto deportivo inducía a error, porque, en realidad no practicaba ningún deporte, como no fueran los esquís durante el invierno, en la Suiza sajona, con sus amigos ingleses. De estas excursiones solía volver acatarrado, y esos catarros no eran precisamente benignos. A pesar del color moreno de su tez y de sus anchas espaldas, su salud no era muy sólida. Siendo muchacho sufrió una hemorragia pulmonar, signo evidente de predisposición a la tuberculosis. Pude darme cuenta de que su éxito con las mujeres era mayor que el éxito de las mujeres con él —por lo menos en cuanto a las relaciones individuales se refiere—. Admiraba a las mujeres en conjunto y sin reservas, con una admiración difusa y general que iba tanto hacia ellas como a todas las posibilidades de felicidad que la vida contiene. Pero los casos concretos lo encontraban pasivo, calculador y reservado. Le bastaba, al parecer, con saber que podía tener cuantas aventuras apeteciera y rechazaba los enlaces con la realidad porque veía en ellos una usura de sus potencialidades. Lo potencial era de su dominio, el espacio infinito de lo posible era su reino —y en este sentido podía decir que era efectivamente un poeta—. De su nombre —que en castellano significa escudero— deducía que sus antepasados habían sido edecanes de príncipes y nobles, a los que acompañaron en sus correrías, y aun cuando nunca había montado a caballo ni trataba de hacerlo, se sentía nacido para caballero. Nada le era más fácil, imaginativamente, que aguantar las riendas con la mano izquierda y acariciar con la derecha el cuello de un corcel. Cabalgaba a menudo en sueños y esto lo explicaba por la acción de atávicos recuerdos y de la sangre heredada. El giro verbal de que se servía con mayor frecuencia era: «Debiéramos». Era una piadosa fórmula para considerar posibilidades a cuya realización se oponía la impotencia para decidir. Debiéramos hacer esto o aquello, ser esto o aquello, tener esto o aquello. Escribir una novela sobre la sociedad de Leipzig, hacer un viaje alrededor del mundo aun cuando fuera como lavaplatos, estudiar física y astronomía, adquirir una pequeña propiedad y regar la tierra con el sudor de la frente. Si entrábamos a comprar café en una tienda de coloniales era capaz de murmurar a la salida: «Lo que debiéramos hacer es explotar una tienda de coloniales».

He hablado ya del espíritu de independencia que animaba a Schildknapp, sentido que se manifestó en su negativa a ponerse al servicio del Estado y en su elección de una profesión libre. Esto no le impedía servir a muchos dueños y tener bastante de gorrón. Sus reducidos medios de vida justificaban en cierto modo que tratara de sacar partido de su buen tipo y de su sociabilidad. Era invitado con frecuencia, incluso por familias israelitas, y ello a pesar de sus pujos de antisemitismo. Es frecuente entre las personas de ventajoso físico que se sienten arrinconadas, que no creen gozar de la consideración merecida, buscar satisfacción en el orgullo racial. Lo particular de su caso era que tampoco tenía simpatía por los alemanes, cuya inferioridad social, en el concierto de los pueblos, le parecía evidente. Así trataba de explicar su predilección por los judíos. Éstos, por su parte, y muy especialmente las damas de editores y banqueros, proyectaban sobre Schildknapp la profunda admiración que la señorial sangre alemana y las largas piernas de los alemanes les inspiran y se complacían en colmarle de regalos. Las medias de *sport*, cinturones, chalecos y bufandas que lucía Schildknapp eran en su mayor parte regalos y no siempre del todo espontáneos. Le divertía acompañar a alguna de esas damas cuando iban de compras y decir de pronto de una cosa cualquiera: «No se me ocurriría llevar una cosa así, a menos que me la regalaran». Y aceptaba el regalo con el aire del hombre que ya había dicho que se trataba de algo que no era de su gusto. Por lo demás, afirmaba su independencia ante sí y ante los otros negándose sistemáticamente a ser servicial. Cuando se le necesitaba podía estar uno seguro de no encontrarle. Cuando sabía que le invitaban por necesidad, para llenar un vacío, rechazaba sistemáticamente la invitación. Si uno de sus conocidos, por ejemplo, emprendía un viaje de convalecencia y le pedía que le acompañara para distraerle, se excusaba por principio. Lo mismo hizo con Adrian al ser solicitado para preparar el texto de *Penas de amor perdidas*. Esto no era obstáculo para que fuese grande y sincero su cariño por Adrian, cuya tolerancia era infinita para todas las debilidades de Schildknapp, el cual, por su parte, era el primero en mofarse de ellas. Su simpatía, su buen humor, su arte para contar, hacían que todo le fuera perdonado. Nunca he visto a Adrian reírse de tan buena gana, hasta las lágrimas, como en conversación con Rüdiger Schildknapp. Verdadero humorista, tenía el talento de infundir una formidable fuerza cómica a las cosas más insignificantes. Es un hecho, por ejemplo, que el comer galletas llena el oído del que las come de una resonancia interior que lo aísla de los ruidos exteriores. Había que oír a Schildknapp la imitación de los diálogos —«¿cómo dijo usted?», «¿ha dicho usted algo?», «un momento, por favor», «le oigo mal, debe de ser el viento»— entre personas que toman el té y tienen cada una de ellas media galleta en la boca. Adrian se torcía de risa, pero mucho más todavía cuando Schildknapp criticaba e increpaba a su propia imagen en el espejo. Schildknapp era vanidoso. No lo era en el sentido trivial de la palabra, sino desde un punto de vista que pudiéramos llamar poético. Deseaba conservarse joven y bello para ser digno del infinito potencial de felicidad, tan superior a su propia capacidad de decisión, que el mundo contenía, y se horrorizaba ante los signos de precoz senilidad que veía aparecer en su rostro. Su boca, que tenía ya de por sí algo de viejo, y la nariz, que aún podía ser considerada como de clásico perfil, pero cuya tendencia al descenso era manifiesta, prefiguraban en cierto modo la fisonomía de un Rüdiger entrado en la ancianidad. Añádanse a estos los pliegues de la frente, los surcos entre la nariz y la comisura de los labios, más toda suerte de arrugas y arruguillas. Desesperado por tan numerosos signos, Schildknapp se acercaba con aire desconfiado al espejo, formulaba una amarga mueca, apoyaba el mentón en el índice y el pulgar de la mano izquierda y, después de estirarse la piel de las mejillas, se despedía de su propia imagen con un gesto de la mano derecha lo bastante elocuente para que Adrian y yo nos revolcáramos materialmente de risa.

No he dicho aún que sus ojos eran del mismo color que los de Adrian. Coincidencia curiosa. La misma mezcla de gris, azul y verde, el mismo círculo castaño rojizo en torno de la pupila. Por extraño que esto pueda parecer, siempre creí, y ello me tranquilizó en cierto modo, que esta identidad en el color de los ojos era una de las causas de la amistad de Adrian por Schildknapp. En otras palabras, me pareció que esta amistad descansaba sobre una tan profunda como alegre indiferencia. No hace falta decir que ambos se trataban de usted y se nombraban por el apellido. Adrian no me encontraba a mí tan divertido como a Schildknapp –pero el tuteo de la infancia era una ventaja que yo llevaba sobre el otro.

XXI

Esta mañana, mientras Helena, mi querida esposa, preparaba el desayuno y se iba disipando la niebla, heraldo infalible, en las montañas bávaras, de un fresco día de otoño, he leído en el periódico noticias del brillante renacimiento de nuestra guerra submarina, gracias a la cual han sido hundidos en 24 horas no menos de doce buques, entre los cuales figuran dos grandes trasatlánticos, uno inglés y otro brasileño, con más de 500 pasajeros a bordo. Hemos conseguido este éxito gracias a un torpedo dotado de fabulosas características, nueva creación de la técnica alemana, y no puedo disimular la satisfacción que me causa nuestro espíritu inventivo, siempre alerta, nuestra voluntad nacional, que los reveses, por muchos que sean, no pueden doblegar, uno y otra puestos siempre al servicio del régimen que nos ha precipitado en esta guerra y que a la vez ha precipitado el continente europeo entero a nuestros pies, sustituyendo el sueño intelectual de una Alemania europea por la realidad de una Europa alemana, realidad que, preciso es confesarlo, no deja de causar cierta aprensión por su falta de solidez y porque, al parecer, el mundo la encuentra insoportable. Esta involuntaria satisfacción no me priva de pensar que estos triunfos ocasionales, hundimientos de buques en masa, hazañas en sí mismas tan brillantes como el rescate del dictador italiano caído en desgracia, sólo pueden servir para despertar falsas esperanzas y prolongar una guerra que, en opinión de los entendidos, es ya imposible ganar. Tal es también el parecer del director de la Escuela Superior de Teología de Freising, monseñor Hinterpförtner, y así me lo confió hoy a solas en la cervecería, antes de cenar. Su opinión es de peso, porque no se trata de un profesor apasionado, como el inspirador de la revuelta de los estudiantes de Munich, ahogada en sangre el verano pasado, sino de un hombre cuyo conocimiento del mundo no le permite hacerse ilusiones, ni siquiera la que consiste en tratar de establecer una distinción entre perder la guerra y no ganarla, ilusión verdaderamente absurda con la cual se trata, en realidad, de ocultar a las gentes que nos lo hemos jugado todo a cara o cruz y que el fracaso de nuestra empresa de dominación mundial ha de acarrear, por lo tanto, una catástrofe nacional de primera magnitud.

Digo todas estas cosas a fin de que el lector quiera tener presentes las circunstancias históricas que prevalecen mientras escribo la narración de la vida de Adrian Leverkühn y comprenda, como es natural, que la excitación, hija del trabajo, se asocie con la que provocan los acontecimientos hasta el punto de llegar a confundirse una con otra. No hablo de distracción. Lo que está ocurriendo no consigue distraerme de mis tareas de biógrafo. Pero, así y todo, y a pesar de mi capacidad para aislarme, he de confesar que los tiempos no son los más apropiados para estimular el curso normal de un trabajo como el mío. Y como además, precisamente durante los desórdenes y las ejecuciones de Munich, sufrí un ataque de gripe, con alta fiebre, que me tuvo en cama durante diez días y debilitó sensiblemente mis fuerzas corporales e intelectuales –no en vano ha cumplido uno los sesenta–, nada tiene de extraño que una primavera y un verano enteros hayan transcurrido desde que empecé a escribir las primeras líneas de esta biografía. Nos encontramos ya en otoño y mientras tanto hemos sido testigos de la destrucción de nuestras más ilustres ciudades por los bombardeos aéreos, cosa que clamaría al cielo de no ser las víctimas nosotros y tan inmensa nuestra culpa. Pero como las víctimas somos nosotros, los clamores se pierden en el espacio y, como la plegaria del rey Claudio, «no consiguen llegar al cielo». Después de las atrocidades que hemos provocado, resultan sorprendentes los lamentos por ofensas a la cultura en boca de quienes trataron de presentarse ante la historia como portaestandartes de una barbarie que, complaciéndose en la maldad, pretendía rejuvenecer el mundo. En varias ocasiones la destructora maldición se acercó a mi refugio. El terrible bombardeo de la ciudad de Durero y de Wilibaldo Pirckheimer no fue ya un acontecimiento lejano. Y cuando el juicio de Dios se abatió también sobre Munich, sentado yo en mi estudio, pálido, temblando mi cuerpo como temblaban paredes, puertas y ventanas, seguí escribiendo la historia de la vida de mi amigo, con el pulso más agitado aun que de costumbre.

Asistimos, con la esperanza y el orgullo que el despliegue de la fuerza alemana provoca en nosotros, al comienzo de una nueva ofensiva de nuestro ejército contra las hordas rusas, empeñadas en la defensa de una tierra inhospitalaria pero que, por ser propia, les inspira evidente un gran amor. En pocas semanas esta acción se transformó en una ofensiva rusa y desde entonces las pérdidas de terreno —para no hablar de otras— han sido constantes, imposibles de frenar. Con profundo aturdimiento nos enteramos del desembarque de tropas americanas y canadienses en la costa sudeste de Sicilia, de la caída de Siracusa, Catania, Messina y Taormina, y con mezcla de espanto y de envidia, con el convencimiento de que éramos incapaces, para bien o para mal, de hacer otro tanto, recibimos la noticia de que un país, cuyo estado de espíritu le permite aún sacar de una serie de escandalosas derrotas las necesarias consecuencias, se había desprendido de su gran hombre, al objeto de ofrecer al mundo, unos días después, lo que también se pide de nosotros pero que nuestra misma miseria nos hará mucho más difícil poder dar: la rendición sin condiciones. Somos, en verdad, un pueblo completamente distinto. Nuestro espíritu, imperiosamente trágico, está en contradicción con lo razonable y con lo corriente. Nuestra obsesión es el Destino, sea este cual fuere, aunque sea el inscrito en el cielo enrojecido del ocaso de los dioses.

La penetración de los moscovitas en Ucrania, nuestro futuro granero, y el repliegue elástico de nuestras tropas sobre la línea del Dnieper sirvieron de acompañamiento a mi trabajo, aun cuando sería más justo decir que mi trabajo fue el acompañamiento de estos sucesos. Desde hace unos días se echa de ver que esta posición defensiva resultará también insostenible y ello a pesar de que nuestro Führer, volando al lugar del peligro, opuso una poderosa valla a la retirada, y, a la vez que habló, en tono de oportuna censura, de la «psicosis de Stalingrado», dio orden de defender la línea del Dnieper a toda costa, a cualquier precio. Se pagó el precio –cualquier precio–, pero inútilmente. ¿Y hasta dónde llegará la marea roja de que nos hablan los periódicos? Nuestra imaginación, ya de sí inclinada a las exageraciones, puede dar libre curso a su fantasía. Que Alemania pueda convertirse en campo de batalla de una de sus propias guerras es algo que, desde luego, pertenece al reino de lo fantástico y es contrario a todo orden y previsión. Supimos evitarlo, en el último momento, hace 25 años, pero la agravación de nuestro estado de espíritu trágico-heroico no parece que haya de permitirnos poder reconocer que las cosas están perdidas antes de que ocurra lo inimaginable. A Dios gracias median todavía grandes distancias entre el mal que viene del este y nuestros hogares. Hemos de resignarnos a aceptar en este frente algunos sacrificios humillantes a fin de poder defender con tanto mayor ahínco nuestro espacio vital europeo contra los enemigos jurados del orden alemán en el oeste. La invasión de nuestra hermosa Sicilia hacía ya suponer que el enemigo podría poner pie en la tierra firme italiana. Por desgracia así ha ocurrido y la semana pasada estalló en Nápoles un motín comunista que fue de gran ayuda para los aliados e hizo que la ciudad resultara inhabitable para las tropas alemanas, en forma que éstas, después de destruir sistemáticamente la Biblioteca y de dejar en la Casa de Correos una bomba que sólo días más tarde había de hacer explosión, decidieron retirarse con la frente erguida. Mientras tanto se habla de ensayos de invasión en el canal de la Mancha, convertido, según dicen, en un hormiguero de embarcaciones, y esto hace que las gentes, aun cuando sin razón, se pregunten si lo que en Italia ha ocurrido, y lo que todavía puede ocurrir en aquella península, no puede suceder también en Francia o en otro lugar cualquiera, dando así al traste con las leyendas oficialmente puestas en circulación sobre la inviolabilidad de la fortaleza europea.

Monseñor Hinterpförtner tiene razón: estamos perdidos. Quiero decir con ello que está perdida la guerra, pero esto significa algo más que una guerra perdida: significa que estamos perdidos *nosotros*, que están perdidas nuestra causa y nuestra alma, nuestra fe y nuestra historia. Se acabó Alemania. Se está preparando un inconcebible derrumbamiento, económico, político, intelectual y moral, total, para decirlo de una vez. Lo que se prepara es la desesperación y la locura —y no quiero haberlo deseado porque es demasiado grande la lastimosa compasión que este pueblo desgraciado me inspira. Y cuando pienso en lo que ocurrió hace diez años, en el ciego entusiasmo de aquel levantamiento, en aquella marcha arrebatada, en aquel impulso que había de ser un principio purificador, un renacimiento de la raza, un sagrado enajenamiento, pero que llevaba ya en sí, como signo advertidor de su falacia, no pocos elementos de crueldad, de brutalidad, unidos al sucio deseo de hacer mal, de atormentar, de humillar, y que asimismo arrastraba consigo, para quien no fuera ciego, esta guerra que estamos viviendo— cuando pienso en todo ello mi corazón se retuerce de angustia ante los inmensos tesoros de fe, de fervor, de energía histórica que fueron invertidos en la empresa y que van a quedar pulverizados en una bancarrota sin precedentes. No, no quiero haberlo deseado, y he tenido, no obstante, que desearlo; sé que lo deseo aún hoy y que habré de celebrarlo cuando ocurra: por odio a lo que es sacrílego desprecio de la razón, pecadora obstinación contra la verdad, culto vulgar de un mito más vulgar aún, abuso ofensivo y desvergonzada dilapidación de los valores antiguos y auténticos, de la fidelidad y de la confianza, de cuanto es esencialmente alemán, y que badulaques y falsarios convierten ahora en pócima venenosa bajo cuya influencia se pierde el sentido de las cosas. Esa embriaguez en la que, aficionados siempre a embriagarnos, nos sumimos durante años engañosos de vida fácil, de crímenes sin fin, no hay más remedio que pagarla. ¿Cómo? He usado ya la palabra junto con otra: desesperación, y no quiero repetirla. No es posible dominar dos veces el terror con que la escribí, unas líneas más arriba, cuando por lamentable distracción se escaparon las letras de mi pluma.

★ ★ ★

También los asteriscos son una estimulante distracción para la vista y el espíritu del lector. No siempre está obligado uno a servirse de las cifras romanas, tan vigorosamente ordenadoras, y no podía, por otra parte, reconocer a las líneas que anteceden, verdadera excursión por un presente del que ya no fue testigo Adrian Leverkühn, el carácter de un capítulo propiamente dicho. Una vez restablecido el orden tipográfico por medio de una figura de la que siempre me he servido con gusto, completaré pues este capítulo, sobre cuya unidad no me hago ilusiones y que resultará tan heterogéneo como el precedente, con algunos otros detalles sobre la vida de Adrian Leverkühn durante sus años de Leipzig. Al volver a leer las muchas cosas de que en el capítulo anterior se habla: los anhelos y los proyectos dramáticos de Adrian, sus primeras melodías, nuestra dolorosa despedida, los desvaríos estéticos en torno de Kierkegaard, la belleza, tan atractiva intelectualmente, de las comedias de Shakespeare, las composiciones musicales de Leverkühn sobre textos de poetas extranjeros, el tímido cosmopolitismo del joven compositor, la tertulia bohemia del Café Central, el retrato, censurable por lo que tiene de desmesurado, de Rüdiger Schildknapp, me pregunto, y con razón, si tan abigarrados elementos son susceptibles de contribuir a formar la unidad de un capítulo. Para el actual me veo obligado a recurrir a los asteriscos, a fin de que el lector encuentre aceptable la combinación de mis consideraciones sobre las circunstancias verdaderamente absorbentes en que escribo esta obrita y algunos detalles atrasados de la estancia en Leipzig de Adrian Leverkühn. No puede decirse que este método de composición literaria sea bueno. Pero recuerdo perfectamente que, desde el principio de mi trabajo, he tenido que reprocharme la falta de orden en la construcción y el motivo de este reproche es siempre el mismo. El tema está demasiado cerca de mí. Mi edad, y la tranquilidad de espíritu que, según los cánones, debiera ella llevar consigo, no bastan para dar a mi mano la firmeza y seguridad necesarias. No se trata, precisamente, de oposición entre la materia y el autor. ¿No he dicho ya, una y otra vez, que la vida de que trato fue más cara para mí, y más emocionante, que mi vida misma? No se trata, en realidad, de una «materia» sino de una *persona*, tema poco propicio para ser artísticamente articulado. Lejos de mí la idea de negar la importancia del arte. Pero, cuando se llega a lo fundamental, el arte queda relegado y uno no sabe, por otra parte, ser artista. Sólo puedo repetir que los epígrafes y los asteriscos no son otra cosa, en este libro, que una concesión al ojo del lector y que, por mi gusto, lo escribiría entero de un solo trazo, sin divisiones, sin puntos y aparte siquiera. Pero me falta el valor necesario para ofrecer a mis lectores una obra impresa con tanta desconsideración.

Por haber pasado un año en Leipzig con Adrian, imagino muy bien cómo debían de ser los otros tres que él pasara en aquella ciudad. Me basta para ello recordar su modo de vivir, tan ordenado que llegaba a dar la impresión de una preocupante inmovilidad. Por algo proclamó en su famosa carta la simpatía que le inspiraba el «no querer saber nada» de Chopin, su aversión a las aventuras. Tampoco él quería saber nada, ver nada, ni siquiera sentir nada, cuando menos en la acepción externa de la palabra. No le interesaban los cambios, las nuevas impresiones, la distracción, el descanso. Sobre todo el descanso le servía de pretexto para burlarse de los que continuamente sienten la necesidad de descansar y nadie sabe con qué fin. «El descanso –solía decir– sólo es bueno para aquellos a quienes no sirve de nada.» No le interesaban los viajes que tenían por objeto ir a ver algo, recoger impresiones, «formarse». Despreciaba los apetitos visuales y si su oído era en extremo sensible nunca tuvo interés en acostumbrar su ojo a la contemplación de las creaciones de las artes plásticas. Aprobaba la división de los hombres entre visuales y auditivos, la encontraba justa y se inscribía sin vacilación en el grupo de los segundos. Por lo que a mí toca nunca he podido considerar esta división como perfectamente practicable y nunca creí tampoco que fuera auténtica y absoluta la pretendida cerrazón visual de Adrian. Cierto que Goethe afirma también que la música es algo interior, innato, algo poco susceptible de ser alimentado desde el exterior y que poco se aprovecha de la experiencia de la vida. Pero existe un rostro interior, existe la visión que es algo distinto de la vista, y más comprensivo. Es además profundamente contradictorio que un hombre sensible a la expresión del ojo humano, como lo era Adrian, rechazara realmente la percepción del mundo a través de este órgano. Me bastan los nombres de Marie *Godeau*, de Rudi

Schwerdtfeger, de Nepomuk *Schneidewein*, para saber hasta qué punto Adrian sentía, por la belleza de los ojos, negros o azules, una verdadera debilidad, y sé muy bien que es un error lanzar contra el lector nombres que para él nada significan y que sólo más tarde adquirirán forma y contenido. Tan craso es el error que sólo es posible cometerlo voluntariamente. Pero una vez más he de preguntar, y preguntarme, si la palabra «voluntariamente» tiene algún sentido. Tengo la clara conciencia de haber anticipado aquí estos nombres, aún vacíos de sentido, cediendo a una fuerza mayor.

El viaje de Adrian a Graz, emprendido no por el mero gusto de viajar, vino a interrumpir la regularidad de su vida. Otra interrupción fue la excursión a la costa, en compañía de Schildknapp, y fruto de la cual fue su poema sinfónico en un solo tiempo ya mencionado. La tercera excepción, inseparable de las dos primeras, un viaje a Basilea, con su antiguo profesor Kretzschmar, para asistir a las audiciones de música sacra de la época barroca dadas en la iglesia de San Martín por un famoso coro local, en las cuales Kretzschmar había de actuar como organista. El *Magnificat* de Monteverdi, un oratorio de Carissimi, una cantata de Buxtehude y diversos estudios para órgano de Frescobaldi fueron las obras ejecutadas. «*Musica riservata*» la llamaban los italianos. Música apasionada que, en contraste con el constructivismo de los flamencos, trataba los textos bíblicos con gran libertad humana y atrevimiento de expresión, tanto en la parte vocal como en la instrumental, esta última francamente descriptiva. El efecto que esta música produjo en Leverkühn fue profundo y perdurable. La modernidad de los medios musicales de Monteverdi, la acentuación de sus ritmos, sus inversiones tonales, la originalidad de sus figuras y de sus cadencias, el rigor de sus pasajes imitativos, fueron entonces ampliamente comentados en sus cartas y en nuestras conversaciones. En la Biblioteca de Leipzig prosiguió Adrian el estudio de esta música y analizó especialmente el *Jefté* de Carissimi y los *Salmos de David* de Schütz. La influencia de este madrigalismo es patente en la música, casi intelectual, de sus últimos años, en particular su *Apocalipsis* y su *Doctor Faustus*. Una voluntad de expresión tendida hasta el extremo va siempre unida en él a la pasión intelectual por un orden estricto, por la línea clásica de los maestros flamencos. En otras palabras: el calor y la frialdad conviven en su obra y ocasionalmente, en los momentos más geniales, se penetran mutuamente, lo expresivo recurre al contrapunto y lo objetivo enrojece bajo la acción del sentimiento. Ello causa la impresión de una construcción candente que a mí me da, como cosa ninguna, la idea de lo demoníaco y lleva inevitablemente a mi memoria el recuerdo del surco de fuego que, según la leyenda, Alguien dibujó sobre la arena ante el amedrentado arquitecto de la catedral de Colonia.

La relación entre el primer viaje de Adrian a Suiza y su anterior excursión a la isla de Sylt es de un género especial y vamos a relatarla. Aunque pequeño, Suiza es un país de intensa actividad cultural e ilimitada curiosidad. Existía allí, y existe aún, una Asociación Musical entre cuyas actividades figuraban las llamadas «Lecturas de orquesta». Éstas consistían en la ejecución, a puerta cerrada y ante un público compuesto exclusivamente de profesionales, por una de las orquestas sinfónicas del país bajo la batuta de su director, de obras de músicos jóvenes, a fin de darles así ocasión de oír sus propias composiciones, de acumular experiencias y de hacer que su fantasía pudiera enriquecerse con las enseñanzas directas de la realidad sonora. Casi al mismo tiempo que los conciertos de Basilea, tuvo lugar una de estas lecturas en Ginebra, a cargo de la Orquesta de la Suiza Romana, y gracias a sus relaciones consiguió Wendell Kretzschmar la inscripción en el programa, a título excepcional, de una obra de un joven compositor alemán: *Luces de mar*, de Adrian Leverkühn. Para Adrian la sorpresa fue completa. Kretzschmar se había dado el gusto de no decirle una palabra. No sabía aún lo que iba a ocurrir cuando estaba ya de camino para Ginebra y seguía completamente a oscuras cuando empezó el concierto y la orquesta, bajo la dirección del maestro Ansermet, atacó los primeros compases de ese ensayo de impresionismo nocturno que él nunca tomó en serio, ni en el momento mismo de escribirlo, y cuya audición, ante su público de críticos, le puso como sobre brasas. Saberse identificado por los auditores con una obra ya superada y que sólo fue escrita por capricho, sin creer en ella, es para el artista un grotesco tormento. Por fortuna, aplausos y muestras de desagrado estaban igualmente excluidos de aquellas audiciones. Particularmente, escuchó elogios y reservas, críticas y consejos, en francés y en alemán, guardándose de contradecir tanto a los que se declaraban encantados como a los descontentos. Bien es verdad que se guardó igualmente de darle la razón a nadie. Durante ocho o diez días permaneció Adrian, siempre acompañado de Kretzschmar, en Basilea, Ginebra y Zurich y entró en superficial contacto con los medios artísticos de estas ciudades. No fue mucho el placer que causaron sus visitas, sobre todo en la medida que de un extraño se esperan muestras de expansión y de camaradería. Me consta sin embargo que algunos apreciaron, al contrario, su timidez y la atmósfera de soledad difícil en que aparecía envuelto. He podido darme cuenta, por personal experiencia, de que en Suiza existe una gran comprensión por el sufrimiento, una gran lucidez para descubrirlo, cosas ambas de tradición burguesa, que no se dan en otros centros intelectuales de superior cultura, como París. Por otra parte, la desconfianza inveterada de los suizos hacia los alemanes del Reich tropezaba en Adrian con un caso especial de desconfianza ante el «mundo» –por curioso que este calificativo de «mundo» pueda parecer aplicado a la pequeña Suiza cuando se viene de Alemania, con su vasto territorio y sus colosales ciudades–. Es sin embargo indiscutible que Suiza, país neutral, poligloto, sometido a la influencia francesa, impregnado de aire occidental, es, a pesar de su reducida extensión, más «mundial», más europeo que el coloso político del Norte, donde la palabra «internacional» es, desde muy antiguo, un insulto y la atmósfera de oscuro provincialismo francamente irrespirable. Unos días antes que Kretzschmar, Adrian salió de Suiza para volver a Leipzig, ciudad no exenta, ciertamente, de valores mundiales, aun cuando éstos no den la sensación de vivir en casa propia.

Durante sus cuatro años y medio de Leipzig, Adrian conservó siempre su departamento de dos piezas en la Peterstrasse, cerca del Colegio Beatae Virginis. Otra vez había sujetado el «cuadro mágico» a la pared, sobre el piano vertical. Asistía a cursos de filosofía y de historia de la música, leía e investigaba en la biblioteca y sometía sus ensayos de composición a la crítica de Kretzschmar: piezas para piano, un *Concierto* para orquesta de cuerda y un cuarteto para flauta, clarinete, *corno di bassetto* y fagot (menciono únicamente las composiciones de que tuve conocimiento y que se han conservado, aunque nunca fueran ejecutadas). Kretzschmar llamaba la atención sobre la debilidad de ciertos pasajes, recomendaba un perfil más acentuado para ciertos temas, una mayor vitalidad para un ritmo demasiado rígido. Señalaba con el dedo tal frase de transición que sólo se aguantaba superficialmente, que carecía de justificación orgánica y que, por consiguiente, comprometía el desenvolvimiento natural de la composición. Se limitaba, en suma, a decirle lo que el sentido artístico del alumno hubiese podido descubrir también y que en muchos casos había descubierto ya. Un maestro es la conciencia personificada del discípulo: confirma sus dudas, explica su descontento, estimula su deseo de perfeccionarse. Pero un alumno como Adrian no necesitaba en realidad de corrector ni de maestro. Intencionadamente presentaba su trabajo sin darle la última mano, a fin de ver cómo le hacían observar lo que él sabía y de poder juzgar irónicamente la «comprensión artística», la de su maestro, coincidente en un todo con la suya propia. Cuando se habla de comprensión artística hay que subrayar la palabra *comprensión*, vinculada a la idea-obra, no a la idea de *una* obra sino a la idea de la obra en sí, del todo armónico, objetivo, descansando sobre su propia base según su propia ley. La comprensión da a la obra su carácter propio, su unidad orgánica. Con su ayuda se reparan grietas y agujeros, se crea ese «curso natural» que en un principio no existía y que, por lo tanto, no es natural, sino producto del arte. En resumen, sólo *a posteriori* y por medios indirectos se consigue dar la impresión de lo directo y de lo orgánico. En una obra hay mucho de aparente. Puede incluso irse más lejos y decir que la obra, como tal, es sólo apariencia. Tiene la ambición de hacer creer que no ha sido hecha, sino que ha nacido y surgido como Palas Atenea nació y surgió, resplandeciente y armada de sus cinceladas armas, de la cabeza de Júpiter. Pero esto es pura ficción, meras ganas de aparentar. Nunca se ha producido así una obra, el medio ha sido siempre el trabajo, el trabajo artístico con la apariencia como finalidad. Y lo que ahora cabe preguntarse, dado el estado actual de nuestra conciencia, de nuestro conocimiento, de nuestro sentido de la verdad, es si sigue siendo lícito este juego, si es intelectualmente posible y merece ser tomado en serio, si la obra en sí, el conjunto armónico que se basta a sí mismo, está todavía en relación legítima cualquiera con la inseguridad total, la problemática y la ausencia de armonía de nuestro estado social; si las apariencias, aun las más bellas, y principalmente éstas, no se han convertido en otras tantas mentiras.

Cabe preguntarse esto y quiero decir, en verdad, que aprendí a preguntármelo gracias a la frecuencia de Adrian, cuya penetrante mirada y no menos penetrante sensibilidad eran, en estas cosas, de una sinceridad irreductible. Algunas de sus opiniones, formuladas de cualquier manera, en el curso de la conversación, eran fundamentalmente incompatibles con mi natural benignidad y me causaban daño, no porque hirieran mis sentimientos, sino porque en ellas descubría una peligrosa complicación de su ser, a la vez que la existencia de inhibiciones contrarias al desenvolvimiento de sus dones. Le he oído decir:

—La obra es un engaño. Es algo que los buenos burgueses desearían que no hubiese muerto. Es contraria a la verdad y a la seriedad. Auténtico y serio es, únicamente, el muy breve y enérgicamente acentuado momento musical...

Cómo no habían de preocuparme estas palabras si sabía que él mismo aspiraba a la realización de una obra, que tenía el proyecto de componer una ópera.

También le oí decir:

—Apariencia y juego tiene hoy ya en contra la conciencia del arte. El arte quiere dejar de ser apariencia y juego. Aspira a ser conocimiento y comprensión.

¿Pero es que dejar de ser apariencia y juego no significa dejar de existir? ¿En qué habrá de consistir la vida del arte como conocimiento? Me acordé de lo que, desde Halle, había escrito a Kretzschmar sobre la extensión del imperio de la trivialidad. Ello no fue obstáculo para que el maestro siguiera creyendo en la predestinación del discípulo. Pero estas nuevas manifestaciones contra la apariencia y el juego, es decir contra la forma misma, indicaban su intención de dar al imperio de la trivialidad una extensión inadmisible. La amenaza para el arte mismo no podía ser más clara. Con profunda inquietud me preguntaba a qué medios y estratagemas no sería preciso recurrir para arrancar a mi amigo el disfraz de la inocencia y devolverlo a su obra.

Un día, más exactamente una noche, mi pobre amigo dejó que un repugnante tentador le contara por su maldita boca algo más preciso sobre lo que acabamos de apuntar. De ello existe la prueba documental que no dejaré de producir cuando llegue el momento. Pero el «disfraz de la inocencia» a que acabo de referirme apareció ya con frecuencia en sus primeras producciones. En un plano musical de insuperable refinamiento, y contra un fondo de máxima tensión, hay en dichas composiciones no pocas «trivialidades», no de carácter sentimental o de pura complacencia, naturalmente, sino en el sentido de un primitivismo técnico en apariencia torpe. Podríamos llamarlas, por lo tanto, ingenuidades o apariencias de ingenuidad. Kretzschmar se las toleraba a su excepcional alumno precisamente porque no las consideraba como ingenuidades de primer grado sino como osadías disimuladas bajo el manto de balbuceo, situadas más allá de lo nuevo y de lo pasado de moda. Al oírlas no podía dejar de recordar lo que nuestro conferenciante tartamudo dijera en cierta ocasión sobre la tendencia de la música a celebrar y exaltar sus elementos fundamentales. También venía a mi memoria el recuerdo del tilo de Buchel, bajo el cual Hanne, la criada, uniéndose a nuestros cantos infantiles, nos descubrió profesoralmente los misterios de la segunda voz.

No cerraré este capítulo sin dedicar algunas consideraciones a las trece melodías sobre poemas de Brentano. La asiduidad con que Adrian cultivó el género de la canción durante sus años de Leipzig se explica por una razón. En la función lírica de la palabra con la música descubrió un estado preparatorio de la fusión dramática a que aspiraba. Pero en parte fue también debida a los temores que abrigaba sobre el destino del arte y su situación histórica. Al no ver en la forma otra cosa que apariencia y juego, era natural que la forma de la canción le pareciera la más aceptable por ser la más auténtica y verdadera, la que mejor se adaptaba a sus exigencias teóricas de brevedad. Así y todo, algunas de estas canciones, como *Himno, Los alegres músicos* y *El cazador a los pastores*, son de una brevedad muy relativa, y, además Leverkühn las consideraba, todas ellas, como un conjunto, como «una obra», surgida de una concepción estilística, de una tonalidad fundamental, de su acuerdo con el espíritu de un poeta a la vez profundo y elevado. No permitía que se cantara tal o cual canción aislada. Exigía siempre la interpretación del ciclo completo, desde la confusa «Introducción» con sus últimos versos:

Oh, estrella y flor, manto y espíritu;
amor, dolor, tiempo, eternidad

hasta el sombrío y obstinado fragmento final: «La conozco bien... Muerte es su nombre». Esta exigencia hizo que las audiciones públicas del ciclo fueran pocas durante toda su vida, tanto más cuanto que una de las melodías –*Los alegres músicos*– está escrita para cinco voces, contralto, soprano, barítono, tenor y una voz de niño, representando la madre, la hija, los dos hermanos y el muchacho. Fue esta canción, inscrita en el ciclo con el número 4, la primera que Adrian orquestó, mejor dicho, que escribió directamente para un pequeño conjunto de instrumentos de cuerda, madera y timbales. La atmósfera de esta composición, amable y atormentada a la vez, es extraordinariamente sugestiva, y sin embargo no me atrevería a darle la palma entre las trece. Algunas de ellas son, en efecto, de una musicalidad más profunda.

La abuela Schlangenköchin es una de ellas. La frase, repetida siete veces, «Qué dolor, madre mía, qué dolor», acerca este lamento a las regiones más típicas de la canción popular alemana. Esta música sabia, noble y excesivamente inteligente, se diría que aspira sin cesar, y dolorosamente, a confundirse con la música del pueblo. Aspiración que, sin embargo, no logra realizar nunca plenamente y que aparece como una conmovedora paradoja cultural, como la inversión del proceso normal evolutivo en virtud del cual surgen de lo primitivo lo intelectual y lo refinado:

De las estrellas
el sagrado sentir
de lejos y en silencio
llega hasta mí,

dice el poeta, y sus palabras son como un sonido perdido en el espacio. En otra composición, los espíritus surcan en barcas de oro el mar celeste, mientras resuenan, bajan y suben las notas de celestiales canciones:

Benévola amistad nos une a todos,
dispensan consuelo las manos confiadas,
en las tinieblas brilla la luz;
todo está, en esencia, unido para siempre.

Pocas veces ha conseguido la literatura una tan feliz alianza de la palabra y del sonido como en los versos originales del poeta alemán. La música vuelve los ojos sobre sí misma y contempla su propia esencia. Estas manos confiadas que consuelan, esta íntima comunión de todas las cosas son la música, la música en sí, y Adrian Leverkühn es su juvenil maestro.

Antes de salir de Leipzig para ir a encargarse de la dirección de la orquesta en el teatro de Lübeck, Kretzschmar se ocupó de que fueran editadas las melodías del ciclo Brentano. Ayudado financieramente por mí y por el propio Kretzschmar, Adrian pudo pagar la impresión y la casa Schott de Maguncia se encargó de difundirlas en consignación, reservándose el 20 % de los ingresos netos. Adrian vigiló con sumo cuidado la transcripción para piano, exigió un papel sin satinar, anchos márgenes, formato en cuarto y una impresión muy espaciada. Quiso asimismo hacer constar en el interior de la cubierta que la audición en conciertos públicos y sociedades quedaba subordinada a la autorización del autor y a la condición de que fueran ejecutadas las 13 composiciones del ciclo. Esta observación fue juzgada presuntuosa y, unida al atrevimiento musical de la obra, contribuyó a hacer más difícil la pública divulgación de estas melodías. En 1922, y estando ausente Adrian pero yo presente, fueron ejecutadas en la Tonhalle de Zurich, bajo la batuta del excelente director Volkmar Andreae y –detalle curioso– la parte del muchacho «que pronto se rompió la pierna» (uno de los personajes de *Los alegres músicos*) fue confiada a un pobre lisiado, que andaba ayudándose con una muleta, y cuya voz, de cristalina pureza, era como un bálsamo para el corazón.

Recordaré en fin, y como cosa muy secundaria, que la linda edición original de las poesías de Brentano de que se sirvió Adrian durante su trabajo era un regalo mío, traído de Naumburg a Leipzig. La elección de las 13 canciones fue cosa suya, naturalmente. No tuve en ella arte ni parte. Pero he de añadir que la elección no me causó ninguna sorpresa. Fue tal como yo la hubiese supuesto y deseado. El lector encontrará algo de absurdo en mi regalo, porque, en efecto, mis aficiones y estudios poco o nada tenían que ver con los delirantes sueños verbales del poeta romántico. Puedo decir, tan sólo, que la idea de este regalo me fue sugerida por la Música –la Música dormida en estos versos con tan débil sueño que el más leve contacto de una mano experta basta para despertarla.

XXII

Cuando en septiembre de 1910, época en que yo había inaugurado ya mis funciones docentes en el Liceo de Kaisersaschern, Leverkühn salió de Leipzig, lo primero que hizo, él también, fue una visita al terruño, a Buchel, para asistir al casamiento de su hermana que allí tuvo lugar y al cual fui invitado, junto con mis padres. Cumplidos ya los 20 años, Úrsula se casó con Johannes Schneidewein, de Langensalza, óptico de profesión. Conoció Úrsula al que había de ser su marido durante la visita que hizo a una amiga suya, residente en la simpática ciudad de Salza, cerca de Erfurt. Schneidewein era suizo de nacimiento, corría por sus venas sangre campesina de la región de Berna y tenía diez o doce años más que su novia. Había aprendido su oficio en su país, pero emigró a Alemania por no sé qué motivos y estableció en aquella ciudad una tienda de su oficio. El negocio marchaba bien. Su propietario, hombre de agradable aspecto, había conservado el acento y los modos de decir, tan agradables al oído, de su país de origen. Su futura esposa empezaba ya involuntariamente a imitarlos. Sin ser una belleza, era ella también una persona sumamente atractiva, parecida a su padre en lo físico y a su madre por el carácter; de ojos pardos, delgada y de natural amable. Ambos formaban una simpática pareja. Entre los años 1911 y 1923 tuvieron cuatro hijos: Rosa, Ezequiel, Raimund y Nepomuk, muy lindos los cuatro, pero el último, Nepomuk, un verdadero angelito. Ya tendré ocasión de hablar de él más adelante, hacia el final de mi relato.

Los invitados a la boda no eran muy numerosos: el pastor, el maestro y el alcalde de Oberweiler con sus esposas; de Kaisersaschern sólo vino, además de nosotros, el tío Nikolaus; de Apolda algunos parientes de la señora Elsbeth; un matrimonio de Weissenfels, con su hija, amigos de los Leverkühn; Georg, el ingeniero agrónomo hermano del padre Leverkühn y la señora Luder, ama de llaves de la casa. Nadie más. Desde Lübeck, Wendell Kretzschmar mandó un telegrama de felicitación que llegó a Buchelhof durante la comida del mediodía. No hubo fiesta de noche. Reunidos todos por la mañana temprano, la ceremonia del casamiento tuvo lugar en la iglesia del pueblo y, más tarde, un excelente almuerzo nos fue servido en el comedor de la casa de la novia, decorado con no pocos utensilios de cobre. No tardaron los novios en marcharse. Thomas les condujo hasta la estación de Weissenfels donde habían de tomar el tren para Dresde, mientras los demás permanecieron todavía algunas horas saboreando los deliciosos licores de fruta que la señora Luder era experta en preparar.

Adrian y yo nos fuimos de paseo aquella tarde hasta Kuhmulde y Montesion. Hablamos del texto de *Penas de amor perdidas* que yo me había encargado de preparar y que había sido ya objeto de no pocas cartas y conversaciones. Desde Atenas y Siracusa le había mandado a Adrian el escenario y fragmentos de versificación alemana basados en las traducciones de Tieck y Hertzberg y completados, sobre todo cuando era preciso abreviar, con pasajes de mi propia cosecha en el mejor estilo de que era capaz. Deseaba darle a toda costa una versión alemana del libreto aun cuando él persistía en su propósito de componer la ópera sobre el texto inglés.

Adrian estaba visiblemente contento de haberse escapado de la reunión y de encontrarse al aire libre. Sus ojos nublados delataban dolor de cabeza y era curioso notar, tanto en la iglesia como en la mesa, que a su padre le ocurría lo mismo.

Nada tenía de extraño que esta dolencia, de origen nervioso, hiciera su aparición en las ocasiones solemnes, bajo la influencia del desasosiego y de la emoción. En el caso del hijo la causa psíquica había que buscarla más bien en el hecho de que sólo de mala gana y después de resistirse había consentido en asistir al sacrificio nupcial de su hermana. Su disgusto iba unido, sin embargo, a cierta satisfacción por la sencillez y el buen gusto con que se había desarrollado la ceremonia: todo a la luz del día; plática del pastor corta y sencilla; supresión de los discursos después de la comida, modo seguro de suprimir las alusiones impertinentes. Y más hubiese valido aun suprimir el velo de la desposada, blanca mortaja de la virginidad. Adrian habló con especial calor de la excelente impresión que le causara el que de ahora en adelante había de ser marido de su hermana.

—Bellos ojos —dijo—, buena raza; un hombre honesto, limpio, sin malear. Bien está que la haya cortejado, que haya puesto en ella sus ojos y la haya deseado para hacer de ella su cristiana esposa, como decimos los teólogos, orgullosos, y con razón, de haberle arrancado al demonio la relación carnal al hacer con ella un sacramento, el sacramento del matrimonio cristiano. Muy curiosa, en verdad, esta absorción del pecado natural por lo sacrosanto gracias al simple empleo del adjetivo «cristiano» que, en realidad, no cambia nada. Pero preciso es confesar que la domesticación de la maldad natural, del sexo, por medio del matrimonio cristiano fue un recurso de suprema habilidad.

—No te oigo con gusto —le repliqué— cuando veo que abandonas la naturaleza a Satanás. Para los humanistas esto tiene un nombre: difamación de las fuentes de la vida.

—No es mucho lo que hay aquí por difamar, querido.

—De este modo —añadí imperturbable— se asume la función de negador de las obras, se convierte uno en abogado de la nada. Quien cree en el demonio le pertenece ya.

—No comprendes ninguna broma —contestó Adrian después de una breve risa—. He hablado en calidad de teólogo solamente y por fuerza he tenido que hablar como un teólogo.

—Bien está —dije yo, riendo también—. Pero de ordinario tus bromas son más serias que tu seriedad.

Sostuvimos esta conversación sentados en el banco municipal, bajo los arces de Montesion, cara a los rayos del sol de una tarde de otoño. La verdad es que yo andaba ya entonces pensando en casarme, aun cuando la boda, e incluso el noviazgo público, tenían que aguardar hasta tener yo una situación fija. Era mi intención hablarle a Adrian de Helena y de mis propósitos. Sus palabras no eran para facilitar mi tarea.

—«Y serán una sola carne» —empezó de nuevo—. ¡Curiosa bendición! El pastor Schröder ha tenido, gracias a Dios, la buena ocurrencia de suprimirla. Son palabras penosas de oír ante la pareja de los desposados. Pero la intención es buena y esto es, precisamente, lo que yo llamo domesticación. Evidentemente, se trata de eliminar del matrimonio el pecado, la sensualidad, el maléfico deleite, que sólo puede darse en dos carnes distintas y no en una sola. Por otra parte, es motivo de constante maravilla, si se piensa en ello, que la carne sienta el apetito de la carne. Pero tal es el fenómeno excepcional del amor. Sensualidad y amor no pueden, naturalmente, ser separados uno de otro. Para relevar al amor de la acusación de sensualidad nada mejor que descubrir en la sensualidad misma el elemento del amor. El apetito de la carne ajena significa una superación de ciertas resistencias que tienen su origen en la diversidad existente entre el tú y el yo, entre lo propio y lo extraño. La carne (para seguir empleando la terminología cristiana) sólo deja de ser repugnante para sí misma. Con los extraños no quiere tener nada que ver. Cuando lo extraño se convierte en objeto de anhelo y de apetito, la relación entre el yo y el tú sufre una alteración que, para definirla, la palabra «sensualidad» resulta un término vacío. No es posible salir de él sin recurrir al concepto del amor. Toda acción sensual significa ternura, dar y recibir confundidos, felicidad en el dispensar de la felicidad, prueba y demostración de amor. «Una carne», los amantes no lo han sido nunca y la disposición canónica quiere, con el deleite, ahuyentar también del matrimonio el amor.

Sus palabras me confundieron y me conmovieron a la vez y no me atreví a mirarle a pesar de mis ganas de hacerlo. Ya he tenido ocasión de explicar la impresión que me causaba siempre Adrian cuando hablaba de cosas sensuales. Pero nunca había sido tan franco como hoy y tanta franqueza, sobre todo teniendo en cuenta que hablaba con los ojos nublados por la jaqueca, tenía algo de ingrato, algo de parecido a una falta de tacto cometida consigo mismo tanto como con quien le escuchaba. Y sin embargo, lo que acababa de decir no podía dejar de serme grato.

—Bien has rugido, león —le dije sin levantar mucho la voz—. No tienes nada que ver con el demonio. Supongo que te has dado cuenta de que tus palabras son de un humanista mucho más que de un teólogo.

—Pongamos que son de un psicólogo —replicó él—. Un término medio neutral. No creo que haya gentes más amantes de la verdad que los psicólogos.

—¿Y por qué no hemos de hablar —dije yo entonces— con toda sencillez de cosas personales, como dos ciudadanos cualesquiera? Estoy a punto de...

Le dije de lo que estaba a punto, le conté de Helena, de cómo la había conocido. Y a fin de que su felicitación pudiera ser más cordial, quedaba desde ahora dispensado de asistir a mi boda.

Dio muestras de viva satisfacción.

—¡Magnífico! —gritó—. ¿Vas a casarte matrimonialmente, muchacho? La idea no puede ser mejor. Estas cosas sorprenden siempre a pesar de no tener nada de sorprendente. Te doy mi bendición. Pero, *if thou marry hang me by the neck if horns that year miscarry* (si te casas y ese año los cuernos no crecen, cuélgame por el pescuezo).

—*Come, come, you talk greasily* (ven acá y no digas bobadas) —le contesté citando la misma escena—. Si conocieras a la muchacha y el espíritu de nuestra alianza, sabrías ya que nada hay que temer por mi tranquilidad y que, al contrario, todo está previsto para fundar sobre la calma y la paz una felicidad sin ambiciones ni trastornos.

—No lo dudo —dijo—, ni dudo tampoco del éxito.

Un momento pareció como si quisiera darme la mano, pero no lo hizo. Después de un breve silencio, al emprender el camino de regreso la conversación volvió a girar sobre el tema principal, la ópera en proyecto, y en particular la escena del cuarto acto, con cuyo texto acabábamos de bromear y que era precisamente de las que yo quería suprimir a toda costa. Su palabrería era de un gusto más que dudoso y desde el punto de vista dramático no había en ella nada esencial. Era, en todo caso, indispensable abreviar. Una comedia musical no debe durar cuatro horas. Esta fue, y sigue siendo, la principal reserva que puede formularse contra *Los maestros cantores.* Pero Adrian parecía haber encontrado precisamente en ciertos juegos de palabras de esta escena elementos para los pasajes contrapuntísticos de la obertura y esto hacía que defendiera palabra por palabra aquel episodio, aun cuando no podía dejar de reírse al decirle yo que su manía de aprovecharlo todo me recordaba el caso, contado por Kretzschmar, del reformador Beissel, dispuesto a ahogar en música la mitad del mundo. Aseguraba, sin embargo, Adrian, que la comparación no le molestaba en lo más mínimo. Del humorístico respeto que, desde el primer momento, le inspiró la figura del nuevo iniciador y legislador de la música siempre le había quedado algo. Aunque pueda parecer absurdo nunca cesó de pensar en él y seguía pensando en él ahora más que nunca.

—Recuerda solamente cómo defendí desde un principio su teoría infantil y tiránica de las notas maestras y las notas sirvientas contra tus acusaciones de estúpido racionalismo. Lo que por instinto me gustaba en ella era algo asimismo instintivo e ingenuamente concordante con el espíritu de la música, a saber, la voluntad, expresada allí de modo ridículo, de llegar a constituir una norma rígida. En un plano menos infantil sentimos hoy esta necesidad tan intensamente como pudieran haberla sentido sus ovejas. Necesitamos un sistematizador, un maestro de la objetividad y de la organización, lo bastante genial para combinar el renacentismo, y aun el arcaísmo, con la revolución. Debiéramos...

Cedió de pronto a la risa.

—Empiezo a hablar como Schildknapp. Debiéramos... ¿Quién es capaz de saber todo lo que debiéramos?

—Lo que acabas de decir sobre el maestro de escuela arcaico-revolucionario —observé yo— tiene algo de muy alemán.

—Supongo —contestó Adrian— que no lo dices en son de elogio, sino de crítica y de caracterización, como es debido. Pero la palabra puede, además, expresar algo temporalmente necesario, algo susceptible de actuar como remedio en una época de convenciones destruidas, de lazos objetivos disueltos, cuando impera, para decirlo de una vez, una libertad que empieza a ser ruinosa para el talento y a acusar signos de esterilidad.

Esta palabra me asustó. Adquiría en labios de Adrian y en relación con él, sin poder decir por qué, algo de aprensivo; despertaba en mí un sentimiento en el que se mezclaban curiosamente el miedo y la admiración.

—Sería trágico —dije— que la esterilidad surgiera de la libertad. La conquista de la libertad ha sido siempre estimulada por la esperanza de poner en movimiento fuerzas productivas.

—Es cierto —replicó Adrian—, y durante algún tiempo la libertad dio de sí lo que de ella se esperaba. Pero libertad significa subjetividad y llega un día en que su virtud se agota; llega el momento en que pone en duda la posibilidad de ser creadora por sí misma y entonces busca seguridad y protección en lo objetivo. Hay en la libertad una tendencia constante a la inversión dialéctica. Pronto llega el momento en que la libertad se reconoce a sí misma en la obligación, realiza su esencia en la sujeción a la ley, a la regla, a la coacción, al sistema. Realizar su esencia significa que no deja de ser libertad.

—Por lo menos así lo cree ella —dije yo sonriéndome—. Pero en realidad deja de ser entonces libertad, como deja de serlo la dictadura que nace de la revolución.

—¿Estás seguro de lo que dices? —preguntó Adrian—. Además, la canción que tú cantas es política. En arte, lo subjetivo y lo objetivo se entrelazan hasta el punto de no ser posible distinguir uno de otro. Lo subjetivo surge de lo objetivo, adquiere su carácter y viceversa. Lo subjetivo se formaliza en objetividad y vuelve a adquirir espontaneidad, «dinamismo», como decimos, por obra del genio. Las convenciones musicales hoy destruidas no fueron siempre tan objetivas como se pretende, no fueron únicamente impuestas desde fuera. Eran cristalizaciones de experiencias vitales y, como tales, llenaban una misión de vital importancia: la misión de organizar. La organización lo es todo. Sin ella no hay nada y arte menos que nada. Vino un momento en que el subjetivismo estético hizo suya esta misión y acometió la tarea de organizar la obra de arte por sí mismo, en libertad.

—Piensas en Beethoven.

—En él y en el principio técnico por medio del cual la subjetividad dominadora se apoderó de la organización musical, es decir, en la modulación. La modulación era un pequeño fragmento de la sonata, un modesto oasis de luz subjetiva y de dinamismo. Con Beethoven adquiere universalidad, se convierte en médula del género, que subsiste como convención aceptada pero que el subjetivismo absorbe para crearlo de nuevo en la libertad. La variación, residuo arcaico, pasa a ser medio para la nueva creación espontánea de la forma. La modulación variativa se extiende al conjunto de la sonata. Así ocurre también, de un modo más radical y completo, con la temática de Brahms. He aquí un ejemplo, Brahms, de cómo la subjetividad puede transformarse en objetividad. Su música se desprende de todos los aditamentos, fórmulas y residuos convencionales y crea de nuevo, a cada momento si así puede decirse, la unidad de la obra, libremente. Pero con ello la libertad se convierte en principio regulador general que elimina de la música todo elemento casual y consigue obtener la máxima variedad con materiales de idéntica naturaleza. Donde ya no hay nada que no sea temático, nada que no sea derivación de un elemento constante, apenas si puede hablarse de composición libre...

—Pero tampoco de rigidez según el concepto antiguo.

—Antiguo o moderno el concepto, voy a decirte lo que entiendo por composición rígida. Quiero significar con esta expresión la integración completa de todas las dimensiones musicales, la mutua indiferencia entre unas y otras gracias a una perfecta organización.

—No comprendo del todo.

—La música es un matorral. Sus diversos elementos, melodía, armonía, contrapunto, forma e instrumentación se han desarrollado históricamente sin plan y con entera independencia unos de otros. Siempre, cuando uno de estos elementos ha progresado históricamente y alcanzado un más alto nivel, quedaron retrasados los otros y, en el conjunto de la obra, su retraso era como una befa del elemento que había progresado. Así, por ejemplo, el contrapunto no es en la música romántica otra cosa que un añadido a la composición homofónica. Cuando no es una combinación superficial de temas concebidos homofónicamente es el mero revestimiento ornamental del coral armónico con voces ficticias. Pero el verdadero contrapunto exige la simultaneidad de voces independientes. Un contrapunto melódico-armónico como el de las últimas fases del romanticismo no es verdadero contrapunto... Quiero decir que cuanto más se desarrollan ciertos elementos, hasta el punto de llegar algunos a confundirse con otros, como ocurre en los románticos, con la sonoridad instrumental y la armonía, más atractiva e imperiosa resulta la idea de la organización racional de la materia musical en su conjunto, una organización completa que acabe con los desequilibrios anacrónicos y evite que un elemento se convierta en mera función de otro, como, por ejemplo, en la época romántica la melodía pasó a ser función de la armonía. Lo que importa es el desarrollo simultáneo de todas las dimensiones; ponerlas de relieve separadamente unas de otras en forma que puedan converger. Lo que se persigue es la unidad total de las dimensiones musicales. Y en último término la supresión del conflicto entre el estilo fugado polifónico y la esencia homofónica de la sonata.

—¿Crees tú que existe el modo de lograrlo?

—¿Sabes tú —preguntó él a su vez— cuándo me he acercado más a la composición rígida?

Dejé que siguiera hablando. Lo hacía en voz muy baja, casi imposible de comprender, y con los dientes apretados, según costumbre suya cuando el dolor de cabeza le atenazaba.

—Una vez, en cierta melodía del ciclo Brentano, la que lleva por título *Niña querida*. Todo se deriva aquí de una forma fundamental, de una serie de intervalos muy variables, de los cinco tonos *si-mi-la-mi-si* bemol. Horizontal y vertical son así determinadas y dominadas, en tanto ello es posible tratándose de un motivo de tan reducido número de notas. Es como una palabra, una palabra-clave, cuyos signos se encuentran por doquier en la canción y aspiran a determinarla por completo. Es, sin embargo, una palabra excesivamente breve y de escaso movimiento en sí misma. El espacio sonoro que ofrece es demasiado angosto. Partiendo de aquí sería preciso ir más lejos y con los doce peldaños del alfabeto templado semitonal construir palabras de más volumen, palabras de doce letras, combinaciones e interrelaciones de los doce semitonos que sirvieron de pauta para la obra, fuera ésta del género que fuese. Cada nota de la composición, melódica y armónica, debiera justificarse por su relación estricta con esta pauta fundamental. Ninguna debiera repetirse sin que hubiesen aparecido antes todas las demás. Ninguna debiera aparecer si no es para llenar en el conjunto estructural una función motivada. Las notas libres cesarían de existir y a esto daría yo el nombre de composición rígida.

—Es una idea impresionante y que justifica el nombre de organización racional. Una extraordinaria unidad, la exactitud y la fatalidad de un sistema astronómico podrían conseguirse por este procedimiento. Pero me parece a mí que estas sucesiones de intervalos, por grande que fuera su variedad rítmica, acabarían por provocar inevitablemente la atrofia y el estancamiento de la música.

—Probablemente —contestó él con una sonrisa como dando a entender que había previsto la objeción. Era la sonrisa que ponía de relieve el parecido con su madre y que, bajo la influencia de la jaqueca, adquiría una expresión de esfuerzo voluntario que me era familiar—. La cosa no es, por otra parte, tan fácil. Debieran incorporarse al sistema todas las técnicas de la variación, incluso las desdeñadas por artificiosas, es decir, valerse del medio empleado para establecer el dominio de la modulación sobre la sonata. Me pregunto por qué, durante tanto tiempo, practiqué con Kretzschmar los ejercicios de contrapunto y me dediqué a borronear papel con fugas invertidas, si no me diera ahora cuenta de que todo aquello puede ser aprovechado para introducir significativas modificaciones en la palabra de doce notas. Además de ser utilizada como serie fundamental, puede aprovecharse también sustituyendo cada uno de sus intervalos por el mismo en dirección contraria. Es posible, además, empezar la figura con la última nota y cerrarla con la primera. Se dan así cuatro módulos que pueden ser, a su vez, transpuestos a cada uno de los doce distintos puntos de partida de la escala cromática, en forma que la serie fundamental ofrece, para ser utilizadas en la composición, 48 formas distintas. Si esto no te basta, propongo la formación de derivaciones de la serie fundamental, a partir de notas simétricamente elegidas. Cada una de estas derivaciones formará una nueva serie independiente, pero conectada con la fundamental. Y a fin de que resulten más tupidas las relaciones tonales propongo la subdivisión de las series en otras series parciales emparentadas unas con otras. Como punto de partida de una composición pueden asimismo utilizarse dos o más series, según el modo de la doble y de la triple fuga. Lo que importa es que cada nota, sin excepción, tenga un valor de posición en la serie o en una de sus derivaciones. Esto permitiría obtener lo que yo llamo indiferencia de la melodía y de la armonía.

—Un cuadrado mágico —dije yo—. ¿Pero tienes esperanza de que todo esto sea oído?

—¿Oír? ¿Recuerdas tú cierta conferencia a la que asistimos juntos y de la que resultaba que en música no era necesario oírlo todo? Si por «oír» entiendes la exacta aprehensión de todos y cada uno de los medios empleados para crear un orden estricto y elevado, un orden cósmico y sideral, entonces no, esto no será oído. Pero el orden mismo sí que podrá oírse y su percepción procuraría una satisfacción estética por entero insospechada.

—Tu descripción del proceso creador —dije yo— equivale a una especie de composición anterior a la composición. Los materiales deben estar dispuestos, su preparación y organización terminadas antes de empezar el trabajo propiamente dicho, aun cuando es difícil poner en claro cuál de los dos trabajos es el propiamente dicho. Porque esta preparación del material reside en la variación y la fertilidad de la variación, y la que pudiéramos llamar composición propiamente dicha se encuentra reincorporada en el material junto con la libertad del compositor. Al poner éste manos a la obra no sería ya libre.

—Obligado por la coacción de un orden que él mismo creara. Por consiguiente, libre.

—Concedo que la dialéctica de la libertad es inescrutable. Pero apenas si libre como armonizador. La formación de los acordes quedaría abandonada al azar, a la ciega fatalidad.

—Mejor decir: a la constelación. La dignidad polifónica de cada una de las notas formativas del acorde quedaría asegurada por la constelación. Los resultados históricos, la emancipación de la disonancia al rechazar ésta su resolución normal, el valor absoluto de la disonancia tal como aparece en no pocos pasajes de las últimas composiciones de Wagner, justificarían todo acorde legítimamente nacido del sistema.

—¿Y cuando de la constelación resultaran la trivialidad, la consonancia, lo manido, los trítonos y los acordes de séptima disminuida?

—Esto no sería otra cosa que una renovación de lo usado, a través de la constelación.

—Tu utopía contiene un elemento restaurador, a lo que veo. Es radical en extremo, pero a la vez revisa la sentencia condenatoria que pesaba sobre la consonancia. Lo mismo puede decirse del retorno a las antiguas formas de la variación.

—Las manifestaciones interesantes de la vida tienen siempre una doble cara, vuelta hacia el pasado y hacia el futuro. Son a la vez regresivas y progresivas. Reflejan la ambigüedad misma de la existencia.

—¿No es esto una generalización?

—¿De qué?

—De la experiencia nacional que nos es propia.

—Nada de indiscreciones y nada de complacencias para consigo mismo. Lo que quiero decir es que tus objeciones (si en efecto son objeciones) nada valdrían contra la realización de ese antiquísimo anhelo que consiste en poner orden en el mundo de los sonidos y encajar dentro de la humana razón la esencia mágica de la música.

—Quieres halagar mi honor de humanista y así me hablas de la humana razón. Pero, por otra parte, te haré observar que empleas la palabra *constelación* a cada paso. Palabra vecina de la astrología. El racionalismo a que tú aludes tiene mucho de superstición, de creencia en lo demoníaco, lo inaccesible y lo vago; juegos de azar, interpretación de signos y del lenguaje de los naipes. Tu sistema se propone, al contrario de lo que dices, encajar la razón humana en la magia.

Adrian puso en la sien su puño cerrado.

—Razón y magia —dijo— se encuentran y se unifican en lo que se llama sabiduría, iniciación, fe en las estrellas, en los números...

No contesté ya porque me di cuenta de que sufría grandes dolores y porque cuanto había dicho, aun siendo en extremo interesante y digno de reflexión, me parecía acuñado en el troquel de aquel dolor. Tampoco él mostró gana alguna de proseguir la conversación. Caminando a su lado, no podía dejar de interrogarme sobre el verdadero sentido de cuanto acababa de oír, mientras una secreta voz me advertía que si el dolor puede imprimir un sello característico a ciertos pensamientos, no por ello ha de ser menos grande su valor.

Cambiamos ya pocas palabras hasta llegar a casa. Nos detuvimos un instante junto al estanque de Kuhmulde para contemplar, reflejada en su espejo, la luz del sol poniente. La profundidad de las aguas era escasa en la orilla pero considerable en el centro del pequeño lago.

—Fría el agua —dijo Adrian, acompañando estas palabras de un movimiento de cabeza—. Demasiado fría para bañarse.

Muy fría el agua —repitió. Y, como dominando un escalofrío, se puso en marcha.

Aquella misma noche, llamado por mis obligaciones, tuve que regresar a Kaisersaschern. Adrian aplazó unos días su viaje a Munich, donde había decidido ir a establecerse. Le veo despedirse de su padre y estrecharle la mano —ignorando que era la última vez—. Veo a su madre besándole y a él, como antes hiciera en el salón, en conversación con Kretzschmar, reclinando la cabeza sobre su hombro. No había de volver, no había de querer volver hacia ella. Fue ella la que un día voló hacia él.

XXIII

«Para adelantar hay que ponerse en marcha», me escribió Adrian unas semanas después desde Munich, parodiando el estilo del profesor Kumpf, dándome así a entender que había empezado la composición de *Penas de amor perdidas* y que, por consiguiente, contaba con el rápido envío del texto restante. Necesitaba darse cuenta del conjunto, me decía, y la ordenación de ciertos enlaces y relaciones musicales le obligaba igualmente a conocer por adelantado los episodios siguientes.

Vivía Adrian en la Rambergstrasse, cerca de la Academia, subalquilando en casa de la señora Rodde, viuda de un senador de Brema. Con sus dos hijas, la señora Rodde ocupaba un departamento bajo. La pieza que le habían cedido, a la derecha de la puerta de entrada, daba a una calle tranquila. Amueblada con familiar sencillez y muy limpia. Adrian la había encontrado de su gusto y no tardó en instalarse allí con todos sus efectos, sus libros y sus papeles de música. El único elemento decorativo absurdo era un grabado con marco de nogal, suspendido en la pared izquierda, reliquia de un evaporado entusiasmo, representando a Giacomo Meyerbeer sentado al piano, levantada la mirada con embeleso, las manos puestas en el teclado y rodeado de las figuras principales de sus óperas. No dejaba esta apoteosis de hacerle cierta gracia a Adrian y, además, al sentarse a su mesa de trabajo, cubierta de un tapete verde, le volvía la espalda. Así pues, decidió dejar la litografía en su sitio.

Un viejo armonio, que inevitablemente había de traerle el recuerdo de días pasados, se encontraba en la pieza y le era útil. Pero como la viuda del senador pasaba la mayor parte del tiempo en una pieza apartada, vecina del jardincillo, y las hijas se dejaban también ver poco por las mañanas, Adrian podía disponer libremente del piano de cola que había en el salón, un Bechstein algo fatigado pero de suave tonalidad. Decoraban el salón los restos de lo que había sido en otro tiempo un rico hogar burgués: sillones tapizados, candelabros de imitación bronce, sillas doradas de rejilla, una mesa con tapete de brocado junto al sofá y un cuadro al óleo pintado allá por 1850, muy oscurecido ya y representando el Bósforo con la ciudad de Galata en el fondo. En este salón se celebraban, por la noche, frecuentes reuniones familiares a las que asistió Adrian de mala gana al principio, después por costumbre, hasta que por fin las circunstancias le obligaron a representar en cierto modo el papel de hijo de la casa. Se reunía allí un mundo de artistas o semiartistas, una bohemia bien educada, si así puede decirse; gente culta y de espíritu libre, sin empaque, lo bastante divertida para no defraudar las esperanzas con que la señora Rodde había levantado su casa de Brema para ir a instalarse en la capital de la Alemania del sur.

Los motivos que para ello tuviera no eran difíciles de adivinar. De ojos oscuros, el pelo castaño coquetonamente rizado y apenas canoso, la tez amarfilada y el porte distinguido, el rostro muy bien conservado aún, tenía detrás de sí un pasado de gran señora, ama de una casa donde abundaban los criados y con no pocos deberes sociales a que atender. Muerto su marido (cuyo severo retrato, ostentando las insignias de su dignidad, decoraba asimismo el salón) y reducida sensiblemente la fortuna, fue imposible mantener la situación social a que estaba acostumbrada. Se manifestaron entonces libremente en ella deseos no agotados o quizá nunca del todo satisfechos; anhelos de vivir el epílogo de su vida en una atmósfera más templada. Daba sus reuniones, según decía, para complacer a sus hijas, pero era claro que buscaba con ellas, ante todo, su propio recreo y un modo discreto de dejarse cortejar. Nada la entretenía tanto como que le contaran anécdotas resbaladizas, ecos de lo que ocurría en el mundo de los pintores, modelos y camareras. Su complacencia se expresaba en una risa sonora, delicadamente sensual, a boca cerrada.

Era evidente que a sus hijas, Inés y Clarissa, esta risa no les gustaba. Cambiaban, al oírla, frías miradas de desaprobación en las que se reflejaba su irritación juvenil contra las flaquezas humanas de la madre. En Clarissa, sin embargo, el deseo de sustraerse a la vida burguesa era consciente, decidido y subrayado. Alta de estatura y rubia, grande la cara y muy empolvada, carnoso el labio inferior, exigua la barbilla, Clarissa pensaba dedicarse al teatro y tomaba lecciones con el actor de carácter del Teatro Real y Nacional. Se peinaba con atrevimiento y manifestaba una decidida preferencia por los sombreros de anchas alas y los más excéntricos boas de plumas. Su figura majestuosa hacía que pudiera permitirse estas fantasías sin llamar con exceso la atención. A sus adoradores, que eran muchos, los divertía la obsesión de Clarissa por lo grotesco y lo macabro. Suyo era *Isaak*, un gato amarillento como el azufre al cual le puso un lazo de satén negro en la cola como signo de luto por la muerte del Papa. El signo de la calavera se encontraba repetido en su pieza. Había allí, junto a una calavera propiamente dicha, un pisapapeles de bronce, representando el símbolo de la muerte y de la «convalecencia», colocado sobre un infolio que llevaba grabado, en caracteres griegos, el nombre de Hipócrates. El libro era hueco y cuatro sutiles tornillos, sólo desprendibles con un finísimo instrumento, sujetaban la lisa cubierta inferior. Cuando más tarde Clarissa puso fin a su vida con el veneno oculto en la cavidad, la señora Rodde me entregó como recuerdo ese curioso objeto que todavía conservo.

También Inés, la hermana mayor, estaba predestinada a la tragedia, no sé si decir «a pesar» de que representaba en la reducida familia el elemento conservador. Vivía en estado de continua protesta contra el trasplantamiento que le habían impuesto, contra las costumbres de la Alemania meridional, contra el ambiente artístico de la ciudad, contra la bohemia, contra las reuniones que daba su madre y contra su madre misma. Proclamaba sus preferencias por lo antiguo, lo paternal, la rigurosa dignidad burguesa, aunque dando, sin embargo, la impresión de que este espíritu conservador era una instalación protectora contra ciertas tentaciones y peligros de que estaba amenazada y a los que atribuía carácter intelectual. Era de tipo más delicado que Clarissa, con la cual, al revés de lo que ocurría con la madre, se entendía perfectamente. Su cabellera, de un rubio ceniciento, era densa y, erguido el cuello, llevaba la cabeza algo ladeada e inclinada hacia adelante, con una casi constante sonrisa a flor de su boca en punta. La nariz era un tanto irregular, la mirada de sus pálidos ojos quedaba casi oculta bajo los párpados, una mirada mate, suave y reservada, una mirada triste y entendida, aunque no del todo desprovista de malicia. Recibió una educación correcta y nada más. Pasó dos años en un excelente pensionado de Karlsruhe. No se dedicaba a ninguna actividad artística o científica ni aspiraba a ser otra cosa que una muchacha de su casa, ocupada en los quehaceres domésticos, pero era mucho lo que leía, y gustaba asimismo de escribir, en excelente estilo, largas cartas «a casa», a la directora de la pensión, a sus antiguas amigas. Escribía versos a escondidas y su hermana me dejó ver un día una de sus poesías, titulada *El minero,* cuya primera estrofa recuerdo aún. Decía así:

> Minero en la galería del alma,
> bajo quieto y sin miedo a las tinieblas
> y veo del dolor el noble mineral
> brillar con timidez en la oscura noche.

De los demás versos sólo recuerdo el último:

Y nunca más he de anhelar la dicha.

Nada más por ahora sobre las hijas, con las cuales entró Adrian en amistosa relación. Ambas le apreciaban e influyeron en este sentido sobre la madre que, al principio, no encontraba que Adrian fuera lo bastante artista. Ciertos días, algunas de las personas que frecuentaban la casa, y ocasionalmente también Adrian —«nuestro inquilino doctor Leverkühn»—, eran invitadas a comer y tenían ocasión de admirar la monumental mesa de roble que absorbía una parte excesiva del no muy grande comedor. Más tarde, a eso de las nueve, llegaban los demás. Se charlaba, se hacía música y se tomaba té. Los visitantes eran compañeros y compañeras de Clarissa, jóvenes apasionados y de mala lengua, muchachas parlanchinas y de bien timbrada voz. Figuraba también entre ellos el matrimonio Knöterich, Konrad, el marido, un muniqués autóctono al cual sólo le faltaba la coleta en lo alto del cráneo para tener todo el aire de un germano primitivo, se consagraba a mal definidas ocupaciones artísticas. Había sido pintor, pero construía también, por afición, instrumentos de música. Tocaba el violoncelo con mucho temperamento y poca afinación, subrayando los pasajes difíciles con vigorosos resoplidos de su nariz aguileña. Su esposa, Natalia, una morena de exótico tipo español, acusado por los pendientes y los tufos, era asimismo pintora. Estaban allí también el erudito numismático doctor Kranich, conservador del gabinete de monedas, hombre elocuente y asmático, y los pintores del grupo Sezession, Leo Zink y Baptist Spengler. Austríaco el primero, oriundo de la región de Bozen y hombre que en sociedad se dedicaba a divertir a los demás; un payaso adulador que no cesaba de mofarse de sí mismo y, en particular, de su desmesurada nariz; tipo algo faunesco que con sus ojos redondos y poco apartados uno de otro provocaba la risa de las mujeres, cosa que suele ser buena para congraciarse con ellas. El segundo, Spengler, nacido en Alemania central, era, con su poblado bigote rubio, un hombre de mundo, escéptico, rico, poco amante del trabajo, hipocondríaco y muy leído. Sonreía constantemente al hablar y guiñaba el ojo con frecuencia. Inés Rodde desconfiaba de él en alto grado y así se lo confió a Adrian sin precisar, no obstante, los motivos de su desconfianza. Decía de él que era opaco e intrigante. Adrian encontraba agradable y calmante el trato con Baptist Spengler, hombre sin duda inteligente, y conversaba con él de buena gana. Tanto más acusada era su indiferencia ante los esfuerzos que otro de los invitados no cesaba de hacer para vencer su desapego. Era éste Rudolf Schwerdtfeger, un violinista de grandes dotes, miembro de la orquesta Zapfenstösser, conjunto que, con la Orquesta del Teatro Real, ejercía un importante papel en la vida musical de la ciudad. Nacido en Dresde, pero alemán nórdico por sus antepasados, rubio, de mediana estatura, pulido por la civilización sajona, Schwerdtfeger era hombre en extremo sociable, preocupado de agradar. Frecuentaba los salones, no dejaba pasar una noche libre sin asistir por lo menos a una reunión y las más de las veces a dos o tres, gustaba de coquetear y era gran adorador de las mujeres, jóvenes y menos jóvenes. Sus relaciones con Leo Zink eran frías, ocasionalmente difíciles. He podido observar que las personas amables se soportan mal mutuamente y la observación se aplica tanto a los donjuanes como a las lindas mujeres. Por mi parte nada tenía que decir contra Schwerdtfeger. Era, al contrario, sincera la simpatía que me inspiraba y su trágica muerte prematura, unida a circunstancias personales para mí estremecedoras, me conmovió hasta lo más profundo del alma. Me parece tenerlo todavía ante mis ojos, con sus gestos y muecas peculiares, con su modo personal, atento y violento a la vez, de mirar a su interlocutor, que apenas si podía resistir la impetuosa embestida de sus ojos azules. Sus buenas cualidades eran muchas, aparte su talento, que yo considero como parte integrante de su amabilidad. Franco, correcto, libre de prejuicios, artista sin envidias, indiferente al dinero y a las cosas materiales. La limpieza de su carácter se reflejaba en el azul acerado de sus bellos ojos y a despecho del perfil de bulldog de su rostro, por lo demás juvenil y atractivo. A menudo hacía música con la señora Rodde, que no era mala pianista, y Knöterich se sentía herido en su susceptibilidad al ver el violín de Rudolf preferido a su violoncelo. Schwerdtfeger tocaba, en efecto, con gran limpieza y cultivado gusto. Su técnica era brillante y su tono, aun cuando no muy voluminoso, de una gran dulzura. Pocas veces será dado oír una ejecución más depurada no sólo de ciertos fragmentos de Vivaldi, Vieuxtemps y Spohr, o de la sonata de Grieg, sino también de la sonata a Kreutzer y de las obras de César Franck. Su sencillez era grande, no estaba contaminado por la literatura, pero buscaba el aprecio de las personas de superior inteligencia, no por vanidad sino porque le interesaba sinceramente el trato con ellas como medio para elevarse y perfeccionarse. Así buscó desde el primer momento el trato de Adrian, cortejándole materialmente hasta el punto de desinteresarse de las damas, preguntándole su opinión, pidiéndole que le acompañara —a lo que Adrian se negó entonces sistemáticamente—, tratando de entablar conversación sobre la música y sobre otros temas, sin dejarse intimidar ni acorralar —signo evidente de cordialidad así como de recta comprensión y de auténtica cultura— por ninguna manifestación de desdén o de reserva. Un día Adrian, aquejado de dolores de cabeza y sin ganas de ver a nadie, dejó de aparecer por el salón. Rudolf, con su chaqué y su plastrón negro, se presentó en su pieza para convencerle de que abandonara su retiro y fuera a juntarse con los demás. Sin él la reunión resultaba aburridísima... Observación jocosa, porque Adrian no era hombre para divertir a los demás, pero que, por lo inesperada precisamente, hubo de oír seguramente con cierta complacencia.

Creo haber descrito, en su casi totalidad, las principales figuras que frecuentaban el salón de la señora Rodde. A todos estos personajes, y a otros muchos de la ciudad de Munich, hube de conocer al instalarme como profesor en Freising. Alguien vino, además, a aumentar el conjunto y fue Rüdiger Schildknapp. Siguiendo el ejemplo de Adrian, estimó que Munich, y no Leipzig, era la ciudad adecuada para vivir y encontró, esta vez, la energía necesaria para poner en práctica su resolución. El editor de sus traducciones de literatura clásica inglesa se encontraba en Munich, circunstancia ventajosa para el traductor, pero además le hacía el trato con Adrian, y éste, por su parte, agradeció en seguida las más sobadas anécdotas de Schildknapp con la risa de costumbre. El recién llegado alquiló una pieza en un tercer piso de la Amalienstrasse, no lejos de su amigo, y allí se pasó el invierno con la ventana abierta —su apetito de aire puro era insaciable—, envuelto en una manta y con el abrigo puesto, irritado y satisfecho a la vez, sumido en dificultades y en el humo de los cigarrillos, tratando de encontrar el exacto equivalente de las palabras, frases y ritmos de la lengua inglesa. Solía comer a mediodía con Adrian, en el restaurante del Teatro Real, o en una de las cervecerías de la ciudad antigua, pero no tardó, gracias a las recomendaciones que trajo de Leipzig, en tener entrada en muchas casas particulares, donde era invitado tanto por la noche como a mediodía y, como en Leipzig, solía acompañar a algunas de sus encantadoras amigas cuando iban de compras. Así ocurría con su editor, propietario de la casa *Radbruch & Co.* y con la familia Schlaginhaufen, un matrimonio ya entrado en años, gente rica y sin hijos. En la Briennerstrasse tenían su departamento, algo oscuro pero magníficamente amueblado. El marido, de origen suabo, se dedicaba por placer a trabajos de erudición. La señora pertenecía a una buena familia de Munich. En su salón, suntuoso, con numerosas columnas, coincidían el mundo artístico y la sociedad aristocrática. Las preferencias de la dueña de la casa iban hacia los aristócratas artistas como el señor Von Riedesel, intendente general de los Teatros Reales, con título de excelencia, uno de los más asiduos invitados. Se sentaba también Schildknapp a la mesa del gran industrial Bullinger, acaudalado fabricante de papel, lujosamente instalado en el piso principal de una casa propia, junto al río; a la de uno de los directores de la fábrica de cerveza Pschorr y a otras varias más.

Adrian fue presentado por Rüdiger a la familia Schlaginhaufen, donde tuvo ocasión de encontrar y tratar superficialmente a grandes pintores ennoblecidos y a otros astros de primera magnitud: la heroína wagneriana Tanja Orlanda, el director de orquesta Felix Mottl, damas de la corte, el «biznieto de Schiller», un señor Gleichen-Russwurm dedicado a escribir libros sobre historia de la cultura, además de una serie de literatos de salón y escritores que sólo lo eran de palabra. Fue aquí también, es cierto, donde Adrian encontró por primera vez a Jeannette Scheurl, persona de fiar y de singular encanto, diez años más vieja que él, hija de un alto funcionario bávaro fallecido ya y de una dama parisiense vieja e imposibilitada pero intelectualmente muy despierta, que nunca quiso tomarse la molestia de aprender alemán e hizo bien: su convencional fraseología francesa le procuraba el prestigio que no podía esperar de una fortuna y una posición inexistentes. Con sus tres hijas, de las cuales Jeannette era la mayor. Mme. Scheurl vivía en un reducido departamento, cerca del Jardín Botánico, y en su pequeño salón, típicamente parisiense, daba unos tés musicales muy frecuentados. Las voces de los mejores cantantes resonaban allí con peligro de derrumbar las paredes de las exiguas piezas y frente a la modesta casa se detenían a menudo las azules berlinas de la corte.

Jeannette era escritora. Escribía novelas. Crecida y educada entre dos idiomas, empleaba un lenguaje muy personal, lleno de incorrecciones y de encanto, para sus originales y elegantes análisis de la vida de sociedad, obras que pertenecían sin duda a un género literario superior. Adrian atrajo inmediatamente su atención y mi amigo, por su parte, se sintió igualmente atraído por su conversación y sus maneras. Era de una distinguida fealdad y, como el francés y el dialecto bávaro en su lenguaje, se mezclaban en su rostro ovejuno elementos rurales y rasgos aristocráticos. Era extraordinariamente inteligente y mostraba, al propio tiempo, la curiosidad inocente y desorientada propia de las muchachas que van entrando en años. Había en su espíritu algo flotante, una simpática confusión de la que ella misma era la primera en reír de buena gana. Pero no al modo de Leo Zink, burlándose de sí para hacerse agradable a los demás, sino con risa sincera y cordial. Era, por fin, amante en extremo de la música, pianista, entusiasta de Chopin, amiga de algunos músicos renombrados. Un agradable cambio de impresiones sobre la polifonía de Mozart y su relación con la de Bach sirvió de tema a su primera conversación con Adrian, unido después a ella, durante largos años, por una amistosa confianza.

Así y todo, no entró nunca Adrian por completo –¿y cómo podía ser de otro modo?– en la atmósfera de la ciudad que había elegido como lugar de residencia, y la ciudad, a su vez, nunca acabó de considerarle uno de los suyos. Se complacía en su belleza, a la vez monumental y lugareña, como arrullada por el rumor de los torrentes bajo el azul cielo alpino. La facilidad de sus costumbres, libres como bajo las máscaras de un continuo carnaval, contribuía a hacerle más fácilmente llevadera la existencia. Pero su espíritu, su atolondrada vitalidad, la preocupación sensual y decorativa de su arte, la persecución del placer por el placer no podían dejar de permanecer extraños a un alma tan profunda y austera como la suya.

Hablo de Munich tal como era cuatro años antes de la guerra, cuyas consecuencias habían de manifestarse allí con una sucesión de episodios a cual más grotesco. Munich era la ciudad de las hermosas perspectivas, cuyos problemas políticos se reducían al conflicto entre el liberalismo intelectual, partidario de la unidad, y el catolicismo popular, de tendencias separatistas. De ese Munich hablo, el Munich del cambio de la guardia y de los conciertos militares en la Feldherrenhalle, de las galerías de arte y de las tiendas de arte decorativo, instaladas, unas y otras, en verdaderos palacios, de las exposiciones y de los bailes populares de carnaval, de las imponentes borracheras de cerveza *bock* que eran el típico fenómeno colectivo del mes de marzo, de la monstruosa *kermesse* del mes de octubre y sus saturnales. El Munich obstinadamente wagneriano, la ciudad de las sectas esotéricas y de la bohemia aseada y socialmente aceptada. Durante los nueve meses de otoño, invierno y primavera que pasó entonces en Munich, Adrian no dejó nada por ver. En los bailes de máscaras de los círculos artísticos, a los que asistía en compañía de Schildknapp, se encontraba con todos los asiduos del salón Rodde —doctor Kränich, Zink, Spengler, las propias hijas de la casa— y ocasionalmente con Jeannette Scheurl. Juntos se sentaban a una mesa a la cual no tardaba en presentarse Schwerdtfeger, disfrazado de campesino o de noble italiano del renacimiento, disfraz este último que le permitía lucir sus bien torneadas piernas y le daba un gran parecido con el joven del gorro frigio de Botticelli. Siempre del mejor humor y con el deseo de reparar un involuntario olvido invitaba a bailar a las hermanas Rodde «por las buenas». Era esta —«por las buenas»— su expresión característica. Para él la corrección lo era todo. Eran muchas sus obligaciones sociales y no pocos los coqueteos que tenía en la sala, pero le hubiese parecido incorrecto no pensar en sus fraternales amigas de la Rambergstrasse. Tan visible era su preocupación de no portarse incorrectamente que Clarissa no pudo dominarse y le dijo mirándole de arriba abajo:

—Por Dios, Rudolf, no ponga usted esa cara de salvador cuando se acerque a nosotras. Puedo asegurarle que hemos bailado lo bastante y que no le necesitamos.

—¿Necesitarme? —replicó él alegremente indignado—. De lo que se trata es de las necesidades de mi corazón. ¿Es que no valen nada?

—Ni un centavo —contestó ella—. Además, soy demasiado alta para usted.

Dicho lo cual se colgaba de su brazo, con la exigua barbilla orgullosamente levantada. A menos que no fuera Inés la invitada a bailar. Su afán de ser correcto no se limitaba, por lo demás, a las hermanas Rodde. Pensaba en todo y cuando, en sus actividades de bailarín, cosechaba alguna calabaza, se acercaba con aire pensativo a la mesa de Adrian y de Baptist Spengler, envuelto, este último, como de costumbre, en su dominó y vaciando vaso tras vaso de vino tinto. Con los ojos chispeantes y los pómulos enrojecidos, Spengler citaba profusamente el diario de los hermanos Goncourt y las cartas del abate Galiani, mientras Schwerdtfeger, con su penetrante mirada, perforaba materialmente el rostro del orador. Con Adrian hablaba de los programas que la orquesta Zapfenstösser se proponía ejecutar en sus próximos conciertos; le pedía más amplias explicaciones sobre tal o cual juicio musical que recordaba haberle oído en otra ocasión cualquiera. Tomaba a Adrian del brazo y se paseaba en torno de la sala, tuteándole como es costumbre hacerlo en las fiestas de carnaval y sin lograr, claro está, que su interlocutor le correspondiera. Jeannette me contó que al regresar Adrian a la mesa, después de uno de estos paseos, Inés Rodde le dijo:

—No tendría usted que darle este gusto. Es un acaparador.

—Es posible que Leverkühn sea otro —observó Clarissa.

Adrian se encogió de hombros.

–Rudolf quiere que le escriba un concierto para violín y ejecutarlo durante una *tournée* de conciertos.

–No haga tal cosa –dijo de nuevo Clarissa–. Si tiene en cuenta las cualidades de su intérprete sólo se le ocurrirán sutilezas y amenidades sin enjundia.

A lo que Adrian replicó, provocando la risa burlona y aprobadora de Spengler:

–Veo que estima usted con exceso mi capacidad de adaptación.

Doy con esto por terminada la relación de la parte que Adrian tomó en los placeres y distracciones de la vida de Munich. Ya durante el invierno empezó a recorrer, en compañía de Schildknapp, y casi siempre a iniciativa de este amigo, los espléndidos alrededores de la ciudad. En Ettal, Oberammergau y Mittenwald tuvo ocasión de pasar algunos bellos y claros días de nieve. Al llegar la primavera se hicieron aún más frecuentes las excursiones a los lagos y a los teatrales palacios que mandara construir el popular rey loco Luis II. Muchas veces salían al azar, en bicicleta (Adrian era amigo de este medio independiente de locomoción) y pernoctaban, mejor o peor alojados, donde les sorprendiera la noche. Recuerdo este detalle porque fue así como Adrian descubrió el lugar que más tarde había de elegir como residencia: la granja de la familia Schweigestill en Pfeiffering, cerca de Waldshut.

Situada a una hora de Munich, en la línea férrea de Garmisch-Partenkirchen, la pequeña ciudad de Waldshut tiene poco encanto y nada que la señale a la atención. Pfeiffering, o Pfeffering, es la próxima estación, a diez minutos de Waldshut. Los trenes expresos la pasan de largo y dejan de lado el típico campanario de estilo bizantino, a través de un paisaje indiferente que no deja presentir todavía la proximidad de las grandes montañas. La presencia de Adrian y Rüdiger en el lugar fue improvisada y breve. Ni siquiera pasaron allí la noche. Tanto el uno como el otro tenían que hacer al día siguiente en

Munich y habían decidido tomar en Waldshut el tren de regreso. Después de comer en la posada de la plaza central de Waldshut, y en vista de que el tren iba a tardar todavía unas horas en pasar, tomaron la carretera y, avanzando entre dos hileras de árboles, atravesaron el pueblo de Pfeiffering, preguntaron a un muchacho cómo se llamaba el vecino estanque —era el estanque de Klammer—, echaron una mirada a la colina «Rohmbühel» coronada de árboles y, llegados a la puerta de la casa que les interesó por su estilo barroco campesino, pidieron un vaso de agua, mientras una criada con los pies descalzos llamaba por su nombre —«*Kaschperl*»— al perro atado con una cadena y trataba de poner fin a sus ladridos. Habían pedido algo que beber, no por sed, sino porque les había llamado la atención la característica arquitectura de la casa.

Ignoro si Adrian «notó» ya algo en aquella ocasión, o si fue más lenta la evocación de ciertas circunstancias lejanas transpuestas a una tonalidad ligeramente distinta. Me inclino a creer que, en un principio, el descubrimiento fue subconsciente y que sólo más tarde, quizás en sueño, surgió de pronto a la superficie. En todo caso no le dijo a Schildknapp ni una palabra, como tampoco me hizo a mí nunca mención de aquella curiosa analogía. Desde luego, puedo equivocarme. Estanque y colina, el gran árbol del patio —un olmo en lugar de un tilo—, el banco pintado de verde en torno del árbol, aparte otras particularidades, pueden haberle causado impresión desde el primer momento. Ningún sueño fue quizá necesario para abrirle los ojos. Su silencio, por supuesto, no prueba nada en ningún sentido.

Frau Else Schweigestill recibió dignamente a los visitantes en el umbral de la puerta y después de escucharles, muy amable, les sirvió en grandes vasos la limonada que pedían, una vez que hubieron pasado al salón, pieza abovedada contigua a la entrada de la casa. Había en ella una gran mesa y las hornacinas en las paredes dejaban adivinar el espesor de los muros. Sobre el armario una reproducción en yeso de la victoria alada de Samotracia y contra la pared un piano de nogal. La señora Schweigestill, sentada a la mesa con los visitantes, explicó que la familia no se servía del salón. A la hora de la cena se instalaban en una pequeña pieza, del otro lado de la entrada, junto a la puerta. En la casa sobraba el lugar. Junto al salón había otra gran sala, llamada la «sala del abad», por haber servido de estudio al abad de una comunidad de agustinos que ocupó la casa durante cierto tiempo. Casa y tierras habían sido propiedad conventual. Desde tres generaciones pertenecían a la familia Schweigestill.

Después de recordar que él también era hombre de campo, aun cuando viviera en la ciudad desde largo tiempo, Adrian preguntó cuál era la extensión de la finca, y así supo que comprendía, además de un bosque, cuarenta fanegas de prados y tierras de labor. Las casas bajas y los castaños situados frente a la casa principal formaban también parte de la propiedad. Allí vivían, en otro tiempo, los hermanos legos. Ahora estaban vacías en su mayor parte y eran apenas habitables. El verano pasado se había instalado en una de ellas un pintor de Munich, con el propósito de pintar algunos rincones del pantano de Waldshut y otros lugares vecinos. Pintó, en efecto, algunos lindos paisajes, aunque algo tristes y de un color siempre gris. Tres de ellos los volvió a ver en la exposición del Palacio de Cristal y uno lo compró el señor Stiglmayer, director del Banco de Efectos de Baviera. ¿Los señores eran también pintores?

Habló la señora Schweigestill de su inquilino pintor probablemente con el único propósito de terminar con esta pregunta y saber así, poco más o menos, con quién se las estaba habiendo. Cuando supo que uno de sus visitantes era escritor y el otro músico, arqueó las cejas respetuosamente y dio a entender que esto era menos frecuente en el país y mucho más interesante. Pintores los había a millares. Desde el primer momento los señores le habían hecho el efecto de personas serias, mientras que los pintores suelen ser gente despreocupada, poco atenta a lo que la vida tiene de grave. Y al hablar así no se refería a la gravedad de las cosas prácticas, como el dinero y otras semejantes, sino a las dificultades morales, a los aspectos sombríos de la existencia. Por otra parte no era su intención decir nada malo contra los pintores en conjunto. El que había vivido en su casa, por ejemplo, era ya una excepción: hombre silencioso, reservado, un poco huraño. Así eran sus cuadros también, sus aguas encharcadas y sus prados envueltos en niebla. Era sorprendente que un director de banco, como el señor Stiglmayer, hubiese comprado uno de ellos, el más tenebroso por añadidura. Por lo visto, era un financiero melancólico.

Erguida, el pelo castaño, en el que se mezclaban algunas canas, partido y estirando en forma que la raya dejaba ver la piel blanca del cráneo, las manos pequeñas, bien formadas y capaces, con su delantal de cuadros y el corpiño cerrado junto al cuello por un broche ovalado, la lisa alianza de oro en el anular derecho, la señora Schweigestill, con sus codos apoyados sobre la mesa, hablaba abundantemente a los visitantes, con un marcado acento bávaro y no pocas formas dialectales.

Los artistas le gustaban, decía, porque eran gentes dotadas de comprensión y la comprensión es lo mejor y lo más importante de la vida. El carácter alegre de los pintores les viene también de que son comprensivos. Hay dos modos de comprender las cosas: uno alegre y festivo, otro grave y serio, y es difícil decir cuál es preferible. Lo mejor es, quizás, una tercera fórmula: la comprensión serena y sosegada. Los artistas han de vivir naturalmente en la ciudad porque sólo allí encuentran la atmósfera de cultura que les es necesaria. Pero, en realidad, los campesinos, más comprensivos porque viven más cerca de la naturaleza, tienen con los artistas mayores afinidades que las gentes de ciudad, en las cuales el respeto al orden social atrofia la comprensión. Tampoco quería ser injusta con los que viven en la ciudad. En todo hay excepciones y a veces excepciones secretas, y precisamente el señor Stiglmayer, al adquirir el sombrío cuadro de que hablaba, demostró ser hombre de gran comprensión, y no sólo desde el punto de vista artístico.

Dicho lo cual ofreció a sus visitantes café y tortas, pero Schildknapp y Adrian preferían dedicar el tiempo que les quedaba a visitar la casa y las dependencias, si la dueña no veía en ello inconveniente.

—De buena gana —contestó la interpelada—. Siento sólo que no esté aquí Max —su marido—. Ha ido con Gereon, nuestro hijo, a ensayar una nueva máquina para abonar las tierras. Los señores tendrán que contentarse con que yo les acompañe.

Contestaron que nada podía serles más agradable y, junto con la dueña, recorrieron la casa, tan apropiadamente amueblada como sólidamente construida. El olor a humo de pipa, típico de la casa, era más perceptible que en parte alguna en el saloncito de la familia, de donde salieron para visitar la sala del abad, pieza simpática y de bellas proporciones aun cuando no excesivamente espaciosa, de construcción más antigua que la fachada y, por lo tanto, de diferente estilo. Dataría de 1600 más probablemente que de 1700. Las paredes con entrepaños de madera, el piso de madera sin alfombrar, un artesonado de cuero repujado entre las vigas del techo, pinturas religiosas en las paredes, una hornacina con bandeja y jarro de cobre, un gran armario con cerradura y aplicaciones de hierro forjado y, cerca de la ventana, una robusta mesa con profundos cajones y un atril de madera tallada para el estudio, una inmensa araña en la que se veían todavía restos de velas y diversos trofeos de caza daban al conjunto de la decoración un marcado sello de estilo renacimiento.

La sala del abad arrancó a los visitantes sinceras exclamaciones de elogio y Schildknapp no vaciló en declarar que allí debiera instalarse uno y trabajar. Pero la señora Schweigestill hizo notar que el lugar le parecía, para un escritor, demasiado alejado de la vida y de la cultura. Subieron después los tres al primer piso, donde se encontraban los dormitorios, cuyas puertas, una junto a otra, daban a un corredor algo húmedo. Los muebles, camas y arcas, pintados de colores como el armario del salón. En uno de ellos estaba la cama puesta al estilo campesino, una verdadera torre de colchones superpuestos y abultados edredones. Se maravillaron los visitantes de que fueran tantos los dormitorios, a lo que contestó la dueña que casi todos ellos estaban vacíos siempre. Sólo de vez en cuando hay alguno ocupado por cierto tiempo. Durante dos años, hasta el último otoño, vivió aquí, errando por la casa de una parte a otra, una dama cuyos pensamientos, según la expresión de la señora Schweigestill, no concordaban con los del resto del mundo: la baronesa de Handschuchsheim. Aquí vino a buscar refugio y protección contra esta discordancia. No era difícil entenderse con ella; conversaba de buena gana y llegaba a reírse a veces de sus propios desvaríos. Pero por desgracia eran éstos incurables y cada día más manifiestos, hasta el punto de que la amable baronesa hubo de ser trasladada a un lugar más adecuado.

Esta historia la contó la señora Schweigestill mientras bajaban la escalera y daban una vuelta por el patio para echar una ojeada a los establos y cuadras. Otra vez, siguió diciendo la buena señora, ocupó uno de los dormitorios una muchacha de la alta sociedad, venida a Pfeiffering para dar a luz secretamente. Puesto que hablaba con artistas diría las cosas por su nombre, aun cuando callándose, por supuesto, el de las personas. El padre de la muchacha, magistrado del tribunal supremo de Bayreuth, tuvo la ocurrencia de comprarse un automóvil eléctrico que fue el origen de todos los males. El automóvil le obligó a alquilar un chófer, hombre joven, sin gran cosa de particular, pero de buen ver, con su librea galoneada. La muchacha se enamoró de él perdidamente. Cuando ya no le fue posible disimular que estaba embarazada, la indignación desesperada de los padres no conoció límites. Hubo peleas, y disputas, y maldiciones, y denuestos hasta más allá de lo concebible. La comprensión, la comprensión que es propia de los artistas y de la gente del campo, brilló allí por su ausencia. El concepto del honor social, tal como lo entienden en las ciudades, el miedo a que cayera sobre él una mancha, se dieron rienda suelta. Hubo escenas espantosas, la hija revolcándose materialmente por el suelo y pidiendo perdón, mientras sus padres la amenazaban con el puño cerrado, hasta que en una de estas ocasiones madre e hija perdieron el sentido al mismo tiempo. El magistrado llegó un día y habló con la señora Schweigestill: un hombre pequeño, con la barba gris en punta y lentes de oro, abrumado por el pesar. Convinieron en que la muchacha daría a luz secretamente y, bajo el pretexto de cuidar su anemia, pasaría después algún tiempo en la casa. Y cuando aquel señor, pequeño de estatura y de tan alta posición, se marchara ya, volvió de pronto sobre sus pasos y, sin poder disimular detrás de sus lentes de oro las lágrimas que brotaban de sus ojos, le estrechó de nuevo la mano y le dijo: «Le agradezco, buena mujer, su generosa comprensión». Hablaba de la comprensión por el caso de los padres, no por el de la hija.

Ésta llegó también un día, una pobre infeliz, con las cejas arqueadas y la boca siempre abierta, y mientras esperaba la hora le hizo no pocas confidencias y reconoció, en particular, que era suya toda la culpa. Carl, el chófer, no dejaba de decirle, al contrario: «Señorita, lo que hacemos está mal. Más valdría dejarlo». Pero ella se sentía sin fuerzas para luchar contra aquella inclinación y estaba además dispuesta a rescatar su falta con la muerte. Cuando se está dispuesto a morir todo tiene arreglo. Al llegar el momento mostró una gran entereza y, con la ayuda del doctor Kürbis, médico inspector de la comarca, dio a luz una niña. El doctor Kürbis es hombre a quien poco le importa cómo y por qué viene una criatura al mundo con tal que el parto vaya bien. Pero, a pesar del aire del campo y de todos los cuidados, la parturienta quedó muy débil y la costumbre, que no perdiera, de arquear las cejas y permanecer con la boca abierta acentuaba todavía la pálida delgadez de su rostro. Cuando su ilustre padre vino a buscarla, las lágrimas se asomaron de nuevo a sus ojos. La niña fue confiada a un convento de monjas de Nuremberg, pero la madre no fue ya nunca tampoco otra cosa que una monja. Vivía, depauperándose continuamente, retirada en su cuarto, con un canario y una tortuga que sus padres le habían regalado por compasión. La consumía la anemia, a la que siempre había estado predispuesta. Finalmente la mandaron a Davos y esto le dio el golpe final. Murió a los pocos días de llegar —según su deseo y voluntad— y como para confirmar su idea de que cuando se está dispuesto a morir todas las cosas tienen arreglo.

Visitaron el establo de las vacas, la cuadra de los caballos y el corral de los cerdos, el gallinero y las colmenas, situadas detrás de la casa. Al preguntar Rüdiger y Adrian lo que debían, se les contestó que nada. Dieron las gracias y, en sus bicicletas, volvieron a Waldshut para tomar el tren. Ambos convinieron en que no habían perdido el tiempo. Pfeiffering era un curioso lugar.

El cuadro quedó grabado en el ánimo de Adrian, pero había de pasar mucho tiempo antes de que, bajo su influencia, mi amigo tomara ciertas decisiones. Deseaba ya entonces alejarse, pero una hora de ferrocarril en dirección a las montañas no era bastante para satisfacer su deseo. Tenía escrito ya, de la música de *Penas de amor perdidas*, el bosquejo pianístico de las primeras escenas. Pero el trabajo no salía adelante. Encontraba difícil mantener en un constante nivel la extrema artificiosidad de estilo a que aspiraba y que sólo podía ser fruto de un humor excéntrico constantemente renovado, cosa que, a su vez, suscitaba un deseo de cambio, de nuevos aires y extraños horizontes. Adrian estaba inquieto, cansado de vivir en un lugar donde su soledad no era más que relativa, donde a cualquier hora podía entrar alguien en su pieza y proponerle una distracción. En una de sus cartas me escribió entonces: «Busco, pregunto con interés por todas partes, trato de descubrir un lugar donde pueda aislarme del mundo y, sin que nadie me distraiga, dialogar con mi vida y con mi destino...». Curiosas, ominosas palabras. ¿Cómo no sentir escalofríos, cómo evitar que me tiemble la mano al pensar en esos extraños diálogos para los cuales Adrian, consciente e inconsciente, a la vez, buscaba un apropiado lugar?

Se decidió por Italia y allí se fue a fines de junio, época del año que no suele atraer a los turistas, después de conseguir que Rüdiger Schildknapp se decidiera a acompañarle.

XXV

Durante las vacaciones de 1912, encontrándome todavía en Kaisersaschern, visité, acompañado de mi joven esposa, a los dos amigos en la apartada aldea de los montes Sabinos donde, por segunda vez, pasaban el verano. Habían pasado el invierno en Roma y desde mayo, cuando el calor empezó a apretar, se trasladaron a la posada donde un año antes, durante tres meses, estuvieron como en casa propia. Era el pueblo de Palestrina, cuna del compositor, la Prenesta de la antigüedad evocada por Dante en el canto 27 del *Infierno*, como fortaleza del príncipe Colonna, bajo el nombre de Prenestino. Pintoresco lugar, como suspendido en el flanco de la montaña, al que se llegaba, partiendo de la plaza de la iglesia, por un camino apeldañado y no muy limpio sobre el cual proyectaban su sombra dos hileras de casas relativamente altas. Cerdos negros, de raza pequeña, circulaban por allí y a poco que los peatones se descuidaran se encontraban apretujados entre la pared y la albarda cargada de un asno. Pasado el pueblo, el camino se encaramaba por la montaña y, dando la vuelta a un monasterio de capuchinos, llegaba hasta la cumbre de la colina donde se encontraban, en lamentable estado, las ruinas de la Acrópolis y algunos restos del teatro antiguo. Durante nuestra corta estancia allí, Helena y yo hicimos varias veces la ascensión a tan ilustres vestigios, mientras Adrian —«no quiero ver nada»— no pasaba del jardín de los frailes, su lugar preferido.

La casa de los Manardi, aposento de Adrian y Rüdiger, era sin duda la más espaciosa del lugar. A pesar de componerse la familia de seis personas, ofrecía cómodo alojamiento a varios forasteros. Situada en la calle de los peldaños, era un edificio de palacial o castellano aspecto, construido al parecer hacia mediados del siglo XVII, sobriamente decorado con molduras debajo del poco saliente arimez, con estrechas ventanas y una puerta ornamentada según el estilo barroco primitivo, entre cuya ornamentación, de madera tallada, se abría un portillo que servía efectivamente de entrada y salida y hacía sonar una campanilla al girar sobre sus goznes. Nuestros amigos ocupaban dependencias verdaderamente espaciosas en la planta baja. Un salón con dos ventanas de muy vastas proporciones, embaldosado como el resto de la casa, muy fresco aunque algo oscuro, sencillamente adornado son sillones de mimbre y sofás de reps, permitía realmente, gracias a su gran superficie, que dos personas trabajaran en él sin incomodarse mutuamente en lo más mínimo. Al salón daban las puertas de los dormitorios, muy grandes también y muy sencillamente instalados asimismo. Un tercer dormitorio fue abierto para nosotros, los recién llegados.

El comedor de la familia y la cocina, de dimensiones mucho mayores, se encontraban en el primer piso. Allí se recibía a los amigos. La chimenea de la cocina era inmensa y de las paredes colgaban infinidad de cucharones, cuchillos y trinchantes, dignos, por su tamaño, de un ogro, mientras en los muros y del capuchón descansaban, alineados, los utensilios de cobre, sartenes, cazuelas, marmitas, platos, bandejas, soperas y morteros. Era este el imperio de la señora Manardi, a quien los suyos llamaban Nella –su verdadero nombre era Peronella según creo–, majestuosa matrona de tipo romano, con el labio superior abultado, no muy morena, de hermosos ojos castaños, el pelo, con no pocos hilos de plata, liso y partido, de tipo campesino sencillo y simpático, a la que era corriente ver en jarras, las dos alianzas de la viudez en una de sus manos, pequeñas y acostumbradas al trabajo, protegida la falda por un delantal que casi le daba la vuelta al talle.

De su matrimonio le quedó una hija, Amelia, chica de trece a catorce años, una criatura algo lela que tenía por costumbre, en la mesa, acercarse a los ojos la cuchara o el tenedor y apartarlos después cual si se tratara de un impertinente, mientras acompañaba la repetición de este gesto con la de una palabra cualquiera que se le hubiese pegado al oído y que pronunciaba en tono de interrogación hablándose a sí misma. Hacía un año, precisamente, se había alojado en la casa de Manardi una distinguida familia rusa cuyo jefe, príncipe, duque o cosa así, era un visionario que creía ver duendes en su dormitorio y salía a perseguirles con su revólver. Ocasionalmente disparaba el arma y daba así una noche agitada a cuantos en la casa vivían. Recuerdos así son difíciles de borrar y era, por lo tanto, natural que Amelia le preguntara a menudo a su cuchara: «*Spiriti? Spiriti?*». En ocasiones, sin embargo, le preguntaba a la cuchara o al tenedor cosas que arrancaban de recuerdos mucho más triviales. Una de sus preguntas más frecuentes era «¿La melona? ¿La melona?», desde que había vivido en la casa unos días un turista alemán que convencido de que en italiano el melón era de género femenino como en alemán, lo llamaba «la melona» en lugar de *il melone*. La señora Peronella y sus hermanos pasaban la cosa por alto y lanzaban de vez en cuando una mirada a tal o cual de los extranjeros presentes como para disculpar lo que les parecía más bien una gracia. Helena y yo no tardamos en acostumbrarnos a las oscuras manifestaciones de Amelia en la mesa. Adrian y Schildknapp ni siquiera se daban cuenta de su presencia.

La dueña de la casa se encontraba situada, por la edad, entre sus dos hermanos, a los cuales me referí ya. Eran éstos el abogado Ercolano Manardi, llamado para mayor brevedad y satisfacción de todos «*L'avvocato*», hombre de sesenta años, con su bigote gris y una voz bronca y difícil de poner en marcha que recordaba la de un asno. Era Ercolano el orgullo de una familia donde, por lo demás, no abundaba la ilustración. El segundo, «Alfo», contracción de Sor Alfonso, solíamos encontrarle por las tardes, al volver de nuestros paseos por la *campagna*, cuando montado en su borriquillo, arrastrándole casi los pies, protegido contra el sol por una sombrilla y unas antiparras azules, regresaba del trabajo a su casa. A lo que parecía el abogado había dejado de ejercer su profesión, y se dedicaba exclusivamente a leer periódicos. A esta actividad consagraba, eso sí, todas las horas del día, y cuando el día era caluroso leía en calzoncillos, sin preocuparse mayormente de cerrar la puerta de su cuarto. Sor Alfo, el agricultor, estimaba excesivas y censurables estas prácticas de su hermano jurista, del cual sólo hablaba, en tales ocasiones, llamándole *quest'uomo*. Su indignación era grande, aun cuando manifestada a espaldas del otro, y no admitía excusas de la hermana cuando le hacía ver que aquella ligereza de ropa era indispensable para proteger al abogado contra los peligros de un ataque de apoplejía. Si así era, podía por lo menos *quest'uomo* tomarse la molestia de cerrar la puerta, en lugar de ofrecerse casi como Dios lo hizo venir al mundo a la contemplación de los suyos y de los distinguidos forasteros. Los estudios universitarios no confieren el derecho de cometer tamañas indecencias. De este modo, y con justificado pretexto, se expansionaba cierta animosidad del campesino por el abogado, aun cuando, en el fondo, Sor Alfo sentía por su hermano la misma admiración que el resto de la familia, y ello a pesar de que sus opiniones eran muy divergentes. Conservador y devoto el abogado; librepensador Alfonso, y amigo de criticarlo todo, la Iglesia, la monarquía, el gobierno, una serie de sinvergüenzas corrompidos, decía, como para meterlos a todos en el mismo saco. «¿Has comprendido?» A esta pregunta de Alfonso, varias veces repetida, el abogado, menos amigo de hablar que su hermano, contestaba refugiándose con aire de protesta detrás de su periódico.

Vivían también con la familia, un hermano del difunto marido de la señora Nella con su mujer, persona enfermiza y de poca apariencia. Pero este matrimonio hacía su propia cocina. La señora Nella se ocupaba de dar de comer a su hija, a sus hermanos y a los cuatro forasteros. Su romántica mesa era abundantísima y fuera de toda relación con el modesto precio del hospedaje. Vivía la señora Nella con el miedo constante de que nos pudiéramos quedar con hambre y era corriente que nos propusiera un plato de pescado cuando, después de una suculenta *minestra*, pajaritos con *polenta*, filetes de ternera al Marsala y cordero estaban ya nuestros estómagos que no podían más. Venían después la ensalada, el queso y la fruta, y a la hora del café los hermanos Manardi encendían sendos toscanos. Un vino de púrpura, que el abogado absorbía en copiosas cantidades, demasiado fuerte para beberlo a cada comida, pero demasiado bueno para mezclarlo con agua, calmaba nuestra sed. Para inducirnos a beber, la señora Nella afirmaba que «el vino hace sangre». Su hermano Alfonso le hacía observar que esta creencia era una pura superstición.

Por las tardes salíamos de paseo. Schildknapp se encargaba de dar la nota cómica con sus bromas a la inglesa y, por estrechos senderos entre zarzales, recorríamos los bien cultivados campos, con sus olivos y altas parras, las huertas de árboles frutales, cerradas con muros de piedra y portales, en algunos casos, de monumental carácter. Si el encontrarme de nuevo con Adrian me era ya de por sí grato, no he de decir hasta qué punto me complacía también el ambiente en que vivíamos: el cielo clásico, en el que ni una nube apareció durante las semanas que allí estuvimos; la gracia antigua que todo lo envolvía y que, de pronto, adquiría plasticidad en una fuente, en la silueta de un pastor, en la frente de Pan, evocada por la demoníaca testa de un macho cabrío. Mis embelesos de humanista sólo provocaban en Adrian, como es de suponer, irónicas sonrisas. Era él uno de esos artistas que prestan poca atención a lo que les rodea, a lo que no está en relación directa con su trabajo. Volvíamos un día hacia casa a la hora de la puesta del sol y no recuerdo haber nunca contemplado semejante gloria celeste. Oro y carmesí, acumulados allí por una fenomenal paleta y de una belleza verdaderamente exaltadora. No dejó de causarme cierto desagrado que Schildknapp pusiera por todo comentario al maravilloso espectáculo uno de sus sarcasmos habituales y que con él provocara la risa agradecida de Adrian. Me pareció que aprovechaba con gusto la ocasión para reírse, a la vez, de la puesta de sol y del encanto con que Helena y yo la contemplábamos.

He hablado ya del jardín del monasterio, fuera de la población, donde nuestros amigos, cada uno con su carpeta, pasaban las mañanas trabajando, uno lejos del otro, por permiso especial de los monjes. Helena y yo solíamos acompañarles y, dejándoles discretamente abandonados a sus trabajos, buscábamos una sombra perfumada, y entre baladros, laureles y retamas descansábamos en el calor creciente de las horas mañaneras, Helena ocupada en su labor y yo en la lectura de un libro, contento de saber que no lejos de mí Adrian adelantaba la composición de su ópera.

Una sola vez, mientras allí estuvimos, nuestro amigo nos hizo oír, en el piano de mesa, bastante desafinado por cierto, que había en el salón, algunos fragmentos y un par de escenas completas de la «agradable y divertida comedia que lleva por título *Penas de amor perdidas*», así designada en la cubierta de la primera edición, impresa en 1598. Eran principalmente fragmentos del primer acto, la entrada en la casa de don Armando entre ellos, pero también algunos otros de los actos posteriores, compuestos anticipadamente, y en particular los monólogos de Biron, una de las principales preocupaciones de Adrian: uno en verso, al final del tecer cuadro, y otro en prosa, en el cuarto. Este último, grotesco lamento del caballero que se siente prisionero en la red de la sospechosa «morena beldad», más logrado aun, musicalmente, que el primero. En primer lugar porque la prosa breve y rápida del poeta había sugerido al compositor acentos y ocurrencias de la más original ironía, pero también porque el segundo monólogo evocaba, con peregrina exquisitez, elementos del primero, y la repetición de motivos importantes, ya conocidos, es el más poderoso y convincente medio de expresión y de impresión de que dispone la música. Así quedó puesto de manifiesto, muy particularmente, en la diatriba del caballero contra su propio corazón embobado por «la pálida aparición de cejas aterciopeladas y, en el rostro, dos bolas de azabache por ojos», palabras e imagen que la música describía en una melopea, lírico-apasionada y grotesca a la vez, confiada a los violoncelos y a la flauta. Y cuando el lamentable amante profería: «¡Ah, sus ojos – por la luz de los míos que, sin sus ojos, no habría de amarla!», sobre el fondo tonal, oscurecido todavía, evocador de las negras pupilas, el paso veloz de la luz era confiado a la voz aguda del flautín.

No hay duda de que la insistente caracterización de Rosalinda como una mujer sensual, infiel y peligrosa, caracterización que corresponde a la idea que Biron se hacía de ella, a pesar de que en la realidad Rosalinda no pasaba de ser una muchacha desvergonzada y dicharachera –no hay duda, digo, de que esta caracterización, dramáticamente injustificada, responde a un impulso del poeta, poco preocupado de probidad artística y mucho, en cambio, de vengar como escritor, venga o no venga a tono, sus sinsabores de hombre. Rosalinda, tal como su amante no se cansa de describirla, es la «dama morena» de la segunda serie de sonetos de Shakespeare, la camarera de la reina Elisabeth, la amante de Shakespeare, a quien engañó con un amigo más joven y apuesto que él. Y cuando Biron, en el monólogo de que se trata, sale a escena llevando en la mano una «composición rimada y melancólica», uno de sus sonetos a ella dedicado claro está que, en realidad, se trata de uno de los sonetos que Shakespeare dedicó a la morena y pálida beldad. No tiene tampoco Rosalinda motivo alguno para decirle a Biron, como si quisiera darle una lección:

> La sangre joven no iguala con su ardor
> de los años severos el amor.

Joven y sin asomo de severidad, Biron es el hombre menos indicado para justificar tales palabras. En la boca de Rosalinda y de sus amigas, Biron se convierte en algo muy distinto de lo que es en realidad; deja de ser Biron para convertirse en Shakespeare y su aventura espiritual es la del poeta con la dama morena. Y Adrian, que llevaba siempre en el bolsillo una pequeña edición inglesa de los sonetos, esa originalísima trilogía del Poeta, el Amigo y el Amante, trató desde un principio, en su obra, de dar a la figura de Biron un carácter conforme a ese pasaje del diálogo que tanto le había cautivado, tratándola musicalmente −aun cuando en estricta relación con el caricaturesco conjunto− como una figura seria, intelectualmente importante, como la auténtica víctima de una humillante pasión.

Esto era de una gran belleza y no le escatimé mi elogio. Cuanto Adrian nos hizo oír al piano era, por otra parte, digno de admiración entusiasta. Para definir su obra parecían en verdad haber sido escritas las palabras que el erudito Holofernes se aplica a sí mismo:

«Lo que poseo es un don. Sencillo, muy sencillo. Una imaginación extravagante, loca, llena de formas, de figuras, de objetos, de ideas, de apariciones, de sobresaltos, de cambios y transformaciones. El útero de la memoria las recibe, la matriz de la reflexión las nutre y nacen según la ocasión las hace madurar.» *Delivered upon the mellowing of occasion.* ¡Magnífico! Ocasionalmente, y de modo jocoso, el poeta da en estas palabras, con insuperable plenitud, una perfecta definición del genio artístico, ajustada como un guante, a la música que Adrian escribía para la comedia satírica de los años juveniles de Shakespeare.

¿Por qué los sublimes esfuerzos de ese espíritu creador habían de ir siempre acompañados de algo que inspiraba temor y desasosiego? «Quien busca lo difícil, encontrará dificultades». Estas palabras de la epístola de san Pablo a los hebreos se aplicaban —en honor suyo y para mi inquietud— a mi amigo y a su esfuerzo de creación. Adrian había por fin renunciado a utilizar únicamente, para su composición, el texto inglés de mi libreto, y ello no podía dejar de complacerme. Pero en lugar de esto ponía música a los dos textos *en uno*. Me explico: trataba de acordar, en ambas lenguas, la melodía con la armonía, en forma que la primera conservara su perfil sin tener que violentar la correcta declamación de ninguno de los dos textos. De esta verdadera proeza parecía estar más satisfecho que de la misma música.

¿Me será permitido que aluda una vez más al sentimiento de mortificación, o si se quiere de aflicción, que en mí despertaba la obra misma, el modo como en ella se ridiculizan los estudios clásicos, presentándolos como la manifestación de un preciosismo ascético? De esa caricatura del humanismo no era culpable Adrian sino Shakespeare, de quien era también la responsabilidad de la confusa ideología en la cual los conceptos de «ilustración» y «barbarie» representan tan singular papel. El primero es de orden espiritual y monástico; representa un estado de refinamiento superior, caracterizado por el desprecio de la vida y de la naturaleza, precisamente porque en ellas, en lo inmediato, lo humano, lo sentimental, descubre la barbarie. Incluso Biron, después de defender la naturalidad ante los conjurados del jardín de Akademos, confiesa que ha hablado «en defensa de la barbarie más que del ángel de la sabiduría», ángel que, por otra parte, es también ridiculizado por el ridículo. La música de Adrian cuidaba de subrayar lo grotesco en todos sus aspectos y manifestaciones. Entendía yo que la música, según su más íntima naturaleza, estaba llamada a servir de guía para salir de lo absurdamente artificioso y acceder a la libertad, al mundo de lo natural y de lo humano. No respondía a esta concepción la música de Adrian. Lo espontáneo y natural, lo que el caballero Biron llama «barbarismo» no era precisamente lo que triunfaba en ella.

Desde un punto de vista artístico la música de mi amigo era admirable en alto grado. Despreciando los efectos de gran conjunto, había concebido en principio la partitura para la orquesta clásica de Beethoven, y únicamente en razón de la figura de Don Armando y de su cómica pomposidad había reforzado la textura orquestal con otras dos trompas, tres trombones y una tuba, aunque sin dejar de respetar estrictamente el estilo *da camera*. Un trabajo afiligranado, una hábil sonorización de lo grotesco, rica en combinaciones humorísticas y en ocurrencias superiormente originales, tal era la música de Adrian. Un amante de la música, fatigado del romanticismo democrático y de la demagogia moral, con el anhelo orientado hacia un arte sin otro pretexto que el arte mismo; un arte sin ambición o con ambiciones exclusivamente artísticas, un arte para artistas y entendidos en arte, necesariamente tendría que recrearse en el estricto y frío esoterismo musical de Adrian, aun cuando a su placer se mezclara quizás un adarme de tristeza y de desesperanza. Fiel al espíritu de la obra, el compositor no olvidó, en efecto, que estaba obligado también a ridiculizar y parodiar el propio esoterismo de su arte.

Así era. Admiración y tristeza se mezclaban curiosamente al oír esta música. El corazón, el mío por lo menos, no podía dejar de ser sensible a tanta belleza y de entristecerse al propio tiempo. La admiración iba a una obra de arte, ingeniosa y melancólica a la vez, a una hazaña intelectual merecedora de ser llamada heroica, a una congoja íntima victoriosamente cubierta con la máscara del triunfo y que no sabría caracterizar más que como un estado de tensión implacable, como un juego temerario del arte en el lindero de lo imposible. De ahí derivaba la tristeza. Pero admiración y dolor, admiración y zozobra, ¿no son estas palabras, casi, la definición del amor? La audición de su música contribuía a hacer aun más vivo y despierto en mí el amor por él y por su obra. Pocas fueron las palabras que, al terminar, salieron de mis labios. Schildknapp, auditor siempre entusiasta y agradecido, abundó en comentarios más agudos e inteligentes. Más tarde, a la hora de comer, sentado a la mesa de los Manardi, los sentimientos a que tan insensible era la música de Adrian me dominaban aún. «*Bevi, bevi* —decía la patrona—. *Fa sangue il vino.*» Y Amelia movía la cuchara ante sus ojos sin cesar, murmurando: «*Spiriti?... Spiriti?...*»

Fue una de las últimas noches que mi mujer y yo pasamos en aquel original ambiente con nuestros amigos. Pocos días después, transcurridas las tres semanas de que disponíamos, hubimos de emprender el viaje de regreso a Alemania, mientras ellos permanecían allí hasta el otoño, entre el jardín de los frailes y la mesa familiar, las veladas consagradas a la lectura a la luz de la lámpara, los días al trabajo en aquella *campagna* coronada de oro y aceite. Allí habían pasado ya, un año antes, todo el verano y su modo de vivir en la ciudad durante el invierno fue, en sus líneas generales, poco más o menos el mismo que en el campo. Estaban instalados en la vía Torre Argentina, cerca del Teatro Constanzi y el Panteón, en un tercer piso, donde la patrona les daba habitación, desayuno y almuerzo a mediodía. La comida principal la tomaban por la noche, y por un tanto alzado cada mes, en una vecina *trattoria*. El jardín de los frailes de Palestrina tenía en Roma un equivalente en el de la Villa Doria Panfili, en donde pasaban trabajando, junto a una linda fuente, los días templados de primavera y otoño. Una vaca o un caballo, apacentando libremente, venía a apagar su sed en las aguas de la fuente. Era raro que Adrian, por la tarde, dejara de dar una vuelta por la *piazza* Colonna, donde daba sus conciertos la Orquesta Municipal. Por la noche iban de vez en cuando a la ópera. Pero la mayoría de las veladas las pasaban en el rincón tranquilo de un café, jugando al dominó y bebiendo un ponche caliente de naranja.

No tenían relaciones –o apenas–. Su aislamiento era en Roma casi tan completo como en el campo. Evitaban sistemáticamente el contacto con alemanes, que Schildknapp llamaba, en inglés, *germans*, y al oír una palabra de alemán bastaba para ahuyentarles de un lugar. Pero su vida de ermitaños hacía igualmente difícil que entraran en relación con la gente del país. Dos veces durante el invierno fueron invitados por cierta señora de Coniar, amiga del arte y de los artistas y venida de no se sabe dónde. Schildknappp había traído para ella, de Munich, una carta de recomendación. En su departamento del Corso, donde abundaban los retratos dedicados, con marcos de plata y de felpa, se daban cita una muchedumbre de artistas y gente de teatro, músicos y pintores, polacos, húngaros, franceses, e incluso italianos, cuyas individualidades quedaban olvidadas tan pronto las había perdido uno de vista. De vez en cuando Schildknapp dejaba solo a Adrian y, en compañía de jóvenes ingleses, frecuentaba las tabernas afamadas por su malvasía, iba de excursión a Tívoli y degustaba el licor de eucalipto de los trapistas de Quattro Fontane para reponerse de sus fatigas de traductor.

En suma, tanto en la ciudad como en la soledad de las montañas, absorbidos por las preocupaciones de su trabajo, llevaban una vida extraña a los hombres y al mundo. Y no ocultaré que, aun cuando siempre me fuera doloroso separarme de Adrian, no salí de Palestrina y de la casa Manardi sin un secreto sentimiento de desahogo. Esta confesión exige, sin embargo, una explicación que la justifique, y no será fácil darla sin ridiculizarme un tanto a mí mismo y hacer lo propio con otros. La verdad es que desde un cierto punto –y punto importante– de vista, constituía yo, entre el personal de la casa, una curiosa excepción. Salía de lo corriente, por así decirlo. En mi calidad de marido, y viviendo como tal, pagaba tributo a lo que, en tono que va de la excusa a la glorificación, suele llamarse la «naturaleza». Era el único que tal hacía en aquella casa-castillo. La señora Peronella vivía en la viudez desde largos años y su hija Amelia no disponía de todas sus luces. Los hermanos Manardi, tanto el abogado como el agricultor, eran dos solterones empedernidos, de los cuales podía llegarse a suponer que no habían tenido trato con hembras en su vida. Allí estaban también el Darío y su enclenque esposa, para los cuales el amor no salía seguramente del marco de la mutua caridad. Y allí estaban en fin, Adrian y Rüdiger Schildknapp, cuya conducta, un mes tras otro, en nada difería de la de los monjes en el monasterio. ¿No tenía todo esto algo de avergonzante para un pobre infeliz hombre común como yo?

He hablado ya de la especial relación entre Schildknapp y el mundo de la dicha posible; de su inclinación a mostrarse avaro de sí mismo como medio de economizar aquel tesoro. Ahí residía, a mi entender, la clave de su existencia. El caso de Adrian era distinto, aun cuando fue claro para mí que la común castidad era la base de su amistad o, si esta palabra parece demasiado ambiciosa, de su vida común.

Pero si Schildknapp seguía viviendo como un sibarita de lo potencial, por así decirlo, no podía caberme duda de que Adrian, después de aquel viaje a Graz, o a Presburgo, vivía como había vivido antes, es decir, como un santo. Pero desde aquel abrazo, desde su transitoria enfermedad y de sus aventuras con los médicos, su castidad era el resultado no de la pureza ética sino de una patética profanación. Esta idea me conmovía hasta lo más profundo de mi ser.

No ignoraba que el *Noli me tangere* era parte de su naturaleza. Me era conocida su aversión a la excesiva proximidad física de otras personas, a los contactos corporales. Era, en el propio sentido de estas palabras, hombre dado a la aversión, a la evasión, a la reserva, a la distancia. Las cordialidades físicas parecían totalmente incompatibles con su carácter. Sus apretones de manos eran raros y dados siempre con cierta precipitación. Todas estas particularidades volvieron a manifestarse, más acusadas que nunca, durante aquellos días, y no obstante, sin que apenas pudiera explicar cómo y por qué, me di cuenta de que el «No me toquéis» había cambiado de sentido. No era sólo la repulsa de una pretensión ajena, sino el deseo de evitar, avergonzado, una propia inclinación –con lo cual se relacionaba también su abstinencia sexual.

Sólo para una amistad tan obstinada en la observación como la mía podía ser este cambio sensible o sospechable, y Dios es testigo que ello no aminoró el placer de estar con Adrian. Su evolución me interesaba profundamente, pero no podía alejarme de él. Hay seres con los cuales no es fácil vivir y que uno no puede abandonar.

XXV

El documento repetidas veces mencionado en estas páginas, el cuaderno secreto de Adrian, en mi poder desde su muerte, conservado como un precioso y terrible tesoro —ese documento ahí está, y anuncio que ha llegado el momento biográfico de utilizarlo—. Después de volver en espíritu la espalda al refugio que Adrian eligió voluntariamente para compartirlo con su amigo, queda en suspenso mi discurso. En este capítulo, vigésimo quinto, el lector oirá la propia voz de Adrian Leverkühn.

¿Es en efecto la suya? Se trata de un diálogo. Otro personaje muy distinto, atrozmente distinto, está casi siempre en el uso de la palabra y el memorialista, en su salón de piedra, no hace más que anotar lo que de él oyó. ¿Un diálogo? ¿Verdaderamente un diálogo? Tendría que ser loco para creerlo. No puedo creer tampoco, por lo tanto, que él, en el fondo de su alma, tuviera por real lo que vio y oyó: ni cuando lo vio y lo oyó, en efecto, ni después, al trasladarlo al papel —y ello a pesar del cinismo con que su interlocutor trató de convencerle de su existencia objetiva—. Pero si no hubo visitante —y la sola admisión condicional de su posible existencia y realidad, implicada en esta frase, basta para horrorizarme—, da escalofrío pensar que tanto cinismo, tanto menosprecio, tanta doblez y tantas añagazas pudieron salir de la propia alma del infeliz visitado...

Ni qué decir que no me propongo confiar al impresor el manuscrito de Adrian. Con mi propia pluma copio, palabra por palabra, lo que él escribió en papel de música con su letra anticuada, redonda, gruesa, letra de monje. Empleó el papel de música porque no tendría otro en aquel momento, o no encontró en la tienda de la plaza de la Iglesia de San Agapito uno que le gustara. El manuscrito es de una gran regularidad: dos líneas en el pentagrama superior, dos en el pentagrama inferior y otras dos en los espacios blancos intermedios entre ambos pentagramas.

No puede precisarse con absoluta certeza la época de redacción. El documento no lleva fecha. Si mi convicción tiene algún valor, no es ni posterior a nuestra visita ni fue redactado durante los días que estuvimos allí juntos. Hubo de ser escrito antes de nuestra llegada, a menos que no lo fuera durante el primer verano que los dos amigos pasaron en casa Manardi. Estoy seguro, en todo caso, de que Adrian había pasado ya entonces por la experiencia que motivó el manuscrito, y, también, de que la redacción vino inmediatamente después de la aparición, es de suponer que al día siguiente.

Empiezo pues a copiar –y mucho me temo que la mano me tiemble al escribir, sin necesidad de que lejanas explosiones hagan temblar mi casa…

«¿Sabes callar? Me callaré, aunque sólo sea por vergüenza, para no hacer daño a los demás, por consideraciones de orden social. Estoy firmemente resuelto a mantener hasta el final el dominio de la razón sobre mis palabras. Pero es un hecho que Le vi. Por fin, por fin… Estuvo conmigo en esta sala, inesperadamente y después de tanto tiempo de esperarle. Tuve con Él una larga conversación y lo único que ahora me irrita es no saber si el frío que pasé, durante todo el rato, era culpa del tiempo o culpa Suya. ¿Imaginé yo que hacía frío, o hizo Él que lo imaginara, para hacerme temblar y dar cuenta exacta de que Él estaba allí, de verdad, en carne y hueso? Todo el mundo sabe que a ningún demente le infunden pavor sus propias elucubraciones; al contrario, le son gratas y suavemente se deja envolver en ellas. ¿Me tomó por necio al hacerme pasar frío? ¿Quiso así evitar que yo me tomara a mí mismo por loco y a Él por una elucubración? Es astuto el bellaco.

»¿Sabes callar? Me callaré ante mí mismo. Inscribiré mi silencio en este papel de música mientras mi compañero, con quien me río de buena gana, lejos de mí en esta misma sala, se atormenta con sus traducciones del adorado inglés al odiado alemán. Pensará que estoy componiendo y si viera que son palabras lo que escribo, diría que también Beethoven hacía a veces lo mismo.

»Había pasado el día en la oscuridad, aquejado de terribles dolores de cabeza, con náuseas y accesos de bilis, como suele ocurrirme cuando el ataque es fuerte. Al anochecer, sin esperarlo y casi súbitamente, experimenté una gran mejoría. Pude tragar y conservar en el estómago la sopa que me trajo la patrona (*Poveretto!*), bebí con gusto después un vaso de vino tinto (*Bevi, bevi!*) y tan seguro de mí mismo me sentí que llegué a encender un cigarrillo. Hubiese podido perfectamente salir, según habíamos convenido el día antes con el *signor* Dario, deseoso de presentarnos en el casino de la burguesía palestriniana y de mostrarnos la sala de billares y la biblioteca. Aceptamos para no molestar al buen señor y, en fin de cuentas, Schildknapp le acompañó solo y yo quedé excusado por enfermo. Después de la cena, y con el gesto torcido, se marchó con Dario calle abajo y yo me quedé a solas conmigo mismo.

»Estaba sentado junto a la ventana, con los postigos cerrados, encendida la lámpara y ante mí toda la longitud de la sala. Leía un pasaje de Kierkegaard sobre el *Don Juan* de Mozart.

»De pronto me siento sorprendido por un frío incisivo, como si, sentado al calor de la lumbre un día de invierno, se abriera de súbito una ventana dejando pasar el aire helado del exterior. Pero el frío no llegó por detrás, donde estaban las ventanas. Me atacó de frente. Levanto la vista del libro, doy un vistazo a la sala y me doy cuenta de que no estoy solo. Imagino que Sch. está ya de regreso. Alguien está sentado en el sofá, junto a la mesa en medio de la sala, donde tomamos por la mañana nuestro desayuno. Sentado en la semioscuridad, en uno de los ángulos del sofá, con las piernas cruzadas. Pero no es Sch. Es otro, más pequeño y mucho menos elegante. No produce, en conjunto, el efecto de un caballero. Pero el frío me sobrecoge continuamente.

»—*Chi e costa* —grito yo con voz algo atragantada, irguiendo el cuerpo con las manos apoyadas en los brazos del sillón, en forma que el libro cae de mis rodillas al suelo. Contesta una voz reposada, lenta, sin altos ni bajos; de una agradable nasalidad:

»—Puede usted hablar alemán. Viejo alemán, sin remilgos ni rodeos. Lo comprendo. Es precisamente mi lengua preferida. Me ocurre a veces que el alemán es la única lengua que comprendo. Pero vete a buscar tu abrigo, tu sombrero y tu manta. Tienes frío, y tendrás que charlar un rato.

»—¿Quién me trata de tú? —pregunto indignado.

»—Yo —contesta él—. Yo, con permiso. ¿Te figuras acaso que porque tú no tuteas a nadie, ni al humorista, el *gentleman*, sólo a tu amigo de la niñez, que te llama por tu nombre sin que tú le correspondas, te figuras que por eso nadie te ha de tutear? Deja eso. Nuestras relaciones autorizan el tuteo. ¿Vas a buscar algo para abrigarte o qué haces?

»Le contemplo airado mientras él permanece oculto en la semioscuridad. Es un hombre de tipo más bien poca cosa, no tan alto, ni con mucho, como Sch., más pequeño incluso que yo, con una gorra inglesa caída sobre una oreja y dejando ver, por el lado opuesto, un tufo de pelo rojo que le cubre gran parte de la sien. Rojas también las cejas y enrojecidos los ojos, reluciente el cutis, la punta de la nariz ligeramente torcida. Llevaba una camisa de paño, con rayas horizontales, una chaqueta de cuadros y las mangas, muy cortas, dejaban ver las abultadas manos, con los dedos como salchichas; muy ajustados, hasta producir repugnancia, el pantalón, y tan usados los zapatos de color que era imposible ya pensar en limpiarlos. Un chulo. Un vagabundo. Con la voz y la articulación de un actor.

»—¿Vas o no vas a buscar algo para abrigarte?

»—Deseo ante todo saber —dije yo dominándome con dificultad— quién se toma la libertad de entrar en mi casa y sentarse como en la suya.

»—Ante todo —repitió él—. Ante todo es una expresión que me gusta. Pero, en realidad, te molesta sobremanera cualquier visita que no deseas y que consideras inesperada. No vengo a buscarte para que me acompañes a ninguna reunión ni para adularte a fin de que tomes parte en una fiesta musical. Vengo para hablar de asuntos serios. ¿Vas a buscar tu abrigo, sí o no? No hay modo de hablar cuando le castañetean a uno los dientes.

»Permanecí aún sentado algunos segundos sin apartar mis ojos de los suyos. Y el frío helado que de él emanaba se adueñaba de mí, me dejaba desamparado, como si estuviera desnudo. Así me encontraba. Me levanto, en efecto, y por la primera puerta a la izquierda entro en mi cuarto, saco del armario mi abrigo de invierno, bueno para los días de viento en Roma y que llevé conmigo porque no tenía dónde dejarlo; me pongo el sombrero, agarro la manta de viaje y vuelvo a mi lugar.

»El visitante seguía sentado en el mismo sitio.

»—¿Estáis aquí todavía? —dije yo levantando el cuello de mi abrigo y cubriéndome las piernas con la manta—. Esto me maravilla, porque tengo la grave sospecha de que aquí no hay nadie.

»—¿No? —preguntó él acentuando estudiadamente el tono nasal de la voz—. ¿Y por qué no?

»Yo: —Porque es muy improbable que Uno venga a sentarse aquí por la noche, hablando alemán y difundiendo frío en torno suyo, para tratar conmigo de asuntos importantes, según dice, y que este uno sea alguien de quien nada sé ni quiero saber. Mucho más probable es que me encuentre enfermo y que el delirio de la fiebre, contra el cual me protejo abrigándome, me haga proyectar mis escalofríos sobre vuestra persona y ver en ella la fuente de donde vienen.

»*Él*, comedido y convincente, riéndose con la risa de un actor: −¡Qué desvarío! ¡Qué modo tan inteligente de delirar! Precisamente lo que en lenguaje clásico solía llamarse un devaneo. Y de un artificio superiormente hábil, como un fragmento de tu ópera. Pero aquí no se trata de música, por ahora. Todo esto es pura hipocondria. No te dejes llevar por tus ilusiones y no dejes, sin más ni más, que te abandonen tus cinco sentidos. No se trata de ninguna enfermedad. Después del pequeño tropiezo que tuviste, gozas de una salud excelente propia de tu edad. No quisiera además cometer ninguna falta de tacto. Cualquiera sabe lo que es la salud. Pero en todo caso una enfermedad no empieza de este modo. No tienes sombra de fiebre ni hay motivo para que la tengas nunca.

»*Yo*: −Porque, además, cada una de vuestras palabras, o poco menos, pone al descubierto vuestra inexistencia. No hacéis más que decir cosas que están en mí y de mí vienen, pero no de vos. Empleáis frases y palabras que recuerdan las del profesor Kumpf y vuestro atavío no deja suponer que hayáis jamás frecuentado una universidad ni os hayáis sentado junto a mí en los bancos de una clase. Habláis del pobre *gentleman* y del amigo que yo tuteo e incluso de los que me han tuteado sin que yo se lo agradeciera. Y por si algo faltara, habláis de mi ópera. ¿Cómo es posible que sepáis todo esto?

»*Él* (ríe de nuevo con su risa ensayada y mueve la cabeza como ante una graciosa travesura): −¿Cómo es posible? El hecho es que lo sé, como puedes ver. ¿Por qué empeñarte, pues, en ser insincero y negar lo que ves? Tanto vale invertir los términos de la lógica que os enseñan en las universidades. Afirmas que no existo realmente porque estoy enterado con exactitud, en lugar de creer —lo que más te valiera—, no sólo que existo en efecto, sino que soy precisamente aquel por quien tú me has tomado desde un principio.

»*Yo*: —¿Y por quién os he tomado?

»*Él* (en tono de cortés reproche): —Deja ya, lo sabes de sobra. No debieras tampoco empeñarte en disimular que, desde largo tiempo, me estabas esperando. Sabes tan bien como yo que nuestras relaciones exigen, más imperiosamente cada día, una explicación. Si existo —y supongo que ya no dudas de mi existencia— sólo puedo ser Uno y nadie más. ¿Quién es este Uno y cómo se llama? Tu memoria conserva, desde que empezaste a frecuentar la universidad, antes de que dejaras olvidadas detrás de la puerta y debajo del banco las Sagradas Escrituras, el recuerdo de todos mis nombres y apodos peyorativos. Puedes elegir el que prefieras, uno de los muchos diminutivos que se me aplican amistosamente, como haciéndome cosquillas con los dedos en la sotabarba: eso viene de mi gran popularidad entre los alemanes. La popularidad (¿no es cierto?) uno la acepta con gusto aun sin haberla buscado, aun si se está convencido, en el fondo, de que proviene de una confusión. Es halagadora y benéfica. Si quieres llamarme por mi nombre, aunque esta no sea tu costumbre, olvidadizo como eres de los nombres porque las personas que los llevan no te interesan... si quieres llamarme por mi nombre puedes elegir entre los muchos que, con gran ternura, me da la gente del pueblo, el que más te agrade. Sólo hay uno de estos nombres que no me gusta oír, por maligno y calumnioso, sin relación alguna con mi verdadero carácter. Quien tuvo la ocurrencia de llamarme "el señor que dice y no hace" se equivocó de medio a medio. Aun dicha la cosa con ganas de cosquillearme la barbilla, la calumnia es evidente. Lo que digo lo hago. Mis promesas las cumplo hasta el último maravedí. Es el principio que me inspira en los negocios, como a los judíos. No hay comerciantes que sean más de fiar que ellos. Pero cuando llega la hora del engaño es proverbial que yo, leal y cumplidor, sea siempre el engañado.

»*Yo*: —Dice y no hace. ¿Pretendéis realmente estar sentado ante mí, en el sofá, y hablarme en el viejo alemán rebuscado del profesor Kumpf? ¿Aquí precisamente, en esta tierra extraña, fuera de vuestros dominios, donde es casi nula vuestra popularidad? ¡Absurda falta de estilo! En Kaisersaschern os hubiese aceptado. En Wittenberg o en lo alto del Wartburg, en Leipzig mismo, pudiera dar crédito a vuestra presencia. Pero no aquí, bajo este cielo pagano y católico...

»*Él* (mueve la cabeza preocupado y hace chasquear la lengua): —Ts, ts, ts. Siempre las mismas dudas, la misma falta de confianza en sí mismo. Si tuvieras valor para decirte: "Donde yo estoy, allí está Kaisersaschern" pisarías, por fin, terreno firme y tus preocupaciones estéticas sobre mi falta de estilo resultarían superfluas. ¡Rayos y tinieblas! Así debieras hablar y no sé si te falta valor para hacerlo o si finges que te falta. Te tomas por menos de lo que vales, amigo mío, y pretender hacer conmigo lo mismo al querer limitar de tal modo mis dominios y dejarme reducido a un provinciano alemán. Soy alemán, desde luego, alemán hasta el tuétano si quieres, pero a la manera antigua, la buena, es decir, cosmopolita de corazón. Quieres negarme aquí, y echas en olvido la vieja nostalgia romántica que la hermosa tierra italiana inspiró siempre a los alemanes. Alemán no niego que lo sea, pero ese no es motivo para que yo no desee también, como Durero, disipar mi frío a los rayos del sol —y además, dejando el sol aparte—, me han llamado aquí asuntos urgentes, que tienen que ver con un alma exquisita...

»Náuseas indescriptibles me sobrecogieron en este momento y empecé a temblar como la hoja en el árbol. No pude, sin embargo, darme cuenta exacta de la causa de mi temblor. Podían ser las náuseas y el frío al propio tiempo. El fluido helado que de él emanaba era cada vez más perceptible y a través de la manta me penetraba hasta los huesos. De mala gana pregunté:

»—¿No podríais poner término a esa absurda corriente helada?

»*Él*: —No, y lo siento. Me apena no poderte complacer. Soy frío y no lo puedo remediar. Si no fuera así, ¿cómo podría resistir y encontrar soportable el lugar donde vivo?

»*Yo* (involuntariamente): —¿Habláis del garito de los condenados?

»*Él* (se ríe complacido): —¡Excelente! Muy bien dicho. El lugar tiene muchos otros nombres, latinos varios de ellos —Carcer, Confutatio, Pernicies, Condemnatio—, que el señor, antiguo teólogo, conoce bien. He de confesar que las designaciones humorísticas son las que más me gustan. Pero no nos ocupemos, por ahora, del lugar y de sus particularidades. Adivino en tu cara las ganas de preguntarme. Repito que no se trata de una cuestión candente. Pido perdón por el jocoso empleo de esta palabra: candente. Queda tiempo, mucho tiempo, incalculable. Tiempo es lo mejor, lo más personal que podemos dar. Nuestro regalo preferido es el reloj de arena. El agujero a través del cual se escurre la rojiza arenilla es tan fino que el ojo no consigue percibir cómo va disminuyendo el contenido de la cavidad superior. Sólo al final parece precipitarse el movimiento. Pero el final está lejos, tan grande es la estrechez del agujerito. Lejos, muy lejos. No vale la pena hablar ni pensar en ello. Pero el reloj está en movimiento, la arena ha empezado a escurrirse, y de esto quiero hablar contigo, precisamente.

»*Yo* (muy despectivo): —Es mucho lo que de Durero parecéis tener. Primero el frío anhelo del sol, ahora el reloj de arena de la Melancolía. ¿Vendrá también el cuadrado numeral? Estoy pronto a todo y me acostumbro a todo. Me acostumbro a vuestro descarado tuteo y a que me llaméis querido amigo, cosa que especialmente me repugna. El tuteo, después de todo, lo empleo conmigo mismo —y mi tuteo explica probablemente el vuestro—. A lo que pretendéis, estoy conversando con el negro Gasparín, es decir Gaspar, y así Gaspar y Samiel son una misma persona.

»*Él*: —¿Vuelves a empezar?

»*Yo*: —Es cosa de risa. Samiel... ¿Dónde está tu *fortissimo* en *do* menor para trémolo de cuerda, instrumentos de madera y trombones, ingenioso espantajo para el público romántico, surgiendo del *fa* sostenido menor como tú de entre las peñas? Me maravilla no oírlo.

»*Él*: —Deja esto. Dispongo de más gratos instrumentos y ya te llegará el momento de oírlos —cuando hayas alcanzado la necesaria madurez—. Todo es cosa de madurez y de tiempo. El tiempo lo arregla todo. Precisamente de esto quisiera hablar contigo. Pero ese nombre de Samiel... —me parece torpe. Prefiero las formas populares. Samiel es torpe—. Johann Ballhorn, de Lübeck, transformó el nombre de Sammael. ¿Y qué quiere decir Sammael?

»*Yo* (me callo, obstinado).

»*Él*: —¿Sabes callar? Comprendo tu discreción al dejar que yo me encargue de traducir la palabra a la lengua vernácula. Significa "Ángel de la Ponzoña".

»*Yo* (entre dientes y sin poder apenas despegarlos): —Tal es vuestro aspecto, en verdad. Como un ángel, igual, igual. ¿Queréis saber lo que parecéis? Decir que sois un hombre vulgar no es bastante. Vuestro aspecto es el de una escoria humana, de un sangriento bandido. Así os habéis presentado en mi casa —no como un ángel.

»*Él* (bajando los ojos para contemplarse a sí mismo y con los brazos en alto): —¿Cómo, cómo? ¿Qué aspecto tengo? Ha sido una buena idea preguntarme si sé qué aspecto tengo, porque en verdad que no lo sé. O no lo sabía. Tú has hecho que me diera cuenta. Puedes estar seguro de que no presto a mi apariencia la menor atención. Dejo, por así decirlo, que se arregle por sí misma. Mi aspecto es puramente casual. Se ajusta en cada caso a las circunstancias sin que tenga yo que preocuparme. Adaptación, mímica, jugarretas y estratagemas de la naturaleza, siempre al acecho. Son cosas que tú conoces bien. Pero, querido amigo, la adaptación, de la cual yo sé tanto y tan poco como la mariposa que al plegar sus alas se convierte aparentemente en hoja, no es posible que la reclames para ti como un derecho y me la reproches a mí como un crimen. Tienes que reconocer que en la adaptación hay algo aprovechable, el elemento, por ejemplo, que te inspiró tu hermosa melodía con las notas simbólicas, tan elocuente y ya escrita casi como bajo cierta sugestión:

Cuando en la noche
a mis labios la copa acercabas,
mi vida al propio tiempo emponzoñabas...

»Perfecto.

En la herida el reptil
quedó prendido...

»Grandes dotes, en verdad. Nos dimos cuenta en seguida y por esto, desde un principio, no te perdimos de vista. Tu caso valía decididamente la pena, era un caso de predisposición y bastaría con arrimar un poco de nuestro fuego, un poco de calor que le diera alas y estímulo, para obtener el más brillante resultado. ¿No dijo Bismarck algo así como que era necesaria media botella de champaña para situar a un alemán en su natural nivel? Creo recordar que dijo algo parecido. Tenía razón. El alemán es un ser muy dotado, pero claudicante –lo bastante dotado para irritarse de su claudicación y tratar de dominarla con actos diabólicos de iluminado–. Tú sabías muy bien lo que te faltaba y obraste según la tradición al emprender tu famoso viaje con los resultados que ya conoces.

»—¡Cállate!

»—¿Cállate? Veo que progresas. Te acaloras y dejas de lado la segunda persona del plural para emplear el tuteo como corresponde entre personas ligadas por un pacto temporal y eterno.

»—¡Callaos de una vez!

»—¿Callar? Va ya para los cinco años que nos callamos y, para ver claro, alguna vez teníamos que hablar de todo ello y de las interesantes circunstancias en que te encuentras. Ésta es cosa para ser callada, naturalmente, pero no entre tú y yo, a la larga —el reloj está en movimiento, la arenilla roja empieza a escurrirse por la fina, muy fina angostura: empieza nada más—. Lo que hay en el recipiente inferior es casi nada en comparación con el volumen de lo que queda arriba. Déjanos tiempo, mucho tiempo, incalculable. No hay que pensar aún en el final ni tan sólo en el momento en que uno puede empezar a pensar en el final. *Respice finem*. No hay que pensar en este momento siquiera, tanto menos cuanto que se trata de un momento variable y nadie sabe dónde hay que situarlo ni cuál es su verdadera relación con el final. Cada uno lo fija según su voluntad y su temperamento. Es graciosa y cómoda esta inseguridad, esa constante disponibilidad del momento oportuno para empezar a pensar en el final, separado así de nuestra mirada por una niebla engañosa.

»—¡Palabrería!

»—No hay modo de contentarte. Eres grosero hasta cuando se trata de mi psicología y te olvidas de que tú mismo un día, en el Montesion cercano a tu casa, presentaste la psicología como un agradable, neutral término medio y a los psicólogos como los hombres que más vivamente sentían el amor de la verdad. Cuando hablo del final preestablecido y del tiempo dado estoy muy lejos de perderme en palabrería. Me ajusto al asunto estrictamente. Dondequiera está en movimiento el reloj de arena con un tiempo dado, tiempo incalculable pero no infinito, y un final preestablecido, allí estamos nosotros en nuestro elemento. Vendemos tiempo –pongamos veinticuatro años–. ¿Es esto calculable? ¿Es una masa importante? Uno puede vivirlos de cualquier modo, como una bestia, o asustar al mundo por sus artes diabólicas como un gran nigromántico. Otro puede olvidar, y cada día más, a medida que pasa el tiempo, toda claudicación, superarse a sí mismo sin dejar de ser el mismo sino al contrario, siendo el mismo más que nunca, situado en su nivel natural gracias a la media botella de champaña, y en ese estado de embriaguez gozar de todos los placeres que dispensa una infusión vital casi insoportable, en forma que, con más o menos razón, llega a convencerse de que tal infusión no se había dado en el mundo desde miles de años. En los momentos de mayor libertad, de más gran desenfreno, puede llegar a creerse un dios. ¿Cómo ha de preocuparse un hombre así del momento en que habrá que pensar en el final? Pero eso sí: el final es nuestro, al fin es nuestro, y esto hay que convenirlo, no sólo tácitamente, sino de hombre a hombre y de un modo expreso, aunque permanezca estrictamente secreto.

»*Yo:* –¿Lo que queréis, pues, es venderme tiempo?

»*Él:* –¿Tiempo? ¿Así, sin más? No, mi querido amigo, esa mercadería no sería digna del diablo. No justificaría que exigiéramos por precio el fin. Lo que importa es la clase de tiempo. Gran tiempo, frenético, diabólico, con todos los goces y placeres imaginables, y también con sus pequeñas miserias, sus pequeñas y sus grandes, lo concedo, y no sólo lo concedo, lo subrayo con orgullo, porque entiendo que es algo conforme a la naturaleza del artista y a su carácter. El artista tiende a lo extremado, a la exageración en ambos sentidos. A grandes bandazos oscila el péndulo entre la exaltación y la melancolía. Pero todo esto es vulgar al lado de las experiencias que nosotros podemos procurar. Se trata de llegar a los verdaderos extremos y eso es lo que suscitamos: ascensiones, iluminaciones, privaciones y desbordamientos, sensaciones de libertad, de seguridad de sí mismo, de ligereza, de poder y de triunfo, tales que nuestro hombre llega a dudar de sus propios sentidos (sin contar la propia admiración por lo creado), una admiración sin límites que le permite prescindir fácilmente de la admiración de los demás; el amor escalofriante de sí mismo, acompañado de un delicioso temor, bajo cuya influencia vive con la ilusión de ser un vocero encantado, un monstruo divino. Y vienen también, ocasionalmente, los profundos descensos, de una augusta profundidad, no sólo en el vacío, en el desierto, en la impotente tristeza, sino en el dolor y en la náusea, dolores ya conocidos, naturales, congénitos, pero agudizados por la iluminación. Son dolores que se aceptan con orgullosa satisfacción en pago de lo sublime que han sido los goces, dolores legendarios como los de la sirena que deja la cola para adquirir piernas de mujer y cree llevar cuchillos clavados en ellas. ¿No recuerdas la pequeña sirena de Andersen? Sería la novia ideal para ti. Una palabra tuya y la llevaré a tu cama.

»*Yo:* –Cállate ya, majadero.

»*Él:* –Calma, calma, y no empezar siempre con groserías. No quieres más que silencio. No pertenezco, después de todo, a la familia Schweigestill.[1] Y aun así, mamá Else, con toda la discreción deseable, no dejó de comadrear lo suyo a costa de sus huéspedes. Pero yo he venido a esta tierra extranjera y pagana no para callar sino para hablar de hombre a hombre, para confirmar un trato y fijar de modo preciso las condiciones de entrega y de pago. Ya te he dicho que habíamos callado durante más de cuatro años –y sin embargo todo marcha a pedir de boca, del modo más prometedor. Está fundida la

---

1. *Schweigestill* significa en alemán: 'callado y quieto'. *(N. del T.)*

mitad de la campana. ¿Quieres que te diga cómo están y por dónde van las cosas?

»*Yo:* –A lo que parece, he de oírte por fuerza.

»*Él:* –No te pesa el hacerlo. En el fondo estás contento de poderme escuchar. Es más, el escucharme te excita y no sabrías qué hacer contigo si te lo prohibiera. Con razón. Nuestro mundo, el tuyo y el mío, es un mundo íntimo y familiar. Ambos nos encontramos en él como en nuestra propia casa. Es la auténtica ciudad de Kaisersaschern, atmósfera de la vieja Alemania de allá por el año mil quinientos, poco antes de que surgiera el doctor Martín Lutero, cuyas relaciones conmigo eran tan ásperas y cordiales que un día me tiró un mendrugo de pan, digo mal, un tintero a la cabeza –mucho antes, pues, de que empezara el gran tiberio de los treinta años de guerra–. Recuerda cuán grande era entonces la agitación en vuestra Alemania central, en el Rin y en todas partes; tiempos de tensión espiritual, de penas y zozobras. Peregrinaciones de la Sagrada Sangre a Niklashausen, en el valle del Tauber, procesiones infantiles, hostias ensangrentadas, hambre, guerra, peste, meteoros, cometas y grandes signos anticipativos, monjas estigmatizadas, aparición de cruces en las vestiduras, y, con una de estas cruces, llevando por bandera la camisa de una virgen, querían las gentes partir en guerra contra el Turco. ¡Buena época, alemana y diabólica! ¿No sientes un cordial calor al evocarla? Los planetas se reunían bajo el signo de Escorpión y así lo enseña el dibujo del maestro Durero. Entonces llegaron de las Antillas los diminutos huéspedes portadores de un nuevo flagelo... Hay que ver cómo escuchas... Como si hablara de las teorías de flagelantes, de la marcha de los penitentes que se destrozaban la carne para el rescate de los pecados propios y ajenos. Hablo más bien de los flageladores, infinitamente pequeños, de esa Venus de cera que lleva el nombre de espiroqueta pálida. A ésos me refiero. Pero tu confusión se explica. La cosa hace pensar en la Edad Media y en el *Fla-*

gellum haereticorum fascinariorum. En los mejores casos, como el tuyo, los flageladores pueden ser también fascinadores. Están además muy domesticados y en los países donde penetraron hace siglos no se manifiestan ya de un modo escandaloso, con llagas abiertas y pestilentes y narices que van cayéndose a pedazos. Ahí tienes a Baptist Spengler, el pintor. No es hombre que tenga que anunciar, como en tiempos remotos los leprosos, su paso o su presencia son una chasca.

»*Yo:* —¿Spengler también?

»*Él:* —¿Y por qué no? ¿Crees tú ser el único? Ya sé que preferirías la cosa como un privilegio personal y que toda comparación te irrita. Ten presente, amigo, que los compañeros que uno tiene son siempre muchos. Spengler pertenece a la cofradía. No en vano guiña continuamente el ojo con avergonzada malicia y no en vano Inés Rodde lo tiene por un hipócrita y un mojigato. Así es en la vida. El faunesco Leo Zink se ha escapado hasta ahora indemne. El pulcro y avisado Spengler fue cazado en su primera juventud. De todos modos no vale la pena de tener celos de él. Se trata de un caso trivial, fastidioso. No es el tipo de que podamos servirnos para nada sensacional. Algo más despierto, algo más interesado por las cosas intelectuales puede que lo sea a causa de la contaminación. Es posible también que, de no ser por la secreta marca, no leyera con tanta avidez el diario de los Goncourt y las obras del abate Galieni. Cuestión de psicología, mi querido amigo. La enfermedad, y más particularmente la enfermedad indecorosa, discreta, secreta, suscita cierta oposición crítica entre el enfermo y el mundo, entre el enfermo y la vida corriente; estimula en él la obstinación y la ironía contra el orden social y le induce a buscar protección y refugio en la libertad espiritual, en los libros, en las ideas. Tal es el caso de Spengler y nada más. El tiempo que le queda aún para leer, discursear, beber vino tinto y gandulear no se lo hemos vendido nosotros. Es un tiempo que nada tiene de genial. Un hombre de mundo (no del todo vulgar) y, después, nada. Vivirá quejándose del hígado, de los riñones, del estómago, del corazón y del intestino hasta que un día se quedará sordo o afónico y así, con una palabra escéptica en los labios, irá arrastrándose algunos años; y después... nada. Todo esto no tiene ningún valor. No hubo nunca iluminación, elevación, entusiasmo, porque nunca hubo en ello nada de cerebral. ¿Comprendes? Los diminutos no se preocuparon en este caso de lo noble, de lo superior. Es evidente que no se sintieron atraídos. No se produjo la metástasis en lo metafísico, lo metavenéreo, lo metainfeccioso.

»*Yo* (con rencor): −¿Cuánto tiempo tendré aún que estar sentado y pasando frío, obligado a oír vuestra verborrea insoportable?

»*Él*: −¿Verborrea? ¿Obligado a oír? No sé por qué dices eso. O mucho me equivoco o escuchas con gran atención, estás impaciente de oír más cosas aún, de saberlo todo. Hace un momento nada más, te interesaste por tu amigo Spengler de Munich. De no haberte cortado yo la palabra estarías todavía preguntándome sobre los demonios y su guarida. ¡No pongas cara de ofendido! Tengo también mi pundonor y sé muy bien que no soy un visitante inoportuno. Para abreviar: la metaespirocaetosis es el proceso meníngeo y puedo asegurarte que todo ocurre como si algunos de los diminutos tuvieran una preferencia especial por la región superior, una pasión por las meninges, la duramáter, la aracnoides y la piamáter, protectoras de la blanda masa encefálica, y hacia allí se acumulan ávidamente desde el momento en que se inicia la infección general.

»*Yo*: −Está muy bien lo que decís. El pícaro parece haber estudiado medicina.

»*Él*: −Como tú teología, quiero decir de un modo fragmentario y especializado. ¿Pretenderás acaso negar que sólo has estudiado la más insigne de las artes y ciencias en calidad de especialista y de aficionado? Sólo te interesaba una cosa —y esa cosa era yo—. Te estoy muy agradecido. Pero ¿cómo quieres que yo, amigo y chulo de Esmeralda, tal como me presento ante ti, no tenga un interés especial, no me especialice, en el aspecto de la medicina que más de cerca me toca? La verdad es que sigo de cerca y continuamente los más recientes trabajos y resultados de los investigadores. Ítem más, algunos doctores pretenden y juran que entre los diminutos hay verdaderos especialistas del cerebro, gustadores de la región cerebral, un virus nervioso. Pero estos doctores están muy lejos de la cuenta. Ocurre exactamente lo contrario. Es el cerebro el que aspira a la visita y la espera como tú esperabas la mía. El cerebro atrae e invita, como si se impacientara de esperar. ¿Recuerdas lo que dijo el filósofo? "Las acciones de los agentes se producen en los pacientes predispuestos." Ya ves pues que todo depende de la disponibilidad, de la preparación, de la invitación. Hay hombres mejor dotados para la brujería que otros y nuestra habilidad consiste en saber descubrirlos.

»*Yo*: —No tengo nada que ver contigo, miserable calumniador. No te he dicho que vinieras.

»*Él*: —¡Santa inocencia! El viajero cliente de mis diminutos recibió una advertencia, si mal no recuerdo. Y a tus médicos supiste elegirlos con certero instinto.

»*Yo*: —Encontré sus señas en el anuario. ¿A quién hubiese podido preguntar? ¿Y quién hubiese podido adivinar que habían de abandonarme? ¿Qué hicisteis con mis dos médicos?

»*Él*: —Eliminarlos, eliminarlos. Por chapuceros, y en interés tuyo. En el momento preciso, ni demasiado pronto ni demasiado tarde. Cuando habían puesto, con sus manipulaciones, la cosa en buen camino y lo único que podían aún hacer era malbaratar un caso tan interesante. Una vez terminada la acción provocadora había que poner término a su actuación. Una vez que su tratamiento específico hubo limitado sensiblemente los efectos de la infiltración cutánea general y dado con ello un vigoroso impulso a la metástasis hacia la región superior, su misión había terminado y era preciso eliminarlos. Se ignora, y si no se ignora es igual, porque no puede evitarse, que el tratamiento general acelera vigorosamente los procesos superiores, metavenéricos, asimismo estimulados cuando no se aplica tratamiento alguno a la enfermedad en su período inicial. Hágase lo que se haga, el mal es siempre el mismo. Pero en ningún caso podíamos tolerar que los médicos siguieran adelante con sus manipulaciones. El retroceso de la infección general quedó abandonado a sí mismo a fin de que el progreso en la región superior pudiera continuar lentamente y fuera así posible salvar años, decenios de tiempo —de hermoso tiempo nigromántico—, un reloj de arena lleno de tiempo diabólicamente genial. Cuatro años después del contagio, hoy, el foco existe en tu cerebro, pequeño, reducido, finamente circunscrito —pero existe—. El hogar, el taller de los diminutos, que allí llegaron por vía líquida; el lugar de la incipiente iluminación.

»*Yo*: —Te he desenmascarado, mentecato. Te has hecho a ti mismo traición al nombrar el foco febril de mi cerebro, de donde has surgido como una aparición y sin el cual tú no existirías. Me has hecho comprender que aún viéndote y oyéndote en mi excitación, tú no pasas de ser una alucinación de mis sentidos.

»*Él*: —¡Curiosa lógica! Al revés te lo digo para que me entiendas. No soy producto del foco pial en tu cabeza. Es, al contrario, gracias a ese foco que tú *estás* en condiciones de percibirme, cosa que, desde luego, no sería posible sin su ayuda. ¿Te das cuenta? ¿Está mi existencia ligada a tu incipiente fiebre? ¿Soy yo parte de tu sujeto? No puedo aceptarlo. Paciencia, amigo; lo que ocurre y progresa en el consabido lugar ha de permitirte aún muchas cosas; derribar otra clase de obstáculos, suprimir inhibiciones y estorbos. Espera hasta Viernes Santo y verás cuán pronto llega la Pascua. Espera uno, diez, doce años hasta que la iluminación, la disolución en la luz de todos los escrúpulos y de todas las dudas alcance su punto culminante. Comprenderás entonces la razón del tributo, sabrás por qué nos has legado cuerpo y alma. De las semillas de la botica surgirán entonces, sin pudor, osmóticas excrecencias...

»*Yo* (indignado): −¡Cierra tu sucia boca! ¡Te prohíbo que hables de mi padre!

»*Él*: −El nombre de tu padre en mi boca no es precisamente una blasfemia. Era hombre de espíritu inquieto, dispuesto siempre a especular con los elementos naturales. De él te viene tu gran dolor, esa disposición de la pequeña sirena a creer que le acuchillaban las piernas... Además, lo que he dicho es cierto. Se trata de un fenómeno de ósmosis, de difusión licórea, de proliferación. Ahí está la región lumbar y la columna, cuyos jugos ascienden a la región cerebral, a las meninges, en cuyos tejidos la meningitis venérea va haciendo su obra, quieta y calladamente. Pero en el interior, en la masa parenquimatosa, nuestros diminutos no podrían penetrar por grande que fuera la fuerza de atracción de aquélla y por grande que fuese su propia nostalgia. Es necesaria la difusión líquida, la ósmosis con los jugos celulosos de la piamáter que, al irrigar la masa, disuelven el tejido y dejan abierto a los flageladores el camino hacia el interior. Todo viene de la ósmosis, cuyos extraños productos tanto, y tan pronto, te interesaron.

»*Yo*: −Me hacéis reír, bellaco. Ojalá volviera Schildknapp y me reiría con él. Le contaría historias de mi padre, sus lágrimas cuando nos decía que todo aquello era muerto.

»*Él*: −¡Sapos y culebras! Bien hacías en reírte de las compasivas lágrimas de tu padre, aparte de que quien, por su natural, tiene contacto con el Tentador, reacciona siempre contra los sentimientos ajenos con la manifestación de sentimientos contrarios; siente el deseo de llorar cuando los demás se ríen y de reírse cuando los demás lloran. ¿Qué significa "muerto" si la flora es de variados colores y formas, si crece, brota y siente la atracción solar? ¿Qué significa la palabra "muerto" aplicada a la gota que devora con tan buen apetito? Lo que es enfermedad y lo que es salud, amigo, no debemos dejar que lo decidan los pedantes. Es dudoso que su ciencia de la vida sea tanta como ellos pretenden. No pocas veces la vida ha recurrido a la enfermedad y a la muerte con verdadero goce. ¿Has olvidado lo que te enseñaron en los bancos de la universidad, que Dios podía sacar partido del mal para el bien y que esta posibilidad no debe serte regateada? Más aún. Alguien ha estado siempre enfermo y loco a fin de que no tuvieran que estarlo los demás. Y donde la locura empieza a ser enfermedad no hay nadie que pueda decirlo con certeza. Como en un rapto escribe uno: "¡Soy feliz! ¡Estoy fuera de mí! ¡He dado con algo nuevo y grande! ¡Cálida delicia del hallazgo! ¡Mis mejillas son como hierros candentes! ¡Estoy transportado y todos lo estarán como yo cuando conozcan mi obra! ¡Que Dios se apiade entonces de vuestras pobres almas!" ...¿qué es esto, locura de la salud, normalidad de la locura, o algo que tiene que ver con las meninges? El burgués pedante es el último que puede decirlo: lo único que se le ocurre es pensar que todos los artistas están algo trastocados. Pero al día siguiente se oye el grito opuesto: "¡Oh, estúpido desierto! ¡Arrastrada vida que no le deja a uno trabajar! ¡Si por lo menos estallara una guerra para animar las cosas! ¡Podría morir de un modo elegante! ¡Que el infierno se apiade de mí, pobre ángel caído!" ¿Cómo hay que tomarlo? Lo que dice el infierno, ¿es la verdad literal o una metáfora para encubrir un poco de melancolía normal, el estado de espíritu de Durero? En suma, lo que nosotros os damos es lo que el poeta clásico, el más excelso, recibía con gratitud de sus dioses:

> Todo lo dan los dioses, lo infinito,
> a los que quieren bien:
> si de dichas y glorias, lo infinito;
> si de penas, lo infinito también.

»*Yo*: –¡Despreciable embustero! *Si Diabolus non esset mendax et homicida!* Ya que he de oírte, no me hables por lo menos de cosas grandes y sagradas, de oro natural. El oro hijo del fuego, y no del sol, no es oro verdadero.

»*Él*: –¿Quién lo dice? ¿Tiene el sol mejor fuego que la fragua? ¡Cosas grandes y sagradas! ¿A quién se le ocurre hablar de eso? ¿Crees tú en la existencia de un genio que no tenga nada que ver con el infierno? *Non datur!* El artista es el hermano del criminal y del loco. ¿Crees tú que ha sido nunca posible componer una obra de gracia y diversión sin que su autor comprendiera algo de la existencia del criminal y del demente? ¿Salud o enfermedad? Sin lo enfermizo la vida no sería completa. ¿Falso o verdadero? Se diría que somos gaznápiros. ¿Quién es capaz de sacar algo bueno de la nada? Donde nada hay pierde el diablo sus derechos y no hay Venus pálida que pueda remediarlo. No creamos nada nuevo –de eso se encargan otros–. No hacemos más que desatar, dejar en libertad. Una sombra de estímulo hiperémico nos basta para pulverizar el cansancio –pequeño o grande, personal o hijo de la época–. Es no pensar en el curso de las cosas, no pensar históricamente, el quejarse de que tal o cual haya gozado de lo infinito, en la dicha y en la pena, sin tener el tiempo contado por un reloj de arena, sin que al final le hayan presentado la cuenta. Lo que el clásico podía obtener sin nuestro concurso, sólo nosotros podemos procurarlo hoy. Y en realidad ofrecemos algo mejor, ofrecemos lo genuino y verdadero; no lo clásico, sino lo arcaico, lo primitivo, lo que no ha sido puesto a prueba desde tiempo inmemorial. ¿Quién sabe hoy ya, y quién supo en los tiempos clásicos, lo que es inspiración, auténtico y primitivo entusiasmo, libre de toda crítica, de toda prudencia, libre del dominio de la razón (entusiasmo desbordante, sagrado éxtasis)? El diablo pasa por ser la encarnación de la crítica demoledora. Calumnia, amigo, una calumnia más. ¡Maldita sea! Si hay algo que odie en este mundo, algo que le sea contrario, este algo es la crítica y su acción corrosiva. Lo que él quiere y lo que él da es el triunfo SOBRE la crítica, la espléndida irreflexión.

»*Yo*: —¡Charlatán!

»*Él*: —¡Sin duda! Si uno trata, más por amor a la verdad que por amor propio, de rectificar los más groseros errores sobre sí mismo, le tratan a uno de charlatán. No he de permitir que me cierres la boca con tus malévolas insinuaciones. Sé muy bien que tratas de ocultar tus propios sentimientos y que, en realidad, me escuchas con tanto placer como la muchacha en la Iglesia los susurros de la tentación... Toma como ejemplo lo que llamáis la idea original, esa categoría que sólo existe desde hace cien o doscientos años (una novedad), como el derecho de propiedad musical y otras zarandajas. La idea original, es decir, tres o cuatro compases, ¿no es así? Todo lo demás es elaboración, adiposidad. ¿Crees que me equivoco? Se da el caso de que somos gente versada en la literatura musical y nos damos cuenta de que la idea original no es nueva, que recuerda con demasiada insistencia algo ya oído de Rimsky-Korsakov, o de Brahms. ¿Qué hacer? Hay que modificarla. Pero una vez modificada, ¿sigue siendo una idea original? Toma los cuadernos de apuntes de Beethoven. No queda allí intacto, tal como Dios lo dio, ningún tema original. El autor los modifica y anota después al margen: "mejor". Este adjetivo, que nada tiene de entusiasta, no pone de manifiesto una excesiva confianza, un gran respeto por las divinas sugestiones. Una inspiración de pleno placer, verdaderamente transportada por la fe y libre de dudas, una inspiración que no dé margen para elegir, para corregir, para manipular, en la que todo sea dictado del espíritu; una inspiración paralizante y estremecedora, sublime escalofrío que convulsiona al inspirado desde la punta de los pelos hasta la punta de los pies y alumbra en sus ojos un torrente de felices lágrimas —una inspiración así no puede darla Dios, que tanto campo libre deja a la razón, y sí sólo el Diablo, gran Señor del entusiasmo.

»Mientras pronunciaba este último discurso, ocurría, por otra parte, con el personaje que tenía delante, algo anormal. Lo miraba fijamente y me daba cuenta de que su aspecto no era el mismo de antes. Seguía sentado en el sofá, pero no con su traje y su tipo de chulo vagabundo sino con el aspecto, sí señor, de una persona de buena condición. Llevaba cuello blanco, corbata de lazo y anteojos de concha, detrás de los cuales brillaban unos ojos húmedos y oscuros, ligeramente enrojecidos. Se mezclaban en su rostro los rasgos de dureza y de blandura: bien cortados los labios y la nariz, pero carnosa la barbilla, con un hoyuelo y otro igual en la mejilla, pálida y abultada la frente, el pelo negro peinado hacia atrás, abundante y lanoso en los costados. Un intelectual de esos que escriben en la prensa sobre arte y música, un teorizante, un crítico, compositor también cuando su oficio de pensador le deja tiempo libre. Manos delgadas y blandas, con las cuales se acariciaba de vez en cuando el pelo de las sienes y con cuyos gestos torpes y distinguidos iba subrayando el discurso. Tal era ahora el aspecto del visitante en el ángulo del sofá. Su estatura era la misma y también su voz, nasal, clara, con aprendidas modulaciones gratas al oído. Era algo mayor su precipitación al hablar y me parece estarle oyendo mientras por su ancha boca, con las comisuras apretadas y el labio superior mal afeitado, profería estas palabras:

»—¿Qué es hoy el arte? Una marcha sobre guijarros puntiagudos. Para bailar en estos tiempos hace falta algo más que un par de zapatos de charol y tú no eres el único que le das al diablo quebraderos de cabeza. Fíjate en tus compañeros... Sí, ya sé que no te fijas en ellos, que no los miras siquiera, que cultivas la ilusión de la soledad, que lo quieres todo para ti, todas las maldiciones de la hora presente. Pero fíjate en ellos, de todos modos, aunque sólo sea para consolarte, fíjate en los iniciadores de la nueva música; hablo de los que son serios y sinceros, capaces de aceptar las consecuencias de la situación. No hablo de los folkloristas ni de los que buscan refugio en el neoclasicismo, cuya modernidad consiste en renunciar a la espontaneidad musical para optar dignamente a la línea de los tiempos preindividualistas. Éstos y otros se imaginan que lo aburrido se ha convertido en interesante únicamente porque lo interesante empezaba a resultar aburrido...

»Tuve que reírme a la fuerza, porque, aun cuando el frío no cesaba de atormentarme, el cambio de aspecto, lo confieso, me hacía su compañía más soportable. Se rió también, apretando aún más las comisuras de los labios y cerrando algo los ojos.

»—Son impotentes —siguió diciendo—, pero creo que tú y yo preferimos la impotencia respetable de los que no tratan de disimular, con nobles excusas, el carácter general de la enfermedad. Esta enfermedad general existe y sus síntomas los encontramos por doquier, en los sinceros y en los que no lo son. ¿No amenaza con extinguirse la producción? Y lo que todavía se edita, y merece ser tomado en serio, lleva el signo del esfuerzo hecho con desgana. ¿Existen para ello causas externas, sociales? ¿Falta de demanda, lo que hace depender la producción en buena parte del capricho de los mecenas, como en la época preliberal? Cierto, pero la explicación no es suficiente. El arte mismo de componer se ha hecho demasiado difícil, desesperadamente difícil. El trabajo resulta imposible cuando obra y verdad no se compadecen, no se soportan mutuamente. Pero así es, mi amigo: la obra maestra, la composición conforme a su propia ley, pertenece al arte tradicional. El arte emancipado la niega. Empieza la cosa con que no podéis disponer libremente de todas las combinaciones tonales que hasta ahora han sido empleadas. Imposible el acorde de séptima disminuida, imposibles ciertas transiciones cromáticas. Los mejores llevan consigo el canon de lo prohibido, de lo que a sí mismo se prohíbe y que comprende, precisamente, los medios de la tonalidad, es decir, toda la música tradicional. El canon decide lo que es falso, lo que el uso ha convertido en clisé. Unísonos y trítonos, en una composición con el horizonte técnico actual, sobrepujan toda disonancia. Pero, como tal, pueden ser empleados, con sumo cuidado, sin embargo, y en último extremo, porque su choque es más rudo que el de la más espantosa disonancia en una composición clásica. Todo depende del horizonte técnico. El acorde de séptima disminuida es apropiado y altamente expresivo al principio de la opus 111. Puede decirse que corresponde al nivel técnico general de Beethoven, a la tensión entre la consonancia y la más extrema disonancia que le era posible a él realizar. El principio de la tonalidad y su dinámica prestan al acorde su peso específico. Este peso ha sido perdido por proceso histórico que nadie trata de revertir. Escucha el acorde extinguido y oye cómo, incluso en su disrupción, representa un nivel técnico general que corresponde al verdadero. Cada tono lleva en sí el todo y la explicación del todo. Pero por esto el conocimiento que el oído tiene de lo que es afinado y lo que no lo es se encuentra inevitable y directamente vinculado a este acorde, sin relación abstracta alguna con el nivel técnico general. Nos encontramos ante una exigencia de ajuste que la composición impone al artista. ¿Crees tú que es mucho rigor? ¿No se agotará pronto su obra en la observancia de lo que tiene de objetivo las normas de la producción? El nivel de la técnica surge como problema a cada uno de los compases que él se atreve a imaginar. A cada momento la técnica exige ser tenida íntegramente en cuenta y recibir a sus exigencias la única respuesta adecuada. Llega el momento en que las composiciones del artista no son más que respuestas a estas exigencias, soluciones a artificiosos problemas técnicos. El arte se convierte en crítica —cosa muy honrosa, a no dudarlo—. Son precisos mucho valor, mucha independencia, mucha indisciplina dentro de la más estricta obediencia. Pero el peligro de la esterilidad... ¿Qué me dices? ¿Es un peligro nada más o es ya un hecho consumado?

»Hizo una pausa. Me miró con ojos húmedos, enrojecidos, a través de sus anteojos, levantó la mano con suave movimiento y se acarició el pelo con los dedos mayor y anular. Dije yo:

»—¿Qué esperáis? ¿Habré de admirar vuestro escarnio? Nunca he dudado de que sabéis decirme lo que yo ya sé. Vuestro modo de expresaros es muy intencionado. Con todo ello queréis demostrarme que para mis obras y propósitos yo no puedo disponer ni dispondré nunca de nadie más que del diablo. Pero así y todo no podéis excluir la teórica posibilidad de una armonía espontánea entre las propias necesidades y el "justo momento" —armonía que hace posible una creación libre de toda coacción intelectual.

»Él (riéndose): —Una posibilidad teórica, muy teórica, en efecto. La situación, querido amigo, es demasiado crítica para afrontarla sin el auxilio de la crítica. No admito, además, que se me acuse de querer presentar las cosas tendenciosamente, ni es preciso que sigamos derrochando dialéctica por culpa tuya. No oculto que la actual posición de la "obra" en general me produce cierta satisfacción. Por principio no soy amigo de las obras. ¿Cómo no ha de complacerme el estado de indisposición en que ha caído la idea de la obra musical? No lo atribuyas a causas de orden social. Sé perfectamente que tal es tu inclinación y que sueles quejarte de que las circunstancias sociales no dan de sí lo necesario para determinar la armonía de una obra capaz de bastarse a sí misma. La observación es exacta, pero secundaria. Las dificultades prohibitivas de la obra están profundamente ancladas en la obra misma. El movimiento histórico de la materia musical se ha orientado en sentido contrario a la obra completa. Se contrae en el tiempo, desdeña la extensión en el tiempo, que es el espacio de la obra musical, y deja así este espacio vacío. No por impotencia, no por incapacidad de crear nuevas formas. Un imperativo implacable de contracción obliga a despreciar lo superfluo, a negar el fraseo, a destrozar el ornamento; actúa en contra de la extensión temporal que es la forma vital de la obra. Obra, tiempo y apariencia son una sola y misma cosa y juntos quedan abandonados a la crítica. No tolera ésta la apariencia y el juego, la ficción, la complacencia de la forma en sí misma, la división de las pasiones y de los dolores humanos entre figuras y cuadros diversos. Únicamente está permitida la expresión auténtica y directa del dolor en su momento real, al margen de toda ficción y de todo juego. Su impotencia, su indigencia son tales que no es posible ya tratar de disimularlas.

»*Yo* (muy irónico): –Conmovedor, verdaderamente conmovedor. Satanás patético. El diablo sufre y moraliza. Las penas de la Humanidad afectan su corazón. Y para mayor honra suya se ocupa de las cosas del arte. Más os hubiese valido ocultar la aversión que os inspiran las obras, si no queríais dejar al descubierto vuestro pestilente orgullo.

»*Él* (sin darse por ofendido): –Bien está lo que dices. Pero en el fondo estimas como yo que no es posible tildar de malvado o de sentimental a quien trata de darse cuenta de cómo es el mundo en un momento dado. Ciertas cosas ya no son posibles. La apariencia de los sentimientos como elemento integrador de la obra de arte, la apariencia, en sí misma complacida, de la música se han hecho imposibles y no hay modo de mantenerlas. Consistían estas apariencias en presentar elementos dados de antemano y formalmente preestablecidos, como una necesidad indispensable de cada caso especial. O, en sentido contrario, el caso especial se presenta como idéntico a la fórmula conocida y dada de antemano. Desde hace cuatrocientos años la gran música se ha complacido en presentar esta unidad como un bloque compacto –ha encontrado gusto en confundir sus propias exigencias con los preceptos de la ley general y convencional–. Esto se acabó, amigo. La crítica de lo ornamental, de lo convencional y de lo general abstracto son una y la misma. Lo que no resiste a la crítica es el carácter ficticio de la obra de arte burguesa, en la que la música, aun cuando sin expresarse en imágenes, tiene su parte. El no expresarse en imágenes representa ciertamente una ventaja de la música sobre las otras artes, pero la infatigable reconciliación con el imperio de lo convencional constituye su interés específico y de este modo ha participado, según sus fuerzas, en la consumación del gran engaño. La supeditación de lo expresivo a la reconciliación con lo general es el principio básico de la ficción musical. Pero esto terminó. La idea de atribuir a lo general un superior contenido armónico se desmiente a sí misma. Pasó el tiempo de las convenciones previas y obligatorias que garantizaban la libertad del juego.

»Yo: –Puede admitirse esto y, más allá de toda crítica, proclamar de nuevo esta libertad. Con el empleo de formas que han perdido, y lo sabemos, toda vitalidad, puede darse una potencialidad mayor al juego.

»Él: –Sé a lo que te refieres. La Parodia. Podría ser divertida si no fuera tan alarmante en su aristocrático nihilismo. ¿Te prometes mucha dicha y mucha gloria de tales ardides?

»Yo (encolerizado): –No.

»Él: –Breve y malhumorado. ¿Pero por qué malhumorado? ¿Porque a solas, entre tú y yo, me atrevo a plantear la cuestión fundamental? ¿Porque te he puesto en contacto con tu propio corazón desesperado y, con la penetración propia del que conoce el asunto, te he hecho tocar las dificultades poco menos que invencibles con que ha de tropezar hoy la composición musical? No sé la estimación que puedas tener por mí como perito en la materia. ¿Qué va a saber el diablo de música? Si no ando equivocado estabas leyendo al llegar yo pasajes de un filósofo cristiano muy preocupado de estética. Era hombre enterado y comprendía mi relación con ese arte —el más cristiano de todos, según él, aun cuando en sentido negativo, es decir, arte que el cristianismo fundó y desarrolló para negarlo después y excluirlo como de naturaleza demoníaca—. Ya ves, pues. Cosa altamente teológica la música, como el pecado —y como yo—. La pasión de este filósofo cristiano por la música es auténtica. En ella el conocimiento y el renunciamiento son uno y lo mismo. La verdadera pasión sólo se encuentra en la ambigüedad y en la ironía. Nunca es más exaltada que cuando es absoluta la incertidumbre... No lo dudes, entiendo de música. Y por eso he querido pintarte en negros colores las dificultades con que la música, como todo, tropieza hoy. ¿Hice mal? Pero lo hice únicamente para mostrarte que puedes abrirte paso entre ellas, que puedes elevarte sobre ellas hasta una vertiginosa admiración de ti mismo y que puedes hacer cosas ante las cuales te sobrecoja un sagrado terror.

»*Yo*: —Una anunciación. Produciré excrecencias osmóticas.

»*Él*: —Tú lo has dicho. Cristalizaciones, espontáneas o provocadas con almidón, azúcar y celulosa —naturales las unas como las otras, y está por ver dónde es más admirable la naturaleza. Tu inclinación hacia lo objetivo, amigo, hacia la llamada verdad, y a considerar lo subjetivo, la pura aventura interna, como algo sin valor, es aburguesada y debieras superarla. Tú me ves, por lo tanto yo soy tú. ¿Vale la pena preguntar si existo en realidad? ¿Qué es, en suma, la realidad y por qué no han de ser verdaderos la aventura interna y el sentimiento? Lo que te eleva, lo que aumenta tu sensación de energía, de fuerza y de dominio, esto es la verdad, ¡qué demonio! —aunque fuera diez veces mentira visto desde el ángulo de la virtud—. Quiero decir que una mentira que estimula la energía creadora puede fácilmente resistir la comparación con cualquier verdad honesta y esterilizadora. Y añado que la enfermedad creadora, dispensadora del genio, la enfermedad que, montada en su cabalgadura, absorbe los obstáculos y, en atrevido galope, salta de un borde a otro los barrancos, es mil veces más agradable a la vida que una salud que va arrastrando los pies. Hay quien afirma que de los enfermos sólo pueden venir dolencias. Nunca oí mayor estupidez. La vida no es melindrosa y de la moral lo ignora todo. La vida se apodera del producto de la enfermedad, lo engulle, lo digiere y esto basta para convertir la dolencia en salud. Ante el hecho de la eficacia vital, las diferencias entre salud y enfermedad desaparecen. Un rebaño, una generación de hombres fundamentalmente sanos a partir de su concepción, se apoya en la obra del genio enfermo, de la genialidad enfermiza, le rinde homenaje, la admira, la exalta, la arrastra consigo, se confunde con ella y la lega a la cultura, que no sólo vive de pan sino que necesita también las pócimas y venenos de la farmacia del Mensajero Salvador. Así te lo dice Sammael, el incorrupto. Y no sólo te garantiza que, hacia el final de los años que te dispensa la ampolleta, la sensación de tu fuerza y de tu gloria será más fuerte que los dolores de la sirena y te llevará a alcanzar un bienestar triunfal, una crisis frenética de salud, un divino transporte. Este no es más que el aspecto subjetivo de la cuestión y sé que con ello no habrías de darte por satisfecho. Has de saber, por lo tanto, que respondemos plenamente de la eficacia vital de cuanto puedas hacer con nuestra ayuda. Marcharás a la cabeza, abrirás los caminos del porvenir; por tu nombre jurarán los taimados que, gracias a tu locura, podrán ahorrarse el ser ellos locos. Gracias a tu locura, se consumirán de salud y, en ellos, serás tú un hombre sano. ¿Comprendes? No sólo conseguirás dominar las dificultades paralizadoras de estos tiempos. Dominarás también el tiempo mismo, la época de la cultura y la cultura de la época, con su culto. Te recrearás en una doble barbarie, posterior al humanismo y a los refinamientos burgueses. ¡Puedes creerme! La barbarie está más cerca de la teología que una cultura desprendida del culto, para la cual la religión no es más que cultura, humanidad, en lugar de ser exceso, paradoja, pasión mística, aventura anti-burguesa. No te maravillará pues, supongo, que el diablo te hable de cosas de la religión. ¡Voto al firmamento! ¿Quién podría hacerlo sino yo? ¿Los teólogos liberales? Difícilmente. Yo soy el único conservador de lo religioso. ¿A quién quieres reconocer la existencia teológica si no es a mí? ¿Y quién puede aspirar a una existencia teológica sin mí? Lo religioso es cosa mía y no de la cultura burguesa. Esto es evidente. Desde que la cultura se desprendió del culto para hacer de sí misma un culto, no es, en realidad, otra cosa que un despojo, y cinco siglos han bastado para que el mundo se fatigara de ella hasta la saciedad...

»Al llegar a este punto, pero ya un poco antes, cuando aludía a la existencia teológica del diablo y a su condición de conservador de la vida religiosa, todo ello en tono didáctico y con facilidad de palabra, me di cuenta de que el personaje sentado en el sofá había vuelto a cambiar de aspecto. No era ya el crítico musical, con los lentes de concha, que me hablara durante un rato. En lugar de estar sentado en un ángulo del sofá, se reclinaba sobre uno de los brazos y contra el respaldo, las manos sobre el abdomen, con las puntas de los dedos entre-cruzadas y los pulgares enhiestos. La barba partida se agitaba al hablar y la boca descubría, al abrirse, unos dientes puntia-gudos, bajo el bigote de puntas levantadas.

»A pesar del frío que sentía no pude dejar de reírme ante esta metamorfosis evocadora de una antigua imagen familiar.

»—¡Muy seguro servidor! —dije—. Os reconozco y encuen-tro muy amable de vuestra parte que vengáis a darme, en esta sala, una lección particular. Así como habéis resucitado vuestra antigua mímica, espero encontraros dispuesto a calmar mi sed de saber y a demostrarme, en debida forma, vuestra existencia, no enseñándome cosas que de sobra tengo sabidas, sino otras que de buena gana deseo saber. Mucho me habéis hablado de la ampolleta, del reloj de arena y del tributo de dolor, también, que hay que pagar a una más alta vida. Pero nada me habéis dicho del final, de lo que viene después, de la eterna amortización. Estos son los objetos de mi curiosidad, y desde que aquí estáis hablando, sin cesar, no me habéis dejado tiempo ni para formular la pregunta. ¿He de cerrar un trato sin conocer su precio en buena moneda? ¡Hablad! ¿Cómo se vive en la casa de Klepperlin? ¿Qué suerte reserváis, en el garito, a vuestros adoradores?

»*Él* (con una carcajada convulsa): –¿Eso es lo que quieres saber? A eso le llamo yo impertinencia, calculada osadía juvenil. Queda mucho tiempo para ello, tiempo imposible de medir. Y tantas cosas exaltadoras han de ocurrir antes que no habrías de tener tiempo de pensar en el final, ni siquiera de descubrir el momento oportuno para empezar a pensar en el final. No quiero, sin embargo, negarte los informes que pides. No trataré tampoco de pintar la realidad con gratos colores. ¿Para qué? ¿Cómo podría preocuparte lo que ha de tardar tanto tiempo en llegar? Pero no es cosa ésta de la que sea fácil hablar. En realidad de verdad, es cosa de la que no se puede hablar ni poco ni mucho, por una sencilla razón: porque las palabras no corresponden a los hechos. Pueden gastarse y crearse muchas palabras, pero en último término no pasan de ser términos de sustitución: ocupan el lugar de nombres que no existen y no pueden tener la pretensión de describir lo que por su naturaleza es indescriptible y escapa a la definición verbal. En esto reside el deleite y la tranquilidad del infierno, en su indescriptibilidad, en su incompatibilidad con el lenguaje: existe, pero no puede ser hecho público, ni mencionado en el periódico, ni sometido al conocimiento crítico. Palabras y expresiones como «subterráneo», «covacha», «espesos muros», «silencio», «olvido», «penas eternas», no pasan de ser débiles símbolos. Al hablar del infierno, mi buen amigo, hay que contentarse con símbolos, porque en el infierno termina todo, no sólo la palabra definidora sino todo, absolutamente todo. Ésta es su principal característica, lo que en términos más generales puede decirse y lo que el recién llegado percibe en primer lugar, aun cuando de buenas a primeras sus cinco sentidos se nieguen a aprehenderlo y a comprenderlo porque a ello se opone la razón u otra limitación cualquiera del entendimiento. Porque aun cuando sea lo primero que, a modo de saludo, le dicen a uno con la más brusca claridad, resulta increíble hasta palidecer de incredulidad, que "allí termine todo", toda compasión, toda misericordia, toda indulgencia, el último vestigio de piedad, y que nada sirve la desesperada plegaria: "no podéis hacer eso con una pobre alma". Se puede hacer y se hace sin que sean pedidas cuentas de palabra, en la cueva del silencio, lejos del Oído Divino y por toda la eternidad. Es malo hablar de ello, de algo que queda al margen del lenguaje, sin relación posible con él. Ni siquiera sabe el lenguaje qué tiempo de verbo aplicar y se contenta por necesidad con el futuro: "Se aullará y castañetearán los dientes". Estos vocablos se sitúan en el más extremado lindero del lenguaje, pero, así y todo, no son más que débiles símbolos sin relación legítima con lo que allí "será" –sin pedir ni rendir cuentas, en el olvido, entre espesos muros–. Cierto que en el hermético silencio será grande el ruido, ensordecedor. Graznidos y arrullos, aullidos, lamentos, alaridos, clamores y chillidos, gruñidos, vocerío de pendencieros, de mendigos y de verdugos complacidos en el tormento. Tan grande será el barullo que nadie oirá su propio cantar. Las voces individuales se ahogarán en el infernal estrépito, alimentado por las eternas aportaciones de la incredulidad y la irresponsabilidad. Y no olvidemos los monstruosos gemidos de la lujuria y de un dolor que no se calma, que no se resuelve en desfallecimiento o en un colapso, de un dolor que busca refugio en los goces más vergonzosos, por lo cual se justifica que los iniciados hablen de "lujuria infernal". El desprecio y la ignominia son, además, parte integrante del tormento. El bienestar infernal equivale a un desprecio infinito del infinito sufrimiento, siempre acompañado de gestos burlones y risas estentóreas. De aquí arranca la doctrina según la cual los condenados han de sufrir, además del tormento, la mofa y la afrenta; la doctrina que presenta el infierno como una monstruosa combinación de males a la vez totalmente insoportables y eternamente soportados —escarnecidos además—. Los condenados podrán morderse cada uno la propia lengua para olvidar más agudos dolores, pero no por ello constituyen una comunidad. Se odian, se desprecian, se insultan entre sí, con las peores palabras, y las más sucias aparecen precisamente en labios de aquellos que en el mundo solían emplear el más fino lenguaje. El regodeo del pensamiento en la más extrema suciedad es parte de sus penas y corrompidos deleites.

»*Yo*: —Perdón, son éstas las primeras palabras que me decís sobre la naturaleza de las penas que han de sufrir los condenados. Tened la bondad de notar que sólo me habéis instruido sobre los efectos del infierno pero no sobre lo que allí espera a los condenados, en efecto y objetivamente.

»*Él*: —Empiezo por declarar que tu curiosidad es infantil e indiscreta. Pero añado que me doy perfecta cuenta de las intenciones que se ocultan detrás de tu pregunta. Me interrogas con el propósito de que mis respuestas te infundan miedo —miedo del infierno—. La idea de la conversación y de la salvación te acecha. Tratas de conseguir la *attritio cordis,* la atrición, según la palabra de Aquel que, por la atrición, ha prometido la llamada salvación de las almas. Deja que te diga que esa teología está pasada de moda. La doctrina de la atrición ha sido científicamente superada. Se ha demostrado que es indispensable la contrición, la propia y verdadera compunción protestante por haber pecado, que no es sólo miedo a la penitencia según el orden eclesiástico, sino que significa una verdadera conversión interior, religiosa. Si de ella eres capaz pregúntatelo tú mismo y tu orgullo no dejará de contestarte. Cuanto más tiempo pase menores serán tu capacidad y tu voluntad de contrición, tanto más cuanto que la existencia extravagante que vas a llevar representa un lujoso bienestar del cual es fácil salir sin más ni más para volver a una vida sana y mesurada. Por lo tanto, y esto lo digo para tranquilizarte, no representará el infierno para ti nada esencialmente nuevo, sino algo más o menos habitual, algo a lo cual estarás orgullosamente acostumbrado. En lo esencial, el infierno no es más que la continuación de una existencia extravagante. Para decirlo en dos palabras: su naturaleza, o llámala, si quieres, su punta de contacto, es tal que sólo deja a sus huéspedes la posibilidad de elegir entre un frío y un ardor de derretir el granito. Entre gritos y maldiciones pasan los infelices de uno a otro de estos extremos y cada uno de ellos se les aparece alternativamente como bálsamo celestial para curar las llagas que el otro les causara −bálsamo que, apenas aplicado, resulta, en el más diabólico sentido de la palabra, insoportable−. Lo que hay en todo esto de excesivo debe gustarte.

»Yo: −Me gusta. Quisiera de todos modos haceros una advertencia. No estéis demasiado seguro de mí. Cierta superficialidad de que adolece vuestra teología podría induciros a cometer ese error. Estáis seguro de que el orgullo hará en mí imposible la contrición necesaria para la salvación, olvidando que hay también una compunción orgullosa. La compunción de Caín, convencido de que su pecado era demasiado grande para que nunca pudiese serle perdonado. La contrición sin esperanza de gracia ni de perdón, el convencimiento inquebrantable en el pecador de la excesiva gravedad de su falta y de que no basta la bondad infinita para lavarla −ésta, y sólo ésta, es la verdadera contrición, la más próxima (os lo advierto) a la salvación, la más irresistible para la bondad−. Admitiréis, supongo, que el pecador moderado de cada día presenta escaso interés para la Gracia. En su caso el acto de gracia tiene poco ímpetu, es una actividad lánguida. El término medio no tiene vida teológica. Una caída en el pecado, tan sin remedio que el pecador llega a desesperar, en lo más profundo, de la salvación, es el verdadero camino teológico para alcanzarla.

»*Él*: −¡Muy ingenioso! ¿Y de dónde vais a sacar, tú y tus iguales, la inocencia, la desesperación ingenua y sin medida, que son condición para entrar en la gracia por ese camino de dolor? ¿No comprendes que el especular con la atracción que el pecado ejerce sobre la bondad es algo que imposibilita ya de por sí el acto de gracia?

»*Yo*: −Y, sin embargo, este *non plus ultra* es el único camino para llegar a la máxima exaltación de la existencia dramático-teológica, es decir, a las simas del pecado y, por ellas, a la irresistible provocación de la bondad infinita.

»*Él*: −No está mal. Muy ingenioso, en verdad. Pero he de decirte que el infierno está precisamente poblado de cabezas como la tuya. No es tan fácil penetrar en el infierno. Si diéramos entrada a todos los Pérez y a todos los López, tiempo ha que nos faltaría sitio. Pero un tipo teológico como el que tú representas, un pájaro tan astuto, capaz de especular con la especulación porque de su padre heredó ya el arte especulativo, muy extraño habría de ser que no acabara cayendo en la red de Satanás.

»Mientras esto dice, cambia de nuevo el personaje, como cambian de aspecto las nubes. No está ya reclinado contra el respaldo lateral del sofá, sino sentado en un rincón del mismo. Vuelve a ser el pálido bribón con la gorra encarnada y los ojos rojizos, y lentamente, con su voz nasal de hombre de teatro, dice:

»−Te será grato saber que nos acercamos al final, a la conclusión. Reconocerás (por lo menos así lo espero) que he dedicado no poco tiempo y mucha buena voluntad a discutir las cosas contigo. No tengo inconveniente en reconocer, por otra parte, que tu caso es interesante. Tu listeza, tu inteligencia superior, tu ingenio, tu peregrina memoria llamaron nuestra atención desde el primer momento. Te dejaron que siguieras tu capricho de estudiar teología, pero pronto habías de renunciar a llamarte teólogo, pronto habías de arrinconar las Sagradas Escrituras para consagrarte enteramente a las figuras, caracteres y encantamientos de la música, cosa que no había de complacernos menos. Tu soberbia tendía hacia lo elemental y creíste lograrlo en su forma para ti más propicia, en la música, alianza de la magia algebraica con las habilidades y los cálculos de la armonía, en constante y atrevida guerra contra la razón y la sobriedad. Pero nosotros sabíamos de sobra que, para lo elemental, eras demasiado discreto, frío, casto, y que tu cordura te irritaba y te aburría hasta la desesperación. Así nos las arreglamos, astuciosamente, para que cayeras en nuestros brazos. Hablo de mis diminutos, de Esmeralda, del contagio, de la iluminación, del afrodisíaco cerebral, de todo cuanto pedían con desesperado fervor tu cuerpo, tu alma y tu inteligencia. Para abreviar: entre nosotros no se trata ni de círculo mágico ni de caminos divergentes. Estamos en trato y nos liga un contrato. Con tu propia sangre te has comprometido con nosotros y has recibido nuestro bautismo. Mi visita no persigue más objeto que la confirmación. De nosotros has aceptado tiempo, tiempo genial, tiempo fecundo, veinticuatro años completos *ab dato recessi*. Esta es la meta que, a partir de esta fecha, te hemos fijado. Cuando hayan transcurrido esos años, cosa imprevisible porque un período así es casi una eternidad —entonces, iremos a buscarte. Pero en compensación te seremos, mientras tanto, sumisos y obedientes en todo y el infierno te será propicio, con tal que tú renuncies (condición indispensable) a todo lo celestial y a todo lo terrenal.

»*Yo* (sobrecogido por un frío extremo): –¿Cómo? Esto es nuevo. ¿Qué significa esta cláusula?

»*Él*: –Significa renunciamiento. ¿Qué otra cosa puede significar? ¿Crees tú que sólo hay celos en las alturas y no en las profundidades? Tú eres nuestro prometido y, por serlo, te estará vedado el amor.

»*Yo* (obligado a reírme): —¿Vedado el amor? ¡Pobre diablo! ¿Quieres poner de manifiesto tu proverbial tontería y anunciarla, como un gato se anuncia con un cascabel, al pretender fundar un trato y una promesa sobre algo tan dúctil y engañoso como el concepto del amor? ¿Se propone el diablo prohibir la lujuria? Si no es así tiene que aceptar la simpatía y aun la caridad, so pena de ser engañado. Lo que a mí me ocurrió, y en virtud de lo cual pretendes que te estoy prometido, tiene su fuente en el amor —aun cuando por obra tuya, y con permiso de Dios, fuese un amor emponzoñado. Esa alianza que, si es cierta tu pretensión, nos une, está ella misma aliada con el amor. ¿No te das cuenta, mentecato? Alguien ha dicho ya que no hay obra sin amor.

»*Él* (con risa nasal): —¡*Do, re, mi!* Ten la seguridad de que con tus fintas psicológicas no me alcanzarás mejor que con las teológicas. Psicología... ¡Que Dios te ampare! La psicología pertenece al siglo diecinueve, al peor, al más aburguesado. Nuestra época está harta de psicología y pronto llegará a odiarla. Quien trate de perturbar la vida con consideraciones psicológicas se expondrá a recibir un palo en la cabeza. Estamos en el umbral de tiempos que no desean ser molestados con sutilezas psicológicas, amigo... Pero dejemos esto. Mi cláusula es clara y legítima, dictada por los justos celos del Infierno. El amor, por lo menos el amor cálido, te está vedado. Tu vida ha de ser fría —y así quedas privado del amor humano—. ¿Qué te imaginas? La iluminación deja tus facultades intelectuales intactas. Es más, las estimula y les permite ocasionalmente alcanzar un completo éxtasis. La compensación hay que buscarla, por lo tanto, en el alma y en el mundo de los sentimientos. Un enfriamiento general de tu vida y de tu relación con los hombres reside en la naturaleza de las cosas —y en tu naturaleza misma. No te obligamos, en verdad, a nada nuevo. La acción de los diminutos no te transforma en algo extraño. Se limita a reforzar y exagerar, de modo elocuente, lo que tú eres. El frío que sufres, las jaquecas de herencia paterna, ¿no tienen acaso el mismo origen que los dolores de la pequeña sirena? Queremos en ti la frialdad, una frialdad que apenas si podrás vencerla al calor de las llamas de la creación. En la creación buscarás refugio, al huir de la frialdad de tu vida...

»*Yo:* –Y saldré de estas llamas para volver a caer en el hielo. Se diría que me preparáis en la tierra una anticipación del infierno.

»*Él:* –Sólo en una existencia extravagante puede, sin duda, encontrar satisfacción el orgullo. Tu soberbia no te permitirá llevar otra. ¿Cerramos el trato? Gozarás, en la creación, la eternidad de una vida humana. Vacío el reloj de arena, mi hora habrá sonado. Dispondré de ti, pobre y delicada criatura, a mi modo y placer, de tu cuerpo y de tu alma, de tus bienes, de tu carne y de tu sangre –por toda la eternidad...

»De nuevo volvió a presentarse la crisis de náuseas que antes me sobrecogiera, acompañada esta vez de escalofríos. Del repelente sujeto llegaba hasta mí un viento helado, como venido de un ventisquero. La repugnancia me dominó hasta el punto de olvidarme de mí mismo, como en un desmayo. Y casi al mismo tiempo oí la voz de Schildknapp, sentado en el ángulo del sofá:

»—No perdió usted nada –me dijo tranquilizante–. Muchos periódicos, dos mesas de billar, una copa de Marsala. Los notables del pueblo pusieron al gobierno como no digan dueñas.

»Estaba yo ahora sentado junto a la lámpara, ligero de ropa y con el libro de Kierkegaard sobre las rodillas. Se ve que, indignado, había echado a la calle al intruso y vuelto a dejar mi abrigo, mi sombrero y mi manta en la pieza contigua antes de que regresara mi amigo. De otro modo, no se explica lo ocurrido.»

XXVI

Me consuela pensar que el lector no podrá atribuirme a mí
la responsabilidad de que el anterior capítulo sea más largo
aún que el consagrado a las conferencias de Kretzschmar, cuyo
número de páginas era ya inquietador. Se trata de un abuso
que está fuera de mis responsabilidades de autor y no tiene
por qué preocuparme. Por muchas y grandes que sean las consideraciones que el lector me inspira, no pude decidirme a
aligerar la redacción ni a dividir el «diálogo» (obsérvese que
pongo la palabra entre comillas, aunque no me hago la ilusión de que con ello atenúe el horror de su contenido) en
capítulos diversos, cada uno con su cifra romana correspon-
diente. He transmitido con escrupulosa fidelidad lo que de
otro recibí, después de transcribirlo del papel de música
de Adrian para incorporarlo a mi manuscrito, palabra por palabra, letra por letra. Dejando a menudo la pluma, interrum-
piendo el trabajo para recobrar fuerzas, midiendo a lentos
pasos, bajo el peso de ideas y pensamientos, mi gabinete de
trabajo, sentándome a veces en el sofá con la cabeza entre las
manos. De tal modo que, por extraña que pueda parecer la
cosa, un capítulo que no me daba más trabajo que el de copiar-
lo exigió de mí tanto tiempo como cualquier otro de los
demás.

Una copia hecha a conciencia y con interés por el asunto es, para mí por lo menos (y Monsignore Hinterpförtner es
de la misma opinión), un trabajo tan enojoso como el de
dar forma escrita a los propios pensamientos. Así es posible
que el lector haya calculado por lo bajo el número de días y

de semanas que llevo dedicados a narrar la vida de mi difunto amigo. Aun cuando mi pedantería pueda parecerle ridícula, siento la necesidad de comunicar al lector que ha pasado casi un año desde que puse manos a la obra, y hemos llegado ya al mes de abril de 1944.

Esta última fecha se refiere, naturalmente, a mi trabajo, no al punto a que ha llegado la relación y que se sitúa en otoño de 1912, veinte meses antes de que empezara la guerra anterior. Fue entonces cuando Adrian y Schildknapp regresaron de Palestrina a Munich y el primero se instaló, por unos días, en una pensión (la pensión Gisella) del barrio de Schwabing. No sé exactamente por qué esa doble cronología me obsesiona: la personal y la objetiva, el tiempo en que vive el narrador y el tiempo en que se desenvuelve la narración. Las fechas se entrelazan curiosamente y a ella se unirá una tercera cronología, cuando el lector entre en conocimiento de lo que aquí se cuenta.

No consagraré más tiempo a estas especulaciones –cronología del lector, cronología del cronista, cronología histórica– que me parecen hijas, en buena parte, de una agitada ociosidad, y me limitaré a subrayar que el calificativo de histórica se aplica con mucha mayor razón a la época *en* que escribo que a aquella *sobre* la cual escribo. Durante los últimos días se libró en la región de Odessa una batalla sangrienta, terminada con la caída de aquel famoso puerto del Mar Negro, sin que por ello les fuera dado a los rusos poder dificultar nuestras operaciones de repliegue. Tampoco habrá de serles posible conseguirlo en Sebastopol, otra de las prendas que teníamos en mano y que el enemigo, cuya superioridad parece evidente, pretende ahora arrebatarnos. Mientras tanto, el terror de los ataques aéreos, casi diarios, contra la bien defendida fortaleza europea adquiere fantásticas proporciones. De nada sirve que muchos de esos monstruos, cuya carga explosiva parece ser cada día mayor y más destructora, sucumban ante la heroica defensa de nuestros aviadores. Millares de ellos oscurecen el cielo de nuestro continente unido, y aumenta sin cesar el número de nuestras ciudades reducidas a escombros. Leipzig, lugar que tan trágicamente influyó sobre la carrera y la vida de Leverkühn, acaba de sufrir un bombardeo de inusitada violencia. El barrio editorial no es más, según me dicen, que un montón de ruinas. Riquezas incalculables, en libros y en medios técnicos, se han perdido no sólo para Alemania, sino para todo el mundo culto, aun cuando este mundo, no sabría decir si por ceguera o con razón, parece dispuesto a aceptar estas destrucciones como un mal necesario.

Mucho me temo, en efecto, que la lucha simultánea contra dos potencias formidables, una por la importancia de sus efectivos y su exaltación revolucionaria, otra por su capacidad industrial ilimitada, lucha que nos ha sido impuesta por una política descabellada, tenga para nosotros fatales consecuencias. Se diría que el aparato productor norteamericano ni siquiera tiene que funcionar a pleno rendimiento para precipitar sobre el mundo cantidades de material abrumadoras. Se da además el caso desconcertante de que las degeneradas democracias no sólo son capaces de producir este material, sino también de utilizarlo, y bajo las sobrias enseñanzas de esta experiencia vamos rectificando, poco a poco, el erróneo concepto de creer que la guerra es una prerrogativa alemana y que en el arte de la violencia los demás pueblos no pasan de ser unos medianos aficionados. Hemos empezado (Monsignore Hinterpförtner y yo no constituimos ya ninguna excepción) a creer que, con la técnica militar de los anglosajones, todas las hipótesis son posibles, sin exceptuar la de la invasión, cada día más temida. El ataque concéntrico, con material superior y millones de soldados, contra nuestro castillo europeo —nuestro castillo o nuestra cárcel, a menos que no sea nuestro manicomio— es *esperado*, y únicamente las impresionantes descripciones de las medidas de precaución, verdaderamente formidables a lo que parece, tomadas para hacer frente al desembarco enemigo –medidas que tienen por objeto evitar a nuestro continente la pérdida de sus actuales jefes–, son capaces de restablecer el equilibrio espiritual ante la espantosa perspectiva de lo que se prepara.

Cierto que la época en que escribo posee un ímpetu histórico incomparablemente superior al de los tiempos sobre los cuales escribo, los tiempos de Adrian, que sólo le llevaron hasta el umbral de nuestros inconcebibles días. Por mi parte no puedo reprimir el deseo de gritar: «¡Descansad en paz, buena suerte tuvisteis!», a cuantos, como Adrian, no están ya con nosotros, ni estaban ya cuando empezó la terrible aventura. La ausencia de Adrian me es grata, tiene para mí un valor, y esta conciencia me hace más aceptables los horrores en que sigo viviendo. Me parece a veces que estoy y que vivo en su lugar, que llevo sobre mis hombros la carga que los suyos no han de soportar, que le hago un favor de amigo, al evitarle vivir. Y esta idea, por ilusoria o, si se quiere, por absurda que sea, me causa una sensación de bienestar, halaga el deseo que siempre sentí de servirle, de ayudarle, de protegerle –esa necesidad que tan pocas ocasiones tuvo de quedar satisfecha en vida del amigo.

★ ★ ★

Me pareció curioso que la estancia de Adrian en la pensión de Schwabing no se prolongara más allá de unos días y que no hiciera, por otra parte, gestión alguna para encontrar una residencia permanente. Schildknapp había escrito ya desde Italia a sus antiguos propietarios y estaba de nuevo instalado en la Amalienstrasse. Adrian no pensaba ir a vivir de nuevo en casa de la señora Rodde, ni siquiera quedarse en Munich. Parecía haber tomado, en secreto, su decisión desde hacía tiempo, de tal modo que ni siquiera hizo un viaje preliminar a

Pfeiffering para ajustar el trato. Le bastó una breve conversación telefónica, una llamada a la familia Schweigestill desde la Pensión Gisella. Acudió al aparato el ama de la casa, Else Schweigestill, y Adrian, después de presentarse como uno de los dos ciclistas que un día inspeccionaron la casa y la granja de arriba abajo, preguntó a qué precio estaban dispuestos a alquilarle un dormitorio del primer piso y la sala del abad en la planta baja. El precio de la habitación, pensión y servicio, muy moderado como ya veremos, se abstuvo de indicarlo, de momento, la señora Schweigestill. Quiso saber de cuál de los dos ciclistas se trataba, si del escritor o del músico, cortó un momento la conversación para recapitular sus impresiones cuando se le dijo que se trataba del músico e hizo a continuación algunas observaciones destinadas a disuadir a Adrian de su propósito, aun cuando no sin precisar que las hacía únicamente en interés del solicitante y admitiendo, desde luego, que él sabía mejor que nadie lo que le convenía. Nosotros, dijo, no acostumbramos a tomar huéspedes por profesión. Lo hacemos tan sólo de vez en cuando, según los casos que se presentan. Ya tuvo ocasión de decírselo cuando pasaron los señores por allí. Ahora bien, si él creía representar uno de estos casos excepcionales, era cosa que ella no discutiría. Lo dejaba a su juicio. Tranquilidad y quietud no habrían de faltarle, aunque sin comodidades excesivas. Ni cuarto de baño ni retrete, sino algo más primitivo, fuera de la casa. En verdad, le extrañaba que una persona de menos de 30 años, si no andaba equivocada, y consagrada a una de las bellas artes, pudiera resignarse a vivir en el campo, alejada de todos los centros de la vida cultural. Aunque al decir que le «extrañaba» no había empleado la palabra justa. En realidad, ella y su marido eran gentes que no se extrañaban de gran cosa y si esto era, precisamente, lo que él buscaba, cansado de frecuentar gentes que se extrañan de todo, entonces no tenía más que venir. Teniendo en cuenta, sin embargo, que tanto Max, su marido, como ella no tenían interés alguno en tomar un huésped por pocos días o semanas. Tenía que ser sobre la base de una estancia prolongada. Todo ello mezclado con las breves interpolaciones y exclamaciones que son la sal y pimienta del dialecto bávaro. Claro, pues sí, no faltaba más, en seguida, bueno, bueno, y así sucesivamente.

Adrian contestó que era su propósito instalarse allí definitivamente y que se trataba de cosa pensada y madurada. El modo de vida que le esperaba le era conocido, lo aprobaba y lo aceptaba. De acuerdo también sobre el precio, 120 marcos al mes. Dejaba en sus manos la elección del dormitorio y estaba satisfecho de saber que podría disponer de la sala del abad. Pensaba llegar dentro de tres días.

Y así fue. Adrian aprovechó su corta estancia en la ciudad para entrevistarse con un copista que le había sido recomendado, creo que por Kretzschmar. En manos de Griepenkerl —así se llamaba el copista, primer fagot de la Orquesta Zapfenstösser— dejó Adrian un fragmento de la partitura de *Penas de amor perdidas*. En Palestrina no había podido dejar la obra completamente terminada. Trabajaba aún en la instrumentación de los dos últimos actos y no acababa de dejar lista a su gusto la obertura en forma de sonata, cuya concepción inicial había sido profundamente modificada por la inserción de un tema secundario, totalmente extraño al resto de la obra, cuya aparición, en el *allegro* final sobre todo, adquiría suma importancia. Le daba asimismo mucho trabajo la anotación de las indicaciones de tiempo e interpretación, olvidadas con frecuencia en el curso de la composición. No me extrañaba, por otra parte, la falta de coincidencia entre la terminación de la obra y el término de la estancia en Italia. Aun suponiendo que Adrian hubiese tenido la manifiesta intención de hacer coincidir ambas cosas, un secreto impulso de su carácter lo hubiera impedido. A los cambios externos no habían de corresponder los cambios internos. Antes de acometer una obra internamente nueva era preciso esperar a que estuviera completamente asimilada la novedad exterior.

Con su equipaje, nunca muy voluminoso, del que formaban parte una gran carpeta con las partituras y una pequeña bañera de caucho que le había prestado ya buenos servicios en Italia, tomó el tren en la estación de Starnberg, después de haber facturado dos cajas de libros y utensilios. Se acercaba el fin de octubre. El tiempo, todavía seco, era ya áspero y gris. Caían las hojas. El hijo de la casa, Gereon Schweigestill, el introductor de la máquina fertilizadora, hombre de tono más bien brusco y de pocas palabras, pero que a pesar de su juventud parecía muy al corriente de las cosas del campo que eran su oficio, esperaba frente a la estación, en el pescante de un anacrónico carricoche, y mientras Adrian y el mozo de cuerda cargaban las maletas, cosquilleaba con la fusta el lomo de los dos forzudos caballos pardos. No fueron muchas las palabras cambiadas durante el camino. La altura de Rohmbühel, con su corona de árboles, el espejo gris del estanque, Adrian los había divisado ya desde el tren. No tardó en aparecer la silueta barroca y conventual de la casa Schweigestill. Una vez en el patio el carricoche describió una curva en torno del olmo que le cerraba el camino y cuyas hojas, en su mayor parte, habían caído ya sobre el banco circular que rodeaba su tronco.

La señora Schweigestill esperaba en la puerta con su hija, Clementine, muchacha de ojos pardos aseadamente vestida al estilo del país. Sus palabras de bienvenida se perdieron en el escándalo que armó el perro, ladrando y tirando de la cadena. A punto estuvo el animal de derribar su propia guarida y de nada sirvieron las invitaciones a la calma prodigadas por la señora Schweigestill, su hija y la criada (Waltpurgis se llamaba) con los pies sucios y desnudos como de costumbre. «¡Estate quedo!» («quedo», no quieto), le gritaban todas a un tiempo. «¡Estate quedo, *Kaschperl!*», pero el animal no hacía más que redoblar sus ladridos y sus saltos. Adrian, sonriente, contempló un rato el espectáculo y se fue, por fin, al encuentro del perro, y sin levantar la voz, pero en tono de advertencia, le llamó dos veces por el nombre de *Suso*. El efecto fue mágico: sin transición, el perro cesó de ladrar y dejó que el mago le acariciara la cabeza cuya piel llevaba las cicatrices de no pocas reyertas con sus congéneres. Levantando hacia Adrian sus ojos amarillos, *Suso* le lanzó una profunda mirada.

–El valor infunde respeto –dijo Else Schweigestill al volver Adrian hacia la puerta–. Casi todo el mundo tiene miedo de este perro, y se comprende, cuando se pone enfurecido como hace poco. El joven maestro de escuela (hombre asustadizo) me dice cada vez que viene a ver a los chicos: «Ese perro me da miedo, señora».

Adrian asintió con una franca sonrisa y ambos penetraron en la casa, en la atmósfera monacal, y subieron al primer piso, donde la dueña le mostró el dormitorio que le estaba destinado. El mobiliario, alta cama y armario pintado de abigarrados colores, había sido completado con un sillón tapizado de verde y una moqueta. Gereon y Waltpurgis subieron las maletas.

Mientras subían y bajaban la escalera, Adrian y la señora Schweigestill empezaron a tratar los detalles referentes al servicio y a la organización de la vida del huésped. La conversación terminó en la sala del abad, la pieza característica y patriarcal, de la cual Adrian había tomado íntimamente posesión ya desde largo tiempo. Un gran jarro de agua caliente por la mañana. El café, muy fuerte, del desayuno, servido en el dormitorio. Las horas de las comidas: la una y media a mediodía y las ocho por la noche. Adrian comería solo y no con la familia, cuyas horas de comer serían demasiado tempranas para él. Le pondrían el cubierto en la gran sala, con la hornacina y el piano de mesa, sala que por otra parte estaba a su disposición siempre que la necesitara. Comida ligera: leche, huevos, pan tostado, un buen pedazo de carne con espinacas u otra verdura a mediodía, seguido de un postre de cocina, una tortilla rellena de compota de manzanas, por ejemplo. En resumen, cosas nutritivas y que un estómago delicado como el suyo pudiera soportar.

—El estómago, querido señor, muchas veces no es el estómago, es la cabeza, la cabeza delicada y fatigada, cuya influencia sobre el estómago, aun cuando éste se encuentre en buen estado, es decisiva. Así ocurre con los mareos y con la jaqueca... ¿Qué me dice? ¿Sufre a veces de jaquecas, y muy fuertes por añadidura? Lo suponía. De veras que lo suponía desde que le vi inspeccionar con tanto cuidado las persianas del dormitorio y el grado de oscuridad que permitían obtener. La oscuridad, la noche, las tinieblas, evitan a los ojos todo contacto con la luz; es lo único que puede hacerse mientras dura el ataque, y mucho té, cargado de limón.

La señora Schweigestill sabía lo que era la jaqueca, no por ella misma, que no la tuvo nunca, sino por su marido, Max, que en años pasados sufría de ella periódicamente. Con el tiempo se le había pasado la cosa. No, no, de ninguna manera. Adrian no tenía por qué excusarse de esa enfermedad que le aquejaba ni de los cuidados que podría requerir. ¡No faltaría más! Algo así, o cosa parecida, había que darlo por supuesto. Cuando una persona como él dejaba los centros de la cultura para retirarse a Pfeiffering, algún motivo tendría para ello. Un caso como el suyo exige comprensión, ¿no es cierto, señor Leverkühn? En su casa, a falta de cultura, la comprensión abundaba. Y otras muchas cosas más por el estilo que se le ocurrieron a la buena mujer.

Entre ella y Adrian, de pie los dos o subiendo y bajando las escaleras, se convinieron una serie de puntos y detalles que, sin que quizá ninguno de los dos lo sospechara, habían de modelar la vida externa de ambos durante diecinueve años. Se llamó al carpintero del pueblo para que tomara medidas y colocara junto a la puerta unos estantes para libros. Se convino asimismo en que se daría corriente a la lámpara central. Éstos y algunos otros pequeños cambios sufrió la sala donde habían de componerse tantas obras maestras, no tan conocidas aún del público como debieran serlo. Una alfombra tan grande casi como la pieza, e indispensable en invierno, cubrió pronto las baldosas, y pocos días después llegó de la casa Bernheimer, de Munich, un gran sillón de lectura y descanso, profundo y tapizado de terciopelo gris, que un mullido taburete para los pies permitía convertir en diván, mueble sólido y cómodo que durante casi veinte años prestó los mejores servicios a su propietario.

Menciono esa alfombra y ese sillón, comprados en el gran almacén de la Maximilianplatz de Munich, para indicar que Adrian, contra lo que suponía la señora Schweigestill, no tenía la intención de aislarse por completo de la «vida cultural». Excelentes comunicaciones por ferrocarril, incluso varios trenes directos desde Waldshut, que empleaban en el viaje menos de una hora, facilitaban sus viajes a Munich. Por la noche, si deseaba asistir a un concierto, a la ópera, o a una reunión —como se daba el caso algunas veces—, disponía, a las once, de un tren para regresar a casa. Claro que a esta hora los Schweigestill no podían mandar el carruaje a la estación. Alquilaba, en estas ocasiones, un coche en Waldshut, cuando no prefería, en las claras noches de invierno, hacer el camino a pie hasta la casa, donde *Kaschperl*, o *Suso*, desatado durante la noche, recibía desde lejos el anuncio de su llegada y se abstenía así de armar escándalo. Se servía Adrian, para avisar al perro, de un silbato de metal cuyos tonos superiores tenían un tal número de vibraciones que la oreja humana apenas si percibía su sonido, incluso desde cerca. El tímpano del perro, muy distinto del humano, las percibía en cambio fácilmente a gran distancia, y *Kaschperl* se callaba como un muerto tan pronto había recibido, a través de la noche, el signo misterioso que él solo había podido oír.

Por curiosidad en parte, pero también a causa de la atracción que la frialdad y la arrogante timidez de mi amigo ejercían sobre ciertas personas, no tardaron en presentarse algunos visitantes de la ciudad al refugio de Adrian. El primero entre ellos fue naturalmente Schildknapp, deseoso de saber cómo se las arreglaba Adrian en la casa que un día, juntos, habían descubierto. Más tarde, y especialmente en verano, solía pasar allí con frecuencia los fines de semana. Zink y Spengler vinieron a su vez. Inés y Clarissa Rodde les habían dado las señas de Adrian. Éste, al ir de compras a Munich, había hecho una visita de cortesía a la familia Rodde. La iniciativa del viaje a Pfeiffering fue, sin duda, cosa de Spengler. Mejor pintor que éste, Zink era, como hombre, mucho más basto, y sus simpatías por Adrian eran pocas. Hizo el viaje en calidad de inseparable de Spengler y, desde luego, como buen vienés, se declaró encantado y agradablemente asombrado por todo cuanto veía: el lugar, la casa, etc., aun cuando, en el fondo, nada de todo aquello le interesara lo más mínimo. Adrian, por su parte, tan dispuesto siempre a apreciar el lado cómico de las cosas y de los hombres, no se divertía poco ni mucho con las payasadas de Zink, cuya vanidad, por otra parte, le irritaba tanto como su incurable obsesión de buscar a cada palabra un doble sentido erótico. De todo ello Zink se daba cuenta perfectamente.

Spengler, un hoyuelo en la mejilla y guiñando siempre el ojo, subrayaba con su risita los incidentes de la conversación. Lo sexual le interesaba desde un punto de vista literario; sexo y vivacidad de inteligencia se le aparecían como cosas muy íntimamente entrelazadas, como en realidad lo son. Su cultura (como sabemos), su refinamiento, su espíritu crítico, resultaban de su accidental y desgraciada relación con el mundo erótico. El accidente sufrido le obligó a circunscribir su vida sexual a lo puramente físico, cosa que no correspondía ciertamente a su temperamento sentimental y apasionado. Sonriente y de buen humor, gustaba de conversar sobre cosas de arte y de literatura, sobre curiosidades bibliográficas y anécdotas de la vida de sociedad, como en los tiempos floridos, y ya tan lejanos, del estetismo filosófico. Las melodías de Adrian sobre textos poéticos de Brentano, que había adquirido y estudiado al piano, le inspiraban agudas observaciones. Esas melodías, hizo observar Spengler, pertenecen a la categoría de las obras que le *acostumbran a uno mal* y le quitan el gusto por otras composiciones del mismo género. Sobre este tema Spengler siguió disertando con extremada sagacidad. El artista exigente consigo mismo, dijo, debe cuidar ante todo de no acostumbrarse mal, porque en ello reside un terrible peligro. Después de cada nueva obra la vida resulta más difícil y acaba, finalmente, por resultar imposible. Mal acostumbrado a lo excepcional, perdido el gusto por todo lo demás, el artista acabará por caer en la desintegración, por proponerse a sí mismo la realización de lo irrealizable. El gran problema, para un hombre genialmente dotado, consiste precisamente en evitar que, a fuerza de acostumbrarse mal, acabe por perder contacto con el mundo de lo factible.

Así podía ser Spengler de discreto y de perspicaz –gracias a sus específicas disposiciones–. Su constante parpadeo y su voz temblona eran significativos. Más tarde, Jeannette Scheurl y Rudi Schwerdtfeger se presentaron también una tarde en Pfeiffering, para tomar el té y ver cómo estaba instalado Adrian.

Jeannette y Schwerdtfeger tocaban con frecuencia juntos, no sólo para los asiduos del salón de Madame Scheurl, sino por su propio placer. Ambos se pusieron de acuerdo para una excursión, sin que sea posible decir de quién partió la iniciativa. Schwerdtfeger se encargó, en todo caso, de avisar a Adrian por teléfono. Una vez en Pfeiffering, Rudi y Jeannette se «acusaron» mutuamente. Jeannette era lo bastante impetuosa y franca de carácter para haber tomado la iniciativa, pero de la frescura de Rudi podía, por otra parte, esperarse todo.

El violinista se tomaba por un gran amigo de Adrian desde que, dos años antes, durante un baile de carnaval, se tuteó con él durante un par de horas, o más exactamente le llamó él de tú y tuvo que renunciar a seguir haciéndolo al ver que el interpelado no le correspondía. El mal disimulado placer de Jeannette Scheurl ante esa derrota no le impresionaba ni poco ni mucho. Sus ojos azules no reflejaban el menor desconcierto. Con ellos seguía lanzando directas miradas de gratitud a quien le dijera algo interesante, ingenioso, instructivo. Aún hoy sigo pensando en Schwerdtfeger y me pregunto hasta qué punto se dio cuenta de lo que la soledad, el alejamiento de Adrian representaban y fue, por lo tanto, deliberado su propósito de explotar para sus fines las necesidades y tentaciones de aquella situación. Sin duda alguna Rudi Schwerdtfeger había nacido para vencer y conquistar, pero temería ser injusto con él si sólo tuviera en cuenta ese aspecto de su personalidad. Era también, a no dudarlo, buen muchacho y buen artista, y si Adrian y él acabaron más tarde por tutearse, no quisiera ver en ello únicamente un frívolo triunfo del deseo de agradar de Schwerdtfeger, sino el indicio de que éste apreciaba lealmente el valor del hombre extraordinario; de que su afecto era sincero; de que en esta lealtad y sinceridad había encontrado, con infalible instinto, la fuerza para triunfar —aun cuando fuera efímero el triunfo— sobre el frío y melancólico apartamiento de Adrian. Pero me doy cuenta de que vuelvo a caer en el viejo y feo vicio de adelantarme a los acontecimientos.

Sin quitarse su gran sombrero, cuyo velo le caía hasta la punta de la nariz, Jeannette Scheurl tocó algunas cosas de Mozart en el piano de mesa de la gran sala, y Schwerdtfeger, que no había traído su instrumento, silbaba la parte de violín con una perfección que llegaba a los límites del ridículo. En casa de los Rodde y de los Schlaginhaufen tuve, más tarde, ocasión de oír silbar a Schwerdtfeger, y él mismo me contó que, de muy niño, y antes de aprender música, poseía esta habilidad que nunca descuidó después. Al contrario, trató siempre de perfeccionarla. Era sencillamente maravilloso y perfectamente presentable en una escena de variedades. Orgánicamente dotado de medios excepcionales, su modo de silbar era más impresionante aún que su modo de tocar el violín. Su silbido, por otra parte, se asemejaba más al canto del violín que al de la flauta, sobre todo en las cantinelas. El fraseo era magistral y las notas breves surgían con una precisión desconcertante. En resumen, algo insuperable, y la alianza de una técnica en suma vulgar con las exigencias de un arte consumado producía un efecto extraordinariamente divertido. Involuntariamente mezclaba uno la risa a los aplausos, y el propio interesado se reía también, como puede reírse un muchacho después de una travesura sin malicia.

Tales fueron las primeras visitas que Adrian recibió en Pfeiffering. Vino poco después la mía, un domingo, y juntos subimos a Rohmbühel y dimos, de paseo, la vuelta al estanque. Sólo aquel invierno, después de su viaje a Italia, viví aún lejos de él. Por la primavera de 1913 conseguí mi nombramiento de profesor en el Liceo de Freising, cosa a la que me ayudó no poco el catolicismo de mi familia. Desde Kaisersaschern me trasladé, con mujer e hijo, a orillas del Isar. En ese digno lugar, sede episcopal varias veces centenaria, a proximidad agradable de la capital, había de pasar, con la sola excepción de algunos meses de guerra, el resto de mi vida y ser testigo, afectuoso y estremecido, de la trágica existencia de mi amigo.

XXVII

La copia de la partitura de *Penas de amor perdidas*, ejecutada por el fagotista Griepenkerl, era una obra maestra en su género, casi sin una falta. Fue lo primero que me dijo Adrian, con visible satisfacción, al volver a encontrarnos. Me mostró, además, una carta que el copista, en pleno trabajo, le escribió y en la que, con gran inteligencia, ponía de manifiesto su entusiasmo por la obra y formulaba, a la vez, ciertas reservas. Le era difícil expresar, decía, hasta qué punto la obra le interesaba por su atrevida concepción y por la novedad de sus ideas. La fina articulación de la factura, la versatilidad rítmica, la técnica instrumental gracias a la cual el complicado tejido de las voces no degenera nunca en confusión, la fantasía de la composición sobre todo, expresada en infinitas variaciones de los temas dados, eran admirables. Tómese como ejemplo –añadía– la semicómica y no por esto menos bella expresión musical de la figura de Rosalinda y de la pasión que Biron siente por ella, o la *bourrée* del último acto, verdadera renovación de esta vieja forma coreográfica francesa. Y proseguía diciendo que esta *bourrée* era como el compendio del elemento arcaico de la obra, elemento que tan atractivamente, y al mismo tiempo tan provocativamente, contrastaba con las partes «modernas» de la misma, libres hasta el extremo, rebeldes incluso a las reglas de la música tonal. Al llegar a este punto no podía dejar de expresar el temor de que estas partes de la obra, a pesar de su herética novedad, no resultaran más fácilmente asimilables que las otras, las que parecían ajustarse a un arcaico y exigente formalismo, y que a menudo adquirían una extrema rigidez, se presentaban como especulaciones mentales más que artísticas, como un mosaico tonal mejor adaptado a la lectura que al oído, etc.

Nos reímos los dos de buena gana.

—¡Cuando oigo hablar de oído...! —exclamó Adrian—. Para mí basta y sobra con que las cosas hayan sido oídas *una vez*, es decir, cuando nacieran en la mente del compositor.

Y al cabo de un rato añadió:

—Como si las gentes no pudieran oír nunca lo que entonces se oyó. La composición musical consiste en confiar la ejecución de un coral angélico a una orquesta sinfónica. Además, los corales angélicos son altamente especulativos, a mi entender.

Por mi parte no aceptaba la distinción radical que Griepenkerl establecía entre los elementos «arcaico» y «moderno» de la obra. Ambos se influyen mutuamente y se entrelazan, dije yo, y Adrian pareció aprobar este juicio aun cuando mostraba pocas ganas de discutir lo que estaba ya terminado y condenado a quedar atrás. En mis manos dejaba el ocuparme de la obra, de lo que podría hacerse con ella o a quién podría ser sometida. Desde luego, deseaba que Wendell Kretzschmar la leyera y se la mandó a Lübeck, donde el tartamudo seguía dirigiendo la orquesta del teatro. Un año más tarde, ya en plena guerra, la obra fue estrenada en Lübeck, con un texto alemán en el que yo puse la mano y con un éxito parecido al que seis años antes obtuvo Debussy en Munich con su *Pelléas et Mélisande*: las dos terceras partes del público abandonaron la sala durante la representación. La obra fue repetida sólo dos veces y no había de ser representada, de momento, en ningún otro lugar. La crítica local, casi unánime, ratificó el juicio del público y criticó severamente a Kretzschmar por haber aceptado aquella música «deprimente». Sólo en uno de los diarios de la localidad, el *Lübischen Börsen-Kurier*, un profesor de música ya entrado en años, y fallecido seguramente desde entonces, llamado Jimmerthal, se atrevió a hablar de error y de injusticia que el tiempo no dejaría de reparar. La ópera, dijo el profesor, era una obra profundamente musical que la posteridad consagraría y el autor, por muy dado que fuera a la burla y a la mofa, era un «hombre divinamente inteligente». Nunca había leído u oído antes, ni he vuelto a leer u oír después, ese giro para mí desde entonces inolvidable. La impresión que me causó fue grande y el hallazgo honra, sin duda, al avisado mochuelo que supo echarlo en cara a sus ignorantes y obtusos compañeros de pluma.

Cuando llegué yo a Freising, Adrian estaba ocupado en la composición de diversas melodías sobre textos alemanes y extranjeros, especialmente ingleses. Había vuelto a William Blake, uno de sus autores preferidos, y puesto en música una de sus extrañas poesías *Silenciosa noche de silencio*, escrita en cuartetas de tres rimas iguales cuyo último grupo habla curiosamente del «placer honesto que se destruye por las seducciones de una ramera»:

> *But an honest joy*
> *does itself destroy*
> *for a harlot coy.*

Para esos versos, indecorosamente enigmáticos, escribió el compositor una serie de sencillas armonías que provocaban, por su misma sencillez, y en contraste con el resto de la melodía, una lúgubre y desgarradora impresión de «falsedad», imposible de obtener por medios de expresión más extremados. Así conseguía Adrian comunicar al auditor la monstruosidad del poema. *Silenciosa noche de silencio* fue compuesta para canto y piano. No así los dos himnos de Keats, las ocho estrofas de la *Oda a un ruiseñor* y el breve canto *A la melancolía*, para los cuales escribió Adrian un acompañamiento de cuarteto de cuerda, entendiéndose que a la palabra *acompañamiento* hay que darle un sentido superior, mucho más profundo que el tradicional. En realidad se trataba de una nueva y refinada forma de la variación, en la cual no había una sola nota, ni de la voz humana ni de los cuatro instrumentos, que quedara situada fuera de tema. La relación entre las voces es íntima y constante, no como entre la melodía y su acompañamiento, sino con todo el rigor de un continuo alternar de voces primeras y segundas.

Son composiciones soberbias, aunque muy raramente ejecutadas a causa de la dificultad del idioma. No pude dejar de sonreír ante la elocuente expresión que el compositor prestó a la nostalgia de la dulce vida meridional que la voz del «pájaro inmortal» despierta en el alma del poeta. Recordaba, sin querer, que no fueron muy vivos ni el entusiasmo ni la gratitud de Adrian por los consuelos de una luz solar que, según el poeta, «disipa el fastidio, la fiebre y el enojo» en el corazón de hombres que, «sentados, se escuchan de uno a otro los suspiros». El momento más afortunado musicalmente era, sin embargo, el final, la disolución y disipación del ensueño, el «adiós a la fantasía, elfo de quien es mentirosa la fama de que puede engañarnos con sus arterías», la música que se fue volando y la pregunta: «¿Estoy despierto o dormido?»:

> Adieu! The fancy cannot cheat so well
> as she is fame'd to do, deceiving elf.
> Adieu! adieu! The plaintive anthem fades
> ....
> Fled is that music: — Do I wake or sleep?

Comprendo sin dificultad que la belleza de estas odas, comparable a la de un ánfora griega, pueda ser provocante para la música. No por deseo de completarlas, ya que son perfectas, sino con el propósito de articular y dar mayor relieve aún a su gracia soberana y melancólica, de infundir a sus exquisitos y fugaces momentos una permanencia que el soplo de la palabra no puede por sí solo dar. Momentos de una intensa plasticidad como, en la tercera estrofa de *Melancolía*, la alusión al «soberano altar» que la tristeza posee en el propio templo del placer y que sólo descubre aquel cuya atrevida lengua aplasta contra el paladar las uvas del deseo, dejan muy estrecho campo a la música. Con frecuencia he oído decir que para componer una buena melodía más vale un texto que no sea demasiado bueno. La música sirve, sobre todo, para dorar la mediocridad y es en ciertas composiciones detestables donde brilla mejor el arte del virtuoso. Pero Adrian tenía del arte una concepción demasiado elevada y demasiado crítica a la vez para dejar que su luz brillara en las tinieblas. Su música respondía siempre a muy nobles y exaltadas exigencias, y cuando, para sus composiciones, elegía obras de poetas alemanes eran siempre éstas de elevado nivel, aun cuando no tuvieran, quizá, la distinción intelectual de la lírica de Keats. Así se fijó el estricto gusto literario de Adrian en un poema monumental, en un himno religioso, patético y vibrante, cuyas majestuosas invocaciones y templadas descripciones eran quizá más propicias a la música que la helénica nobleza del vate británico.

Me refiero a la oda *Fiesta de primavera*, de Klopstock, famoso canto que con algunos, muy pocos, cortes en el texto Adrian compuso para barítono, órgano y orquesta de cuerda. Obra impresionante, ejecutada durante la primera guerra mundial alemana y los años siguientes en diversos centros musicales de Alemania y de Suiza bajo la dirección de maestros atrevidos y amigos de la música moderna, con la aprobación de minorías entusiastas y provocando, al propio tiempo, malignas y soeces protestas. La fama de esta obra había de contribuir años más tarde, a crear en torno de mi amigo, cuando su nombre empezó a ser más conocido, un aura de esotérica gloria. Una cosa quiero decir: me conmovió –aunque no me sorprendiera– esa explosión de sentimiento religioso cuya sinceridad y pureza quedaban realzadas por la renuncia a los medios fáciles de expresión (ni arpegios del arpa, que el texto casi solicitaba, ni timbales para figurar el trueno divino); me llegaron al corazón las bellezas y grandiosas verdades del cántico, como el lento caminar de la negra nube, el doble grito de «¡Jehová!» que el trueno lanza «cuando el humo y el fuego consumen el bosque maldito» (pasaje de gran fuerza); la transparente y original conjunción de la cuerda y los registros agudos del órgano en la coda final, cuando la divinidad no viene ya llevada por la tempestad, sino por un suave susurro, y sobre ella se cierne el «arco de la paz». Pero no puedo decir que entonces comprendiera el verdadero sentido espiritual de la obra, descubriera su necesidad e intención secreta, a saber, el miedo que, por el camino de la alabanza, va en busca del perdón. ¿Conocía entonces yo acaso el documento que mis lectores conocen ahora, el diálogo en la sala de piedra de Palestrina? Sólo hasta cierto punto podía considerarme como el «compañero en los misterios de su pena» de que habla la *Oda a la melancolía*, sin más derecho que el que me daba una vaga preocupación por el bien de su alma nacida en los primeros años de nuestra juventud. Pero más tarde comprendí que la *Fiesta de primavera* era un sacrificio propiciatorio ante Dios, un acto de contrición cumplido –horripilante sospecha– bajo las amenazas del misterio visitante.

Otro de los motivos personales e intelectuales de esta obra me escapó también en aquella ocasión. Hubiera debido, y no lo hice, relacionarla con ciertas conversaciones que tuve con él –o más exactamente que él tuvo conmigo–, en el curso de las cuales me dio cuenta, con gran animación y visible complacencia, de estudios e investigaciones que, extraños al concepto que yo tenía de la ciencia, nunca habían excitado mi curiosidad. Adrian, satisfecho de haber enriquecido sus conocimientos de la naturaleza y del cosmos, se exaltaba, y su exaltación me recordaba las curiosas aficiones de su padre, su manía de «especular con los elementos».

Para el compositor de *Fiesta de primavera* no rezaba la palabra del poeta, Klopstock, cuando se defendía de querer «precipitarse en el océano de los mundos» y proclamaba querer girar sólo en torno de la Tierra, esa tierra que él llama la «gota en el cántaro». Adrian, sin vacilación, se precipitaba en ese universo inconmensurable que la ciencia astrofísica trata de medir sin otro resultado que la delimitación de dimensiones, números y volúmenes fuera de toda relación con la inteligencia humana, perdidos en la teoría y en la abstracción, faltos de sentido, por no decir contrarios a todo sentido. No quiero olvidar, por otra parte, que no hay contrasentido en llamar «gota» a la Tierra, ya que ésta, «escurrida entre los dedos del Todopoderoso en la hora de la creación», se compone sobre todo de agua, el agua de los mares, y que por aquí empezó Adrian, contándome las maravillas de las profundidades marinas, las frenéticas extravagancias de la vida en las regiones donde nunca penetra un rayo de sol. Y lo más curioso del caso, curioso, divertido y desconcertante, es que estas cosas me las contaba Adrian en la primera persona del singular, como si de ellas hubiese sido testigo.

Claro está que no había tal y que las lecturas habían sido el único alimento de su fantasía. Pero sea por lo que fuere: porque a fuerza de interés había asimilado aquellas imágenes como propias, o por puro, inconcebible capricho, la verdad es que Adrian pretendía haber estado allí, en la región de las islas Bermudas, algunas millas al este de San Jorge, y que en aquellos parajes, en compañía de un sabio indígena llamado Capercailzie, había investigado la vida abismal y establecido una nueva marca de profundidad submarina.

Mi recuerdo de aquella conversación sigue siendo muy vivo. Me encontraba yo pasando un par de días, a fin de semana, en Pfeiffering. Ocurrió la cosa después de la sencilla cena que Clementine Schweigestill nos había servido en el gran salón y cuando nos encontrábamos de sobremesa en la sala del abad, cada uno frente a su jarra de cerveza y fumando los dos sendos cigarros del país, sabrosos y ligeros. Era la hora en que *Suso*, el perro, es decir, *Kaschperl*, corría ya suelto por el patio.

Fue entonces cuando Adrian quiso divertirse contándome, con toda clase de pelos y señales, cómo él y el señor Capercailzie, metidos los dos en una barquilla esférica sumergible, equipada más o menos como un globo estratosférico, bajaron a las profundidades oceánicas aguantados por un cable arrollado al cabrestante del buque que les acompañaba. Fue, me decía, una experiencia en extremo emocionante, para él sobre todo, ya que su acompañante, mentor o cicerone, estaba acostumbrado a tales ejercicios. El angosto interior de la pesada barquilla —dos toneladas— era incómodo, pero la incomodidad iba compensada por una sensación de perfecta seguridad. Perfectamente hermética, capaz de soportar formidables presiones, provista de una importante reserva de oxígeno, teléfono, reflectores de gran potencia y ventanillas de cuarzo que permitían la observación en todas direcciones. Algo más de tres horas permanecieron bajo el nivel del mar, horas pasadas como una exhalación. Nada tan distraído, en efecto, como la contemplación de un mundo cuya absurda y extraña quietud provenía probablemente de su innata falta de contacto con el nuestro.

Cuando un día, a las nueve de la mañana, los doscientos kilos de la pesada puerta de la barquilla se cerraron detrás de ellos y el cable de retención les depositó suavemente en el agua, creyó Adrian que su corazón iba a cesar de latir. Al principio, el agua que les circundaba, iluminada por los rayos del sol, era clara como el cristal. Pero la claridad en el interior de nuestra «gota en el cántaro» no va más allá de 57 metros. Allí termina todo, o mejor dicho, allí empieza un nuevo mundo, un mundo vago y sin relación con el nuestro, en el cual Adrian y su compañero penetraron hasta una profundidad casi catorce veces mayor y se inmovilizaron por espacio de media hora por lo menos, sin dejar de pensar por un instante que sobre su vivienda descansaba una presión de 500.000 toneladas.

Poco a poco, durante el descenso, el agua adquirió un tono gris —el tono de una oscuridad— a la que se mezclaban todavía luminosos vestigios. La luz no renuncia fácilmente a su marcha. Su esencia y su voluntad son de iluminar, y así obraba hasta el último extremo. La última fase de su cansancio y de su retirada era más rica de color que la precedente. A través de las ventanillas de cuarzo, la vista de los viajeros se perdía ahora en un negro-azul difícil de describir, semejante a las sombras que se acumulan en el horizonte de un cielo barrido por el huracán. A partir de entonces, claro está, y mucho antes de que la aguja indicadora marque 750 y 765 metros de profundidad, se entra en el reino de la absoluta oscuridad, de las eternas tinieblas interestelares nunca rasgadas por un rayo de luz, de la noche eternamente virgen que iba a ser violada ahora por una intrépida luz artificial, sin origen cósmico, llevada allí desde el mundo superior.

Adrian hablaba del cosquilleo intelectual que produce el descubrimiento de lo nunca visto, de lo por naturaleza invisible, de lo que nunca esperó ser contemplado. El sentimiento de pecaminosa indiscreción no se encuentra completamente eliminado por el derecho de la ciencia a ir tan lejos como su ingenio se lo permita. No podía ser más evidente que las excentricidades, en parte horribles, en parte grotescas, que aquí se permitían la naturaleza y la vida, formas y fisonomías que apenas si tenían parentesco con las de la superficie terrestre y que parecían más bien pertenecer a otro planeta, eran producto de la disimulación, de la certeza de vivir eternamente envueltas en la oscuridad. La llegada a Marte, o mejor aún, a la mitad del planeta Mercurio para siempre vuelta de espaldas al sol, de un proyectil venido de la Tierra y portador de seres humanos, no hubiesen causado mayor sensación entre los eventuales habitantes de estos «cercanos» planetas que la presencia de la campana sumergible de Capercailzie en las profundidades submarinas. La multitudinaria curiosidad con que las incomprensibles criaturas del abismo se agolparon en torno de la casa de los visitantes era difícil de describir, y más indescriptible aún el interminable y confuso desfile de monstruos, hocicos voraces, dentaduras de presa, ojos de telescopio, crustáceos, lepidosirenas boquiabiertas nadando de espaldas, moluscos de más de dos metros de largo. Los pólipos y esquifomedusas, las formas más viscosamente indefinidas, no parecían escapar tampoco a esta curiosidad.

Es posible que esa muchedumbre de las profundidades consideraran al visitante provisto de reflectores como una variedad más de su propia especie, capaz de hacer lo que muchos de aquellos monstruos hacían, es decir, de irradiar luz por sus propios medios. Porque, decía Adrian, bastaba con apagar la luz para ser testigos de otro espectáculo extraordinario. Hasta muy lejos la oscuridad marina era desgarrada por los círculos, marchas y contramarchas de mil luces. Eran luminosos, en efecto, muchos de aquellos peces; unos tenían fosforescente el cuerpo por completo, otros estaban provistos de un órgano luminoso, de una lámpara eléctrica, por así decirlo, con la cual es de suponer que iluminaban su camino en la eterna noche, atraían a sus presas y lanzaban signos de amor. Algunos irradiaban una luz bastante intensa para deslumbrar a sus observadores. La forma tubular y saliente de los ojos de otros les servía sin duda para percibir las señales luminosas, de advertencia o de atracción, a gran distancia.

Fue una verdadera lástima, añadía el narrador, no poder transportar a la superficie algunas de esas larvas abismales, las más raras por lo menos. La empresa no era practicable. Para ello hubiese sido necesario, entre otras cosas, un aparato que permitiera mantenerlas sometidas a la presión atmosférica que tenían por costumbre, soportar, la misma, por otra parte, y más valía no pensar en ello, a que estaban sometidas las paredes de la barquilla usada. La tensión interna de los tejidos y de los espacios vacíos del cuerpo neutralizaba el efecto de la presión, y al desaparecer ésta los animales habrían reventado necesariamente. Así les ocurrió ya a algunos de ellos al tropezar con la embarcación: un ligerísimo choque contra ella bastó para que una gran ondina, de humano color y formas casi elegantes, saltara en mil pedazos...

Así hablaba Adrian mientras iba sacando de su cigarro grandes bocanadas de humo. Con el aire del hombre que había sido testigo de todo lo que contaba, hablando en broma y en serio, pero más en serio que en broma, de modo que, al seguir su fantasía y reírme con él, no dejaba yo, por otra parte, de sentirme un tanto preocupado. Su sonrisa denotaba hasta qué punto le divertía la resistencia que yo no cesaba de oponer a sus historias naturales: conocía la indiferencia, vecina de la repugnancia, que me inspiraban los secretos y bufonadas de la naturaleza, tan alejados de mis preocupaciones humanísticas y filológicas. No era éste el menor de los motivos que le inducían aquella noche a darme cuenta de sus investigaciones o, como él decía, de sus experiencias en el campo de lo monstruoso y de lo extrahumano. Salido apenas de las profundidades oceánicas, se precipitó, y me precipitó a mí con él, en el «océano de los mundos».

La transición no le fue difícil. La vida submarina, tan grotesca y extraña que no parece pertenecer a nuestro planeta, le ofreció un elemento de enlace. Otro elemento lo encontró en la imagen de Klopstock «la gota en el cántaro», metáfora hermosamente humilde y plenamente justificada por el insignificante volumen, por la posición secundaria y, cuando se ven las cosas en grande, casi indeterminable que ocupan no sólo la Tierra, sino todo nuestro sistema planetario, el sol y sus ocho satélites perdidos en el torbellino de la vía láctea, de «nuestra» vía láctea —dejando por ahora de lado las otras vías lácteas, que por millones, existen—. La palabra «nuestra» confiere a los monstruosos espacios cierta intimidad, multiplica de un modo cómico la noción de absurdamente inmenso hogar patrio cuyos modestos ciudadanos estamos obligados a ser. En este íntimo y profundo asilo se manifiesta y se afirma la inclinación de la naturaleza a lo esférico y esto ofreció a Adrian un tercer punto de enlace para sus disquisiciones cósmicas: su experiencia durante el tiempo que permaneció encerrado en una esfera hueca, es decir, en la barquilla de Capercailzie, donde pretendía haber pasado algunas horas. Entonces se dio cuenta de que todos vivíamos constantemente en una esfera vacía, porque en el espacio lechoso donde tenemos asignado un punto exiguo en un rincón la situación es la siguiente:

Tiene dicho espacio la forma, más o menos, de un reloj de bolsillo aplastado, es decir que es redondo y mucho más extenso que grueso. Una placa giratoria, no incomensurable, pero monstruosamente grande, de astros, grupos de astros, montones de astros, astros dobles que describen órbitas elípticas uno en torno del otro, manchas nebulosas, nieblas incandescentes, estrellas fluidas y análogas formaciones. Pero esta placa o disco giratorio se asemeja sólo al plano liso y circular que se obtiene al partir una naranja por la mitad. En torno de ella, y encerrándola, existe otra capa gaseosa de astros, que tampoco puede ser llamada inconmensurable, pero sí monstruosamente vasta en la más extrema acepción del concepto, y los objetos situados en estos espacios, predominantemente vacíos, están distribuidos de tal modo que el conjunto de la estructura forma una esfera. En las internas profundidades de esta esfera, y formando parte del disco donde se agita el torbellino de los mundos, se encuentra, completamente secundaria, difícil de situar y apenas digna de mención, la estrella fija en torno de la cual, con otros compañeros de mayor y de menor cuantía, giran la Tierra y su insignificante Luna. «El Sol», al que tan inmerecidamente concedemos el artículo definido, es una bola gaseosa de un millón y medio de kilómetros de diámetro –dimensiones menos que medianas–, con una temperatura de 6.000 grados en su superficie, alejado del centro del plano lechoso interior por una distancia igual al espesor del mismo, o sea 30.000 años luz.

Mi cultura general me permitía comprender aproximadamente el concepto «años luz». Se trata naturalmente, de un concepto espacial para medir el camino que la luz recorre en el curso de un año terrestre, según la velocidad que le es propia y de la que yo tenía una vaga idea, pero que Adrian llevaba exactamente en la memoria: 186.000 millas por segundo. Un año luz representa, pues, en números redondos, 6 trillones de millas, cifra que hay que multiplicar por 30.000 para medir la excentricidad de nuestro sistema solar. El diámetro total de la lechosa esfera hueca está representado por 200.000 años luz.

No, puesto que de esta suerte podrían ser medidos no se trataba de espacios infinitos. ¿Qué decir ante tamaña ofensa a la razón humana? Confieso que lo inconcebiblemente descomunal sólo provoca en mí un encogimiento de hombros en el que se mezclan el renunciamiento y el desdén. La admiración y el entusiasmo por la grandeza, el rendirse ante ella, sólo es posible dentro del accesible marco terrenal humano. Grandes son las Pirámides, y el Mont Blanc, y el interior de la iglesia de San Pedro en Roma, a menos que no se quiera reservar el atributo de grandeza para las cosas del mundo intelectual y moral, para los sublimes impulsos del corazón y del pensamiento. Los datos de la creación cósmica no son otra cosa que un ensordecedor bombardeo de nuestra inteligencia, para el cual sirven de proyectiles los números, dos docenas de ceros colocados como la cola de un cometa después de un uno, o –lo mismo da– después de un siete; dos docenas de ceros que pretenden tener todavía algo que ver con la medida y el entendimiento. No hay nada en esta aberración que pueda sugerir a un hombre como yo ideas de bondad, de belleza y de grandeza, y nunca podré comprender el estado de exaltación en que caen ciertos espíritus ante las llamadas «obras de Dios», en cuanto estas obras, quiero decir, pertenecen al mundo de la física astronómica. No hay lugar, me parece, a llamar «obra de Dios» a algo que si en unos suscita un jubiloso hosanna, en otros provoca sencillamente la pregunta: «¿Y qué?». De estas dos reacciones, la última es la que me parece más indicada ante una retahíla de dos docenas de ceros, y por mucha que sea mi buena voluntad, me siento totalmente incapaz de hundirme de rodillas en el polvo para adorar el quintillón.

El mismo Klopstock, poeta exaltado si los hubo, dejó los quintillones de lado y sólo se propuso suscitar la entusiasta admiración del lector hacia lo terrenal, la «gota en el cántaro». No así el compositor de su himno, mi amigo Adrian, amigo mío y amigo de los números descomunales. Pero sería injusto dejar creer al lector que hablaba de ellos con emoción o con énfasis. Su modo de referirse a las vías lácteas inmediatamente próximas a la nuestra, alejadas de nosotros, si no ando equivocado, por unos 800.000 años luz, o a los cien millones de años que median entre el momento en que el rayo de luz de la más alejada de estas masas estelares, perceptible sin embargo para nuestros instrumentos de óptica, empezó su trayecto y el instante en que hirió la retina encantada del astrónomo investigador, el modo y forma, digo, como trataba esas extravagancias era frío, indolente, con una nota de regocijo por la aversión que en mí despertaban y otra, muy curiosa, de íntima compenetración con las cosas a que se refería. Quiero decir que mantenía continuamente la ficción de que sus conocimientos no eran de segunda mano, no eran adquisiciones de lectura, sino un conjunto de tradiciones, enseñanzas, demostraciones y experiencias personales logradas con el concurso de su ya nombrado Mentor, el profesor de Capercailzie, en compañía del cual parecía haber visitado no sólo las profundidades oceánicas, sino también los espacios siderales. Daba a entender a medias que era él quien le había enseñado, más o menos por observación directa, que el universo físico, tomando estas palabras en su más completa acepción, es decir incluyendo hasta los más alejados elementos, no puede ser llamado finito ni infinito, porque ambas expresiones designan algo estático, mientras la verdadera realidad es, por su naturaleza, puramente dinámica y el cosmos, por lo menos desde hace mucho tiempo −1.900 millones de años exactamente−, se encuentra en estado de *expansión* furiosa o, dicho en otros términos, en estado de explosión. Así lo demuestra, fuera de toda duda, la alteración del rojo espectral de la luz que nos llega de numerosos sistemas víalácteos cuyo alejamiento no es, por fortuna, conocido, las mudanzas que sufre esta luz en el extremo rojo del espectro, mudanzas que son tanto más acusadas cuanto mayor es la distancia a que la nebulosa se encuentra de nosotros. Es evidente que se apartan de nosotros y que lo hacen a una velocidad que, para los sistemas más alejados del nuestro, es decir, separados por 150 millones de años luz, no es inferior a la de las partículas alfa de las sustancias radiactivas, o sea 25.000 kilómetros por segundo, rapidez vertiginosa, al lado de la cual la de los cascos de una granada, después de la explosión, es comparable a la marcha de un caracol. Así pues, si los sistemas vía-lácteos se separan uno de otro a un ritmo locamente exagerado, la palabra «explosión» bastará apenas, o quizá no baste ya, ni con mucho, para designar el estado del universo y la naturaleza de su extensión. Ésta puede haber sido un tiempo estática y haber tenido simplemente un diámetro de mil millones de años luz. Tal como ahora están las cosas puede hablarse de expansión, pero no de exten-

sión fija, finita o infinita. Lo único que, según parece, Capercailzie pudo asegurar a su curioso interlocutor, fue que la
suma total de las formaciones vía-lácteas existentes es de unos
cien mil millones, de las cuales sólo un millón escaso son perceptibles con los telescopios de que hoy disponemos.

Así habló Adrian, entre sonrisas y chupadas al cigarro. Por
mi parte le pregunté si de veras creía que esta zarabanda numeral era apta para suscitar en el hombre la noción de la gloria
divina o una exaltación moral cualquiera. La cosa tenía más
bien el aire de un pasatiempo diabólico.

—Concédeme —le dije— que las monstruosidades de la creación física no son en modo alguno fecundas para la religión.
El concepto inconmensurablemente escandaloso de un universo en estado de explosión permanente ni puede infundir
temor ni tampoco influir, como puede hacerlo la veneración temerosa, sobre la paz de las almas. La piedad, el respeto, el decoro espiritual, la religiosidad, sólo son posibles en
el hombre y por el hombre dentro del marco terrenal y humano. Su fruto debiera ser, puede ser y será un humanismo con
ribetes religiosos, inspirado por el sentimiento del secreto tras-
cendente del hombre, por la orgullosa conciencia que el hombre tiene de ser algo más que un fenómeno biológico, de estar
ligado por una parte esencial de su ser a un mundo espiritual,
de que la noción de lo absoluto le ha sido dada con las ideas de
Verdad, de Libertad, de Justicia, de que le ha sido impuesto el
deber de ir en busca de la perfección. En ese patetismo, en esa
obligación, en esa veneración del hombre por sí mismo descubro a Dios. Pero soy incapaz de encontrarle en cien mil
millones de vías lácteas.

—Así te declaras contra las obras —contestó él— y contra
la naturaleza física, de la que el hombre procede y, con él,
su elemento espiritual, elemento que se da también, seguramente, en otros lugares del cosmos. La creación física, ese
monstruoso desfile de mundos que tanto te irrita, es indis-

cutiblemente la condición previa de toda moral, su fundamento, y quizá sea el bien una flor del mal, según la expresión del poeta. Tu Homo Dei es, pues, en último término, o, más exactamente, es ante todo un fragmento de hórrida naturaleza, dotado de un potencial psíquico muy avaramente atribuido. Es, además, divertido ver cómo tu humanismo, y en el fondo todo humanismo, tiende al geocentrismo medieval. Es una ley a la que aparentemente no puede sustraerse. Se creen en general que el humanismo es amigo de las ciencias, cosa que no puede ser porque no es posible calificar de diabólicos los temas y objetos de la ciencia sin que la acusación alcance a la ciencia misma. Esto es medievalismo en todo su esplendor. La Edad Media fue geocéntrica y antropocéntrica. Al salir de ella en pie, la Iglesia, con espíritu humanístico, adoptó una actitud de oposición defensiva contra los descubrimientos astronómicos, los condenó y prohibió en honor al hombre, quiso mantener la ignorancia por humanidad. Ya ves pues cómo tu humanismo no es más que puro medievalismo. Su esencia es una cosmología digna del campanario de Kaisersaschern, naturalmente amiga de la astrología, de observar la situación de los planetas, de descifrar los signos de buen o mal agüero inscritos en las constelaciones. Y con razón, porque la íntima interdependencia de cuerpos tan estrecha y solidariamente unidos como los que forman, en un exiguo rincón del cosmos, nuestro sistema solar, sus mutuas relaciones de vecindad, saltan a la vista.

—De la coyuntura astrológica hablamos ya otra vez —hice observar—. Hace mucho tiempo, durante un paseo en torno del estanque en Buchel. Hablábamos de música y tú defendías entonces la constelación.

—La defiendo todavía hoy —contestó Adrian—. En los tiempos astrológicos se sabían, o se adivinaban, muchas cosas que la ciencia más adelantada vuelve hoy a aceptar. Se tenía en aquellos tiempos la intuitiva seguridad de que existía una relación entre ciertas enfermedades, sobre todo epidémicas, y la posición de los astros. Hoy se ha llegado al punto de discutir si las grandes epidemias de influenza o gripe, que surgen aquí o allá sobre la tierra, no son provocadas por gérmenes, bacterias o microbios procedentes de otros planetas, Marte, Júpiter o Venus.

Y al llegar a este punto me contó Adrian que un hombre de ciencia de California pretendía haber descubierto bacterias vivas encerradas en meteoritos cuya edad había de contarse por millones de años. Demostrar la imposibilidad de que así fuera no era fácil, siendo como es cosa probada que los gérmenes y células vivas soportan temperaturas, si no iguales, por lo menos vecinas al cero absoluto de los espacios interplanetarios. Las enfermedades contagiosas, ciertas epidemias como la peste y el vómito negro, no son probablemente de origen terrestre, tanto más cuanto que la vida misma es casi seguro que no surgió en la tierra sino que es producto de inmigración. Helmholtz admitió ya la hipótesis de que la vida hubiese sido llevada por aerolitos desde otros planetas a la Tierra, y desde entonces las dudas a este respecto no han cesado de ir en aumento. Él, por su parte, sabía de la mejor fuente que la vida procedía de planetas vecinos, envueltos, como Júpiter, Venus y Marte, en una atmósfera mucho más rica en metano y amoníaco y, por lo tanto, mucho más favorable a la vida. De estos planetas, o de uno de ellos en particular —como yo quisiera—, vino un día la vida, llevada por cósmicos proyectiles, o por simple irradiación, a nuestro estéril e inocente planeta. Mi Homo Dei humanista, la corona de la vida, y su obligatoria trabazón con lo espiritual no eran pues, probablemente, otra cosa que el producto de los fértiles gases atmosféricos de un planeta vecino...

—La Flor del Mal —repetí yo con un movimiento de cabeza.

—Y que en la maldad florece sobre todo —añadió Adrian.

Así se complacía en provocarme. No sólo con sus mofas de mi benigna filosofía, sino con la ocurrencia, sistemáticamente mantenida a través de toda la conversación, de darme a entender que estaba en posesión de informaciones personales y directas sobre las cosas del Cielo y de la Tierra. Ignoraba yo entonces, porque él se había cuidado de decírmelo, que todo aquello se relacionaba con el plan de una nueva obra de Adrian, en la cual éste, después del episodio de las melodías, pretendía acercarse a la música cósmica. Se trataba de la sorprendente sinfonía en un solo tiempo, o fantasía para orquesta, que compuso durante los últimos meses del año 1913 y primeros de 1914 y que tituló *Las maravillas del todo*, sin hacer caso alguno ni de mis protestas ni de mi propuesta. Porque el título elegido me parecía pueril proponía yo el de *Sinfonía cosmológica*, pero Adrian mantuvo el suyo, más adecuado, por su patetismo superficial y su ironía, para sugerir a los enterados el carácter bufón y grotesco (aunque lo grotesco se presentara a menudo bajo un solemne y ceremonioso ropaje matemático) de todas estas descripciones. Esta música nada tenía que ver con el espíritu inspirador de *Fiesta de primavera*, con el espíritu de humilde glorificación, y de no ser por ciertos signos característicos de la escritura musical, en los que la personalidad del autor se revelaba, nadie hubiese podido creer que ambas obras eran creación de un mismo ingenio. Carácter y esencia de aquel fresco orquestal, cuya ejecución duraba unos 30 minutos, se resumían en la palabra *escarnio*, escarnio que venía naturalmente a confirmar lo que yo dijera en el curso de nuestra conversación, a saber: que la frecuentación de lo desmedido y de lo extrahumano no era cosa para predisponer a la piedad. Un sardonismo luciférico, un canto de alabanza socarrón y burlesco lanzado, si así puede decirse, no sólo contra el aparato de relojería del universo, sino también contra el medio en que dicho aparato se refleja y se repite, la música, el cosmos tonal, y que en no poca medida contribuyó a que mi amigo fuera acusado de virtuosismo antiartístico, tratado de blasfemador y de nihilista.

Pero de esto hablaremos en su lugar debido. Los dos próximos capítulos habré de consagrarlos a ciertas experiencias sociales que hube de compartir con Adrian Leverkühn durante el último carnaval de Munich, durante el paso de 1913 a 1914, que fue también el paso de una época a otra.

XXVIII

Dije yo que el huésped de la familia Schweigestill no se había enterrado por completo, bajo la guarda de *Kaschperl-Suso*, en su soledad monacal, y que, aun cuando de modo reservado y esporádico, seguía frecuentando sus relaciones en la ciudad. Cuando a Munich venía, la necesidad de tener que dejar cualquier lugar o reunión para tomar el tren de las once de la noche, lejos de molestarle, parecía, al contrario, venirle muy bien y servirle de alivio. Nos encontrábamos en el salón de la Rambergstrasse que la señora Rodde tenía siempre abierto y con cuyos asiduos, los esposos Knöterich, el doctor Kranich, Zink y Spengler, el violinista silbador Schwerdtfeger, llegué a trabar yo también buena amistad. Otras veces en casa de Schlaginhaufen o de Radbruch, el editor de Schildknapp, en la Fürstenstrasse, y también, de cuando en cuando, en el elegante piso principal del fabricante de papel Bullinger, hombre jovial, de origen renano, al cual nos presentó Schildknapp. Llegada la época de carnaval, época que en Munich se prolonga durante muchas semanas, los asiduos se cruzaban unos con otros, solían encontrarse todos reunidos en los animados bailes de artistas de Schwabing.

Tanto en casa de la señora Rodde como en el salón de las columnas de los Schlaginhaufen, mi *viola d'amore* era escuchada de buena gana. Era ésta, por otra parte, mi principal contribución al entretenimiento de los reunidos. Mis dotes de conversador no fueron nunca muy brillantes. En la Rambergstrasse el asmático doctor Kranich y Baptist Spengler eran los que con más insistencia me incitaban a tocar. El primero, interesado por todo lo antiguo, no se cansaba de hablar conmigo de la evolución histórica de las violas. El segundo simpatizaba con mi instrumento como con todo aquello que se salía de lo ordinario o presentaba un carácter excepcional. Debía yo, sin embargo, en aquella casa tener en cuenta, por una parte, el deseo constante que Konrad Knöterich sentía de hacer oír su violoncelo y sus resoplidos y, por otra parte, la preferencia con que el reducido público escuchaba a Schwerdtfeger tocar el violín, con el gracioso estilo que le era propio. Tanto más halagada se sentía mi vanidad (no lo niego) por el interés que mi instrumento y mis talentos de simple aficionado despertaban en el círculo, más numeroso y más distinguido, que la señora Schlaginhaufen, nacida Von Plausig, había sabido reunir en torno de ella y de su marido, hombre por cierto muy duro de oído. Era raro que fuera a la Briennerstrasse sin tener que llevar conmigo mi viola y ejecutar en ella ya una chacona o zarabanda del siglo XVI, ya un *Plaisir d'amour* del XVIII, cuando no hacía escuchar a la sociedad una sonata de Ariosti, el amigo de Haendel, o una de las composiciones que Haydn escribiera para *viola di bordone* y que son también ejecutables en la *viola d'amore*.

La iniciativa solía venir de Jeannette Scheurl, pero también, a menudo, de Su Excelencia el director general Von Riedesel, cuya simpatía por el viejo instrumento era de tendencia netamente conservadora y no obedecía, como en el caso de Kranich, a inclinaciones de anticuario erudito. Ese cortesano, antiguo coronel de caballería, se vio un día nombrado por real orden director de los Teatros de la Corte únicamente porque gozaba fama de saber tocar el piano (nos parece ahora que han pasado siglos desde los tiempos en que un señor de la nobleza, por serlo y por saber tocar el piano, era nombrado intendente general de teatros).

Decía, pues, que el barón Riedesel veía en todo lo viejo e histórico un baluarte, una polémica feudal contra lo moderno y revolucionario, y sus simpatías, inspiradas únicamente por esta convicción, no derivaban de ningún género de conocimiento. La verdad es que si no es posible comprender lo nuevo y lo joven sin estar impregnado de tradición, de igual modo será estéril el amor por lo antiguo si excluye la comprensión de lo nuevo que de lo antiguo ha surgido por histórica necesidad. El barón Riedesel era gran aficionado a la coreografía, por lo que este arte tenía de «gracioso», palabra a la que atribuía un gran valor en su conservadora polémica contra lo moderno y lo revolucionario. De la tradición artística de la coreografía francesa y rusa, representada por Chaikovsky, Ravel y Stravinsky, no tenía, por supuesto, la menor idea. Ignoraba asimismo lo que Stravinsky dijo del baile clásico, a saber, que era el triunfo del plan bien calculado sobre el sentimiento tumultuoso, del orden sobre lo casual, el modelo de la acción apolínea deliberada, el paradigma del arte. El barón sólo pensaba en volantes, gasas, encajes y brazos «graciosamente» arqueados sobre la cabeza, ofrecidos como espectáculo a un público de cortesanos defensores del ideal y enemigos jurados de la problemática fealdad, instalado en los palcos, y de burgueses bien disciplinados, sentados en las butacas.

En los improvisados programas del salón Schlaginhaufen, Wagner ocupaba un lugar vasto y preferente. La soprano Tanja Orlanda, figura imponente de mujer, y el tenor dramático Harald Kjoejelund, hombre barrigudo y con lentes, de metálica voz, figuraban entre los asiduos. Para las obras de Wagner, sin las cuales sus teatros no hubiesen podido existir, el barón Riedesel tenía grandes consideraciones; eran de una «gracia» grandiosa, y las defendía con tanto mayor ardor, cuanto que Wagner podía ser ya invocado como conservador contra más recientes innovadores. Así se daba incluso el caso de que Su Excelencia acompañaba al piano a los intérpretes, cosa que halagaba su vanidad, aun cuando su habilidad pianística fuese insuficiente para las dificultades de la partitura y les colocara a veces en situación difícil. No era cosa excesivamente grata para mi oído soportar la estentórea interpretación que Kjoejelund daba del interminable canto de la forja de Sigfrido, provocando el temblor y la vibración de los jarrones y objetos de cristal que decoraban el salón. Pero confieso en cambio que he sido siempre sensible al efecto de una heroica voz de mujer, como lo era entonces la de Tanja Orlanda. La majestuosa figura, la fuerza del órgano vocal, la perfecta expresión de los acentos dramáticos daban la ilusión de un alma de reina transportada por la pasión, y cuando, por ejemplo, terminaba el gran *racconto* de Isolda con las palabras: «Ni que fuera la luz de mi vida vacilaría en extinguir la antorcha», poco le faltó una vez para que, los ojos humedecidos, fuera a arrodillarme ante ella, mientras con su sonrisa triunfal correspondía a los atronadores aplausos de todos. Adrian había querido aquel día acompañarla y recuerdo que, al levantarse del piano, se sonrió él también.

Resulta agradable poder, en tales circunstancias, contribuir personalmente al recreo artístico del concurso, y me fue particularmente grato que, después de haber cantado Tanja Orlanda, el barón de Riedesel, apoyado en seguida por la esbelta dueña de la casa, me pidiera una repetición del Andante y Minueto de Milandre (1770), interpretado ya allí mismo, con mis siete cuerdas, en una anterior reunión. ¡El hombre es débil! Le estuve agradecido, hasta el punto de olvidar la escasa simpatía que de ordinario me inspiraba la superficialidad y variedad de una fisonomía que, con su bigote rubio atufado, sus mejillas redondas y bien afeitadas y su fulgurante monóculo ajustado bajo la ceja gris, era el vivo y casi insolente prototipo del aristócrata militar. Para Adrian el tipo de ese noble caballero estaba más allá de toda valoración, del odio como del desprecio e incluso del ridículo. No merecía siquiera un encogimiento de hombros y esta reacción suya era en el fondo también la mía. Pero cuando me invitaba a compensar, con mi habilidad puesta al servicio de algo «gracioso», los efectos de la revolución triunfante, me sentía inclinado a la benevolencia y el perdón.

Extraordinarios eran, penosos en parte y en parte cómicos, los choques entre el conservadurismo del barón Riedesel, conservadurismo que pudiéramos llamar conservador, mantenedor, prerrevolucionario, y el conservadurismo posrevolucionario o antirrevolucionario, representado en el salón Schlaginhaufen por el doctor Craim Breisacher, hombre de vasto saber y sin profesión definida, tipo altamente representativo de su raza, provocante casi, de muy aguda inteligencia y de una fascinadora fealdad, que, en aquel medio, llenaba, con cierto maligno placer, funciones de agente fermentador. La señora de la casa apreciaba en alto grado su gran flexibilidad dialéctica y sus abundantes paradojas, ante las cuales las damas, pudorosas y regocijadas a la vez, solían cubrirse el rostro con las manos. El hombre se complacía en aquel medio por puro snobismo. Gustaba de deslumbrar a un público elegante y de pocas luces con ideas y ocurrencias que en una tertulia de literatos hubiesen producido poca o ninguna impresión. Por mi parte sentía hacia él una profunda antipatía, lo consideraba como un intrigante intelectual y estoy persuadido de que Adrian lo encontraba igualmente desagradable, aun cuando, y sin que pudiera decir exactamente por qué, nunca cambiamos a fondo nuestras impresiones sobre Breisacher. No por esto negué nunca su olfato para discernir las corrientes intelectuales de la época y sus más recientes manifestaciones y, en este orden de ideas, muchas fueron las cosas que oí allí de su boca por primera vez.

Era Breisacher un historiador y un polígrafo, capaz de hablar sobre cualquier cosa; un filósofo de la cultura, cuyas convicciones iban sin embargo *contra* la cultura, en cuya historia pretendía no haber descubierto otra cosa que un continuo proceso de decadencia. Su desprecio por la palabra *pro-*

greso era ilimitado y su modo despectivo de pronunciarla descubría el convencimiento, vivo en él, de que sus sarcasmos contra el progreso eran la justificación de su presencia en aquel elegante salón. Aunque uno simpatizara poco con sus teorías, preciso era reconocer que su modo de ridiculizar el pretendido progreso de la pintura al pasar del primitivismo semisuperficial a la representación en perspectiva, no estaba falto de ingenio. Considerar como una prueba de incapacidad, de ignorancia, de torpe primitivismo la renuncia al engaño óptico de la perspectiva, decía, es el colmo de la necia arrogancia moderna. Como si la ilusión no fuera el más inferior de los principios estéticos, el más apto para dar satisfacción al populacho. Como si no fuera prueba de depurado gusto el renunciar a ella. No querer saber nada de ciertas cosas es un modo de aproximarse a la sabiduría, es parte misma de la sabiduría. Se da el nombre de progreso a la manía de meter la nariz en todas partes.

Sea como fuere, los concurrentes al salón de la señora Schlaginhaufen, nacida Von Plausig, se sentían halagados por tales opiniones, y si alguna vez ponían en duda la autoridad de Breisacher para expresarlas, estaban desde luego persuadidos de su derecho a aplaudirlas.

Lo mismo ocurre, añadía el inagotable orador, con el paso de la música monódica a la música polifónica y a la armonía, paso que todo el mundo está dispuesto a considerar como un progreso cuando en realidad fue una conquista de la barbarie.

—¿Ha dicho usted de la barbarie? —preguntaba con voz chillona el barón de Riedesel, espontáneamente inclinado a considerar la barbarie como una forma rudimentaria del conservadurismo.

—Así dije, Excelencia. Los orígenes de la música polifónica, es decir, del canto con acordes de quinta y de cuarta, se sitúan muy lejos del centro de la civilización musical, de Roma, hogar de la hermosa voz humana y de su culto. Se encuentran en el norte, en el país de las gargantas ásperas. La polifonía surgió, a lo que parece, para compensar esta aspereza, en Inglaterra, en Francia, en la inculta y brava Bretaña, donde por primera vez la tercera fue incorporada a la armonía. Las llamadas evoluciones superiores, la complicación, el progreso, son, pues, a veces, obras de la barbarie. Dejo a su juicio apreciar si hay que elogiar, por ello, la barbarie...

Era evidente que, al presentarse allí como conservador, Breisacher se divertía tomando el pelo a la concurrencia. Lo que él quería era evitar a toda costa que nadie supiera nunca a ciencia cierta cuál era su pensamiento. La música vocal polifónica, invento de la barbarie progresista, se convertía en objeto de su conservadora protección tan pronto surgía, por transición histórica, el principio de la armonía y del acorde y, con él, la música instrumental de los dos últimos siglos. *Aquí* estaba ahora la decadencia, a saber, la decadencia del único arte verdaderamente grande, del contrapunto, frío y sublime juego de los números que nada tiene que ver con el sentimentalismo prostituido ni con los desafueros del dinamismo; en esta decadencia se sitúa de lleno el gran Bach de Eisenach, a quien Goethe calificó justamente de armonizador. Cuando se es el inventor del clavicordio bien templado, es decir, cuando se ha creado la posibilidad de entender cada tono de modos diversos y, con ello, el nuevo romanticismo de la modulación armónica, bien merecido se tiene el duro calificativo que el sabio universal de Weimar aplicó a Bach. ¿Contrapunto armónico? No existe tal cosa. Es un producto híbrido, ni chicha ni limonada. El ablandamiento, la maceración, la falsificación, la falsa interpretación de la antigua y auténtica polifonía, comprendida como la interpretación sonora de diversas voces, para orientarla hacia la armonía y el acorde, empezó ya en el siglo XVI, y hombres como Palestrina, como los dos Gabrieli y nuestro excelente Orlando di Lasso están vergonzosamente comprometidos en la empresa. Es cierto que estos autores «humanizaron» mejor que nadie el concepto del arte vocal polifónico y en consecuencia nos parecen los más grandes maestros de dicha forma. Esto viene de que se abandonaron ya a un género de composición basado en el acorde y su modo de tratar el estilo polifónico está ya lamentablemente influido por consideraciones armónicas, por la idea de relación entre consonancia y disonancia.

Mientras todo el mundo se maravillaba y se recreaba, dándose palmadas en las rodillas, busqué los ojos de Adrian para descubrir lo que pensaba de aquel irritante palabrerío. Pero Adrian rehuyó mi mirada. Riedesel profirió, en plena confusión, algunas palabras entrecortadas.

—Perdón... un momento... permítame... Bach, Palestrina...

Estos nombres que, a sus ojos, llevaban el nimbo de la autoridad conservadora, se veían de pronto relegados al desván de la descomposición modernista. Espontáneamente se inclinaba a dar su asentimiento, pero al mismo tiempo se sentía a tal punto conmovido, que llegó al extremo de quitarse el monóculo, con lo cual desaparecieron de su faz los últimos vestigios de inteligencia. Muy perturbado se sintió también el barón cuando Breisacher orientó su perorata hacia el Antiguo Testamento, es decir hacia su medio original, la tribu o pueblo judío y su historia espiritual. También aquí hizo gala nuestro hombre de un conservadurismo equívoco, mal intencionado y llevado hasta la más grosera exageración. Nadie, a menos de escucharle, hubiese podido nunca sospechar que la decadencia del pueblo judío ni el embrutecimiento, la pérdida de todo contacto con lo antiguo y lo auténtico empezaran tan pronto y afectaran a tan eminentes figuras. Confieso que el efecto cómico era formidable. Personajes bíblicos que todo cristiano venera, como los reyes David y Salomón y los locuaces profetas, no eran otra cosa a sus ojos que los representantes degenerados de una teología exangüe, sin la menor idea de lo que fue la antigua y auténtica realidad hebraica y para los cuales los ritos que el verdadero pueblo judío practicaba para servir a su Dios nacional, mejor aún, para obligarle a aparecer en persona, sólo eran «enigmas de los tiempos primitivos». Su inquina era sobre todo grande contra el «sabio» Salomón, al cual aplicaba los más denigrantes epítetos, no sin provocar cierto escándalo en el auditorio.

—¡Perdón! —exclamó Riedesel—. Lo menos que puedo decir es que... el gran rey Salomón... No cree usted que...

—No lo creo, Excelencia —replicó Breisacher—. Salomón era un esteta agotado por los placeres eróticos y, desde el punto de vista religioso, un mentecato progresista, dispuesto a sacrificar el culto del Dios nacional, activo y presente, verdadera sustancia de la energía popular, a la predicación de un Dios celeste, abstracto y válido para la humanidad entera. Sacrificaba pues la religión del pueblo a la religión universal. Para convencerse de ello basta leer el discurso escandaloso que pronunció una vez terminado el primer templo y su famosa pregunta: «¿Puede Dios vivir con los hombres en la Tierra?». Como si la única y exclusiva misión de los judíos no fuera precisamente ésta: procurarle a Dios una vivienda, una tienda, y asegurar su presencia continua entre los hombres por todos los medios. Salomón adopta el tono declamatorio y exclama: «Si los cielos no pueden contenerte, mucho menos aún la casa que he construido». Pura palabrería, del principio hasta el fin, paráfrasis del poeta de los salmos y de su degenerada concepción de Dios, confinado ya definitivamente en el cielo cuando es un hecho que el Pentateuco nada sabe de un cielo donde tenga su sede la divinidad. En los primeros libros, Elohim marcha delante del pueblo sobre una columna de fuego, quiere morar con el pueblo, ir con él, poseer su propia *mesa de sacrificio*. Así dicen los libros, mesa de sacrificio y no «altar», palabra humanizada que sólo surgió mucho más tarde. No es concebible que un salmista ponga en labios de Dios esta pregunta: «¿Como yo acaso la carne de los bueyes y

bebo la sangre de los machos cabríos?». Poner tales palabras
en boca de Dios es simplemente escandaloso. Es darle al Pentateuco, con progresista impertinencia, una bofetada en pleno rostro, porque en los libros se da expresamente al sacrificio el nombre de «pan», significando así que era el verdadero
alimento de Jahvé. Nos bastará con dar un paso más para
encontrarnos con Maimónides, el más grande, según se pretende, de los rabinos medievales, en verdad nada más que
un discípulo de Aristóteles, capaz de *interpretar* el sacrificio
como una concesión de Dios a los instintos paganos del pueblo. Es como para morirse de risa. La ofrenda primitiva de
sangre y de grasa, condimentada con sal y especias, con que
se alimentaba a Dios, se le daba un cuerpo y se retenía su presencia, no es para los salmistas otra cosa que un «símbolo» (me
parece estar oyendo el acento de indecible menosprecio con
que el doctor Breisacher pronunciaba esta palabra); lo que
se degüella no es ya un animal; la ofrenda se compone, por
extraño que parezca, de gratitud y de humildad. «Quien me
ofrenda gratitud me honra», mientras otros dicen: «Los sacrificios divinos son el arrepentimiento de las almas». En resumidas cuentas, desaparecieron la sangre, el pueblo, la realidad
religiosa y sólo quedó una papilla humanitaria...

He ofrecido este botón como muestra de las expectora-
ciones, altamente conservadoras, del doctor Breisacher. Era
un espectáculo tan divertido como odioso. El orador ponía
gran empeño en demostrar que el rito, auténtico, el culto del
Dios popular, real y no universalmente abstracto, Dios que,
por lo tanto, no era ni «todopoderoso» ni «omnipresente»,
constituía una técnica mágica, una manipulación de las fuerzas dinámicas que no estaba exenta de peligros corporales y
susceptible de provocar, por errores o falsas maniobras, terribles desgracias y catastróficas conmociones. Los hijos de Aarón
murieron por haber traído a la patria el «fuego forastero». Se
produjo un accidente técnico a causa de un error. Uno de los

hijos, Usa, agarró imprudentemente la caja del fuego para evitar que cayera del carro en que era transportada, y quedó muerto en el acto. Fue aquello una descarga dinámico-trascendental provocada por la negligencia de que se hizo culpable el rey David, muy preocupado de tocar el arpa, pero incapaz de dar una orden atinada. Dispuso, para hacerse el grande, que se transportara la caja del fuego en un carro en lugar de conformarse a las fundadas instrucciones del Pentateuco y hacerla llevar en andas. David, como Salomón, había perdido contacto con los orígenes de su pueblo y caído en la abyección. Ignorante de los peligros dinámicos que un censo puede llevar consigo ordenó un recuento de la población y provocó con él una mortífera epidemia, reacción de las fuerzas metafísicas populares perfectamente previsible. Para un pueblo digno de este nombre ese registro mecánico, esa disolución numérica del conjunto dinámico en individualidades análogas resultan insoportables.

Grande fue la satisfacción de Breisacher al ver cómo una de las damas presentes le interrumpía para manifestar su ignorancia de que un censo de población pudiera ser tan gran pecado.

—¿Pecado? —contestó Breisacher acentuando exageradamente el tono interrogativo—. Nada de eso. Las nociones de pecado y de castigo, pálidos conceptos teológicos, no se daban a la auténtica religión de un pueblo auténtico. No se trataba aquí de una relación de causalidad ética como entre el pecado y el castigo, sino de una relación causal entre el error y el accidente. La ética no tendría nada que ver con la religión si no representara su decadencia. Lo moral era una interpretación «puramente espiritual», y falsa, de lo ritual. ¿Hay algo más alejado de Dios que lo puramente espiritual? Es obra de las religiones universales, sin carácter, el haber convertido la oración en plegaria, en petición, en murmullo mendicante. La llamada plegaria...

—¡Perdón! —exclamó de nuevo Riedesel, pero esta vez con verdadera energía—. Tendrá usted razón en muchas cosas, pero la plegaria, la orden que el soldado recibe de descubrirse para rogar a Dios, fue siempre para mí...

—La plegaria —prosiguió el doctor Breisacher, completando implacablemente su pensamiento— es la forma vulgar, tardía, diluida por el racionalismo, de algo muy fuerte, activo y enérgico: el conjuro mágico, el acto de obligar a Dios.

El barón me daba lástima. Ver su conservadurismo caballeresco atropellado por un ingenioso despliegue de los instintos atávicos que tenía mucho más de revolucionario que de caballeresco, que había de resultar en último término mucho más disolvente que cualquier liberalismo y que, sin embargo, como por escarnio, lanzaba a las fuerzas conservadoras un llamamiento adulador, era algo que debía sumir su alma en la más profunda perturbación. Llegué a creer, dejándome llevar demasiado lejos por mis buenos sentimientos, que se le preparaba una noche de insomnio. Y conste que en los discursos de Breisacher eran muchos los puntos débiles. Fácil hubiese sido contradecirle, hacerle ver que el menosprecio espiritual del sacrificio no se manifestó por primera vez en los Profetas y que se encuentra ya en el Pentateuco, cuando Moisés califica la ofrenda de secundaria y considera como fundamental la obediencia a Dios y la observancia de sus mandamientos. Pero al hombre sensible le molesta la idea de perturbar con sus contradicciones lógicas o históricas la marcha de un razonamiento preestablecido. Tiende a respetar lo espiritual incluso en lo antiespiritual. Hoy comprendemos que el llevar tan lejos este respeto cuando el enemigo no emplea otras armas que el descaro y la intolerancia, ha sido el gran error de nuestra civilización.

En todas estas cosas pensaba ya cuando, desde el comienzo de este libro, al proclamar mis simpatías por los hebreos, hube de apuntar, a modo de observación limitativa, el carácter poco simpático de algunos ejemplares de esta raza con quienes había tropezado en mi vida. El nombre de Breisacher salió entonces de mi pluma prematuramente. Por otra parte, no sé si sería justo reprochar al espíritu judío su extremada finura para presentir las novedades que se anuncian. Sea como fuere el mundo antihumano, cuya existencia yo no sospechaba, fue Breisacher, en el salón de los Schlaginhaufen, quien me lo reveló por primera vez.

XXIX

El carnaval de Munich de 1914, esas semanas alegres y fraternales que median entre la Epifanía y el miércoles de ceniza y que dan lugar a tantas fiestas públicas y privadas, en las que yo, joven profesor recién trasladado a Freising, tomé parte por mi propia cuenta o en compañía de Adrian, no se ha borrado de mi memoria. Quedó, al contrario, profundamente grabado en ella. Fue el último carnaval anterior a la guerra de cuatro años, que ahora llamamos, a la luz de los horrores de nuestro tiempo, la primera guerra mundial, y que puso definitivamente término a la atmósfera de inocente estetismo y de dionisíaco bienestar que durante tanto tiempo caracterizó a la ciudad del Isar. Fue entonces también cuando empezaron a perfilarse, entre el círculo de nuestras relaciones, ciertos destinos individuales, cuya evolución había de provocar fatales desenlaces −sucesos a los que el mundo apenas prestó atención−, pero de los que habré de hablar aquí porque, en parte, se enlazan con la vida y con el destino de mi héroe, Adrian Leverkühn, y más aún porque Adrian, obrando de modo fatal y misterioso, contribuyó a provocarlos. De ello estoy íntimamente convencido.

No me refiero a lo que había de ser la suerte de Clarissa Rodde, esa rubia altanera y burlona, aficionada a coquetear con lo macabro, que vivía entonces aún con su madre y, junto con todos nosotros, tomó parte en no pocos bailes de carnaval, pero que se preparaba ya a dejar Munich, contratada como dama joven en un teatro de provincias, gracias a las gestiones de su profesor. El caso fue debido a un encadenamiento de circunstancias y no puede imputarse responsabilidad alguna a Seiler, profesor y consejero de Clarissa. Al contrario, Seiler había escrito a la señora Rodde una carta para explicar francamente que la inteligencia y el entusiasmo de Clarissa por el teatro, siendo grandes, no bastaban para asegurarle una brillante carrera teatral. Le faltaban el instinto histriónico, el don de la comedia, que son base primera y fundamental de todo arte dramático, y su conciencia profesional le obligaba a dar el consejo de interrumpir los estudios. Esta carta provocó una verdadera explosión de desconsuelo, un torrente de lágrimas que conmovió a la madre de Clarissa, mientras el profesor Seiler, descargada ya su conciencia, se declaraba dispuesto a dejar terminada la formación dramática de la muchacha y a procurarle un contrato de debutante.

Han pasado ya 24 años desde que se cumplió el lamentable destino de Clarissa y de ello hablaré en el orden cronológico. Tengo ahora más presente el de su hermana Inés, alma sensible y tierna, vuelta hacia el dolor y hacia el pasado, y el de Rudi Schwerdtfeger, en el que pensé con horror cuando, hace un instante, no pude abstenerme de aludir a la intervención del solitario Adrian Leverkühn en la sucesión de estos hechos. A tales anticipaciones de mi parte está ya acostumbrado el lector, a quien dirijo, sin embargo, el ruego de que no las achaque a incontinencia gráfica ni a confusión mental. Ocurre solamente que ciertas cosas que habré de contar cuando llegue la hora las veo venir de lejos con un temor vecino del espanto. Pesan sobre mí con terrible peso, que procuro aligerar por medio de esas prematuras y sólo para mí comprensibles alusiones. De este modo trato de facilitar mi futuro trabajo de narrador, quitándole al asunto sus espinas, tratando de diluir su lóbrego y siniestro contenido. Nada más añadiré para explicar mi técnica «incongruente» y dar a comprender cuáles son mis angustias. No hace falta decir que Adrian estuvo, en un principio, completamente apartado de todo lo que cuento ahora y que fui yo, más curioso o, si se quiere, más cercano al prójimo, quien hubo de llamarle la atención sobre las cosas que ocurrían y que él no veía. Se trata de lo siguiente:

Como ya tuve ocasión de dar a entender, las dos hermanas Rodde, tanto Clarissa como Inés, se entendían mal con su madre. Su salón semibohemio y sólo a medias divertido, su existencia desarraigada envuelta en los restos del antiguo esplendor burgués, les atacaban los nervios, cosa que, con frecuencia, se abstenían de disimular. Ambas trataban de salir de esta situación híbrida, pero cada una por diferente camino. Clarissa aspiraba a una vida de artista, para la cual su maestro hubo de reconocer, al cabo de poco tiempo, que le faltaban los dones naturales auténticos. Inés, en cambio, más fina y melancólica, atemorizada, en el fondo, por las perspectivas del pasado, sólo pensaba en volver al redil, en la paz espiritual de una vida burguesa estable, para lo cual el camino indicado era el matrimonio, un matrimonio de amor a ser posible, pero en todo caso el matrimonio, aunque fuera sin amor. Con el cordial asentimiento de su madre, Inés se aventuró por este camino —y su fracaso no fue menor que el de su hermana—. Pronto había de descubrir que ni este ideal correspondía a su verdadero instinto ni los tiempos agitados en que vivíamos eran propicios a su realización.

Entró entonces en contacto con ella un cierto doctor Helmut Institoris, docente privado de estética e historia del arte en la Escuela Superior de Tecnología. Su curso, apoyado sobre gran número de fotografías que durante la clase hacía circular entre los alumnos y oyentes, versaba sobre la teoría de lo bello y la arquitectura del Renacimiento. Su carrera habría de llevarle muy probablemente a la universidad, como profesor titular de una cátedra, a la Academia y a otros análogos honores, sobre todo si dejaba el celibato para fundar un hogar que fuera, al propio tiempo, un punto de cita social. Hijo de una rica familia de Würzburgo, heredero presunto de una considerable fortuna, Institoris iba en busca de una novia y no tenía, naturalmente, por qué preocuparse de la situación económica de la elegida. Al contrario, parecía ser de esos hombres que prefieren tener exclusivamente en su mano los intereses materiales del matrimonio y saber que la mujer se encuentra, a este respecto, en un estado de dependencia total.

No es esto, precisamente, un signo de energía y, en realidad, Institoris no era hombre enérgico. Bastaba, para descubrirlo, su admiración por las manifestaciones estéticas, aun las más violentas, de la fuerza. Era rubio y de cráneo alargado, más bien pequeño pero elegante y distinguido. Llevaba el pelo liso, partido por una raya, y ligeramente abrillantado; un bigotito cubría su labio superior y detrás de los lentes de oro sus ojos azules, de blanda y noble mirada, explicaban mal —o quizá bien— su admiración por la brutalidad, a condición, claro está, de que ésta se presentara envuelta en bellas formas. Era uno de esos tipos, frecuentes en su generación de los cuales dijo un día pertinentemente Baptist Spengler que «con las mejillas consumidas por la tisis, proclaman a gritos la fuerza y la belleza de la vida».

Institoris no gritaba. Hablaba quedo y con un ligero ceceo, incluso cuando presentaba a sus oyentes el Renacimiento italiano como una época «envuelta en una atmósfera de belleza y de sangre». Tampoco era tísico, aun cuando en su juventud, como tantos otros, hubiese tenido que defenderse contra un ligero ataque de tuberculosis. Pero era una naturaleza delicada y nerviosa. Sufría del simpático, del plexo solar, generador de tantas aprensiones y temores prematuros de muerte. Era cliente de un sanatorio de Merano para gente rica. Sin duda esperaba de la regularidad de una ordenada vida marital beneficiosos efectos para su salud —esperanza que sus médicos compartían.

Podría creerse, pues, que el noviazgo oficial de Inés Rodde sería anunciado durante el invierno de 1913-1914. En realidad no ocurrió así hasta algunos meses después de empezada la guerra. Timidez y escrúpulos de conciencia por ambas partes, deseo de someter a larga prueba la cuestión de saber si estaban realmente hechos, como suele decirse, el uno para el otro.

Si a primera vista podía parecer extraño que Helmut Institoris se hubiese interesado por Inés, nada podía parecer más natural después de reflexionado. No era Inés una mujer del Renacimiento: su fragilidad espiritual, su mirada triste y distinguida, el porte inclinado de su cabeza, sus labios poco prometedores, hacían más bien de ella todo lo contrario. Pero Institoris hubiese sido incapaz de vivir en común con su ideal estético. Su superioridad masculina no hubiera podido afirmarse. Tampoco podía decirse que Inés careciera de femeninos encantos. Que un hombre en busca de pareja se fijara en su espléndida cabellera, en los hoyuelos de sus manos pequeñas y finas, en su gracia juvenil, era perfectamente explicable. Nada se oponía a que Inés fuera precisamente lo que andaba buscando. Sus orígenes patricios eran un atractivo para un hombre como Institoris, y aun cuando la familia se encontrara ahora en situación disminuida, lejos de ser ello un obstáculo podía constituir un aliciente. Una madre con medios de fortuna reducidos y gran afición a divertirse; una hermana que pensaba dedicarse al teatro; un grupo de amigos más o menos bohemios, ninguna de estas cosas le desagradaba. Al contrario, le permitían actuar de rehabilitador y habrían de facilitar la afirmación de su autoridad en el hogar. Por otra parte, el matrimonio con Inés no habría de perjudicarle ni poco ni mucho en su carrera. Correctamente educada por su madre, y llevando por dote un buen ajuar de prendas de hilo, quizá también de objetos de plata, Inés Rodde sería una esposa modelo y una perfecta ama de casa.

Así veía yo las cosas desde el punto de vista de Institoris. Menos claras se me aparecían cuando trataba de verlas con los ojos de la muchacha. Admirablemente educado e instruido, pero muy preocupado de sí mismo y de sus pequeñeces, de una masculinidad muy poco acentuada (añádase, para completar el retrato físico trazado, que tenía costumbre de andar dando pequeños saltos), era muy difícil de imaginar que Institoris ejerciera atractivo alguno sobre el sexo contrario, mientras me parecía, por otra parte, fuera de duda que Inés, a pesar de su naturaleza reservada en extremo, no estaba exenta de sensualidad. Téngase presente, además, la oposición filosófica que existía entre el concepto teórico de la vida de cada uno de estos dos seres. Era una oposición diametral, podríamos llamarla ejemplar. Planteaba, para decirlo con las menos palabras posibles, el conflicto entre la estética y la moral, conflicto cuya función en la dialéctica cultural de aquella época era preponderante y que se encontraba, por así decirlo, personificado en la joven pareja. La disputa surgía entre la glorificación escolástica de la «vida», bajo sus formas menos recatadas y más pomposas, y el homenaje pesimista a las profundas verdades del sufrimiento. Puede decirse que, en su fuente original creadora, este conflicto formó una unidad personal que sólo con el tiempo llegó a descomponerse. El doctor Institoris era —¡Dios sea loado!— un hombre del Renacimiento, de pies a cabeza. Inés Rodde era un producto típico del pesimismo moralista. Un mundo «envuelto en una atmósfera de sangre y de belleza» no le interesaba ni poco ni mucho, y por lo que a la «vida» se refiere, sólo deseaba protegerse contra ella, para lo cual había pensado en el matrimonio, un matrimonio burgués, distinguido, económicamente sólido, susceptible de amortiguar todas las sacudidas. Por ironía del destino, el hombre —un hombrecito— que había de ofrecerle este refugio era un adorador de la estética brutal y de los envenenamientos criminales a la italiana.

No creo que los dos se libraran a grandes controversias intelectuales cuando estaban solos. Trataban de cosas más inmediatas, de lo que podría ser la vida si se prometían el uno al otro. Los temas filosóficos quedaban para las conversaciones en sociedad, y en diversas circunstancias fui testigo del choque entre sus opuestas concepciones. Cuando Institoris pretendía que sólo los seres dotados de impulsos violentos y brutales son capaces de crear grandes obras, Inés, por su parte, hacía notar que en algunos, por no decir muchos casos, el arte accedía a la grandeza por obra de espíritus sinceramente cristianos, curvados bajo el peso de su conciencia, afinados por el dolor y con una concepción más bien sombría de la vida. Tales antítesis me parecían ociosas o de un valor puramente temporal, situadas al margen de la realidad, es decir, del pocas veces logrado y siempre precario equilibrio entre la vitalidad y la enfermedad, que es la única explicación válida del genio. Pero lo cierto era que una de las partes defendía su *ser*, es decir, la enfermiza fragilidad de la vida, y la otra, el *objeto de su admiración*, es decir, la fuerza, y que, por lo tanto, no había más remedio que dejar las cosas como estaban.

Una vez, reunidos todos alrededor de una mesa para descansar en un rincón apartado de la sala, durante uno de los muchos bailes a que asistimos (el matrimonio Knöterich, Zink y Spengler, Schildknapp y su editor Radbruch formaban parte del grupo), se produjo una amistosa discusión, no entre los que todos empezábamos ya a considerar como novios, sino entre Institoris y Schwerdtfeger, muy apuesto y elegante en su disfraz de cazador que aquella noche llevaba. Fue una discusión sobre el «mérito» —es lo único que puedo precisar—, alumbrada por una observación de Schwerdtfeger a la que su autor no atribuía ninguna especial importancia. Algo conseguido a fuerza de voluntad, de lucha, de esfuerzo, de dominio sobre sí mismo, y que Rudolf, después de comentar con los más cordiales elogios, calificó de «meritorio». Su sorpresa fue grande al oír a Institoris declarar, sin más ni más, que no reconocía ningún mérito cuando iba acompañado de sudor. Desde un punto de vista estético no puede elogiarse la voluntad y sí, únicamente, el don. Sólo éste es meritorio. El esfuerzo es vulgar. Sólo es distinguido y, por lo tanto, meritorio, lo que surge del instinto, involuntariamente y con facilidad. Rudi no era precisamente un héroe ni un luchador. No había hecho en los días de su vida nada que no le fuera fácil, y el tocar admirablemente el violín le resultaba más fácil que nada. Pero las ideas del preopinante le chocaban y aun cuando sospechaba que algo había en todo aquello de «superior», que escapaba a sus entendederas, no estaba dispuesto a dejarse acorralar. Con los labios salientes de indignación miró a Institoris cara a cara y sus ojos azules trataron de perforar alternativamente el ojo derecho y el izquierdo de su interlocutor:

—No señor, no puede ser, eso no tiene sentido —dijo en voz baja y como cohibido, dando a entender que no estaba muy seguro de lo que iba a decir—. El mérito es el mérito y el don no tiene mérito ninguno. Tú no haces otra cosa, doctor, que hablar de la belleza. Pero es ciertamente una muy bella cosa que alguien consiga dominarse y superar sus dones naturales. ¿Qué dices tú a esto, Inés? —preguntó Rudi como el náufrago que se agarra a una tabla de salvación—. Su pregunta era completamente sincera, inocente, sin doble intención. Rudi no tenía la menor sospecha de la divergencia fundamental de opiniones que existía, sobre estas cosas, entre Inés y Helmut.

—Tienes razón —contestó la muchacha, a la vez que sus mejillas se teñían de un ligero rubor—. Por lo menos yo te doy la razón. El don es estimulante, pero la palabra «mérito» solicita un homenaje que no lo merecen ni el don ni el instinto.

—¡No te quejarás! —gritó triunfalmente Schwerdtfeger, y a este grito contestó Institoris con una franca sonrisa.

—No me quejo. No podías llamar a mejor puerta.

Algo extraño había en todo aquello, que no podía pasar inadvertido por completo a nadie, y que el rubor de Inés, más rápidamente aparecido que disipado, se encargaba de confirmar. Era cosa corriente en ella tomar partido contra su pretendiente cuando se discutían estas o análogas cuestiones. Pero en su modo de darle la razón a Schwerdtfeger había algo de insólito. Rudolf no sospechaba siquiera la existencia del inmoralismo y no es justo dar la razón a alguien incapaz de comprender la tesis que se opone a la suya, sin tomarse por lo menos antes la molestia de explicársela. Natural y justificada desde un punto de vista lógico, la sentencia de Inés llevaba consigo algo de extraño o de sorprendente, que una mueca sonriente de su hermana Clarissa vino todavía a subrayar.

−¡Ánimo, Rudolf! −gritó Clarissa−. Levántate, saluda y da las gracias como un chico bien educado. Ofrécele un helado a tu ángel salvador y pídele que te reserve el próximo vals.

Así era Clarissa, siempre solidaria de su hermana y dispuesta a velar por su dignidad: «¡Ánimo, amigo!», solía decirle también a Institoris cuando le parecía que éste se quedaba atrás en sus deberes de galanteador. Su innato orgullo la llevaba siempre a sumarse con los mejores, a defender sus deseos y a indignarse cuando no eran inmediatamente correspondidos. «Cuando *ese* te pide algo −parecía decir−, *tú* no tienes más que hacer lo que te pide.» Así le ocurrió a Schwerdtfeger cuando un día se atrevió a poner reparos a Adrian, que le pedía, para Jeannette Scheurl, un billete para el próximo concierto de la Orquesta Zapfenstösser:

−¡Ánimo, Rudolf! ¿Qué le pasa a usted? ¿Hace falta que le empuje?

−No, no hace falta. Soy hombre servicial. Pero...

−Aquí no hay pero que valga −replicó Clarissa, medio en serio, medio en broma. Adrian y Schwerdtfeger se rieron de buena gana ante tanta resolución y Rudolf puso fin al incidente con su mueca tradicional y el acostumbrado encogimiento de hombros.

Clarissa trataba a Rudolf como a un pretendiente cuya misión era la de ponerse en movimiento cuando se lo pedían. Y la verdad es que sus asiduidades para captarse la benevolencia de Adrian eran continuas y a prueba de todos los desdenes. Por lo que al verdadero pretendiente se refiere, el que pretendía la mano de su hermana, muchas veces trató de saber mi opinión, y lo propio hizo su hermana aunque de modo más discreto. Ambos me tenían confianza, es decir que me atribuían las cualidades que califican a una persona para juzgar a los demás y entre las cuales figuran, completando la confianza, un cierto apartamiento y una imperturbable neutralidad. El papel de persona de confianza es siempre, a la vez, grato y doloroso, ya que el llamado a desempeñarlo sabe que él no hubiera podido ser en ningún caso el protagonista de la historia. Pero muchas veces me he dicho que más valía, después de todo, inspirar confianza a los hombres que irritar sus pasiones. Que lo tomen a uno por «bueno» es mil veces preferible a que le tengan a uno por «bello».

Para Inés Rodde merecían el nombre de «buenas personas» aquellos que mantienen con el mundo una relación puramente moral, no irritada por consideraciones estéticas. Esto explica la confianza que me tenía. He de decir, sin embargo, que no trataba a ambas hermanas de modo absolutamente igual. Mis opiniones sobre el pretendiente Institoris variaban un poco según mi interlocutora. Con Clarissa hablaba más francamente, tanto sobre los motivos de sus vacilaciones (vacilaciones que no eran sólo suyas) como sobre la adoración de aquel pusilánime por los «instintos brutales», adoración que a Clarissa le parecía tan cómica como a mí mismo. Otra cosa era cuando hablaba con Inés. Tomaba entonces en cuenta sentimientos cuya existencia daba por supuesta, aun sin creer en ella, y tomaba en cuenta, sobre todo, los cálculos razonables en virtud de los cuales, según todas las probabilidades, acabaría por hacer de aquel hombre su marido. Con deliberada consideración hablaba yo de su formalidad, de su cultura, de su pulcritud moral, de sus excelentes intenciones. No era fácil dar a mis palabras calor suficiente sin caer en la exageración. La responsabilidad de afirmar a la muchacha en sus dudas y de destruir así el refugio protector que tanto anhelaba no me parecía menos grave que la de aconsejarle la entrada en él, a despecho de las dudas que en su corazón albergaba. Es más: a veces, y por un motivo especial, me parecía que al desaconsejarla no habría de contraer tan gran responsabilidad como al tratar de convencerla.

En general, Inés se fatigaba pronto de oír mis opiniones sobre Helmut Institoris y, ensanchando el ámbito de su confianza, me pedía igualmente mi opinión sobre otras personas del círculo de nuestras relaciones, sobre Zink y Spengler, por ejemplo, y también otro ejemplo –sobre Rudi Schwerdtfeger–. Quería saber lo que pensaba de sus talentos de violinista y de su carácter como hombre; si le apreciaba y en qué medida; si lo tomaba en serio o no del todo. Le contesté según mi leal saber y entender y con la máxima justicia de que yo fuera capaz, en suma, tal y como he hablado de Rudolf en estas páginas, y ella, después de haberme escuchado con atención, completó mis observaciones con otras, a las que no pude rehusar mi asentimiento, aun cuando me impresionara su penetración. Una penetración dolorosa, que no podía sorprender dado el carácter de la muchacha y su desconfianza ante la vida, pero que, en el caso de que se trataba, tampoco podía dejar de parecer algo extraño.

En realidad nada había, después de todo, de maravilloso en que Inés, conociendo al simpático muchacho desde mucho más tiempo que yo, unida a él, como su hermana, por relaciones casi fraternales, hubiese tenido ocasión de observarlo más atentamente y fuera capaz de formular sobre él, en el seno de la confianza, juicios más exactos. Rudolf, dijo, no es un hombre contaminado por el vicio (no empleó precisamente esta palabra, sino un término más débil, pero esto era, evidentemente, lo que quería decir); es un hombre limpio, puro, y de ahí que trate con confianza a todo el mundo, porque la pureza es confiada. (Palabra conmovedora en sus labios, ya que Inés no tenía nada de confiada, aunque lo fuera excepcionalmente conmigo.) No bebe otra cosa que té, con muy poco azúcar y sin leche, tres veces al día. No fuma, como no sea en ocasiones excepcionales y completamente al margen de toda costumbre. Esos narcóticos que aletargan y aturden al hombre (así dijo) los sustituye Schwerdtfeger con el coqueteo, para el cual parece haber nacido y al que se consagra con verdadera pasión. Amor y amistad se transforman en coqueteo al pasar entre sus manos. ¿Un casquivano? Sí y no. Desde luego no, en el sentido vulgar de la palabra. Compárasele con Bullinger, el fabricante, tan satisfecho de su riqueza que gusta de entonar la canción:

No me hacen falta bienes ni dinero;
alegría y salud es lo que quiero,

sabiendo que de este modo aguijonea a los envidiosos de su fortuna, y se verá en seguida la diferencia. Pero lo que le impide a Schwerdtfeger mantener siempre viva la conciencia de su valor para mejor poder defenderlo es su coquetería, su ligereza, su terrible e incurable afición a la vida de sociedad. Me preguntó entonces Inés si no creía yo que entre la atmósfera de arte y de despreocupación de la ciudad, tal como se manifestaba, por ejemplo, en la elegante Fiesta Romántica del Club Cococello, a la que recientemente habíamos asistido, y las tristezas y agobios de la vida no existía un cruel contraste. Si no encontraba espantosa, siguió preguntándome, la vaciedad espiritual que reinaba en la mayoría de las «reuniones», a despecho de la agitación y del bullicio creados por el vino, la música y las corrientes subterráneas de relación entre los presentes. Cuántas veces no podemos observar cómo éste, en conversación con ése, se adapta mecánicamente a las buenas formas, mientras su pensamiento está ausente, sólo preocupado de observar lo que hace aquél...Y mientras tanto el marco se descompone, el desorden aumenta, se va creando en el salón, a medida que el final de la reunión se acerca, un estado de disolución y de suciedad. Inés me confesó que a veces, después de una de estas veladas, había pasado una hora llorando en la cama...

Siguió hablando aún, dando rienda suelta a sus críticas y preocupaciones, sin acordarse ya, en apariencia, de Rudolf. Pero cuando éste reapareció en la conversación, no fue ya posible dudar de que ni un solo instante había dejado de estar presente en el pensamiento de Inés. La incurable afición de Rudolf a la vida de sociedad era algo completamente inofensivo, algo que se prestaba a la risa aun cuando a veces acabara por dar cierta lástima. Resultaba gracioso observar cómo Rudolf llegaba siempre el último a todas las reuniones, por pura necesidad de hacerse esperar. Apenas llegado, y a fin de mantener vivos los celos, que son la médula de la vida de sociedad, contaba dónde había estado el día antes, aquí o allí, en casa de los Langewiesche, como no fueran los Rollwagen, cuyas dos hijas eran verdaderamente dos bellezas de pura raza. («Cuando oigo la palabra "raza" tiemblo de miedo y de desazón.») Pero sabía dar a la relación de sus hazañas de la víspera un tono de justificación y de excusa. Algo así como: «no podía dejar de volver a asomar la jeta por allí», y claro estaba que en todas partes hacía lo mismo, que en todas partes trataba de dar la impresión de que era allí donde se encontraba mejor —como si todos y cada uno debieran sentirse muy halagados de que así fuera—. Pero esta convicción de que sus visitas eran agradables a todo el mundo tenía algo de contagioso. Llegaba a las cinco para tomar el té y anunciaba en seguida que sólo disponía de media hora, que había anunciado estar en tal o cual parte entre las cinco y media y las seis, lo que no era verdad, por otra parte. Después de lo cual se quedaba hasta las seis y media para dar a entender que no sabía cómo privarse del gusto de seguir estando allí, que prefería dejar que esperaran los demás. Y tan convencido estaba del placer que así causaba a sus amigos, que éstos acababan por sentirse efectivamente halagados.

Nos reímos los dos, aunque yo traté de retener mi risa porque descubrí entre sus cejas un signo de pesar. Hablaba Inés, por otra parte, como si creyera necesario —o quizá lo creía necesario— aconsejarme que me abstuviera de atribuir mayor importancia a las amabilidades de Schwerdfeger. Estaban totalmente desprovistas de significación. Había que oírle, como ella lo había oído, derrochar amabilidades para retener a alguien que le era perfectamente indiferente —«Por Dios, no se marche usted, no nos haga usted esa jugada, quédese un ratito más»— y se le quitaban a uno para siempre las ganas de atribuir ningún valor a tales zalamerías.

En resumen, Inés desconfiaba con pena de su seriedad, de sus manifestaciones de simpatía, de sus atenciones. Sus mismas visitas a los amigos enfermos no eran otra cosa que «actos sociales», no respondían a ningún impulso íntimo y sincero. Había que tomarle tal cual era y aguantarle incluso, a veces, bromas y expresiones de mal gusto, como ésta: «¡Hay ya tantos infelices en el mundo!» con que contestó un día, jocosamente, a quien le llamara la atención sobre tal muchacha —o quizá fuera una mujer casada— que los desvíos de Rudi hacían desgraciada. ¿Qué importa un infeliz más? ¡Hay ya tantos en el mundo! Oyéndole, no pude dejar de pensar: «Que el cielo me proteja contra tan bochornosas afrentas».

No quería Inés, de todos modos, ser demasiado severa. Rudolf poseía, sin ningún género de duda, un fondo de nobleza. Bastaba a veces, en sociedad, una respuesta reservada, una sola mirada fría y como de reproche, para arrancarlo al tumulto general, para obligarle a tomar las cosas en serio. Otras veces parecía resuelto a vivir seriamente, hasta tal punto era su naturaleza sensible a las influencias extrañas. En aquellos momentos, los Langewiesche y los Rollwagen, y toda la retahíla, no eran otra cosa para él que duendes y fantasmas. Pero le bastaba, desde luego, con respirar otra atmósfera, con exponerse a otras influencias, para volver a las andadas. Lo que fue confianza y mutua comprensión volvía a ser hostilidad y alejamiento. De ello se daba naturalmente cuenta, porque no le faltaba sensibilidad, y trataba de arreglar las cosas. ¿Cómo? Repitiendo una frase, una palabra, una cita que recordaba haberle oído a uno en determinada ocasión, dando así a entender que no había echado en olvido la impresión recibida. Era una cosa cómica, conmovedora a la vez y, en el fondo, triste. Cuando tal ocurría, la escena de la despedida era siempre la misma: ensayaba primero unos cuantos chistes en dialecto bávaro que no tenían éxito nunca y, después de haber dado la mano a todos los demás, volvía otra vez a dar correctamente las buenas noches en tono compungido al que uno no podía dejar de corresponder. Así terminaba todo «por las buenas», según su deseo. Y la escena podía repetirse un par de veces aquella misma noche en otros lugares...

Basta ya. Esto no es una novela compuesta de modo que el autor revele indirectamente al lector, por representación escénica, el corazón de sus personajes. Como biógrafo tengo perfecto derecho a nombrar directamente las cosas por su nombre y a registrar aquellos estados de ánimo que han ejercido influencia sobre la acción que he de narrar. Después de las curiosas observaciones que la memoria ha llevado a la punta de mi pluma no creo, sin embargo, que puedan subsistir grandes dudas sobre el hecho que se trata de registrar. Inés Rodde estaba enamorada de Schwerdtfeger, y las cosas que cabía preguntarse eran dos: si se daba cuenta de ello y cuándo, en qué momento, se convirtió en pasión la primitiva relación de fraternal camaradería con el violinista.

A la primera pregunta daba yo una respuesta afirmativa. Una muchacha de tantas lecturas, versada en psicología, poéticamente inclinada a la introspección, no podía ignorar cuál era la evolución de sus sentimientos, por sorprendente, increíble que esta evolución pudiera parecerle en un principio. La aparente ingenuidad con que me descubriera su corazón no era un indicio de ignorancia. Lo que podía tomarse por simplicidad era en parte irreprimible impulso a la confesión, y en parte, manifestación de confianza en mí. Una confianza curiosamente complicada, porque Inés fingía suponer, en cierto modo, que era yo lo bastante inocente para no darme cuenta de nada, mientras por otra parte deseaba que no se me escapara la verdad, con lo cual daba por sentado que no había de traicionar su secreto, suposición altamente honrosa para mí, aunque no injustificada. Podía, en efecto, contar con mi humana y discreta simpatía, aun siendo tan grande como es la dificultad que el hombre experimenta para penetrar en el alma de una mujer enamorada, para ponerse en su lugar.

No me faltaban ni la amistosa buena voluntad ni el deseo de comprender la situación de Inés, aun cuando la que pudiéramos llamar comprensión íntima de su caso me fuera vedada por la naturaleza misma. ¡Schwerdtfeger! No pondré en duda ni el encanto de sus ojos azules, ni su buen tipo, ni sus talentos de violinista y silbador, ni el atractivo de su amabilidad natural. Con todo ello conseguía dar la impresión de un muchacho, no la de un hombre. Pero Inés estaba enamorada de él. No ciegamente enamorada. Profundamente enamorada, nada más, y tanto mayor era su pena. Interiormente me sentía inclinado de reaccionar como Clarissa. «¡Ánimo, amiga! ¿En qué piensa usted? ¿Hace falta que la empuje?» Empujarla no era cosa tan fácil, por otra parte, aun cuando Rudolf se hubiese mostrado dispuesto a dejarse empujar. Había que contar también con Helmut Institoris, el novio (o novio en agraz), el pretendiente, y por ahí vuelvo a la segunda pregunta. ¿Cuándo se transformaron en pasión los sentimientos fraternales de Inés por Schwerdtfeger? Lo que pueda haber en mí de instinto adivinatorio me decía que la cosa ocurrió, precisamente, cuando Institoris se acercó a Inés como el hombre se acerca a la mujer, con una idea de posesión. Nunca se habría enamorado Inés de Schwerdtfeger de no haber aparecido Institoris en su vida. Trató el pretendiente de seducirla –pero lo hizo por cuenta de otro–. Con su galanteo, con las ideas de que todo galanteo va acompañado, consiguió, sin duda, el mediocre Institoris, despertar la feminidad de Inés. Lo que no consiguió fue despertarla para él, aun cuando la muchacha estuviera dispuesta a seguirle en el matrimonio por los motivos que conocemos. Apenas encendidos, sus instintos se orientaron en otra dirección. Un sentimiento hasta entonces tranquilo y semifraternal se transformó en otro, muy distinto. No porque Inés creyera que Rudi era el hombre de su vida, digno de ella por todos conceptos. Nada de eso. Su melancolía, sedienta de infelicidad, se fijó en él, en el hombre a quien, con disgusto, oyó decir un día: «¡Hay ya tantos infelices en el mundo!».

Es curioso, por otra parte, que los sentimientos de Inés por Rudolf fueran, en cierto modo, análogos a los que el insuficiente Institoris sentía por la «Vida», la vida impulsiva y desprovista de espíritu. A sus ojos melancólicos Rudolf aparecía, en cierto modo, como la representación de la vida y del amor.

Comparado con Institoris, mero profesor de estética, Rudolf se presentaba con las galas del arte mismo, del arte que encienden las pasiones e ilumina el alma humana. La persona del ser amado, exaltada por las embriagadoras impresiones del arte, adquiere mayores prestigios. Inés despreciaba en el fondo el tumulto artístico de la alegre ciudad adonde la habían transplantado los deseos de libertad de su madre. Pero mientras iba en busca de su refugio burgués frecuentaba las fiestas y reuniones de una sociedad que no era en realidad otra cosa que un club de artistas, y lo hacía con manifiesto peligro para la tranquilidad que anhelaba. Algunas escenas, particularmente significativas, de aquella época no se han borrado de mi memoria. Me parece estar viendo todavía a Schwerdtfeger, de pie en el segundo atril (poco después había de pasar a ser primer violín concertino), saludando con toda la orquesta, a invitación del director, después de una brillante ejecución de una de las sinfonías de Chaikovsky, mientras Inés, lejos de corresponder a su saludo, permanecía con la mirada fija en las arpas y los tubos del órgano. Otra vez fue Rudolf quien dejó de corresponder a la mirada persistente de Inés, ocupado como estaba en aplaudir a un solista de poco mérito. Cuando, por fin, bajó de la escena y fue al encuentro de su amiga, Inés le negó la mano, la mirada y el saludo.

El lector me reprochará sin duda que me ocupe de estas pequeñeces. Las encontrará pueriles, indignas de la letra impresa. Otras muchas de análogo carácter dejo de apuntar, a pesar de que su recuerdo sigue profundamente grabado en mi memoria, como lo está también la desgracia que su acumulación acabó por provocar. Hube de asistir a la preparación de una catástrofe y, dándome perfecta cuenta de lo que ocurría, guardé silencio absoluto. Únicamente Adrian fue, una noche en Pfeiffering, depositario de una breve confidencia. Venciendo la repugnancia que me inspiraba hablar de cosas del amor con alguien que había elegido una existencia eremítica, le dije que Inés Rodde, a punto de casarse con Institoris, estaba en realidad perdidamente enamorada de Rudolf Schwerdtfeger.

Estábamos jugando una partida de ajedrez en la sala del abad.

—Eso son novedades —dijo—. Me las cuentas para hacerme perder la torre.

Se sonrió, movió la cabeza y murmuró:

—¡Pobrecillo!

Y muy pausadamente, mientras seguía meditando la próxima jugada, añadió:

—La cosa no tiene nada de divertido para el muchacho. Ya verá cómo se las arregla para salir indemne de la aventura.

XXX

Los primeros días de agosto de 1914, muy calurosos por cierto, me encontraron en marcha hacia Naumburg, donde debía incorporarme a mi regimiento como suboficial de reserva, cambiando continuamente de trenes, siempre repletos, en estaciones que eran verdaderos hormigueros y por andenes llenos de equipajes abandonados.

Había estallado la guerra. La fatalidad, que desde largo tiempo se cernía sobre Europa, lo arrastraba todo consigo, apenas disimulada por las disculpas con que se desenvolvía todo cuanto estaba previsto y ensayado de antemano. Los sentimientos más confusos agitaban cerebros y corazones, el temor, el entusiasmo, la angustia patética, la seguridad de la propia pujanza, la interrogación ante el destino, la disposición al sacrificio. Es posible que en otros países, enemigos o aliados, ese cortocircuito del destino fuese únicamente considerado como una catástrofe, como una «gran desgracia», esa expresión que tantas veces oímos a mujeres francesas, que tenían la guerra metida en su país, en su casa, en su cocina: «Ah, señor, la guerra, ¡qué gran desgracia!». En Alemania no puede negarse que la impresión era más bien de levantamiento, de histórica emoción, de salida al campo dejando atrás los cotidianos quehaceres, de liberación. Se salía por fin del estancamiento, de una situación intolerable para ir en busca del futuro por el cumplimiento del deber viril. Era, en suma, una fiesta heroica. Mis estudiantes de último curso, en Freising, estaban radiantes. El gusto juvenil por la aventura se mezclaba curiosamente con las ventajas de un título de bachiller obtenido sin necesidad de pasar el examen final. Se precipitaban materialmente a las Cajas de Reclutamiento, y por mi parte estaba satisfecho de poder demostrarles que yo no era de los que se quedaban atrás.

No negaré, en efecto, que compartía totalmente el entusiasmo popular, aun cuando lo que este entusiasmo tenía de delirante se compadeciera mal con mi temperamento y me causara cierto disgusto. Mi conciencia –empleo aquí esta palabra en un sentido suprapersonal– no estaba completamente tranquila. Una «movilización» militar así, por muy altos que ponga la determinación y el sentimiento del deber, tiene siempre algo que la asemeja a un principio de vacaciones, a un descuido de los propios deberes personales, a un desbordamiento de impulsos largo tiempo dominados. De todo ello había demasiado para que un hombre reposado como yo no dejara de sentir cierta inquietud de la cual fatalmente habían de derivarse escrúpulos morales sobre la rectitud y justificación de aquel ciego entusiasmo nacional. La noción del sacrificio, la disponibilidad a la muerte, permiten superar estas aprensiones y constituyen, por así decirlo, la última palabra. Si, de un modo más o menos claro, se considera la guerra como una calamidad general ante la cual el individuo y cada pueblo individualmente considerado, han de responder con su sangre de las flaquezas y pecados de la época a que pertenecen; si la guerra se presenta al espíritu como un calvario que el viejo Adán ha de recorrer para alcanzar una vida más alta, la moral cotidiana se encuentra de este modo superada y condenada al silencio ante la aparición de lo extraordinario. Tampoco quiero olvidar que entramos entonces en la guerra con el corazón relativamente limpio, sin que, de antemano, hubiésemos hecho en nuestra propia casa cosas susceptibles de ser consideradas como la preparación de una sangrienta y lógicamente inevitable catástrofe mundial. Así fue, Dios me perdone, hace cinco años, pero no hace treinta. El derecho y la ley, el *habeas corpus*, la libertad, la dignidad de la persona humana, habían sido en nuestro país debidamente respetados. Cierto que las salidas de tono del bailarín y comediante que ocupaba el trono, y que lo era todo menos un soldado, resultaban penosas a las personas cultas. El concepto que aquel personaje tenía de la cultura era de una ridícula tontería, pero sus incursiones en este campo se habían limitado a contados casos de medidas disciplinarias aplicadas a tal o cual individualidad. La cultura gozaba de libertad, su nivel era elevado y, libre de la influencia del Estado, permitía a sus más jóvenes representantes poder hacerse la ilusión de que, a través de la guerra, Estado y cultura llegaran a confundirse. Cierto que entraba aquí en juego, como de costumbre en nuestro pueblo, una curiosa autosugestión, un ingenuo egoísmo, a los cuales no les importa, al contrario, consideran como la cosa más natural del mundo, que para favorecer la evolución alemana —una evolución continuamente en marcha— el mundo, un mundo ya evolucionado y que no siente ningún deseo de catástrofe, tenga que derramar su sangre al propio tiempo que Alemania derrama la suya. Esta disposición de espíritu nos es muy censurada, y no sin razón, ya que consideradas las cosas desde un punto de vista moral, si un pueblo no ve otro modo de acceder a una vida superior que el de la lucha sangrienta, lo natural sería que ésta tomara la forma no de una guerra exterior sino de una guerra civil. Esto no es obstáculo para que la guerra exterior nos repugne, en alto grado, ni para que encontremos muy puesto en razón que la realización de nuestra unidad nacional, unidad por otra parte relativa y precaria, haya sido conseguida a costa de tres guerras. Fuimos una gran potencia durante largos años. Nos acostumbramos a ello, pero esta situación no nos procuraba las esperadas satisfacciones. Lo confesáramos o no, teníamos el profundo convencimiento de que la operación no había sido remunerativa. En lugar de mejorar, nuestras relaciones con el mundo habían más bien empeorado. Se imponía realizar una nueva salida y conquistar la posición de potencia mundial dominante, cosa desde luego imposible por el camino de la reforma moral dentro del propio país. La guerra, pues, y si no había otro medio, la guerra contra todo el mundo, a fin de ganarla y de convencer a unos y a otros. Así lo quería el destino, esta palabra tan alemana y tan poco cristiana, ese vocablo primitivo, musical y dramático, trágico y mitológico. Así fuimos nosotros a la guerra con entusiasmo, los únicos que a ella fueron con entusiasmo, seguros de que había sonado para Alemania la hora secular, que la historia había puesto la mano sobre nuestra frente, que después de España, Francia, Inglaterra, había llegado nuestra hora de dominar, a nuestra vez, el mundo e imponerle nuestro sello, que el siglo XX era nuestro siglo y que 120 años después de haber empezado la época burguesa había llegado, para el mundo, el momento de renovarse, bajo el signo alemán, de un socialismo militarista imperfectamente definido.

Esta idea dominaba en nuestras cabezas y se armonizaba con otra, la de que nos veíamos obligados a ir a la guerra, que recurríamos a las armas impelidos por una santa necesidad, a esas armas en cuyo manejo, por otra parte, nos habíamos ejercitado y en cuya eficacia misma residía la secreta tentación de hacer uso de ellas. La guerra era necesaria para impedir que fuéramos sumergidos por todas partes, catástrofe ésta que sólo podíamos evitar gracias a nuestra formidable fuerza, es decir, a la capacidad de llevar inmediatamente la guerra a casa de los demás. Ataque y defensa eran uno y lo mismo en nuestro caso. Juntos formaban el patetismo de la tragedia y del llamamiento, de la hora solemne y de la sagrada necesidad. Podían los otros pueblos tomarnos por transgresores del derecho y perturbadores de la paz, por insoportables enemigos de la vida. Nosotros disponíamos de medios adecuados para apalear al mundo hasta conseguir que cambiara de opinión e inspirarle, no sólo admiración, sino sentimiento de afecto.

No crea nadie que tomo las cosas a broma. No tengo motivo para tal, sobre todo cuando pienso que yo tuve también mi parte en el general desvarío. Participé en él enormemente, aunque alejado de los excesos y de la gritería que no conviene a un hombre de estudio. Es posible que en lo recóndito de mi ser se insinuaran algunas aprensiones, un ligero malestar. Un intelectual duda siempre de que las opiniones del vulgo sean acertadas, pero es también un placer para la individualidad más caracterizada confundirse alguna vez —¿y cuándo mejor que entonces?— con la corriente general.

Me detuve dos días en Munich para despedirme de amigos y conocidos y completar mi equipo. La ciudad bullía de animación y tenía un aire de fiesta. Estallaban súbitamente crisis de pánico y de indignación provocadas por la imaginaria presencia de un espía serbio en una encrucijada o el pretendido envenenamiento de las aguas de la ciudad. Para que no le tomaran por uno de esos sujetos sospechosos y evitar el desuello por error, el doctor Breisacher, con quien me tropecé en la calle, llevaba en la solapa múltiples banderitas con los colores nacionales. El estado de guerra, el paso del poder de manos civiles a las de los militares, bajo la autoridad de un general que lanzaba proclama tras proclama, fue recibido con un sentimiento de satisfacción y de confianza. Era, por otra parte, tranquilizador saber que los miembros de la familia real se dirigían a sus respectivos cuarteles generales en el campo de batalla acompañados de competentes jefes de Estado Mayor, capaces de evitar la comisión de cualquier desaguisado. Todos los príncipes de sangre imperial y real eran muy populares. Fui testigo del desfile de numerosos regimientos y del entusiasmo que su paso provocaba en la muchedumbre, aun cuando muchas mujeres llevaban el pañuelo a los ojos para enjugar las mal contenidas lágrimas. Con sus fusiles floridos, los rudos mozos del campo destinados a convertirse en héroes correspondían a las aclamaciones con inexpresivas sonrisas.

En la plataforma de un tranvía pude observar a un joven oficial, en uniforme de campaña, ensimismado y evidentemente absorbido por la preocupación del peligro que su propia vida empezaba a correr. De pronto se irguió como despertando de un sueño y sonrió en torno suyo con la evidente preocupación de que alguien hubiese podido sorprenderle en su estado anterior.

Me complacía pensar que mi estado de espíritu era idéntico al de este oficial y, sin embargo, prefería mi suerte a la de los que quedaban atrás. De entre el círculo de mis amigos y conocidos era el único que se incorporaba a filas desde el primer día. Alemania era lo bastante fuerte y poblada para poderse permitir el lujo de elegir como soldados únicamente a aquellos que estuvieran en condiciones físicas de serlo. De las personas que yo conocía no había una sin achaques o defectos, hasta entonces ignorados, pero suficientes para dispensar al interesado de servir en el frente. Knöterich sufría una tuberculosis incipiente. Zink, el pintor, había conseguido hasta entonces disimular ante mí una tosferina de carácter asmático que le inutilizaba para el servicio, y su amigo Spengler se quejaba alternativamente de las más variadas dolencias. Aun cuando todavía joven, Bullinger siguió al frente de su fábrica, donde su presencia fue considerada indispensable. En la vida artística de la ciudad la orquesta Zapfenstösser tenía un papel demasiado importante para poder prescindir de sus miembros, entre los cuales figuraba, como sabemos, Rudi Schwerdtfeger, el cual, por otra parte, había sufrido anteriormente una operación, de la que no nos habíamos enterado hasta entonces, y que le costó uno de sus riñones.

Podría continuar esta relación y añadir a ella no pocos casos de protección y de falta de entusiasmo entre los contertulios habituales de las familias Scheurl y Schlaginhaufen. Es cierto que en muchos de ellos existía una aversión de principio a esta segunda guerra contra Francia, aversión que se había manifestado ya contra la primera. Francofilia, recuerdos de la Liga Renana, catolicismo antiprusiano y así sucesivamente. Jeannette Scheurl estaba desesperada y a punto de deshacerse en lágrimas. La brutal explosión de antagonismo entre Francia y Alemania, las dos naciones a que pertenecía y que, según ella, debían completarse mutuamente, desgarraba su corazón. *J'en ai assez jusqu'à la fin de mes jours!*, decía acompañando sus palabras con un suspiro de indignación. A pesar de no compartir sus sentimientos, no pude dejar de expresarle mi comprensión intelectual.

Para despedirme de Adrian, cuya indiferencia personal hacia todo lo que ocurría me pareció la cosa más natural del mundo, me dirigí a Pfeiffering. Gereon, el hijo de la casa, había ido ya a incorporarse llevando consigo varios caballos. Encontré allí a Rüdiger Schildknapp, quien, todavía en libertad, había ido a compartir un par de días con su amigo. Rüdiger había servido en la marina y se incorporó a ella más tarde, aunque sólo por unos cuantos meses. No fue mucho más largo el tiempo que yo pasé en filas. Apenas un año, hasta la batalla de Argona, en 1915, cuando regresé a mi hogar provisto de una condecoración ganada no por actos heroicos sino únicamente a fuerza de incomodidades, entre las cuales la más grave fue una infección tifoidea.

Lo que antecede va dicho a modo de prefacio. Si la reacción de Jeannette ante la guerra era dictada por su sangre francesa, la de Rüdiger respondía a sus sentimientos de admiración por Inglaterra. La declaración de guerra del gobierno de Londres fue para él un golpe terrible y lo encontré de un humor de perro. A su entender Alemania no hubiese debido provocar a Inglaterra con la invasión de Bélgica, acto contrario a los tratados. Bien estaba la guerra con Francia y con Rusia –éramos lo bastante fuertes para medirnos con esos países–. ¡Pero Inglaterra! La ligereza era aterradora. Su realismo amargado no le permitía, por otra parte, ver en la guerra otra cosa que suciedad maloliente, crueldades quirúrgicas, licencia sexual y embrutecimiento moral y físico. Los literatos ideólogos que trataban de presentar la catástrofe como una gran época histórica le inspiraban un profundo desprecio. Nada oponía Adrian a sus palabras, y yo mismo, aunque internamente más conmovido que ellos, no podía dejar de reconocer que algo había de verdad en ellas.

Comimos los tres juntos en la gran sala y mientras Clementine Schweigestill iba y venía sirviéndonos amablemente le pregunté a Adrian por su hermana Úrsula. Seguía viviendo en Langensalza, me dijo, y su matrimonio era felicísimo. Se había repuesto casi del todo de una ligera afección pulmonar que contrajo a consecuencia de sus dos partos sucesivos, en 1911 y 1912. Estos dos retoños de la familia Schneidewein se llamaban Rosa y Ezequiel. Diez años más tarde, en 1922 y 1923, habían de nacer otros dos. El primero fue un muchacho y lo llamaron Raimund. Nueve años pasarían aún, desde aquella noche, hasta que vino al mundo Nepomuk, el cuarto y último hijo, un verdadero encanto de criatura.

Mientras comíamos y después de la comida, en la sala del abad, se habló mucho de cosas morales y políticas, de la aparición mítica de los caracteres nacionales, inseparable de momentos históricos como los que vivíamos y de la cual hablé yo no sin emoción, para compensar, en cierto modo, la concepción empírica y brutal que Schildknapp tenía de la guerra. Hablamos, pues, de las características alemanas, de la falta cometida en Bélgica, al violar la neutralidad de Sajonia. Se evocó también la oleada de indignación que nuestro acto había provocado en el mundo y del discurso de nuestro canciller filósofo, que al emplear el adagio popular «la necesidad no tiene ley» vino en cierto modo a reconocer nuestra culpa. Rüdiger tomó las cosas por el lado cómico: mis palabras impregnadas de cierta emoción y de una cohibida dignidad, al declararme dispuesto a ejecutar las mayores brutalidades, la duplicidad del hombre de Estado que trató de presentar bajo un manto moral un plan estratégico establecido de antiguo y la misma indignación del mundo ante la ejecución de ese plan que no podía serle desconocido. Viendo que Adrian prefería reírse a tomar las cosas por lo trágico, acabamos por reírnos los tres, aunque yo me permití hacer observar que tragedia y comedia eran ramas de un mismo tronco y que bastaba un cambio de luz para pasar de una a otra.

No permití que las ironías y parodias caracterizadoras de mis interlocutores hicieran mella sobre el concepto y el sentido que yo tenía de la situación angustiosa en que se encontraba Alemania, de su soledad moral, del menosprecio con que el resto del mundo la miraba y que no era otra cosa que la expresión del miedo que inspiraban su fuerza y su mayor previsión militar. Reconociendo, sin embargo, que esta fuerza y esta previsión no eran más que un débil consuelo en nuestra difícil situación, trataba de encontrar el mejor modo de explicar mi pensamiento, mientras paseaba de arriba a abajo por la sala. Schildknapp y Adrian me escuchaban, el primero fumando su eterna pipa, el segundo sentado a su vieja mesa de trabajo con el pupitre inclinado. Como el Erasmo de Holbein, tenía Adrian la costumbre de trabajar sobre una plancha colocada en disposición diagonal. Junto a ella, en la parte plana de la mesa, se encontraban algunos libros: un volumen de Kleist con la señal en el ensayo sobre las marionetas, los inevitables sonetos de Shakespeare y algunas otras obras de este autor: *Mucho ruido para nada* y *Como queráis*. Sobre el pupitre se encontraban las hojas de la obra en que entonces trabajaba: proyectos, esbozos, notas, bocetos, más o menos adelantados. A menudo sólo estaban escritas las partes superiores, los violines, los instrumentos de madera, y los bajos, en la parte inferior. Entre los extremos, un blanco vacío. Otras páginas ofrecían ya proyectos de orquestación completa. Con el ci-garrillo en los labios y sin preocuparse de nuestra presencia —no había en nuestra reunión ningún formalismo—, Adrian anotaba aquí o allá, según su capricho, una figura de trompa o de clarinete.

No sabíamos de modo muy preciso en lo que Adrian andaba trabajando desde que su música cósmica había sido editada por la casa Schotts Sohnen, de Maguncia, bajo las mismas condiciones que las melodías con letra de Brentano. Se trataba de una serie de episodios dramático-grotescos inspirados, según nos dijo, en el viejo códice *Gesta romanorum*, pero que no habían salido todavía del estado preparatorio. Ni siquiera podía decir si llevaría su propósito a término o si lo dejaría abandonado. En todo caso los personajes no habrían de ser de carne y hueso, sino simples muñecos articulados (de ahí el interés por el ensayo de Kleist sobre los títeres). Su poema sinfónico *Maravillas del todo* iba a ser estrenado en el extranjero, pero con la guerra... La representación de *Penas de amor perdidas* en Lubeck, a pesar del éxito negativo, y la simple edición de las melodías Brentano no habían dejado de producir subterráneamente su efecto, y en los círculos interiores del mundo artístico el nombre de Adrian empezaba a ir acompañado de ciertas esotéricas resonancias, no precisamente en Alemania y sobre todo no en Munich, pero sí en otros lugares más sensibles. Pocas semanas antes Adrian había recibido una carta de Pierre Monteux, director de los Ballets Rusos en París, antiguo miembro de la orquesta Colonne y hombre aficionado a los experimentos, invitándole a ir a París con motivo del estreno de *Maravillas del todo* y de algunos fragmentos orquestales de *Penas de amor perdidas* que se proponía presentar al público francés en un próximo concierto del *Théâtre des Champs Elysées*. No valía la pena preguntarle a Adrian lo que pensaba hacer ante una invitación que las circunstancias habían anulado sin remedio.

Me veo todavía andando sobre la alfombra y las baldosas de la vieja sala, con su inmensa araña, sus armarios empotrados, sus almohadones de cuero sobre el banco de madera, su profunda hornacina entre las ventanas —y hablando de Alemania—. Hablando para mí, sobre todo, y para Schildknapp, no para Adrian, de quien no esperaba ninguna atención. Acostumbrado a hablar en mi curso, no soy, a poco que mi espíritu se interese por el tema, un mal orador. Me escucho con cierto placer y me siento halagado cuando las palabras se pliegan dócilmente a la expresión de mis ideas. Acompañando mi oración de vivos gestos le dije a Rüdiger que era completamente libre de considerarlas como formando parte de esa literatura guerrera que tanto le irritaba. Pero entendía que era natural sentir cierta simpatía por la figura de Alemania, no exenta por cierto de rasgos conmovedores, tal y como las circunstancias históricas nos la presentaban. En último análisis psicológico, de lo que ahora se trataba era de *abrirse paso*.

—En un pueblo como el nuestro —dije—, el motivo primario es siempre espiritual. La acción política viene en segundo término. Es reflejo, expresión, instrumento. El abrirse paso para llegar a ser una potencia mundial, respondiendo así a la llamada del destino, no es en el fondo otra cosa que el abrirse paso para acceder al mundo, para salir de una soledad que nos es dolorosa y que nuestras intensas relaciones económicas con los demás pueblos, desde la fundación del Reich, no han bastado para romper. Es una verdadera amargura que la guerra haya de ser la forma empírica de un sentimiento que en realidad no es más que nostalgia y sed de reunión.

—¡Dios bendiga vuestros estudios! —dijo Adrian empleando la fórmula universitaria de apertura de curso. Habló en voz baja, subrayada la frase por una breve risa, y sin levantar la cabeza del pupitre.

Me volví hacia él y le miré fijamente sin lograr que levantara los ojos.

—Supongo —contesté— que deseas ver tu frase completada con las palabras rituales de los estudiantes: «¡Nada bueno saldrá de vosotros, aleluya!».

—Mejor será decir que de «*todo eso* no saldrá nada». Me serví de términos estudiantiles porque tu oración me recordó la discusión que sostuvimos en un pajar, allá por el año de la nanita. ¿Cómo se llamaban los muchachos? Empiezo a olvidarme de los viejos nombres —tenía 29 años cuando hablaba así—, ¿Deutschmayer? ¿Dungersleben?

—Pongamos, si tú quieres, Deutschlin y Dungersheim. Había también allí un Hubmeyer y un Von Teutleben. Nunca has tenido muy buena memoria para los nombres. Eran excelentes muchachos.

—¡Excelentísimos! Y para que veas que también tengo memoria te diré que recuerdo los nombres de Schappeler y de Arzt, al que llamábamos Sozial-Arzt porque era vagamente socialista. ¿Qué me dices ahora? Tú no pertenecías a nuestra facultad. Pero cuando te oigo hoy, me parece estarles oyendo. Dormir en el pajar... El que ha sido estudiante de verdad lo sigue siendo toda la vida. Los estudios universitarios conservan la juventud y el buen humor.

—Pero tú eras más extraño a tu propia facultad que yo mismo. Naturalmente, Adri, tienes razón en decir que no era más que un estudiante y que sigo siéndolo. Pero es buena cosa que los estudios universitarios conserven la juventud, es decir, la fidelidad a la inteligencia, a la libertad de pensar, a la interpretación elevada de los hechos elementales....

—¿Quién habla aquí de fidelidad? —preguntó Adrian—. Me pareció comprender que Kaisersaschern aspiraba a convertirse en metrópoli y eso sería una infidelidad.

—No has comprendido nada parecido, y cuando hablo de Alemania abriéndose paso para acceder al mundo sabes perfectamente lo que quiero decir.

—De poco serviría que lo supiera —contestó Adrian—. De momento los hechos elementales no harán más que completar nuestro aislamiento, por muy adelante que vosotros, los militares, penetréis en Europa. Ya lo ves: yo no puedo ir a París y vosotros vais en mi lugar. ¡Bien está! A decir verdad, tampoco hubiese ido. De modo que me sacáis de un compromiso...

—La guerra será corta —dije yo entonces con voz sorda, dolorosamente impresionado por sus palabras—. No puede durar mucho tiempo. Para abrirnos paso rápidamente cometemos un desafuero que somos los primeros en reconocer y que prometemos reparar. No nos quedaba otro remedio...

—Llevaréis el peso de esta falta con dignidad —dijo él interrumpiéndome—. Alemania tiene anchas espaldas. ¿Y quién puede negar que el derecho a abrirse paso justifica de sobra lo que el mundo, pusilánime, califica de crimen? No creerás, supongo, que menosprecio la idea que tanto te preocupa. En el fondo es éste el *único* problema que se plantea en el mundo. ¿Cómo se abre uno paso? ¿Cómo se llega al aire libre? ¿Cómo puede estallar la crisálida y convertirse en mariposa? Estas preguntas lo dominan todo. Aquí se habla *también* —dijo estirando la cintilla roja que servía de señal en el libro de Kleist— de abrirse paso. En el excelente ensayo sobre los títeres se afirma que el acto de abrirse paso es el «último capítulo de la historia del mundo». Kleist habla únicamente, claro está, desde un punto de vista estético. Habla de la gracia, de la gracia en libertad, propia del hombre articulado y de Dios, es decir de la inconsciencia o de una infinita conciencia. Toda reflexión situada entre el cero y el infinito es mortal para la gracia. Según Kleist la conciencia debe haber recorrido el infinito para que vuelva a resurgir la gracia, y Adán debiera gustar por segunda vez el fruto del árbol de la ciencia para volver a caer en estado de inocencia.

—Celebro mucho —exclamé— que tales hayan sido tus recientes lecturas. Los pensamientos de Kleist son magníficos y haces bien de asimilarlos a la idea de abrirse paso. Pero no digas que se trata «únicamente» de estética. No digas únicamente. Es injusto considerar la estética como una zona angosta y especial del humanismo. Su importancia es mucho mayor. Se extiende a todas las cosas en lo que tienen de atractivo o de repelente y sólo así se explica el alcance que el poeta da a la palabra «gracia». Libertad o cohibimiento estéticos: éste es el destino que decide de la dicha y de la desdicha, que permite a los unos considerar este mundo como un hogar y condena a los otros a un incurable, aun cuando a veces soberbio, aislamiento. No hace falta ser filólogo para saber que, en la lengua alemana, «feo» y «odioso» tienen la misma raíz. Anhelo de abrirse paso, de romper el odioso cerco.

—Dime, si eso te place, que estoy rumiando paja, pero siempre he creído, sigo creyendo y estoy dispuesto a defenderlo contra quien sea, que este sentimiento es un sentimiento alemán por excelencia, profundamente alemán, la definición misma del germanismo, de un estado de alma amenazado por el veneno de la soledad, del ensimismamiento, del provincialismo humillado, de la divagación neurótica, de un frío satanismo...

Di por terminado mi discurso. Adrian, pálido, fijó su mirada en mí, *aquella* mirada suya que tanto me apenaba, fuese quien fuere su objetivo, yo u otra persona cualquiera. Una mirada muda, enigmática, distante y fría, acompañada de una sonrisa sin despegar los labios, ligeramente contraídas las ventanas de la nariz. Mirada que iba acompañada siempre de un gesto de ausencia. Se apartó de la mesa, como si estuviera solo, para ir a colgar un cuadro en la hornacina. Rüdiger se consideró obligado a decir algo. Me dio la enhorabuena: con unas ideas como las mías lo mejor que podía hacer, dijo, era irme en seguida a la guerra —y, desde luego, a caballo—. A la guerra, según Schildknapp, no podía irse de otro modo que a caballo. De tener que ir a pie, era preferible no ir de ningún modo. Y mientras esto decía daba palmaditas en el cuello a un imaginario rocín. Nos reímos todos, y la despedida, al marcharme yo para tomar el tren, fue alegre y cordial, sin sentimentalismos impropios de Adrian y del caso. Pero la mirada de Adrian me la llevé conmigo al frente —y fue quizá la causa real de que tan pronto estuviera de vuelta en mi casa y a su lado. La enfermedad contraída en los campos de batalla, el tifus, fue sólo la causa aparente.

XXXI

«Vosotros vais en mi lugar», había dicho Adrian. Pero en realidad no fuimos —o no llegamos. Confesaré que, completamente al margen de los acontecimientos históricos, de un modo personal e íntimo, aquel fracaso me avergonzó. Durante semanas enteras, los breves partes de guerra no fueron más que partes de victoria, redactados en estilo afectadamente lapidario, presentando los triunfos fríamente, como hechos inevitables. Nadie se acordaba ya de la rendición de Lieja —tan lejana parecía. Habíamos ganado la batalla de Lorena. De conformidad con los planes magistrales de nuestro Estado Mayor, minuciosamente preparados, cinco ejércitos alemanes habían atravesado el Mosa, ocupado Bruselas, Namur y, después de las victorias de Charleroi y de Longwy, librado y ganado otra serie de batallas en Sedán, Rethel y San Quintín. Reims había sido ocupada. Llevados por el dios de la Guerra y el asentimiento del Destino —tal y como lo habíamos soñado—, volábamos más que avanzábamos. A nuestro paso provocábamos escenas de sangre y de fuego que habíamos de soportar con firmeza, como hombres que éramos. Así se esperaba de nuestro heroísmo. Con impresionante facilidad y precisión puedo reconstituir todavía hoy, como si la tuviera ante mis ojos, la imagen de una mujer francesa, flaca y demacrada, erguida sobre un cerrillo, al pie del cual humeaban las ruinas de una aldea que nuestra batería acababa de convertir en escombros. «¡Soy la última!», gritaba con trágico gesto, del que hubiese sido incapaz una mujer alemana. *Je suis la der-*

nière! Y con los puños levantados, invocando la maldición sobre nuestras cabezas, gritó por tres veces: *Méchants! Méchants! Méchants!*

Volvimos nuestros ojos a otra parte. Llevábamos la misión y la orden de vencer y eran aquéllas las duras exigencias de la victoria. Me sentía casi enfermo mientras cabalgaba, molestado por una perniciosa tos y dolores reumáticos contraídos durante las húmedas noches pasadas bajo la tienda –y mi estado físico ejercía cierto efecto tranquilizante sobre mi conciencia.

Muchos fueron todavía los pueblos que hubimos de bombardear en nuestro alado avance. Hasta que sobrevino lo incomprensible, lo aparentemente absurdo: la orden de retirada. ¿Cómo hubiéramos podido comprenderla? Pertenecíamos al grupo de ejércitos del general Hausen que, al sur de Châlonssur-Marne, marchaba irresistiblemente sobre París, hacia donde convergía también, desde otros puntos, el grupo de ejércitos de Von Kluck. Ignorábamos por completo que, al cabo de cinco días de batalla, los franceses habían conseguido imponer un repliegue al ala derecha del general Von Bulow y que esto había sido bastante para que un general en jefe, elevado a este puesto por los méritos de su tío, diera la orden de retirada general. Volvimos a atravesar las mismas aldeas que habíamos dejado atrás, humeantes después del bombardeo, y pasamos de nuevo junto a la colina donde la trágica mujer lanzara sus imprecaciones. Su figura había desaparecido del cuadro.

Las alas habían sido engañosas. No fue posible ganar la guerra a la primera embestida y ni nosotros, soldados, ni nuestras familias en Alemania podíamos darnos cuenta de lo que esto significaba. No nos explicábamos el júbilo frenético del mundo ante el resultado de la batalla del Marne y no comprendíamos que la consecuencia de aquella batalla, la guerra corta –nuestra única salvación posible– se había convertido en una guerra larga que no habríamos de poder soportar.

Nuestra derrota, más o menos costosa para nuestros enemigos, era una simple cuestión de tiempo. De haberlo comprendido, hubiésemos podido deponer las armas e imponer a nuestros gobernantes la firma inmediata de la paz. Pero ellos tampoco –aparte tal o cual excepción vergonzante– se daban cuenta del verdadero estado de las cosas. No llegaban a concebir que el tiempo de las guerras locales había terminado, que toda guerra a la que nos sintiéramos obligados habría de convertirse necesariamente en conflagración mundial. Las líneas interiores de comunicación, la preparación, el espíritu combativo, la solidez y la fuerza de un estado autoritario eran las únicas ventajas de que disponíamos para conseguir una victoria fulminante. Fuera de esta hipótesis –y estaba escrito que la hipótesis no era realizable– estábamos de antemano perdidos irremediablemente, así fuera de inmenso nuestro esfuerzo en el curso de los años. Perdidos esta vez, y la siguiente, y todas.

Todo esto lo ignorábamos. Poco a poco fue penetrando en nosotros la dolorosa verdad. La guerra, una guerra corruptora, destructora, maléfica, iluminada de vez en cuando por engañosas victorias sin otra eficacia que la de dar nuevo estímulo a la esperanza, aquella guerra de la que yo mismo había dicho que *debiera* ser corta, duró cuatro años. ¿Hace falta evocar en detalle la miseria y el decaimiento de aquellos años, el desgaste de nuestras energías y de nuestros bienes, la existencia individual cada vez más pobre y más sórdida, la insuficiencia de los alimentos, la decadencia moral y la predisposición al robo provocadas por la escasez, las escandalosas y vulgares exhibiciones de los nuevos ricos? Sería censurable si lo hiciera, si entrara en tales divagaciones extrañas a mi misión de íntimo biógrafo. Hube de ser testigo de todo lo apuntado en Freising, donde volvía a ocupar mis funciones docentes después de haber sido declarado inútil para el servicio militar, desde el principio hasta el amargo fin. Durante la segunda batalla de la plaza fuerte de Arras, entre mayo y julio de 1915, la insuficiencia de los servicios de despiojamiento fue causa de que contrajera una infección tífica, y después de pasar cuatro semanas en una celda de aislamiento y un mes de convalecencia en un sanatorio militar de los montes del Taunus, cerca de Francfort, no me sentí verdaderamente con fuerzas para oponerme a la decisión de licenciamiento. Estimé, como la superioridad, que había cumplido mi deber patriótico y que mejor era para mí volver al antiguo hogar y consagrarme allí al mantenimiento de la cultura.

Así lo hice y pude ser de nuevo marido y padre en la modesta casa cuyas paredes y familiares objetos, probablemente destinados a ser pasto de las bombas, siguen siendo aún hoy el marco de mi vacía y retirada existencia. Repito una vez más, y no por jactancia o vanagloria, sino sencillamente por ser verdad, que, sin pretender haberla descuidado, nunca me ocupé gran cosa de mi propia vida, la traté siempre como de soslayo para concentrarme con tanta mayor fuerza a observar y vigilar la de mi antiguo amigo de infancia, cerca del cual volvía a encontrarme con verdadera alegría de mi corazón –suponiendo que la palabra *alegría* esté aquí en su lugar y que no fuera más justo hablar de la angustia y de la dolorosa sensación que me causaban su frialdad, su alejamiento, su soledad, cada vez más acentuada en plena actividad creadora–. «No perderle de vista», observar su enigmática y extraordinaria vida, tales fueron las preocupaciones principales de la mía. Éste fue su verdadero contenido y así se explica que haya calificado de vacía mi existencia actual.

No anduvo Adrian del todo desencaminado al elegir su residencia, «su casa», podríamos decir, pensando en la extraña y no del todo simpática repetición de las circunstancias de su infancia. Gracias a Dios, y a pesar de las privaciones y agobios crecientes que pesaban sobre la familia Schweigestill, Adrian fue tratado del mejor modo imaginable. Sin que él supiera apreciarlo debidamente, ni se diera quizá cuenta exacta de ello, no tuvo apenas que sentir las consecuencias de la situación en que se encontraba el pueblo alemán, cercado y bloqueado a despecho de sus continuas y victoriosas ofensivas militares. Su privilegiada posición le parecía la cosa más natural del mundo, indigna de mención, obra suya y conforme a su naturaleza, a su obstinación inquebrantable de afirmarse individualmente contra las circunstancias externas. *Semper idem.* Sus sencillos hábitos gastronómicos pudieron ser siempre satisfechos con los medios de que disponía la familia Schweigestill. Me encontré, además, al volver del frente, con que Adrian era objeto de los más solícitos cuidados por parte de dos mujeres, con entera independencia una de otra, se habían acercado a él y convertido en sus devotas amigas. Sus nombres: Meta Nackedey y Kunigunde Rosenstiel, la primera profesora de piano, activa copropietaria la segunda de un comercio de intestinos, debiendo entenderse por tal una fábrica de envolturas artificiales para salchichas y salchichones. Es curioso: una fama incipiente, ignorada de la gran masa, como era la de Adrian Leverkühn, se localiza conscientemente en algunas esferas selectas, en ciertos grupos enterados, de lo cual era signo, por ejemplo, la invitación que recibió de París. Pero al propio tiempo se infiltra también en zonas más modestas y a la vez más profundas, en algunas almas sedientas de ideal, sensibles y solitarias, cuya felicidad consiste en poder consagrarse a la admiración de un gran hombre poco conocido. Que estos seres sean mujeres, y mujeres en estado de virginidad, no habrá de parecer extraño. La privación de los placeres sensuales es, sin disputa, una fuente de intuición profética a la que no quitan mérito sus lamentables orígenes. En ambos casos, la atracción personal directa jugó un papel preponderante. Pero yo soy el hombre menos indicado –conocida la atracción que Adrian ejerció sobre mí desde la niñez– para extrañarme irónicamente de la fascinación que su vida de hombre solitario y disconforme ejerció sobre aquellas dos mujeres.

Meta Nackedey era una mujer en los treinta, poco cuidadosa, siempre ruborizada, pestañeando continuamente, por deseo de ser amable, detrás de los lentes que no se quitaba nunca. Esa buena criatura, tímida y vergonzosa, se encontró un día en la plataforma delantera de un tranvía al lado de Adrian, corrió como una alocada a refugiarse en la plataforma trasera cuando se dio cuenta de quién era su vecino y, una vez que hubo recobrado sus sentidos, atravesó nuevamente el tranvía para colocarse otra vez al lado de Adrian, a quien interpeló por su nombre al propio tiempo que le daba a conocer el suyo, le dijo cuál era su profesión y la admiración sin límites que su música le inspiraba. Adrian dio cortésmente las gracias y de allí arrancó una relación que, una vez empezada, Meta Nackedey no tuvo intención ni ganas de dejar extinguir. Unos días después se presentó en Pfeiffering armada de un ramo de flores, y las visitas se repitieron, luego, en libre y celosa competencia con Kunigunde Rosenstiel, cuyas relaciones con Adrian habían empezado de otro modo.

Se trataba, en este caso, de una judía, en la misma edad, poco más o menos, que Meta Nackedey, de pelo rizado e hirsuto, cuyos ojos oscuros reflejaban la tristeza original de su raza. Mujer enérgica (un negocio de envolturas para salchichas requiere cierta energía), tenía sin embargo la elegíaca costumbre de empezar todas sus frases, incluso las más breves o las de más opuesto sentido, con el mismo lamento. «¡Ay, Señor!» Ay, Señor, sí; ay, Señor, no; ay, Señor, puede usted creerlo; ay, Señor, ¿cómo no?; ay, Señor, mañana me marcho a Nuremberg por un par de días, y así sucesivamente. A quien le preguntara por su salud contestaba: «¡Ay, Señor!, excelente como de costumbre». Todo esto con una voz profunda y cavernosa. Pero las cosas cambiaban por completo cuando *escribía* —cosa a la que tenía gran afición—. Porque además de ser muy aficionada a la música, como casi todos los judíos, Kunigunde, persona de pocas lecturas por otra parte, cultivaba la lengua alemana con mayor atención y mejor gusto –y también con más pureza– que la mayoría de los alemanes auténticos, incluso de refinada cultura, y sus relaciones con Adrian, que ella calificó por propia iniciativa de amistad (y acabaron a la larga por merecer el nombre), empezaron con una larga carta que si poco tenía de notable por su contenido lo era en cambio, y mucho, por su estilo –un auténtico documento de homenaje y de devoción, concebido y escrito según los mejores modelos de los tiempos de la Alemania humanística, que el destinatario recibió y leyó con cierta sorpresa pero al que no pudo dejar de contestar precisamente a causa de su dignidad literaria. En el mismo tono siguió escribiendo Kunigunde Rosenstiel, aparte sus frecuentes visitas a Pfeiffering, y es de notar que sus cartas no eran nunca manuscritas sino mecanografiadas y empleando siempre, en lugar de la conjunción copulativa, el signo comercial &, todo lo cual había que interpretarlo como ingenuas manifestaciones de una sincera y abnegada devoción. No quedó ésta desmentida nunca durante largos años, y tanta fidelidad, aparte otras cualidades, la hacía merecedora de ser tenida en alto aprecio. Así lo reconocía yo por lo menos y mis simpatías eran asimismo sinceras por la desmañada Meta Nackedey, de la cual Adrian aceptaba obsequios y homenajes con toda la indiferencia de que era capaz. Me sentía, en el fondo, solidario de aquellas dos mujeres. ¿Era mi suerte tan distinta de la suya? Y hoy todavía me complace pensar que la primitiva rivalidad entre ambas acabó por desaparecer gracias a mis buenos oficios.

Una y otra le procurarán a Adrian durante los años de hambre –un hambre que Adrian nunca tuvo que sufrir– todo aquello que podía ser de su gusto y que sólo por los más complicados caminos podía obtenerse: azúcar, té, café, chocolate, bizcochos, confituras y picadura de tabaco para cigarrillos, en cantidades suficientes para que tanto yo como Schildknapp y Rudi Schwerdtfeger (cuyas asiduidades eran mayores que nunca) pudiéramos aprovecharnos de aquellos regalos. Con frecuencia bendecimos juntos los nombres de las dos bienhechoras. Sólo a la fuerza renunciaba Adrian –gran fumador de cigarrillos– al tabaco, es decir, los días –dos o tres de cada mes– que la jaqueca le obligaba a pasar en cama y en la oscuridad. Normalmente, y sobre todo durante el trabajo, necesitaba ese estimulante al que sólo se había acostumbrado tarde, durante los años de Leipzig. La distracción alternada de liar el pitillo y de fumar le permitía prolongar –por lo menos él así lo afirmaba– las horas de labor. Al volver yo del frente Adrian trabajaba con gran intensidad, no sólo a causa de la obra en que tenía puestas las manos *Gesta romanorum* sino, y sobre todo, porque su deseo era grande de acabar con ella y quedar así libre para responder a nuevos llamamientos de su genio. En el horizonte se perfilaba ya entonces, estoy seguro –se perfilaba desde que empezó la guerra, una guerra que a su mirada adivinatoria tenía necesariamente que aparecer como una profunda ruptura, como la inauguración de un nuevo, tumultuoso y revolucionario período histórico, lleno de aventuras y tragedias–, aparecía ya entonces, decimos, en el horizonte de su actividad creadora, la *Apocalipsis cum figuris*, la obra que había de elevar la vida de Adrian a vertiginosas alturas. Mientras esperaba el momento de acometerla, las geniales escenas grotescas para títeres *Gesta romanorum* le servían de pasatiempo.

El conocimiento del viejo códice, fuente de la mayor parte de los mitos románticos medievales, traducción del latín al alemán de la más antigua colección de leyendas cristianas, se lo debía Adrian a Schildknapp –y no pienso regatearle el mérito al favorito de los ojos iguales–. Juntos consagraron no pocas veladas a la lectura de aquel texto, tan adecuado para satisfacer el instinto de lo cómico de Adrian y su pasión por la risa. Nada le divertía tanto a Adrian como reírse hasta que se le saltaran las lágrimas, y nada me daba a mí tanta aprensión como verle en aquel estado. Rüdiger, el hombre de ojos iguales a los de Adrian, no compartía ni poco ni mucho mis aprensiones, y yo, por mi parte, las guardaba celosamente para mí y no me privaba de tomar parte en el general regocijo cuando la ocasión se presentaba. Schildknapp, por su parte, creía verdaderamente haber cumplido su misión cuando había conseguido llevar la hilaridad de Adrian al paroxismo. Esto le ocurrió, en forma altamente fructífera, con el jocoso libro de fábulas.

De buena gana reconozco que la *Gesta,* con su historicismo arbitrario, su cristianismo didáctico y su ingenuidad moral, con su exagerada casuística de parricidios, adulterios y complicados incestos, con sus emperadores romanos imaginarios cuyas hijas, sometidas a estricta vigilancia, eran ofrecidas a quien cumpliera tales o cuales extravagantes proezas; todo ese conjunto abigarrado de caballeros en marcha hacia Tierra Santa, de esposas galantes, de astutas celestinas y clérigos practicantes de la magia negra podía ser, no lo niego, de un gran efecto cómico y altamente estimulante para el instinto de la parodia, tan vivo en Adrian. Desde su primer contacto con la obra concibió el compositor la idea de dramatizar musicalmente algunos de sus personajes para un teatro de muñecos articulados. Así por ejemplo la fábula altamente inmoral, predecameroniana, sobre «la pecaminosa lujuria de las viejas», en la cual una alcahueta de pasiones prohibidas, tenida en olor de santidad, consigue, por una añagaza infinitamente grotesca, que una mujer honrada y excepcionalmente digna de respeto se entregue pecadoramente a un jovenzuelo que se consumía de amor por ella. A su perrita, condenada primero a dos días de ayuno, le hizo la bruja comer gran cantidad de pan amostazado, después de lo cual se llenaron naturalmente de lágrimas los ojos del pobre animal. Con la perra en sus brazos se fue la vieja a casa de la honesta dama y recibida allí, como en todas partes, con la veneración debida a una santa mujer, contó, respondiendo a las naturales preguntas de curiosidad, la más estrafalaria historia sobre las lágrimas del animalito. Después de hacerse rogar un poco, acabó por confesar que la perrita era, en realidad, su propia hija, cuya rígida virtud había causado la muerte de un joven galán perdidamente enamorado. Su metamorfosis en perra fue el castigo de Dios por su crueldad y sus lágrimas constantes eran signo de la pena que le causaba su miserable condición. Lloró también la vieja al contar esa mal intencionada mentira, y aterrorizada la dama por el parentesco de su propio caso con el que acababan de contarle, explicó a la proxeneta la existencia del pretendiente juvenil que se consumía de amor por ella. ¿No sería terrible desgracia —dijo muy compungida la vieja— que ella quedara también convertida en perra? Para evitar que tal cosa ocurriera la dama decidió dar satisfacción a los deseos nefandos de su adorador y, con la protección y ayuda de la santa celestina, consumó dulcemente el sacrílego adulterio.

Le envidio todavía a Schildknapp su iniciativa de dar lectura de esta historia a Adrian en la sala del abad y me consuelo pensando que de haber sido la iniciativa mía el efecto no hubiese sido quizás el mismo. Su colaboración en la futura obra no pasó de aquí. Cuando llegó el momento de escribir el diálogo de las diversas escenas, Rüdiger se rehusó, según su costumbre, pretextando su mucho trabajo, y Adrian, sin guardarle rencor por ello, se ocupó él mismo de la confabulación del argumento y de la redacción de los textos, hasta que al volver yo del frente me encargué de dar al libreto, en prosa y versos asonantados, su forma definitiva. Los cantantes que habían de prestar su voz a los títeres habían de colocarse entre los instrumentos de una orquesta que Adrian había dejado reducida a proporciones esqueléticas: violín y contrabajo, clarinete, fagot, trompeta y trombón, timbales y un juego de campanas. Con misión semejante a la del testigo de los oratorios, un recitador estaba encargado de explicar y concentrar la acción.

Esta forma irregular resultó particularmente apta para dar realce al quinto y principal episodio de la obra, en el curso del cual se relata la historia del «Nacimiento del Santo Padre Gregorio», cuyos pecadores orígenes y demás espantosas aventuras de su vida, lejos de ser un obstáculo para su final elevación al Vicariato de Cristo, se convierten, al contrario, por maravillosa gracia de Dios, en las condiciones necesarias de su exaltación. Muy larga es la cadena de los sucedidos y vericuetos de esta historia. Pasaré sin entretenerme en contar mayores detalles sobre el caso de los dos hermanos de sangre real y de distinto sexo, sobre el amor desmedido e irrefrenable del hermano por la hermana, a consecuencia del cual viene al mundo un muchacho de excepcional hermosura. En torno de ese fruto incestuoso gira toda la historia. Mientras el padre busca la remisión de su pecado en una cruzada a Tierra Santa y allí encuentra la muerte, marcha el hijo hacia los más inciertos destinos. Decidida a no permitir, por propia decisión, el bautizo del sacrílego retoño, la reina encierra al niño, y su principesca cuna, más una tableta explicativa y el oro y la plata suficientes para asegurar su sustento, en un tonel confiado a las olas del mar. Así fue depositado el niño, «seis días festivos después», en la playa inmediata a un monasterio regido por un piadoso abad, el abad Gregorio, que al proceder inmediatamente al bautizo de la errante criatura le puso su propio nombre. La educación que más tarde recibió el muchacho, tan agraciado de cuerpo como dotado de excepcional inteligencia, dio los más felices resultados.

Cómo mientras tanto, la pecadora madre, con gran dolor de sus súbditos, se negó a casarse de nuevo –y no sólo porque se estimaba profanada e indigna del cristiano matrimonio, sino también porque guardaba a su desaparecido hermano una ambigua fidelidad–, cómo un poderoso príncipe extranjero pidió su mano y, encolerizado al extremo por el desaire recibido, partió en guerra contra ella y ocupó la tota-

lidad de sus estados, a excepción de una sola plaza fuerte donde la reina encontró refugio; cómo entonces Gregorio, ya
mozo y sabedor de su origen, piensa dirigirse en peregri-
nación al Santo Sepulcro, pero va a dar con sus huesos, sin
saber cómo, a la ciudad donde se hallaba refugiada su madre
y enterado de la desgracia de aquella reina se hace presentar a ella, y cómo la soberana, después de «escrutarle profundamente» sin reconocerle, acepta los servicios que le ofrece;
cómo Gregorio da muerte al colérico príncipe y libera el
territorio, después de lo cual los cortesanos lo proponen por
esposo a la reina; cómo ésta vacila, pide un plazo de un día
—sólo uno— para reflexionar, acaba por ceder, contra su jura-
mento, contrae matrimonio con Gregorio entre aclamaciones y general júbilo y así se acumula, sin intención por
parte de nadie, el horror al horror, cuando el hijo incestuoso entra en el lecho nupcial de su propia madre —no me deten-
dré en contar todos estos detalles—. Sólo quiero recordar los
momentos pasionales de la acción, los que de modo más extrañamente admirable quedan subrayados en la ópera para marionetas de Adrian. Cuando, desde un principio, el hermano le
pregunta a la hermana por qué está tan pálida y «sus ojos han
perdido el brillo» y la interrogada contesta: «No es maravilla, pues estoy encinta y por ende contrita». O cuando al recibir la noticia de la muerte del juzgado como criminal pro-
rrumpe en la elocuente queja: «Se fue mi esperanza, se
extinguió mi fuerza, mi único hermano, mi segundo yo», después de lo cual se lanza sobre el cadáver, lo cubre de besos
de pies a cabeza hasta el punto que los nobles se ven obligados a apartarla por la fuerza de aquel lugar. O cuando descubre la verdadera identidad de su adorado esposo y le dice:
«Oh, mi dulce hijo, eres mi único retoño, mi esposo y mi
señor, eres de mi hermano y de mí el único vástago, dulce
hijo mío. Y tú, mi Dios, ¿por qué me dejaste nacer?». Por la
propia tableta escrita de su mano y oculta en un gabinete

secreto de su esposo, había descubierto la verdad. Sabía ahora con quién compartía el lecho, aun cuando, loado sea Dios, no le había dado al esposo un hijo que hubiese sido su propio hermano. Gregorio, para quien había sonado la hora de la penitencia, partió, los pies descalzos, y andando, tropezó con un pescador al cual «la finura de los miembros» del caminante descubrió su elevada alcurnia. Habiéndole dicho Gregorio que iba en busca de la más extrema soledad el pescador se avino a transportarle en su barca cuatro leguas mar adentro, hasta un peñasco batido por las olas. Una vez allí se hizo encadenar los pies con grilletes y echó al mar la llave de los hierros que le aprisionaban y así pasó Gregorio diecisiete años de penitencia, al final de los cuales interviene un milagroso acto de gracia que, sin embargo, y a lo que parece, no fue una total sorpresa para el interesado. En Roma había muerto el Papa, y apenas conocida su muerte se oyó una voz del cielo que decía: «Id en busca de Gregorio, el hombre de Dios, y nombradle mi Vicario en la tierra». Salieron mensajeros en todas direcciones y uno de ellos dio con el pescador, cuya memoria conservaba todavía el recuerdo del paso de Gregorio. El pescador pescó un pez de cuya barriga extrajo la llave de los grilletes que aprisionaba al penitente. Llevó después con su barca a los mensajeros hasta el peñasco de la contrición y los mensajeros gritaron entonces: «Oh, Gregorio, hombre de Dios, abandona este peñasco porque Dios te ha señalado para que seas su Vicario en la Tierra». A lo que el penitente contestó sin inmutarse: «Si tal es el deseo de Dios, que su voluntad se cumpla». Al llegar a Roma las campanas repicaron solas, sin aguardar la llegada de los campaneros, dando a entender con sus espontáneos tañidos que nunca había tenido la cristiandad Papa tan piadoso y tan sabio. La fama del santo varón llegó hasta su madre y, convencida ésta de que a nadie mejor que a aquel Elegido podía confiar su vida, se dirigió a Roma para confesar sus pecados al Sumo Pontífice. Oída su confesión el Papa la reconoce y dice: «Oh, mi dulce madre, hermana y esposa. Oh, mi amiga. El diablo quiso y creyó conducirnos al infierno, pero Dios ha sido más fuerte y lo ha evitado». Y mandó construir para ella un claustro del que fue abadesa, pero sólo durante corto tiempo. Porque pronto habían de rendir ambos sus almas a Dios.

A esa historia desmesuradamente sacrílega, ingenua y piadosa, puso Adrian un ropaje musical ingenioso, estremecedor, solemne y fantástico alternativamente, para el cual la fórmula del profesor y crítico de Lübeck —«divinamente inteligente»— no podía ser más justa. Recuerdo esta fórmula, precisamente, porque la *Gesta* representa, en realidad, una regresión si se la compara con la música de *Penas de amor perdidas*, mientras que el lenguaje sonoro de las «Maravillas del Todo» abunda en alusiones al *Apocalipsis* e incluso al *Faustus*. Tales regresiones y anticipaciones son corrientes en el proceso de creación. Pero el estímulo artístico que las anécdotas de la *Gesta* ejercieron sobre mi amigo puedo fácilmente imaginarlo: fue un estímulo de orden intelectual, una repercusión crítica del espectáculo ofrecido por una época artística que marchaba hacia su fin. El drama musical había buscado su pretexto en las leyendas románticas, en el mundo de los mitos medievales, para dar a entender que aquellos temas eran los únicos dignos de la música y conformes a su carácter. Y para poder mejor renunciar a toda pompa inútil en los medios de expresión, se había confiado la acción a unos muñecos articulados, ya de por sí en cierto modo grotescos. Mientras Adrian trabajaba en la composición de esta obra, se ocupó muy a fondo de estudiar las posibilidades específicas de sus artificiales intérpretes, para lo cual encontró interesantes oportunidades dentro del marco de su solitario retiro. En la vecina ciudad de Waldshut vivía un droguista aficionado a esculpir y a vestir títeres y sus visitas al taller de ese artista fueron frecuentes. Asimismo se trasladó Adrian a Mittenwald, pintoresco lugar del alto Isar, famoso por sus violines, donde el boticario, con ayuda de su mujer y de sus hábiles hijos, daba representaciones de títeres, según el estilo de Pocci y de Christian Winter, ante un numeroso público entre el cual figuraban no pocos forasteros atraídos por la fama del espectáculo. Adrian asistió a varias representaciones de este teatro y estudió asimismo, en los libros, los artísticos juegos de sombras y de muñecos que son espectáculo corriente en la isla de Java.

Resultaban en extremo interesantes las veladas que en mi presencia y en la de Schildknapp –también se encontraba allí de vez en cuando Rudi Schwerdtfeger– dedicaba Adrian a hacernos oír, en el piano de mesa de la sala de la hornacina, nuevos fragmentos de su espléndida partitura. Armonías soberanas y ritmos de una complicación laberíntica ilustraban las más sencillas escenas, mientras los momentos más excepcionales de la acción eran subrayados por la voz de la pequeña trompeta y otros medios infantiles. La entrevista de la reina con el ya santo varón que, antes de ser su marido, había ella llevado en su seno por obra de su hermano, arrancaba de nuestros ojos extrañas lágrimas de risa y de fantástica emoción. Schwerdtfeger aprovechaba la oportunidad para darse el gusto de abrazar a Adrian y decirle: «Eres verdaderamente grande», mientras Schildknapp con una mueca y yo con un ademán de la mano desaprobábamos aquellas explosiones de excesiva confianza.

No será empresa fácil seguir los meandros de nuestras conversaciones en la sala del abad, después de haber oído en la intimidad la música de Adrian. Hablamos un día de la relación entre el arte de vanguardia y el elemento popular, de la supresión del abismo que el romanticismo creó entre el arte y la comprensión general, entre lo selecto y lo vulgar en música y en literatura, después de lo cual la división, más profunda que nunca, entre lo bueno y lo fácil, entre lo noble y lo entretenido, entre lo avanzado y lo generalmente asimilable, se transformó en destino del arte. ¿Era por sentimentalismo que la música —en su nombre y en el de todas las artes— pedía salir de la respetuosa soledad en que se hallaba confinada, acercarse al pueblo sin caer en lo vulgar, hablar un lenguaje que los no músicos comprendieran también como habían comprendido a Wolfsschlucht, Jungfernkranz y Wagner? En todo caso el sentimentalismo no era el medio adecuado para llegar a este fin. La ironía, la burla, eran preferibles para limpiar el aire, para marchar, coligadas con lo objetivo y con lo elemental, es decir, con el redescubrimiento de la música como elemento organizador del tiempo, contra el romanticismo, contra lo patético y lo profético, contra la sensualidad sonora y la literatura... Peligrosa entrada en materia. Por allí muy cerca rondaba, en efecto, el falso primitivismo, otra manifestación de lo romántico. Mantenerse en la cumbre; disolver con naturalidad, y de modo para todos comprensible, las más tamizadas producciones de la evolución musical europea; adueñarse de ellas y utilizarlas como elementos constructores, enlazados con la tradición para la composición de obras que se sitúen en el polo opuesto de lo imitativo; ejecutar esta delicada operación sin escándalo e inmolar todos los recursos del contrapunto y de la instrumentación en aras de una sencillez que nada tuviera de simple, de una sobriedad aguantada por intelectuales resortes. Tal debiera ser la misión y la aspiración del arte.

Era Adrian, de todos nosotros, el que más hablaba aquella noche. Los demás aventurábamos una observación de cuando en cuando. Excitado por la previa ejecución de su música, hablaba con las mejillas encendidas y los ojos brillantes, con cierta febrilidad, pero sin precipitación; al contrario, como si lanzara las palabras una a una. Con gran emoción, sin embargo, hasta el punto de parecerme que nunca le había oído manifestarse con tanta elocuencia, Schildknapp dio expresión a su escepticismo en cuanto a la posibilidad de emancipar la música de todo romanticismo. La solidaridad entre una y otro, decía, es demasiado profunda, esencial, para que la música pueda romperla sin perjuicio. A lo que Adrian replicó:

—No tengo inconveniente en darle la razón si, por romanticismo, entiende usted cierto calor sentimental que la música niega hoy en homenaje a un tecnicismo intelectual. Es un acto de autonegación. Pero la reducción de lo complicado a la sencillez no es otra cosa, en el fondo, que el recobramiento de la vitalidad y de la energía sentimental. Si fuera posible —dijo dirigiéndose a mí— abrirse paso, *romper el cerco*, salir de la frialdad intelectual para acceder a un nuevo mundo de osadía sentimental, si alguien fuera capaz de esta proeza, bien merecería el nombre de «Salvador del arte. Salvación» —siguió diciendo con un nervioso encongimiento de hombros— es una palabra romántica, una palabra de armonizador, la cadencia misma de la música armónica. Es, en cierto modo, gracioso que la música se haya considerado durante largo tiempo como un agente de salvación cuando ella misma necesita, como todo arte, ser salvada, salvada de un solemne aislamiento que es el resultado de la exaltación de la cultura a la categoría de sucedáneo de la religión —salvada de una soledad de dos en compañía, de su solitario diálogo con una *élite* llamada público que está en camino de desaparecer, que ha desaparecido ya, en forma que el arte se encontrará pronto completamente solo y solo llegará a la hora de la muerte, a menos que encuentre el camino del pueblo, o para decirlo de un modo menos romántico, el camino de los hombres.

Dijo lo que antecede de un tirón, sin levantar la voz ni forzar la expresión, pero con cierto oculto temblor en el tono, que comprendimos todavía mejor cuando hubo dicho lo que le quedaba todavía por decir:

—La atmósfera vital del arte, no lo duden ustedes, sufrirá un cambio en el sentido de una mayor serenidad y una más gran modestia. Es inevitable y es una suerte que sea así. Se desprenderá en gran parte de sus turbias y melancólicas ambiciones para recobrar una nueva candidez, una nueva inocencia. El porvenir verá en el arte una fuerza al servicio de una comunidad, un elemento de educación más que de cultura, y el arte volverá a aceptar para sí esta posición. Nos cuesta trabajo imaginarlo, pero así será y es natural que así sea: existirá un arte sin sufrimiento, un arte espiritualmente sano, un arte confiado y extraño a la tristeza, capaz de tutearse con la humanidad...

Cesó de hablar y los tres que le escuchábamos no pudimos hacer otra cosa que guardar silencio, profundamente impresionados. El espectáculo de la soledad hablando de la comunidad, del aislamiento hablando de la intimidad, tenía algo de doloroso y de sublime a la vez. Mi emoción, con ser grande, no lo era tanto como mi decepción. Me había decepcionado Adrian y me habían decepcionado sus palabras, que estimaba indignas de lo que yo admiraba en él, su orgullo, su arrogancia si se quiere, perfectamente justificados en un artista. El arte es espíritu y el espíritu no tiene por qué aceptar obligaciones sociales o comunitarias —no debe aceptarlas, entiendo yo, si quiere defender su libertad y la nobleza de su estirpe—. Un arte que emprende «el camino del pueblo», que hace suyas las necesidades de la masa, del vulgo, de la mediocridad, acaba por caer en el desvalimiento y sólo puede vivir de la ayuda del Estado. Favorecer un arte a la medida del vulgo es estimular la peor mediocridad, es un crimen contra el espíritu. Tengo, por otra parte, el convencimiento de que las más osadas empresas del espíritu, las más libres, las más ofensivas para la multitud, acabarán siempre por ser benéficas para los hombres.

Tal era también, sin duda, el convencimiento espontáneo de Adrian. Pero tuvo el capricho de negarlo y me equivoqué probablemente de medio a medio al ver en ello una negación de su orgullo. Era más bien una suprema manifestación de arrogancia disimulada bajo un manto de afabilidad. Sin embargo, el temblor de su voz al hablar de la salvación del arte, del tuteo con la humanidad, significaba seguramente alguna cosa y poco faltó para que no cediera a la tentación de estrecharle furtivamente la mano. No lo hice, sin embargo, y mis ojos se fijaron en Rudi Schwerdtfeger, para impedir que al final tratara de abrazar a Adrian de nuevo.

XXXII

La boda de Inés Rodde y el profesor doctor Institoris tuvo lugar en la primavera de 1915, cuando el país se sentía vigoroso y animado de grandes esperanzas —yo estaba todavía en el frente—, con toda la pompa burguesa deseable, civil y religiosa, banquete en el Hotel Vierjahreszeiten y viaje de novios a Dresde y a la Suiza Sajona. Así quedó cerrado un largo período de mutuo examen cuya conclusión, aparentemente, les hizo considerar que estaban hechos el uno para el otro. El lector se da cuenta de que la palabra «aparentemente» está escrita con ironía, ya que no con mala intención. Nada nuevo había ocurrido ni podía haber ocurrido en el curso de aquellos meses. A la conclusión final podían haber llegado desde el primer momento, cuando Institoris tomó la decisión de cortejar a Inés. Prefirieron ajustar su conducta al adagio alemán según el cual «no hay que hacer aprisa lo que es para siempre» y el largo período de reflexión acabó por dar a entender que la solución positiva era la que se imponía. La guerra contribuyó también, en éste como en tantos otros casos análogos, a precipitar las cosas. El sí de Inés, dictado por razones de conveniencia, ya repetidamente mencionadas, acto al que desde el primer momento se sintió predispuesta, recibió un nuevo impulso con la ausencia de Clarissa, contratada en el teatro de Celle an der Aller desde fines del año anterior. No tenía Inés gana alguna de seguir viviendo sola con su madre, cuyas aficiones a la vida bohemia, por inofensivas que fueran, estaban lejos de ser de su gusto.

La señora Rodde, por su parte, la «senadora», como gustaba de ser llamada en homenaje a su difunto marido, veía con íntimo placer la entrada de su hija en la gran burguesía, satisfecha de haber maternalmente contribuido a prepararla gracias a sus relaciones sociales. Estas relaciones sociales las había aprovechado también, claro está, la senadora para vivir en una atmósfera «meridional», según su gusto, y coleccionar homenajes masculinos a su belleza en marcha hacia el ocaso. Knöterich, Kranich, Zink y Spengler, sin contar los jóvenes aprendices de actor, amigos de Clarissa, le hacían la corte, y no creo rebasar los límites de la verdad —estoy seguro de lo contrario— si digo que incluso en sus relaciones con Rudi Schwerdtfeger, las de una madre con su hijo según todas las apariencias, había también una dosis de coqueteo. Después de lo que he dejado entrever, o ver con toda claridad, sobre la vida interior de Inés, el lector comprenderá sin esfuerzo sus complicadas reacciones de repugnancia y de bochorno ante esas fútiles travesuras. Roja como una amapola se retiraba a veces del salón —he sido testigo de la escena— para ir a encerrarse en su pieza, donde al cabo de un cuarto de hora, y quién sabe si esto era lo que ella esperaba, Rudi Schwerdtfeger aparecía fatalmente, y después de preguntarle, por pura forma, ya que seguramente no las ignoraba, las razones de su alejamiento, le rogaba por Dios y por los Santos, en todos los tonos, incluso el tono fraternal, que no les dejara solos por más tiempo. La elocuencia de Rudi acababa por arrancarle la promesa de volver y, en efecto, a poco, reaparecía en el salón.

No se habían borrado de mi memoria estos incidentes —que me excuso de evocar tan tardíamente—, pero habían desaparecido en cambio, por completo, del recuerdo de la señora Rodde. Su sincera emoción le hacía olvidar éstas y otras cosas parecidas. Dio a la boda de su hija el máximo decoro y, a falta de una dote digna de este nombre, el ajuar de lencería y plata no dejó nada que desear. Quiso además la senadora completarlo con algunos de sus mejores muebles, arcas antiguas y sillas doradas de rejilla, y contribuir así al ornato del magnífico departamento que el matrimonio Institoris había alquilado en el segundo piso de una lujosa casa de la Prinz-regentenstrasse, con vistas delanteras al Jardín Inglés. Más aún: como si quisiera demostrarse a sí misma, tanto como a los demás, que su afán de vida social, que las alegres veladas en su salón no tenían otro motivo ni más finalidad que asegurar el porvenir de sus hijas, la señora Rodde puso de manifiesto, no sólo con palabras, sino con obras, el deseo de renunciar al mundo y a sus pompas, suspendió sus reuniones y un año después de la boda de Inés levantó su casa de la Rambergstrasse para irse a vivir al campo y pasar allí los últimos años de su viudez. Se instaló en Pfeiffering –sin que Adrian lo notara apenas–, en la casa baja situada detrás de los castaños, frente al patio de los Schweigestill, donde años antes había vivido aquel pintor a quien las aguas encharcadas de Waldshut inspiraban tan melancólicos paisajes.

El atractivo que aquel discreto y peculiar rincón ejercía sobre los espíritus sensibles o resignados era curioso, aunque explicable en buena parte por el carácter de los propietarios y, en particular, de Else Schweigestill, siempre tan «comprensiva». Una vez más puso aquella mujer su don de comprensión claramente de manifiesto al darle cuenta a Adrian de que la senadora Rodde pensaba instalarse en la casa de los castaños. «Es muy sencillo –dijo Else acentuando como de costumbre su pronunciación bávara–, es muy sencillo y muy comprensible. Me di cuenta en seguida. Está harta de la ciudad, de las gentes, de la sociedad, de los unos y de las otras, porque los años la avergüenzan. Esto no ocurre siempre. Las hay a quienes esto no importa, se conforman y no les va del todo mal. Sólo que con los años acaban por ser muy estiradas, con sus tufillos blancos junto a las orejas, y no poco maliciosas. Dejan adivinar, a través de su digno porte, lo que fueron un tiempo sus encantos, y hay hombres a quienes esto no les disgusta. Pero hay otras que no lo aguantan y cuando las mejillas se hunden y se arruga el cuello y no vale la pena reírse porque los dientes ya no son presentables, se avergüenzan y se encolerizan ante el espejo, no quieren ver más a la gente y van a esconderse en un rincón como animalitos enfermos. Y cuando no es el cuello o la dentadura es el pelo, como en el caso de la señora. Me di cuenta en seguida. Todo lo demás podría pasar aún, pero el pelo no va. Se le cae en mechones sobre la frente, y por mucha pena que se dé con las tenacillas no consigue nada y entonces viene el desespero, porque la cosa es más triste de lo que parece, puede usted creerlo, señor Leverkühn. En fin de cuentas renuncia a todo y se viene a vivir con nosotros. La cosa es muy sencilla.»

Así habló Else Schweigestill, con su pelo gris estirado, cuya raya dejaba ver la blanca piel del cuero cabelludo. Adrian, como ya se ha dicho, apenas si notó la llegada de la nueva inquilina. Pasó unos instantes a saludarle, en compañía de Else Schweigestill; cuando vino a cerrar el trato, pero después, respetando su soledad y su trabajo, correspondió a la reserva de Adrian con otra igual, y una sola vez, al principio, le invitó a tomar el té en su casa, en las dos habitaciones, bajas de techo, de la planta baja, repletas de los restos de su elegante mobiliario burgués, candelabros, butacas de felpa, el piano de cola con su tapete de seda y el panorama de la bahía de Constantinopla con su gran marco dorado. A partir de entonces, cuando se encontraban en el pueblo o por el camino, cambiaban un amable saludo o se detenían a hablar unos minutos de la triste situación del país y del hambre que pasaban en las ciudades y que por fortuna allí no habían de sufrir. Así aparecía prácticamente justificado el retiro de la senadora, por los envíos a sus hijas y a sus antiguos amigos, desde Pfeiffering, de huevos, mantequilla, salchichón y harina. La preparación y despacho de estos paquetes fueron para la señora Rodde, durante los años de mayor penuria, una verdadera profesión.

Quiso Inés Rodde, ya rica por fin y bien defendida contra la vida, que algunos de los asiduos del salón de su madre, los Knöterich, el numismático doctor Kranich, Schildknapp, Rudi Schwerdtfeger, y yo también entre ellos, pero no Zink, ni Spengler, ni tampoco los compañeros y compañeras de estudios de su hermana, frecuentáramos su nueva casa y la de su marido. Allí nos encontrábamos con varios jóvenes profesores de la universidad y de la Escuela de Tecnología, casados en su mayoría, que completaban el círculo de las relaciones del nuevo matrimonio. Con la señora Knöterich, Natalia de nombre, exótica, española de aspecto, las relaciones de Inés eran de mucha confianza y ello a pesar de su fama —no infundada— de morfinómana. Natalia Knöterich, en efecto, y yo mismo había podido observarlo, solía presentarse en sociedad con los ojos brillantes y la palabra abundante y fácil, pero su exuberancia no tardaba en decaer y no pasaban entonces inadvertidas sus súbitas desapariciones durante las cuales pedía a la droga nuevos estímulos. Inés, tan pagada de dignidad y de respetabilidad, casada únicamente para dar satisfacción a estos sentimientos, prefería el trato de Natalia al de cualquiera de las esposas de los compañeros de su marido, verdaderos ejemplares, todas ellas, de lo que debe ser, en cuanto a la seriedad y al recato, la mujer de un profesor alemán. Así se manifestaba el íntimo desacuerdo de su naturaleza y se veía hasta qué punto era dudosa la autenticidad de sus aburguesadas aspiraciones.

Nunca dudé de que su marido, el profesor de estética complacido en sus ambiciones de energía, no le inspiraba amor alguno. Sentía por él una afección voluntaria, hija de la gratitud, y cumplía —es preciso reconocerlo— sus deberes de ama de casa con una distinción perfecta. Preparaba sus reuniones con minuciosidad vecina de la pedantería y se ingeniaba como podía para vencer las dificultades, cada vez mayores, con que tropezaba la vida burguesa. Para ayudarla en el cuidado de su lujoso departamento de ocho piezas, en el que abundaban las alfombras de Oriente sobre brillantes pavimentos de madera, contaba con dos sirvientas, correctamente educadas y uniformadas, una de las cuales, Sofía, le servía de camarera. Llamar a Sofía era su gran pasión. La llamaba continuamente, por el gusto de ser servida y también, se diría, para asegurarse de que no le faltaba el apoyo y sostén que, a su entender, debía procurarle el matrimonio. Sofía era también la encargada de preparar las incontables maletas y maletitas que Inés llevaba consigo cuando iba con su marido a Tegernsee o a Berchtesgaden, aunque sólo fuera para pasar allí un par de días. El monstruoso equipaje de que iba acompañada, incluso para la más insignificante excursión, podía ser tomado como símbolo del anhelo de protección que sentía y del amor que la vida le inspiraba.

Quiero dar algunos detalles más sobre el departamento de la Prinzregentenstrasse, en cuyas ocho piezas hubiese sido difícil descubrir una mota de polvo. Con sus dos salones, uno de los cuales era diariamente utilizado por la familia, su gran comedor de roble, los cómodos asientos de cuero de su fumador, la doble cama con dosel del dormitorio conyugal, todo de madera de abedul, sobre cuyo tocador se alineaban, según su tamaño, los frascos y utensilios de plata, era el prototipo del hogar burgués alemán cultivado, en el que no podían tampoco faltar —y no faltaban— los «buenos libros». De ellos había gran abundancia en ambos salones y en el fumador, elegidos según los gustos y necesidades espirituales del comprador pero también, en algunos casos, por el valor representativo de ciertos títulos y autores. Allí estaban las obras históricas de Leopold von Ranke, los escritos de Gregorovius, volúmenes y más volúmenes de historia del arte, clásicos alemanes y franceses, valores estables y permanentes, en suma. Algunas notas de color vinieron a animar el departamento con los años. Institoris era amigo de algunos pintores, todos ellos pertenecientes a la tendencia que suministra la materia prima de las exposiciones de Bellas Artes (las teorías estéticas de Institoris eran de una gran violencia pero sus gustos artísticos eran poco atrevidos) y especialmente de un cierto Nottebohm, originario de Hamburgo, casado, enjuto, divertido, con su barbilla en punta y su talento imitativo. Lo imitaba todo: actores, animales, instrumentos, profesores. Era uno de los últimos sostenes de las fiestas de Carnaval de Munich, ya en plena decadencia, estimado también en sociedad por su habilidad de retratista, pero pintor de segundo orden y artista superficial después de todo. Acostumbrado a frecuentar profesionalmente las obras maestras, Institoris era perfectamente incapaz de establecer una línea divisoria entre el verdadero talento y el talento mediocre. Se creía, por otra parte, obligado a dar sus encargos a los buenos amigos y no pedía tampoco, para las paredes de su casa, nada que no fuera correcto o distinguido, punto de vista que su mujer compartía plenamente, si no por gusto cuando menos por convicción. Así pues, Nottebohm pintó, y cobró a buen precio, los retratos de Institoris y de Inés, retratos individuales, más un tercero en que aparecían los dos esposos juntos, todos ellos de muy exacto parecido pero desprovistos de significación, y cuando más tarde vinieron los hijos, el mismo artista y acreditado bufón fue encargado de pintar un cuadro de familia, con las figuras de tamaño natural, composición amanerada en la que no escatimó la pintura y que, con iluminación eléctrica propia por los cuatro costados, pasó a ocupar el testero del gran salón.

Cuando vinieron los hijos, he dicho. Porque, en efecto, vinieron los hijos, y hubo que ver la desenvoltura, la obstinación, diría casi el heroísmo con que fueron educados, sin tener para nada en cuenta las circunstancias cada día menos favorables al estilo de vida de la gran burguesía —se hubiese dicho que estaban destinados a un mundo tal como fue y no tal como se disponía ser—. Ya a fines de 1915 dio Inés a luz una hija, a la que se puso el nombre de Lucrecia y cuyos primeros meses transcurrieron en una cuna de latón dorado con dosel azul, junto a la mesa tocador donde estaban alineados, según su tamaño, los frascos y demás objetos de plata. Desde sus primeros días Inés se preocupó de la educación que su hija habría de recibir. Será —solía decir en su francés de Karlsruhe— *une jeune fille accomplie*. Tales eran sus planes. Dos años más tarde vinieron al mundo otras dos niñas, gemelas esta vez, bautizadas en la misma casa con todo el ceremonial, Aenchen y Rieckchen, que asimismo pasaron sus primeros días y semanas entre sedas y encajes y que confiadas a un ama de cría (el médico había aconsejado a Inés que no las criara) vestida del modo más aparatoso, eran sacadas a pasear en cochecitos del último modelo bajo los tilos del Jardín Inglés. Más tarde cuidó de ellas una institutriz. La pieza, clara de tonos y llena de luz, en que crecieron y donde iba a verlas la madre, tan pronto le dejaban un momento libre los cuidados de sus personas y los de la casa, era, con sus frisos de leyenda en torno de las paredes, su piso de linóleo en colores vivos y su interminable colección de juguetes, osos de felpa, corderos sobre ruedas, muñecas de todo género, ferrocarriles mecánicos, cuidadosamente ordenados en los estantes, un verdadero paraíso infantil, tal como lo describen los libros.

¿He de decir ahora, o de repetir, que tanta y tan correcta afectación ocultaba cierto desorden, que todo aquello eran puras manifestaciones de voluntad, por no decir mentiras, y que no hacía falta ser muy lince para darse cuenta de ello? Tanto empeño puesto en simular la felicidad se me aparecía a mí como una negación y una disimulación de los problemas de la vida. Estaba, además, en contradicción con el culto del sufrimiento que era propio de Inés, y la mujer era, según mi opinión, demasiado inteligente para engañarse sobre el verdadero motivo de tantos mimos y melindres, a saber, que no sentía por sus hijas ningún amor, que veía en ellas los frutos de una unión contraída con remordimientos de su femenina conciencia, una unión que seguía aceptando pero contra la cual se rebelaba su carne.

Sin querer ofender a Dios, puede admitirse que el placer de dormir con Helmut Institoris no tuviera para una mujer nada de embriagador. No hace falta estar más al corriente de lo que yo lo estoy sobre los sueños y las exigencias de una mujer para comprender que Inés había aceptado aquellos hijos con resignación y, por así decirlo, con la cara vuelta del otro lado. Que eran hijos de Institoris bastaba verlos para saberlo. Se parecían al padre mucho más que a la madre, cuyo espíritu estuvo sin duda ausente del acto genésico. Dicho esto sin sombra de ofensa para el honor masculino de Institoris. Era sin duda un hombre entero, bajo las apariencias de un hombrecillo, y él fue quien encendió en Inés −infortunadamente− la llama del deseo.

Dije ya que Institoris había pretendido a la virginidad de Inés por cuenta ajena. Del mismo modo ahora, como marido, sólo conseguía alumbrar apetitos insatisfechos, atormentadoras experiencias de placer que postulaban un complemento, una confirmación, una satisfacción entera y completa, y que transformaban en pasión los sentimientos que Schwerdtfeger le inspiraba. Todo estaba claro: como muchacha pretendida empezó a pensar en él con melancolía; como mujer experimentada se enamoró de él perdidamente y no tuvo más deseo que el de entregársele en cuerpo y alma. El muchacho, por su parte, fue incapaz de resistir a un sentimiento tan avasallador: «¡Ánimo, hombre! ¿Qué le pasa a usted? ¿Hace falta que le empujen?». Eso hubiese faltado... Repito que no escribo una novela y que no me coloco en la posición del autor que pretende estar al corriente de los más mínimos detalles de un proceso que los demás ignoran. Pero está fuera de duda que Rudolf, acorralado, no pudo hacer otra cosa que obedecer a la orden imperiosa que le llegaba. Su pasión por los amoríos le llevó esta vez a engarzarse en una aventura cada día más complicada y que, sin su pasión inveterada a jugar con fuego, fácilmente hubiese podido evitar.

Dicho de otro modo: bajo el manto de una existencia burguesa sin tacha, al amparo de la protección que tanto había deseado, Inés Institoris practicaba el adulterio con un favorito de las damas, ligero de alma y de cascos, que era para ella fuente de inquietudes y de penas, como lo es la mujer casquivana para el hombre sinceramente enamorado, y en cuyos brazos quedaban satisfechos los sentidos que un matrimonio sin amor despertara sin colmar. Así vivió años enteros, desde que empezaron las relaciones, y ello sería pocos meses después de su matrimonio, hasta fines del decenio. Si no siguió viviendo así más tiempo aún fue porque, a pesar de sus desesperados esfuerzos para retenerle, Rudolf acabó por imponer una ruptura. Fue Inés, madre de familia y esposa ejemplar en apariencia, la que tuvo siempre en sus manos los hilos de la trama. Sus manipulaciones y disimulos, diariamente repetidos, la organización de su doble vida, le consumían los nervios y ponían en peligro, con verdadero terror de su parte, sus precarios atractivos físicos. El doble surco de su entrecejo, por ejemplo, se hacía cada vez más profundo y ponía en su rostro una constante mueca involuntaria. En casos como el de que se trata es raro que los interesados, por grandes que sean su prudencia, su discreción, el empeño en ocultar sus extravíos a la sociedad, consigan mantener el secreto, y ello porque su voluntad de mantenerlo no es nunca ni muy clara ni constante. El hombre se siente halagado de que los demás sospechen, por lo menos, su buena suerte. Movida por su orgullo sexual, la mujer puede desear secretamente que los demás sepan que no ha de contentarse con las caricias, por nadie envidiadas, de su marido. No me engaño, por lo tanto, al suponer que los amores de Inés y de Schwerdtfeger eran la comidilla de los amigos, aun cuando, por mi parte, no hablé nunca de ello con nadie que no fuera Adrian Leverkühn. Llego incluso a suponer que el propio marido estaba al corriente de la verdad y, por bondadosa educación, por espíritu de tolerancia, por amor, en fin, a la tranquilidad, prefería fingir ignorancia. No es raro por otra parte ver, en la vida de sociedad, cómo las gentes toman por ciego a un marido que, por su parte, cree ser el único en saber lo que él supone que todos los demás ignoran. Así me lo ha enseñado la experiencia de los años.

No tenía la impresión de que a Inés le preocupara gran cosa lo que los demás pudiesen saber. Ponía de su parte cuanto podía para que no se divulgara el secreto, movida sobre todo por el deseo de guardar las apariencias. Hecho esto, quien tuviera gran empeño en estar al corriente podía estarlo, siempre que la dejara en paz. La pasión está demasiado satisfecha de sí misma para imaginar siquiera que alguien pueda ser su enemigo. La pasión amorosa, sobre todo, se arroga todos los derechos y da por sentado que los demás comprenderán y excusarán todos los excesos y cualesquiera faltas. De haber vivido Inés convencida de que nadie se daba cuenta de nada no hubiese podido suponer que yo estaba al corriente de todo. Y así era sin embargo. Para que me lo confesara, sin la menor reserva o poco menos, bastó que cierto nombre surgiera en el curso de una conversación —sería en otoño de 1916— que ella tuvo interés en provocar. Al revés de Adrian, que cuando venía a Munich tomaba sistemáticamente el tren de las once de la noche para regresar a Pfeiffering, había alquilado yo entonces un exiguo dormitorio en Schwabing, detrás de la Siegestor, para no tener que depender del horario de los ferrocarriles y poder pasar la noche en Munich siempre que me conviniera. Así pude una noche, invitado por los Institoris a comer como amigo que era de la casa, quedarme, sin dificultad ni prisa, a conversar con Inés, una vez que Helmut, contento de saber que no dejaba a su mujer sola, se marchó al Club Allotria, donde tenía aquella noche una partida de naipes. Sentados en los sillones de mimbre del salón de diario, Inés y yo, la señora de la casa y el invitado, empezamos a charlar. Sobre una consola con columnas estaba el busto de Inés, en alabastro, obra de un escultor amigo, cincelado a dos tercios de tamaño natural, pero muy expresivo con la espesa cabellera, los ojos velados, el cuello torcido y adelantado, la boca maliciosamente en punta.

Volvía a ser yo la persona de confianza, el hombre «bueno» que no despertaba emociones, extraño al mundo de la excitación, representado a los ojos de Inés por otro hombre, joven muchacho, de quien deseaba hablar conmigo. Lo dijo ella misma: las cosas que ocurren, ya sea en nuestro interior o externas a nosotros, la dicha, el amor, el sufrimiento, no alcanzaban su plena consumación si habían de permanecer mudos el goce o el dolor. La noche y el silencio no les bastaban. Cuanto más secretas eran, tanto más necesario resultaba el tercero, el hombre de confianza, el hombre bueno, con quien poder hablar. Ese hombre era yo. Así hube de reconocerlo, y me dispuse a representar mi papel.

Al salir Helmut de la pieza y mientras sus pasos podían resonar en nuestro oído o nuestras palabras en el suyo hablamos de cosas insignificantes. De pronto, a boca de jarro, Inés me preguntó:

—Serenus, ¿no reprende usted mi conducta? ¿No la reprueba? ¿No me desprecia usted?

Pretender que no sabía de qué me hablaba hubiese sido pura hipocresía.

—Ni pensarlo, Inés —le contesté—. ¡Dios me libre! No he creído nunca en la venganza ni en la reparación del mal por el mal. La Providencia mezcla el castigo y el crimen, los confunde en cierto modo uno con otro, de modo que resulta difícil distinguirlos y dicha y pena acaban por ser la misma cosa.

Debe de ser usted muy desgraciada. Si me considerara como un juez moral, no estaría sentado aquí. No le ocultaré que *temo* por usted. Pero no lo hubiese dicho tampoco, de no haberme usted preguntado si reprendía su conducta.

—El dolor no es nada. Nada son el temor y los humillantes peligros, en comparación con el dulce, único, imprescindible triunfo sin el cual no quisiera uno vivir: un ser liviano, escurridizo, mundano, atormentador a fuerza de ser amable, pero no desprovisto de auténtico valor humano... tomar un ser así y enfrentarlo con lo que es su valor permanente, apoderarse de lo fugaz y finalmente (finalmente) verle en el estado que corresponde a su valor, en estado de rendida abnegación, de pasión arrebatada; no una sola vez, sino una y mil veces, sin saciarse nunca.

No diré que éstas fueran exactamente las palabras de que se sirvió Inés, pero fueron desde luego muy parecidas. Era mujer de muchas lecturas y acostumbraba a articular su vida interior, no a vivirla en silencio únicamente. De muchacha había escrito algunas poesías. Sus palabras tenían la precisión que sólo da la cultura y algo de la osadía que es inseparable del lenguaje cuando éste trata de acercarse a la vida y a sus sentimientos llevado por el deseo de darles forma y expresión vivientes. Este deseo no es de todos los días. Es el resultado de la pasión y de este modo se enlaza la pasión con la inteligencia y la inteligencia llega a ser conmovedora. Siguió hablando Inés, prestando sólo oídos de vez en cuando, y distraídamente, a mis breves intervenciones. Sus palabras, lo digo francamente, estaban hasta la médula empapadas de deleite sensual y esto hace que me abstenga de reproducirlas textualmente. Me lo impiden la discreción y la compasión, unidas a un pacato deseo de evitarle al lector confidencias penosas. Se repetía constantemente, ávida de encontrar para cosas ya dichas, y que no le parecían bien dichas, una expresión más adecuada. Y todo giraba en torno de la curiosa identidad que

Inés establecía entre las nociones de valor moral y de pasión sensual, de una idea fija que parecía embriagarla, según la cual el valor intrínseco sólo conseguía realizar su esencia en el placer y ello en virtud de cierta misteriosa equivalencia que según ella existía entre uno y otro. La dicha máxima, irrenunciable, consistía, por lo tanto, en servirse del valor moral para el placer sensual. Serían imposibles de describir el acento de palpitante y melancólica satisfacción, no muy segura de sí misma, por otra parte, con que se mezclaban en su boca los conceptos de *valor* y de *deleite*; su manera de presentar el placer como un elemento fundamental, opuesto radicalmente a la odiosa noción de una «sociedad» cuyos juegos y coqueterías son una traición del valor moral; su odio a la amabilidad, velo y tapadera de las élficas traiciones en que el valor moral se disolvía; su proclamada resolución de arrancar el valor a las marañas que le aprisionaban, para poseerlo solo, solo completamente, solo en el más extremo sentido de la palabra. De lo que se trataba era de donar la amabilidad y convertirla en amor; pero también de algo más abstracto, de una extraña fusión entre el pensamiento y la sensualidad, de la supresión ideal del conflicto entre las frivolidades de la sociabilidad y las amarguras y tristezas de la vida por virtud de un abrazo que fuera, a la vez, la dulce venganza del dolor y del sufrimiento.

De lo que yo mismo dije apenas si me acuerdo en detalle, excepto una referencia a lo que necesariamente había de parecerme exageración erótica. Recuerdo que, con todas las precauciones, me permití insinuar que lo erótico no podía ser el elemento esencial de la pasión, aludir a la insuficiencia funcional y al defecto orgánico que eran causa de inaptitud para el servicio militar. Me contestó que esta limitación, precisamente, había hecho el posible acercamiento entre la amabilidad y el dolor melancólico; que sin ella la cosa hubiese sido imposible; que sólo por ella pudo llegar la voz del sufrimiento a oídos de la adulación. Más aún, y esto lo decía todo: la abreviación de la vida que estas circunstancias especiales podían llevar consigo, lejos de exasperar el sentido de la posesión, obraba en sentido tranquilizador, como un elemento de seguridad y de consuelo... Iban reapareciendo en la conversación todos los detalles que la hacían desagradable, pero exhibidos ahora, una vez roto el hielo de la confesión primera, con una satisfacción casi maligna. ¿Qué le importaban ahora a Inés las apariciones en el salón de los Langewiesche o de los Rollwagen, personas que ni siquiera conocía? Las hijas Rollwagen podían ser dos bellezas de pura raza, pero los besos eran para ella. ¿Qué le importaban las amables súplicas y cumplidos a personas indiferentes? Un suspiro había quitado la espina afrentosa a la terrible exclamación: «¡Hay ya tantos infelices en el mundo!» No podía caber duda de que aquella mujer, avisada y doliente, estaba dominada por la obsesión de su feminidad, orgullosa de su poder de atracción y de su capacidad para poder vivir y ser feliz como hembra, de ver cómo las olas de la arrogancia venían a estrellarse contra su corazón. Pasaron los tiempos en que, después de haberse despedido de cualquier modo, volvía de nuevo a estrecharle la mano y decirle unas palabras amables para arreglar las cosas. Aquellos efímeros triunfos se resumían ahora en la posesión, en la unión —en la medida en que posesión y unión son compatibles con la dualidad, en la medida también en que su femineidad declinante podía asegurar la permanencia de una y otra. Inés empezaba a desconfiar de sus medios, de otro modo no hubiese confesado su desconfianza en la fidelidad del amante. «Serenus —me dijo—, sé que me abandonará, es inevitable.» Los pliegues de su entrecejo se hicieron más profundos, adquirieron una expresión obstinada y añadió sin levantar el tono de la voz: «Pero entonces, ¡ay de él y ay de mí!», mientras me venían irresistiblemente a la memoria las palabras de Adrian: «Ya verá cómo se las arregla para salir indemne de la aventura».

Para mí la conversación fue un verdadero sacrificio. Se prolongó durante dos horas y sólo a fuerza de abnegación, de simpatía humana y de amistosa buena voluntad pude soportarla. Inés parecía comprenderlo, pero —he de confesarlo, por curioso que parezca— a su gratitud por la paciencia, el tiempo y la energía nerviosa que hube de consagrarle se mezclaba, de modo para mí evidente, cierta maligna satisfacción, de la que era signo una burlona sonrisa, en la que no pienso, todavía hoy, sin maravillarme de que hubiese podido aguantarla durante tanto tiempo. La conversación duraba todavía cuando Institoris regresó del Club Allotria, después de jugar allí, con sus amigos, una partida de naipes alemanes. El hombre no pudo evitar que apareciera en su rostro una expresión de intrigada curiosidad al encontrarnos juntos. Me dio amablemente las gracias por haberme ocupado de su mujer durante su ausencia y me marché sin volver a tomar asiento. Besé la mano a la dueña de la casa y, muy deprimido, irritado a medias y a medias conmovido y compasivo, me dirigí a pie, por las calles desiertas, hacia mi barrio.

XXXIII

La época en que se sitúa mi narración fue para nosotros, alemanes, una época de derrumbamiento político, de capitulación, de agotadora revuelta y de desamparo en manos del extranjero. La época en que escribo, y que ha de servirme, en mi silencioso retiro, para confiar estos recuerdos al papel, lleva en sus entrañas, en su monstruosamente abultado vientre, una catástrofe nacional a cuyo lado la derrota de entonces parecerá una modesta contrariedad, la liquidación inteligente de una empresa equivocada. Un desenlace ignominioso es cosa muy distinta, más normal si se quiere, que la cólera divina que se abatirá ahora sobre nosotros como un día se abatió sobre Sodoma y Gomorra. Nada habíamos hecho, dígase lo que se diga, en nuestra primera guerra, para provocar la indignación de Dios.

Nada podrá librarnos ahora de ella y no puedo creer que se encuentre ya nadie para ponerlo en duda. Muchos son los que, con Monsignore Hinterpförtner y conmigo, tanto tiempo solos, reconocen ahora la espantosa y −¡Dios nos asista!− secretamente consoladora verdad. Tiene algo de alucinante el hecho de que esta verdad permanezca envuelta en el silencio. Si el silencio obligado de los pocos que saben entre la masa ignorante y ciega es ya de por sí siniestro, resulta verdaderamente aterrador el espectáculo de una muchedumbre donde todos saben y se callan, donde cada uno lee la verdad en la mirada huidiza o aterrada de los demás.

Fielmente, día por día, dominando mi continua agitación, he tratado de cumplir a conciencia mi misión de biógrafo, de expresar, en forma digna, lo personal y lo íntimo, mientras dejaba que en el mundo se cumpliera lo inevitable, lo propio de la época en que escribo. La invasión de Francia, considerada posible desde hace ya tiempo, es una realidad. Se trata de una hazaña técnico-militar de primera, o, si se quiere, de nueva magnitud, preparada con la máxima premeditación por nuestros enemigos, a cuya ejecución no pudimos oponernos como tampoco pudimos atrevernos a concentrar todas nuestras fuerzas en el lugar del desembarco por miedo a dejar completamente desguarnecidos los frentes donde pudieran tener lugar otras operaciones semejantes. Toda hipótesis en este sentido resultaba al mismo tiempo inútil y fatal, y pronto el número de tropas, tanques, cañones y demás armamentos desembarcados en una playa dada fue demasiado grande para poder echarlo de nuevo al mar. Cherburgo, una vez que los ingenieros alemanes —así hay que suponerlo— hubieron inutilizado totalmente las instalaciones de su puerto, capituló ante el enemigo, no sin que el general y el almirante a los que estaba confiado el mando de la plaza mandaran antes heroicos radiogramas al Führer. Desde hace días se libra una sangrienta batalla por la posesión de la ciudad normanda de Caen, batalla que hay que considerar como una tentativa del enemigo para abrirse paso hacia la capital francesa, ese París que, dentro del nuevo orden, tenía asignado el papel de parque de atracciones y lupanar de Europa y que ahora, contenido apenas por las fuerzas reunidas de la policía secreta alemana y de sus colaboradores franceses, levanta con descaro la cerviz y el estandarte de la resistencia.

Así es. Muchas cosas han ocurrido susceptibles de perturbar el curso de mi solitaria ocupación, de haberme yo prestado a ello. Pocos días habían transcurrido desde el sorprendente desembarco en Normandía cuando apareció en el teatro occidental de la guerra nuestra nueva arma de represalias, cuyo advenimiento tantas veces había anunciado el Führer con íntima fruición: la bomba dirigida, maravilloso artefacto de guerra inspirado a nuestros inventores por la santa necesidad. Esos ángeles exterminadores mecánicos partían numerosos de la costa francesa, explotaban al caer sobre el sur de Inglaterra y todos los indicios daban a entender que constituían para el enemigo una seria preocupación. ¿Será su eficacia suficiente para evitar lo esencial? El destino no quiso que las necesarias instalaciones pudieran ser terminadas a tiempo para desorganizar y detener la invasión. Mientras tanto nos enteramos de la toma de Perugia, ciudad que, dicho sea entre nosotros, está situada a mitad de camino entre Roma y Florencia. Circulan incluso rumores sobre una posible evacuación total de la Península apenina con el propósito, quizá, de reforzar las huestes defensivas del frente oriental, al cual nuestros soldados van cada día de peor gana. Los rusos lanzan en aquel frente una gran ofensiva, y después de haberse apoderado de Vitebsk amenazan Minsk. Asegura nuestro rumoreante servicio de informaciones que después de la caída de la capital ruso-blanca será imposible evitar, en el este, el derrumbamiento total.

¡El derrumbamiento total! No acierta el alma a concebirlo. No acierta a medir lo que pudiera suceder si las esclusas acabaran por romperse —como amenazan hacerlo—, si pudiera darse curso, a rienda suelta, al odio inmenso que hemos sido capaces de acumular en torno nuestro. Hace ya tiempo que los bombardeos aéreos, destructores de nuestras ciudades, han convertido a Alemania en campo de batalla. Sin embargo, la idea de que la guerra, toda la guerra, la guerra propiamente dicha, pudiera venir a desarrollar aquí sigue pareciéndonos inconcebible e inadmisible. Nuestra propaganda sabe desplegar especiales talentos para advertir al enemigo del peligro que habrá de correr si se atreve a violar nuestro territorio, para *amonestarle*, podríamos decir, y presentar la violación del sagrado territorio alemán como el más espantoso de los crímenes... ¡El sagrado territorio alemán! Como si hubiera todavía algo de sagrado en él, después de haber sido profanado por tantas y tantas ofensivas al derecho. Como si no estuviera moralmente expuesto, tanto como lo está de hecho, a la ley de la fuerza, al juicio de Dios. ¡Así sea! No es posible ya esperar, ni querer, ni desear otra cosa. La paz con los anglosajones, proseguir solos la lucha contra la avalancha sarmática, atenuar en lo posible la condena a la rendición incondicional, negociar —¿negociar con quién?—; todo esto no es más que puro desvarío, sueños locos de un régimen que no quiere comprender, que no se da quizá cuenta todavía de que está perdido, de que, incompatible con el mundo, ha de desaparecer, cargado con la maldición de haber hecho igualmente incompatibles con el mundo a Alemania y a los alemanes, al germanismo y a todo lo que es alemán.

Tal es, en estos momentos, el telón de fondo de mi actividad biográfica. Una vez más me he creído, frente al lector, en la obligación de evocarlo. Refiriéndome al telón de fondo, no de mi actividad, sino de los últimos hechos aquí narrados, empleé, al principio de este capítulo, la expresión «en manos del extranjero». En aquellos días de total desplome y de capitulación hube de pensar a menudo que «era espantoso caer en manos del extranjero». Hube de pensarlo porque, a despecho de cierto barniz universalista debido a mis orígenes católicos, soy alemán y tengo viva la conciencia de mis características nacionales, de la personalidad de mi país, de la refracción de lo humano que él mantiene en oposición a otras refracciones no menos legítimas y para cuyo mantenimiento es adecuada la protección de un Estado vigoroso. A todo esto podríamos dar el nombre de Idea alemana. Lo que la moderna derrota militar decisiva tiene de espantoso es que significa el aplastamiento de esta idea, su contradicción física por una ideología extraña, expresada sobre todo en otra lengua, y que precisamente por ser extraña nada puede aportar de bueno al país derrotado. Los franceses hicieron la amarga experiencia de lo que digo cuando, terminada la guerra anterior con su derrota, trataron de dulcificar las condiciones del vencedor poniendo de relieve la gran gloria que representaba para las tropas alemanas el poder desfilar victoriosas en París. Un gran hombre de estado alemán contestó que nuestro vocabulario no conocía la palabra *gloria* ni ninguna equivalente. Estas palabras fueron comentadas con sordina en la Cámara francesa. Con espanto se preguntaban aquellos hombres lo que podía significar el encontrarse colocado a la merced de un adversario desprovisto de la noción de la gloria....

Muchas veces pensé en ello cuando la virtuosa jerga puritano-jacobina, explotada durante tantos años por los propagandistas de la «entente», se convirtió en el lenguaje efectivo de la victoria. Me di cuenta de que es muy corta la distancia que media entre la capitulación y la abdicación, el ruego al enemigo de que tenga la bondad de gobernar el país vencido a su gusto y según su idea. A tales tentaciones había estado expuesta Francia 48 años antes y lo mismo nos ocurrió a nosotros 48 años después. Pero el vencedor no acepta la abdicación. Se espera del vencido que salga como pueda, y por sus propias fuerzas, del atolladero. La intervención del extranjero sólo se producirá para impedir que la revolución, fenómeno que inevitablemente se produce en el vacío dejado por la desaparición del antiguo régimen, ponga en peligro, con sus excesos, el orden social. Así, en 1918, el mantenimiento del bloqueo, una vez que los alemanes depusieron las armas, sirvió para mantener la revolución alemana dentro de los límites de una subversión democrática y burguesa e impedir que degenerara el movimiento proletario-soviético. El victorioso imperialismo burgués no se cansaba de agitar el espantajo de la «anarquía» y, con la más firme decisión, rechazaba todo contacto con los consejos de obreros y soldados u otros organismos análogos. Declaraba abiertamente que sólo firmaría la paz con una Alemania *estable y correcta* y que sólo a una Alemania así se le daría de comer. El gobierno de que entonces disponíamos siguió esas paternales indicaciones, se declaró partidario de una Asamblea Nacional y enemigo de la dictadura del proletariado y rechazó de los soviets todas las ofertas, aunque fueran de cereales. Añadiré, si se me permite, que no a mi entera satisfacción. Hombre moderado, hijo de mis estudios, el radicalismo revolucionario y la dictadura de la clase inferior me inspiran natural aversión y sólo los concibo, en virtud de la educación recibida, como un régimen de la plebe, anárquico y destructor de la cultura. Pero cuando se hace presente a mi espíritu el recuerdo de la grotesca visita que los dos salvadores de la civilización europea, agentes asalariados del gran capital, el alemán y el italiano, hicieron a la Galeria degli Uffizi de Florencia, donde ni el uno ni el otro tenían verdaderamente nada que hacer, cuando pienso que en aquella ocasión ambos estuvieron de acuerdo para reconocer que sólo su providencial exaltación al poder había evitado la destrucción por el bolcheviquismo de aquellos «magníficos tesoros», esta evocación me basta para rectificar mi punto de vista sobre el régimen de la plebe, para que, a mis ojos de ciudadano alemán, la comparación, ahora posible con la dictadura de la *chusma* y de la *escoria*, convierta en régimen ideal la dictadura del populacho. Que yo sepa, el bolcheviquismo no ha destruido nunca obras de arte. Este honor queda reservado a los que del bolcheviquismo pretendieron salvarnos. Poco le ha faltado para que a su afán destructor de las obras del espíritu –sentimiento completamente ajeno al llamado gobierno de la plebe– no sucumbieran también las obras del protagonista de esta biografía. Su victoria, el poder histórico de organizar el mundo según su abominable capricho, hubiesen dado al traste con la inmortalidad de Adrian Leverkühn y de su obra.

Hace veintiséis años, la repugnancia que me inspiraron las elucubraciones y los trémolos en que virtuosamente se complacían los burgueses y los «hijos de la revolución» fue, en mi corazón, más fuerte que el temor al desorden, y me hizo desear lo que no todo el mundo deseaba, a saber, el acercamiento de mi país vencido a su compañero de infortunio –a Rusia–, dispuesto a aceptar, y a aprobar, las transformaciones sociales que habrían de resultar de semejante colaboración. La revolución rusa me impresionó y la superioridad histórica de sus principios sobre los de las potencias que nos tenían puesto el dogal al cuello me parecía fuera de toda duda.

Desde entonces acá la historia me ha enseñado a ver con otros ojos a nuestros vencedores de ayer, que serán también, unidos a la revolución oriental, nuestros vencedores de mañana. Cierto que algunos elementos de la burguesía democrática parecían y parecen hoy estar maduros para lo que yo he llamado la dictadura de la chusma y de la escoria, dispuestos a pactar con ella para seguir conservando sus privilegios. Así y todo, la democracia burguesa ha tenido jefes que, como yo, humilde adepto del humanismo, han visto en esa dictadura la máxima afrenta que podía hacerse a la humanidad y han sido capaces de levantar a sus pueblos contra ella en una lucha de vida o muerte. Nunca será nuestra gratitud hacia esos hombres lo bastante grande. Su acción demuestra que, a despecho de haber sido muchas de sus instituciones superadas por el tiempo, a pesar de la rigidez con que su concepción de la libertad se opone a lo nuevo y a lo necesario, la democracia de los países occidentales, esencialmente situada en la línea del progreso humano y del perfeccionamiento social, es capaz, por su propia naturaleza, de renovarse, de rejuvenecerse, de adaptarse a una mayor justicia social.

Quede anotado al margen cuanto antecede. Dentro del marco de mi biografía he de recordar la disolución del estado monárquico-militar que durante tan largo tiempo había dado forma a nuestra vida política y al cual nos habíamos acostumbrado; la disolución de este estado, digo, ya muy avanzada, a medida que se iba acercando el descalabro se convirtió en derrumbamiento total, en abdicación, cuando sonó la hora de la derrota. Se prolongaron las estrecheces de la existencia, se desvalorizó progresivamente la moneda y, desaparecido el estado tradicionalmente mantenedor de la disciplina, surgieron grupos locuaces de súbditos sin rey, de ciudadanos libres que poco habían hecho para merecer serlo, sumidos en disolventes discusiones y perdidos en los meandros de la libre especulación. El espectáculo distaba mucho de ser reconfortante y la palabra «penosa» es la única que puede definir exactamente la impresión dejada en mi ánimo por ciertas reuniones de los Consejos de Obreros Intelectuales, entonces muy de moda, a las que me fue dado asistir, como espectador y observador pasivo, en los salones de tal o cual hotel de Munich. Quisiera ser un novelista para contar aquí una de aquellas sesiones, evocar, por ejemplo, el discurso, no desprovisto de gracia, que le oí pronunciar un día a un refinado escritor, muy satisfecho, según todas las apariencias, de su nuevo oficio de orador, sobre el tema *Revolución y amor a la humanidad*, discurso seguido de una discusión libre, demasiado libre, confusa y difusa, en la que tomaron parte una serie de tipos estrafalarios, surgidos por un instante de la nada, bufones, maniáticos, espectros, perturbadores mal intencionados, filósofos de buhardilla. ¿Cómo describir plásticamente aquella absurda sesión del Consejo de Obreros Intelectuales, cuyo recuerdo me atormenta todavía? Allí se pronunciaron discursos en pro y en contra del amor a la humanidad, en pro y en contra de los oficiales del ejército, en pro y en contra del pueblo. Una niña de corta edad recitó una poesía; se pasaron las mayores penas del mundo para convencer a un soldado de que renunciara a continuar leyendo un discurso, que empezado con la suave fórmula: «¡Queridos ciudadanos y ciudadanas!», amenazaba con durar toda la noche. No faltó un orador para calificar de necios todos los discursos de los demás oradores, y así sucesivamente. Del público partían continuas interrupciones. Su conducta era turbulenta, infantil y soez; la presidencia era incompetente, el aire irrespirable y el resultado fue menos que nulo. Uno miraba alrededor y se preguntaba si era posible que los demás no sufrieran como uno mismo, para acabar finalmente en la calle, contento de encontrarse otra vez al aire libre. Los tranvías no circulaban ya y de vez en cuando, es de suponer que sin motivo alguno, un disparo rasgaba el nocturno silencio.

Leverkühn, a quien di cuenta de estas impresiones, estaba entonces muy enfermo. Sufría los más deprimentes dolores, como si le atormentaran la carne con unas tenazas enrojecidas al fuego. No había que temer por su vida, pero su estado de abatimiento era tal, y tan grande el decaimiento de sus fuerzas, que vivía, si así puede decirse, de un día para otro. Había contraído una afección del estómago, contra la cual resultaban impotentes los regímenes dietéticos más rigurosos, acompañada de agudos dolores de cabeza, que se prolongaban durante varios días y reaparecían a cortos intervalos, y de arrebatos de náuseas, muchas veces en ayunas, que asimismo duraban horas y días enteros. Entre estas crisis, apenas si Adrian podía resistir la luz. Su estado, en conjunto, era verdaderamente calamitoso. Se sentía humillado y disminuido. No había ni que pensar en que las causas del mal fueran de orden psicológico: las torturadoras experiencias de aquellos días y semanas, la derrota y las tristes circunstancias de que iba acompañada. En su aislamiento monacal, lejos de la ciudad, estas cosas apenas si le afectaban personalmente, aun cuando estuviese al corriente de lo que ocurría, no por los periódicos, que no tenía costumbre de leer, sino por Else Schweigestill, siempre ecuánime y muy atenta a su cuidado. Los acontecimientos, previstos ya desde hacía tiempo como inevitables por cuantos no llevaban los ojos vendados, apenas si le arrancaron un encogimiento de hombros. Mis esfuerzos por descubrir si algo bueno no podría sacarse de la desgracia, sólo sirvieron para traer a su memoria el recuerdo de mis elucubraciones al estallar la guerra. Otra vez resonaron en mis oídos sus increíblemente frías palabras: «Dios bendiga vuestros estudios».

Pero así y todo... Cierto que no era posible establecer una relación afectiva entre su estado patológico y las desdichas de la patria, pero nadie ni nada podía privarme a mí de imaginar entre ambas cosas una solidaridad objetiva, un paralelo simbólico, sugerido, si se quiere, por la simultaneidad. Claro está que este pensamiento lo guardaba para mí y que me guardé muy bien de aludir a él, ni de lejos, en presencia del interesado.

Adrian no quiso llamar al médico. Su enfermedad no le parecía ninguna cosa extraña. La consideraba como una extrema agravación de sus jaquecas y nada más. Pero la señora Schweigestill no cejó hasta que fue autorizada a ir en busca del doctor Kürbis, médico titular de Waldshut, el mismo que asistió al parto clandestino de la señorita de Bayreuth. El buen señor no quiso oír hablar de jaqueca. Los dolores de cabeza, demasiado frecuentes y violentos, que Adrian sufría no eran ataques de jaqueca. La jaqueca es siempre hemicéfala y los dolores de Adrian afectaban el conjunto de la región óptica y frontal. El doctor los consideró como un síntoma secundario y diagnosticó en principio una úlcera del estómago. Anunció al paciente la posible necesidad de proceder a una sangría (sin que llegara a practicarla) y, mientras tanto, recetó una solución de nitrato de plata para uso interno, que no dio resultado, y obligó al doctor a recetar, en su lugar, dos fuertes dosis diarias de quinina, con mejor efecto y transitoria mejoría del enfermo. En intervalos de quince días se repetían, de todos modos, las crisis y se prolongaban durante dos días enteros, en vista de lo cual el doctor Kürbis rectificó su diagnóstico primitivo y creyó poder asegurar que Adrian sufría de una inflamación estomacal crónica, acompañada de una importante dilatación de la mitad derecha del estómago y de estancamientos de sangre que perturbaban la normal irrigación sanguínea de la cabeza. Recetó entonces sales de Karlsbad y una dieta de muy reducido volumen, compuesta casi exclusivamente de carnes tiernas –gallina, paloma, ternera–, con exclusión de líquidos, sopas, verduras, sustancias farináceas y pan. De este modo se proponía igualmente combatir la gran acidez de que sufría Adrian y que el médico atribuía, por lo menos en parte, a causas nerviosas. Así entraba por primera vez el cerebro en las especulaciones diagnósticas del doctor Kürbis, y cuando, más tarde, pudo considerarse curada la dilatación del estómago sin que desaparecieran por ello ni las náuseas ni los dolores de cabeza, se inclinó el doctor, cada vez más, a situar en el cerebro las causas de la dolencia. La repugnancia que la luz inspiraba al enfermo venía a confirmar las suposiciones del facultativo. Incluso levantado de la cama, pasaba horas y horas seguidas en la oscuridad de su dormitorio. Una mañana de sol bastaba para provocar un estado de extrema fatiga nerviosa, que sólo encontraba alivio en las tinieblas. Yo mismo he pasado largos ratos hablando con él en la sala del abad, sumidos los dos en una oscuridad que apenas permitía distinguir los objetos y el blanco de las paredes.

El doctor había ordenado, por aquel entonces, compresas de hielo y duchas frías locales, en la cabeza, por la mañana. Estos paliativos –ya que no podía hablarse de remedios– resultaron los más eficaces. Pero la enfermedad persistía. De un modo intermitente se repetían los ataques que el enfermo soportaba con firmeza. Se quejaba, en cambio, de los dolores permanentes, del peso que continuamente llevaba en la cabeza y sobre los ojos, de la sensación paralizadora, difícil de describir, que le invadía todo el cuerpo y que parecía afectar, incluso, los órganos del lenguaje. Consciente o inconscientemente, su modo de hablar se hacía gangoso, los labios parecían despegarse con dificultad, la articulación resultaba imprecisa. No creo que prestara gran atención a este detalle. En todo caso, seguía hablando como si tal cosa y tuve a veces incluso la sensación de que explotaba intencionadamente la dificultad para referirse a ciertas cosas en una forma semi-confusa, y como en sueño, que le parecía la más adecuada. Así me habló de la pequeña sirena del cuento de Andersen —una de sus figuras preferidas— y de la espantosa guarida de la bruja de los mares, en el bosque de los pólipos, donde la nostálgica criatura se había aventurado para conseguir transformar su cola de pez en piernas humanas y obtener, como los hombres, un alma inmortal, gracias al amor del Príncipe de los Ojos Negros (los ojos de la sirena eran azules, «de un azul tan profundo como el más profundo azul del mar»). La hermosa muda se había resignado a soportar, a cada paso que diera con sus humanas piernas, «dolores agudos como los que causa la hoja de un cuchillo», y Adrian, comparando estos dolores con los que él había de aguantar continuamente, daba a la sirena el nombre de hermana, no sin dejar de criticar, como si se tratara, en efecto, de una persona de carne y hueso, su comportamiento, su caprichosa obstinación, su nostalgia sentimental del mundo humano.

—Empezó la cosa —dijo Adrian— con el culto a la estatua de mármol caída en el fondo del mar, reproducción de un adolescente que ejerce sobre ella indebida fascinación. Su abuela hubiese debido quitarle aquel juguete, en lugar de permitirle que plantara en la arena azul, junto a la estatua, un sauce llorón de color de rosa. Se le permitieron, demasiado pronto, excesivas libertades y no hubo modo después de frenar sus impulsos hacia las bellezas, histéricamente exageradas, del mundo exterior, hacia la posesión de un «alma inmortal». Me pregunto por qué y para qué quería un alma inmortal. El deseo no puede ser más absurdo. Es mucho más tranquilizador saber que después de muerto se convierte uno en espuma de mar, como es el caso con las sirenas. Muy distinto hubiese sido el comportamiento de una ondina digna de este nombre con el príncipe botarate que no supo apreciarla y, ante sus ojos, se casó con otra. Lo hubiese llevado a la escalinata de mármol de su palacio y ahogado tiernamente después de empujarlo al agua con suavidad. En lugar de proceder así, cuerdamente, la sirena liga su destino a la tontería del príncipe, sin pensar que su cola de pez ofrecía al amor un encanto mucho más vivo y original que el de unas miserables piernas humanas.

Y con una objetividad que sólo podía ser fingida, pero con el ceño fruncido y los labios perezosos, haciéndose comprender a medias, habló de la superioridad estética del contorno sirénico comparado con la horcajada estructura humana y describió la lineal elegancia con que las caderas del cuerpo femenino parecen predestinadas a resolverse en las brillantes y lisas escamas de la robusta, flexible y timonera cola sirenal. Niego que haya aquí, decía Adrian, nada de monstruoso, como en tantas otras combinaciones mitológicas de lo humano y lo animal. Ni siquiera podía hablarse, pretendía, de ficción mitológica. La hembra marina tiene una realidad orgánica completa y convincente. Su belleza es grande y su forma necesaria, como fuerza es reconocerlo ante el estado lamentable, disminuido, digno de compasión, de la pequeña sirena marchando torpemente sobre sus piernas. La sirena es una forma natural que la naturaleza nos debe, si en efecto nos la debe, cosa que él pone en duda porque... etcétera, etcétera.

Le oigo todavía musitar, más que decir, estas y otras cosas así, con un sombrío buen humor al que yo correspondía del mismo modo, algo asustado, como de costumbre, pero maravillado también de su capacidad para sustraerse al sufrimiento que, evidentemente, le oprimía. Esta capacidad hizo que aprobara la decisión de Adrian al negarse a llamar otro médico a consulta, como el doctor Kürbis, por conciencia profesional, se estimó obligado a proponer. En primer lugar, dijo, tenía plena confianza en Kürbis, y estaba, además, plenamente convencido de que acabaría por dominar el mal con sus propias fuerzas naturales. Así lo creía yo también. Con gusto le hubiese visto, en cambio, trasladarse por algún tiempo a un balneario —otra propuesta del doctor que, como puede suponerse, fue igualmente rechazada. Demasiado bien se encontraba Adrian en el marco elegido, la casa, el patio, el campanario, la colina y el estanque, en su cuarto de trabajo y en su sillón de terciopelo, para pensar siquiera en cambiarlos durante un mes por la vida bulliciosa de un balneario, con su mesa redonda, sus alamedas y sus conciertos al aire libre. No quería, sobre todo, ofender en modo alguno a la señora Schweigestill, tan comprensiva siempre, y sería sin duda una ofensa para ella abandonar su casa para ir a refugiarse y a cuidarse en otra cualquiera. Tenía la seguridad de que en ninguna estaría mejor atendido que aquí, al lado de la «madre», que ahora, según el nuevo plan, le traía de comer cada cuatro horas: a las ocho de la mañana, un huevo, cacao y pan tostado; a mediodía un pequeño bistec o una chuletita de ternera; a las cuatro de la tarde sopa, carne y un poco de verdura; a las ocho, fiambres y una taza de té. Este régimen suprimía las digestiones laboriosas y le sentaba muy bien.

Meta Nackedey y Kunigunde Rosenstiel se dejaban ver a menudo en Pfeiffering, aunque no al mismo tiempo. Llegaban cargadas de flores, confituras, pastillas de menta y cuanto podían pescar, aquí o alla, en aquellos tiempos de escasez. No siempre conseguían ver a Adrian; las más de las veces tenían que marcharse sin lograrlo, pero ni la una ni la otra se molestaban por ello en lo más mínimo. Kunigunde se resarcía con el envío de cartas redactadas en perfecto alemán. A Meta Nackedey no le quedaba este consuelo.

Me causaban también placer las visitas de Rüdiger Schildknapp a Adrian. La presencia del hombre con ojos de color idéntico a los suyos le calmaba y le animaba al mismo tiempo. ¡Ojalá hubiese podido gozar de ella más a menudo!

Pero la enfermedad de Adrian era uno de esos casos graves que paralizaban casi por completo los deseos de complacer de Schildknapp. No le faltaban las excusas para racionalizar esa curiosa disposición de espíritu que consistía, como ya hemos visto, en dejarse ver tanto menos cuanto más se le necesitaba. El tener que ganarse la vida con sus trabajos literarios, las malditas traducciones, le absorbía una gran cantidad de horas y le dejaban poco tiempo libre. Su salud andaba, por otra parte, peor que nunca, a causa de la mala y escasa comida. Los catarros intestinales eran cada vez más frecuentes y cuando iba a Pfeiffering –lo que ocurría, de todos modos, de vez en cuando– solía presentarse con la barriga aprisionada en una faja de franela, cuando no en una compresa húmeda, lo que le daba pretexto para reírse abundantemente de sí mismo, mientras Adrian se divertía tanto o más que él. Con nadie gustaba tanto Adrian de tomar a chacota los achaques y sufrimientos del cuerpo.

También la senadora Rodde, como puede suponerse, salía de cuando en cuando de su muy amueblado retiro para ir a preguntarle a la señora Schweigestill cómo seguía Adrian, a menos, claro, que éste la recibiera. En este caso, o cuando ambos se encontraban en pleno campo, la señora Rodde le daba noticias de sus hijas, cuidando de ocultar, al reírse, el mal estado de su dentadura. Clarissa, decía, estaba cada día más enamorada de su arte y no se dejaba aturdir ni por una cierta frialdad del público ni por las malicias de la crítica ni por las impertinencias de tal o cual director de escena. Su contrato inicial en Celle había terminado, sin que el segundo fuera mucho más brillante. Trabajaba actualmente como dama joven en Elbing, ciudad apartada de la Prusia Oriental, pero esperaba poder trasladarse pronto a Pforzheim, en el oeste de Alemania, y de allí a uno de los buenos teatros de la región, a Karlsruhe o a Stuttgart. Lo que importa, en esta carrera, es salir de las pequeñas ciudades de provincia, y Clarissa tenía la firme esperanza de conseguirlo. De sus cartas, de las que escribía a su hermana sobre todo, se desprendía que, hasta ahora, los éxitos de Clarissa habían sido, sobre todo, no de carácter artístico sino de índole personal, es decir, erótica. Muchas eran las proposiciones que recibía, y el trabajo de rechazarlas, con toda la altanería de que era capaz, absorbía parte de sus energías. Le había contado a Inés, ya que no directamente a su madre, que el propietario de unos grandes almacenes, hombre ya viejo y de blanca barba, pero bien conservado, le había propuesto ser su amante, amueblarle un departamento, regalarle un automóvil, vestirla en los mejores salones de costura y de modas, todo lo cual hubiese sin duda influido sobre la opinión de los críticos y los modales de los directores de escena. Pero Clarissa tenía demasiado pundonor para fundar su vida sobre tales bases. Le importaba su personalidad mucho más que su persona. Le dio calabazas al tendero y se marchó a Elbing para seguir allí luchando.

De su hija Inés, casada con el profesor Institoris, hablaba la senadora mucho menos. Su vida no iba acompañada de la misma agitación ni de los mismos riesgos; era en apariencia más normal, más segura, y la señora Rodde deseaba —era evidente— fiarse a las apariencias, imaginar que la vida de su hija era feliz, para lo cual hacía falta, por cierto, una copiosa dosis de bondadosa superficialidad. Habían venido al mundo, por aquel entonces, las dos gemelas, y la señora Rodde, con discreta emoción, hablaba de sus tres nietas, verdaderas monadas, blancas como la nieve, que de vez en cuando iba a ver en su sala de juego. Con maternal orgullo y gran insistencia elogiaba a su hija mayor por la indomable energía que desplegaba, a pesar de las circunstancias desfavorables, para mantener el perfecto decoro de su hogar. Imposible discernir si su ignorancia de lo que era comidilla general, de las relaciones de Inés con Schwerdtfeger, era real o fingida. Adrian, ya al corriente de la cosa, como el lector sabe, por mi mediación, recibió un día las confesiones del propio Rudolf: ¡singular ocurrencia!

El afable violinista había mostrado el mayor interés durante la fase aguda de la enfermedad de Adrian. Se dijera que aprovechaba la ocasión para poner de manifiesto, con todos los recursos de una simpatía personal innegable y de una asiduidad a prueba de desaires, el gran valor que atribuía a cualquier inclinación afectuosa o benévola que Adrian pudiese sentir por él; que se proponía sacar partido del estado de impotencia en que le colocaba la enfermedad para vencer el desdén, la frialdad, la irónica indiferencia de Adrian, cosas que ofendían su vanidad, o que simplemente le molestaban, o que herían, quizá, sentimientos íntimos y sinceros. Trate cada cual de descubrir el verdadero estado de ánimo de Rudolf... Cuando se habla de su afición al coqueteo –y no hay más remedio que hablar de ella– se corre siempre el peligro de ir demasiado lejos. Pero tampoco debe uno, al juzgarla, quedarse corto, y por mi parte no ocultaré que en el carácter, en las maneras, en los mismos destellos de su mirada azul, descubrí siempre un elemento diabólico, ingenua e infantilmente diabólico.

Grande fue, pues, como ya he dicho, el interés de Schwerdtfeger durante la enfermedad de Adrian. Preguntaba con frecuencia a la señora Schweigestill por teléfono y se ofrecía a venir, si sólo su visita podía ser agradable o servir de distracción. Cuando se inició la mejoría del enfermo, pudo Rudolf por fin hacerle una visita, y, dando las mayores muestras de alegría, apenas hubo estrechado la mano de Adrian empezó a tutearle, cosa a la que el interpelado, como de costumbre, se guardó muy bien de corresponder. Sólo un par de veces, y como a modo de ensayo, empleó su nombre de pila –Rudolf, en lugar del diminutivo Rudi–, pero al poco rato retiró también esta concesión. Esto no le privó de felicitar calurosamente al violinista por sus recientes éxitos. Schwerdtfeger había dado un recital en Nuremberg y su magnífica interpretación de la

Partita en mi menor de Bach (para violín solo) le valió el aplauso entusiasta del público y de la crítica. Una aparición como solista en uno de los conciertos del Teatro Odeón, organizados por la Academia de Música, le procuró un nuevo triunfo gracias a su delicada, melodiosa y técnicamente perfecta ejecución del concierto de Tartini. Su tono era de poco volumen, pero se le excusaba de buena gana esta insuficiencia en gracia a su musicalidad y a su personal estilo. A pesar de su juventud —más joven aún en apariencia que en realidad, y más joven de aspecto ahora que cuando le conocí— su próximo ascenso a primer violín concertino de la orquesta Zapfenstösser era cosa segura.

Ciertas circunstancias de su vida privada le preocupaban sin embargo, y muy particularmente sus relaciones con Inés Institoris, de las que dio cuenta a Adrian confidencialmente, estimulado quizás en sus confidencias por la penumbra en que estaba sumida la sala del abad durante la conversación. Era un claro día de enero y la luz azul reverberaba en la blancura de la nieve. Apenas hubo dado la bienvenida a Schwerdtfeger en el patio, Adrian, presa de violentos dolores, pidió a su visitante que compartiera con él la benéfica oscuridad. Ningún reparo opuso a ello Rudolf, naturalmente. Se sentó en el gran sillón frailuno, junto a la mesa, mientras Adrian, confundiéndose en repetidas excusas, se reclinaba en el suyo. Nada más grato que las tinieblas, dijo Rudolf, si en ellas encontraba alivio Adrian, como parecía natural que hubiese de encontrarlo. Conversaron casi en voz baja, en atención al estado de Adrian y, también, porque la oscuridad induce a bajar involuntariamente la voz, incluso a callarse. Era esto último cosa que Schwerdtfeger hubiese considerado de mala educación. Siguió pues hablando imperturbable, pasando de un asunto a otro cuando la conversación daba signos de decaimiento, sin preocuparse gran cosa de las reacciones del intelocutor, imperceptibles por otra parte en aquella casi negra noche artificial. Se aludió a la situación política, tan llena de peligros, a los combates callejeros de Berlín, y se vino a hablar después de música moderna. Rudolf silbó, con suma limpieza, fragmentos de *Noches en los jardines de España* de Manuel de Falla y de la *Sonata* para flauta, violín y arpa de Debussy, la *bourrée* de *Penas de amor perdidas* y el tema cómico del perro llorón en el episodio de la «pecaminosa lujuria» de la ópera para títeres —todo ello sin poder darse cuenta exacta de cómo tomaba Adrian aquel concierto improvisado—. Por fin declaró Schwerdtfeger, con un suspiro, que sus ganas de silbar eran en realidad muy pocas y muy grandes, en cambio, sus preocupaciones. Llevaba un peso en el corazón, y si no un peso, por lo menos una sensación de desgano, de impaciencia, de enojo, de irritabilidad; un peso, en suma. ¿La causa? No era cosa tan fácil de explicar, ni era quizá correcto hablar de ello, a menos de confiarse a un amigo, única excusa para romper el silencio que un caballero debe guardar sobre los asuntos en que van comprometidas mujeres. Discreto sabía serlo; no era hombre chismoso como muchos creen. Pero tampoco era un mero caballerete galanteador, un hombre de mundo superficial, y los que por tal le tenían se equivocaban de medio a medio. Era un hombre y un artista y la discreción convencional le importaba un comino, sobre todo hablando con alguien que debía estar al corriente de la cosa como todo el mundo. En pocas palabras, se trataba de Inés Rodde, o más exactamente de Inés Institoris y de sus relaciones con ella, de las cuales él no tenía la culpa. «Créame... créalo usted, Adrian, no soy yo quien tiene la culpa de lo que ocurre. No fui yo quien la sedujo, sino ella a mí. Los cuernos del pequeño Institoris, si me es lícito servirme de esta vulgar expresión, son su obra exclusiva, no la mía. ¿Qué se puede hacer cuando una mujer se agarra a uno, como un náufrago a una tabla de salvación, y quiere ser su amante a toda costa? ¿Huir en mangas de camisa? ¡Imposible! Entran

en juego deberes de galante caballerosidad que uno no rehú-
ye, sobre todo si la mujer vale, aun cuando en este caso se
trate de una belleza algo lúgubre y atormentada.» Pero no le
eran tampoco a él desconocidos ni la melancolía ni el sufrimiento. Era un artista que conocía la lucha y la angustia,
no un mequetrefe, ni un niño mimado, ni nada de lo que las
gentes suponían. Inés piensa de él las cosas más absurdas, y
por añadidura falsas. Esto da a sus relaciones un carácter equívoco, como si no fueran ya bastante equívocas de por sí, llenas de situaciones absurdas, de precauciones constantes y continuos disimulos. Inés lo soporta todo con mayor facilidad
porque está apasionadamente enamorada. No tenía inconveniente en decirlo, precisamente porque aquella pasión se nutría
de falsos supuestos. Su posición, la de Rudolf, era menos favorable, porque no sentía amor ninguno por Inés: «Confieso
francamente que nunca la he querido. Mis sentimientos eran
de fraternal camaradería y nada más. Si me avine a fingir otros,
y nuestras relaciones, que lo son todo para ella, se prolongan
ahora absurdamente, fue por pura caballerosidad». Algo más
había de añadir: Una relación a la que la mujer aporta una
pasión desenfrenada y el hombre el mero cumplimiento de
su deber de caballero es una relación que deprime y degra-
da. Se invierten en ella las normas de posesión y conduce a
una desagradable preponderancia de la mujer en el amor. Así
ocurre que Inés le trata como es normal que el hombre trate a la mujer; esto aparte sus explosiones de celos, enfermi-
zas, violentas y completamente injustificadas, su apetito de
posesión exclusiva. Celos injustos, lo repetía, porque sus relaciones con Inés le bastaban; más aún, le *sobraban*. Estaba harto de sus abrazos y su invisible intelocutor no podía figurarse hasta qué punto era para él un bálsamo la proximidad
de un hombre eminente que estimaba la conversación y el
intercambio de ideas con él. La mayoría de las gentes le juzgaba mal: prefería una conversación así, sería, grave, fructí-

fera, a todas las mujeres del mundo. Una rigurosa introspección le había llevado al convencimiento de que era una naturaleza platónica.

Y de pronto, para ilustrar lo que decía, empezó Rudi a hablar del concierto para violín que Adrian debiera escribir para corresponder a sus más ardientes deseos. Una obra ajustada a sus facultades y, de ser ello posible, con derecho exclusivo de interpretación. ¡Ese era el sueño de su vida! «Tengo necesidad de usted. Adrian, para progresar, para mejorar, para elevarme y completarme, para acabar con las cosas que corrompen mi existencia. Le doy mi palabra de que es así, de que nunca fui tan sincero. El concierto que le pido es la expresión simbólica de mi estado de espíritu. Su obra sería maravillosa, estoy seguro, superior a las de Delius y Prokofieff, con un primer tema cantable de insuperable sencillez en el tiempo principal, repetido después de la cadencia. En todo concierto para violín el mejor momento es siempre éste: cuando, después de las habilidades acrobáticas del solista, reaparece el primer tema. Pero no tiene usted por qué ajustarse al patrón corriente. Puede usted prescindir de la cadencia. En resumidas cuentas la cadencia es una trenza positiva. Puede usted dar al traste con todas las reglas convencionales, incluso con la división en tiempos. No hace ninguna falta. El *Allegro molto* podría perfectamente situarse en el centro de la obra, un verdadero trino diabólico en el que jugaría con el ritmo como usted sólo sabe hacerlo, y el *Adagio* vendría al final, para apaciguar los espíritus. Puede ser la obra menos convencional del mundo y así y todo estoy seguro de tocarla en forma que al público se le caiga la baba. Me la apropiaría, a fuerza de ensayos, hasta ser capaz de ejecutarla dormido. Sabría tratar y cuidar cada nota como una madre a sus hijos. En verdad, yo sería la madre de la obra como usted su padre, y el concierto sería como nuestro hijo, un hijo platónico, el logro y cumplimiento de lo platónico tal como yo lo concibo.»

Así habló Schwerdtfeger en aquella ocasión. Muchas veces, en el curso de mi relato, he hablado en su favor, y también hoy, al pasar revista de los hechos que acabo de relatar, me siento benévolamente dispuesto, sobre todo cuando pienso en el trágico fin de su vida. Pero el lector comprende seguramente ahora mejor ciertas expresiones —«ingenuidad traviesa», «infantilmente diabólico»— de que me he servido para caracterizarle. Puesto yo en el lugar de Adrian —cosa, por otra parte, desprovista de sentido— no le hubiese aguantado a Rudolf muchas de las cosas que dijo. Hubo allí abuso manifiesto de la oscuridad. No sólo, en repetidas ocasiones, se refirió con excesiva franqueza a sus relaciones con Inés. Fue también demasiado franco —de una franqueza maliciosa y condenable— en otro sentido. Se rindió a la seducción de las tinieblas, a menos que no sea más justo hablar de un audaz y desvergonzado ataque de la franqueza contra la soledad.

No merecen otro nombre, en realidad, las relaciones entre Rudi Schwerdtfeger y Adrian Leverkühn. El ataque persistió durante años enteros y no es dudoso que obtuvo, al fin, ciertos melancólicos resultados. La soledad no pudo resistir a la obstinación del asalto, y así corrió el asaltante a su pérdida.

XXXIV

No sólo con los dolorosos cuchillazos de la «pequeña sirena» había comparado Adrian sus sufrimientos en los peores tiempos de su enfermedad: empleó también, en conversación conmigo, otra imagen de penetrante exactitud, que no pude dejar de recordar cuando, pocos meses después, por la primavera de 1919, desaparecieron como por encanto sus males físicos y su espíritu, cual el del Fénix, se elevó a la máxima libertad y a la más sorprendente fuerza de incesante, punto menos que desenfrenada impetuosa y tumultuosa creación, con lo cual la imagen a que me refiero me reveló, precisamente, que entre ambos estados, el de depresión y el de exaltación, no existía una oposición íntima caracterizada, no eran tampoco independientes el uno del otro, sino que el segundo se había preparado en el seno del primero, del cual era, en cierto modo, parte integrante, así como en sentido contrario, el período de salud y de fertilidad no era signo de bienestar sino al contrario, de perturbación, de dolorosa actividad, de ahogo... ¡Qué mal escribo, Señor! Las ganas de decirlo todo de una vez hacen que mis frases se derramen, se aparten del pensamiento que se proponían expresar y, extraviándose en divagaciones, acaben por perderlo de vista. Tengo la obligación de anticiparme a las críticas del lector. Esos atropellamientos de ideas, esa divagación de mis pensamientos vienen, sin duda, de la excitación que provoca en mi ánimo el mero recuerdo del período en que se sitúa la fase actual de mi relato, de los meses que siguieron al desplome del estado alemán autoritario, época de confusos debates que no podían dejar de aportar también elementos de confusión a mi espíritu, lanzando al asalto de mi sosegada filosofía una serie de novedades nada fáciles de asimilar. El sentimiento de que estábamos llegando a la conclusión de una época que comprendía no sólo el siglo XIX sino también los siglos anteriores hasta el fin de la Edad Media, es decir, que arrancaba del momento en que, rotas las disciplinas escolásticas, nace la libertad y se emancipa el individuo, una época, pues, que yo había de considerar como la mía en un amplio sentido, puesto que era la época del humanismo burgués; el sentimiento, digo, de que su hora había llegado, de que la vida iba a transformarse y el mundo a vivir bajo el signo de una nueva constelación, todavía sin nombre; ese sentimiento, y el estado de desvelo que era su natural consecuencia, se apoderaron de mí, no al final de la guerra, sino desde sus comienzos, catorce años después de empezar el siglo. Así se explica el trastorno, la emoción de catástrofe que entonces sufrieron los hombres de mi formación y que la derrota por fuerza tenía que agudizar aún. Nada hay en esto de maravilloso, y no lo es tampoco que en un país vencido como Alemania aquel sentimiento fuera mucho más vivo que entre los pueblos vencedores, inclinados, en virtud de su misma victoria, a cierto conservadurismo. Eran incapaces de concebir la guerra como nosotros la concebíamos, como una profunda ruptura y el albor de un nuevo período histórico. Veían en ella una perturbación, felizmente acabada, después de la cual, la vida, un momento descarriada, volvería a sus antiguos carriles. Su estado de espíritu me daba envidia. Me daba envidia, sobre todo, Francia, cuya victoria, por lo menos aparentemente, había venido a confirmar y a justificar su concepción burguesa de la existencia, a reforzar la solidez de su armazón clásico y racionalista. Cierto que entonces me hubiese encontrado yo mejor del otro lado del Rin que en mi propio país, donde, como ya he dicho, abundaban las novedades, desconcertantes unas, alarmantes otras, pero que uno no podía ignorar. Por mi parte, un escrúpulo de conciencia me inducía a enfrentarme con ellas, y recuerdo, a este respecto, las veladas de Sixtus Kridwiss, personaje que conocí en el salón de los Schlaginhausen. En su departamento de Schwabing unos cuantos conocidos suyos tenían por costumbre reunirse para discutir confusamente de todo lo divino y humano. Asistía yo a aquellos debates, de los que hablaré pronto con mayor detalle, por puro escrúpulo de conciencia, como ya he dicho, y a pesar de que muchas veces me resultaban penosos. Al propio tiempo, con el alma transportada de emoción y a veces de espanto, era cercano y amistoso testigo del nacimiento de una obra que, en atrevida y profética relación con aquellas discusiones, venía a ser como una confirmación superior, en el campo de la creación, de algunas de las cosas que allí se decían... Téngase presente que había de atender a mis deberes de profesor y no descuidar los de padre de familia y se tendrá idea de lo ocupada que estaba mi vida entonces. Esto unido a la pobreza en calorías de nuestra minuta cotidiana hizo que mi peso sufriera una merma sensible.

Menciono este último detalle como un rasgo característico de aquellos tiempos calamitosos y nada más; no, ciertamente, para llamar la compasiva atención del lector hacia mi insignificante persona, a la que sólo corresponde, en estas memorias, un lugar muy secundario. Me he lamentado ya de que el deseo de contarlo todo de una vez pudiera dar la impresión de que mis pensamientos se dispersaban. Sería, sin embargo, una impresión falsa. No pierdo de vista mis propósitos y no he olvidado, por ejemplo, mi alusión a una segunda imagen, aparte la de la pequeña sirena, que Adrian empleó una vez para sugerir cuáles eran sus sufrimientos cuando la enfermedad apenas si le daba punto de reposo.

—¿Que cómo me siento? —me dijo entonces un día—. Poco más o menos como Juan, el mártir, en la caldera de aceite hirviendo. Estoy pacientemente acurrucado en el fondo del cubo, debajo del cual arden los leños mientras un honesto ciudadano anima el fuego con su fuelle; en presencia de Su Imperial Majestad, que contempla el espectáculo de cerca (se trata del emperador Domiciano, conviene que lo sepas, un magnífico tipo de turco, con las espaldas cubiertas de brocado italiano), uno de los ayudantes del verdugo, con taparrabos y chaqueta flotante, va derramando sobre mi espalda, sirviéndose para ello de un gran cucharón, el aceite hirviendo de la caldera donde estoy pensativamente sentado. La operación se ejecuta según las reglas del arte, como si se tratara de remojar un asado, un asado infernal. El espectáculo vale la pena ser visto y estás invitado a sumarte al público que lo contempla, detrás de la valla: ediles, invitados de honor, honrados ciudadanos, vestidos unos a la usanza turca y otros a la alemana, venidos todos para satisfacer su curiosidad bajo la protección de fornidos alabarderos. Dos ciudadanos se miran el uno al otro, con expresión de maravilla, ante el espectáculo de aquel hombre perdido, dos dedos en la mejilla y otros dos debajo de la nariz. Un tipo gordo levanta la mano como diciendo: «¡Dios nos libre de semejante cosa!». Los rostros de las mujeres son expresivos por su edificante sencillez. No sé si te das cuenta. Estamos unos encima de los otros: los personajes llenan la escena por completo, y para que no quede ni una pulgada libre allí está también el perro del emperador Domiciano, un grifón de ojos coléricos. En el fondo se perfilan las torres, los arimeces y las típicas fachadas de Kaisersaschern...

Hubiera debido decir, por supuesto, de Nuremberg. Porque su descripción, tan plástica como la de la transición entre el cuerpo humano y la cola de pez de la ondina, se inspiraba, sin duda posible –lo había descubierto mucho antes de llegar al final–, en la primera plancha de la serie de grabados al boj de Durero sobre el *Apocalipsis.* ¿Cómo dejar de pensar en esta comparación, que encontré algo tirada por los pelos al principio, cuando más tarde, ya restablecido, Adrian me reveló poco a poco su intención de tomar la obra de Durero, obra asimilada en y por el sufrimiento, como tema de una composición para la cual había empezado a movilizar sus fuerzas en pleno período de dolorosa depresión? Sin duda tenía razón al afirmar que entre los dos estados físicos del artista, decaimiento y exaltación, no existe un estado de oposición definido. ¿No queda ahora claro que en la enfermedad, y bajo su protección, operaban agentes de salud, mientras ésta, al imponerse, retenía elementos patológicos que eran, a su vez, gérmenes de genialidad? Una amistad clarividente, a la que debo no pocos sobresaltos y angustias, me ha permitido descubrir que el genio no es otra cosa que una energía vital profundamente vinculada a la enfermedad y que en ella encuentra la fuente de sus manifestaciones creadoras.

La concepción del oratorio apocalíptico, su secreta gestación, se sitúa, por lo tanto, en un período de aparente agotamiento total de las fuerzas vitales de Adrian, y la vehemente rapidez con que luego, en pocos meses, dejó la obra escrita, infundió en mí el convencimiento de que su enfermedad había sido como un refugio, como un escondrijo bajo cuya protección Adrian, dolorosamente segregado de nuestra vida normal, sustraído en cierto modo a miradas y a suposiciones ajenas, concebía y preparaba planes cuya aventurada osadía se compadece mal con el bienestar, planes que, por ser hijos de las tinieblas, sólo partiendo de ellas pueden ser llevados a la luz del día. Ya he dicho que sólo por parte, y al azar de mis visitas, me fui enterando de los planes de Adrian. Escribía, bosquejaba, reunía materiales, estudiaba y rumiaba: no podía ocultármelo y mi alegría era grande al verle tan animado. A mis prudentes preguntas contestó durante semanas con evasivas, a veces en tono de chanza y otras como si tratara de evitar comprometedoras indiscreciones. Por toda respuesta a mis inquisiciones obtenía una contracción del entrecejo acompañada de una sonrisa o una frase ambigua: «Ocúpate de tu inocencia y no trates de manchar la mía», o «Lo que ahora quieres saber, siempre acabarás por averiguarlo demasiado pronto». Un día se arriesgó a más transparentes alusiones: «Algún sagrado crimen se está tramando. El virus teológico no se elimina de la sangre tan fácilmente como parece. De pronto sufre uno espantosas recaídas».

Esta insinuación confirmó en mí ciertas sospechas nacidas de la observación de sus lecturas. Sobre su mesa de trabajo descubrí un día un extraño libraco: una traducción francesa en verso, del siglo XIII, de la visión de san Pablo, cuyo texto griego se remonta al siglo IV. Me intrigó la procedencia del curioso texto y Adrian me dijo luego que se lo había procurado Kunigunde Rosenstiel:

—No es la primera curiosidad que descubre —añadió—. Es un redomado personaje. No han escapado a su perspicacia mis simpatías por los «caídos». Quiero decir por los caídos en el infierno. Esto crea un estado de familiaridad entre figuras tan distantes como san Pablo y el Eneas de Virgilio. ¿Recuerdas que Dante los nombra y los hermana por haber estado ambos allí?

Me acordaba muy bien.

—Lástima —le dije— que tu hospitalaria lectora no pueda darte lectura de esas rarezas.

—Así es —contestó sonriendo—. Para el francés arcaico tengo que servirme de mis propios ojos.

Cuando Adrian *no* podía servirse de sus ojos, oprimidos por el dolor hasta lo más profundo, Clementine Schweigestill solía darle lectura de textos que, aun cuando raros, nada tenían de ofensivos para sus puros labios. Les sorprendí un día en la sala del abad mientras la simpática muchacha, tiesamente sentada en el sillón de fraile, leía, tal como había aprendido a leer en la escuela y poniendo en la elocución el mejor cuidado, las experiencias extáticas de Matilde de Magdeburgo a un Adrian reclinado en su sillón-diván. Silenciosamente me senté en un rincón mientras Clementine, la vista fija en las páginas del voluminoso infolio, también descubierto por Kunigunde Rosenstiel, proseguía su excéntrica lectura.

Me enteré entonces de que esta escena se repetía con frecuencia. Ataviada castamente, tal como a las muchachas del lugar les exigía el cura párroco, con un vestido de lana verde oscuro, cerrado el alto cuello y sin más adorno que una doble hilera de botones de metal y un collar de viejas moneditas de plata, Clementine, la de los ojos pardos, se sentaba al lado del enfermo y canturreaba, más que leía, textos contra los cuales nada hubiese tenido el señor cura que objetar: literatura visionaria de los comienzos del cristianismo y de la Edad Media, especulaciones sobre el más allá. De vez en cuando asomaba Else Schweigestill la cabeza y con un gesto amable autorizaba a la muchacha, cuyos servicios hubiesen sido útiles en la casa, para que siguiera leyendo. Se daba incluso el caso de que la madre se sentara unos instantes para escuchar junto a la puerta y desapareciera sin ruido poco después. Cuando no eran los trances de Matilde de Magdeburgo eran los transportes de Hildegard de Bingen, a menos que no fuera la *Historia ecclesiastica gentis anglorum* del sabio monje Beda Venerabilis, obra que contiene interesantes divagaciones célticas sobre el más allá y una buena parte de las experiencias visionarias irlando-anglo-sajonas en los tiempos primitivos del cristianismo. Tales eran las lecturas a que Clementine Schweigestill se dedicaba por cuenta de Adrian. Esta literatura del éxtasis, anunciadora del Juicio Final y de las penas eternas, características de la escatología precristiana y cristiano-primitiva, originaria tanto del norte de Europa como del sur —la *Visión* de Alberico, el monje de Monte Casino, ejerció una influencia indudable sobre Dante—; esta literatura, digo, constituye una esfera de densa tradición, de motivos continuamente repetidos, en la que Adrian se encerró para encontrar el tono de una obra cuyos elementos, concentrados en amenazadora síntesis estética, tienden implacablemente a poner ante los ojos de la humanidad el espejo de la revelación y los signos anticipados de lo que se acerca.

«Se acerca el fin, se acerca. El destino se cierne sobre la frente de los que viven en este país.» Estas palabras, que Adrian, con una melopea de cuartas y quintas disminuidas, sostenida por originales armonías, pone en boca del Testigo, del Narrador, y repite después en los dos inolvidables corales contrapuestos a cuatro voces del responsorio —estas palabras no son del *Apocalipsis* de san Juan Evangelista sino de la profecía del destierro babilónico en las lamentaciones de Ezequiel, con las cuales, por otra parte, el misterioso mensaje de Patmos, escrito en la época neroniana, parece estar en misteriosa relación—. Así el episodio del «libro devorado», que Alberto Durero no vaciló tampoco en explotar para una de sus láminas, es tomado también casi palabra por palabra de la profecía de Ezequiel, en la cual encontramos mencionada igualmente a la gran meretriz, la mujer acostada sobre la bestia, para cuya descripción el pintor de Nuremberg utilizó los apuntes tomados al natural de una de las más famosas cortesanas de Venecia. En realidad, existe una cultura apocalíptica y es oportuno recordarlo con motivo de la grandiosa composición coral de Leverkühn, cuyo texto no se ajusta únicamente al *Apocalipsis* de san Juan, sino que tiene en cuenta ese conjunto de tradiciones visionarias a que me he referido y que, por lo tanto, no es ni más ni menos que la creación de un nuevo y propio *Apocalipsis*, un compendio, en cierto modo, de todas las anunciaciones finales. El título *Apocalipsis cum figuris* es un homenaje a Durero y pretende subrayar el realismo visual, la minuciosidad gráfica, el apretado amontonamiento espacial comunes a ambas obras. El misterioso texto que inspiró a Durero sirve asimismo, en parte, de pretexto a las terriblemente significativas sonoridades de la obra de Adrian; pero en ésta fueron también puestos al servicio de las posibilidades corales recitativas y cantables de la música otros elementos: pasajes sombríos del Salterio –«mi alma está llena de calamidades y mi vida cercana al infierno»–, denuestos e imprecaciones del Apócrifo, ciertos fragmentos de las lamentaciones de Jeremías, imágenes de la representación del más allá que se han hecho los hombres desde la India, remota en el tiempo y en el espacio, hasta el Dante, pasando por la antigüedad y el cristianismo primitivo: todo cuanto, en fin, era susceptible de contribuir a dar la impresión del otro mundo revelado, de que había llegado la hora del supremo ajuste de cuentas, de la marcha final hacia el Infierno. Mucho había del poema de Dante en el gran fresco sonoro de Adrian, pero mucho más aún de aquel vasto fresco atiborrado, en el que se ve a los ángeles tocando las fatídicas trompetas, a Caronte vaciando su barca, a los muertos que resucitan, a los santos en oración, a máscaras diabólicas que esperan el signo de Minos (con mil serpientes enroscadas al cuerpo), al condenado, bien puesto en carnes, que asediado, empujado, llevado por los burlones hijos del diablo, se detiene un instante en su atroz carrera y se tapa un ojo con la mano para contemplar con el otro, horrorizado, el espectáculo del mal eterno, mientras a su lado la Gracia sustrae dos almas pecadoras a la perdición y las eleva a la Gloria –los grupos y las escenas, en una palabra, del Juicio Final.

Séale perdonado a un hombre de cierta cultura –como por suerte o por desgracia hoy– la comparación entre una obra que tan de cerca le toca y otras creaciones geniales de todos conocidas. Esta comparación ejerce sobre mí una acción calmante que me es hoy tan necesaria como cuando, sorprendido, angustiado y orgulloso, asistí a la génesis de la nueva composición de Adrian. Fue aquélla, en efecto, una experiencia superior a mis fuerzas morales. Pasados los primeros tiempos de disimulo y de defensa, no tardó Adrian en poner a su amigo de infancia al corriente de lo que eran entonces sus días y sus obras. A cada una de mis visitas, y claro está que me trasladaba a Pfeiffering tan a menudo como podía, los sábados y domingos casi siempre, me daba cuenta de los progresos realizados, y estos progresos eran formidables, sobre todo si se tienen en cuenta las complicadas reglas intelectuales y técnicas a que su composición había de ajustarse, y se ajustaba estrictamente. Era un volumen de trabajo ante el cual palidecía de asombro el hombre corriente, acostumbrado como yo a un ritmo de producción normal y sosegado. Confieso que el terror que la nueva obra de Adrian inspiraba a mi alma sencilla, por no decir a mi alma humana, era en gran parte debido a la rapidez misteriosa con que la veía surgir ante mis ojos. Cuatro meses y medio fueron suficientes; el tiempo necesario, se hubiese dicho, para ejecutar el mero trabajo de *escribirla*.

Era evidente, y no lo negaba él, que Adrian vivía entonces en un estado de alta tensión, no de felicidad, sino de esclavitud y de frenesí, un estado en que el planteamiento de un problema —la *tarea* de componer la había siempre concebido Adrian como una sucesión de problemas— iba simultáneamente acompañado de su fulminante solución, sin dejarle apenas tiempo de anotar con la pluma o el lápiz las ideas que le perseguían. Sometido todavía a frecuentes recaídas, trabajaba diez horas diarias, o más, con sólo una breve interrupción a la hora de comer, o una breve salida hasta la colina o el estanque —paseos decididos súbitamente, que eran fugas más que descansos, y en los cuales su paso, ora precipitado, ora muy lento, era la imagen misma de su perplejidad y de su agobio—. No pocos sábados por la noche, encontrándome yo a su lado, pude darme cuenta de que no era dueño de sí mismo, de que era incapaz de soportar la distracción que trataba de procurarse hablando conmigo de cosas indiferentes. Sentado en actitud de abandono, le veo de pronto levantarse con la mirada fija, los ojos brillantes y las mejillas encendidas. No me gustaba aquello. ¿Era una de las iluminaciones melódicas a las que –me atrevo a decirlo así– estaba entonces expuesto; el nacimiento en su espíritu de uno de esos temas que tanto abundan en el *Apocalipsis*, impresionantes por su plasticidad, pero inmediatamente sometidos a un tratamiento frío, frenados por así decirlo, devueltos a su lugar, utilizados en la composición como los ladrillos en la construcción de un edificio? No quiero tratar de investigar la naturaleza de las fuerzas que cumplían su palabra favoreciendo así la inspiración de Adrian... Le veo acercarse a su mesa de trabajo mientras murmura: «Sigue hablando, continúa hablando», precipitarse sobre sus apuntes de orquestación, sin importarle que tal o cual hoja cayera al suelo, con la faz contraída de un modo que no trataré de definir pero que a mis ojos era una desfiguración de sus rasgos inteligentes. ¿En busca de qué? ¿Del coro en que el pueblo asustado maldice y amenaza a los cuatro jinetes que tratan de arrollarle? ¿Las figuras irónicas, confiadas al fagot, del grito del «pájaro doliente»? ¿O la antífora, que tanto me conmovió desde el primer instante, la enérgica fuga coral sobre las palabras de Jeremías?:

¿Por qué gruñen así las gentes que viven?
Que cada uno se queje de sus propios pecados
y que todos hagamos examen de nuestras almas
y volvamos nuestros ojos al Señor
....
Hemos sido, nosotros, pecadores
y culpables de desobediencia.
Tú has sido justo y no has perdonado.
Sobre nosotros ha caído tu cólera;
nos persigues sin compasión y nos ahorcas
....
Tú has querido que fuéramos
cieno y basura entre los pueblos.

He calificado este fragmento de fuga porque produce el efecto de una composición fugada, a despecho de que la repetición del tema no se efectúa según las reglas, sino de un modo más amplio, al compás del desarrollo general, procedimiento que permite llevar hasta los confines del absurdo un estilo al cual, según las apariencias, el artista permanece sumiso –y que no está exento de alusivas afinidades con la arcaica forma fugada de ciertas canciones y *ricercate* de los tiempos anteriores a Bach, en las cuales el tema fugado no es siempre rígido ni claramente definido.

Lanzaba una rápida mirada a tal o cual pasaje, volvía a dejar la pluma después de haberla tenido febrilmente un instante entre sus dedos y murmurando «mañana será otro día» volvía, con la frente todavía purpúrea, al lugar donde yo estaba. Pero sabía o temía que la palabra «mañana será otro día» no había de cumplirla y que tan pronto estuviera otra vez solo volvería de nuevo al trabajo y trataría de dar forma a lo que fue súbita inspiración durante nuestra charla. Tomaría después una dosis de soporífero para compensar, con la profundidad, la poca duración de su sueño y pondría otra vez manos a la obra al rayar el alba. Gustaba de citar:

> Resuenen los salmos y las arpas,
> que pronto quiérome levantar.

Su gran temor era, precisamente, el ver desaparecer antes de tiempo el bendito –o maldito– estado de iluminación en que se encontraba. Y en verdad, antes de llegar al final, ese formidable, intrépido final, tan lejano de la redentora música romántica, tan apto para confirmar el carácter teológicamente negativo e implacable de la obra –antes de dejar escrita aquella inenarrable, vasta y retumbante explosión polifónica del metal, comparable al definitivo hundimiento de un abismo abierto, sufrió Adrian una recaída en sus dolores y sus crisis de náuseas que se prolongó más de tres semanas, durante las cuales, según su propia confesión, perdió no sólo las ganas de trabajar sino la noción misma de la composición musical. La crisis pasó y a principios de agosto de 1919 pudo volver al trabajo. No había terminado el mes, muy caluroso por cierto, y la obra estaba ya lista. El período gestatorio, anterior a la crisis, había durado cuatro meses y medio. En conjunto bastaron seis meses —tiempo asombrosamente corto— para dejar terminado el borrador del *Apocalipsis*.

XXXIV (continuación)

¿Es esto todo lo que tengo que decir, en la biografía de mi difunto amigo, sobre esa obra suya mil veces odiada y oída de mala gana, cien veces admirada y querida? Ciertamente no. Mucho es lo que queda sin expresar, pero desde un principio tuve la intención de establecer un paralelo entre las cualidades y rasgos en virtud de los cuales esta obra (se entiende que sin dejar de admirarla) me oprimía y asustaba, o dicho de mejor modo, me inspiraba un temeroso interés −tuve desde un principio la intención, repito, de establecer un paralelo entre esta reacción mía y las abstractas especulaciones a que me exponía mi participación en los ya brevemente mencionados debates del salón Kridwiss−. Aquellas veladas, tan abundantes en novedades estimuladoras, unidas a la parte que yo tomaba en la solitaria creación de Adrian, fueron causa de un estado de tensión espiritual que acabó por quitarle a mi cuerpo siete kilos de grasa.

Sixtus Kridwiss, grabador y dibujante, encuadernador de arte y coleccionista de cerámicas y grabados extremo-orientales −su competencia en este ramo le permitía dar, invitado por entidades culturales, interesantes conferencias en Alemania y en el extranjero−, era un hombre pequeño, sin edad, originario de la provincia renana de Hesse, con un muy marcado acento dialectal y un apetito intelectual insaciable. Sin poder decir a punto fijo cuáles eran sus tendencias, su curiosidad le llevaba a interesarse por todos los movimientos contemporáneos. Tal o cual rumor llegado a sus oídos se convertía en seguida en «algo enormemente importante». Su departamento de la Martiusstrasse, en el barrio de Schwabing, su gran salón decorado con exquisitas pinturas en tinta china y colores (de la época Sung, nada menos), era punto de reunión de todo lo que en aquel entonces contaba Munich como figuras intelectuales, si no directoras, por lo menos al corriente de las cosas de la vida pública y con cierta influencia sobre ella. No se reunían los amigos y conocidos de Kridwiss todos a la vez, sino por pequeños grupos de ocho o diez, en torno de la mesa redonda, después de cenar, lo que evitaba al huésped la carga de gastos excesivos para obsequiarles. Se discutía allí por el placer de discutir y no siempre el debate era de alto nivel intelectual; algunas veces revestía el carácter de una simple conversación sobre temas de actualidad. Contando Kridwiss con relaciones en los más variados sectores sociales, era natural que no todos los concurrentes estuvieran a la misma altura. Solían estar presentes, por ejemplo, dos príncipes de la casa ducal de Hesse, estudiantes en la Universidad de Munich, cuya presencia halagaba la vanidad de Kridwiss en alto grado, y a los cuales no era posible dejar de tener cierta consideración a causa de su juventud si no por otra cosa, Kridwiss solía referirse a ellos llamándoles «los bellos príncipes». No perturbaban en modo alguno la marcha de los debates. Muchas veces la discusión se desenvolvía en un plano para ellos inaccesible y era entonces cuando se tomaban la molestia de fingir una mayor atención. En mucho grado me irritaba la frecuente asistencia del famoso fabricante de paradojas doctor Chaim Breisacher, ya conocido del lector, personaje que yo no podía sufrir pero que allí, como en tantas otras partes, era juzgado como un elemento indispensable. Me disgustaba también que Bullinger, el fabricante, sin más méritos que los de gran contribuyente, pudiera dar libre y descaradamente su opinión sobre los problemas de la cultura y del espíritu.

Diré más: ninguna de las personas con quienes solía encontrarme allí me inspiraba verdadera simpatía —con la sola excepción de Helmut Institoris, a quien me unían relaciones de amistad—. Las aprensiones que, por asociación de ideas, su sola vista me inspiraba, eran de otro orden. Me pregunto, por lo demás, qué misteriosos motivos podía yo tener para desconfiar del doctor Unruhe, Egon Unruhe, filósofo paleontólogo, en cuyas obras la ciencia de las capas profundas y de los fósiles iba pareja con la justificación y la comprobación científica de ciertas leyendas primitivas. De esta unión surgía una doctrina personal, un darwinismo sublimizado, según la cual eran reales y verdaderas una serie de cosas en las cuales la humanidad enterada ha dejado de creer hace ya tiempo. ¿De dónde podía proceder, en efecto, mi desconfianza hacia él o la que me inspiraba el profesor de historia de la literatura Georg Vogler? Era éste autor de una autorizada historia de la literatura alemana en la que los diferentes escritores eran analizados, no como tales escritores, desde un punto de vista universal, sino como producto natural y auténtico de su rincón de origen respectivo, al cual estaban ligados por la sangre y el paisaje. El erudito historiador del arte profesor Gilgen Holzschuher, gran conocedor de la obra de Alberto Durero, otro de los invitados, me era igualmente antipático, siempre sin saber exactamente por qué. Y con mayor razón puedo decir lo mismo del poeta Daniel Zur Höhe, asiduo concurrente a los debates, hombre macilento, vestido siempre de negro, con un perfil de ave de rapiña a pesar de su relativa juventud —no llegaría a los cuarenta— y aficionado a expresarse por frases cortas, como martillazos: «Vaya, vaya», «así es», «bien, bien», «sí, sí», «mal no está», «bueno es», subrayadas de nerviosos taconazos. Cruzaba a menudo las manos sobre el pecho o escondía una de ellas en el chaleco —como Napoleón— y en sus sueños de poeta veía el mundo sometido al terror y a la férrea disciplina del espíritu, terror y disciplina impuestos después de sangrientas campañas. Tal era la tesis de sus *Proclamas* —su obra única, según tengo entendido—, publicadas ya antes de la guerra en papel de hilo, explosión desbordante de terrorismo lírico-retórico, a la cual no podía negarse el mérito de la impetuosidad verbal. Iban firmadas las proclamas por «Christus Imperator Maximus» y en ellas se daba a las tropas, dispuestas al combate y a la muerte, orden de dominar la tierra, de imponer la pobreza, la castidad, una obediencia ilimitada, ciega y muda. El poema terminaba con estas palabras: «Soldados, vuestro es el mundo –para *saquearlo*».

Todo esto era «bello» y su autor quería decididamente que lo fuera; era «bello», inhumanamente y por el solo placer de serlo, con el desenfreno, el descoco, la ligereza y la irresponsabilidad que suelen ser frecuentes en los poetas –un verdadero crimen estético, como no lo conozco más escandaloso–. Helmut Institoris encontraba la cosa de su gusto, naturalmente, pero también era considerable el prestigio del autor y de su obra en más vastos círculos. Mi antipatía hacia uno y otra era también hija, en parte, de la irritación general que me causaban las conclusiones culturales hacia las cuales tendían los análisis críticos del círculo Kridwiss, pero que, por deber intelectual, no podía considerar como inexistentes.

Traté de resumir, en el más reducido espacio posible, lo esencial de estas conclusiones, que nuestro huésped consideraba, claro está, como «algo enormemente importante» y que Daniel Zur Höhe aprobaba con sus estereotipados «bien, bien» y «bueno es», aun cuando no se tratara exactamente de lanzar al saqueo del mundo la resuelta soldadesca de Cristo, máximo emperador. Se comprende que tales excesos quedaban reservados para la poesía simbólica. De lo que en los debates se trataba era de investigar la realidad sociológica presente y futura, no sin relación, por otra parte, con las terroríficas fantasías ascético-estéticas del poeta. Hube ya de hacer notar anteriormente, y por propia iniciativa, que la perturbación o destrucción, a consecuencia de la guerra, de modos de vida y de valores que parecían permanentes, había sido especialmente sentida en los países vencidos, a los cuales, de este modo, les fue dado cierto avance intelectual sobre los vencedores. Se registraban los hechos con toda objetividad: la merma de los valores personales causada por la guerra y la indiferencia con que la gran corriente de la vida dejaba de lado a los individuos, de la cual encontrábamos un reflejo en la impasibilidad con que los hombres soportaban su dolor y asistían a su propia decadencia. Esta fría insensibilidad ante los destinos individuales podía aparecer como un engendro de los cuatro años de sangrienta *kermesse* que acabábamos de pasar. Pero no había que engañarse: en ese como en tantos otros respectos, la guerra no había hecho más que poner en claro, completar y convertir en drástica experiencia algo que se encontraba ya previamente en gestación y que correspondía a una nueva concepción de la vida. Esto no era, en sí, cosa de alabar o de censurar, sino algo que, objetivamente, había que aceptar como existente, y como quiera que el reconocimiento desapasionado de la realidad produce siempre una satisfacción a la que misteriosamente se suman elementos aprobatorios, era natural que una crítica tan general de la tradición burguesa, de los valores de la cultura, de la educación, del humanismo, se encontrara enlazada automáticamente con las concepciones científicas de la civilización y del progreso de los pueblos. En labios de hombres de ciencia, de pedagogos, de eruditos, estas críticas, alegremente formuladas con visible complacencia, se aureolaban de un inquietante, por no decir perverso, prestigio. Y ni que decir tiene que la forma de gobierno surgida en la Alemania de la derrota, de la libertad que nos cayó del cielo, en una palabra: la República Democrática, nadie la consideraba, ni por un instante, como marco posible de las novedades anunciadas. Su carácter efímero de broma pesada, su total insignificancia sólo merecían desdén: la unanimidad sobre este punto era espontánea y absoluta.

Era de buen tono citar a Alexis de Tocqueville, el hombre que habló de las dos corrientes derivadas de la fuente revolucionaria: una hacia las libres instituciones y otra hacia el absolutismo. Ninguno de los caballeros que disertaban en el salón de Kridwiss se sentía inclinado a creer en las «instituciones libres». Ponían de relieve, al contrario, la contradicción interna de la libertad que, para defenderse, se ve obligada a limitar la libertad de los enemigos de la libertad, es decir, a negar su propia esencia. Tal es su destino, a menos de echar por la borda la patética y liberal declaración de los derechos del hombre, cosa más conforme al espíritu de la época que el análisis dialéctico del proceso que tiende a transformar la libertad en dictadura del partido de la libertad. De un modo o de otro, todo tendía hacia la dictadura, hacia la violencia. Al destruir las formas tradicionales de la sociedad y del estado, la Revolución Francesa inauguró una época que, consciente o inconscientemente, confesándolo o no, ha tendido y sigue tendiendo a instaurar un régimen de despotismo sobre unas masas tan desamparadas, tan disgregadas, tan niveladas, tan atomizadas como los mismos individuos.

—Vaya, vaya. Sí, sí, así es —aseguraba el poeta Zur Höhe, dando patadas de impaciencia. Y es posible que así fuera; pero puesto que, al fin y al cabo, no se trataba de otra cosa que de los progresos de una barbarie que nos amenazaba a todos, me parecía a mí que una expresión de horror y de espanto hubiese sido preferible a la alegre satisfacción que los amables conversadores ponían de manifiesto. (Prefiero aún hoy suponer que estaban satisfechos de ver las cosas claras, no de las cosas mismas.) De aquella satisfacción, que a mí me alarmaba, deseo ofrecer al lector una imagen plástica. A nadie habrá de sorprender que, en los debates y conversaciones de un grupo de intelectuales como el descrito, tuvieran un importante papel las *Reflexiones sobre la Violencia*, libro de Georges Sorel aparecido siete años antes de la guerra. Sus implacables anuncios de anarquía y nuevas guerras, su definición de Europa como teatro de cataclismos bélicos, su doctrina según la cual los pueblos del continente europeo nunca habían tenido otro común denominador que la idea de guerra, eran otros tantos motivos para considerar la obra de Sorel como el libro capital de nuestra época. Y con mayor motivo aún su adivinación y profecía de que, en plena edad de las masas, la discusión parlamentaria como medio para formar una voluntad política tenía por fuerza que resultar totalmente inadecuada. En su lugar, seguía diciendo Sorel, el porvenir se ocupará de alimentar las masas con ficciones míticas susceptibles de desencadenar y estimular las energías políticas a modo de gritos de guerra. El mito popular, o mejor dicho, el mito fabricado a la medida de la masa, la fábula, el desvarío, la divagación como futuros vehículos de la acción política –tal era la brutal y revolucionaria profecía del libro de Sorel–. Fábulas, desvaríos, divagaciones que, para ser fructíferas y creadoras, no necesitaban tener nada que ver con la verdad, la razón o la ciencia. Ya se ve pues que el libro, al presentar la violencia como adversaria victoriosa de la verdad, justificaba su título amenazador. Se daba a entender en él, además, que el destino de la verdad, idéntico al del individuo, no podía ser otro que la decadencia. Abría un sarcástico abismo entre la verdad y la fuerza, entre la verdad y la vida, entre la verdad y la comunidad, e implícitamente proclamaba que la comunidad ha de tener precedencia sobre la verdad, que ésta ha de ver su finalidad en aquélla y que quien quiera ser copartícipe de la comunidad ha de estar dispuesto al *sacrificium intellectus*, a enérgicas mutilaciones de la verdad y de la ciencia.

Y ahora imagine cada cual (llego a la «imagen plástica» prometida más arriba) cómo aquellos caballeros, ellos mismos hombres de saber, de ciencia, eruditos, profesores de universidad, los señores Vogler, Unruhe, Holzschuher, Institoris, Breisacher, se deleitaban con un estado de cosas que a mí por tantos conceptos me infundía espanto y que ellos daban ya por hecho o, cuando menos, por inevitable. Se daban el gusto de convertir uno de esos mitos colectivos destinados a suscitar una acción política contra el orden social en asunto de un proceso, cuya vista daba lugar a que acusados y acusadores, en lugar de afrontarse, no hicieran más que discursear cada cual por su cuenta y sin que sus argumentos produjeran mella alguna sobre el adversario. Los acusados lo eran de «impostura» y de «falsedad», y lo grotesco de aquella comedia residía precisamente en el inútil derroche de argumentos científicos que se hacía para demostrar que la patraña era una patraña, una afrenta escandalosa a la verdad. Pero estos argumentos resultaban completamente ineficaces contra la ficción dinámica e históricamente creadora, contra la falsedad puesta al servicio de la comunidad. Tanto más descarada era la irónica expresión de triunfo de los acusados cuanto mayor era el empeño que los acusadores ponían en confundirles apoyándose en la ciencia y en la verdad objetiva, es decir, en valores rechazados como impertinentes. ¡Buenas están la ciencia y la verdad! Esta exclamación y otras del mismo linaje daban el tono de aquellos discursos. Los oradores se divertían de lo lindo ante el espectáculo que ofrecían la crítica y la razón lanzadas inútilmente contra el baluarte inexpugnable de la fe, y sus unánimes comentarios ponían de relieve la impotencia científica en términos que provocaban la hilaridad incluso de los «bellos príncipes». No vacilaban los contertulios en imponer idénticos renunciamientos a la justicia, llamada a decir la última palabra, a dictar sentencia. Una jurisprudencia deseosa de no aislarse de la comunidad, de ajustar sus actos al sentimiento popular, no puede permitirse el lujo de hacer suyos los principios teóricos y antisociales de la llamada verdad. Tenía que demostrar su modernidad y su patriotismo en el más moderno sentido de esta palabra, a saber: tenía que inclinarse ante la falsedad, absolver a sus apóstoles y condenar a la ciencia con costas.

—Vaya, vaya, así es, ciertamente, no faltaba más. Bien, bien.

A pesar de que mi aversión hacia todo aquello era muy vecina del asco, no quería pasar por destripacuentos ni descubrir mi repugnancia. Me sumaba, pues, como mejor podía, al regocijo general, no en signo de aprobación, por supuesto, sino como mero reconocimiento intelectual de la situación presente y futura. Me atreví de todos modos, un día, a sugerir —«hablando un momento en serio»— que valía la pena preguntarse si un pensador verdaderamente preocupado de las necesidades de la comunidad no debiera proponerse, como objetivo de sus reflexiones, la verdad y no la comunidad, ya que esta última, al fin y al cabo, puede sacar de la verdad, incluso cuando es amarga, mejor partido que de una filosofía que, bajo pretexto de servir a la comunidad a costa de la verdad, disuelve desde dentro, y del modo más siniestro, las bases de una comunidad auténtica. No recuerdo haber hecho en mi vida una observación recibida con tanta indiferencia. Estoy dispuesto a admitir que adolecía de cierta falta de tacto, que no estaba a tono con el ambiente general, que se inspiraba en un idealismo tan conocido como desprestigiado y en las nuevas tendencias. Más provechoso sería para mí unirme a los demás, renunciando a una oposición pesada y estéril, y tratar de formarme con ellos una idea del nuevo mundo que, secretamente, estaba ya en gestación —y tanto peor si se me retorcía el estómago.

Se trataba de un mundo nuevo y viejo a la vez, de un mundo reaccionario en el sentido revolucionario de la palabra, en el cual los valores ligados a la noción del individuo, es decir, la verdad, la libertad, el derecho, la razón, no eran reconocidos ni tenían virtualidad ninguna —o, dicho en otra forma—, habían adquirido un significado diverso del que tuvieran en los últimos siglos, habían perdido su palidez teórica para entrar en vigorosa y sanguínea relación con la soberana violencia, la autoridad, la dictadura de la fe, y ello no en forma reaccionaria, con la nostalgia del ayer o del anteayer, sino de modo verdaderamente innovador: restaurando el sistema teocrático medieval o –lo mismo da– creando un sistema equivalente. Nada tenía esto de reaccionario, como no sería justo calificar de reaccionario –porque naturalmente devuelve al punto de partida– el camino en torno de una esfera. A eso íbamos: retroceso y progreso, lo antiguo y lo nuevo, el pasado y el porvenir, venían a ser una sola y misma cosa, y la derecha y la izquierda política se confundían cada día más. La ausencia de prejuicios en la investigación, el pensamiento libre, lejos de representar el progreso pertenecían a un mundo atrasado y anémico. Se le dejaba al pensamiento libertad para justificar la violencia, tal y como, hace setecientos años, la razón era libre de analizar la fe y de probar el dogma: para eso estaba la razón y para eso está hoy, o estará mañana, el pensamiento. La investigación debía partir, *ciertamente*, de algunos supuestos. ¡No faltaba más! La fuerza, la soberanía de la comunidad. Y tan naturales eran estos supuestos, que la ciencia no tenía ni por un momento la idea de no ser libre. Lo era, en absoluto, subjetivamente, dentro del marco de una obligación objetiva, tan orgánica y conforme a la naturaleza que en modo alguno era percibida como un vasallaje. Para darse cuenta clara de lo que se preparaba y librarse al propio tiempo del temor que la perspectiva podía inspirar era preciso recordar que la rigidez de ciertos supuestos y sacrosantas condiciones nunca fue obstáculo insuperable para el atrevido despliegue de la fantasía en la expresión del pensamiento individual. Al contrario: precisamente porque la Iglesia daba una formación espiritual uniforme y completa al hombre medieval era éste muy superior, por su fantasía y por la confianza que podía tener en sus propias fuerzas tal como él las concebía, al cuidado de la época individualista.

No había que ponerlo en duda. La fuerza, la violencia, ofrecía una sólida base. Eran antiabstractas, y razón tenía yo en colaborar con los amigos de Kridwiss para tratar de comprender hasta qué punto las anticuadas innovaciones que se preparaban habrían de modificar metódicamente tales o cuales aspectos de la vida. El pedagogo, por ejemplo, estaba al corriente de que en la enseñanza elemental existía una tendencia favorable al abandono del aprendizaje primario de las letras para acometer directamente el de las palabras y relacionar la escritura con el aspecto concreto de las cosas. Esto representa el renunciamiento a la escritura alfabética, universal y abstracta, desligada del lenguaje, y el regreso a los jeroglíficos de los pueblos primitivos. Secretamente me preguntaba yo si no sería preferible renunciar a todo: a las palabras, a la escritura y al lenguaje. El objetivismo absoluto debía ajustarse a las cosas y sólo a ellas. Y recordaba la famosa sátira de Swift sobre los reformadores, que él llamaba proyectistas, uno de los cuales decidió, como medio de protección para los pulmones, suprimir el lenguaje hablado y conversar únicamente por medio de la presentación de las cosas, lo cual exigirá naturalmente, para facilitar la comprensión, llevar el mayor número posible de ellas a cuestas. El pasaje es de efecto cómico muy subido, sobre todo porque la gran oposición a la reforma viene de las mujeres, del populacho y de los analfabetos. Mis interlocutores no iban tan lejos como los proyectistas de Swift. Se colocaban más bien en la posición de observadores desinteresados y estimaban como de «enorme importancia» ciertas llamadas conquistas culturales en aras de una simplificación que los tiempos imponían y que en el fondo no era otra cosa que una restauración intencionada de la barbarie. Vino un momento en que creí que me engañaban mis oídos. Hube de reírme, aun sintiéndome al propio tiempo verdaderamente anonadado, cuando de pronto, un día, al discutir estos problemas, los oradores se refirieron a la medicina dental y al símbolo del «diente muerto» que nos sirviera a Adrian y a mí para nuestras apreciaciones crítico-musicales.

Estoy seguro de que el rubor me subió a las mejillas cuando, entre risas generales, se habló de la creciente afición de los dentistas a arrancar sin contemplaciones los dientes con el nervio muerto, considerados de nuevo como cuerpos extraños infecciosos después de casi medio siglo dedicado a perfeccionar hasta lo indecible el tratamiento de las raíces a fin de evitar la extracción. Debía entenderse además —y la observación la hizo el doctor Breisacher con gran agudeza y general aprobación— que las consideraciones higiénicas habían de ser tomadas únicamente como una justificación racional debido la tendencia primaria al abandono, al sacrificio, a la simplificación. Los motivos higiénicos por sí mismos no estaban libres de fundadas sospechas ideológicas. Asimismo se trataría de justificar de razones de higiene popular y racial el sacrificio en gran escala de los enfermos, la supresión de los incapaces y de los dementes cuando llegara el momento de aplicar tales medidas. Pero su motivo real —lejos de negarlo había que subrayarlo— sería mucho más profundo: la necesidad de renunciar a los ablandamientos humanitarios de la época burguesa, de adaptarse instintivamente a las exigencias de tiempos más duros y sombríos, al margen de todo humanitarismo —tiempos de grandes guerras y revoluciones, como los que el mundo conoció cuando, después del derrumbamiento de la civilización antigua, hubo de engendrar y parir, en las tinieblas, la civilización de la Edad Media.

XXXIV (final)

¿Se comprende ahora que la asimilación de tales novedades me costara siete kilos de peso? No los hubiese perdido, ciertamente, de haber creído que las elucubraciones de aquellos caballeros carecían de sentido. Pero tal no era mi opinión, ni mucho menos. No dudé un momento, al contrario, de la certera sensibilidad con que sabían tomar el pulso del tiempo y diagnosticar en consecuencia. Pero mi agradecimiento –lo repito– hubiese sido grande, y mi pérdida de peso quedado probablemente reducida a la mitad, de haber ellos, por su parte, compartido mis aprensiones y opuesto a sus descubrimientos objetivos una barrera, por débil que fuera, de crítica moral. Decir, por ejemplo: «Desgraciadamente, todo parece indicar que las cosas van a tomar tal o cual camino. En consecuencia hemos de denunciar el peligro que amenaza y hacer lo que esté en nuestra mano para evitarlo». En lugar de lo cual decían: «Lo que viene, viene, y, cuando llegue, nos encontrará a la altura de las circunstancias. Es muy interesante, y muy divertido a la vez, darse cuenta de lo que viene –muy interesante, y también, por el solo hecho de que se trata del porvenir, una cosa buena en sí misma–. No nos corresponde, por añadidura, oponernos a lo que viene». Así razonaban, sin salir a la plaza pública, aquellos hombres eminentes. Su pretendida objetividad científica era pura farsa. En realidad simpatizaban con lo que descubrían, que, sin la ayuda de la simpatía, nunca hubiesen descubierto. Esta era la verdad y así se explica mi agitación, mi indignación y mi pérdida de peso.

Pero todo lo que digo no tiene sentido. Ni mi asistencia —considerada como obligación moral— a los debates del círculo Kridwiss, ni las cosas que allí oía, sabiendo de antemano que las iba a oír, habrían sido bastantes para hacerme perder, por sí solas, siete kilos o siquiera la mitad. No me hubiesen nunca aquellas conversaciones en torno de la mesa redonda afectado tan profundamente, de no haber descubierto yo en ellas algo así como un frío comentario intelectual puesto a la cordial experiencia que en aquellos momentos me procuraban el arte y la amistad. Me refiero a la gestación de una obra por cuyo autor sentía yo amistad, ya que no por la obra misma, plagada, he de reconocerlo, de elementos que, por extraños, mi espíritu encontraba pavorosos. Una obra que, febrilmente creada en la soledad de un rincón excesivamente típico, se encontraba curiosamente relacionada, espiritualmente emparentada con las cosas oídas en el salón de Kridwiss.

Allí estaba, en efecto, a la orden del día una crítica de la tradición que era resultado de la destrucción de valores largo tiempo considerados como inviolables. Y recuerdo que alguien dijo un día —sin poder precisar si fue Breisacher, Unruhe o Holzschuher— que la crítica debía igualmente dirigirse contra ciertas formas artísticas tradicionales, en particular contra el teatro estético, uno de los elementos de la vida y de la cultura burguesa. Ahora bien: ante mis ojos se efectuaba la sustitución de la forma dramática por la épica. El drama musical se convertía en oratorio, la ópera en cantata —y ello según normas intelectuales estrictamente conformes a los juicios condenatorios de mis interlocutores de la Martiusstrasse contra el individuo y el individualismo—. Una disposición de ánimo, en suma, se revelaba allí que, desinteresada de lo psicológico, aspiraba a lo objetivo, a un lenguaje capaz de expresar lo absoluto, lo obligatorio, y para conseguir este fin se sometía con complacencia a la virtuosa rigidez de las formas preclásicas. Cuántas veces, al observar, atento e inquieto, la labor de Adrian, hube de pensar en la impresión que, siendo aún muchachos, nos causaran las observaciones de su maestro, el locuaz tartamudo, sobre la oposición entre el «subjetivismo armónico» y la «objetividad polifónica». El angustioso camino en torno de la esfera, del cual tan ingeniosamente se hablaba en la tertulia de Kridwiss, el camino donde avance y retroceso, antigüedad y novedad, pasado y porvenir eran uno y lo mismo, la resueltamente innovadora marcha atrás, por encima del arte, ya armónico, de Bach y de Haendel, hacia el profundo pasado de la auténtica polifonía, la convertía en realidad ante mis ojos.

Conservo de aquellos tiempos una carta que Adrian, desde Pfeiffering, me escribió a Freising mientras trabajaba en el cántico descriptivo de la «gran muchedumbre que nadie podía contar, todos los pueblos, naciones y lenguas congregados ante el trono y el cordero» (véase la séptima lámina de Durero), una carta en la que solicitaba mi visita y que firmó con el nombre de «Perotinus Magnus». Broma significativa y sarcástica, porque el Perotinus en cuestión fue, en el siglo XII, y en la Iglesia de Notre Dame, maestro de capilla y del coro, y sus reglas de composición contribuyeron al desarrollo y elevación del joven arte polifónico. Esta firma jocosa tenía por fuerza que recordarme el falso título de «Consejero Eclesiástico Superior»[1] con que Wagner se adornó, al pie de una carta firmada con su nombre, mientras estaba absorbido en la composición de *Parsifal*. El hombre situado fuera de las actividades artísticas no podrá nunca poner en claro hasta qué punto el artista toma verdaderamente en serio lo que, en un momento dado, está haciendo con todas las apariencias de la máxima seriedad –hasta qué punto se toma él mismo en serio y la parte de juego, de travesura, de farsa superior que pone en su trabajo–. Si no existiera esta duplicidad no sería ima-

1. Dignidad relativamente elevada en la jerarquía de la iglesia luterana.

ginable que el gran maestro del drama musical aludiera con un título ridículo al carácter sagrado y solemne de la obra que estaba componiendo. Una impresión análoga me dio la firma de Adrian. Llegué a preguntarme en el fondo de mi corazón si la empresa en que andaba metido era legítima; si tenía derecho a penetrar, hoy, en la esfera con tanta complacencia e interior recreo elegida. Me inspiraba un miedo cordial el esteticismo de mi amigo, su tesis según la cual la fuerza enemiga de la cultura burguesa —y destinada a sucederle— *no* era la barbarie sino la comunidad.

Nadie podrá seguir este razonamiento que no haya sentido personalmente la vecindad entre esteticismo y barbarie como pude sentirla yo, no por experiencia personal directa sino en virtud de la amistad que me unía a un artista cuya alma se encontraba expuesta a los mayores peligros. La renovación de la música religiosa en tiempos profanos tiene sus riesgos. Ese género de música estuvo al servicio de la Iglesia, pero en tiempos aún más remotos, cuando el sacerdote, dispensador de bienes supraterrenales, era también curandero y mago, había estado igualmente al servicio de otros fines menos civilizados, en relación con las artes de la magia y de la medicina. El culto se encontraba entonces, es innegable, en estado de barbarie precultural, y a la luz de este hecho resulta comprensible que las modernas ambiciones renovadoras del culto, surgidas de la idea atomizadora de comunidad, recurran a los medios que fueron propios no de su período eclesiástico sino de sus tiempos primitivos. De ahí arrancan, precisamente, las dificultades con que tropieza la ejecución del *Apocalipsis* de Adrian Leverkühn. Se dan en la obra pasajes de conjunto que empiezan en forma de recitado y sólo por peldaños y gracias a las más peregrinas transiciones acceden a la plena riqueza de la música vocal, coros a través de los más variados matices del susurro modulado, recitados simultáneos y cantos a media voz alcanzan la máxima expresión polifónica, acompañados de sonoridades que se inician como meros ruidos, como percusiones y resonancias del tantán y del gong africanos para elevarse hasta las más sublimes cimas de la música. Resplandece en la obra una voluntad manifiesta de poner al descubierto lo que hay de más íntimamente oculto en la música, lo que hay de animal en el hombre, así como sus más nobles anhelos, y por esta razón recayeron sobre ella las acusaciones de barbarie sanguinaria y de intelectualismo exangüe. No sin estar en cierto modo justificadas por la evidente ambición de absorber la historia entera de la música, desde sus orígenes elementales mágico-rítmicos, premusicales si se quiere, hasta sus más perfectos y complicados extremos.

Me referiré a un ejemplo que siempre me angustió especialmente y que una y otra vez dio lugar a críticas feroces y sarcásticas. Todos sabemos que el primer objetivo y la primera conquista del arte musical fue la desnaturalización del sonido, el ajuste del canto, mera sucesión de alaridos para el hombre primitivo, a un diapasón y la transformación del caos sonoro en sistema tonal. Ni que decir tiene que el establecimiento de normas para los sonidos y sus volúmenes tenía que ser el supuesto básico y la primera manifestación de lo que entendemos bajo el nombre de música, en cuyo seno, sin embargo, se ha conservado como elemento atávico, como bárbaro sedimento de los tiempos premusicales, el *glissando*, el resbalón —medio que debe emplearse con el máximo tiempo y al cual mi oído atribuyó siempre algo de bárbaro y de demoníaco—. No sería lícito, claro está, hablar de una preferencia de Leverkühn por este medio, pero sí, en cambio, de su afición a emplearlo con frecuencia, por lo menos en esta obra, aun reconociendo, como es de ley, que las escenas de terror constituyen la más activa tentación a servirse de él y la más legítima excusa de su empleo. Cuando las cuatro voces del altar dan orden de soltar los cuatro ángeles exterminadores que segarán como espigas las vidas del Papa y del Emperador, de los jinetes y de sus monturas, de un tercio de la humanidad, el *glissando* de los trombones, que constituye en este momento el tema principal, ese paso destructor a través de los siete registros del instrumento era de un efecto horrendo y portentoso. El alarido como tema musical tiene algo de espantable. Pero los *glissandos* de los timbales, repetidamente indicados en la partitura y obtenidos gracias al cambio mecánico del diapasón durante el redoble, provocando un verdadero pánico acústico, un extraño y desconcertante efecto. Pero nada es comparable a la impresión que producía el *glissando* aplicado a la voz humana, a lo que fue primer objeto de la ordenación musical —el retorno al alarido primitivo tal como se da en el coro del Apocalipsis que describe cómo fueron rotos los siete sellos, se ennegreció el sol, se desangró la luna y zozobraron los barcos entre los gritos de los náufragos.

Pido permiso para intercalar aquí algunas observaciones sobre la parte coral y su tratamiento en la obra de mi amigo, sobre esta división sin precedentes de la masa vocal en grupos ora opuestos, ora complementarios, en diálogos dramáticos y exclamaciones individuales, de las cuales sólo el contundente «¡Barrabás!» de la Pasión según san Mateo de Bach ofrece un lejano ejemplo clásico. En el *Apocalipsis* se prescinde de los intermedios orquestales. En compensación, se diría, adquiere el coro a menudo un resuelto y sorprendente carácter orquestal: así por ejemplo, en las variaciones que constituyen el cántico de los 144.000 elegidos pobladores del cielo, las cuatro voces del coral mantienen constantemente un ritmo idéntico, al cual se superponen o se oponen, en animado contraste, los ritmos variados de la orquesta. Las excesivas asperezas polifónicas de este fragmento (y no sólo de este fragmento) dieron lugar a no pocos sarcasmos y malevolencias. Pero no queda otro remedio que resignarse a aceptarlas. Yo así lo hago por lo menos, uniendo a la resignación el asombro. La obra entera está dominada por esta paradoja (si paradoja es): mientras la disonancia es expresión de todo lo elevado, noble, virtuoso, espiritual, la armonía y la tonalidad quedan reservadas a la expresión del mundo infernal y relegadas, por lo tanto, a los demonios de lo moral y de lo vulgar.

Pero era otra cosa lo que quería decir. Me proponía aludir a los curiosos trastrueques sonoros que a menudo se dan entre la parte vocal y la parte instrumental del *Apocalipsis*. Coro y orquesta no se oponen o diferencian claramente como dos elementos distintos: humano el uno, material el otro. Se disuelven el uno en el otro. El coro es instrumentalizado; la orquesta es vocalizada, en grado bastante, cuando menos, para dar la sensación de que la frontera entre el hombre y las cosas es una alucinación. Esto da una mayor unidad a la obra, sin duda alguna, pero al propio tiempo tiene —por lo menos para mi sensibilidad— algo de angustioso, de peligroso, de maligno. Quisiera poner de relieve un par de detalles: la voz de la ramera babilónica, la hembra sobre la bestia, cortejada por los reyes de la tierra, es confiada a la triple ligera, y sus rebuscados trinos se suman en diversos pasajes, cual los de una flauta, al conjunto orquestal. Por otra parte, la trompeta, modificada por diversas sordinas, profiere una grotesca voz humana, y lo propio hace el saxofón, presente en varias de las orquestas fragmentarias encargadas de acompañar los cantos nefandos de los hijos del infierno. Las capacidades de Adrian para la imitación irónica, arraigadas en lo profundo de su melancolía, dan lugar a una serie de parodias de los más variados estilos, presentadas como la expresión de la insípida insolencia verbal: sonoridades ridiculizadas del impresionismo francés, música de salón, Lhaikovsky, Music Hall, síncopas y volteretas rítmicas del jazz —un brillante y abigarrado *carrousel* en torno del lenguaje básico de la orquesta principal, lenguaje grave, oscuro, difícil, mantenedor intransigente del rango espiritual de la obra.

Más aún. Es mucho lo que tengo que decir sobre el legado artístico, apenas conocido, de mi amigo y me inclino a presentar mis observaciones desde el punto de vista de un reproche muchas veces formulado, pero que yo me dejaría cortar la lengua antes de reconocerlo como justo: el reproche de barbarie. Ha sido formulado contra la asociación de lo más antiguo y lo más moderno que es la característica fundamental de la obra y que, lejos de responder a un propósito deliberado, reside en la naturaleza misma de las cosas, en esa curva del mundo, podríamos decir, que provoca, en lo más tardío, la repetición de lo primitivo. Más que ajustarse a compás y medida, el canto parecía inspirarse en el estilo del recitado libre. ¿No es esto lo que ocurre también con el ritmo de la más moderna música, tan vecino a los acentos del lenguaje? Ya en Beethoven encontramos frases cuya libertad rítmica es un anuncio de lo que iba a venir. Leverkühn llevó las cosas a un extremo en que sólo faltaba la renuncia al compás. No lo hizo por conservadurismo irónico. Pero sin preocuparse de simetría, y teniendo sólo en cuenta el acento verbal, los ritmos cambiaban de compás en compás. He tenido ocasión de referirme a la fuerza de ciertas impresiones recibidas. Algunas de estas impresiones, que la razón juzga superficiales, se graban en el espíritu y producen su efecto con el tiempo. Así por ejemplo la figura y las tan ingenuas como vastas ambiciones musicales de aquel pájaro raro de ultramar, que el profesor de Adrian, otro pájaro raro, nos revelara en nuestra mocedad, es decir, la persona y la historia de Johann Conrad Beissel, figuraban entre las impresiones de esta categoría. ¿Por qué no he de confesar que había pensado ya, más de una vez, en el estricto pedagogo que, desde la lejana y americana Ephrata, trató de reformar el arte del canto? Entre sus pueriles enseñanzas y las obras de Leverkühn, llevadas hasta extremos sólo accesibles para la técnica musical más erudita y refinada, mediaba un mundo de distancia. Pero para mí, el amigo que estaba al corriente, no hay duda de que el espíritu del inventor de las «notas señoras y las notas sirvientas» circula por la obra de Adrian como un fantasma.

Con estas observaciones íntimas trato de explicar esta acusación de barbarie que tanto me apena y que en modo alguno hago mía. El reproche se fundaba, sin embargo, más bien en la trama de fría modernidad, de aerodinamismo (para decirlo con esta palabra insultante), dada a una obra de visión religiosa, cuya teología está circunscrita casi únicamente al furor justiciero y al espanto. Tómese el ejemplo del testigo, del narrador de los espantosos acontecimientos, «Yo, Juan», el hombre que describe los animales del abismo infernal, con cabezas de león, de ternero, de hombre y de águila. Esta parte, tradicionalmente confiada al tenor, corre a cargo de un tiple, cuyo frío cacareo, objetivo, reporteril, forma un escalofriante contraste con su catastrófico relato. Cuando el año 1926, durante el festival de la Sociedad Internacional de Música Moderna de Francfort, se dio la primera —y, hasta la fecha, última— audición del *Apocalipsis* (bajo la batuta de Klemperer), el tenor semieunuco Erbe cantó de modo magistral esta parte extraordinariamente difícil. Sus penetrantes anuncios adquirían verdadero carácter de «postreras informaciones sobre el ocaso del mundo». Así lo había concebido el autor y así lo había comprendido, con fina sensibilidad, el intérprete. Otro ejemplo de originalidad técnica son los efectos de altavoz (¡en un oratorio!) que el compositor prevé y prescribe en diversos pasajes y gracias a los cuales obtiene insospechadas gradaciones acústico-espaciales. Gracias a los altavoces pasan ciertos elementos al primer plano acústico, mientras otros quedan relegados a un lejano fondo coral u orquestal. Recuérdense los acordes de jazz, aun cuando sólo ocasionales y limitados a temas o descripciones infernales, y nadie podrá reprocharme, creo yo, el adjetivo «aerodinámico» aplicado a una obra más próxima espiritualmente a Kaisersaschern que

523

a la fría sensibilidad moderna. Una obra que yo me atrevería a calificar de antigualla explosiva.

¡Ausencia de alma! Sé muy bien que a esto quieren referirse los que emplean la palabra «barbarie» contra la obra de Adrian. Los que tal hacen no han oído, ni siquiera leído, ciertos pasajes líricos —o, mejor aun, momentos— del *Apocalipsis*, cantos con acompañamiento de orquesta de cámara, capaces de hacerle saltar las lágrimas a otros menos blandos que yo, hasta tal punto es claro y conmovedor su carácter de ardientes súplicas espirituales. Me doy cuenta de que esta polémica es en cierto modo superflua, pero he de decir que parece bárbaro e inhumano, precisamente, lanzar la acusación de falta de alma contra lo que es precisamente una encendida aspiración a poseerla —la aspiración de la pequeña sirena de Andersen.

Rechazo el reproche con emoción y, mientras escribo, otra emoción se apodera de mí —el recuerdo de la explosión de risas, del júbilo infernal que pone breve y horrendo fin a la primera parte del *Apocalipsis*. Me inspira este pasaje un sentimiento complejo de odio, de amor y de terror, porque —y perdóneseme lo que tiene de personal este porque— siempre me causaron inquietud y temor los accesos de risa de Adrian, a los que de tan buena gana se sumaba Schildknapp y que tan torpemente secundaba yo. Un sentimiento parecido al recelo y de desamparo se apoderaba de mi espíritu —al oír aquellos cincuenta compases, iniciados con el cuchillo burlón de una sola voz, que, en precipitado *crescendo* coral y orquestal, entre ritmos contrapuestos, llegaban al *tutti fortissimo* final, verdadera explosión sardónica del gobierno de Satanás, indescriptible y espantoso tumulto de gritos, aullidos, balidos, bramidos, alaridos y relinchos que, juntos y mezclados, forman la sarcástica y triunfante risa infernal. Tanta repugnancia me inspira este episodio, realzado aun por su posición en el conjunto, que me hubiese abstenido seguramente de mencionarlo aquí si, por otra parte, no me hubiese revelado con claridad pasmosa el más profundo de los secretos de la música —el secreto de la identidad entre el creador y su obra.

En efecto: las risas infernales del final de la primera parte tienen su contrapartida en el coro —sencillamente maravilloso— para voces infantiles, con acompañamiento de pequeña orquesta, que sirve de introducción a la segunda —un fragmento de música cósmica, sideral, fría, clara, de cristalina transparencia, ásperamente disonante sin duda, pero de una inaccesibilidad supraterrenal, si así puede decirse, cuya sonoridad dulce y delicada destila, en el alma, una nostalgia sin esperanza—. Y este fragmento, que conquistó y emocionó a los más reacios, no es otra cosa, para quien tenga oídos y pueda oír, para quien tenga ojos y pueda ver, que una transposición de la sustancia musical de las risas infernales. ¡Siempre fue grande Adrian Leverkühn en la descomposición de la unidad, de lo idéntico! Conocida es su manera de modificar rítmicamente, desde la primera repetición, un tema de fuga en forma que resultaba imposible, aunque sin dejar por ello de ajustarse a la temática más estricta. Así ocurre aquí, pero con una profundidad, un misterio y una grandeza superiores. Se trata de un caso de transformación, de transfiguración, en el sentido místico de estas palabras. El tumulto espantoso, apenas apaciguado, pasa al indescriptible coro infantil con un registro completamente distinto, radicalmente alterados su ritmo y su instrumentación. Pero no hay en las angélicas y siderales sonoridades ni *una sola nota* que no tenga su rigurosa correspondencia en las risas infernales.

Adrian Leverkühn, en suma, de cuerpo entero. Esta es la música que él representa y la identidad descrita tiene el sentido profundo de un cálculo que aspira a permanacer secreto. Así me enseñó mi angustiada amistad a comprender la música de Adrian, aun cuando por natural sencillez de espíritu quizá hubiese preferido descubrir en ella algo distinto.

XXXV

Esta nueva cifra encabeza un capítulo destinado a dar cuenta de una catástrofe ocurrida en el círculo de relaciones de mi amigo. Pero, Dios mío, ¿qué frase, qué palabra de las aquí escritas no lleva un nimbo catastrófico? La catástrofe se ha convertido en el aire que respiramos. ¿Quién no ha temblado, como tantas veces tembló mi mano, ante las vibraciones de la catástrofe hacia la cual confluye mi narración y de esa otra catástrofe bajo cuyo signo vive hoy el mundo –por lo menos el mundo humano y social?

Se trata aquí de una catástrofe íntima, sin trascendencia para el mundo exterior, provocada por una gran diversidad de causas: ruindad masculina, debilidad y orgullo femeninos, fracaso profesional. Se cumplen ahora 22 años desde el día en que, casi ante mis ojos, Clarissa Rodde, la actriz, hermana de Inés, cuya existencia se encontraba asimismo seriamente amenazada, puso fin a su vida. Acabada, en mayo, la temporada de invierno 1921-1922, se suicidó en Pfeiffering, en casa de su madre, recurriendo al veneno que de largo tiempo tenía preparado para el día en que su orgullo no le permitiera seguir viviendo.

Explicaré en pocas palabras los hechos que la indujeron a cometer un acto que a todos nos llenó de estupor, aunque en el fondo su decisión no fuera censurable, así como las circunstancias de que fue acompañada su decisión. Ya sabemos que los temores y advertencias de su profesor de Munich resultaron sobradamente fundados y que, al cabo de varios años, la carrera artística de Clarissa no había podido superar el rango provincial. De Elbing, en Prusia Oriental, vino a Pforz-heim, cambio de lugar que no significaba ningún cambio de fortuna. Las grandes escenas alemanas no se ocupaban de ella. Su éxito era inexistente o, por lo menos, insignificante, y ello por la sencillísima razón —siempre tan difícil de comprender para el interesado— de que su ambición era mayor que sus dones naturales, porque le faltaba el instinto teatral sin el cual la voluntad y las lecciones valen poco y la conquista del público es imposible. Le faltaba el primitivismo, cuyo papel es decisivo en todas las artes y muy especialmente en el arte escénico, sea ello dicho en bien o en mal de los artistas en general y de los actores en particular.

Otro elemento contribuía a complicar la existencia de Clarissa. Su incapacidad para trazar entre el teatro y la vida la indispensable línea divisoria me había preocupado. Era actriz y ponía empeño en subrayar, fuera de la escena, su carácter de actriz, precisamente quizá porque sólo lo era a medias. Abusaba de los cosméticos y perfumes, se peinaba de modo rebuscado y llevaba siempre estrafalarios sombreros. En conjunto, un despliegue provocativo, pueril y susceptible de ser mal interpretado que apenaba a sus amigos, ofuscaba a las gentes en general y estimulaba el apetito de los hombres. Equivocadamente y sin el menor asomo de intención, hay que precisarlo, porque Clarissa era un dechado de castidad. Su frialdad, su menosprecio irónico, su altivez, eran manifiestos, y las manifestaciones de su orgullo cáustico podían ser también un modo de defenderse contra las tentaciones a que no había sabido resistir su hermana Inés Institoris, amante o ex amante de Schwerdtfeger.

En todo caso, y empezando por el sesentón bien conservado que, con buenas intenciones, le propuso un día que fuera su querida, eran muchos los postulantes que Clarissa había desdeñado, y entre ellos algunos críticos cuyos juicios hubiesen podido serle útiles y que, naturalmente, se vengaban de su fracaso poniéndola por los suelos como actriz. Un día, sin embargo, sonó la hora que había de poner lamentable término a sus sistemáticos desdenes. Lamentable término, digo, porque su seductor no era digno de la victoria y Clarissa no pudo tampoco considerarlo como digno de ella. Un Don Juan provinciano, de aspecto falsamente demoníaco, metido siempre entre bastidores, abogado criminalista, bien vestido y no avaro de palabras. Versado en esta clase de empresas, consiguió un día, después de la representación, y sin duda bajo el efecto de algunas libaciones, vencer la resistencia de la muchacha, desdeñosa sin duda, pero en el fondo inexperimentada y sin defensa. Su cólera fue después tan grande como el desprecio que sintió por sí misma, porque si el seductor había conseguido un instante perturbar sus sentidos, el único sentimiento que aquel hombre consiguió inspirarle fue el odio por su triunfo, mezclado a cierta extraña admiración por haber conseguido provocar su caída. Resueltamente, y con sarcasmo por añadidura, se negó a seguir satisfaciendo sus deseos, atormentada sin embargo por el temor de que algún día pudiera llevar a cabo su amenaza, formulada como medio de presión, de divulgar lo ocurrido.

Mientras tanto se le había ofrecido a Clarissa, después de los tormentos de la desilusión y de la humillación, perspectivas salvadoras de vida ordenada y burguesa. Un joven industrial alsaciano que sus asuntos llevaban a menudo de Estrasburgo a Pforzheim se enamoró perdidamente de ella. Ambos se conocieron, en casa de amigos comunes, al principio de la segunda temporada que Clarissa realizó en Pforzheim, contrato que consiguió gracias a la intervención del director literario del teatro, hombre ya entrado en años y quizá también secretamente enamorado, pero que en todo caso, y aún sin tener mucha fe en su talento de actriz, tenía en gran estima sus cualidades intelectuales y morales. Eran éstas muy superiores a lo que suele ser corriente en el mundo de la farándula y sólo le servían para crearle inconvenientes en su carrera.

No tardó el joven alsaciano en ofrecer a Clarissa palabra de casamiento, a cambio de que dejara una profesión que sólo a medias le convenía para aceptar una vida tranquila y desahogada en un medio hasta cierto punto extraño pero análogo de todos modos al que sirvió de marco a su niñez y juventud. Con sentimientos de placer y de esperanza, de gratitud y de ternura (ternura hija de la gratitud), Clarissa dio cuenta a su hermana, e incluso a su madre, de la propuesta de Henri, y, también, de las resistencias que sus planes encontraban en el seno de su familia. Henri tenía, poco más o menos, los mismos años que Clarissa. Era el hijo mimado de la familia, especialmente de la madre, y ayudaba a su padre en el negocio. Frente a su familia defendía sus intenciones con calor y con voluntad, aun cuando no quizá con la energía suficiente para vencer los prejuicios burgueses contra la comedianta, la mujer de vida errante, alemana por añadidura. Henri se hacía cargo de las reservas y aprensiones de su familia, temerosa de que se hubiese enamorado neciamente de una mujer sin merecimiento. Para convencerles de lo contrario Henri proponíase llevar a Clarissa a la casa paterna, someterla al juicio de sus padres, de sus hermanos y hermanas, de sus tías y tíos, gente poco inclinada a la condescendencia. Dedicó Henri semanas enteras en conseguir y preparar esta entrevista y en frecuentes cartas y visitas a Pforzheim ponía a Clarissa al corriente de la marcha de su empresa.

Clarissa estaba segura de que había de salir victoriosa de la prueba. A pesar de su profesión, que estaba dispuesta a abandonar, sus orígenes sociales la colocaban en situación de igualdad ante la familia de Henri. El contacto personal pondría las cosas en claro. Tanto en sus cartas, como verbalmente en el curso de una visita a Munich, daba por descontado su noviazgo oficial y su porvenir de mujer casada. Un porvenir muy distinto del que había contemplado en sus sueños de burguesa desarraigada. Pero que era el puerto de refugio, la felicidad, una felicidad burguesa, a la que venía a prestar nuevo encanto el cambio de medio. Clarissa se divertía a veces imaginando oír a sus futuros hijos hablando francés entre sí.

Al llegar este punto surgió ante Clarissa el espectro del pasado. Espectro insignificante e indigno, pero insolente e implacable. Viendo sus esperanzas e ilusiones cínicamente destruidas, se sintió acorralada hasta el punto de ir a buscar refugio en la muerte. El deleznable abogadillo a quien se había entregado en un momento de flaqueza volvió a la carga con el propósito de explotar su victoria de un día. La amenazó con poner al corriente a Henri y a su familia de lo que había ocurrido si no consentía en abandonarse a él de nuevo. Por lo que después pudo saberse, las escenas entre aquel hombre y Clarissa fueron espantosas. En vano rogó y suplicó la muchacha, arrastrándose de rodillas a sus pies, para que no la obligara a pagar la paz de su vida con la traición al hombre que la amaba y que ella amaba. Esta confesión sólo sirvió para avivar la crueldad de aquel canalla. No ocultó, en efecto, a Clarissa sus verdaderas intenciones. Al entregársele de nuevo sólo adquiriría una tranquilidad precaria, el tiempo justo de ir a Estrasburgo a prometerse. Completamente libre no volvería a serlo jamás. Estaría siempre a su disposición y sólo podría comprar el silencio con nuevas concesiones. De lo contrario, hablaría. Tendría que vivir en estado de adulterio y tal sería el castigo de su filisteísmo, de su retorno a la vida burguesa. Y cuando no pudiera aguantar esta situación, le quedaría siempre, como supremo recurso, la sustancia que pone orden en todo y que, desde antiguo, conservaba guardada en ese decorativo libro con la calavera grabada en su cubierta. La posesión de este remedio hipocrático le había permitido hasta entonces considerarse superior a la vida, tratarle a él con macabro sarcasmo –un sarcasmo mucho más conforme a su naturaleza que el tratado de paz con la vida burguesa que se disponía a firmar.

A mi modo de ver, lo que aquel sujeto se proponía, tanto y más que su posesión, era empujarla a la muerte. Su infame vanidad de conquistador exigía un cadáver de mujer, un suicidio femenino, ya que no a causa de él, cuando menos por culpa suya. Da pena pensar que Clarissa hubo de darle este gusto. Pero, tal como fueron las cosas, no podía hacer de otro modo. Así lo reconozco yo y así hubimos de reconocerlo todos. Una vez más se entregó, para quedar más aprisionada que nunca. Contaba ella con que una vez aceptada por la familia y casada con Henri habría de encontrar modo de acabar con las maniobras del extorsionador. Pero los acontecimientos se precipitaron. Su enemigo se había propuesto impedir que el casamiento llegara a consumarse. Una carta anónima con referencias, en la tercera persona del singular, al amante de Clarissa hizo su obra en Estrasburgo. Henri se la mandó a la interesada para que se justificara si podía, acompañada de otra carta en la que no aparecían, por cierto, los sentimientos de confianza inconmovibles que sólo el amor puede inspirar.

Clarissa recibió la carta en Pfeiffering, donde al terminar la temporada de Pforzheim había ido a pasar un par de semanas con su madre. Eran las primeras horas de la tarde. La señora Rodde vio cómo su hija volvía de paseo con paso precipitado. Al cruzarse con ella en el pequeño jardín interior a la casa, Clarissa saludó a su madre con una breve sonrisa inexpresiva, antes de ir a encerrarse, con dos enérgicas vueltas de llave, en su cuarto. Desde su propio dormitorio, separado sólo por un tabique, oyó la señora Rodde pocos instantes después a su hija haciendo gargarismos en el lavabo –después supimos que la infeliz trataba de calmar el dolor de las quemaduras que el paso del ácido fatal había provocado en su garganta–. Se hizo después el silencio, un silencio prolongado y sospechoso al que puso fin la madre, al cabo de veinte minutos, llamando repetidamente a la puerta del cuarto de Clarissa. Su insistencia no obtuvo respuesta alguna. Sobrecogida por el miedo, y con el pelo en desorden, corrió hacia la casa y dio cuenta de lo que ocurría a la señora Schweigestill. Ambas, acompañadas de un criado, volvieron al lugar y, después de llamar varias veces en vano, el citado criado hizo saltar la cerradura. Clarissa, con los ojos abiertos, estaba tendida sobre el sofá, al pie de la cama, el mismo sofá que tantas veces había visto yo en la Rambergstrasse y sobre el cual se precipitó, sin duda, al verse sorprendida por la muerte, mientras trataba de calmar sus atroces dolores en el lavabo.

—No creo que podamos hacer ya nada, buena señora —dijo la dueña de la casa ante el cuadro que se ofrecía a sus ojos. El mismo cuadro había de ver yo, algunas horas más tarde, al llegar precipitadamente de Freising, donde fui avisado por teléfono, para abrazar, como viejo amigo de la familia, a la desconsolada madre. Else Schweigestill y Adrian, a quien encontré en la estación, asistían también a la escena. En el rostro de Clarissa, y en sus lindas manos, manchas de azul oscuro indicaban que la muerte por sofocación había sido rápida. Los órganos respiratorios habían sido implacablemente destruidos por una dosis de cianuro bastante para matar a una compañía de soldados. Sobre la mesa estaba el libro, con el nombre de Hipócrates grabado en la cubierta en caracteres griegos, que servía de zócalo a la calavera y que, como sabemos, no era un libro sino una caja de bronce, cuyo fondo había sido cuidadosamente desatornillado. Junto al libro una nota apresuradamente pergeñada con lápiz y dirigida a su prometido:

Je t'aime. Une fois je t'ai trompé, mais je t'aime.

Henri vino al entierro, de cuyos preparativos hube de cuidar. Estaba desesperado, o, como dicen los franceses, *désolé*, palabra a la que, sin duda injustamente, se atribuye un sentido más convencional, menos trágico. Tengo la seguridad de que su dolor era sincero cuando me decía:

—Crea, señor, que mi amor era bastante grande para perdonarla. Todo se hubiese podido arreglar. Pero ahora —*comme ça...*

Comme ça... Todo se hubiese podido arreglar, en efecto, si él no hubiese sido uno de esos hijos pegados a las faldas de la madre, si Clarissa hubiese encontrado en su prometido un verdadero apoyo.

Aquella noche, mientras la señora Rodde permanecía inconsolable junto a los rígidos restos de su hija, Adrian, la señora Schweigestill y yo nos ocupamos de redactar la esquela mortuoria. Nos pusimos de acuerdo sobre una fórmula según la cual Clarissa se había separado de la vida temporal después de una larga e incurable enfermedad del corazón, fórmula que presenté al decano de la Iglesia luterana de Munich, al ir a tratar con él de la ceremonia religiosa, a la cual la señora Rodde no quería renunciar en ningún caso. Inocente y confiado, aun cuando muy poco diplomático, empecé por confesar que Clarissa había preferido la muerte a una vida deshonrosa, versión que el pastor, luterano de una pieza y hombre de robusta fe, se negó a aceptar como válida. De la discusión que se entabló acabé por deducir que la Iglesia no deseaba ser dejada al margen, pero no estaba tampoco, por otra parte, dispuesta a bendecir el suicidio, por muy nobles y elevados que fueran sus motivos. En otras palabras, el buen señor deseaba sencillamente que yo mintiera. A ello me presté casi sin transición y con una facilidad que tenía algo de ridícula. Presenté lo ocurrido como un accidente, como una confusión de frascos, y de este modo conseguí que el obstinado pastor, halagado por la importancia que se daba a su participación en el entierro, se aviniera por fin a dar el necesario consentimiento.

En la fúnebre ceremonia, en el cementerio-jardín de Munich, estaban presentes todos los amigos de la familia Rodde. No faltaban ni Rudi Schwerdtfeger, ni Zink, ni Spengler, ni siguiera Schildknapp. El dolor de todos era sincero, porque la pobre Clarissa, a pesar de su orgullo y de su desdeñoso temperamento, sólo contaba con simpatías. La madre no estaba presente. Inés Institoris, vestida de gran luto, la cabeza erguida y ligeramente torcido el pescuezo, presidía el duelo y recibía dignamente las expresiones de pésame. En el trágico desenlace del contacto de su hermana con la vida no podía dejar de ver un aciago presentimiento para ella misma. En el curso de una conversación me había dado a entender que la suerte de su hermana le inspiraba más envidia que piedad. La situación de su marido era cada día más difícil, a medida que ciertos elementos provocaban deliberadamente la depreciación de la moneda. La muralla de lujo, que le servía de protección contra la vida, amenazaba con desmoronarse, y parecía ya dudoso que pudieran conservar el magnífico departamento del Jardín Inglés. En cuanto a Rudi Schwerdtfeger, después de rendir a Clarissa, buena camarada, el último tributo, se había retirado del cementerio con un apresuramiento que no pudo dejar de llamarme la atención, y así se lo hice notar a Adrian.

Era la primera vez que Inés volvía a ver a su amante desde que Rudi decidió romper sus relaciones con ella. Con cierta brutalidad, hay que confesarlo, aun cuando el empeño que ella ponía en mantenerlas hacía punto menos que imposible la empresa de liquidarlas «por las buenas». Verla ante la tumba de la hermana, junto a su insignificante marido, daba una impresión de abandono y de profunda infelicidad. Un grupo femenino estaba allí, en todo caso, para consolarla, presente por su amistad con ella más que con Clarissa. A este grupo, corporación, club de amigas, o como haya que llamarlo, pertenecía Natalia Knöterich, la exótica confidente de Inés; una escritora rumana, separada de su marido, autora de algunas comedias, cuyo salón de Schwabing estaba abierto a toda la bohemia de Munich; la actriz del Teatro Real Rosa Zwitscher y otras más que no es del caso nombrar, sobre todo porque no estoy seguro de poder considerarlas como asociadas activas.

No habrá de sorprenderse el lector si añado que el nexo que unía a esas mujeres era la morfina. Nexo doblemente poderoso, porque, en primer lugar, las conjuradas se procuraban mutuamente la preciosa droga, y también porque la común servidumbre establecía entre las esclavas del vicio una tierna solidaridad. En el caso que nos ocupa esta solidaridad se veía reforzada con cierta máxima o filosofía, de la cual Inés Institoris era la propia autora y a la que las cinco o seis amigas del grupo habían dado su adhesión. Inés entendía —lo sé por ella misma— que el dolor es indigno del ser humano, que el sufrimiento es deshonroso. Más aún, ¡la vida en sí misma, la simple existencia animal constituía una carga deprimente y era, por lo tanto, un acto de noble altivez y de soberanía espiritual el despojarse de esta carga para conquistar la libertad, la ligereza, el bienestar de una existencia incorpórea, el procurar al elemento físico las materias fluidas que habrían de permitirle emanciparse del dolor!

Esta filosofía aceptaba las ruinosas consecuencias físicas y morales que el hábito de la droga había de llevar consigo. Veía en ellas precisamente un título de nobleza, y en la conciencia de una precoz ruina común residía probablemente el secreto de la ternura, de la afectuosa veneración que ligaba a las compañeras unas con otras. No sin repugnancia observaba yo el brillo encantado de sus miradas, la íntima efusión de sus besos y abrazos cuando me era dado asistir a una de sus reuniones. Confieso mi intolerancia ante esa debilidad, intolerancia de la que yo mismo me sorprendo porque no está en mi carácter erigirme en campeón de la virtud o en censor implacable de las costumbres. El vicio lleva consigo una dulce hipocresía hacia la cual he sentido siempre una invencible aversión. Le reprochaba además a Inés su indiferencia de madre, de la cual su vicio era una manifestación, y que no podían disimular los mimos afectados y caricias fingidas. En resumen, el vicio que se entregaba aquella amiga me afligía profundamente y ella se daba cuenta, por otra parte, de que los sentimientos de mi corazón se habían apagado, a lo que correspondía con una sonrisa maliciosa y amarga. La misma sonrisa que pude observar cuando, durante dos horas, me tomó por confidente de sus penas y voluptuosidades amorosas.

Pocos motivos tenía Inés para tomar la vida en broma. Su progresivo encanallamiento era entristecedor. Tomaba la droga en dosis excesivas que, en lugar de estimularla, la ponían en un estado impresentable. Bajo la influencia del estupefaciente, Rosa Zwitscher, la actriz, trabajaba con más talento que nunca y Natalia Knöterich brillaba mejor en sociedad. No le ocurría otro tanto a la pobre Inés, que, a menudo, se sentaba a la mesa en estado de semiinconsciencia, con los ojos velados y la mirada ausente, incapaz de corresponder de otro modo que con leves inclinaciones de cabeza a las preguntas de su hija mayor y de su apenado marido. Añadiré aún que, pocos años más tarde, Inés cometió un delito capital que causó inmensa sensación, y puso término a su existencia social. Pero aun siendo grande el horror que me causara el crimen, mi antigua amistad me hizo sentir casi —y aún sin casi— orgulloso de que Inés en su decadencia, hubiese encontrado la energía necesaria para aquel acto.

XXXVI

Corres hacia el abismo, Alemania, y pienso en tus esperanzas. En las esperanzas, quiero decir, que supiste despertar, aunque probablemente sin compartirlas. Después de tu primer derrumbamiento, relativamente benigno, después de la abdicación del imperio, el mundo puso en ti esperanzas que, durante algunos años, a pesar de tu desatada conducta, de la desmesurada hinchazón con que presentaste al mundo tus sufrimientos, de la escandalosa inflación monetaria, pareciste querer justificar.

Cierto es que aquella descarada empresa, concebida como un medio para asustar al mundo, contenía ya algo de la excentricidad, de la monstruosa incredibilidad que ha caracterizado nuestra conducta desde 1933, y, con mayor motivo aún, desde 1939. Pero el juego de los millones, billones y trillones acabó por terminar un día, la faz contorsionada de nuestra vida económica volvió a adquirir los rasgos de la razón y empezó una época de convalecencia moral, de progreso social en la paz y en la libertad, de actividad cultural orientada hacia el porvenir, de adaptación de nuestras ideas y nuestros sentimientos a los del resto del mundo. Una nueva aurora parecía brillar para nosotros, alemanes. Sin duda posible, y a pesar de sus innatas flaquezas y de la antipatía que por sí misma sintiera, tales eran el sentido y la esperanza de la República alemana —repito que al hablar de esperanza me refiero a la que despertaba en los demás—. Era una tentativa, con ciertas, aun cuando remotas, probabilidades de éxito (la segunda, después del fracaso de la gran tentativa unificadora de Bismarck), para normalizar la vida alemana, europeizándola o, si se quiere, «democratizándola», para incorporar a Alemania intelectualmente a la comunidad social de los pueblos. ¿Quién podrá negar que, en los demás países, se creyó de buena fe que este proceso era posible? ¿Quién pretenderá discutir la existencia en Alemania de un movimiento en este sentido, movimiento que afectó a los más variados sectores, con la sola excepción, quizá, de la clase campesina, siempre cerrada a las innovaciones?

Me refiero a los años de la tercera década del siglo y, más especialmente, a su segunda mitad, cuando fue indiscutible el desplazamiento hacia Alemania del centro de la vida cultural, radicado hasta entonces en Francia. Es en alto grado significativo que durante este período tuviera lugar la primera audición, o más exactamente la primera audición completa, del oratorio apocalíptico de Adrian Leverkühn. Aun cuando el estreno tuvo lugar en Francfort, una de las ciudades alemanas de carácter más abierto y liberal, la obra de Adrian no dejó por ello de suscitar críticas coléricas y acusaciones de nihilismo y de desprecio por el arte. Fue calificado el oratorio de «atentado musical» y resonó, por su culpa, el epíteto que estaba entonces de moda: «bolchevismo cultural». Pero tanto la obra como su ejecución —verdadero acto de osadía— encontraron inteligentes defensores, y este noble impulso, este movimiento cosmopolita y liberal que hacia el año 1927 alcanzó su punto culminante, esta contrapartida de la reacción nacionalista, wagneriana y romántica que tenía en Munich su foco principal, se manifestó ya en la vida intelectual de Alemania desde los primeros años de aquella famosa década. Basta recordar los festivales de música de Weimar, en 1920, y de Donaueschingen, el siguiente año. En ambas ocasiones —sin que, por desgracia, estuviera presente el compositor— fueron ejecutadas, junto a otras también representativas de una nueva tendencia intelectual y musical, obras de Adrian Leverkühn. En Keimar la *Sinfonía cósmica*, bajo la gran autoridad rítmica de Bruno Walter, y en la pintoresca ciudad badense, con la colaboración del famoso teatro de marionetas de Hans, las cinco partes de *Gesta romanorum*, ejemplo único, inolvidable, de un arte en el que alternan la emoción y la ironía. En ambos casos el público, un público que pudiéramos calificar de artísticamente «republicano», dio muestras de una gran receptividad.

No quiero tampoco pasar en silencio la parte de los artistas y amigos del arte alemanes en la fundación de la Sociedad Internacional de Música Moderna, en 1922, y las primeras audiciones de esta sociedad, dos años más tarde, en Praga. Se interpretaron allí, ante un público en el que figuraban personalidades eminentes de diversos países, diversos fragmentos instrumentales y vocales de la *Apocalipsis cum figures*. La obra había sido ya editada, no por la casa Schott de Maguncia, como las composiciones anteriores de Adrian, sino por la Universal Edition de Viena, cuyo director el doctor Edelman, ejercía, a pesar de su juventud, una influencia considerable sobre la vida musical centroeuropea. Cuando la obra no estaba terminada todavía (durante la interrupción del trabajo que impuso a Adrian su recaída) Edelman se presentó un día en Pfeiffering a ofrecer sus servicios. El motivo de su visita, explicó Edelman, era el artículo que bajo la firma del musicólogo húngaro Desiderius Feher una revista musical vienesa de vanguardia había consagrado a la obra de Adrian. Sobre el alto nivel intelectual y el contenido religioso, así como sobre las cualidades específicas de la música, su reserva, su nota desesperada, su casi morbosa inspiración, el autor del artículo se expresó en términos de gran emoción, subrayada aún por la circunstancia, sinceramente confesada, de que su contacto con la música de Adrian no era hijo de su propia iniciativa sino provocado desde fuera, o como él decía, desde lo alto, desde la esfera del amor y de la fe, la esfera del eterno femenino. En el artículo, pues, como en la obra que le servía de tema, se mezclaban el análisis y el lirismo, y a través de sus frases aparecía, discretamente, la figura de una mujer sensible, no sólo enterada sino activamente empeñada en divulgar lo que ella sabía. La visita del doctor Edelman, provocada por el artículo, era en realidad consecuencia indirecta de una energía y de un amor que se complacían en permanecer ocultos.

¿Sólo indirecta? No estoy muy seguro. Es posible que el joven doctor Edelman recibiera también de la «esfera» en cuestión indicaciones e insinuaciones directas, y así me lo hace suponer el hecho de que él estuviera, en realidad, mejor enterado que el autor del artículo, hasta el punto de conocer y hacer uso del *nombre*, cuando se acercaba el final de la conversación. Poco había faltado para que Adrian se negara a recibir a un visitante desconocido. Cuando éste, por fin, consiguió la deseada entrevista, lo primero que hizo fue preguntarle por su oratorio, del cual dijo –aunque yo lo pongo en duda– haber oído hablar en el artículo por primera vez–. Logró después que Adrian, a pesar de sufrir hasta el límite del desfallecimiento, ejecutara al piano, en la sala de la hornacina, extensos fragmentos del manuscrito. En el mismo instante, y sin vacilación alguna, Edelman adquirió la obra para la Universal Edition y mandó el contrato, al día siguiente, desde el hotel Bayerischer Hof, de Munich. Pero antes de retirarse, empleando una fórmula común a vieneses y franceses, le hizo esta pregunta:

–¿Conoce el maestro a la señora Von Tolna?

Estoy introduciendo en mi narración una figura que un novelista debiera abstenerse, en todo caso, de presentar a sus lectores. La *invisibilidad* está en contradicción manifiesta con las exigencias del arte y, por lo tanto, de la novela, y la señora Von Tolna es una figura invisible. No puedo ofrecerla a la mirada del lector, no puedo dar ningún detalle sobre su exterior porque nunca la vi y nunca me fue dada una descripción suya. Ninguno de mis conocidos la conoció. Ignoro, y no pretendo averiguar, si el doctor Edelman, o el autor del artículo, compatriota suyo, la conocieron o no. Adrian contestó a la pregunta del editor negativamente. No, no conocía a tal señora (y al propio tiempo se abstuvo de preguntar quién era, en vista de lo cual Edelman se abstuvo, a su vez, de dar otras explicaciones, limitándose a añadir):

—En todo caso, maestro, no tiene usted admiradora más calurosa que ella.

Este «desconocimiento» el editor vienés lo interpretó, sin duda, como una verdad condicional y envuelta en un velo de discreción. Así era, en efecto. Adrian pudo contestar como lo hizo porque sus relaciones con la aristócrata húngara no habían ido acompañadas de ningún encuentro personal. Añado, además, que según acuerdo tácito entre los dos, un encuentro personal no habría de producirse nunca. Esto no impedía que Adrian estuviera, desde largo tiempo, en constante correspondencia con ella y que, en innumerables cartas, la dama en cuestión se revelara como la más perfecta conocedora y admiradora de la obra de Adrian, a la vez que como su sincera amiga y consejera, sentimientos a los que Adrian correspondía llevando la confianza y las confidencias tan lejos como puede ser capaz de hacerlo un hombre refugiado en la soledad. He hablado ya de dos almas femeninas sedientas de abnegación que, por su desinterés, se han asegurado un modesto lugar en la vida, seguramente inmortal, de este hombre. Ésta es una tercera, muy distinta, aunque no inferior en desinterés a las demás. Así lo demostraban la renuncia ascética al contacto directo, la observación estricta del alejamiento, la reserva, la invisibilidad, cosas por otra parte imposibles de atribuir a la timidez, ya que se trataba de una mujer de mundo que, para el ermitaño de Pfeiffering, representaba verdaderamente el mundo, el mundo tal como él podía soportarlo, es decir, a distancia...

De esta figura singular no puedo contar más que lo que sé. La señora Von Tolna era la viuda de un noble disipado; a la muerte de su marido —muerte que no fue debida a sus vicios sino a un accidente en una carrera de caballos– se encontró en posesión de un palacio en Pest, de inmensas propiedades rústicas sitas a pocas horas de distancia, al sur de la ciudad, cerca de Stuhlweissenburg, entre el lago Balaton y el Danubio, más una villa, que era más bien palacio, a orillas de dicho lago. No tenía hijos. En sus tierras, inmensos campos de trigo y grandes plantaciones de remolacha, cuyo producto era tratado en refinerías propias, disponía asimismo de una magnífica residencia del siglo XVIII, renovada con toda la comodidad moderna. Pero el tiempo que pasaba en todos estos lugares, llenos para ella probablemente de poco agradables recuerdos, era muy breve. Administradores, mayordomos y criados cuidaban de ellos. La propietaria pasaba la mayor parte del tiempo en París, en Nápoles, en Egipto, en las montañas de Suiza, acompañada siempre de una camarera, de un mayordomo y de un médico especialmente afecto a su persona, encargado de velar por su delicada salud.

Su libertad de movimientos era, sin embargo, grande, y llevada por un entusiasmo hijo del instinto, de la adivinación, de la sensibilidad, de una introspección y parentesco espiritual secretos, o de lo que fuera y que sólo Dios sabe, su presencia se manifestaba en los lugares más insospechados. Se supo más tarde que esta mujer no dejó de estar presente, confundida con el público, en ningún lugar, en ninguna ocasión, donde y cuando alguien se atrevió a presentar la música de Adrian: en Lübeck (para asistir al desastroso estreno de la ópera), en Zurich, en Weimar, en Praga. Ignoro cuántas veces, sin darse a conocer, vino a Munich para estar cerca del lugar donde Adrian residía. Además se sabe que Pfeiffering no era para ella un sitio desconocido. Sin ruido alguno había querido ponerse en contacto con el paisaje y el medio que Adrian había elegido como suyos y, si no ando equivocado, permanecido un rato junto a las ventanas de la sala del abad, antes de retirarse en silencio. Estos detalles son conmovedores, pero ciertamente no tanto como las verdaderas peregrinaciones que, según pudo averiguarse casualmente más tarde, emprendiera a Kaisersaschern, a Oberweiler y al mismo Buchel. No ignoraba, por lo tanto, el paralelismo –para mí siempre preocupante– que existía entre el lugar de su niñez y el ambiente que servía de marco a su vida de hombre maduro.

Se me olvidaba decir que Palestrina, el pintoresco pueblo de los Montes Sabinos, no había quedado fuera del piadoso recorrido. La dama residió durante unas semanas en casa de los Mainardi y entabló rápidamente cordial amistad con la buena mujer, a la que en sus cartas, escritas mitad en alemán y mitad en francés, solía llamar mamá Mainardi, *mère* Mainardi, nombre que daba también a la señora Schweigestill, después de haberla visto sin ser vista o, por lo menos, observada. Pero a ella misma, ¿qué nombre desearía darle, en relación con Adrian? ¿Qué nombre desearía que le fuese dado? ¿Diosa protectora, egeria, amante espiritual? La primera carta que (desde Bruselas) dirigió a Adrian, iba acompañada de un regalo, un anillo como nunca vi otro igual, lo que no significa gran cosa en sí, porque el autor de estas líneas nunca fue hombre versado en los tesoros de este mundo. Era una joya de valor –para mí– incalculable y de una gran belleza. La sortija misma, cincelada, era un trabajo de orfebrería del Renacimiento; la piedra, tallada en plano, una espléndida esmeralda de los Urales de color verde pálido y de fulgurante brillo. El anillo había ornado un día, sin duda, la mano de un cardenal, y esta suposición era válida a pesar de la inscripción pagana grabada en el metal, dos versos inscritos en finísimos caracteres griegos, cuya aproximada traducción podría ser:

Un gran temblor sacudió los laureles de Apolo,
¡y todo tiembla! ¡Escapaos, huid, infelices!

No me fue difícil situar estos versos como los dos primeros de un himno a Apolo de Calimaco. A pesar de su extremada pequeñez, los caracteres de la inscripción habían conservado una perfecta claridad. El emblema grabado debajo del texto era más borroso, pero mirado a la lupa revelaba la forma de un monstruoso reptil alado con una lengua saliente en forma de flecha. El mitológico fantasma despertó en mí el recuerdo de Filotectes, herido por la flecha envenenada de Hércules, pero también el nombre de «serpiente alada y silbante» que Esquilo da a la flecha, sin hablar de la relación que existe entre los proyectiles de Febo y los rayos del sol.

Soy testigo de que Adrian recibió este soberbio regalo, signo de una lejana y sincera amistad, con infantil agrado, y que si se abstuvo de llevar el anillo ante terceras personas, adquirió la costumbre, o adoptó el rito, de ponérselo durante su trabajo. Me consta que ni un momento dejó de llevar la joya en la mano izquierda mientras duró la composición del *Apocalipsis*.

¿Tenía presente Adrian que el anillo es el símbolo de la unión, del encadenamieto, de la servidumbre corporal? No creo que se preocupara gran cosa de este simbolismo. En el rico eslabón de una cadena invisible que tenía costumbre de llevar mientras componía, no veía otra cosa que una relación entre su soledad y el mundo, un mundo que era para él impersonal, sin rostro, y cuyos rasgos individuales le preocupaban mucho menos que a mí. Me preguntaba yo a veces si no había en el aspecto exterior de aquella mujer algo que justificara su decisión de permanecer invisible. Podía ser fea, coja, jorobada, desfigurada por una enfermedad de la piel. No lo creo, sin embargo, y estoy, al contrario, persuadido de que el defecto, si defecto había, era del alma y no del cuerpo. Adrian, por su parte, no trató nunca de violar la ley establecida y se avino tácitamente a que las relaciones no salieran nunca del plano «puramente espiritual».

Esta fórmula —«puramente espiritual»— la empleo de mala gana por su trivialidad. Tiene algo de descolorido y de blanco que no corresponde a cierta energía práctica, propia de aquella lejana y velada amistad. Una gran cultura musical y un conocimiento general de las cosas de Europa daban a las cartas que Adrian recibiera durante el período de preparación y de composición del *Apocalipsis*, un denso contenido. Para la preparación del texto recibió mi amigo oportunos consejos y materiales preciosos, así por ejemplo, la antigua versión francesa de la visión de san Pablo. Dando rodeos y sirviéndose de personas interpuestas, «el mundo» —como Adrian solía decir— se ocupa de él enérgicamente, ya fuera inspirando el artículo de la revista musical vienesa o la adquisición del oratorio por la Universal Edition. En 1921, el teatro de marionetas Platner recibió de una fuente oscura, y que nunca fue posible esclarecer, los importantes medios necesarios para montar musicalmente la *Gesta romanorum* en Donaueschingen.

Alguien se encontraba «a la disposición» de Adrian y esto es lo que quisiera subrayar. No era posible dudarlo. Adrian tenía a su disposición todo cuanto su mundana admiradora podía ofrecerle —y en particular su fortuna, que visiblemente era para ella una carga de conciencia, aun cuando inseparable de su modo de vivir. De esta fortuna, claro estaba que su posesora hubiese deseado sacrificar en el altar del genio cuanto más mejor, y nada hubiese sido más fácil a Adrian que cambiar de la noche a la mañana su modo de vivir, adaptándolo al lujo que simbolizaba la sortija sólo llevada entre las cuatro paredes de la sala del abad. Lo sabía él tan bien como yo. ¿Hace falta decir que no pensó nunca tal cosa? La idea de saber que tenía a sus pies una fortuna con la cual, sólo extendiendo la mano, podría procurarse una existencia principesca tenía para mí algo de deslumbrador. A él no le preocupaba gran cosa. Y sin embargo, una vez, por excepción, durante uno de sus viajes, gozó Adrian de la lujosa existencia que, secretamente, deseaba yo para él.

Van para veinte años. Adrian aceptó la invitación que la señora Von Tolna le hiciera, con carácter permanente, de pasar una temporada indefinida en cualquiera de sus residencias siempre que ella no estuviera allí. Era entonces la primavera de 1924, en Viena, cuando en la sala Ehrbar, y en una de las veladas musicales patrocinadas por la revista *El Primer Paso*, Rudi Schwerdtfeger ejecutó con gran éxito –sobre todo para él– el concierto para violín y orquesta que Adrian se decidió finalmente a dedicarle. Digo «sobre todo para él» porque la obra perseguía abiertamente la intención de concentrar el máximo interés en el trabajo del solista y porque, aun siendo su estilo inconfundible, no podía ser considerada como una de las más elevadas y exigentes de Leverkühn. Había en ella, al contrario, algo de amable, de condescendiente, de protector, que me recordaba cierta profecía de alguien que ya no es del mundo de los vivos. Adrian se negó a presentarse al público después de la audición, que por cierto no fue avaro de aplausos. Había salido ya de la sala cuando fueron en su busca. Más tarde el empresario, Rudi Schwerdtfeger, radiante de gozo, y yo lo encontramos en el restaurante del pequeño hotel de la Herrengasse donde Adrian se hospedaba. Su intérprete, en cambio, se consideró obligado a hospedarse en uno de los grandes hoteles del Ring.

La celebración del éxito fue corta, porque Adrian se quejaba de dolor de cabeza. Pero era indudable que Adrian atravesaba un período de buen humor y así me explico que al día siguiente decidiera no regresar inmediatamente a casa y darle a su mundana amiga el gusto de ir a pasar unos días en sus posesiones de Hungría. La condición de la ausencia estaba cumplida. Ella se encontraba –invisible y presente– en Viena. Adrian anunció su llegada por telegrama, con breve anticipación, y es fácil imaginar que entre cierto hotel de Viena y la administración de la finca hubo un rápido cambio de impresiones para preparar el recibimiento. Adrian se puso en camino y su compañero de viaje no fui yo, cuyas obligaciones apenas si me habían permitido ausentarme para asistir al concierto. Tampoco fue esta vez Rudiger Schildknapp, el indiferente, que no se había tomado la molestia de ir a Viena para el concierto ni hubiese podido probablemente hacerlo, aun queriendo, por falta de medios. Fue su acompañante, como es natural, Rudi Schwerdtfeger, porque, encontrándose ya en Viena, disponía de tiempo para la excursión y porque el éxito artístico que acababan de obtener juntos creaba la atmósfera adecuada. La insistencia incansable de Rudi había acabado por procurarle un triunfo que había de serle fatal.

En su compañía, pues, Adrian pasó doce días en los salones y aposentos del palacio Tolna, magnífica residencia del siglo XVIII, donde fue recibido como lo hubiese sido el amo y señor después de una larga ausencia. Juntos recorrieron en coche las tierras de la finca, extensas como un principado, atendidos por una cohorte de servidores, algunos de ellos turcos. Sus paseos les llevaron con frecuencia hasta las pintorescas orillas del lago Balatón. A su disposición estaban la biblioteca, con valiosos volúmenes en cinco idiomas, dos magníficos pianos de cola y un órgano en el podio de la sala de música. Me contó Adrian que en la aldea que formaba parte de la finca los campesinos vivían en un estado de extrema pobreza. Su nivel de vida era de un arcaísmo prerrevolucionario. El administrador, jefe a la vez de aquella miserable población, les contó como cosa curiosa que en el pueblo sólo se comía carne una vez al año. Sus habitantes no disponían siquiera de velas de sebo para alumbrar y se acostaban, todo el año, a la hora de las gallinas. Cambiar ese estado de cosas, al cual por ignorancia y por costumbre eran insensibles los que habían de soportarlo, limpiar el pueblo, cuya suciedad era indescriptible, y convertir las inmundas chozas en viviendas higiénicas era empresa que no estaba al alcance de una sola persona y mucho menos de una mujer. Pero es de suponer que el espectáculo de este pueblo era una de las cosas que más profundamente herían la sensibilidad de la oculta amiga de Adrian y más contribuía a tenerla alejada de sus posesiones.

De este episodio ocasional en la austera vida de mi amigo sólo puedo dar, por otra parte, muy sumaria cuenta. No le acompañé, ni hubiese podido acompañarlo aun de habérmelo él pedido. Schwerdtfeger, que estuvo allí, podría contar más cosas. Pero Schwerdtfeger murió.

XXXVII

Mejor sería que, como hice en capítulos anteriores, me abstuviera de darle al presente una cifra propia y lo tratara como una continuación del presente, más aún, como formando cuerpo con él. Proseguir sin signos externos de interrupción sería lo más adecuado, porque, en realidad, seguimos de pleno en el capítulo «mundo», consagrado a las relaciones, o a la falta de relaciones, entre mi malogrado amigo y su mundana amiga. Hemos de abandonar al llegar este punto toda secreta discreción. El mundo no se presenta bajo la forma nebulosa de una diosa protectora, de una remitente de valiosos símbolos. Adquiere la figura de un empresario de conciertos internacionales, hombre amablemente indiscreto, incapaz de respetar la soledad de los demás, no desprovisto de cierta atracción y que yo, por lo menos, encontré simpático. Se llamaba Saul Fitelberg y apareció en Pfeiffering un sábado, a fines de verano, por la tarde (me proponía yo volver a casa el domingo por la mañana porque era el cumpleaños de mi mujer), con el propósito de hacerle a Adrian ciertas proposiciones que no fueron aceptadas. Sin darse por molestado en lo más mínimo se retiró al cabo de una buena hora, durante la cual pasamos un rato excelente.

Era en 1923. No podía decirse que el hombre se precipitara. Cierto que la obra de Adrian no había sido aún presentada ni en Francfort ni en Praga. Pero habían tenido ya lugar las audiciones de Weimar y de Donaueschinguen, sin hablar de las de Suiza, durante los años juveniles de Adrian. No hacía falta una intuición profética para darse cuenta de la aparición de una obra merecedora de vasta difusión y digna de alta estima. El *Apocalipsis* había sido ya editado y no es posible que monsieur Saul hubiese tenido ocasión de estudiarlo. Sea como fuere, el hombre había olido el guisado y ofrecía sus servicios. Sabía cómo tenía que arreglárselas para poner en valor un genio y procurarle la gloria, y guiado por este propósito no había vacilado en ir a violar el refugio de la creación dolorosa. Su visita no tenía otro objeto y las cosas se desarrollaron del modo siguiente:

Llegué a Pfeiffering a primeras horas de la tarde y después de tomar el té, a eso de las cuatro, salimos con Adrian a dar un paseo. A la vuelta nos sorprendió encontrar bajo el olmo uno de esos automóviles de cierto lujo, tal como pueden alquilarse, al día o a la hora, con chófer y todo, para dar la ilusión del coche de propiedad. Junto al automóvil había un chófer, en efecto, que al pasar nosotros se quitó la gorra y nos saludó sonriente, pensando sin duda en el pintoresco cliente que le había tocado transportar. En la puerta de la casa encontramos a la señora Schweigestill, con una tarjeta de visita en la mano y gran azoramiento en la voz. Había llegado, nos dijo, un «hombre de mundo», palabras, estas últimas, que fueron como susurradas y en las que yo no pude dejar de percibir algo de extrañamente sibilino. Para completar la descripción del visitante, la buena Else lo calificó de «mochuelo» y nos explicó que hablaba de preferencia francés, que la había llamado *chère Madame* primero y *petite maman* después y que le había pellizcado las mejillas a Clementine. Hasta que el «hombre de mundo» se marchara, la pequeña permanecería encerrada en su cuarto. Pero claro que no había podido echar de la casa a un hombre llegado ex profeso de Munich en automóvil. El visitante esperaba en el gran salón.

Con una expresión de desconfianza en nuestros ojos nos pasamos el uno al otro la tarjeta de visita, en la que no faltaban las indicaciones sobre la profesión de su propietario. «Saul

Fitelberg. Organización de Conciertos. Representante de grandes artistas.» En francés, por supuesto. No me disgustaba, al contrario, la idea de encontrarme allí para servir de escudo a Adrian. Me alarmaba la sola suposición de verlo solo y entregado a ese «representante». Uno tras otro entramos en la sala de la hornacina.

Yo el primero. Fitelberg se encontraba junto a la puerta y su atención se concentró en Adrian, que venía detrás de mí, tan pronto me hubo examinado superficialmente a través de sus anteojos de concha. Era por Adrian, y no por mí, que había arriesgado el gasto de un viaje de dos horas en automóvil. Claro que no hace falta gran perspicacia para distinguir a un genio de un profesor de Liceo, pero el rápido sentido de orientación de aquel hombre, la facilidad con que descubrió mi insignificancia a pesar de haber entrado yo el primero tenía algo de impresionante.

—Querido maestro —empezó diciendo en francés, lengua que hablaba con extrema facilidad aunque no sin acento extranjero—, estoy emocionado y satisfecho de haberle encontrado. Aun para los que estamos acostumbrados a esta experiencia, y algo encallecidos, el encuentro con un gran hombre tiene siempre algo de conmovedor. Encantado, señor profesor —dijo distraídamente, dándome la mano, al serle presentado por Adrian. Y en seguida volvió a las andadas—: Estará usted tentado de maldecir al intruso, señor Leverkühn. Encontrándome en Munich, no podía dejar pasar la ocasión... Pero en verdad que no sé por qué hablo francés. Puedo expresarme también en alemán, aun cuando no a la perfección, pero lo bastante bien para hacerme comprender. Estoy convencido, por otra parte, de que usted comprende el francés admirablemente (sus composiciones sobre poesías de Verlaine bastarían para demostrarlo). Pero, en fin, el caso es que nos encontramos en Alemania y en un rincón que no puede ser más característicamente alemán. Este refugio, maestro, es verdaderamente idílico... Desde luego, con mucho gusto, estaremos mejor sentados. Gracias, mil gracias.

Era un hombre de cuarenta y tantos años, grueso aunque no barrigudo, afeitado y de cara redonda, cejas arqueadas y alegres ojos rasgados, cuyo brillo mediterráneo no conseguían empañar los anteojos. Empezaba a caérsele el pelo y una constante sonrisa dejaba al descubierto sus dientes de inmaculada blancura. Iba elegantemente vestido, según la estación, con un traje entallado de franela azul rayado de blanco y zapatos de lona con puntas de cuero de color. La descripción que dio de él la señora Schweigestill no era contraria a la realidad. Del hombre de mundo tenía las maneras fáciles, cierto tono agudo en la voz y una ligereza de ademán y de palabra, en modo alguno afectada, antes al contrario consustancial con él, que llamaré estimulante, porque, en verdad, le infundía a uno el curioso sentimiento de que hasta entonces había tomado la vida demasiado en serio. Parecía estar diciendo continuamente: «¿Y por qué no? ¿Qué más da? ¡No importa! ¡La cuestión es pasar el rato!». Sin querer, uno se sentía inclinado a seguir su ejemplo.

Que no era un tonto, ni mucho menos, lo daban a entender claramente sus palabras, de las cuales conservo un muy preciso recuerdo. Nuestra conversación fue, en realidad, un monólogo. Ni Adrian ni yo tuvimos que esforzarnos para animarla y sólo de vez en cuando pronunciamos, el uno o el otro, una frase sin importancia. Sentados los tres a una de las puntas de la larga mesa que decoraba el salón, Adrian a mi lado y el visitante frente a nosotros dos, empezó éste un discurso que, después de un breve preámbulo, no tardó en poner al descubierto sus intenciones.

—Maestro —empezó diciendo nuestro hombre, mezclando continuamente en su discurso palabras y giros franceses y alemanes—, comprendo perfectamente que se encuentre usted bien en este encantador retiro. Lo he visitado todo, la colina, el estanque, la aldea pegada a la iglesia y esta digna mansión con su maternal y vigorosa dueña, la señora Schweigestill, nombre que significa «sé callarme, silencio, silencio». Todo esto es muy agradable. ¿Desde cuándo vive usted aquí? ¿Diez años? ¿Sin interrupción? ¿Con breves interrupciones? Es sorprendente. Y perfectamente comprensible. A pesar de lo cual, he venido con la intención de raptarle, de inducirle a una pasajera infidelidad, de llevármelo por los aires sobre mi abrigo, como si fuera un tapiz, y mostrarle los tesoros y riquezas del mundo, mejor aún, ponerle esos tesoros y riquezas a sus pies... Perdone usted ese modo pomposo de expresarme, su ridícula exageración. Las bellezas del mundo, sobre todo, dejan mucho que desear. Lo sé por propia experiencia, como hijo que soy de familia modestísima, por no decir indigente, una familia judía, verdaderamente pobre, de Lublin, en el centro de Polonia. No quiero ocultarle que soy hebreo. Fitelberg es un nombre característico, vulgar entre los hebreos polaco-alemanes. Pero gracias a mí se ha convertido en el nombre de un paladín reconocido con la cultura modernizante y de un amigo (creo poder decirlo) de muchos grandes artistas. Es un hecho irrefutable, la pura y simple verdad. La metamorfosis ha sido posible porque desde joven sentí la atracción de las cosas elevadas, de los intereses intelectuales, de cuanto puede contribuir al recreo del espíritu y, muy especialmente, de la novedad, de lo que es hoy todavía escandaloso y que mañana será lo mejor pagado, la moda, el arte. ¿A quién se lo cuento? En el principio era el escándalo.

»Gracias a Dios, Lublin y sus miserias pertenecen a un ya lejano pasado. Vivo en París desde hace más de veinte años. He frecuentado durante años enteros cursos de filosofía en la Sorbona. A la larga esos cursos resultan aburridos. No es que la filosofía no pueda ser también escandalosa. Puede serlo, sin ningún género de duda. Pero para mi gusto es demasiado abstracta. Y tengo, además, como un vago presentimiento de que la metafísica hay que estudiarla en Alemania. El señor profesor, aquí presente, me dará quizá razón sobre este punto... Más tarde me encargué de dirigir un pequeño teatro del bulevar, una sala diminuta, para cien personas apenas. Su nombre ("Théâtre des Fourberies Gracieuses") era un hallazgo, pero económicamente la empresa no era viable. Las localidades, por ser tan pocas, habían de venderse muy caras, y esto nos obligaba a regalarlas casi todas. Representábamos obras que no tenían nada de púdicas, pero que eran a pesar de todo de un nivel intelectual excesivamente elevado, demasiado *high-brow*, como dicen los ingleses. Un público compuesto de James Joyce, Picasso, Ezra Pound, la duquesa de Clermont-Tonnerre y media docena de personas más no basta para mantener un teatro. Al cabo de una breve temporada las "Travesuras Graciosas" tuvieron que cerrar sus puertas, pero el experimento no había sido estéril para mí. Me había puesto en contacto con las figuras más destacadas de la vida artística parisiense, pintores, músicos, poetas (creo poder afirmar, incluso aquí, que es en París donde bate hoy el pulso del mundo), y me había abierto, al propio tiempo, las puertas de diversos salones que los más eminentes artistas solían frecuentar...

»¿Encuentra usted que hay en todo ello algo de maravilloso y de extraño? Es posible que se pregunte usted cómo se las arregla el pequeño hebreo provinciano de Polonia para penetrar en aquellos círculos exclusivos, para mezclarse con la crema de la crema de una sociedad refinada. En el fondo no hay nada más fácil. Hacerse el nudo de la corbata, llevar el esmoquin, penetrar en un salón con el aire de quien no ha hecho otra cosa en toda su vida, desprenderse de la idea de que uno no sabe dónde poner sus manos, son cosas que se aprenden muy aprisa. Basta con eso y con el empleo a grandes dosis de la palabra "madame". ¡Ah, madame, oh, madame! Me han dicho, madame, que es usted una fanática de la música. No hace falta más. Son cosas que, vistas de cerca, impresionan mucho menos que contempladas de lejos.

»En fin, las relaciones que gracias al Teatro de las Fourberies pude anudar me fueron útiles, a la vez que se multiplicaron, cuando más tarde abrí una agencia para la organización de conciertos y audiciones de música contemporánea. Y lo mejor de todo fue que al elegir esta profesión me descubrí a mí mismo. Soy, como ustedes ven, empresario. Lo soy por temperamento y casi diría por necesidad. Me satisface y me encanta descubrir la personalidad interesante, el talento, el genio, batir el cobre en honor suyo y suscitar el entusiasmo del público o, por lo menos, provocar su excitación. Esto es lo que el público quiere, que le exciten, que le provoquen, algo que le divida en pro y en contra. Lo que más agradece son las polémicas, las caricaturas en los periódicos, las controversias. En París, el escándalo es el camino de la gloria. Un estreno digno de este nombre exige que en el curso de la representación o de la audición la mayoría del público se levante varias veces de sus asientos gritando: "Es indecoroso, es una ignominia, un escarnio, una bufonada", mientras seis, o siete iniciados, Erik Satie, un grupo de surrealistas, Virgil Thomson, etc., gritan desde los palcos: "¡Divino, superior, admirable precisión, bravo, bravo!".

»Temo asustarles, señores, si no al maestro de Vercune, por lo menos al señor profesor. Pero he de añadir en primer lugar que no se ha dado nunca el caso de tener que interrumpir un concierto antes del final. Esto no lo desean ni los más sinceramente indignados. Lo que quieren, al contrario, es poder seguir indignándose —es así como se divierten—. Es curioso además que el grupo reducido de los enterados conserve siempre una gran autoridad. En segundo lugar, no es absolutamente seguro que la primera audición de una obra de vanguardia vaya siempre acompañada de incidentes como los descritos. Con una preparación publicitaria previa suficientemente enérgica para intimidar a los perturbadores puede casi garantizarse una atmósfera de tranquilidad, sobre todo si se trata de presentar la obra de un ex enemigo, de un alemán. En este caso puede darse casi por descontado que la actitud del público será de una perfecta cortesía...

»Mi proposición y mi invitación se apoyan en este razonable supuesto. Un alemán, un boche, que por su genio es universal y que se encuentra colocado a la cabeza del progreso musical. Este hecho constituye hoy una picante provocación a la curiosidad, a la ausencia de prejuicios, al esnobismo, a la buena educación del público. Más picante aún si se trata de un artista que no niega su carácter nacional y que da al público ocasión de exclamar: ¡Esa música no puede ser más alemana! Este es su caso, maestro, ¿por qué no decirlo? Quizá no lo fuera, cuando, al principio, escribió las *Luces del mar* y su ópera cómica. Pero lo ha sido después, y con mayor razón a cada nueva obra. Supone usted, naturalmente, que al decir esto pienso sobre todo en el ajuste de su arte a un sistema de reglas inexorables y neoclásicas y a la obligación que se impone de moverse bajo el peso de estas cadenas, cuando no con gracia, por lo menos con espiritual atrevimiento... Es cierto que en esto pienso, pero también en algo más, en su cualidad de alemán, quiero decir y (no sé exactamente cómo decirlo) en cierta angulosidad, en cierta insistencia rítmica, en cierta pesadez y rugosidad que son típicamente alemanas, ya que, en efecto, y entre nosotros sea dicho, las encontramos también en Bach. Estoy seguro de que mi crítica no habrá de molestarle. Está usted por encima de estas pequeñeces. Sus temas se componen casi exclusivamente de valores pares: medias, cuartas, octavas. Frecuentemente sincopados y proyectados hacia lejanas conclusiones, se descubre sin embargo en ellos una obstinación mecánica, un enérgico hieratismo desdeñoso de la elegancia. Todo esto es "boche" en grado fascinador. No lo tome usted a censura. Subrayo, nada más, que se trata de algo enormemente característico, y en la serie de conciertos de música internacional que estoy preparando, esta nota es absolutamente indispensable...

»Al llegar aquí tengo que desplegar mi manto encantado. Le llevaré a París, a Bruselas, Amberes, Venecia, Copenhague. En todas partes su visita despertará el máximo interés. Pongo a su disposición las mejores orquestas y los más eminentes solistas. Dirigirá usted mismo las *Luces del mar*, fragmentos de *Penas de amor perdidas*, su *Sinfonía cosmológica*. Acompañará usted mismo al piano las interpretaciones de sus melodías con textos de poetas franceses e ingleses y esta amplitud de miras de un alemán, de un ex enemigo, puesta de manifiesto en la elección de sus textos, causará en todas partes una excelente impresión. Todo el mundo elogiará su versátil y generoso cosmopolitismo. Mi amiga Strozzi-Pecic, soprano croata cuya voz no tiene hoy igual en ambos hemisferios, considerará como un honor el poder cantar en público esas melodías. Para la parte instrumental de los himnos de Keats pienso contratar el cuarteto Flonzaley de Ginebra o el cuarteto Pro-Arte de Bruselas. Lo mejor de lo mejor. ¿Está usted satisfecho?

»¿Cómo? ¿Qué oigo? ¿No dirige usted? ¿Y no quiere tampoco acompañar sus melodías al piano? Comprendo. Con media palabra me basta, querido maestro. No es usted de los que se detienen en el camino de la perfección. La interpretación de una obra es, para usted, el momento de su composición. Una vez escrita, ha terminado usted con ella. No la ejecuta usted, no la dirige, porque si lo hiciera no podría resistir a la tentación de variarla, de prolongar su desarrollo, quién sabe si echándola a perder. Lo comprendo perfectamente. Y a pesar de todo, es una lástima. El atractivo personal de los conciertos experimenta una merma sensible. No importa. Todo se arreglará. Recurriremos a los más famosos directores. No nos será difícil encontrar lo que necesitamos. El acompañante habitual de la señora Strozzi-Pecic se sentará al piano y bastará su presencia, maestro, bastará su contacto personal con el público para asegurar el éxito.

»Esto es imprescindible. No puede usted dejarme encargado de presentar sus obras sin aparecer usted por allí. Su presencia es condición *sine qua non*, especialmente en París, donde la gloria musical se cuece, por así decirlo, en tres o cuatro salones. No le costará a usted gran trabajo repetir unas cuantas veces: "Todo el mundo sabe, madame, que su gusto musical es infalible". En realidad no le costará a usted nada y se divertirá usted mucho. Desde el punto de vista social, mis conciertos sólo son superados (si lo son) por los estrenos de los bailes rusos. Estará usted invitado todas las noches. Introducirse en la sociedad parisiense no es cosa fácil, por lo general. Pero lo es cuando se trata de un artista, aunque sólo sea un artista situado en la antesala de la gloria y del escándalo popularizador. La curiosidad derriba las barreras y suprime todos los exclusivismos...

»¿Pero por qué he de hablar tanto de la buena sociedad y de sus curiosidades si con ello veo que no consigo aguijonear la curiosidad del maestro? Lo comprendo y, a decir verdad, no hablaba en serio. ¿Qué le importa a usted la buena sociedad? Y aquí, entre nosotros, ¿qué me importa a mí? Socialmente, hasta cierto punto. Pero interiormente no tanto como parece. Este marco en que me encuentro, este pueblo de Pfeiffering y la entrevista con usted, maestro, contribuyen a revelarme el escaso valor que para mí tiene aquel mundo frívolo y superficial. Dígame: ¿no es usted originario de Kaisersaschern del Saale? La cuna no puede ser más grave ni más digna. Por mi parte ya he dicho que nací en Lublin, asimismo una antigua y digna ciudad, susceptible de infundirle a uno cierto fondo de severidad, un estado de alma propicio a la timidez y a la vida solitaria... No, verdaderamente. No seré yo quien le haga el elogio de la sociedad elegante. Pero en París tendrá usted ocasión de establecer una serie de interesantes y estimulantes contactos con sus hermanos en Apolo, sus padres y camaradas de combate, pintores, escritores, estrellas de la coreografía, músicos sobre todo. Las personalidades más brillantes del mundo artístico europeo son mis amigos y están dispuestas a ser los suyos. El poeta Jean Cocteau, el coreógrafo Massine, el compositor Manuel de Falla, "los seis", es decir, las seis grandes figuras de la música moderna –ese mundo divertido, atrevido y retador le está esperando. Podrá incorporarse a él como y cuando quiera...

»Su expresión me revela una cierta resistencia también a estas sugestiones. ¿Es posible? He de hacer observar, querido maestro, que en este caso me parecería plenamente injustificado cualquier sentimiento de recelo o de vacilación, fuese cual fuere la causa de su propensión al aislamiento. No pensaré siquiera en tratar de averiguar cuáles puedan ser esas causas. Me basta con la respetuosa y creo que no infundada suposición de su existencia. Este Pfeiffering, este refugio extraño y eremítico debe responder a algún interesante motivo espiritual. No pregunto nada, abarco todas las posibilidades, retengo libremente como posibles incluso las más extravagantes. ¿Y qué? ¿Es esto un motivo para mostrarse receloso ante un mundo completamente exento de prejuicios y que tiene, además, razones sobradas para no tenerlos? *Oh, là, là!* Una sociedad de genios dictadores del gusto estético y de corifeos mundanos acostumbra a componerse de medio locos excéntricos, de almas descarriadas y de lisiados morales, endurecidos en el pecado. Un empresario, en suma, es una especie de enfermero.

»Y vea usted ahora lo mal que defiendo mi causa. No es posible ser más torpe. Menos mal que me doy cuenta: es mi única excusa. Con el deseo de animarle no hago más que herir su susceptibilidad y trabajar contra mí mismo. Me digo, naturalmente, que las gentes como usted –aunque no debiera hablar de gentes como usted sino únicamente de usted–, me digo, pues, que usted considera su existencia y su destino como demasiado únicos y sagrados para confundirlos con otros. No quiere usted saber nada del destino de los demás. Le interesa el propio como algo exclusivo. Lo comprendo, lo comprendo. Siente usted horror por lo que hay de depresivo en toda generalización, en el acto de alinear y de supeditar. Usted afirma lo que cada caso personal tiene de incomparable y exalta un orgullo de la soledad que puede tener su justificación. "¿Vive uno cuando otros viven?" Recuerdo haber leído esta pregunta no sé exactamente dónde, pero desde luego en un lugar importante. De modo explícito o tácito los artistas se hacen todos la misma pregunta. Por mera cortesía y de un modo más aparente que real entran en relación unos con otros —*cuando* entran—. Wolf, Brahms y Bruckner vivieron largos años en la misma ciudad, Viena, pero se evitaron mutuamente mientras allí estuvieron y, si no ando equivocado, no llegaron a encontrarse una sola vez. Dada la opinión que cada uno tenía de los demás, un encuentro hubiese sido penoso. No se trataba de críticas entre compañeros, sino de juicios negativos y destructores, inspirados por un deseo de soledad. Brahms no reconocía ningún mérito a las sinfonías de Bruckner: las calificaba de inmensas culebras sin forma. A su vez, Bruckner tenía de Brahms una pobrísima opinión. Encontraba aceptable el primer tema del concierto en *re* menor, pero añadía que nunca había conseguido Brahms encontrar otro tema que, ni de lejos, pudiera comparársele. La verdad es que no querían saber nada uno del otro. Para Wolf, Brahms representaba la última palabra del aburrimiento. Y la crítica de la séptima sinfonía de Bruckner, publicada en la revista *Salonblatt*, de Viena, ¿la conocen ustedes? Su opinión sobre la importancia del hombre está allí expresada en términos generales. Acusa a Bruckner de "falta de inteligencia", no sin cierta razón, porque Bruckner era en realidad un alma sencilla, infantil, sumergida en la majestad de su música, y un perfecto ignorante de las cosas de la cultura europea. Pero ciertos juicios de Wolf sobre Dostoievski, simplemente estupefacientes, hacen que uno se pregunte cuál podía ser su verdadera formación intelectual. Wolf calificaba de maravilloso, de shakespeariano, de cumbre de la poesía, el texto que un cierto doctor Hörnes escribió para su ópera, no terminada, *Manuel Venegas*. Cuando sus amigos ponían en duda la genialidad del libreto, Wolf replicaba con ironías de mal gusto. Ya es bastante que se le ocurriera componer un himno coral a la patria, pero es el colmo que pensara dedicárselo al emperador de Alemania. Si no lo hizo fue porque no obtuvo la autorización pedida. Todo esto es, en cierto modo, desconcertante, confusamente trágico.

»Trágico, señores. Lo llamo así, porque entiendo yo que la tragedia del mundo reside precisamente en la discordia espiritual, en la estúpida falta de comprensión que mantiene a sus esferas separadas unas de otras. Wagner desdeñaba el impresionismo pictórico y calificada a los pintores impresionistas de embadurnadores. En pintura, Wagner era un conservador. Lo cual no es obstáculo para que sus invenciones armónicas estén emparentadas con el impresionismo, conduzcan a él y vayan incluso más allá en sus disonancias. A los embadurnadores de París oponía la pintura de Ticiano. Esta es la verdadera pintura, decía el hombre, y nadie pensará en discutírselo, aun cuando en realidad su verdadero gusto oscilaba entre Piloty y Makart, el inventor del *bouquet* decorativo. El Ticiano era más bien cosa de Lenbach, ilustre imitador alemán del maestro italiano, el cual por otra parte no vaciló en calificar a *Parsifal*, estando el propio Wagner presente, de "café cantante". Todo esto es profundamente melancólico...

»Señores míos, me he apartado terriblemente del asunto. Pero con ello quiero decir que he abandonado el propósito que aquí me trajo. Mi charla inacabable no significa otra cosa. Me he convencido de que mi plan es impracticable. No viajará usted, maestro, sobre mi manto encantado. No seré su empresario ni podré llevarle de aquí para allá. No ha aceptado usted mi propuesta y esto debiera ser para mí una gran desilusión. En realidad esta desilusión no es tan grande y llego, sinceramente, a preguntarme si sufro desilusión alguna. Es posible que uno venga a Pfeiffering con una finalidad práctica, pero ésta será siempre, y necesariamente, de importancia secundaria. Aun siendo empresario se viene aquí sobre todo para saludar a un gran hombre. Ningún fracaso material puede hacer que sea menos vivo este placer, sobre todo cuando la causa del desengaño no deja de procurar a quien lo sufre una buena parte de positiva satisfacción. Así es, querido maestro. Su inaccesibilidad me satisface, en cierto modo, gracias a la simpatía y a la comprensión que involuntariamente despierta en mí. Mi interés material es otra cosa. Esta simpatía surge de motivos que llamaría humanos, si el adjetivo no tuviera un sentido tan general.

»No puede usted figurarse, maestro, hasta qué punto es alemana su repugnancia. Si se me permite hablar en psicólogo diré que es un sentimiento característicamente compuesto de orgullo y de inferioridad, de menosprecio y de temor. Es, por así decirlo, el resentimiento de la seriedad contra las frivolidades de ese gran salón que es el mundo. Ahora bien, yo soy hebreo, como ustedes saben. Fitelberg es un nombre judío por todas sus letras. Llevo el Antiguo Testamento en la sangre y esto no es cosa menos seria que el germanismo. En realidad no puede decirse que el hebraísmo predisponga a la ligereza y a la brillantez. Creer que la gravedad sólo se da en Alemania y que fuera de ella no hay más que ligereza y brillantez es, por cierto, una vieja superstición alemana. Sin embargo, es innegable que los judíos desconfían, en el fondo, del resto del mundo y se sienten favorablemente predispuestos hacia Alemania, aun sabiendo que esta inclinación puede ser recompensada a puntapiés. Alemán significa, ante todo, afirmación del carácter nacional –carácter que nadie está dispuesto a reconocérselo a los hebreos–. Al contrario, el judío que pretende presentarse como nacionalista se expone a que le rompan la cabeza. Los hebreos no tenemos nada bueno que esperar del carácter alemán, esencialmente antisemita. Tenemos, por lo tanto, motivo sobrado para mantener estrecho contacto con el mundo, al cual procuramos distracciones y sensaciones, sin que esto signifique que hayamos perdido la cabeza o que la tengamos llena de viento. Aun cuando hablamos francés, sabemos perfectamente distinguir el *Fausto* de Gounod del *Fausto* de Goethe...

»Todo esto, señores, lo digo a modo de despedida. No tenemos por qué seguir hablando de negocios y es casi ya como si me hubiese marchado. Estoy en el umbral de la puerta y sigo hablando porque no sé cómo retirarme. El *Fausto* de Gounod, señores, ¿quién pretenderá que es cosa desdeñable? Yo no, desde luego, y veo que ustedes tampoco. Una perla —una margarita, si se quiere, llena de encantadoras ocurrencias musicales–. El aria de las joyas... una joya. Massenet tiene también su encanto. Como profesor, sobre todo, debió de ser notable. Se conocen ciertas anécdotas de su paso por el conservatorio. Un joven alumno se le presentó un día con una canción que acababa de componer y que revelaba ciertas dotes. "No está mal –dijo Massenet–. Tienes que cantársela a tu amiga, si es que la tienes, como supongo. Es seguro que le gustará y lo demás vendrá por añadidura." No se sabe exactamente en qué pensaba Massenet al hablar de "lo demás". En todas las cosas posibles del amor y del arte, probablemente. ¿Tiene usted discípulos, maestro? No lo pasarían seguramente tan bien, pero ya veo que no tiene usted ninguno. Bruckner tenía unos cuantos. Sus luchas juveniles con la música y sus sacrosantas dificultades habían sido épicas, comparables a las de Jacob con el Ángel, y de todos sus alumnos exigía que lucharan como él luchó. Años enteros habían de consagrar al aprendizaje del divino oficio, a los elementos fundamentales de la armonía y de la composición, antes de que les fuera permitido cantar una melodía. Esta pedagogía musical no podía llegar al corazón de ninguna pequeña amiga. El alma del hombre podía ser sencilla, infantil, pero la música era para él la revelación misteriosa de las más excelsas verdades, un servicio divino, y la enseñanza de la música una función sacerdotal...

»Es muy respetable. No es precisamente humano, pero infinitamente respetable. Es natural, pues, que los hebreos, pueblo de sacerdotes, sin perjuicio de que tratemos de brillar en los salones de París, nos sintamos atraídos hacia el germanismo y aceptamos su posición irónica ante el mundo y ante la música para las pequeñas amigas. Somos internacionales pero somos proalemanes, lo somos como nadie en el mundo, por muchos motivos, pero sobre todo porque no podemos dejar de percibir el parentesco entre los respectivos papeles del germanismo y del judaísmo sobre la tierra. Es una analogía impresionante. Al igual que nosotros, son los alemanes odiados, menospreciados, envidiados, temidos, extraños y extrañados. Se habla de la época del nacionalismo. En realidad no hay más que dos nacionalismos dignos de este nombre: el alemán y el hebreo. Los demás son juegos de niños, como el carácter auténticamente francés de un Anatole France es puro pasatiempo al lado de la soledad alemana y de los esfuerzos de elección que el judío realiza en las tinieblas... France es un seudónimo nacionalista. Un escritor alemán no hubiese podido adoptar el nombre de "Alemania" como seudónimo. Es un nombre que sólo sirve, en el mejor de los casos, para un buque de guerra. Hubiese debido contestarle con darse el nombre de "alemán", es decir, un nombre judío. *Oh, là, là!*

»Señores míos, esta vez me marcho de veras. Estoy ya del otro lado de la puerta. Añadiré sólo una cosa. Los alemanes deben dejar que los judíos sean proalemanes. Con su nacionalismo, su arrogancia, su odio a la comparación, al alineamiento y a la igualdad, su resistencia a entrar en contacto con el mundo y con la sociedad, acabarán por precipitarse en un desastre, en uno de esos desastres como sólo los da la historia del pueblo judío. Se lo juro. Los alemanes deben permitir que los judíos actúen como mediadores entre ellos y la sociedad, como empresarios del germanismo. Nadie más indicado que ellos. Es absurdo querer prescindir de sus servicios. El hebreo es internacional y es proalemán... Pero de nada sirve cuanto digo y es una verdadera lástima. Y no sé por qué estoy hablando todavía si hace ya tiempo que me marché. A sus órdenes, maestro. Ha fracasado mi misión, pero estoy verdaderamente encantado. Mis respetos, señor profesor. No me ha ayudado usted mucho, pero no le guardo rencor por ello. Muchos recuerdos a la señora Schweigestill. Ustedes lo pasen bien, señores...

XXXVIII

Mis lectores saben que, cediendo a un deseo tantas y tantas veces expresado, Adrian acabó por escribir el concierto para violín y orquesta que le pedía Rudi Schwerdtfeger. Saben también que este concierto escrito para dar al ejecutante ocasión de lucimiento le fue personalmente dedicado y que Adrian se trasladó incluso a Viena para asistir al estreno. Cuando llegue el momento explicaré cómo Adrian, algunos meses más tarde, es decir, hacia fines de 1924, asistió también a las nuevas audiciones de la obra, en Berna y en Zurich. Antes quisiera, sin embargo, referirme una vez más a lo que dije, quizás atrevidamente y sin poseer las calificaciones necesarias, de esta obra, a saber, que por su amable adaptación a las exigencias del virtuosismo, se sitúa en cierto modo al margen de las demás composiciones de Leverkühn, caracterizadas todas ellas por un radicalismo estético opuesto a todas las concesiones. No puedo dejar de pensar que la posteridad ratificará este juicio –odiosa palabra–, y lo que hago ahora es dar la explicación sentimental de un fenómeno que de otro modo resultaría inexplicable.

El concierto ofrece una particularidad. Dividido en tres tiempos, no lleva indicación alguna de tonalidad, aun cuando hay en él incorporadas, si así puede decirse, tres tonalidades: *si* bemol mayor, *do* mayor y *re* mayor. El músico se dará cuenta de que el *re* mayor constituye una especie de dominante de segundo grado y el *si* bemol mayor una subdominante, entre las cuales, equidistante, se sitúa la tonalidad en *do* mayor. Entre estas tonalidades la obra oscila artísticamente, en forma que ninguna se impone casi nunca y todas aparecen insinuadas entre los tonos o superpuestas, hasta que por fin, de un modo triunfal y susceptible de electrizar al público de cualquier concierto, aparece abiertamente la tonalidad en *do* mayor. En el primer tiempo, *andante amoroso*, de una dulce ternura constante y casi irritante, figura un acorde conductor, en el cual mi oído descubre ciertas reminiscencias francesas, *do-sol-mi-si* bemol-*re-fa* sostenido-*la*, que con el superpuesto *fa* sobreagudo del violín contiene, como puede verse, los trítonos tónicos de cada una de las tres principales tonalidades. Este acorde es, por así decirlo, el alma de la obra, a la vez que el alma del tema principal de este movimiento, tema que reaparece en las caprichosas variaciones del tercero. Se trata de una frase melódica de extrema belleza, de una cantilena ampliamente dibujada, de una de esas manifestaciones escalofriantes, vecinas de lo «celestial», que son propiedad exclusiva de la música y a las que ningún otro arte puede pretender. En la última parte de las variaciones, un *tutti* de la orquesta presenta la apoteosis de este tema y deja el paso libre a la tonalidad en *do* mayor, pero esta explosión va precedida de una atrevida y dramática introducción, un *parlando*, en la cual son manifiestas las reminiscencias del recitado del primer violín en el último tiempo del cuarteto en *la* menor de Beethoven. Sólo que en el concierto la frase grandiosa no va seguida únicamente de un desbordamiento, sino de una parodia del arrebato cuyos rasgos se confunden con los de la auténtica pasión.

Me consta que Leverkühn, antes de componer su concierto, estudió profundamente la técnica del violín en Beriot, Vieuxtemps y Wieniawski, y que, ora con respeto, ora en forma caricaturesca, tuvo muy en cuenta las enseñanzas de aquellos maestros. Las facultades del intérprete fueron sometidas a ruda prueba, sobre todo en el segundo tiempo, *scherzo* dificilísimo, en el que figura una cita del *Trino del diablo de Tartini* y que obligaba al pobre Rudi a dar de sí cuanto podía. Al terminar la audición, grandes perlas de sudor corrían por su frente, y el blanco de sus bellos ojos azules podía verse muy encarnizado. Pero, por otra parte, abundaban las ocasiones de lucimiento, dando a esta palabra su más noble sentido, en una obra que no vacilé de calificar de «apoteosis de la música de salón» ante su propio autor, seguro de que éste no habría de darse por ofendido.

No puedo pensar en esta híbrida composición sin que venga a mi memoria el recuerdo de una conversación que tuvo por marco el departamento de Bullinger en la Widenmayer-strasse: el piso principal de la magnífica casa de su propiedad, bajo cuyas ventanas corrían las azules aguas montañesas del Isar. A las siete de la tarde estaban reunidas para comer, en casa del rico industrial, unas quince personas. Con la ayuda de un excelente personal doméstico y bajo la dirección de una distinguida ama de llaves, persona de bonísimos modales y que, sin duda, aspiraba al matrimonio, Bullinger tenía casa abierta. Su hospitalidad era en extremo generosa y sus invitados se reclutaban sobre todo en los círculos del comercio y de la banca. Pero sus vanidades intelectuales eran conocidas y así se daba el caso de que algunas de sus recepciones fuesen reservadas a gentes del mundo artístico y universitario. Ninguno de los invitados en estas ocasiones —y yo menos que nadie— tenía nada que objetar ni a la excelencia de la cocina ni a la elegancia del ambiente que sus salones ofrecían para las más estimulantes conversaciones.

Aquella noche estaban allí Jeannette Scheurl, el matrimonio Knöterich, Schildknapp, Rudi Schwerdtfeger, Zink y Spengler, el numismático Kranich, el editor Radbruch con su esposa y yo con la mía, la actriz Zwitscher, la autora dramática de Bukovina Binder-Majorescu. Adrian estaba allí también, convencido por los insistentes ruegos de Schildknapp y Schwerdtfeger, a los que se unieron los míos. No trato de averiguar cuál fue, de estas tres influencias, la más poderosa. Adrian estaba sentado junto a Jeannette, cuya proximidad ejercía siempre sobre él una benéfica influencia. No había entre los demás invitados ninguno que no le fuera conocido y esto hizo, seguramente, que lejos de lamentar su decisión se encontrara a gusto durante las tres horas que pasó entre nosotros. Yo, por mi parte, me divertía en secreto observando las muestras de consideración y respeto con que, sin que hubiera motivo especial para ello, todos los presentes trataban a un hombre que no había cumplido aún los cuarenta. El espectáculo me divertía y al propio tiempo me inquietaba porque la causa de aquel hecho había que buscarla, sin duda, en la indefinible atmósfera de extrañeza y de soledad que, en grado creciente con el paso de los años, envolvía a Adrian. Cada día aparecía más marcada la distancia, hasta el punto de dar la impresión de que el hombre venía de un lugar donde nadie vivía más que él.

Aquella noche, como ya he dicho, se mostró de buen humor y hasta locuaz, en parte quizá debido a los efectos de un cóctel de champaña con angostura, especialidad de Bullinger, y a un excelente vino del Palatinado servido con la comida. Conversó animadamente con Spengler, cuyo estado de salud no era bueno (su enfermedad le había atacado el corazón) y se divirtió, como todo el mundo, con las chabacanadas de Leo Zink, siempre dispuesto a hacer mofa de sí mismo y de los demás. Su regodeo fue sobre todo grande cuando Zink presentó un cuadro de Bullinger, aficionado a pintar, con grandes y repetidas exclamaciones de «¡qué cosa, qué cosa!», exclamaciones que podían significarlo todo y no significar nada y con las cuales evitaba el tener que dar una opinión y nos lo evitó también a nosotros. El sistema de las exclamaciones sistemáticas que a nada le comprometían era, por lo demás, corriente en él cada vez que la conversación salía de su horizonte familiar —la pintura y el carnaval–, y el mismo recurso empleó también aquella noche cuando el diálogo derivó hacia ciertos problemas morales y estéticos.

Sirvieron de punto de partida algunas audiciones mecánico-musicales que nuestro anfitrión nos ofreció a la hora del café, mientras los invitados seguían bebiendo y fumando. Empezaban entonces a editarse discos de gran valor artístico y Bullinger disponía de un magnífico gramófono y una buena discoteca entre la cual eligió en primer lugar el vals, muy bien tocado por cierto, del *Fausto* de Gounod. Después de oído, Baptist Spengler hizo observar que, para cantada y bailada en una plaza de pueblo, la melodía le parecía demasiado elegante y más propia de un salón. Estuvimos todos de acuerdo en reconocer que la encantadora música de baile de la *Sinfonía fantástica* de Berlioz era más adecuada a su finalidad y pedimos el disco, que, por desgracia, no figuraba en la discoteca de Bullinger. Schwerdtfeger colmó la laguna silbando la melodía de un modo impecable y cosechando una ovación. Para comparar los estilos pedimos entonces ritmos vieneses, de Lanner y de Johann Strauss hijo. El dueño de la casa no se fatigaba de complacernos, hasta que una de las señoras —recuerdo perfectamente que fue la esposa del editor Radbruch— se creyó en el caso de hacer observar que con toda aquella música ligera bien pudiéramos estar molestando al gran compositor que se encontraba entre nosotros. Otras personas fueron del mismo parecer y Adrian, que nada había oído, se dio cuenta de que nos ocupábamos de él y preguntó intrigado de qué se trataba. Al decírselo, protestó con calor. De ninguna manera, andábamos todos muy equivocados. Nadie podía experimentar un placer mayor que el suyo al escuchar aquellas composiciones, verdaderas obras maestras en su género.

—No saben ustedes —dijo— lo que fue mi educación musical. En mis años mozos tuve como maestro —y dirigiéndose a mí me dedicó una de sus mejores sonrisas— a un hombre saturado, y desbordante por lo tanto, de todos los sonidos del mundo. Su entusiasmo por todas (digo todas) las formas del ruido organizado era tal que no hubiese podido aprender de él el menosprecio por ninguna de ellas y mucho menos un sentimiento de superioridad para justificar ese menosprecio. No ignoraba aquel hombre las exigencias más estrictas y elevadas del arte. Pero la música, para él, no era más que música (cuando era música), y contra las palabras de Goethe, «El arte se ocupa de lo difícil y de lo bueno», hacía valer que lo fácil es también difícil cuando es bueno y que bueno puede serlo con tantos títulos como lo difícil. De todo eso ha quedado algo en mí. Es su herencia. Pero sus enseñanzas las comprendí siempre en el sentido de que es preciso estar muy firme en lo difícil y en lo bueno para poder acometer lo fácil.

Un silencio recorrió la sala. Lo que Adrian acababa de decir significaba, en verdad, que sólo él tenía derecho a complacerse en las obras fáciles que acabábamos de oír. Nadie quería entenderlo así pero todos sospechábamos que tal había sido su intención. Schildknapp y yo cambiamos una mirada y el doctor Kranich dejó escapar un «¡Hum!» mientras Jeannette murmuraba en voz baja: *magnifique*. «¡Qué cosa!», exclamó Leo Zink, sin preocuparse de si venía o no venía a tono, y Rudi Schwerdtfeger, las mejillas enrojecidas por varias copas, y no sólo por ellas, gritó: «¡Muy Adrian Leverkülhn!». En el fondo se sentía humillado y yo no lo ignoraba.

—¿No tiene usted por casualidad —añadió Adrian dirigiéndose a Bullinger— el aria en *re* bemol mayor del segundo acto de *Sansón y Dalila* de Saint-Saëns?

—¿Cómo quiere usted que no la tenga? La tengo, y no precisamente por casualidad, se lo aseguro.

Adrian prosiguió:

—Muy bien. Viene este fragmento a mi memoria porque Kretzschmar (mi maestro, un organista, un hombre consagrado a la fuga, conviene recordarlo) sentía por él una pasión rayana en la debilidad. Se reía a veces, pero esto no era óbice para una admiración cuya única causa quizá fuera lo que el fragmento tiene de ejemplar. Silencio.

La aguja dejó oír su susurro y las vibraciones de la membrana difundieron por el espacio la cálida voz de la mediosoprano, cuya articulación no era muy clara –*Mon coeur s'ouvre à ta voix*, fue más o menos todo lo que comprendimos– pero cuyas cualidades de cantante eran extraordinarias: pureza de timbre, tono aterciopelado de las notas bajas, vigor y ternura. Extraordinaria también la melodía, cuya belleza aparece hacia la mitad de las dos estrofas en que se divide el aria y resplandece en la frase final, sobre todo en la repetición, cuando el violín subraya la suntuosa línea del canto y repite, como un eco melancólico, su última figura.

La emoción fue general. Una dama enjugó sus ojos con el pañuelo de bordada batista. «Absurdamente hermoso», exclamó Bullinger, sirviéndose de un giro que estaba de moda entre artistas e intelectuales para dar una expresión de sobriedad al entusiasmo admirativo. Nunca fue la fórmula aplicada con mayor exactitud.

–¿Qué me dicen ustedes? –preguntó Adrian riéndose–. Comprenderán ahora que un hombre dispuesto a tomar las cosas en serio pueda compartir los gustos del gran número. No se trata aquí de belleza intelectual, sino de belleza sensual propiamente dicha. Pero lo sensual no ha de infundir, en último término, ni temor ni vergüenza.

Se oyó entonces la voz del doctor Kranich, director del gabinete numismático, decir:

–¿Quién sabe? –Hablaba, como siempre, articulando muy distintamente las palabras, aun cuando su propensión al asma dificultara su modo de respirar–. En el arte –siguió diciendo–, ¿quién sabe? El arte es una región en la que es preciso desconfiar de lo puramente sensual. El temor y la vergüenza están justificados porque lo sensual es lo vulgar, en el sentido que diera a esta palabra el poeta al decir: «Vulgar es todo aquello que no habla a la inteligencia y sólo despierta un interés sensual».

—Nobles palabras —dijo Adrian—. Hay que dejarlas resonar un rato antes de decir lo más mínimo en contra.

—¿Y qué diría usted en contra? —quiso saber el doctor Kranich.

Después de levantar los hombros y contraer ligeramente los labios como queriendo decir: «Las cosas son como son y no por culpa mía», Adrian prosiguió:

—El idealismo olvida que el espíritu no se manifiesta sólo en lo espiritual y que la melancolía animal, la belleza sensual, pueden ejercer sobre él una profunda influencia. El espíritu ha rendido incluso homenaje a la frivolidad. En último término, Filina no es otra cosa que una ramerita, pero Wilhelm Meister, personaje no del todo extraño al autor, tiene por ella consideraciones que son la negación de la vulgaridad sensual.

—La facilidad con que toleraba y soportaba las ambigüedades —replicó el numismático— no es precisamente uno de los rasgos más dignos de encomio en el carácter de nuestro poeta olímpico. Aparte de que es posible considerar que corre peligro la cultura cuando el espíritu finge no percibir la vulgaridad sensual o incluso coquetea con ella.

—Tal vez no pensamos igual sobre el peligro.

—Dígame en seguida que soy un flojo.

—¡Dios me libre! Un caballero temeroso y virtuoso no es un cobarde. Es un caballero. Pero lo que yo deseo es romper una lanza en favor de cierta generosidad y amplitud de miras en las cosas que tienen que ver con la moralidad artística. Tengo la impresión de que se aplica a la música un criterio más riguroso que a las otras artes. Esto es muy honroso y muy halagador, pero no deja de representar para la música una limitación de su campo vital. Si aplicamos un criterio intelectual y moral absolutamente riguroso, ¿qué quedará de todo el mundo sonoro? Algunas composiciones puramente espectrales de Bach. Es posible que no se pueda oír otra cosa.

El criado llegó con whisky, soda y vasos de cerveza en una gran bandeja.

—Nadie se propone cometer tal crimen —contestó Kranich, con la ruidosa aprobación de Bullinger.

Para mí, y para tal o cual otro de los allí presentes, el diálogo no había sido otra cosa que un rápido cruce de espadas entre una severa mediocridad y una dolorosa y profunda experiencia de las cosas de la inteligencia y del espíritu. He evocado, sin embargo, esta escena de sociedad, no sólo porque era para mí muy sensible su relación con el concierto que Adrian estaba entonces escribiendo, sino porque se imponían también a mi atención las relaciones con la persona del muchacho a cuya insistencia se debía que Adrian se hubiese decidido a escribirlo, cosa que para el muchacho en cuestión representaba un triunfo por más de un concepto.

Es probablemente mi destino el no poder hablar de este fenómeno que Adrian definió un día ante mí como una alteración extraña y en cierto modo antinatural de la relación entre el yo y el no-yo —el fenómeno del amor—, si no es con sequedad y con una desmañada pretensión a la sutileza. Esta semimaravillosa relación contraria al aislamiento de la personalidad individual, sufrió en el caso presente una transformación que me infunde respeto, respeto a las personas tanto como a la cosa misma, y el carácter en cierto modo demoníaco de esa transformación me impone silencio o me hace ser, cuando menos, muy parco en palabras. No ocultaré, sin embargo, que mi familiaridad con los estudios clásicos —poco adecuada, en general, para ayudar a comprender las cosas de la vida— me permitió ver y comprender lo que ocurría.

No había duda alguna de que un deseo de confianza y de intimidad más fuerte que todos los desdenes había acabado por triunfar de la más desdeñosa soledad. Dada la diferencia polar —subrayo el adjetivo polar— que existía entre los dos hombres, este triunfo sólo podía tener un sentido y no me

cabe a mí la menor duda de que las intenciones de Schwerdtfeger, naturaleza a la vez sensual y afectiva, nunca fueron otras
desde un principio, cualquiera que fuese el grado de su conciencia o de su inconsciencia. Sin que ello suponga, claro está,
la ausencia de más nobles motivos. Al contrario, el postulante era sincero cuando afirmaba que la amistad de Adrian le
era necesaria, que le servía de estímulo para elevarse y ser
mejor. Pero con una falta completa de lógica empleaba, para
su conquista, los métodos clásicos de la seducción –sin perjuicio de sentirse ofendido al darse cuenta de que la melancólica afección que había conseguido despertar no estaba exenta de un irónico erotismo.

Para mí, lo más curioso, y conmovedor al propio tiempo,
era observar con mis propios ojos cómo el seducido, lejos
de darse cuenta de que había sido objeto de hechizo, creía ser
el verdadero iniciador de un proceso cuya iniciativa pertenecía, sin duda posible, a la parte contraria. Tomaba, sorprendido, por condescendencias, lo que eran, en realidad, actos de
seducción. Hablaba de la infalibilidad inspirada por la melancolía y el sentimiento como de un *milagro*, y tengo la casi absoluta seguridad de que los orígenes del milagro remontaban
muy lejos y se situaban exactamente en una lejana noche, a
que hemos ya aludido, cuando Schwerdtfeger se presentó en
la pieza de Adrian para rogarle que volviera al salón, pretextando que, sin su presencia, la reunión resultaba soberanamente
aburrida. En este pretendido milagro intervenían, también –y
sería injusto no hacerlo notar–, las cualidades, repetidamente
elogiadas, de Rudi Schwerdtfeger: nobleza, honradez artística, lealtad de carácter. Existe una carta que Adrian, coincidiendo poco más o menos con la reunión en casa de Bullinger, escribió a Rudi y que éste tenía el ineludible deber de
destruir. No lo hizo, cediendo ciertamente al deseo de con-
servarla como trofeo y también a un sentimiento de amistosa piedad. No citaré ningún pasaje de esta carta. Me limito a

mencionarla como un documento humano, como el levantamiento del apósito de una herida. Su dolorosa desnudez constituía, a los ojos del autor, un acto de osadía. No era tal cosa y así quedó puesto de manifiesto del modo más natural. Tan pronto recibió la carta, sin imponer a Adrian el tormento de ninguna espera, Rudi se presentó en Pfeiffering. Un cambio de confidencias tuvo allí lugar, de mutuas expresiones de gratitud. Entre los dos hombres quedó puesta de manifiesto una atrevida, sencilla y sincera relación, resueltamente libre de todo elemento vergonzoso... No podría, ni quiero, censurar lo ocurrido. Y sospecho, con cierto sentimiento de aprobación, que aquel día tomó Adrian la decisión de escribir su concierto y de dedicárselo a Rudi.

Esta decisión llevó a Adrian a Viena y desde allí, en compañía de Rudi Schwerdtfeger, a Hungría. Al volver ambos de aquella excursión, Rudolf gozaba de la prerrogativa del tuteo con Adrian, que hasta entonces, como amigo de la niñez, me había estado exclusivamente reservada.

XXXIX

¡Pobre Rudi! Breve había de ser tu diabólico triunfo. Tus sentimientos habían penetrado en un campo de fatales energías demoníacas, lo bastante poderosas para que, bajo su acción, quedaran rápida y fatalmente consumidos y aniquilados. ¡Infeliz tuteo! Ni era natural, en el hombre de ojos azules que supo imponerlo, ni podía el que lo aceptó dejar de vengar la humillación sufrida, aun admitiendo que en ella, como es posible, hubiese encontrado placer. La venganza fue involuntaria, rápida, fría y misteriosa. Pero mejor será que relate lo ocurrido.

En las postrimerías del año 1924 tuvieron lugar en Berna y en Zurich nuevas audiciones del concierto de Adrian, a cargo de la Kammer-Orchester suiza, cuyo director, Paul Sacher, había contratado en muy buenas condiciones a Rudi Schwerdtfeger, no sin expresar el vivo deseo de que el compositor realzara con su presencia la importancia de los conciertos. Adrian se resistió, pero Rudolf sabía ser persuasivo, y el reciente tuteo tenía entonces eficacia bastante para preparar lo que había de ocurrir.

El concierto llenaba, tanto en la sala del Conservatorio de Berna, como en la Tonhalle de Zurich, la parte central de un programa completado con obras clásicas y otras de la moderna escuela rusa. En ambos casos quedaron puestas nuevamente de manifiesto sus cualidades: su valor intrínseco y su virtuosismo. La crítica subrayó cierta falta de unidad en el estilo, incluso en el nivel, de la obra, que el público, por su parte, recibió con menos calor que en Viena. El intérprete fue, de todos modos, ovacionado y la presencia del autor reclamada insistentemente. Adrian no le negó a su intérprete la satisfacción de salir a escena con él para agradecer los aplausos. Yo no fui testigo de este doble caso único, no pude presenciar el espectáculo de la soledad ofreciéndose personalmente a la multitud. Pero allí estaba, la segunda vez, en Zurich, donde pasaba casualmente unos días, Jeannette Scheurl, alojada en la misma casa que ocupaban Adrian y Schwerdtfeger.

Era ésta, en la Mythenstrasse, no lejos del lago, el hogar de los esposos Reiff, matrimonio sin hijos y de desahogada posición que, de antiguo, tenía la costumbre de ofrecer su hospitalidad a los artistas de renombre que por la ciudad pasaban. El marido, antiguo fabricante de sederías, retirado de los negocios, era un verdadero suizo, demócrata hasta la médula; llevaba un ojo de cristal que daba a su barbado rostro cierta rigidez. Esta apariencia era sin embargo engañosa y no había, en realidad, hombre de mejor humor ni más aficionado a recibir en su salón actrices de todo rango, a las que hacía una discreta corte. Ocasionalmente manifestaba a sus amigos sus talentos de violoncelista –que no eran desdeñables–, acompañado al piano por la señora Reiff, una alemana que en sus años jóvenes se había dedicado al canto. Ama de casa enérgica y ordenada, no era de tan alegre carácter como su marido, pero compartía sinceramente con él el placer de albergar a las celebridades artísticas. Eran el ornato de su *boudoir* centenares de fotografías con calurosas dedicatorias de grandes artistas, que de este modo expresaban su gratitud por la hospitalidad recibida.

Schwerdtfeger recibió antes de que los periódicos de Zurich anunciaran su concierto la invitación de la familia Reiff, siempre enterada con anticipación de lo que se preparaba en el mundo musical. La invitación fue extendida a Adrian tan pronto se supo que éste había de acompañar a su intérprete. En el espacioso departamento se encontraba ya Jeannette Scheurl, pasando allí una quincena, como todos los años, cuando llegaron los dos amigos. Pero no estuvo sentada al lado de Adrian durante la cena íntima que los esposos Reiff ofrecieron en su comedor a un grupo reducido de amigos, después del concierto.

Presidía el dueño de la casa, ante el cual se encontraba una magnífica copa de cristal tallado conteniendo una bebida sin alcohol. Impasible el rostro, conversaba animadamente con su vecina, la soprano del Teatro de la Ópera, imponente matrona que en repetidas ocasiones, durante la velada, se golpeó el pecho con el puño cerrado. Otro artista del Teatro de la Ópera se encontraba allí, el primer barítono, hombre alto y ruidoso, pero de inteligente conversación. Estaban también presentes, como es natural, el director Paul Sacher, organizador del concierto; el doctor Andreae, director permanente de la Tonhalle, y el excelente crítico musical de la *Neue Zurcher Zeitung*, doctor Schuh, todos ellos acompañados de sus respectivas esposas. Ocupaba la segunda presidencia la señora Reiff, majestuosamente colocada entre Adrian y Schwerdtfeger, a cuyos lados se sentaban una joven, o todavía joven, muchacha, Mlle. Godeau, suiza francesa, y su tía, señora de edad y de muy afable natural, a la que un tenue bigotito acababa de dar un aspecto casi eslavo y que Marie (nombre de Mlle. Godeau) llamaba «tía» o *tante Isabeau*. Según todas las apariencias la tía vivía con la sobrina en calidad de dama de compañía.

No habrá de serme difícil trazar el perfil de Marie Godeau, ya que buenas razones tuve para fijarme en ella y examinarla detenidamente. Nunca fue la palabra *simpatía* tan indispensable para caracterizar a una persona como en el caso de esta mujer. De pies a cabeza, en cada uno de sus rasgos o de sus palabras, en sus sonrisas y en las manifestaciones todas de su personalidad quedaban expresadas la suavidad y la sencillez, quedaba realizado el contenido estético y moral de aquella palabra. Empiezo por decir que tenía los ojos negros más her-

mosos del mundo: negros como el azabache, como el alquitrán, como moras maduras, no muy grandes, pero, en su oscuridad, de una mirada abierta, clara y franca, bajo las cejas de
tan fino dibujo natural como natural era también el ligero car-
mín de sus labios. No había en ella nada de artificioso, ni en
los rasgos ni en el color. Llevaba el pelo, castaño muy oscuro, y muy abundante, sobre todo en la nuca, graciosamente
levantado, dejando las orejas al descubierto. Graciosas y sin
artificio eran también sus manos, no muy pequeñas pero finas
y sin huesos visibles, elegantemente ajustadas al antebrazo por
las muñecas invisibles debajo de los puños de una blusa de
seda blanca, sin escote. Delgado y recto como una columna,
en verdad como cincelado, surgía el cuello, coronado por el
óvalo marfileño del rostro. Su nariz, de correcto perfil y ventanas expresivamente dilatadas, era en extremo atractiva, y su
sonrisa, poco frecuente, y su risa, menos frecuente aún, acompañadas siempre de una contracción de las sienes, casi transparentes, dejaban al descubierto el esmalte de sus apretados y
regulares dientes.

Nadie se extrañará de que me haya aplicado con amor a
evocar la figura de la mujer con quien Adrian pensó, por
breve tiempo, contraer matrimonio. La misma blusa de seda
blanca que, no sin cierta intención, ponía de realce su tipo
moreno, llevaba Marie cuando la vi por primera vez. Más frecuentemente, sin embargo, hube de verla en su sencillo vestido de oscura lana escocesa, con cinturón de charol y botones de nácar, que le sentaba aún mejor, o llevando la blusa
blanca que le cubría el traje hasta la rodilla y que solía ponerse al sentarse al tablero. Marie era dibujante, detalle que Adrian
conocía de antemano por la señora Reiff. Dibujaba modelos y figurines para ciertas escenas líricas de París, La Gaité
Lyrique y el Teatro del Trianón, bocetos que servían de guía
después a sastres y escenógrafos. Nacida en Nyon, a orillas del
lago de Ginebra, vivía con su tía en París, en un exiguo depar-

tamento de la isla de San Luis, junto a Notre-Dame. Su capacidad, su seriedad para el trabajo, sus extensos conocimientos de la historia del traje, su buen gusto, le procuraban una fama creciente. Su viaje a Zurich obedecía, en parte, a motivos profesionales, y, según comunicó a su vecino de mesa, tenía asimismo la intención de ir, unas semanas más tarde, a Munich para tratar con el Teatro de la Comedia de aquella ciudad del vestuario y decorado de una comedia moderna que acababan de encargarle.

Adrian dividía sus atenciones entre Marie y la señora de la casa, mientras Rudi charlaba con *tante Isabeau*, fácilmente dispuesta a verter lágrimas de risa y muy satisfecha, a juzgar por los signos que no cesaba de hacer a su sobrina, del talento conversador de su vecino. Aunque fatigado, Rudi Schwerdtfeger estaba visiblemente satisfecho y Marie no lo parecía menos de ver a su tía pasando un buen rato. Contestando a preguntas de Adrian, habló Marie con él de su trabajo en París y de las últimas novedades líricas y coreográficas de la capital francesa, que sólo en parte le eran conocidas. Obras de Poulenc, de Auric y de Rieti. *Dafnis y Cloe* de Ravel dio lugar a un caluroso cambio de impresiones admirativas, así como los *Juegos* de Debussy. La música de Scarlatti, *El matrimonio secreto* de Cimarosa y las óperas cómicas de Chabrier sirvieron para poner de relieve coincidencias de apreciación y de gusto. Para algunas de las obras mencionadas en la conversación, Marie había dibujado los figurines y proyectado la escenografía. Para explicar mejor a Adrian algunas de sus ideas y soluciones escénicas dibujaba ligeros croquis sobre la minuta. ¿Que si conocía a Saul Fitelberg? Claro que sí. ¿Cómo no había de conocerle...? Una franca risa puso en este momento al descubrimiento el resplandor de sus dientes y dio a sus sienes una encantadora vibración. Hablaba el alemán sin esfuerzo, con ligero acento extranjero que nada tenía de desagradable, al contrario. Su voz era atractiva y de cálido timbre, una voz de cantante a no dudarlo. Idéntica, por su color y su registro, a la de Elsbeth Leverkühn, hasta el punto de que, al escucharla, podía creerse estar oyendo a la madre de Adrian.

Al levantarse de la mesa los quince comensales, se formaron nuevos grupos y establecieron nuevos contactos. Apenas si Adrian cambió una palabra con Marie después de la comida. Se enfrascó en una conversación sobre la vida musical en Munich y en Zurich con Sacher, Andreae, Schuch y Jeannette Scheurl, mientras Marie y su tía platicaban con los cantantes, Schwerdtfeger y los dueños de la casa, en torno de la mesa del café, decorada con un magnífico servicio de porcelana de Sèvres. Con gran sorpresa de todos, el anfitrión bebía taza tras taza de café y explicaba que lo hacía por consejo facultativo, para estimular su corazón y poder dormir mejor. Los tres huéspedes de la casa se retiraron a sus habitaciones tan pronto desaparecieron los invitados. Marie Godeau y su tía vivían en el Hotel Eden au Lac. Cuando Schwerdtfeger, que a la mañana siguiente pensaba regresar a Munich con Adrian, les expresó, al despedirse de ellas, el deseo de volver a verlas, Marie retuvo la contestación durante unos instantes, hasta que Adrian se sumó al deseo de su compañero. Ella también, dijo entonces, tendría sumo placer en verlos de nuevo.

★ ★ ★

Habían transcurrido las primeras semanas de 1925 cuando leí en el periódico la noticia de que la interesante vecina de mesa de mi amigo había llegado a Munich y se había instalado –no por casualidad, sino porque Adrian, según él me dijo, le había dado las señas– en la misma Pensión Gisella donde él residió unos días al regresar de su viaje a Italia. Con el deseo de llamar la atención sobre su próximo estreno, el Teatro de la Comedia había lanzado la noticia, y la familia Schlaginhaufen, por su parte, no tardó en invitarnos a pasar la velada del sábado en compañía de la famosa decoradora.

La impaciencia con que yo esperé aquella ocasión no puedo describirla. Curiosidad, placer, temor, esperanza, todos estos sentimientos se mezclaban para estimular la agitación de mi espíritu. ¿Por qué? No sólo porque Adrian, al volver de su excursión artística a Suiza, me contó, entre otras cosas, su encuentro con Marie y me hizo de ella una descripción en la que no faltaba siquiera la semejanza de voz con la madre, aunque esto hubiese bastado ya para ponerme sobre aviso. No me hizo de la muchacha ningún retrato entusiasta. Al contrario, sus palabras eran corrientes, su rostro inexpresivo y su mirada ausente mientras hablaba. Pero que el encuentro le había causado impresión lo demostraba el solo hecho de que recordara y pronunciara con frecuencia el nombre y apellido de la interesada. Cosa poco corriente en él, de quien ya he dicho que pocas veces, en sociedad, conocía el nombre de las personas con quienes hablaba. Su relato era, decididamente, algo más que una simple mención.

Pero esto aparte, algo más había para llenar tan extrañamente mi corazón de gozo y de duda a un tiempo. Cuando fui a verle, la vez siguiente, en Pfeiffering, me habló Adrian, como sin querer dar gran importancia a lo que decía, de su vida y de sus vagos proyectos. Que si había quizá vivido bastante tiempo allí, que si habría cambios en su vida externa, que si estaba fatigado de la soledad y dispuesto a acabar con ella en todo caso... Una serie de observaciones, en resumen, que dejaban al descubierto su intención de casarse. Tuve el valor de preguntarle si sus insinuaciones no estaban en relación con ciertos incidentes sociales de su estancia en Zurich, y me contestó:

—Nadie puede privarte de hacer conjeturas. Además, esta pieza estrecha no es lugar adecuado para una conversación así. Si no recuerdo mal fue en el Montesión, cerca de casa, donde un día me hiciste tú análogas confidencias. Hubiéramos tenido que subir a Rohmbühel y hablar allí de estas cosas.

Imagine cada cual mi estupefacción.

—Querido —le dije—, me das una noticia sensacional y que me conmueve de veras.

Me aconsejó que moderara mis emociones. Se acercaba a los cuarenta y esto era, a su juicio, advertencia bastante de que se exponía a no llegar a tiempo. Me dijo que no le preguntara más y que ya iría viendo. No me ocultó el placer con que, de este modo, ponía fin a su sílfica relación con Schwerdt-feger, y por mi parte no veía inconveniente en considerar su decisión como un paso dado voluntariamente hacia ese fin. Cuál sería la reacción del violinista era cosa secundaria, por la que no valía la pena de preocuparse, tanto más cuanto que el interesado había llegado a la meta de su infantil ambición al conseguir que Adrian escribiera el deseado concierto y se lo dedicara. Después de este triunfo era natural imaginar que Schwerdtfeger se resignara a volver a ocupar en la vida de Adrian Leverkühn una posición razonable. Lo que me preo-cupaba en cierto modo era la extraña seguridad con que Adrian hablaba de su proyecto, como si su realización sólo dependiera de su voluntad y no exigiera el asentimiento de una segunda persona. Nada deseaba yo tanto como inclinar-me ante una conciencia del propio valor que sólo creyera deber tener en cuenta la propia elección. Y no obstante, mi corazón vacilaba temeroso ante la ingenuidad de semejante convicción, hija del aura de soledad y de alejamiento en que vivía envuelto y que, una vez más, me hacía dudar, a pesar mío, de que Adrian fuese capaz de inspirar amor a una mujer. Para ser completamente franco conmigo mismo, llegaba inclu-so a dudar de que él mismo lo creyera posible y tenía que luchar contra la aprensión de que la seguridad de sí mismo que Adrian ponía de manifiesto no fuera otra cosa que un acto de simulación. Si la elegida tenía en aquel momento sospecha siquiera de las intenciones de Adrian, fue cosa que no quedó puesta en claro.

Tampoco lo supe después de haber conocido a Marie Godeau en la recepción de la Briennerstrasse. Hasta qué punto me fue simpática lo sabe el lector por el perfil que de ella tracé hace poco rato. No sólo la dulce noche de su mirada, de la que con tanta emoción hablaba Adrian, no sólo su encantadora sonrisa y su voz musical me cautivaron, sino también su amabilidad y su inteligencia, tan alejada de la vulgar feminidad, su sencillez, sus maneras breves y seguras, propias de la mujer que tiene un oficio y se gana la vida con él. Me complacía imaginarla como compañera de Adrian y creía comprender la naturaleza de los sentimientos que le inspiraba. ¿No representaba ella acaso ese «mundo» ante el cual se sentía intimidada su soledad, y también, artística y musicalmente, el «mundo» que pudiéramos llamar extraalemán, y todo ello bajo la forma más noble y amable, como una inspiración de confianza, como una promesa de complemento, como un estímulo a la unión? ¿No representa este amor un modo de escapar al mundo de su *Oratorio*, a la teología musical y al encanto matemático de los números? Verles a los dos encerrados en un mismo marco me infundió una emoción esperanzada, y cuando el movimiento fortuito de los personajes hizo que nos encontráramos en un grupo Marie, Adrian, yo y una cuarta persona, me alejé casi inmediatamente con el secreto deseo de que la cuarta persona tuviera la discreción de imitar mi ejemplo.

No habíamos sido aquella noche invitados a comer, sino únicamente a una recepción, a partir de las nueve de la noche, durante la cual, por supuesto, se sirvieron refrescos en el comedor contiguo al salón de las columnas. El cuadro de las reuniones había sufrido no pocos cambios después de la guerra. No estaba ya allí el barón Riedesel para defender la causa del arte amable. El noble pianista se había hundido desde largo tiempo en el foso de la historia, y ausente estaba también el barón Gleichen-Russwurm, nieto de Schiller, voluntariamente confinado en una de sus fincas desde que el descubrimiento de una estafa que se proponía realizar y que fracasó lamentablemente le dejó colocado al margen de la sociedad. Algo increíble. El barón pretendía haber expedido a un joyero, cuidadosamente embalada y asegurada por una suma muy superior a su valor, una joya que deseaba transformar. Cuando el paquete llegó a manos de su destinatario no encontró éste otra cosa en su interior que un ratoncillo muerto. Un ratoncillo que no había cumplido la misión que el remitente le confiara y que consistía en perforar un agujero en el paquete y escaparse por él con lo cual hubiese resultado verosímil la idea de que la joya –un collar– se había escurrido por el misteriosamente practicado agujero y el barón hubiese podido exigir el pago del seguro. La poca maña del roedor fue causa de que quedara puesta al descubierto la añagaza y confundido su autor. La extraña idea le había sido probablemente sugerida por sus lecturas, y sólo la confusión moral de aquellos años explica que tratara de ponerla en ejecución.

Sea como fuere, la dueña de la casa, nacida Von Plausig, había tenido que sacrificar casi por completo su antiguo ideal de reunir, bajo su techo, las dos noblezas, la de la sangre y la del arte. Algunas antiguas damas de la corte estaban allí para hablar francés con Jeannette Scheurl y recordar los tiempos que fueron. Por lo demás, frecuentaban el salón de los Schlaginhaufen, aparte tales o cuales actores y actrices de primera categoría, algunos diputados católico-populares, un eminente parlamentario socialdemócrata y un grupo de altos funcionarios del nuevo estado. Representada estaba también, sin embargo, la tendencia contraria a la «República liberal». Había allí hombres que llevaban, por así decirlo, grabado en la frente el signo del desquite alemán, después de la humillación sufrida, y que tenían la convicción de representar el advenimiento de un nuevo mundo.

Así fueron las cosas: conversé yo más tiempo con Marie Godeau y su excelente tía que el propio Adrian, aun siendo ella la causa de que él estuviera allí. La saludó, al encontrarla de nuevo, con visible placer, pero pasó la mayor parte del tiempo en conversación con su querida Jeannette y el diputado socialista, admirador apasionado de Bach. Nadie se extrañará de que yo me dedicara principalmente a Marie, después de lo que Adrian me había contado. Rudi Schwerdtfeger estaba también allí, y *tante Isabeau*, manifiestamente encantada de volver a verle. Sus jocosas intervenciones provocaron repentinamente la risa de la tía y la sonrisa de la sobrina, pero no pudieron impedir que la conversación adquiriera un carácter serio y girara sobre la actualidad artística en París y en Munich, así como sobre los problemas políticos de Europa y las relaciones franco-alemanas. En la conversación tomó parte durante breves instantes Adrian, ya de pie para marcharse. Tenía que tomar el tren de las once para Waldshut y su presencia en la reunión había apenas durado hora y media. Los demás nos quedamos todavía un rato.

Todo esto ocurría, como ya he dicho, un sábado por la noche. Algunos días después, el jueves siguiente, Adrian me llamó por teléfono.

XL

Recibí la llamada en Freising. Me dijo, con voz sorda y monótona que daba a entender que en aquel momento sufría de dolor de cabeza, que me llamaba para pedirme un favor. Tenía la impresión de que habíamos de ocuparnos un poco de las damas alojadas en la Pensión Gisella y hacerles los honores de Munich. Existía el plan de invitarlas a una excursión aprovechando el excelente tiempo invernal que estaba haciendo. La idea no había sido suya, sino de Schwerdtfeger, pero él la aprobaba, por supuesto. Se había pensado en una visita a Fussen y al palacio de Neu-Schwanstein. Pero él preferiría Oberammergau y desde allí un paseo en trineo al monasterio de Ettal, uno de sus lugares preferidos, pasando por el palacio de Lindenhof, curioso lugar que merecía la visita. ¿Qué me parecía la idea?

Contesté que la idea me parecía excelente y Ettal un lugar muy bien elegido.

—Naturalmente que vosotros debéis acompañarnos, tú y tu mujer. La cosa será un sábado, día en que tú no tienes clase. El sábado de la semana que viene, si el tiempo no lo impide. He avisado a Schildknapp, que adora esta clase de salidas.

Todo me pareció de perlas.

No terminó la cosa aquí. Tenía que decirme algo más. Se trataba, como ya había indicado, de una idea de Schwerdtfeger, pero no deseaba que apareciera como tal y estaba seguro de que yo me haría cargo de los motivos. Quería que la invitación no partiera de Rudolf sino de él mismo, aun cuando no de un modo demasiado directo. Me pedía si quería hacerle el favor de enhebrar el hilo por su cuenta —de pasar por la Pensión Gisella el sábado, antes de ir a Pfeiffering, y formular la invitación sin subrayar demasiado que me presentaba como enviado suyo.

—Es un favor de amigo que te agradeceré en el alma —terminó diciendo ceremoniosamente.

Sin detenerme en presentar las observaciones que hubieran podido ocurrírseme, le prometí hacer lo que me pedía, asegurándole a la vez que por él y por todos me felicitaba del proyecto. Así era, en efecto, porque empezaba a preocuparme ya el saber cómo el plan de que me había dado cuenta Adrian podía salir adelante. No me parecía indicado dejar en manos exclusivas de la casualidad los sucesivos encuentros de Adrian con su elegida. Las circunstancias no le dejarían a la casualidad un margen muy considerable. Era preciso ingeniarse para favorecerla. ¿Había partido la idea de Schwerdtfeger en realidad, o se la prestaba Adrian, un poco avergonzado por su nuevo papel de pretendiente, al cual interesaban súbitamente las salidas al campo y las excursiones en trineo? Me parecía esto por debajo de su dignidad y deseaba sinceramente que la idea hubiese efectivamente partido de Schwerdtfeger, sin dejar de preguntarme qué interés podía tener el violinista en el asunto.

¿Observaciones? No se me ocurría en realidad más que una. ¿Por qué si Adrian deseaba hacer llegar hasta Marie el deseo que sentía de verla, no se dirigía directamente a ella, no iba él mismo a Munich a formular la invitación? No sabía yo entonces que se trataba de una inclinación, de una idea, de un ensayo para más adelante, hijos del propósito de darse a conocer a la amada por medio de mensajeros, de dejar que otros hablaran por él.

El primer elegido para esta misión fui yo y de buena gana cumplí el encargo. En aquella ocasión vi a Marie con la blusa blanca de trabajo que tan bien le sentaba. La encontré trabajando en su tablero y abandonó en seguida el trabajo para conversar conmigo durante veinte minutos, en un pequeño salón. Las dos, tía y sobrina, se declararon encantadas de la atención que teníamos con ellas y encontraron magnífico el plan de excursión. Tuve buen cuidado de subrayar que no era yo el iniciador de la idea y que al salir de allí iba a visitar a mi amigo Leverkühn. Sin nuestra galante idea, me dijeron, quién sabe si habrían tenido que marcharse de Munich sin conocer los bellos paisajes de los Alpes bávaros. Nos pusimos en seguida de acuerdo sobre el día y la hora de la salida. Pude dar a Adrian noticias satisfactorias y no dejé de insinuar un elogio del gran efecto que me había causado Marie en su traje de labor. Me dio las gracias y, sin que pudiera distinguir en sus palabras ninguna sombra de ironía, dijo:

—No es mala cosa, después de todo, tener amigos en quien uno pueda fiar.

La línea que lleva a la aldea de la Pasión es, en la mayor parte de su trayecto, la misma que conduce a Garmisch-Partenkirchen y pasa, por lo tanto, por Waldshut y Pfeiffering. Adrian vivía a mitad de camino y así fue como, de momento, sólo tomamos el tren en Munich, a las diez de la mañana, los demás participantes, Schwerdtfeger, Schildknapp, las dos damas invitadas, mi mujer y yo. A través de un paisaje todavía llano y helado pasamos solos la primera hora de viaje, que encontramos corta gracias al sabroso piscolabis –emparedados y vino tinto del Tirol– que mi mujer había preparado y al cual Schildknapp, medio en broma y medio en serio, hizo tan cumplidos honores que los demás nos hubiésemos quedado con hambre de haber sido menos abundantes las raciones. Las ocurrencias de Schildknapp divirtieron a todos, aun cuando era visible que iban principalmente dedicadas a Marie Godeau, cuya impresión sobre él había sido tan favorable como sobre todos nosotros. Llevaba aquel día un traje de invierno color verde aceituna, con adornos de piel, que le sentaba admirablemente, y estando yo, como estaba, al corriente de lo que había de venir, era tanto mayor el placer que sentía en contemplar el alegre y negro brillo de sus ojos, bajo las oscuras pestañas.

Cuando Adrian subió a nuestro compartimiento en la estación de Waldshut, saludado por las efusivas expansiones propias de gentes que la perspectiva de la excursión había puesto de buen humor, me sobrecogió de pronto una curiosa sensación de espanto —si esta es la palabra adecuada para dar expresión a mi sentimiento—. Algo de espanto había, desde luego, en lo que entonces sentí, al darme cuenta —cosa en la que no había pensado hasta entonces— que ante los ojos de Adrian se encontraban reunidos unos ojos idénticos a los suyos, otros ojos negros, y otros ojos azules, que significaban, juntos, atracción e indiferencia, excitación e impasibilidad. La jornada entera había de estar colocada bajo esta constelación que sólo para el iniciado dejaba al descubierto su verdadero sentido.

Aparecía como natural y apropiado que, después de la llegada de Adrian, el paisaje empezara a adquirir relieve y dejara entrever, en el lejano horizonte, las montañas nevadas. Schildknapp sabía distinguirlas unas de otras por sus nombres. Los Alpes bávaros no tienen ninguna cima de elevación importante, pero bajo el blanco manto de la nieve formaban una majestuosa cadena. El día era más bien oscuro y las previsiones anunciaban que no habría de aclararse hasta las últimas horas de la tarde. Sin embargo, no cesábamos de interesarnos, a través de las ventanillas, por el espectáculo que ofrecía aquella naturaleza, incluso durante la conversación, hábilmente orientada por Marie hacia los recuerdos de Zurich, el concierto de la Tonhalle, la obra de Adrian y la interpretación de Schwerdtfeger. Mis ojos no se apartaban de Adrian durante la conversación con ella. Estaban sentados el uno frente al otro. Marie tenía a ambos lados a Schildknapp y Schwerdtfeger, mientras la tía conversaba agradablemente con mi mujer y conmigo. Me daba claramente cuenta de que Adrian tenía que guardarse de indiscreciones al contemplar su rostro y sus negros ojos. Con los suyos, azules, Rudolf observaba el ensimismamiento de Adrian, aquel volver en sí que era, al propio tiempo, un alejamiento. ¿Fue a modo de compensación y de consuelo que Adrian hizo ante Marie un enfático elogio de su intérprete? Con insistencia afirmó Adrian que el hecho de estar presente no había de ser obstáculo para reconocer que Rudolf había ejecutado su concierto de un modo magistral, perfecto, insuperable, y no contento con esto, habló calurosamente de las cualidades artísticas de Rudi en general, de sus progresos y del brillante porvenir que seguramente había de ser suyo.

Rojo como una amapola de contento, el interesado pretendía no poder oír semejantes cosas y juraba que el maestro se complacía en exagerar. No había duda de que le gustaba ser elogiado ante Marie y, con mayor motivo, saliendo los elogios de la boca de Adrian. A su vez Rudi, agradecido, elogiaba los giros verbales de su amigo. Marie Godeau sabía de oídas y por lecturas que en Praga se habían ejecutado fragmentos del *Apocalipsis* y preguntó detalles sobre esta obra. Adrian se excusó diciendo:

—Más vale no hablar de ese virtuoso pecado.

Rudi no pudo contener su entusiasmo. Repitió la frase, preguntó a los demás si la habían oído, ensalzó el talento de Adrian para elegir sus vocablos e infundirles especial sentido. Para acabar diciendo:.

—¡Nuestro maestro es único! —a la vez que daba a Adrian un apretón de mano en la rodilla. Esta manía de sobar la rodilla, el brazo, el codo, el hombro, era en él, como en ciertas otras personas, irreprimible. Lo hacía hasta conmigo y, desde luego, con las mujeres, muchas de las cuales se lo agradecerían probablemente.

En Oberammergau recorrimos las calles de la acicalada aldea y contemplamos las casas, con los saledizos y balcones de madera ricamente esculpidos, donde viven los personajes de la Pasión, la Virgen María, el Salvador y los apóstoles. Mientras los demás subían al Monte Calvario me ocupé yo de encontrar un trineo para continuar la excursión. Comimos a mediodía en un restaurante, cuyas mesas estaban colocadas en torno de una pista de baile, de cristal transparente iluminable por debajo, y que es de suponer fuera, durante la temporada de verano, y sobre todo cuando tenían lugar las representaciones del misterio de la Pasión, un muy frecuentado local. Aquel día estaba casi vacío, cosa que no nos desagradó poco ni mucho. Sólo otras dos mesas, del lado opuesto de la pista, estaban ocupadas. Una de ellas por un anciano enfermizo, acompañado de una enfermera. La segunda por un grupo de deportistas. Un quinteto trataba de distraer a los comensales con algunas piezas de música de salón. Mala música y no muy bien interpretada. En vista de lo cual Rudi Schwerdtfeger, después de terminar su pollo empanado, que es la especialidad de la región, decidió hacer ante los presentes, amigos y extraños, una demostración de sus talentos. Arrancó suavemente de las manos el instrumento al violinista de la orquesta y, después de haberle dado un par de vueltas para comprobar su origen, nos obsequió con una improvisación en la cual los iniciados descubrimos algunos compases de la «cadencia» de su concierto. Los músicos se quedaron con la boca abierta, y el pianista, muchacho joven de ojos cansados, que seguramente soñara un día con un más brillante destino, se ofreció a acompañarle la *Humoresca* de Dvorák. Sacando del mediano violín increíble partido, Rudi venció todas las dificultades de la encantadora composición con un brío, una gracia y una brillantez que arrancaron entusiastas aplausos a todos los presentes, incluso los músicos y los camareros.

Fue una de estas ocurrencias, un poco convencionales –Schildknapp me lo hizo notar movido por los celos–, tan propias de Rudi Schwerdtfeger y de su estilo. Quiso divertirnos y divertirse «por las buenas». Permanecimos en el local más tiempo de lo que habíamos pensado, al final completamente solos, saboreando a sorbos el café y el licor de genciana. Se organizó incluso un pequeño baile en el que Marie Godeau y mi querida Helena alternaron con Schwerdtfeger y Schildknapp según ritos coreográficos cuyo secreto ignoro. Frente a la puerta nos esperaba ya un espacioso trineo de dos caballos, con abundantes mantas de piel para protegerse del frío. Yo me senté junto al cochero y Schildknapp se empeñó en ser remolcado sobre esquís. Las cinco personas restantes encontraron cómodo asiento en el interior. Empezó entonces la fase culminante de la excursión, en el curso de la cual Rüdiger Schildknapp, como después se puso en claro, vio mal recompensada su heroica decisión. Expuesto en su marcha a un viento helado, empujado de aquí para allá por las irregularidades del terreno, cubierto de nieve por todas partes, contrajo uno de esos catarros abdominales a los que estaba siempre expuesto y que hubo de retenerle en cama durante varios días. Los demás parecían contentos todos, y yo el primero, ya que pocas cosas me dan más placer que, bien abrigado, deslizarme sobre la nieve al sonido de graves cascabeles. En este caso, mi corazón palpitaba de curiosidad, de placer y de inquietud al imaginar que detrás de mí estaban Adrian y Marie, frente a frente.

Lindenhof, el palacete rococó de Luis II de Baviera, se encuentra situado en un solitario paisaje de bosques y montañas de grandiosa belleza. No es posible imaginar rincón más propio de un cuento de hadas para ofrecerlo como refugio a la timidez de un rey. El mágico encanto del lugar produce, sin duda, un efecto solemne. El afán insaciable de construir que avasallaba al rey solitario y que era expresión del deseo de glorificar la propia realeza, ofrece, por otra parte, manifestaciones de perplejidad. Nos detuvimos el tiempo suficiente para recorrer, acompañados de un guía, los gabinetes, suntuosamente decorados, que son las «habitaciones» de la fantástica morada. En ellas pasaba los días el pobre enfermo, escuchando a Bülow en el piano y la voz melodiosa de Kainz. En los palacios reales el aposento más vasto suele ser el salón del trono. En Lindenhof no había salón del trono. Había, en su lugar, un dormitorio cuyas dimensiones eran, por comparación con la exigüidad de las demás piezas, verdaderamente gigantesca. Su cama, de gran aparato y que por su desmesurada anchura aparecía corta, se encontraba elevada sobre un entarimado y los cuatro grandes candelabros colocados en sus ángulos le daban el aspecto de un catafalco.

Con el debido interés y no sin ciertos movimientos de cabeza, para dar a entender nuestras reservas, visitamos el palacete de Lindenhof de arriba abajo antes de proseguir, bajo un cielo ya más despejado, el camino hacia Ettal, lugar arquitectónicamente famoso por su monasterio benedictino y la monumental iglesia barroca de la abadía. Recuerdo que durante el trayecto y, más tarde, en la posada de Ettal, donde cenamos, la conversación no cesó de girar en torno a la persona del «infeliz» (¿por qué infeliz?) soberano, a cuya excéntrica existencia nos acabábamos de asomar. La discusión, sólo interrumpida durante la visita a la iglesia, fue principalmente un diálogo entre Rudi Schwerdtfeger y yo sobre la pretendida locura, la incapacidad política, el destronamiento y la declaración de prodigalidad del rey Luis, actos estos últimos que, con gran sorpresa de Rudi, yo declaré injustos, dictados por un filisteísmo brutal y, en el fondo, por razones políticas e intereses dinásticos.

Mi interlocutor compartía la convicción popular, burguesa y oficial, según la cual el rey, como él decía, «estaba más loco que un cencerro» y que por lo tanto el interés del país exigía una regencia ejercida por alguien que gozara de sus facultades mentales y la entrega del enfermo al cuidado de alienistas y enfermeros. No comprendía cómo una verdad tan elemental podía ser puesta en duda y, según su costumbre en estos casos, es decir, cuando se encontraba ante una idea que le sorprendía y desconcertaba por su inesperada novedad, sus labios temblaban de indignación y asaeteaba con su azul mirada, alternativamente, el ojo derecho y el ojo izquierdo de su interlocutor mientras éste hablaba. Tengo que decir que el tema, no sin cierta sorpresa mía, excitaba mi locuacidad, a pesar de haberme preocupado el asunto muy poco hasta entonces. Se había formado en mí, sin saberlo, una decidida convicción. Traté de explicar que la locura era un concepto en extremo vacilante, sobre el cual el común de las gentes profesa un criterio de muy dudosa exactitud. Existe la tendencia de confundir las fronteras de la razón con las de la propia concepción de las cosas y de considerar locura todo cuanto se sitúa más allá de dichas fronteras. La forma real de la existencia —añadí—, forma soberana, circundada de devoción, sustraída en buena parte a la crítica y a la responsabilidad, legítimamente autorizada a desplegar su dignidad con un estilo al que ningún particular puede pretender, por grande que sea su riqueza, ofrece a las inclinaciones fantásticas, a los anhelos y aversiones del sistema nervioso, a las pasiones y apetitos absurdos del protagonista una libertad cuyo pleno y altivo ejercicio puede fácilmente revestir el aspecto de la locura. A ningún mortal le hubiese sido posible elegir para su dorada soledad los espléndidos lugares donde Luis II de Baviera construyó sus palacios. Cierto que estos palacios eran monumentos erigidos a la misantropía real. Pero si la aversión hacia sus semejantes no es considerada como un signo de locura cuando se trata de personas de rango inferior, ¿por qué habrá de serlo cuando la encontramos vinculada a la realeza?

Pero el hecho es que seis doctos y competentes médicos alienistas diagnosticaron oficialmente la completa locura del rey y estimaron necesaria su internación.

Esas eminencias se limitaron a hacer lo que de ellas se esperaba, sin haber visto nunca al rey Luis, sin haberle siquiera examinado, sin haber cambiado una palabra con él. Claro que una conversación con el soberano sobre música y poesía les hubiese, sin duda, convencido de su locura. Basándose en este diagnóstico se despojó a un hombre quizás anormal, pero en modo alguno loco, del derecho a disponer de sí mismo. Se le redujo a la condición de alienado y se le encerró en un palacio con rejas en las ventanas y las puertas sin cerrojos. Que el infeliz no pudiera soportar aquel régimen, y que, buscando la libertad o la muerte, acabara por arrastrar al suicidio a su médico-cancerbero son cosas que lejos de confirmar el diagnóstico de locura proclaman su alto sentido de la dignidad. Lo mismo cabe decir de la actitud de las personas que le rodeaban, todas ellas dispuestas a servirle, a luchar por él, y del sincero amor que los campesinos bávaros profesaban a su «kini», su «reyecito». Cuando de noche, a la luz de las antorchas, precedido de heraldos a caballo, le veían pasar en trineo dorado y envuelto en su manto de pieles, aquellos campesinos no le creían loco sino simplemente rey. Un rey según el sentimiento de la realeza que anidaba en sus rudos y soñadores corazones. Y de haber conseguido atravesar el lago de Sternberg a nado, como era su manifiesta intención, hubiese encontrado en la otra orilla un pueblo dispuesto a defenderle con sus hoces y guadañas contra médicos y políticos.

Pero su manía derrochadora era ciertamente enfermiza e intolerable. Su aversión a cumplir las funciones de la realeza era signo de su incapacidad para reinar. Fue un rey de ensueño, que se negó a serlo según las normas razonables del oficio. Es imposible que un estado pueda vivir en estas condiciones.

–Todo esto no tiene sentido, Rudolf. Un presidente del Consejo normalmente constituido puede perfectamente gobernar un estado moderno, miembros de una gran federación, aun cuando el rey sea demasiado sensible para poder soportar su presencia y la de los demás ministros. Baviera no hubiese ido al abismo por haber seguido tolerando a Luis sus manías de solitario. La leyenda de los despilfarros del rey es pura ficción: una calumnia y una excusa. El dinero no salió del país y la construcción de tantos absurdos edificios sirvió para enriquecer a no pocos albañiles y decoradores. Además, la curiosidad romántica de ambos mundos ha atraído hacia esos palacios un número de visitantes que, con el dinero de las entradas, han amortizado varias veces su valor. Nosotros mismos hemos contribuido hoy a transformar la locura en un buen negocio...

»No le comprendo, Rudolf –acabé por exclamar levantando la voz–. Se le hinchan a usted las mejillas de indignación ante mi apología, cuando soy yo quien tiene derecho a maravillarse, a no comprender cómo precisamente usted... quiero decir, como artista y también como hombre... –Empecé a buscar palabras para explicar mi derecho a maravillarme, pero fue en vano. Mi soflama se perdió además en la confusión, porque desde hacía ya rato me trabajaba la idea de que no me correspondía hablar a mí solo en presencia de Adrian. Hubiese debido hacerlo él... aun cuando con ello se corría el riesgo de que diera razón a Schwerdtfeger, cosa que yo quería evitar, convencido como estaba de que mis palabras correspondían más exactamente a sus íntimas convicciones. Creí también darme cuenta de que Marie Godeau interpretaba mi discurso en este sentido y veía en mí, que había sido ya su mensajero para organizar aquella salida, el intérprete vocal de las ideas de Adrian. Mientras yo hablaba, sus ojos se fijaban en él, como si estuviese oyéndole por mi boca. En la suya, la de Adrian, se dibujaba una sonrisa que estaba lejos de significar una aprobación absoluta de mis palabras.

—¿Dónde está la verdad? —preguntó él por fin.

La pregunta provocó el rápido asentimiento de Rüdiger Schildknapp.

—La verdad —dijo Rüdiger— ofrece diversos aspectos y, en el caso de que se trataba, el aspecto médico-natural, aun no siendo el más elevado, no podía tampoco ser considerado como desprovisto de todo valor. En la concepción naturalista de la verdad —añadió— se mezclaban curiosamente el materialismo y la melancolía, dicho sea sin ofender a «nuestro amigo Rudolf», que no es precisamente un melancólico. Se proponía, únicamente, subrayar un rasgo característico de toda una época, del siglo XIX, cuya inclinación a un lóbrego materialismo era indudable.

Adrian subrayó las palabras de Rüdiger con una franca risa, en la que la sorpresa, por supuesto, no entraba para nada. Se tenía siempre, en su presencia, la sensación de que las ideas y los puntos de vista expresados en torno suyo eran los suyos propios, que él dejaba irónicamente, y por fragmentos, expresar a los demás. Se formuló el deseo de que el siglo XX diera vida a una concepción más exaltada y luminosa de la existencia y se discutió, con poco sistema, si existían o no existían síntomas susceptibles de justificar una esperanza en este sentido. La fatiga general, después de las horas pasadas al aire libre de un frío día de invierno, hizo que la conversación decayera y por otra parte se acercaba la hora del regreso. El trineo nos condujo a la pequeña estación donde esperamos el tren de Munich.

El viaje fue silencioso. Había que respetar el sueño de la tía. Schildknapp conversó a media voz con la sobrina. Hablando yo con Schwerdtfeger pude convencerme de que mis palabras no le habían ofendido, mientras Adrian conversaba con mi mujer sobre las cosas de cada día. Contra lo que suponíamos, y con íntimo placer por mi parte, no bajó del tren en Waldshut. Quiso acompañar a nuestras invitadas hasta Munich y llevarlas a la puerta de su casa. Nos despedimos todos los demás en la estación y Adrian se quedó solo con ellas para conducirlas cortésmente, en coche, hasta su alojamiento —y pasar así, pensé yo, las últimas horas de aquel día en compañía de los únicos ojos negros.

Con el tren de las once, como de costumbre, volvió a su modesto retiro solitario. Un silbido agudo anunció desde lejos al soñoliento *Kaschperl-Suso* la llegada de Adrian al hogar.

XLI

He de proseguir mi narración, amigos y lectores que os interesáis por ella. Sobre Alemania se precipitan las fuerzas de la destrucción. Entre los escombros de nuestras ciudades engordan las ratas con carne de cadáver. El trueno de los cañones rusos retumba en las cercanías de Berlín. Nuestra propia voluntad se unió a la del enemigo para convertir el paso del Rin por los ejércitos anglosajones en un juego de niños. Se acerca el fin. Marchamos hacia el desenlace. El destino se cierne sobre la frente de los habitantes de este país —pero yo he de proseguir mi narración. Lo que ocurrió entre Adrian y Rudi Schwerdtfeger sólo dos días después de aquella para mí memorable excursión, lo que ocurrió y cómo ocurrió *yo lo sé* y nada me importa si alguien pretende que no puedo saberlo porque «no estaba allí». Es cierto que no estaba allí. Pero hoy puedo considerar mi presencia como un hecho moral. Cuando uno está mezclado a un sucedido y a sus consecuencias como yo lo estuve en el caso presente, la terrible intimidad le convierte en testigo visual y auditivo incluso de sus fases ocultas.

Adrian llamó por teléfono al que fue compañero de viaje a Hungría y le pidió que viniera a verle, lo antes posible, para tratar de un asunto urgente. Rudolf no se hizo esperar. Llamado a las diez de la mañana, hora en que Adrian tenía por costumbre trabajar, a las cuatro de la tarde el violinista llegaba a Pfeiffering, a pesar de que aquella misma noche tocaba en uno de los conciertos de abono de la orquesta Zapfenstösser, detalle que Adrian no había tenido presente.

—Tus deseos son órdenes —dijo Rudolf antes de preguntar—: ¿qué pasa?

—Te lo diré después. Lo importante es que estés aquí. Me alegro mucho de verte, más aún que de costumbre. No olvides este detalle.

—Al contrario. Servirá de fondo dorado a cuanto hayas de decirme —replicó Rudolf con elegancia.

Adrian propuso dar un paseo. Andando, dijo, se habla mejor. Schwerdtfeger asintió gustoso, lamentando sólo tener que estar a las seis en la estación para emprender el viaje de regreso. Adrian se dio una palmada en la frente para castigar así su distracción, que Rudi comprendería, seguramente, después de haberle oído.

Empezaba el deshielo. La nieve se derretía y los caminos se llenaban de barro. Los dos amigos llevaban botas altas de goma. Rudolf no se había quitado siquiera su corta chaqueta, forrada de piel. Adrian se abrigaba con su gabán de pelo de camello. Caminaban en dirección al estanque. Adrian interrogó a Rudi sobre el programa de aquella noche. ¿Otra vez la primera sinfonía de Brahms, la llamada «décima sinfonía» como pieza principal? «En fin, estarás contento, porque el adagio te da ocasión de lucirte.» Adrian contó después que, ejercitándose al piano de muchacho, y sin conocer nada aún de Brahms, había encontrado un motivo casi idéntico al romántico tema de la trompa en el último tiempo, por lo menos en su línea melódica ya que no en sus ingeniosidades rítmicas.

—Es interesante —dijo distraido Schwerdtfeger.

—¿Y la excursión del sábado? ¿Pasaste un buen rato? ¿Crees que pasaron un buen rato los demás?

—Todo anduvo a pedir de boca —dijo Rudolf. Tenía la seguridad de que la jornada había dejado en todos un agradable recuerdo, excepto en Schildknapp, cuyas imprudencias fueron causa de una indisposición que le tenía ahora enfermo en cama. «El querer brillar ante las damas es una manía suya.» Además no tenía él, Rudolf, ningún motivo para tenerle lástima, después de sus repetidas impertinencias.

—Sabe que eres hombre capaz de soportar una broma.

—Es verdad que lo soy. Pero no tenía por qué atormentar mi amor propio, sobre todo después del sermón de Serenus sobre la fidelidad monárquica.

—Serenus es un profesor. Hay que dejarle su manía de enseñar y de corregir.

—Y con tinta roja, si puede ser. De momento no me importan ni el uno ni el otro puesto que estoy aquí y que tú tienes algo que decirme.

—Exacto. Y puesto que hablamos de la excursión no estamos lejos del asunto. Un asunto en el que podrías hacerme un gran favor.

—¿Un gran favor? ¿De veras?

—Dime una cosa: ¿qué piensas de Marie Godeau?

—Marie Godeau es una persona que ha de ser simpática a todo el mundo. También debe sértelo a ti.

—*Simpática* no es precisamente la palabra adecuada. Te confesaré, que, desde Zurich, me preocupo seriamente de ella y que me resulta difícil considerar nuestro encuentro como un simple episodio. La idea de que ha de marcharse pronto, de que quizá no he de volver a verla, me resulta insoportable. Siento confusamente en mí el deseo y la necesidad de verla siempre, de tenerla siempre a mi lado.

Schwerdtfeger se detuvo un instante y fijó su mirada en los dos ojos de Adrian, alternativamente.

—¿De veras? —dijo, y se puso de nuevo en marcha con la cabeza baja.

—Así es —confirmó Adrian—. Estoy seguro de que no me reprochas la confianza que en ti deposito. Esta seguridad es, precisamente, el motivo de mi confianza.

—Puedes estar seguro —murmuró Rudolf.

Y Adrian prosiguió:

—Mira las cosas desde un punto de vista humano. Como amigo mío que eres no puedes desear que viva en este retiro el resto de mis días. Considérame como un ser humano que bien puede sentir el deseo, antes de que pase la hora, antes de que sea demasiado tarde, de tener un hogar propio y una compañera que por todos conceptos le sea grata. El deseo, en suma, de una atmósfera más suave, más humana, y no sólo por espíritu de comodidad, de bienestar, sino por el convencimiento que tiene de que así favorecerá su energía creadora y podrá dar mayor grandeza al contenido humano de su obra.

Schwerdtfeger avanzó algunos pasos en silencio y dijo por fin, como venciendo una resistencia:

—Cuatro veces han salido de tu boca, en poco rato, los adjetivos «humano» y «humana». Los he contado. Franqueza por franqueza. Algo se rebela en mí cuando empleas esta palabra y la aplicas a ti mismo. En tu boca no resulta apropiada y tiene, además, algo de humillante. Perdóname que te lo diga. ¿Fue tu música inhumana hasta ahora? Si es así, su grandeza es, en último término, consecuencia de su falta de humanidad. No, verdaderamente, no quisiera oír ninguna obra tuya humanamente inspirada.

—¿De verdad? ¿No quisieras en absoluto? Esto no te ha impedido interpretar una, por tres veces, ante el público. Ni ha sido obstáculo para que aceptaras su dedicatoria. Sé perfectamente que no tienes el propósito de decirme cosas crueles. Pero reconocerás que hay algo de crueldad en darme a entender que lo humano no me conviene y que soy lo que soy debido sólo a mi falta de humanidad. Crueldad y falta de reflexión, cosas que suelen ir siempre juntas. Que no tengo ni debo tener nada que ver con lo humano me lo dice precisamente alguien que, con sorprendente paciencia, se empeñó en humanizarme hasta conseguir que le tuteara, alguien que, por primera vez en mi vida, me procuró un calor humano.

—Se trataba, por lo visto, de un recurso pasajero.

—Supongamos que fuera así. Supongamos que se trataba de un ejercicio de humanización, de un peldaño previo. No por ello pierde nada de su valor. En mi vida hubo alguien, de cuya cordial insistencia podríamos casi decir que fue más fuerte que la muerte. Alguien que despertó en mí lo humano y me reveló la felicidad. Es posible que esto no se sepa nunca, que ningún biógrafo lo mencione. Pero esto no disminuye su mérito, ni hace que sea menos vivo el secreto reconocimiento que se le debe.

—Sabes presentar las cosas de un modo sumamente lisonjero para mí.

—Me limito a presentarlas como son.

—Pero después de todo no se trata de mí sino de Marie Godeau. Para satisfacer tu deseo de verla continuamente, de tenerla siempre a tu lado, debieras hacer que fuera tu mujer.

—Tales son mi deseo y mi esperanza.

—¿Está ella al corriente de tus propósitos?

—Temo que no. Temo no disponer de medios de expresión para comunicarle mis sentimientos y mis deseos, sobre todo en sociedad, donde soy incapaz de mostrarme asiduo y aún más de hacer la corte.

—¿Por qué no le haces una visita?

—Porque me desagrada la idea de sorprenderla con confesiones y proposiciones, de las cuales, por culpa de mi torpeza, no debe tener la menor sospecha. Para ella sigo siendo un interesante solitario. Temo provocar una reacción de desconcierto y una respuesta negativa, que quizá fuera precipitada.

—¿Por qué no le escribes?

—Porque las consecuencias podrían ser todavía peores. Estaría obligada a contestarme y no sé si es persona a quien agrade escribir. Tendría que tomar precauciones para hacerme soportable una respuesta negativa, y estas precauciones voluntarias me serían, en realidad, insoportablemente dolorosas. Temo, además, el carácter abstracto de una correspondencia así, abstracción que podría ser peligrosa para mi felicidad. No me es agradable la idea de imaginar a Marie contestar por escrito a una carta sin haber tratado de ejercer sobre ella ninguna influencia o presión personal. Como ves, me intimida la declaración directa, pero me intimida también la declaración epistolar.

—¿Qué camino te queda entonces abierto?

—Ya te dije que en este difícil asunto podrías hacerme un gran favor. Quisiera enviarte como mensajero.

—¿Yo?

—Tú. ¿Te parece tan disparatado completar el servicio que me has prestado, el servicio que has prestado a la salvación de mi alma, podría decir; te parecería, repito, tan disparatado completar este servicio aviniéndote a servir de intermediario, de intérprete entre la vida y yo, a ser mi abogado ante el Tribunal de la Felicidad? Es una idea mía, una ocurrencia como suele tenerlas un compositor. Hay que tener siempre presente que tales ocurrencias no son nunca completamente originales. No hay nada completamente nuevo en la composición musical. Pero tal como se presenta en esta circunstancia, a la luz de los hechos, la idea antigua puede resultar original y nueva, vitalmente nueva, única.

—La novedad me interesa poco. Lo que me dices es, de por sí, bastante nuevo para sorprenderme. Si comprendo bien, lo que tú quieres es que sea yo quien intervenga cerca de Marie en tu favor, quien vaya a pedirle su mano en tu nombre.

—Me has comprendido perfectamente. La facilidad con que te has dado cuenta de lo que deseaba prueba que se trata de un deseo natural.

—¿Lo crees tú así? ¿Por qué no le confías el encargo a tu amigo Serenus?

—Se ve que quieres divertirte a costa de Serenus. La idea de verlo convertido en mensajero de amor te parece jocosa.

Hace poco te hablaba de las influencias o presiones personales que sería conveniente ejercer sobre la decisión de la muchacha. No te extrañe si supongo que Marie estará más dispuesta a hacer caso de lo que le digan si eres tú quien se lo dices y no un hombre con cara de cartón-piedra.

—No tengo ni pocas ni muchas ganas de bromear cuando se trata de cosas en que naturalmente va comprometido mi corazón. Si te he hablado de Zeitblom es porque se trata de un amigo mucho más antiguo.

—Más antiguo, seguramente.

—Bien está; más antiguo nada más. Pero este «nada más» habría de facilitarle singularmente la tarea. ¿No lo crees tú así?

—Será mejor que dejemos de lado a este amigo. Es hombre que, a mis ojos, no tiene nada que ver con las cosas del amor. Es a ti, y no a él, a quien me he entregado; eres tú quien lo sabe todo, quien ha deshojado, como solía decirse, las más secretas hojas de mi corazón. Cuando vayas a hablar con Marie, arréglate para que ella pueda leer en este libro, cuéntale cómo soy, habla en mi favor, dale a entender con precaución cuáles son mis sentimientos y mis deseos. Explícale que trato de rehacer mi vida, trata de averiguar si... ¿por qué no decirlo?, si cree ser capaz de poder amarme. Todo esto a tu manera, con suavidad, «por las buenas». ¿Quieres hacerme este favor? No hace falta que me traigas un sí incondicional. No pido tanto. Bastará con que me digas que la idea de compartir su vida conmigo no le repele, que no le parece monstruosa. Entonces habrá llegado para mí la hora de hablar con ella y con su tía.

Habían dejado a la izquierda la colina de Rohmbühel y andaban a través del pequeño pinar situado más allá. De las ramas de los pinos caían abundantes gotas. Regresaron por el sendero que pasa junto a la aldea. Pastores y campesinos saludaban por su nombre a Adrian, figura familiar en aquellos parajes, después de los largos años allí pasados. Después de un breve silencio, Rudolf reanudó la conversación:

—No dudarás, supongo, de que no habrá de serme difícil hablar bien de ti. Me será tanto más fácil por cuanto no olvido, Adrian, lo mucho bueno que tú dijiste a Marie de mí. Cuando me preguntaste lo que pensaba de ella no hube de buscar palabras para decirte hasta qué punto la encontraba simpática y estaba convencido de que todo el mundo compartía esta opinión. He de confesarte que esta respuesta sólo reflejaba a medias mi verdadero sentimiento y si te lo confieso ahora es únicamente (de otro modo no lo haría) porque tú, como has dicho con poético anacronismo, me has permitido leer en el libro de tu corazón.

—Prosigue tu confesión. Me interesa.

—Mi confesión ha terminado. La chica (ya sé que esta palabra no te gusta), pongamos la muchacha, tampoco me es indiferente a mí. Y al decir que no me es indiferente tampoco va mi palabra tan lejos como mi pensamiento. La muchacha es lo más encantador, lo más adorable que la feminidad me haya dado a conocer hasta ahora. Ya en Zurich me causó una impresión profunda. Cuando la conocí acababa de tocar, de tocar *tu concierto*, y esto me colocó en un estado de extrema receptividad. Y aquí, en Munich, ya sabes que la excursión la propuse yo, pero lo que no sabes es que entretanto la había visto ya, había tomado el té con ella y su tía en la Pensión Gisella, donde pasé en conversación un rato delicioso. Si ahora hablo de ello es únicamente porque la conversación lo lleva consigo y para ser fiel a nuestra mutua franqueza.

Leverkühn se detuvo unos instantes para decir, por fin, con voz curiosamente alterada:

—No, no lo sabía. Ignoraba tus sentimientos y también tu visita. A lo que parece (y la cosa es absurda) había olvidado que tú eres también de carne y hueso y que no estás acorazado contra el atractivo de lo noble y de lo bello. Una sola cosa quiero preguntarte. ¿Hay conflicto entre nuestras intenciones? ¿Querías tú también proponerle que fuera tu mujer?

Y, después de un momento de reflexión, Schwerdtfeger dijo:

—No, no había pensado en esto todavía.

—¿Pensabas quizá simplemente en seducirla?

—¡No hables de ese modo, por favor! No, tampoco había pensado en eso.

—He de decirte, pues, que tu confesión, tu franca confesión, que te agradezco, lejos de disuadirme de mis propósitos no hace más que confirmarme en ellos.

—¿Qué quieres decir?

—Muchas cosas. Te he pedido este favor sentimental, porque sé que estarás en tu elemento mucho más de lo que estaría, por ejemplo, Serenus Zeitblom. Porque de ti emana un fluido que a él le falta y que yo estimo propicio para mis intenciones. Esto en general. Pero resulta, además, que tú compartes mis sentimientos hasta cierto punto, sin tener por ello, según me dices, los mismos propósitos. Hablarás con tu propia sensibilidad (pero en mi nombre y a favor de mis planes). Aunque quisiera, no podría imaginar un mensajero más indicado.

—Si ves las cosas así...

—Las veo así y de muchos modos. Comprendo también tu sacrificio y tú tienes derecho a exigir que lo comprenda. Derecho absoluto, porque te sacrificas a sabiendas y no retrocedes ante el sacrificio. Te sacrificas según el espíritu del papel que representas en mi vida, para acabar de cumplir la misión de humanizarme, esa misión que el mundo quizás ignorará siempre y quizá no. ¿Qué me dices?

—Haré lo que me pides y haré por ti lo que pueda del mejor modo que sea capaz.

—Fuerte será el apretón de manos que te dé al despedirnos —contestó Adrian.

Estaban ya de vuelta y Schwerdtfeger tuvo tiempo de cenar ligeramente con su amigo en la sala de las hornacinas.

Gereon Schwaigestill enganchó el coche y Adrian, a pesar de las protestas de Rudi, quiso acompañarle a la estación. Se sentó a su lado en el no muy blando asiento del carruaje:

—Esta vez, más que nunca, tengo la obligación de acompañarte.

El tren, uno de los trenes que tenían la amabilidad de detenerse en Pfeiffering, llegó por fin, y a través de la ventanilla abierta los dos amigos cambiaron un apretón de manos.

—Ni una palabra más —dijo Adrian—. Procura hacer las cosas bien. Por las buenas.

Levantó el brazo antes de volver la espalda. Nunca había de volver a ver al hombre que acababa de despedir. Sólo recibió una carta suya, a la que nunca quiso contestar.

XLII

Cuando estuve de nuevo con él, diez o doce días más tarde, había recibido ya esa carta y entonces me hizo saber su decisión de no darle más respuesta que el silencio. Estaba pálido y daba la impresión de un hombre que acababa de recibir un rudo golpe. Cierta tendencia a andar dejando caer algo de lado la cabeza y la parte superior del cuerpo se había sin duda alguna acentuado y contribuía a reforzar aquella impresión de decaimiento. Sin embargo, su tranquilidad era, por lo menos en apariencia, completa; su frialdad, mayor que nunca. Y me pareció descubrir en él como una necesidad de excusarse ante mí por la indiferencia y el menosprecio con que juzgaba la traición de que había sido objeto.

—Supongo —me dijo— que no esperabas de mí ninguna explosión de cólera o de ira. Un amigo infiel. ¿Y después qué? No acostumbro a indignarme ante las cosas del mundo. Es amargo, desde luego, y uno se pregunta, con la mano en el pecho, en quién puede uno fiar. ¿Qué quieres? Así son ahora los amigos. Mi única reacción es un sentimiento de vergüenza. Reconozco que merecía ser apaleado.

Le dije que no acertaba a descubrir de qué había de avergonzarse.

—De haber obrado como un mentecato —me contestó—. Mi conducta me recuerda el caso del muchacho tan contento de haber descubierto un nido que sintió la necesidad de decírselo a otro, el cual, naturalmente, fue solo a robar el nido.

No se me ocurrió decirle otra cosa que:

—No harás de la confianza un pecado o un deshonor. El ladrón es el único censurable.

La verdad es que no estaba yo muy convencido de que Adrian no tuviera razón. Su conducta, la ocurrencia misma de mandar a un mensajero y, sobre todo, el elegir a Rudolf para la misión, me parecía rebuscada, artificiosa, condenable, y me bastaba para ello imaginar que en lugar de ser yo mismo quien le declarara mi amor a la que había de ser mi mujer, hubiese tenido la idea de recurrir a un amigo agraciado y dicharachero para llevar a cabo la empresa por mi cuenta. Pero de nada servía hurgar en su arrepentimiento, si tal era en efecto lo que reflejaban su expresión y sus palabras. Había perdido amigo y novia de una vez, por culpa suya, y no había más que decir. Sin embargo, *yo* no estaba muy seguro de que esa culpa fuera involuntaria, de que se tratara de un acto inconsciente, de un error fatal debido a la irreflexión. No podía, en efecto, eliminar por completo la sospecha de que lo ocurrido era para Adrian cosa prevista y conforme a su voluntad. El fluido erótico de Schwerdtfeger y su fuerza de atracción eran patentes. ¿Podía haber pensado Adrian seriamente en explotarlos a su favor? ¿Se podía dar crédito a esta hipótesis? Llegué incluso a sospechar que, lejos de esperar de Schwerdtfeger su sacrificio, como él decía, lo que Adrian en realidad se había propuesto era sacrificarse él y que suya había sido la intención de unir a dos seres que, por la amabilidad de sus caracteres, podían aparecer como predestinados a unirse —y ello con el fin de poder volver, por el renunciamiento, a la antigua soledad—. Pero este pensamiento era quizá más propio de mí que de él. Mi amistad y admiración por Adrian se hubiesen sentido halagados de haber sido este motivo, tan doloroso y bondadoso a la vez, la verdadera causa de su torpeza, de su pretendido error. Los acontecimientos habían de situarme ante una verdad mucho más dura, más fría, más cruel. Una verdad capaz de helar mis sentimientos más sinceros y más blandos —una verdad que estaba todavía por demostrar, que sólo se daría a conocer por su mirada inmóvil, una verdad muda y que ojalá hubiese quedado muda para siempre, porque no soy hombre capaz de encontrar las palabras necesarias para contarla.

Tengo la certeza de que Schwerdtfeger fue al encuentro de Marie Godeau con las mejores y más correctas intenciones. Pero sé también que estas intenciones no tenían, desde un principio, una base sólida, sino que, amenazadas de un peligro interior, podían vacilar, disolverse, transformarse. Lo que había oído sobre la importancia que su persona, la de Schwerdt-feger, había adquirido en la vida de Adrian halagaba y estimulaba su vanidad y la idea de que la misión recibida era una confirmación de aquella importancia le había sido inculcada por el propio interesado, cuya superioridad para interpretar el sentido de las cosas reconocía sin reservas. Pero a estas consideraciones se oponían otras: un sentimiento de celos y de humillación ante el cambio de disposición del hombre que él había creído conquistar, una impresión de inferioridad al verse relegado a un papel de mediador, de mero instrumento. Todo ello me hace pensar que, en el fondo, se sentía *libre*, no obligado a premiar con su fidelidad las exigencias de la infidelidad. Y pienso asimismo que el tratar asuntos de amor por cuenta ajena es una empresa cuajada de tentaciones —sobre todo para un hombre dado por temperamento a los amoríos y aventuras.

¿Quién dudará de que podría, si quisiera, dar cuenta de lo que pasó entre Marie Godeau y Schwerdtfeger, palabra por palabra, como hice con la conversación de Pfeiffering? ¿Duda alguien de que «estuve allí»? No lo creo. Pero creo asimismo que no es necesario para nadie, ni siquiera deseable, contar con todo detalle lo ocurrido. El desenlace de la misión de Schwerdt-feger, cuyas consecuencias habían de ser fatales (después de una frase inicial que algunos encontraron divertida sin que yo compartiera este punto de vista), no fue resultado de una sola entrevista. Una segunda conversación se impuso a Schwertdtfeger, visto el modo como Marie Godeau puso fin a la primera. En el exiguo recibimiento de la pensión Rudolf tropezó primero con la tía Isabeau. Preguntó por la sobrina y manifestó el deseo de hablar con ella unos instantes a solas, en nombre e interés de una tercera persona. Entró en la pieza donde se encontraba Marie y ésta le recibió con muestras de sorpresa y de agrado. En seguida iba a avisar a su tía de la visita, a lo que Schwerdtfeger replicó, provocando aún con ello mayor sorpresa y regocijo, que no hacía falta, que la tía sabía perfectamente que él estaba allí y aparecería seguramente una vez terminada la muy importante y muy honrosa misión que llevaba. ¿Qué contestó ella? Probablemente una de esas frases hechas que permiten salir del apuro en casos semejantes. «Soy toda oídos», o algo parecido. Después de lo cual invitó al visitante a tomar asiento y hacer uso de la palabra.

Rudolf acercó un sillón a la mesa de trabajo, con el tablero donde Marie estaba sentada. Nadie puede pretender que faltara a su palabra. La cumplió caballerosamente. Le habló de Adrian, de su importancia, de su arte genial que el público sólo poco a poco empezaba a comprender. Le habló también de la admiración y devoción que él, Rudolf, sentía por aquel hombre extraordinario. Recordó el encuentro de Zurich, la recepción en casa de Schlaginhausen, la excursión a las montañas. Le confesó, finalmente, el amor de su amigo. ¿Cómo lo hizo? ¿Cómo se le confiesa a una mujer el amor de otro? ¿Se inclina uno hacia ella y la mira en el blanco de los ojos? ¿Toma uno, con gesto de súplica, la mano que, según dice, desea poner en la de un tercero? Lo ignoro. Lo que yo hube de transmitir fue una invitación a salir al campo, no una propuesta de matrimonio. Lo que sí sé es que Marie retiró bruscamente la mano, ya de entre las de Schwerdtfeger, o simplemente de su propia rodilla, que el rubor encendió por un instante la palidez meridional de sus mejillas, que la expresión sonriente desapareció de sus ojos negros. No comprendía, no estaba segura de haber comprendido bien. ¿Rudolf se presentaba, en efecto, para pedir su mano en nombre del doctor Leverkühn? Así era, en efecto, y al hacerlo cumplía con un deber de amistad. Adrian se lo había pedido en razón de la intimidad que les unía y él no había creído poder rehusarse. En tono cuya ironía y frialdad eran perceptibles, contestó Marie que el acto de Rudolf era de una gran nobleza, respuesta que no era precisamente adecuada para sacar al mensajero de sus apuros. Hasta entonces, en realidad, no se había dado cuenta exacta de lo que su misión y el papel que estaba representando tenían de extravagantes. Empezaba a sentirse humillado. La actitud de Marie, manifiestamente irritada, le impresionaba desagradablemente y, al propio tiempo, le complacía en secreto. Rudolf trató durante cierto tiempo de justificar la suya, no sin vacilaciones y tartamudeos. Marie no podía imaginarse hasta qué punto era difícil negarse a un hombre como Adrian. Además, se consideraba Rudolf hasta cierto punto responsable del cambio que este sentimiento había impreso a la vida de Adrian, ya que suya fue la idea de hacerle asistir, en Suiza, al estreno de su concierto y que esto dio lugar a su encuentro con Marie. Curiosa coincidencia: ese concierto, dedicado a Rudolf, sirvió para poner a Adrian en presencia de Marie. Si accedió a cumplir el deseo de Adrian fue, en gran parte, movido por este sentimiento de responsabilidad y esperaba que Marie así lo comprendiera.

Volvió Marie a retirar la mano que Rudolf tratara entonces de estrechar. No tenía por qué seguir esforzándose, le dijo. Que ella comprendiera o no los motivos de su acto era cosa sin importancia. Sentía mucho tener que desvanecer sus amistosas esperanzas, pero aun cuando era cierto que la personalidad de su amigo no había dejado de impresionarla, su admiración por él nada tenía que ver con los sentimientos que son la base necesaria para una unión como la propuesta. La relación con el doctor Leverkühn había sido para ella un honor y un placer, pero por desgracia la respuesta que ahora debía darle exigía evitar, para el futuro, nuevos encuentros que sólo podrían ser penosos. Lamentaba, además, que este cambio hubiese de afectar igualmente al mensajero de deseos imposibles de complacer. Después de lo ocurrido, lo mejor y lo más fácil era, sin duda, no volverse a ver, despedirse para siempre amablemente: «*Adieu, Monsieur*».

De sus labios surgió como una exclamación el nombre: «¡Marie!», a lo cual contestó ella con una manifestación de sorpresa y la repetición de su fórmula de despedida que, sin haberla oído, me parece estar oyendo: «*Adieu, Monsieur*».

Se marchó Rudolf. Visto por fuera, como un perro de aguas mojado. En su interior, más que contento, dichoso. Se había puesto en claro que el plan de casamiento de Adrian era un disparate y su papel de intermediario, por otra parte, fue severamente juzgado. La reacción contraria de Marie fue, en cierto modo, emocionante por su sinceridad y viveza. Rudolf no se dio ninguna prisa en poner a Adrian al corriente del resultado de la visita. Estaba además contentísimo de haber confesado a su amigo que también él, Rudolf, había sido sensible al encanto de Marie. Lo que hizo fue escribir una carta a la muchacha para decirle que su «*Adieu, Monsieur*» le había colocado en una posición insoportable y que, por lo que más quisiera, debía permitirle volver a verla para repetirle de palabra lo que le decía ya por escrito con toda la sinceridad de su corazón: si no comprendía que, por admiración hacia otro, un hombre pudiera sacrificar sus propios sentimientos hasta el extremo de convertirse en intérprete de los deseos ajenos; si no comprendía, además, que los sentimientos reprimidos por fidelidad surgían libremente, más aún, gozosamente expresados tan pronto se descubría que el hombre admirado no podía contar con que sus deseos fuesen jamás correspondidos. No ignoraba que debía hacerse perdonar una traición que solamente lo era contra sí mismo. No se arrepentía de lo hecho, pero su dicha era inmensa cuando pensaba que podía declararle su amor sin traicionar a nadie.

Este era el tono. Nadie podía acusarle de desmaño. Carta dictada por la fiebre del *flirt*, escrita seguramente sin la clara conciencia de que su declaración de amor, después de lo ocurrido, iba unida a una propuesta de matrimonio. Marie se negó a abrir la carta, lo que hizo tía Isabeau en su lugar, pero no a escuchar su lectura. Rudolf no recibió respuesta. Pero cuando, sólo dos días después, se hizo anunciar en la Pensión Gisella, tía Isabeau no se negó a recibirle. Marie había salido. La vieja señora le confió a Rudolf, en tono de malicioso reproche, que después de su anterior visita, su sobrina, al darle cuenta de lo ocurrido, no había podido contener las lágrimas (historia que yo creo inventada) a pesar de su altivez de carácter, que la tía puso empeño en subrayar. No podía prometerle que volvería a ver a Marie. Lo que sí estaba dispuesta a hacer era tratar de convencer a su sobrina de que en la conducta de Schwerdtfeger no había nada de deshonroso, al contrario.

Dos días después estaba Rudolf de nuevo allí. La señora Ferblantier —así se llamaba la tía viuda— entró en la pieza donde se encontraba Marie y pasó con ella largo rato. Cuando por fin volvió a aparecer, Schwerdtfeger, que naturalmente se había presentado con un ramo de flores, fue autorizado a pasar con significativa mirada de aliento.

¿Qué más puedo decir? Mi edad y mi tristeza no me permiten describir una escena cuyos detalles a nadie interesan. Rudolf repitió, esta vez por su cuenta, la petición de Adrian —Rudolf, que reunía para el papel de marido las mismas condiciones que yo para el Don Juan—. Pero no vale la pena perder tiempo en imaginar lo que hubiese podido ser una unión que no había de realizarse, cuyas perspectivas fueron, al contrario, rápidamente destruidas por un trágico destino. Marie se atrevió a corresponder al amor de un postulante ligero, pero cuyos dones de artista y brillante carrera le habían sido presentados como seguros valores por un gran conocedor. Se hizo la ilusión de que habría de serle posible retenerle, dominarle, domesticarle. Dejó sus manos entre las suyas y aceptó su beso. No habían pasado veinticuatro horas y todo el mundo sabía ya, en el círculo de nuestros amigos y conocidos, que Rudi había caído en la ratonera, que eran novios la decoradora Marie Godeau y el primer violín Rudolf Schwerdtfeger. Se hablaba ya de que Rudi pensaba separarse de la orquesta de Munich y firmar contrato con una nueva orquesta de París, una vez allí casado.

Cierto era que la orquesta parisiense tenía interés en contratarle y no menos cierto que la de Munich difícilmente se resignaba a su pérdida. Sin embargo, el próximo concierto de la Orquesta Zapfenstösser —el primero desde el día de su entrevista decisiva con Adrian en Pfeiffering— era considerado como una aparición de despedida de Rudi Schwerdtfeger. El doctor Edschmidt, director de la orquesta, había combinado un programa Wagner-Berlioz apto para atraer al público. Todo Munich estaba allí y entre el público no pocas caras conocidas: los Schlaginhausen y el círculo de sus asiduos, los Radbruch con Schildknapp, Jeannette Scheurl, la actriz Zwitscher, la escritora Binder-Majorescu y muchos más, venidos todos, en buena parte, para admirar a Schwerdtfeger no sólo como violinista, en el primer atril, sino también como novio de reciente promoción. La novia no estaba presente. Había regresado ya a París, según se dijo. Saludé, entre otras muchas personas, a Inés Institoris. Estaba sola, es decir, con los Knoterich, pero sin su marido, hombre poco aficionado a la música. Estaba sentada en las últimas filas de la platea, vestida con un traje de extrema sencillez, el cuello proyectado hacia adelante, como siempre, las cejas arqueadas, la boca fatalmente maliciosa. Contestó a mi saludo con una irritante sonrisa, en la que me pareció descubrir una malévola expresión de triunfo por el modo como supo explotar mi paciencia y mi interés la noche de nuestra famosa y prolongada conversación en el salón de su casa.

Sabiendo que iban a ser demasiados los ojos curiosos que encontrara, Schwerdtfeger apenas si echó una mirada a la sala en toda la noche. Cuando hubiese podido hacerlo prefería dedicarse a afinar su instrumento o a examinar su partitura. Cerraba el programa la obertura de *Los maestros cantores*, y la ovación final, ya de por sí bastante sonora, fue todavía más intensa cuando Ferdinand Edschmidt, para corresponder a los aplausos, hizo levantar a los músicos y estrechó efusivamente la mano de su violín concertino. Cuando esto ocurrió estaba yo ya en el pasillo, poniéndome el abrigo, y me disponía a dejar el teatro para ir a pie hasta la pensión donde había de pasar la noche. Frente a la sala de conciertos tropecé con el profesor Gilgen Holzschuher, gran especialista en Durero, y entre los dos se entabló un diálogo que Holzschuher inauguró con una crítica del programa de la noche. Poner de pareja a Berlioz y Wagner, un prestidigitador latino y un verdadero maestro alemán, le parecía un atentado contra el buen gusto que, además, disimulaba mal su tendencia política. Su intención favorable al acercamiento franco-alemán era tan manifiesta como conocidos eran los sentimientos republicanos de Edschmidt, personaje poco de fiar desde el punto de vista nacional. Estas consideraciones le habían echado a perder la noche. La política se metía por todas partes y el puro culto a la espiritualidad y a la inteligencia estaban desapareciendo. Para restablecerlo era indispensable poner al frente de las grandes orquestas a hombres cuyos sentimientos alemanes no ofrecieran lugar a duda.

Me abstuve de decirle que era él, precisamente, quien introducía la política en el arte y que la palabra «alemán» había dejado de ser un símbolo de pureza intelectual para convertirse en una bandera política. Me limité a hacerle observar que, latino o no latino, el virtuosismo no estaba ausente de la obra de Wagner, tan estimada en el mundo internacional. Y le distraje bondadosamente de este tema hablándole de un artículo suyo sobre el problema de las proporciones en la arquitectura gótica, recientemente publicado en la revista *Arte y Artistas*. Las cosas amables que le dije le complacieron visiblemente y, olvidando la política, se manifestó de excelente humor, momento que aproveché para despedirme y emprender mi camino por la derecha mientras él se alejaba por la izquierda.

Por la Türkenstrasse llegué pronto a la Odeonsplatz y a la Ludwigstrasse y seguí, por la acera izquierda, la Monumental-Chaussee, completamente asfaltada, en dirección a la Siegestor o Puerta de la Victoria. La noche estaba nublada y la temperatura era benigna en extremo. Mi abrigo de invierno empezaba a pesarme y me detuve en la Theresienstrasse para tomar uno cualquiera de los tranvías que conducen a Schwabing. Hube de esperar un rato desmesuradamente largo, no sé por qué razón, hasta que por fin vi acercarse un tranvía de la línea 10, muy cómoda para mí. Me parece estar oyendo todavía el ruido, mientras se acercaba viniendo de la Feldherrenhalle. Los tranvías de Munich, pintados de color azul, uno de los colores de la bandera bávara, son en extremo pesados y hacen un ruido espantoso. Al contacto de las ruedas con los rieles y del troley con el cable superior surgían continuamente chispas eléctricas que se descomponían en enjambres de chispazos.

Se detuvo el tranvía y penetré en su interior por la puerta de la plataforma delantera. Alguien acababa de dejar libre el asiento de la izquierda junto a la puerta y me senté en él. El tranvía iba lleno y había un par de personas de pie en el fondo. Los pasajeros venían probablemente del concierto en su mayor parte. Entre ellos, hacia la mitad del banco opuesto al mío, estaba Schwerdtfeger, con el estuche de su violín entre las rodillas. Me había visto entrar, sin duda alguna, pero evitó mi mirada. Llevaba un pañuelo de seda blanca para cubrir la corbata del frac, pero, según costumbre suya, iba sin sombrero. Muy apuesto y elegante, con su pelo rubio ondulado y las mejillas sonrosadas por el esfuerzo del trabajo. No le sentaban mal tampoco una ligera hinchazón en torno de sus ojos azules, y sus labios protuberantes, que tan magistralmente le permitían silbar. No soy hombre que se dé rápidamente cuenta de nada y sólo poco a poco descubrí que en el mismo tranvía viajaban también otros conocidos. Cambié un saludo con el doctor Kranich, sentado en el mismo banco que Schwerdtfeger pero lejos de él, junto a la puerta trasera. Un cambio de posición fortuito me hizo por fin descubrir con sorpresa la presencia de Inés Institoris, sentada en el mismo banco que yo, y digo con sorpresa porque el tranvía no iba camino de su casa. Pero al ver que, un par de asientos más lejos, viajaba su amiga Binder-Majorescu di en suponer que Inés había sido invitada a tomar un refresco en Schwabing, donde vivía la escritora.

Entonces comprendí mejor por qué Schwerdtfeger mantenía su cabeza constantemente vuelta hacia la derecha. No trataba únicamente de evitar al hombre que él podía considerar como el álter ego de Adrian. Yo, por mi parte, le reprochaba interiormente el haber tomado aquel tranvía, reproche probablemente injustificado porque a lo mejor no lo había tomado al mismo tiempo que Inés. Podía ella haber subido después, como yo, y si él subió en último lugar no era cuestión de escapar al descubrirla.

Pasamos frente a la universidad y cuando el cobrador, con sus zapatos de fieltro, se encontraba frente a mí dispuesto a darme un billete a cambio de mi cobre, sobrevino lo increíble, lo inesperado y de momento, como todo lo inesperado, incomprensible. Una serie de disparos resonaron en el interior del vehículo, detonaciones violentas, ruidosas, una tras otra, tres, cuatro, cinco, con abrumadora rapidez, y frente a mí Schwerdtfeger, con el estuche del violín entre las manos, dejó caer la cabeza, sobre la espalda primero, sobre el regazo después, de la señora que estaba a su lado derecho, la cual, como la sentada a su izquierda, se apartó de él horrorizada. En el interior del tranvía se produjo un indescriptible tumulto. Los dispuestos a huir, presa de pánico, eran los más, y muy pocos, en cambio, los que conservaban la serenidad para hacer algo útil. Mientras tanto, el conductor hacía sonar arrebatadamente el timbre de alarma. Dios sabe con qué propósito, como no fuera el de atraer un guardia. No había ninguno por allí cerca, naturalmente. El alboroto en el tranvía degeneró casi en peligroso choque entre los que trataban de huir precipitadamente y los que, atraídos por la curiosidad, trataban de entrar desde las plataformas. Dos caballeros que viajaban de pie junto a la puerta trasera se precipitaron, como yo mismo, sobre Inés Institoris —demasiado tarde, por supuesto—. No hubo necesidad de «arrancarle» el arma de las manos, porque la había dejado ya caer, o más exactamente la había arrojado al suelo en dirección de la víctima. Su rostro era de una palidez de papel y en sus pómulos habían aparecido dos manchas rojas. Con los ojos cerrados y los labios salientes no cesaba de reír como una loca.

La sujetaron por los brazos y yo me ocupé de Rudolf, tendido sobre el banco, mientras frente a él la dama sobre la cual se derrumbó el cuerpo herido, cubierta de sangre, había perdido el conocimiento. Una de las balas le había causado en el brazo una erosión sin importancia. Junto a Rudolf se había formado un grupo. El doctor Kranich tenía una de sus manos entre las suyas.

—Acto espantoso, absurdo y desatentado —dijo el hombre articulando perfectamente, según costumbre en él y destacando las sílabas de los tres adjetivos–. Nunca he lamentado más vivamente que ahora –añadió– no ser doctor en medicina y sí sólo numismático. –En verdad, la numismática parecía en aquel momento la más superflua de las ciencias, más aún que la filología, y no es decir poco–. Se descubrió que no había entre los allí presentes un solo médico, cosa rara entre personas que venían de un concierto. Abundan los médicos filarmónicos, lo que se explica, entre otras razones, por el gran número de judíos que ejercen la profesión. Me incliné para ver mejor a Rudolf. Daba signos de vida, pero había sido horriblemente tocado. Uno de los proyectiles penetró en la cabeza debajo del ojo y por el orificio manaba sangre. Otras balas se alojaron en el cuello, en el pulmón y en la región cardíaca. Levantó la cabeza con el propósito de decir algo, pero entre sus labios carnosos aparecieron burbujas sanguinolentas que no le dejaban hablar. Volvió los ojos y la cabeza se desplomó, con rudo golpe, sobre la madera del banco.

No sería capaz de describir el sentimiento de infinita compasión que invadió mi ánimo. Me di cuenta, en un instante, del afecto que, en cierto modo, siempre le había tenido, y confieso que me sentí mucho más cerca de él que de la infeliz autora del atentado, aun sabiéndola víctima de grandes sufrimientos y del vicio corruptor con que trataba de mitigarlos. Declaré conocer perfectamente a ambos protagonistas y dispuse que Rudolf fuese trasladado a la universidad, desde donde sería posible telefonear al hospital y a la policía. Di asimismo instrucciones para que Inés fuese llevada también allí.

Así se hizo. Un joven voluntario me ayudó a sacar al pobre Rudolf del tranvía, detrás del cual se habían acumulado ya tres o cuatro más. De uno de éstos surgió un médico, con su maletín de instrumentos, cuyo trabajo consistió, de momento, en dar instrucciones inútiles para el transporte. Sufro todavía al recordar el tiempo inacabable que nos fue necesario para despertar al portero. El doctor trató entonces de dar al herido, tendido sobre un sofá, los primeros cuidados. La ambulancia del hospital llegó con sorprendente rapidez. Rudolf murió durante el camino, tal como el médico me había pronosticado que iba probablemente a ocurrir.

Por mi parte me uní al agente de policía que entretanto había llegado para acompañar a la detenida a la comisaría. En aquellos momentos Inés Institoris, presa de convulsiones, se deshacía en llanto. Expliqué las circunstancias del caso y recomendé el envío de Inés a una clínica de psiquiatría, cosa que el comisario declaró no poder hacer aquella misma noche.

Sonaban en la iglesia las campanas de la medianoche cuando salí de la comisaría en busca de un automóvil para ir a cumplir, en la Prinzregentenstrasse, un nuevo y desagradable deber. Consideré que estaba obligado a avisar al pobre marido y a darle cuenta, del modo más suave que pudiera hacerlo, de lo que acababa de ocurrir. Cuando encontré por fin el auto, no valía ya la pena tomarlo. La puerta de la casa estaba cerrada, pero ante mis llamadas repetidas se alumbró la luz de la escalera. Institoris bajó él mismo a abrir —y tuvo la sorpresa de encontrarme a mí en lugar de a su mujer—. Tenía un modo particular de abrir la boca, como si le fuera difícil respirar, a la vez que pegaba con fuerza el labio inferior contra los dientes:

—¿Cómo es esto? —balcuceó el hombre—. ¿Usted por aquí? ¿Qué le trae de bueno?...

No dije casi nada mientras subíamos la escalera. Una vez en el salón, donde un día recibiera las agobiantes confesiones de Inés, le di cuenta, después de unas palabras preparatorias, de lo que acababa de ocurrir en mi presencia. Había permanecido de pie mientras yo hablaba, pero se dejó caer en un sillón tan pronto acabé de hablar, aunque conservando la compostura propia de un hombre que, desde largo tiempo, vivía en una atmósfera preñada de amenazas.

—Así, por lo visto, tenían que acabar las cosas —dijo, con el tono del hombre que, desde tiempo, se preguntaba asustado cómo iban las cosas a terminar—. Quiero ir a verla —dijo levantándose de nuevo—. Espero que me permitirán hablar con ella.

Le dije que, por esta noche, me parecía poco probable, pero él replicó en voz baja que su deber era probarlo. Se puso un abrigo de cualquier modo y salió precipitadamente de la casa.

Solo en el salón, donde el busto de Inés, sobre su pedestal, evocaba los esplendores de una fatal elegancia, mis pensamientos volaron naturalmente hacia el lugar que, durante aquella noche, había sido repetido objeto de mis preocupaciones. Quedaba todavía una dolorosa misión por cumplir. Pero una curiosa sensación de inmovilidad, perceptible incluso en los músculos faciales, me impedía levantar el auricular del teléfono para pedir la comunicación con Pfeiffering. Lo hice por fin, o traté de hacerlo, pero permanecí con el aparato en la mano, sin acercarlo al oído, y oí débilmente, como si viniera del fondo del mar, la voz de la empleada de la central. Tuve de pronto, quizá a causa del cansancio, la sensación de que iba a perturbar inútilmente la paz nocturna de la familia Schweigestill, de que *no era necesario* contarle a Adrian las cosas de que acababa de ser testigo, más aún, de que me pondría en ridículo si lo hacía. Renuncié a mi propósito y colgué el teléfono de nuevo.

XLIII

Mi narración marcha hacia su desenlace. Como todo en este mundo. Todo se precipita hacia el fin y el mundo entero se encuentra colocado bajo su signo. Por lo menos para nosotros, alemanes, cuya historia milenaria, contradictoriamente, llevada al absurdo, denunciada como una locura y un funesto error, desemboca en la nada, en la desesperación, en una bancarrota sin ejemplo, en una aterradora marcha infernal. Si es cierto, como pretende un adagio alemán, que buenos son, de cabo a cabo, los caminos que llevan a un buen fin, cierto será también que el camino que nos llevó a esta perdición –y doy a la palabra su sentido más estrictamente religiosa– era un camino pecaminoso todo él, en sus rectas como en sus curvas. Muy amargo resulta tener que inclinarse ante esta lógica. Pero el inevitable reconocimiento de la perdición no significa una negación del amor. Yo, por ejemplo, no soy más que un alemán sencillo, consagrado al estudio, y he vivido enamorado de muchas cosas alemanas. Más aún: mi vida sin importancia, pero capaz de dejarse inspirar por la admiración y la abnegación, ha sido consagrada al sentimiento del amor, con frecuencia atemorizado y siempre alarmado, pero eternamente fiel, que me inspiró un alemán, importante como hombre y como artista. Su misteriosa inclinación al pecado, el fin espantoso de su vida, nada pueden contra un amor que quizá –¿quién sabe?– no sea otra cosa que una manifestación de la gracia.

Refugiado en mi retiro de Freising, mientras espero que se cumpla lo inevitable y sin valor para lanzar la mirada más allá, trato de evitar el espectáculo de Munich, de sus ruinas, de sus fachadas fantasmagóricas, a través de cuyas puertas y ventanas sólo se descubren montones de escombros, de sus estatuas mutiladas. Mi corazón siente lástima y piedad por las necias ilusiones de mis hijos, capaces de creer lo que la masa del pueblo alemán creyó, de compartir sus entusiasmos, sus sacrificios y sus luchas, y que ahora empiezan, como sus millones y millones de iguales, a sentir, con los ojos fijos en el vacío, los primeros síntomas de una desilusión que forzosamente habrá de acabar en el desconcierto y la desesperanza más absolutos. Ni tuve fe en su fe, ni compartí sus goces. Sus sufrimientos morales no les acercarán a mí. Me harán, al contrario, responsable de lo que les ocurre. Como si el haber compartido yo sus sueños desatentados hubiese podido cambiar el curso de las cosas. Dios les asista. Estoy solo con mi querida Helene, ya entrada en años también, siempre ocupada de que nada me falte, y a la cual leo, de vez en cuando, algunos pasajes, los menos difíciles, de esta obra, cuya terminación, en pleno desmoronamiento, se ha convertido para mí en una idea fija.

La profecía del fin del mundo, llamada *Apocalipsis cum figuris*, fue ejecutada en Francfort un año después, poco más o menos, de los trágicos incidentes que acabo de relatar, y Adrian, en parte quizá debido a la impresión de abatimiento que lo ocurrido le causara, no se sintió con fuerzas para salir de su habitual reserva y asistir a la audición. Fue esta una solemnidad de primer orden, a pesar de los malignos denuestos y necias risas que provocara. Adrian no oyó, pues, nunca esta obra, verdaderamente grande, uno de los dos monumentos de su áspera y orgullosa existencia —cosa que no sería justo lamentar con exceso, en todo caso, dadas las ideas de Adrian sobre lo que era «oír»—. Sólo estuvo presente, conmigo, del círculo de nuestras amistades, Jeannette Scheurl. A pesar de ser escasos los medios de que disponía no vaciló en emprender el viaje a

Francfort para poder dar cuenta a Adrian, en Pfeiffering, de sus impresiones. Las visitas de Clementine Schweigestill, la elegante campesina, le eran entonces particularmente gratas. Se sentía como protegido y calmado por su presencia y recuerdo haberle visto un día, sentado junto a ella y *dándole la mano*, en un rincón de la sala del abad, silencioso y como pensativo. Este gesto poco conforme a su carácter denotaba un cambio que observé con satisfacción, y hasta con placer, pero no sin cierta inquietud de espíritu.

Más que nunca apreciaba también entonces Adrian la compañía de Rüdiger Schildknapp, el compañero de ojos iguales a los suyos. No era generoso con sus visitas, como de costumbre, pero cuando se presentaba, perfecto *gentleman*, lo hacía siempre dispuesto a acompañar a Adrian durante los largos paseos que eran su distracción favorita, sobre todo cuando no podía trabajar. Schildknapp estaba tan cáustico y divertido como de costumbre. Pobre como una rata, el lamentable estado de su descuidada dentadura era en aquellos momentos su preocupación principal y no acababa nunca de contar historias de sórdidos e implacables dentistas que, aparentemente dispuestos a cuidar de sus dientes por amistad, le agobiaban de pronto con exigencias desmesuradas y sistemas de pago a plazos que él no podía cumplir. Esto le obligaba a cambiar continuamente de dentista y siempre con los mismos deplorables resultados. Le habían montado un puente, haciéndole sufrir horrores, sobre raíces todavía sensibles, que no tardaron en quebrantarse bajo el peso y la presión, en vista de lo cual estaba amenazado por la perspectiva de tener que volver a arrancarlo todo y contraer nuevas deudas. «Todo se derrumba», exclamaba aparentemente inconsolable, pero le importaba poco que sus miserias arrancaran a Adrian lágrimas a fuerza de reírse. Al contrario, se hubiese dicho que era esto precisamente lo que se proponía y él mismo se retorcía también de risa como un niño.

Su trato y su amargo humorismo eran lo que necesitaba entonces el solitario y, sintiéndome yo incapaz de divertirle como, él deseaba, hacía cuanto podía para convencer a Rüdiger, siempre algo reacio, de hacer sus visitas a Pfeiffering más frecuentes. Durante todo aquel año Adrian llevó una vida de ocio. Sufría —y sufría verdaderamente, según se desprendía de sus cartas— de una profunda apatía intelectual, y esto fue, si he de dar crédito a lo que me dijo, el principal motivo de que no quisiera ir a Francfort. No es posible ocuparse de lo ya hecho cuando se siente uno incapaz de hacer algo mejor. El pasado sólo es tolerable cuando uno se sabe superior a él, no cuando uno se encuentra reducido a contemplarlo impotente. Las cartas que de él recibía en Freising, hablaban de su existencia desierta, de su existencia imbécil, de su existencia de perro, de su existencia de planta, sin memoria e insoportablemente idílica, contra la cual no quedaba más defensa honrosa que el insulto y que le hacía desear a uno cualquier forma de estrépito exterior, una nueva guerra, o una revolución, como medio de sustraerse al marasmo. Había perdido ya toda noción del arte de componer, no conservaba ni el menor recuerdo de su oficio y estaba íntimamente convencido de que no volvería jamás a escribir ni una nota. «¡Que el infierno tenga compasión de mí!», «¡ruega a Dios por mi pobre alma!». Estas y parecidas expresiones se repetían en las cartas de Adrian, que leía con gran pesadumbre, a la vez que con cierto halago al pensar que sólo yo, el que fue compañero de juegos en la niñez, podía ser depositario de tales confidencias.

En mis respuestas procuraba tranquilizarle. Aludía a la incapacidad del hombre para superar el presente, considerado siempre, y contra toda razón, como definitivo, como su destino invariable, para ver lo que hay detrás de la colina. Y añadía que esto era más cierto aun en las circunstancias difíciles que en las felices. Su depresión se explicaba por las terribles y recientes decepciones que acababa de sufrir. Tuve incluso la debilidad de recurrir a una imagen «poética» y de comparar su espíritu transitorialmente yermo con el «reposo invernal de la tierra», en cuyo seno la vida prosigue secretamente su acción y prepara nuevas germinaciones –imagen excesivamente benévola y que yo mismo sabía poco adecuada para describir los cambios bruscos entre el frenesí creador y la parálisis expiatoria a que se encontraba sometido–. Su estado de salud pasaba por una nueva crisis, que no era ciertamente causa del agotamiento de sus facultades creadoras, pero que se sumaba a la depresión y la agravaba. Violentos ataques de jaqueca le obligaban a permanecer en la oscuridad. Dolores de estómago, catarros bronquiales y de la laringe se sucedieron sin interrupción durante el invierno de 1926 y le hubiesen impedido por sí solos el viaje a Francfort –como, por orden terminante del médico, le impidieron otro que, vistas las cosas desde el ángulo humano, era mucho más urgente.

–Al mismo tiempo, casi día por día –la coincidencia es curiosa–, se extinguieron, hacia fines del año, las vidas de Max Schweigestill y de Jonathan Leverkühn, cuando ambos tenían setenta y cinco años –el padre y jefe de la familia bávara con la cual vivía desde tantos años, y su propio padre en Buchelhof. El telegrama de su madre dándole cuenta de la apacible muerte del «especulador» lo recibió Adrian junto al lecho de muerte de otro fumador empedernido, del otro taciturno que, como Jonathan hiciera con su hijo Georg en Buchel, había dejado ya desde tiempo atrás el cuidado principal de la finca a su hijo Gereon. Adrian podía estar seguro de que Elsbeth Leverkühn sabría soportar la prueba con la misma dignidad serena, con la misma comprensión de lo que son las cosas humanas, que Else Schweigestill. Si su estado no le permitía trasladarse a Buchelhof, los consejos del doctor no pudieron disuadirle de asistir al entierro del abuelo de Pfeiffering y a la muy concurrida misa de cuerpo presente en la iglesia del lugar, a pesar de la fiebre y de la gran debilidad que sufría aquel domingo. También quise yo rendir un último homenaje al difunto, con el sentimiento de estar presente al mismo tiempo en otra análoga ceremonia, y en compañía de Adrian regresé a pie a la casa mortuoria, donde el característico olor a tabaco, cuya persistencia nada tenía de extraño, nos llamó particularmente la atención.

—Este olor persiste —dijo Adrian—. Largo tiempo; quizá todo el tiempo que la casa esté de pie. Persiste también en Buchel. Cuando un hombre muere, la persistencia de su recuerdo, por un tiempo más o menos largo, recibe el nombre de inmortalidad.

Acababan de pasar las Navidades —ambos abuelos, ya a medias vueltos de espaldas a las cosas terrenas, vivieron aún las fiestas con los suyos—. Al empezar a crecer los días, desde los comienzos del nuevo año, el estado de Adrian mejoró sensiblemente. Se interrumpió la serie de ataques de diversa índole que tanto le molestaban y moralmente parecía haber superado los efectos del fracaso de sus planes y las terribles consecuencias que dichos planes acarrearon. Su espíritu despertó de nuevo y otra vez volvió a encontrarse con el problema de poner freno a la abundancia de ideas que le asaltaba. Fue el año 1927 su gran añada de compositor de música de cámara. En primer término, el septimino para cuerda, madera y piano, obra no exenta de ciertas divagaciones, en la que abundan los temas largos y flotantes, repetidamente disueltos y transformados sin que su perfil vuelva a reaparecer nunca de un modo franco. Admiro principalmente en esta composición su carácter a la vez nostálgico e intrépido, su tono romántico, obtenido con el empleo de los más rigurosos medios modernos; su temática, tan vigorosamente transfigurada que las repeticiones quedan de hecho excluidas. El primer tiempo lleva el nombre de *Fantasía*, el segundo es un *adagio* desenvuelto en un majestuoso *crescendo*, el tercero se inicia en forma ligera, casi juguetona, para adquirir después una gran densidad de contrapunto, un carácter sombrío y trágico, especialmente acusado en el epílogo cuya cadencia es casi la de una marcha fúnebre. Nunca queda reducido el piano al simple papel de relleno armónico. Su parte es la de un solista en un concierto para piano y orquesta y este detalle puede ser una reminiscencia del concierto de Adrian para violín. Pero lo que más me admira en la obra es la maestría con que está resuelto el problema de su equilibrio sonoro. Ni un instante se encuentran los tres instrumentos de cuerda sumergidos por los de viento. Alternan unos con otros y sólo en raras ocasiones se confunden en un *tutti*. Mi impresión de conjunto se resume así: arrancando de un punto de partida firme y conocido se encuentra uno arrastrado hacia regiones cada vez más remotas. «No me propuse escribir una sonata –me dijo un día Adrian–, sino una novela.»

Esta tendencia a la «prosa» musical alcanza su nivel más elevado en el cuarteto para instrumentos de cuerda, la más esotérica de las obras de Leverkühn, compuesto inmediatamente después del septimino. Siendo la música de cámara, por tradición, el palenque de los desarrollos temáticos, éstos brillan provocadoramente por su ausencia en el cuarteto de Adrian. No hay en él ni relación entre los motivos, ni desarrollos, ni variaciones, ni repeticiones. Sin interrupción, y aparentemente sin ilación, lo nuevo sucede a lo nuevo sin más aglutinante que las analogías tonales o sonoras y, sobre todo, los contrastes. De las formas tradicionales, ni el más leve vestigio. Se diría que en esta composición, de anárquica apariencia, el maestro había retenido su respiración para acometer, con tanta mayor decisión, la cantata de *Fausto*, la más sistemática de sus obras. En el cuarteto se dejó guiar por su solo oído, por la lógica interna de la invención. Con ello la polifonía es llevada al último extremo y cada una de las voces existe en cada momento por sí misma. El elemento articulador del conjunto es la resuelta oposición entre los tiempos, a pesar de que la obra ha de ejecutarse sin interrupción. El primero, con la indicación de *moderado*, evoca una conversación de profundo contenido reflexivo y alto nivel intelectual. Los cuatro instrumentos alternan en un grave y sosegado intercambio, desprovisto casi por completo de giros dinámicos. Sigue un tiempo *presto*, susurrado casi con frenesí por los cuatro instrumentos, todos ellos atenuados por la sordina. Un tiempo lento y breve viene a continuación, dominado desde el principio hasta el fin por el canto de la viola, a la que sirven de acompañamiento sumarias intervenciones de los instrumentos restantes. En el *allegro con fuoco* final de polifonía se da amplio y libre curso. No conozco nada que supere la estimulante vivacidad de este final, en el que se diría que salen lenguas de fuego de cada una de las cuatro cuerdas: una combinación de escalas y trinos imposible de escuchar sin tener la sensación de que se está oyendo una orquesta entera. El empleo de los registros amplios y la explotación de las mejores propiedades sonoras de cada instrumento permitieron a Adrian alcanzar una sonoridad que rompe el marco usual de la música de cámara y no cabe duda de que la crítica dirá en tono de reproche que el cuarteto es una composición para orquesta disimulada bajo el ropaje de otro género musical. Una vez más la crítica será injusta. El estudio de la partitura demuestra que fueron tenidas en cuenta, al componer el cuarteto, las más sutiles experiencias del género. Cierto que en repetidas ocasiones le oí decir a Adrian que las antiguas fronteras de la música de cámara y del estilo orquestal eran insostenibles y que desde la emancipación del colorido ambos estilos tienden a confundirse. La inclinación a lo ambiguo, a la mezcla y a la sustitución, ya puesta de manifiesto en el tratamiento de las partes vocal e instrumental del *Apocalipsis*, se acentuaba en Adrian más cada día. «Aprendí en la clase de filosofía —solía decir— que el fijar fronteras significa ya violarlas. He seguido siempre fiel a este principio.» Esta alusión a la crítica hegeliana del sistema de Kant demostraba hasta qué punto su obra estaba sometida a influencias intelectuales y a remotas impresiones.

Finalmente, el trío para violín, viola y violoncelo, apenas ejecutable, cuyas dificultades técnicas sólo pueden ser vencidas, en todo caso, por tres virtuosos, causa verdadero asombro, tanto por su osadía estructural y por el esfuerzo cerebral que ella supone como por la originalidad de sus combinaciones sonoras. «Es una obra imposible pero satisfactoria», solía decir Adrian, de buen humor, refiriéndose al trío, cuyos apuntes empezó mientras estaba aún ocupado en la composición del septimino y del cual siguió ocupándose mentalmente mientras trabajaba en el cuarteto, labor esta última que por sí sola hubiese podido agotar indefinidamente las energías organizadoras de un ser humano normal. Fue aquel un período de inspiraciones, de exigencias, de realizaciones, de llamamientos a la ejecución de otras empresas, de exuberante y compleja actividad creadora —un tumulto de problemas surgiendo al propio tiempo que las soluciones—. «Una noche —decía Adrian— que a fuerza de relámpagos no llega a ser oscura.» Y añadía:

—Un sistema de alumbrado algo crudo y convulsivo. ¿Pero qué se le va a hacer? Yo también sufro de convulsiones y a veces creo que me tiembla todo el cuerpo. Las ocurrencias, querido amigo, lanzan una fea luz, tienen las mejillas ardientes y un modo desagradable de hacer entrar en calor las tuyas. Amigo íntimo, como lo soy, de un humanista, debiera ser capaz de distinguir correctamente y siempre la felicidad del sufrimiento, pero... —Y confesaba no estar muy seguro de cuál era su estado preferido: la tranquila incapacidad de hace tan sólo unos meses o el actual alud de impulsos creadores.

Le traté de ingrato. Con asombro y lágrimas de alegría en los ojos, con secreta y cordial inquietud también, leía y escuchaba yo, de semana en semana, lo que Adrian —con escritura limpia y precisa, de un preciosismo casi rebuscado, sin el menor signo de vacilación o de inconstancia— ponía sobre el papel, lo que le habían inspirado y exigido, según él decía, «su ángel y su urogallo». De un solo aliento, o mejor sería decir: perdido el aliento, escribió tres obras, cada una de las cuales hubiese bastado, por sí sola, para dar celebridad al año en que fue compuesta. Y el día mismo en que dejó terminado el *lento*, último tiempo compuesto del cuarteto, empezó la notación del trío. «Todo ocurre como si hubiese estudiado en Cracovia», me escribió durante una quincena en que me fue imposible ir a Pfeiffering. La alusión resultó para mí enigmática hasta que vino a mi memoria el hecho de que la Universidad de Cracovia permitió durante el siglo XV la enseñanza pública de la magia.

Puedo afirmar sin faltar a la verdad que tales fórmulas estilísticas no escapaban a mi observación. Siempre había sentido Adrian por ellas cierta preferencia que ahora parecía acusarse, tanto en sus cartas como en la conversación. Pronto había de quedar descubierto el motivo. Primer indicio de lo que se preparaba fue para mí el descubrimiento casual un día, sobre su mesa, de una hoja de papel de música en la cual había escrito Adrian con grandes caracteres:

«Esta desgracia fue causa de que el Doctor Faustus escribiera su lamento».

Descubrió Adrian mi descubrimiento y me quitó la hoja de papel de los ojos mientras decía: «¿Qué ilícitas libertades se está tomando el señor y hermano?». Lo que él proyectaba y se proponía ejecutar sin intervención de nadie siguió siendo un secreto para mí durante mucho tiempo. Pero está fuera de toda duda que el año 1927, el año de la música de cámara, fue también el de la concepción del *Lamento del Doctor*

Faustus. Por increíble que la cosa parezca, en pleno trabajo de creación, en lucha con problemas que sólo la máxima, la más exclusiva concentración podía permitirle resolver, el espíritu de Adrian, vuelto hacia el porvenir, interrogativo, vivía ávidamente ya bajo el signo del segundo oratorio, ese lamento abrumador, de cuya efectiva realización se vio antes distraído por un incidente de la vida, tiernamente desgarrador.

XLIV

Úrsula Schneidewein, la hermana de Adrian casada en Langensalza, sufrió después de sus tres partos consecutivos, en 1911, 1912 y 1913, una afección pulmonar que la obligó a pasar unos cuantos meses en un sanatorio de los montes del Harz. Salió de allí al parecer curada y durante diez años, hasta que dio a luz otro hijo, el último de la familia, el pequeño Nepomuk, fue Úrsula para su marido una excelente esposa y madre, consagrada sin molestia a sus quehaceres aun cuando los años de hambre, durante la guerra y después, no fueran propicios para su salud: repetidos resfriados que no tardaban en interesar los bronquios venían a molestarla con frecuencia y aunque su aspecto no era el de una persona enferma, llamaba la atención su palidez y podía descubrirse que estaba algo delicada a pesar de su expresión voluntariamente alegre y despierta.

El embarazo de 1923, lejos de causar perjuicio a su salud, pareció al contrario estimular su vitalidad. Pero sólo con fatiga pudo reponerse del parto y volvieron a reproducirse las temperaturas que, diez años antes, la habían obligado a buscar alivio en el clima de montaña. Se pensó ya entonces en que Úrsula interrumpiera su trabajo de ama de casa para someterse de nuevo a un tratamiento específico, pero bajo la influencia del bienestar psíquico (tal es por lo menos mi firme convicción), feliz de poder dar sus cuidados a un pequeñuelo que era la criatura más pacífica, más encantadora y de mejor pasta que el mundo ha visto, desaparecieron los síntomas alarmantes y la animosa mujer se conservó fuerte y bien durante varios años –hasta mayo de 1928, cuando Nepomuk, a los cinco años que entonces tenía, agarró un fuerte sarampión, y la salud de la madre resistió mal las angustias morales y el esfuerzo físico de tener que cuidar día y noche a un hijito querido entre todos–. Úrsula sufrió una recaída y en vista de que las oscilaciones de temperatura y la tos no cedían el médico ordenó terminantemente un período de sanatorio que, sin caer en falsos optimismos, fijó en seis meses como mínimo.

Esta circunstancia llevó a Nepomuk Schneidewein a Pfeiffering. Su hermana Rosa, empleada a los diecisiete años en el almacén de óptica paterno, igual que su hermano Ezequiel, un año más joven que ella, tenía que asumir, además, naturalmente, las funciones de ama de casa durante la ausencia de la madre. Eran demasiadas ocupaciones para poder presumir que le quedara tiempo de dar debida atención al pequeño Nepomuk. Así pues, Úrsula dio cuenta a Adrian de la situación y le rogó pidiera a su patrona el servicio de aceptar al pequeño por una temporada y hacerle de madre o de abuela. El médico, por otra parte, estimaba el clima de los Alpes bávaros excelente para favorecer la convalecencia. Else Schweigestill, influida además por Clementine, no opuso ningún inconveniente y, mientras a mediados de junio Johannes Schneidewein acompañaba a su mujer al mismo sanatorio de Suderode, en los montes del Harz, donde había encontrado alivio una primera vez, Rosa emprendió la ruta del sur con su hermanito para dejarlo en manos de la segunda familia del tío Adrian.

No estaba yo presente a la llegada, pero Adrian me describió la escena, la revolución que se armó en la casa, madre e hija, Gereon, sirvientas y criados, todos encantados de tanta gracia infantil, rodeando a los recién llegados y sin saber cómo expresar su admiración y contento –las mujeres de servicio, sobre todo, clamaban por Jesús, María y José que nunca habían visto nada parecido y se ponían en cuclillas para poder contemplar mejor al hombrecillo–. Todo esto bajo la sonrisa indulgente de la hermana mayor que, acostumbrada al éxito universal del pequeño de su casa, tomaba el espectáculo por la cosa más natural del mundo.

A Nepomuk los suyos le llamaban «Nepo» y él se había dado a sí mismo, desde los primeros balbuceos, el nombre de «Eco», que seguía conservando. Iba vestido con gran sencillez, una blusita blanca de algodón con mangas cortas, pantaloncitos de hilo, muy cortos también, y los pies, sin calcetines, calzados con zapatos de cuero muy usados. Y sin embargo su aspecto era el de un pequeño príncipe de leyenda. Su cuerpecito, elegante y delicado, con sus esbeltas piernas y su cabeza alargada, su expresión de inocencia bajo el matorral de pelo rubio revuelto, los rasgos de su fisonomía, infantiles y al mismo tiempo con algo de definitivamente cuajado, la mirada indeciblemente noble y pura, profunda y despejada a la vez, de sus ojos límpidamente azules entre los largos párpados –no era todo esto lo único que hacía del muchacho un personajillo de cuento de hadas, un visitante venido de un exquisito mundo de miniatura–. Estaba también su actitud, de pie en el centro del círculo que formaban los mayores, dejando que cada cual expresara su admiración con exclamaciones o con suspiros; su sonrisa llena de naturalidad, aunque no sin un asomo de coquetería, como de aquel que sabe el efecto que causa a los demás; sus respuestas y sus salidas en las que había inconscientes atisbos de lección y de mensaje; su voz argentina y su modo de hablar, esmaltado aún de infantiles errores de pronunciación, con el típico acento suizo algo lento, algo solemne, heredado de sus padres –Úrsula se había apropiado en seguida el modo de hablar de su marido–, y ciertos gestos de sus brazos y sus manitas, como yo no los había visto nunca en un niño, tanto más graciosos cuanto que en muchos casos no eran los más apropiados para subrayar sus palabras.

Tal era, dicho al pasar, Nepo Schneidewein –tal era «Eco», como pronto dieron todos en llamarle, imitando su ejemplo. En la medida, claro está, que las torpes palabras pueden transmitir su imagen a quien no le viera. Cuántos escritores antes que yo no habrán lamentado la insuficiencia del lenguaje para componer una imagen individual, exacta, visible. La palabra ha sido creada para la alabanza y el elogio, el escritor la ha recibido para asombrar, para maravillar o para bendecir, para dar cuenta de los fenómenos según los sentimientos que suscitan, no para conjurarlos ni reproducirlos. Más que el intento de trazar su retrato, daré a entender lo que era aquella adorable criatura diciendo que, aún hoy, al cabo de diecisiete años, su evocación basta para llevarme las lágrimas a los ojos –y llenarme a la vez de un extraño contento, etéreo, en cierto modo supraterrenal.

Largo rato pasó Eco contestando, de pie, a las preguntas de los presentes sobre su madre, su viaje y si le había gustado Munich, la inmensa ciudad. Siempre con su vocecita de plata, sus graciosos gestos y su acento suizo que tanto regocijaba a los demás. Hasta que, por fin, declaró no tener «más novidades» que contar y expresó el deseo de poner fin a la conversación en términos curiosamente rebuscados:

–Eco no cree que sea correcto permanecer más tiempo aquí fuera. Hora es ya de entrar en la casita y saludar a tío Adrian.

Dio, a la vez, su manita a la hermana para que le acompañara. En aquel preciso momento Adrian, levantado después de un rato de descanso, apareció en el patio para dar la bienvenida a su sobrina. Y después de saludarla y de decirle lo mucho que se parecía a su madre, añadió:

–¿Éste es el nuevo inquilino?

Tomó la mano de Nepomuk y pronto quedó como sumido en la dulce luz, en la sonrisa azulada de aquellos ojos infantiles vueltos hacia él.

—Bien, bien —se limitó a decir Adrian, mientras dedicaba a su sobrina un leve movimiento de cabeza y volvía a fijar sus ojos en los del pequeño. Su emoción era visible y todos se dieron cuenta de ella, incluso el sobrinito. No fueron, por lo tanto, atrevimiento, sino al contrario, muestra de atención y de delicadeza, gesto afectuoso para volver las cosas a su curso normal, las primeras palabras que Eco dirigió a su tío:

—Ya se ve que estás contento de verme.

—¡Claro que lo estoy! Y espero que tú también estés contento de conocernos a todos —dijo Adrian riéndose como todo el mundo.

—Es una reunión muy grata y divertida —dijo el muchacho, un tanto maravillado.

De nuevo volvían a estallar las risas, cuando Adrian hizo con la cabeza un gesto de desaprobación y puso el índice en los labios.

—No hay que turbar al chico con tantas risas —dijo Adrian en voz baja—. Además no hay motivo alguno para reírse, ¿no le parece a usted, abuela? —añadió dirigiéndose a Else Schweigestill.

—¡Ningún motivo! —dijo ésta con voz enérgica, a la vez que lentamente acercaba a sus ojos la punta del delantal.

—Vamos adentro —decidió Adrian tomando a Nepomuk por la mano—. Algo debe de haber ya preparado para nuestros huéspedes.

Algo había, en efecto. En la sala de la hornacina, merendaron Rosa y Nepomuk; la hermana tomó café, el pequeño un vaso de leche con pasteles. Adrian, sentado a la mesa con sus sobrinos, hablaba distraídamente con Rosa, mientras observaba la pulcritud con que Nepomuk comía y bebía, absorbido en la contemplación del angelito y tratando a la vez de no descubrir su emoción y de no hacerse abrumador. Precaución superflua, porque Eco parecía estar perfectamente acostumbrado a las miradas de curiosidad y de muda admiración. La pura expresión de gratitud que brillaba en sus ojos cuando le daban un pastel o una cucharada de confitura era, por sí sola, un espectáculo del que hubiese sido un crimen no querer gozar.

Por fin salieron de labios del hombrecito las dos sílabas: «tante». Su hermana explicó que tal era su modo de dar a entender que estaba satisfecho, que no quería más, que «tenía bastante», forma abreviada que había conservado desde los tiempos del balbuceo. La abuela Schweigestill le ofreció amablemente alguna otra golosina, a lo que Eco replicó muy razonable y compuesto:

—Eco prefiere renunciar.

Se frotó los ojos con los puños cerrados para dar a entender que tenía sueño. Lo llevaron a la cama y, una vez dormido, Adrian conversó en su cuarto de trabajo con Rosa. Ésta hubo de marcharse al tercer día. Sus deberes en Langensalza no le permitieron prolongar su estancia por más tiempo. Al marcharse la hermana lloró, Nepomuk un poco también, pero prometió ser «bueno de corazón» hasta que volviera a buscarle. ¡Santo Dios! ¿Es que no cumplió su palabra? ¿Es que hubiese sido capaz de no cumplirla? Con él llegaba la felicidad, una alegre y constante ternura del corazón, no sólo a la quinta y al pueblo de Pfeiffering, sino hasta la misma ciudad de Waldshut, adondequiera que las damas Schweigestill, madre e hija, lo llevaran, contentas de poder enseñar aquel prodigio, seguras de causar en todas partes la misma impresión de encanto. En la botica, en la mercería, en casa del zapatero, recitaba Nepomuk de buena gana, con lenta y acentuada expresión, subrayada de graciosos gestos, versos e historietas, la de Paulina, que cae en la caldera de aceite hirviendo, la de Jochen que vuelve sucio a casa, después de jugar con sus compañeros, tan sucio que la señora pa-ta y el señor pa-to (Nepomuk ponía siempre el acento, con gran fuerza, en la primera sílaba) se maravillaron y el propio cer-do se a-sus-tó al verlo. El párroco de Pfeiffering, después de oírle recitar una plegaria con las manos juntas a la altura del rostro, una plegaria antigua cuyas primeras palabras eran: «No hay remedio contra la muerte temprana», sólo pudo decirle emocionado: «Hijito de Dios, bendito seas» y, después de acariciarle el pelo con su blanca mano sacerdotal, le regaló una estampa en colores del Divino Cordero. El maestro confesó asimismo el «extraño» efecto que la conversación con el pequeño le causaba. En el mercado y por las calles, Else y Clementine Schweigestill tenían que detenerse a cada paso: las gentes les preguntaban qué era aquello que les había caído del cielo. «Mira, mira el angelito», decían los unos, y otros, como el cura, decían del niño que era «una bendición». Poco les faltaba a muchas mujeres para arrodillarse ante el pequeñuelo.

Cuando me presenté yo de nuevo en Pfeiffering, hacía ya quince días que Nepomuk estaba allí, acostumbrado al nuevo ambiente y conocido de todo el mundo. Adrian me lo mostró desde una esquina de la casa, sentado en el suelo junto a un fresal, una de las dos piernas estirada y la otra medio encogida, el pelo partido y caído sobre la frente, examinando con placer aunque sin ensimismamiento un libro de imágenes que le había regalado su tío. Lo sostenía sobre la rodilla aguantándolo por el margen con la mano derecha. El brazo y la manita izquierda, con la cual acababa de volver la hoja, conservaban, con indecible gracia, la posición necesaria para seguir hojeando. Tuve en aquel mismo momento la sensación de no haber visto nunca en mi vida un niño tan gentilmente sentado (a mis hijos no les fue concedido, ni en sueño, el don de poder ofrecer a ojos ajenos nada parecido) y pensé para mí que tal debía ser, en lo alto, el gesto de los ángeles al cantar el aleluya y volver las hojas de los grandes libros donde está anotada la música celestial.

Fuimos los dos al encuentro del pequeño prodigio para que yo pudiera conocerlo. Lo hice con cierto prejuicio pedagógico, dispuesto de antemano a convencerme de que no había allí nada de extraordinario y en todo caso decidido a no derrochar zalamerías. A este fin tomé un aire serio y con voz cavernosa le interpelé, en tono de severa bondad paternal, con frases como: «¡Bravo, muchacho! ¡Siempre tan aplicado! ¿Qué estábamos haciendo ahora?», u otras del mismo cuño –y mientras hablaba todavía empecé a encontrarme ridículo y lo peor del caso fue que el muchachito se dio perfecta cuenta de lo que me ocurría, de cuál era mi estado de espíritu, y avergonzándose por mí, bajó la cabeza y contrajo la boca con el gesto del que se muerde el labio para no reírse–. Tan desconcertado me quedé que no supe qué decir durante largo rato.

No estaba aún el chiquillo en la edad de tener que levantarse ante las personas mayores para saludarlas y a nadie mejor que a él le sentaban los privilegios y tiernas prerrogativas que se conceden a los que, por llevar poco tiempo en este mundo, les son en cierto modo extraños. Nos dijo él que nos sentáramos y así lo hicimos, uno a cada lado. Juntos volvimos entonces a recorrer su libro de imágenes, el más aceptable que Adrian había encontrado en la librería del lugar. Se contaban en él algunas historietas de estilo inglés, en versos no del todo torpes, que Nepomuk (no sé por qué cometí la idiotez de encontrar que Eco era un nombre excesivamente blando y poético y seguí llamándole Nepomuk) sabía ya casi todas de memoria y nos las «leía» siguiendo el texto con el dedo y señalando siempre, claro está, un lugar equivocado.

No deja de ser curioso que todavía hoy conserve yo en la memoria estas poesías, después de haberlas oído una sola vez –o quizá fueron varias veces– recitadas por la dulce vocecita de Eco y con su admirable entonación. Así la de los tres organilleros enemigos que se encontraron en una encrucijada y siguieron tocando horas y horas porque ninguno quería ser el primero en dejar aquel lugar. Podría contarle a cualquier niño, aunque ni de lejos lo hiciera con tanto arte como

Nepomuk, el martirio que sufrieron las orejas de los pobres vecinos. Los ratones ayunaron y las ratas se retiraron del lugar. El final decía así:

> Sólo un pobre perro joven
> oyó el concierto hasta el final
> y cuando el perro volvió a casa
> empezó a encontrarse mal.

Había que ver las cabezadas de preocupación con que el pequeño recitador daba cuenta, con triste voz, del mal estado en que se encontró el perro. No menos admirable era la refinada distinción con que imitaba el saludo de dos pequeños personajes estrambóticos al tropezarse en la playa:

> Buenos días señor marqués—
> para bañarse, el día malo es.

Por muchas razones: primero porque el agua estaba aquel día muy húmeda, y muy fría por añadidura, pero también porque habían llegado tres visitantes de Suecia:

> Un pez sierra, un tiburón y un pez espada;
> los tres aquí han venido y no por nada.

Daba estas advertencias del modo más precioso y enumeraba, sonriendo con los ojos muy grandes, los tres inoportunos huéspedes de Suecia para acabar dando un tono misterioso a la noticia de que «no habían venido para nada». Adrian y yo no pudimos contener una sonora risa y a nuestras carcajadas correspondió el muchacho con una socarrona mirada de curiosidad, cuyo principal objeto era yo, el pedagogo adusto. Deseaba, evidentemente, descubrir si en mi risa, y para mi bien, se disolvía mi humor severo.

Dios sabe que así fue y que no repetí mi torpe tentativa primera. Sólo conservé la costumbre de llamarle siempre, con voz firme, por su nombre de Nepomuk, y de emplear el diminutivo Eco sólo cuando de él hablaba en conversación con Adrian, acostumbrado como todas las mujeres a llamarle de este modo. A nadie extrañará, sin embargo, que mi ánimo de maestro y educador se sintiera confuso y preocupado por la suerte de tanta y tan encantadora inocencia, por la idea de una delicadeza naturalmente expuesta a los estragos del tiempo, destinada a madurar y a corromperse terrenalmente. Antes de que pasara mucho tiempo la celeste sonrisa azul de esos ojos habría perdido su prístina pureza; la expresión angélica de su rostro, tan acusadamente infantil, la barbilla partida por una línea casi imperceptible, la boca tan fina con los labios cerrados, algo más llena cuando los abría para sonreír y dejar ver sus blancos dientes, la pequeña nariz, finamente dibujada, de la cual arrancaban dos suaves surcos hasta la comisura de los labios, dejando así marcada la separación entre las mejillas y el mentón —todo esto se convertiría en la cara de un muchacho más o menos corriente, al cual sería posible interpelar sobria y prosaicamente sin correr el riesgo de una respuesta irónica como la que Nepo dio a mis pujos pedagógicos—. Pero algo había en aquella criatura —y su sílfica ironía era quizá la expresión de un saber más profundo que obligaba a poner en duda el poder del tiempo y de su nefanda obra—. Este algo era su perfecta compostura, su definitiva validez como imagen *del niño* sobre la tierra, la impresión que acertaba a dar de haber descendido como portador de un mensaje y que nuestra razón aceptaba, situándose fuera de la lógica y dejándose mecer por sueños impregnados de cristianismo. No podía la razón negar la inevitabilidad del crecimiento, pero buscaba refugio y salvación en una esfera mítica, ajena al tiempo, en una región de conjunciones y simultaneidades donde el Señor, hecho hombre, no está en contradicción con el niño en brazos de la

Madre, la madre con el niño que es también, y será siempre, la manita constantemente levantada para bendecir con el signo de la cruz a los santos que le adoran.

Se me acusará de perderme en extravagantes divagaciones. Pero no puedo hacer otra cosa que contar mis experiencias y reconocer el estado de desamparo en que siempre me sumió la existencia flotante de aquella criatura. Hubiera debido tomar como ejemplo —y así procuré hacerlo— la conducta de Adrian, que no era, como yo, hombre de cátedra, sino artista, y tomaba las cosas como venían sin preocuparse mucho, al parecer, de su inconstancia y caducidad. En otras palabras: Adrian atribuía al curso de las cosas, imposible de detener, el carácter del ser; creía en la imagen con una fe tranquila, o aparentemente tal, y acostumbrado a las imágenes aceptaba, sin descomponerse, incluso aquellas que menos tenían de terrenal. Bien estaba que hubiese llegado Eco, príncipe de los silfos. Había que tratarle según su naturaleza y nada más. Nada de caras adultas ni de trivialidades como «¿siempre tan aplicado el hombrecito?», pero nada tampoco de los «hijito de Dios» y de los éxtasis de la gente sencilla. Sus relaciones con el pequeño eran sonrientes, impregnadas de sobria ternura, pero sin remilgos ni mimos aflautados. Nunca le vi acariciarle de ningún modo ni apenas tocarle el cabello. Pero le gustaba, en cambio, salir a pasear con él, llevándole de la mano.

A pesar de sus modos de hacer, nunca tuve la menor duda sobre el cariño acendrado que Adrian sintió por su sobrino desde el primer día. Era evidente que su presencia iluminaba de una clara luz la vida de Adrian, que el encanto sílfico de la criatura, su paso ingrávido y la gravidez de su arcaico modo de hablar le hacían íntima y profundamente feliz. No importaba, para estar continuamente ocupado con él, que le viera pocas horas al día. El pequeño vivía, naturalmente, al cuidado de las mujeres, y como eran muchas las ocupaciones tanto de la madre como de la hija, pasaba largos ratos solo en lugar seguro. El sarampión le había dejado una gran necesidad de sueño, a la que tenía costumbre de ceder con frecuencia en cualquier lugar y a cualquier hora. Cuando le invadía el sopor solía decir «noches», al despedirse como decía «tante» cuando acababa de comer. Y al decir «noches» no olvidaba nunca de dar la mano, aunque sólo fuera para quedarse dormido unos instantes sobre la hierba, y recuerdo haber encontrado un día a Adrian sentado en un estrecho banco del jardín detrás de la casa, con Eco dormido a sus pies y vigilando su sueño. «Antes de dormirse me dio la manita», dijo Adrian al levantar los ojos y descubrir que yo estaba allí. No se había dado cuenta de mi llegada.

Else y Clementine Schweigestill afirmaban, por su parte, que nunca habían conocido un niño menos travieso, más obediente y más pacífico –lo que no hacía más que confirmar las noticias que de él se tenían desde que nació–. Cierto que le había visto llorar al hacerse daño, pero nunca lloriquear, chillar y dar berridos como suelen hacerlo los niños revoltosos. La cosa era inimaginable. Si se le hacía una observación o se le prohibía, por ejemplo, ir con el mozo a la cuadra de los caballos o con Waltpurgis al establo de las vacas, se conformaba de buena gana y no para consolarse a sí mismo sino para tranquilizar a los que, de mala gana, estaban obligados a contradecir uno de sus deseos: «No te preocupes –parecía decirle a quien le había negado su capricho, mientras le acariciaba con la mano–, otra vez estarás contento de poder darme permiso».

Lo mismo ocurría cuando no estaba autorizado a penetrar en la sala del abad, en busca de su tío, por el cual sentía gran inclinación. De ello pude darme cuenta ya al conocerle, quince días tan sólo después de su llegada. Buscaba con ahínco su compañía, en la que descubría algo interesante, excepcional, distinto de la compañía corriente que le ofrecían los demás. No podía escapar tampoco a su instintiva sagacidad que aquel hombre, hermano de su madre, ocupaba entre los campesinos de Pfeiffering una situación singular, respetado por todos, mirado con cierta intimidación. La timidez de los demás era un nuevo estímulo para su codicia infantil, para su deseo de estar en compañía del tío. A estos anhelos del pequeño, Adrian correspondía con una gran parsimonia. Pasaba días enteros sin verle, sin permitir que se le acercara, como si quisiera evitar una presencia que indudablemente le causaba placer. Y, de pronto, un día lo tenía a su lado horas enteras o salía de paseo con él, llevándole de la mano, andando tanto tiempo como el chiquillo podía resistir, silenciosos los dos, o cambiando de vez en cuando cortas frases, entre el perfume de los arraclanes, lilas y jazmines, floridos en aquella estación. Otras veces Eco llevaba la delantera, cuando se aventuraba por estrechos senderos entre campos de trigo a medio dorar, cuyos tallos, tan altos como el muchacho, se balanceaban bajo el peso de las espigas.

Nepomuk dijo de pronto, sirviéndose de viejos giros germánicos corrientes en Alemania central y que él había aprendido, sin duda, de su madre, que la lluvia de la noche había «despertado» la tierra. Adrian me contó, impresionado, aquella observación y añadió:

—Es muy despierto el chico.

Cuando Adrian iba a Munich volvía siempre con algún juguete: animales de trapo; un enano surgiendo de su caja, movido por un resorte, tan pronto se levantaba la tapa; un tren con un farol, en la locomotora, que se encendía y se apagaba mientras daba vueltas sobre sus rieles dispuestos en forma de óvalo, una colección de objetos de prestidigitación entre los cuales el más notable era un vaso de vino que puesto boca abajo no se derramaba. Eco se ponía muy contento con estos regalos pero no tardaba en decir «tante» y arrinconarlos después de haber jugado con ellos. Prefería, y con mucho, que su tío le mostrara los objetos de que él se servía —siempre los mismos, una y otra vez, tan grande es el afán de repetición de los niños cuando se trata de cosas que verdaderamente les entretienen–. El cortapapeles de marfil (hecho con el «colmillo de un elefante»); el globo terráqueo girando sobre un eje diagonal con sus continentes de irregular perfil, sus golfos y lagos, sus mares de superficie azul; el reloj de sobremesa que daba las horas y cuyas pesas, cuando llegaban al final, volvían de nuevo a elevarse por medio de un manubrio –éstas, entre otras, eran algunas de las curiosidades que el pequeño deseaba examinar cuando, gentil y modoso, entraba en la pieza y preguntaba con su voz de jilguero:

–¿Pones el gesto agrio porque me ves llegar?

–No, Eco, no muy agrio. Pero las pesas del reloj sólo están a medio camino.

En este caso, Eco solía pedir que le mostraran la caja de música. Era ésta un regalo mío: un cofrecillo de caoba al que se daba cuerda por debajo para poner en movimiento un cilindro cubierto de verruguillas de metal que, al tropezar con las púas flexibles y afinadas de un peine de acero, dejaban oír tres melodías románticas gratamente armonizadas, que Eco no se cansaba de escuchar ensimismado con una inolvidable expresión en los ojos de regocijo, sorpresa y soñadora fantasía.

Los manuscritos del tío, esos signos, negros unos como manchas de tinta, perfilados otros como anillos, adornados con plumitas y banderitas, enlazados unos con otros por medio de líneas rectas y curvas, colocados entre las líneas del pentagrama como al azar, todo aquello le interesaba también y había que explicárselo –todo aquello era, ¿para hablar de qué?–. Todo aquello era para hablar de él, dicho sea entre nosotros, y me pregunto si las explicaciones del maestro le permitieron tener de ello la intuición y si esta intuición se reflejó en su mirada. Al niño, antes que a nadie, le fue *revelado* el boceto de la partitura de las canciones de Ariel, inspiradas en *La Tempestad* de Shakespeare, obra en la cual Adrian trabajaba entonces secretamente. En su composición Adrian había reunido la primera canción —«Ven a estas playas amarillas»—, nutrida de voces complejas y espectrales de la naturaleza, y la segunda, suave y apacible toda ella —«Donde cosecha la abeja allí cosecho yo»—, y armonizado el conjunto para soprano, violín con sordina, un oboe, una trompeta sorda, celesta y las octavas altas del arpa. Música de una «exquisitez espectral» que al escucharla, o tan sólo al leerla, obliga a preguntarse con el Fernando de *La tempestad*: «¿Dónde está la música: en la tierra, en el aire?». El autor supo tejer, con su susurro, un tejido más fino que la telaraña, en el cual quedan prendidos no sólo la flotante, infantil, excelsa y turbadora ingravidez de Ariel —de mi «delicado Ariel»—, sino el mundo entero de los silfos, encerrado entre colinas, bosquecillos y arroyuelos, tal como lo describe Próspero, los sutiles pobladores de aquel universo, ocupados, a la luz de la luna, en dar pasto a los corderos y descuajar efímeros hongos.

Eco quería que Adrian le mostrara una y otra vez las páginas de la partitura donde el perro hace «baubau» y el gallo «cocorocó». Su tío le contaba, además, la historia de la bruja Sycorax y su pajecito, condenado, el pobre, por demasiado bueno y por desobedecer las órdenes brutales de la vieja, a vivir durante doce lamentables años empotrado en el tronco de un pino, hasta que vino el gran mago a devolverle la libertad. Nepomuk deseaba saber la edad del pajecillo cuando fue empotrado en el tronco del pino y cuántos años tenía al encontrarse de nuevo libre. Pero su tío le explicó que el paje no tenía edad ninguna, sino que fue siempre, antes y después de su prisión, el mismo hijo ligero de los aires. Eco pareció satisfecho de esta explicación.

Otros cuentos y leyendas le contaba Adrian, en la medida que él los recordaba: Rumpelstilzchen, Falada, Rapunzel. Löweneckerchen y otros personajes de la mitología infantil alemana desfilaban ante la imaginación de Nepomuk, que en tales ocasiones solemnes quería, naturalmente, estar sentado sobre las rodillas de su tío, ladeado el cuerpo de modo de poder echarle el brazo al cuello. «Lo que cuentas es maravilloso», solía decirle al terminar Adrian uno de sus cuentos, pero muchas veces se quedaba antes dormido, la cabeza reclinada contra el pecho del narrador. Adrian permanecía largo rato inmóvil, el mentón ligeramente apoyado contra la cabellera del angelito dormido, hasta que venía una de las mujeres y se llevaba a Eco en brazos.

Ya dije que Adrian pasaba días enteros sin ver a su sobrino, fuera ello a causa de su trabajo, o por un ataque de jaqueca o por otro motivo cualquiera. Pero a menudo, después de haber pasado, precisamente, el día sin verle, aparecía Adrian por la noche, cuando el pequeño, ya en la cama y antes de dormirse, acostado sobre la espalda y con los ojos azules fijos en lo alto, las manos cruzadas sobre el pecho, recitaba sus oraciones. Muy curiosos eran los textos de sus plegarias nocturnas y disponía de una gran variedad de ellas, de modo que rara vez recitaba la misma dos noches seguidas. Un día decía:

> Quien vive según Dios manda
> con Él por buen camino anda.
> Así hago yo con gran empeño
> para tener descanso y sueño. Amén.

Y al día siguiente:

> Por grande que sea el pecador
> de Dios la gracia es aún mayor.
> Todas las faltas de mi vida
> Dios las conoce y las olvida. Amén.

Otro día recitaba esta plegaria, curiosamente alusiva a la doctrina de la Predestinación:

El pecador y su pecado
pueden haber el bien causado.
La buena acción sólo es perdida
si en el infierno fue nacida.
Que a mí y a los míos por compasión
quiera dar Dios la salvación. Amén.

Otras veces se le oía decir:

Para el diablo el sol brilló
y su pureza no perdió.
Que Dios me tenga puro y fuerte
hasta la hora de la muerte. Amén.

Y finalmente:

Hacer por otros oración
vale la propia salvación.
Eco deja, para ser salvado,
el mundo entero a Dios encomendado. Amén.

Esta última plegaria se la oí un día yo, muy conmovido, sin que él se diera cuenta de mi presencia.

—¿Qué me dices de estas especulaciones teológicas? —me preguntó Adrian al salir de la pieza—. Ruega por toda la creación con la intención expresa de salvarse él con los demás. El hombre piadoso no debiera saber que al rogar por otros sirve a su propia causa. El desinterés deja de existir desde el momento en que se descubre que hay interés en ser desinteresado.

—Tienes razón hasta cierto punto —le dije—. Pero la plegaria del chiquillo es desinteresada en cuanto no se limita a rogar por sí mismo y lo hace por nosotros todos.

—Por nosotros todos —repitió Adrian en voz baja.

—Además, estamos hablando de él —seguí diciendo yo como si las cosas que dice fueran de su cosecha—. ¿Le has preguntado alguna vez de dónde ha sacado estas oraciones? ¿De su padre quizá?...

Adrian contestó:

—No, ciertamente. Prefiero no tocar este punto y dejar las cosas como están. No creo que fuera capaz de contestarme.

Lo mismo creyeron, por lo que supe después, las dos mujeres de la casa. Tampoco ellas preguntaron nunca a Nepomuk de dónde había sacado sus oraciones de la noche. Por ellas pude anotar las que yo mismo no había tenido ocasión de oír. Me las repitieron cuando Nepomuk no era ya del mundo de los vivos.

XLV

Nos lo quitaron, la pura y rara criatura fue arrebatada a la tierra y Dios sabe que las palabras me faltan para narrar la cosa más inconcebiblemente cruel de que yo he sido testigo en mi vida. Hoy todavía mi corazón se rebela, indignado y amargado. Con aterradora violencia sobrevino el ataque que había de llevárselo en pocos días: una enfermedad de la que, desde largo tiempo, no se había registrado un solo caso en la región, pero a la cual se hallan expuestos, según nos dijo el doctor Kurbis, muy apesadumbrado por aquella aparición inesperada, los niños convalecientes del sarampión o de la tos ferina.

Entre los primeros síntomas y el desenlace transcurrieron apenas dos semanas y, durante la primera, nadie —creo que nadie— sospechó siquiera cuál iba a ser el final. Era a mediados de agosto y los trabajos de la cosecha, con ayuda de obreros venidos de fuera, estaban en pleno apogeo. Desde hacía dos meses era el pequeño la alegría de la casa. Un resfriado vino a enturbiar la dulce claridad de sus ojos. Por la misma causa —se suponía— había perdido el apetito, estaba de mal humor y su inclinación al sueño, manifiesta desde que llegó, era más pronunciada que nunca. A todo lo que se le ofrecía, comida, juegos, libros de imágenes, cuentos y leyendas, contestaba «tante», y con una expresión de dolor en su carita volvía la espalda. Pronto empezó a dar inquietantes signos de malestar ante la luz y todas las formas del ruido. El rechinar de las ruedas de los carros que entraban en el patio, las voces de los obreros, parecían resonar en sus oídos con excesiva fuerza. Solía decir: «¡Hablad bajo!» y bajaba él mismo la voz para dar el ejemplo. Le molestaba incluso los delicados acordes de la caja de música. «¡Tante, tante!» —y después de interrumpir él mismo la musiquita empezaba a llorar amargamente—. Evitaba cuanto podía la luz del sol, ardiente aquellos días de verano. No salía al patio ni al campo. Prefería no salir, y sentado, con la espalda encorvada, se frotaba los ojos. Daba pena ver cómo iba de una parte a otra, buscando consuelo cerca de las personas que le querían bien y cómo, después de abrazar uno al otro, volvía a apartarse sin haber encontrado el alivio que anhelaba. Se refugiaba ora en el regazo de la abuela Schweigestill, ora en el de Clementine o de Waltpurgis, la criada, cuando no iba al encuentro de su tío. Se apretujaba contra su pecho y levantaba sus ojos hacia él, como pidiendo una sonrisa a la que correspondía con otra muy débil, y empezaba luego a dar cabezadas. Murmuraba «noches», se escurría hasta el suelo y silencioso, con paso vacilante, salía de la pieza.

El médico vino a visitarle. Le recetó unas gotas para la nariz y un tónico, pero no ocultó su temor de que todos aquellos síntomas pudieran serlo de la incubación de una enfermedad grave. Así se lo dijo a Adrian. Pálido y demudado, interrogó éste al doctor:

—¿Cree usted?

—La cosa tiene algo de sospechoso.

—¿De sospechoso?

En tal tono de angustia fue hecha esta pregunta que el doctor Kurbis se preguntó si no había ido demasiado lejos.

—Bueno, sí, quería decir, en cierto modo. Usted mismo podrá darse cuenta mejor, querido amigo. Tiene usted mucho interés por el pequeño, claro...

—¡Claro! —repitió inmediatamente Adrian—. Es una gran responsabilidad la nuestra, doctor. El chiquillo nos ha sido confiado para que reponga las fuerzas en el campo...

—El estado del enfermo (si puede hablarse de enfermo) justifica por ahora un diagnóstico alarmante. Volveré mañana.

Así lo hizo y, por desgracia, el caso no ofrecía ya ninguna duda. Nepomuk había sufrido un acceso violento de vómito y, al propio tiempo que la fiebre, no muy alta, se declararon luego dolores de cabeza que, en el curso de pocas horas se hicieron aparentemente insoportables. Cuando el médico llegó, el pequeño estaba ya en cama, se sostenía la cabeza entre las manos y profería agudos gritos de dolor que era un verdadero martirio para cuantos habían de oírlos y se prolongaban a veces tanto como la respiración lo permitía. Extendía los brazos como pidiendo socorro a los que le rodeaban y exclamaba: «¡Dolor a cabeza dolor a cabeza!». De pronto empezaron de nuevo los vómitos, más violentos aún, y pasada la crisis se tendió en la cama, agotado y convulso.

Kurbis examinó los ojos, cuyas pupilas, excesivamente contraídas, mostraban tendencia a extraviar la mirada. El pulso era agitado, y eran perceptibles los síntomas de contracción muscular y de rigidez en la columna vertebral. Se trataba de un caso de meningitis cerebroespinal, de inflamaciones de las meninges. Al pronunciar este nombre, el buen doctor movió la cabeza con el gesto del hombre que quisiera no tener que dar a entender hasta qué punto estaba fuera del alcance de sus recursos científicos. Dejó, sin embargo, adivinar la gravedad al aconsejar que fueran avisados los padres telegráficamente. La presencia de la madre, sobre todo, sería probablemente de efectos calmantes para el enfermo. Asimismo pidió que fuera llamado a consulta un especialista de Munich, con el cual deseaba compartir la responsabilidad de un caso difícil. «Soy un médico del montón —dijo— y el caso exige la intervención de más altas autoridades.» Algo había, creo yo, de confusa ironía en sus palabras. En todo caso, el doctor Kurbis no vaciló en practicar él mismo la punción de la columna vertebral necesaria para confirmar el diagnóstico y único modo, a la vez, de aportar alivio al enfermo. Else Schweigestill, pálida pero muy entera y humanamente abnegada, como siempre, sin querer prestar oído a los suspiros quejumbrosos del niño, lo mantenía casi plegado por la mitad, el mentón contra las rodillas, y entre las vértebras así separadas unas de otras introdujo el doctor la aguja hasta el canal de la espina, de donde empezó a surgir el líquido, gota a gota. Casi inmediatamente se calmaron los inaguantables dolores de cabeza. «Si vuelven a repetirse –dijo el doctor, y de sobra sabía que habían de repetirse inevitablemente al cabo de un par de horas, el tiempo justo que dura el efecto descargador de la punción– habrá que ponerle una compresa de hielo y darle el preparado de cloro que acabo de recetar.» Alguien había ido ya a buscar inmediatamente la medicina a la farmacia de Waldshut.

Nuevos vómitos, convulsiones e irresistibles dolores de cabeza vinieron a sacar a Nepomuk del sopor de agotamiento en que había caído después de la punción. De nuevo empezaron los lamentos desgarradores, los típicos «gritos hidrocefálicos», a cuya impresión dolorosa sólo el médico es capaz de resistir, precisamente porque los reconoce como un fenómeno típico. Lo típico deja frío, sólo lo individual es capaz de trastornarnos. Así se explica la ecuanimidad de la conciencia ante el dolor. Esto no fue obstáculo, sin embargo, para que su representante en aquellos parajes abandonara pronto los preparados de bromuro y cloro prescritos primitivamente y se decidiera a recurrir a la morfina, con más eficaces resultados. Lo hizo, sin duda, pensando en los mayores –y especialmente en uno de ellos– tanto como por compasión hacia el niño enfermo. Sólo cada veinticuatro horas podía practicarse una punción cuyos efectos no duraban más allá de dos. Quedaban veintidós horas para el tormento de un niño, de *aquel* niño que, juntando las manos temblorosas, clamaba: «¡Quiero ser bueno de corazón! – ¡Eco quiere ser bueno de corazón!». Añado que, para los testigos de aquellas escenas, nada resultaba tan espantoso como la tendencia cada día más acentuada de sus celestes ojos al extravío, tendencia debida a la parálisis de los músculos ópticos que, a su vez, resultaba de la creciente rigidez de la columna vertebral. Este síntoma secundario desfiguraba cruelmente su dulce rostro y unido al rechinar de dientes producía una impresión de demencia.

Por la tarde del día siguiente llegó de Waldshut, donde había ido Gereon a esperarle con el carruaje, el médico consultante llamado de Munich. Era éste el profesor Von Rothenbuch. Entre los nombres que Kurbis le había propuesto, Adrian lo eligió por el gran prestigio de que gozaba. Era hombre alto, de elegantes maneras, ennoblecido, sin derecho a la transmisión de la partícula, en tiempos de la monarquía, médico muy buscado y que cobraba caro, con un ojo siempre a medio cerrar, como aplicado a un constante examen. Criticó el empleo de la morfina, como susceptible de sugerir un estado comatoso «que aún no se había presentado», y autorizó únicamente el uso de codeína. Lo que al parecer le interesaba era que la enfermedad se desenvolviera correctamente y según sus normas. Por lo demás, confirmó las prescripciones de su colega, muy atento y sumiso ante el gran personaje: oscuridad, compresas frías en la cabeza, cuya posición había de ser siempre levantada, tocar al paciente lo menos posible y con el mayor cuidado, fricciones de alcohol y alimentación concentrada, por la nariz, y con ayuda de una sonda tan pronto como fuese necesario. Aprovechó sin duda el no encontrarse en casa de los padres para hablar sin ambigüedad. El proceso natural de la enfermedad, sin precipitaciones debidas a la morfina, no tardaría en provocar perturbaciones, cada vez más profundas, del conocimiento. El pequeño sufriría entonces menos y acabaría por no sufrir. No había motivo, por lo tanto, para perder la cabeza cuando se presentaran, quizá de un modo muy acusado, los síntomas en cuestión. Después de haber condescendido en practicar personalmente la segunda punción, se despidió el gran doctor dignamente y no volvió a aparecer por allí.

Por mi parte, al corriente de la tragedia, por diarias conversaciones telefónicas con Else Schweigestill, no llegué a Pfeiffering hasta cuatro días después de haberse declarado la enfermedad. Era un sábado y el pequeño, entre violentos espasmos y con los ojos en blanco, retorciéndose cual si estuviera sometido al tormento, había entrado ya en el período comatoso. Rechinaba aún los dientes, pero los gritos habían cesado. Con la cara de una persona que había pasado la noche sin dormir y los ojos enrojecidos por las lágrimas, Else Schweigestill me recibió en el umbral de la puerta y me envió en seguida al encuentro de Adrian. Al pobre pequeño, a cuya cabecera se encontraban los padres desde la noche anterior, sobrada ocasión tendría de verle. Mi presencia era en cambio necesaria cerca del doctor Leverkühn. Su estado no era nada bueno. Dicho en confianza, daba a veces una impresión de desvarío.

Fui en su busca con aprensión. Estaba sentado a su mesa de trabajo y al entrar yo levantó los ojos con gesto rápido y despectivo a la vez. Pálido que daba miedo y con los ojos enrojecidos como todo el mundo en la casa, con la boca cerrada, movía mecánicamente la lengua de una parte a otra del labio inferior.

—¿Qué haces aquí, buen hombre? —fueron sus palabras al acercarme yo a él y ponerle la mano en el hombro—. Este no es lugar para ti. Persígnate por lo menos, haz la señal de la cruz, desde la frente al pecho y a los hombros, tal como aprendiste a hacerla de pequeño para protegerte.

Y como salieran de mi boca un par de palabras de consuelo y de esperanza, me interrumpió con aspereza:

—Puedes ahorrarte tus monsergas de humanista. Se lo llevan. Si por lo menos pudieran llevárselo aprisa. Pero los miserables medios de que dispone el raptor no deben permitirle una mayor diligencia.

Se levantó como movido por un resorte, se apoyó de espaldas a la pared, apretó la cabeza contra la moldura.

—¡Llévatelo, monstruo! —gritó con una voz que se me caló en los huesos—. ¡Llévatelo, malvado! Si tampoco has querido, maldito bribón, que esto fuera posible, date prisa por lo menos. Creía —dijo de pronto en voz baja, en tono confidencial, dirigiéndose a mí con una mirada perdida en los ojos que nunca olvidaré—, suponía que esto lo iba a permitir, que la cosa sería posible. Pero no. Su saña es más bestial que nunca. ¿Y de dónde puede venirle la misericordia a quien vive excluido de la gracia? ¡Llévatelo, escoria! —gritó de nuevo y se apartó de mí con gesto altivo—. Toma su cuerpo, sobre el cual impera tu ley. Pero su dulce alma tendrás que dejármela, quieras o no, y esa es tu impotencia, tu ridícula impotencia que habré de echarte en cara con sarcasmo por los siglos de los siglos. Podrán mediar eternidades entre su lugar y el mío, pero el suyo (y yo lo sabré) será aquel de donde tú fuiste expulsado, tú, chapucero, y esto será agua refrescante para mi boca, un hosanna cantado para tu escarnio y eterna maldición.

Se cubrió el rostro con las manos, dio media vuelta y apoyó la frente contra las molduras.

¿Qué hacer o qué decir? ¿Qué oponer a tales palabras? «Cálmate por lo que más quieras, querido, estás fuera de ti, el dolor te hace ver visiones», estas o parecidas palabras puede uno decir, sin pensar, por respeto a lo espiritual y tratándose, sobre todo, de un ser como Adrian, en los calmantes físicos, en el bromural o cualquiera otra droga que hubiera en la casa.

A mis imploraciones se limitó a contestar:

—Ahórrate tus monsergas. Ahórratelas y persígnate. Piensa en lo que está pasando sobre nuestras cabezas. Persígnate no sólo por ti sino por mí también, y por mi culpa. ¡Que culpa fue la nuestra, más que culpa, un pecado, un crimen —siguió diciendo, sentado de nuevo a su mesa, las sienes entre los puños cerrados—, al hacerle venir, al dejar que se me acercara, al poner en él mis ojos! Has de saber que los niños son de muy tierna materia, extremadamente sensibles a las influencias ponzoñosas...

No pude contenerme al llegar aquí y a gritos le prohibí que siguiera hablando.

—¡Eso no, Adrian! Es absurdo que te atormentes y que te acuses ante una ciega decisión del destino, de la cual la adorable criatura, demasiado adorable quizá para ser de este mundo, podía haber sido víctima en cualquier parte que se encontrara. La desgracia puede destrozarnos el corazón, pero no debe quitarnos la razón. Tú no le has hecho al pequeño nada malo, al contrario...

Hizo con la mano un gesto negativo de cansancio. Permanecí sentado una buena hora a su lado, hablándole de vez en cuando en voz baja, mientras él murmuraba respuestas apenas comprensibles. Dije, por fin, que deseaba ver al enfermo.

—Puedes hacerlo —dijo, y añadió con dureza—: Pero no le interpeles como la primera vez, con un «¡bravo muchacho!», y otras lindezas por el estilo. En primer lugar no te oirá y sería además de un mal gusto indigno de un humanista.

Me iba a marchar, pero me detuvo llamándome —por mi apellido y con igual dureza: «¡Zeitblom!». Al volverme yo, me dijo:

—He descubierto *lo que no debe ser.*

—¿Y qué es lo que no debe ser, Adrian?

—Lo bueno y lo noble —me contestó—, lo que llamamos humano, a pesar de ser bueno y noble. Aquello por lo cual los hombres han luchado, se han lanzado al asalto de fortalezas inexpugnables. Aquello que los satisfechos han anunciado con júbilo, *no debe ser.* No será. No quiero que sea.

—No acabo de comprenderte, querido. ¿Qué es lo que tú no quieres que sea?

—La novena sinfonía —contestó. Me quedé esperando otras palabras que no vinieron.

Desconcertado y afligido subí a la cámara del destino. La atmósfera era allí la de un cuarto de enfermo. Olía a medicamentos, a humedad, a limpieza insípida, a pesar de estar las ventanas abiertas. Los postigos entornados dejaban pasar la luz por una exigua abertura. En torno de la cama de Nepomuk había varias personas, a las que di la mano mientras mis ojos permanecían fijos en la imagen del niño moribundo. Estaba tendido sobre un costado y contraído, las rodillas y los codos doblados. Con las mejillas encendidas, respiraba profundamente y a largos intervalos. Los ojos no estaban completamente cerrados, pero sus párpados no dejaban entrever el azul del iris sino únicamente sombríos reflejos negros. Las pupilas, cada día más dilatadas, invadían por completo el foco óptico. De vez en cuando —y el efecto era entonces todavía peor— ponía los ojos en blanco, apretaba sus brazos contra el cuerpo y el espasmo, quizá ya no doloroso, contraía todos sus miembros—. Atroz imagen.

La madre sollozaba. Volví a estrecharle la mano. Allí estaba en efecto, Ursel, la de los ojos castaños, la hija de Buchelhof, hermana de Adrian. A los 39 años, sus rasgos, acusados por el dolor, recordaban con más fuerza que nunca —así hube de notarlo conmovido— los de su padre, Jonathan Leverkühn, tan de vieja cepa alemana. Su marido fue a buscarla a Suderode y con él había venido: Johannes Schneidewein, hombre sencillo, alto, apuesto y de buen ver, con su barba rubia, los ojos del mismo azul que Nepomuk y su modo de hablar, amable y deliberado, que la esposa adoptó desde un principio y cuyo ritmo conocíamos por la sílfica voz de Eco.

Se encontraba también en la pieza, además de Else Schweigestill, que entraba y salía, la regordeta Kunigunde Rosenstiel, perdidamente enamorada del muchachito desde que, en una de sus visitas, tuvo ocasión de conocerle. En una carta escrita a máquina sobre papel comercial, como de costumbre y sustituyendo la conjunción «y» por el signo &, le había dado entonces cuenta a Adrian, en frases del más perfecto estilo, de la impresión que el chiquillo le causara. Ahora había conseguido, dando de lado a su rival Meta Nackedey, sumarse a las mujeres de la casa y, más tarde, a la madre, para cuidar al enfermo, cambiarle las compresas, frotarle el cuerpo con alcohol, hacer que absorbiera medicinas y alimentos. Sólo por la noche, y de mala gana, cedía su lugar a la cabecera del pequeño...

Juntos en la sala de la hornacina, y sin cruzar muchas palabras, cenamos los miembros de la familia Schweigestill, Adrian y su familia, Kunigunde y yo. A menudo se levantaba una de las mujeres para ir a ver lo que hacía el enfermo. El domingo por la mañana, y por grande que fuera mi pesar de hacerlo, tuve que dejar Pfeiffering. Una montaña de deberes de latín tenían que estar corregidos para el lunes. Me despedí de Adrian, con palabras de buen deseo en los labios, y su despedida me fue más grata que su modo de recibirme el día anterior. Con una expresión que podía ser una sonrisa, pronunció en inglés estas palabras de su poeta preferido:

—*Then to the elements. Be free and fare thou well!* (A tu tarea. Libre eres y anda con Dios.)

Y se apartó de mí rápidamente.

Doce horas más tarde, Nepomuk Schneidewein, Eco, el niño, el último amor de Adrian, exhalaba el último suspiro. Sus padres se lo llevaron muerto a la tierra natal.

XLVI

He dejado transcurrir casi cuatro semanas sin añadir una línea a estas notas, en parte agotado espiritualmente por el recuerdo de lo que acabo de contar, en parte también a causa de la precipitación con que ahora se suceden los acontecimientos, con que lógicamente sobrevienen las cosas previstas, y en cierto modo deseadas, pero que nuestro pobre pueblo, incapaz de comprender, descompuesto por las calamidades y el espanto, deja pasar sobre su cabeza con resignado fatalismo, y que son también un rudo golpe para mi ánimo, sobre el cual pesa la fatiga de antiguos lutos y amargas decepciones.

Desde fines de marzo —estamos hoy, mientras escribo, a 25 de abril del año decisivo de 1945— nuestra resistencia en el frente oeste se encuentra en plena disolución. Los periódicos, libres ya en cierta medida, registran la verdad; los rumores, alimentados por la radio enemiga y por los relatos de los fugitivos, no están sometidos a censura de ningún género. En sus alas, los detalles de la catástrofe, cuyas proporciones se agigantan de día en día, llegan hasta las regiones que no han sido todavía ocupadas, o libertadas; llegan hasta mi retirado rincón. Imposible oponerse al alud. Todo el mundo se rinde o se dispersa. Nuestras ciudades, aplastadas o destruidas, caen como otros frutos maduros. Darmstadt, Wurzburgo, Francfort han corrido la suerte de otras muchas, de Mannheim y de Kassel, de Munster y de Leipzig, ya bajo la ley del enemigo. El mismo día que los ingleses ocupaban Brema, los americanos entraban en Hof, capital de Alta Franconia. Nuremberg, la ciudad donde el Estado celebraba sus grandes fiestas, donde latieron con entusiasmo tantos corazones descarriados, se rindió sin combate. Entre los grandes del régimen, ebrios durante tanto tiempo de poder, de riqueza y de injusticia, pasa, justiciera, una ola de suicidios.

Cuerpos del ejército rusos, que la conquista de Viena y de Koenigsberg dejó libres para forzar el paso del Oder, un ejército de millones de hombres, avanzaron contra la capital del Reich, sumergida en escombros; su artillería completó la obra destructora de la aviación y hoy se acercan al centro de la ciudad. El hombre siniestro que hace un año escapó con vida —una vida extraviada, vacilante, espectral— del atentado de un grupo de patriotas movido por el deseo de salvar el porvenir y las últimas sustancias de la nación, este hombre dio orden a sus soldados de anegar en un mar de sangre el asalto contra Berlín y de asesinar a todos los oficiales que hablaran de rendirse. La orden fue hasta cierto punto cumplida. Al propio tiempo cruzan el éter misteriosas emisiones radiofónicas en lengua alemana: unas para recomendar a la benevolencia de los vencedores no sólo la población alemana sino, incluso, a los calumniados, los esbirros de la Policía Secreta del Estado; otras para dar cuenta de las actividades del Werwolf, liga de patriotas extremistas, bandas de jóvenes alocados que viven ocultos en los bosques, se lanzan al campo por la noche y se hacen acreedores a la gratitud de la patria asesinando por la espalda a algunos de los invasores. ¡Grotesca comedia! Hasta el último momento se invocan en el ánimo popular, y no sin cierto eco, las crueldades y ensañamientos de ciertas viejas leyendas germánicas.

Mientras tanto, un general venido de allende los mares impone a los habitantes de Weimar la obligación de desfilar ante los crematorios del vecino campo de concentración y declara —¿quién se atreverá a decir injustamente?— que la responsabilidad de aquellos crímenes ahora descubiertos alcanza también a unos ciudadanos que se ocupaban de sus quehaceres bajo todas las apariencias de la honorabilidad y no trataban de averiguar nada a pesar de que el viento había de traer hasta sus narices el hedor de la carne humana quemada. Les declara culpables y les obliga a fijar sus ojos en aquella monstruosidad. Bien está que así sea —y yo me sumo a ellos en espíritu, desfilo con ellos en sus filas silenciosas o estremecidas—. La cámara de tormento de espesos muros en que Alemania había quedado convertida por obra y gracia de un poder indigno, condenado desde un principio a la más completa esterilidad, está ahora abierta de par en par y nuestra ignominiosa deshonra se ofrece a los ojos del mundo, de las comisiones extranjeras que por doquier descubren semejantes horrores y tienen misión de informar a sus gobiernos y a sus pueblos. Lo que ven supera en horror a cuanto pudo concebir la imaginación humana. Hablo de nuestra deshonra, de nuestra ignominia. ¿Es acaso pura hipocondría decirse que todo lo alemán, incluso el espíritu alemán, el pensamiento alemán, la palabra alemana, se encuentran manchados y puestos en entredicho por esta deshonrosa exhibición? ¿Es acaso signo de susceptibilidad enfermiza preguntarse cómo podrá en el porvenir «Alemania», bajo cualquiera de sus formas, tomarse la libertad de intervenir en las cosas humanas?

Podrá decirse que lo que ahora se pone al descubierto son las tenebrosas posibilidades de la naturaleza humana como tal. La verdad es que los autores de los actos que horrorizan a la humanidad son alemanes —diez mil alemanes, cien mil alemanes, y que todo lo alemán es considerado como execrable, como ejemplo del mal. ¿Qué extraña sensación no habrá de ser la de pertenecer a un pueblo cuya historia llevaba en su seno tan horrendo fracaso, un pueblo descarriado, espiritualmente consumido, un pueblo que por propia confesión desespera de gobernarse a sí mismo y prefiere la colonización extranjera; un pueblo que habrá de vivir encerrado dentro de sí, como los judíos de los guetos, porque la barrera de odio acumulado en torno suyo le impedirá salir de sus fronteras – un pueblo impresentable?

Maldición, malditos sean los corruptores culpables de haber llevado a la escuela del mal a unos hombres que fueron en su origen hombres de bien, leales, sin más defecto que una excesiva docilidad, una excesiva afición a nutrirse de teorías. La maldición es grata, sería grata sobre todo si surgiera de un corazón libre y sin mácula. Pero un patriotismo lo bastante atrevido para pretender que el estado racial a cuya jadeante agonía asistimos, el estado que, para hablar como Lutero, «cargó su testuz de tan inmensos crímenes» y que al ser proclamado a gritos, al promulgar sus inicuas leyes, contrarias a los derechos humanos, provocaba explosiones de histérico entusiasmo popular; un estado detrás de cuyas provocantes banderas nuestra juventud, llena de orgullo y de fe, desfilaba con los ojos centelleantes –un patriotismo capaz de pretender que aquel estado era algo impuesto por la fuerza, completamente extraño y sin raíces en la naturaleza de nuestro pueblo, sería un patriotismo, a mi modo de ver, más generoso que amante de la verdad–. Por sus palabras y por sus obras, ¿no era acaso aquel poder la monstruosa caricatura de sentimientos e intenciones, de ideas sobre el mundo y los hombres cuya característica autenticidad no es discutible y cuyo reflejo el hombre humano y cristiano lo descubre con horror en los rasgos fisonómicos de las figuras más poderosamente representativas del germanismo? No creo que mi pregunta tenga nada de desmedido. Resulta, al contrario, casi superflua ante ese pueblo vencido cuyo anonadamiento tiene, precisamente, por única causa el fracaso espantable de su última y suprema tentativa para encontrar instituciones políticas conformes a su ser.

★ ★ ★

Son curiosas las analogías entre las épocas –la analogía, por ejemplo, entre la época en que escribo y la que sirvió de marco a esta biografía. Los últimos años de la vida intelectual de Adrian Leverkühn, esos años 1929 y 1930 que sucedieron al fracaso de sus planes de matrimonio, a la pérdida del amigo, a la muerte del niño extraordinario que se acercó a él, coincidieron con el progreso y la expansión del movimiento que acabó por apoderarse del país y que ahora se hunde entre sangre y llamas.

Fueron estos, para Adrian Leverkühn, años de desenfrenada, por no decir monstruosa, actividad creadora; una impetuosa corriente que arrastraba en cierto modo consigo incluso al mero espectador, y resultaba imposible sustraerse a la impresión de que tanta y tan fecunda actividad era como el saldo y la compensación de las privaciones, privación de dicha y privación de amor, a que Adrian se encontró sometido. He hablado de años, pero la expresión no es exacta: bastó una parte de dos años nada más, la segunda mitad del primero y los primeros meses del segundo, para completar esa última obra suya que es, al propio tiempo, una final manifestación histórica: la cantata sinfónica *Lamento del Doctor Faustus*, cuyo plan, como ya he dicho, era anterior al paso de Nepomuk Schneidewein por Pfeiffering y a la cual voy a consagrar ahora algunas pobres palabras.

No puedo dejar, ante todo, de referirme al estado personal de su creador, hombre entonces de cuarenta y cuatro años; de proyectar alguna luz sobre su aspecto físico y su modo de vivir tal como se ofrecían a mi siempre inquieta atención. Me viene en primer lugar a la punta de la pluma el hecho, ya anticipado al principio de estas páginas, de que su rostro, tan francamente evocador de la fisonomía materna mientras lo llevó afeitado, se encontraba modificado por una oscura barba gris, unida a un corto bigote, poco poblada en las mejillas, más espesa en el mentón aunque no tanto en su parte central como en sus dos lados. No era, pues, una barba puntiaguda, y esa parcial disimulación de los rasgos fisonómicos, de extraño efecto al principio, era aceptada después porque, unida al gesto, cada día más acentuado, de llevar la cabeza inclinada hacia el hombro, confería al rostro de Adrian una expresión de dolor espiritualizado análoga a la que creemos ver reflejada en la faz del Redentor. No podía dejar de serme simpática esta expresión, tanto más porque no era posible tomarla por un signo de debilidad o de flaqueza. Iba, al contrario, unida a una energía creadora, a un bienestar corporal de los cuales mi amigo no se cansaba de hacerme el elogio. Lo hacía hablando con esa lentitud, con esa voz, vacilante a veces y otras veces ligeramente monótona, que hube de notar en él desde algún tiempo y que de buena gana me inclinaba a interpretar como un signo de fértil calma, de dominio de sí mismo en pleno período de turbulenta inspiración. Los achaques físicos que durante tiempo fueron su azote, afecciones del estómago, inflamaciones de la laringe, violentos ataques de jaqueca, habían desaparecido por completo. Tenía la seguridad de poder disponer de sus días para trabajar y él mismo declaraba triunfalmente que su estado de salud nada dejaba de desear. El ímpetu visionario con que, cada día, apenas levantado, acometía su trabajo –motivo de profunda satisfacción para mí, a la vez que de temor ante posibles recaídas– podía leerse en sus ojos, tanto tiempo semiocultos bajo los párpados caídos y que ahora, desmesuradamente abiertos, dejaban una franja blanca al descubierto por encima del iris. Algo de amenazador podía haber en este rasgo, sobre todo a causa de una fijeza o, si se quiere, inmovilidad de la mirada, sobre cuyo significado me interrogué largo tiempo hasta que descubrí, por fin, su origen en la constante dimensión de sus irregulares y algo alargadas pupilas, insensibles, al parecer, a los cambios de luz, cualesquiera que fuesen.

Era esta una inmovilidad hasta cierto punto interior o secreta, que sólo una muy atenta observación podía descubrir.

En contradicción con ella ofrecía Adrian otra particularidad mucho más superficial y visible, sobre la cual la buena Jeannette Scheurl creyó deber llamarme la atención después de una de sus visitas a Pfeiffering. Inútilmente, porque no me había pasado por alto la costumbre que mi amigo adquiriera de algún tiempo a esta parte, y sobre todo en los momentos de reflexión, de mover sus pupilas de un lado a otro, imprimiéndoles un curioso movimiento de rotación susceptible de asustar a los no prevenidos. Por esta razón, y aun cuando yo pudiera explicarme fácilmente, y así creo recordar que me los expliqué, esos síntomas en cierto modo excéntricos, me complacía saber que Adrian apenas si veía a nadie más que a mí –por miedo precisamente a que los demás se asustaran–. En verdad las apariciones de Adrian en la ciudad por motivos de carácter social habían cesado completamente. Su fiel patrona se encargaba de contestar negativamente por teléfono las invitaciones, cuando éstas no quedaban sobre la mesa sin respuesta. Incluso los viajes que solía hacer a Munich para comprar allí lo que necesitaba quedaron suspendidos; los que hiciera en busca de juguetes para su desgraciado sobrino fueron los últimos. Los trajes que le habían sido útiles cuando, de vez en vez, se presentaba en sociedad, colgaban ahora superfluamente en el armario. Iba vestido del modo más sencillo, aunque no con la cómoda bata, que siempre había desdeñado llevar, aun por las mañanas, y que sólo se ponía de noche, cuando la falta de sueño le obligaba a levantarse por un par de horas. Su prenda preferida era una especie de ancho sayo, abotonado hasta el cuello, que le dispensaba de llevar corbata, un pantalón de cuadros cualquiera, ancho también y mal planchado. Así vestido casi siempre, iba a dar sus largos y acostumbrados paseos, ejercicio del que no podía prescindir. Se hubiese dicho que desatendía el cuidado de su exterior, de no haber sido por su natural distinción, hija del espíritu y de la inteligencia.

Claro que nada ni nadie le obligaba a imponerse obligaciones. Recibía de vez en cuando la visita de Jeannette Scheurl, portadora casi siempre de partituras del siglo XVI que examinaban juntos (recuerdo especialmente una chacona de Jacobo Melani en la que aparece, exactamente anticipado, un pasaje de Tristán). Veía también, de tarde en tarde, a Rüdiger Schildknapp, el amigo de ojos iguales a los suyos, y con él se entregaba al placer de la risa; al verles juntos no podía dejar yo de pensar inútilmente en otros ojos, negros o azules, que habían desaparecido... Me veía a mí, en fin, cuando iba a pasar con él los fines de semana. No se trataba con nadie más. Eran muy pocas, por otra parte, las horas de que disponía para pasarlas en compañía ajena. Sin exceptuar los domingos (que nunca había «santificado»), trabajaba ocho horas cada día y, por las tardes, solía descansar un largo rato en la oscuridad, de modo que durante la mayor parte del tiempo pasado en Pfeiffering me encontraba solo. ¡Nunca hubiese pensado en lamentarlo! Lo único que me importaba era saberlo cerca de mí durante el parto doloroso y laborioso de la que había de ser la última de sus obras, cuyo conjunto, después de permanecer invisible durante década y media como un tesoro muerto, despreciado y secreto, es posible que vuelva a la vida gracias a la ruinosa liberación que estamos soportando. Hubo días en que desde el fondo de nuestras mazmorras pudimos soñar en un canto de júbilo, el coro de *Fidelio* o de la *Novena sinfonía*, para saludar la liberación de Alemania, una liberación obra del propio esfuerzo. Ahora no puede salir de nuestras almas otro canto que el lamento del hijo del infierno, ensanchándose desde su fuente individual hasta abarcar la inmensidad del cosmos —el más espantoso de los lamentos humanos y divinos que haya jamás resonado en el mundo.

¡Lamento! ¡Lamento! Un *De profundis* que mi amor encendido no me privará de llamar único, sin ejemplo. Pero esta ofrenda estremecedora de la expiación y de la retribución era asimismo una elevada manifestación de júbilo victorioso desde el punto de vista creador, de la perfección musical y del perfecto logro de las ambiciones personales. Significaba la «brecha», el abrirse paso que había sido tema, entre nosotros, de tantas conversaciones sobre la situación y el destino del arte, sobre cualquier posibilidad paradójica. En verdad, ¿no era este lamento una recuperación, o, para decirlo del modo más exacto, una reconstrucción de la expresión; no era el triunfo de las más profundas y más elevadas reivindicaciones del sentimiento logrado en un plano de rigor intelectual y formal al que era indispensable acceder para que fuera real y fructífera la transformación de la frialdad calculadora en voz expresiva del alma, en humana y confiada cordialidad?

Empleo la forma interrogativa para lo que no es otra cosa que descripción de una realidad que se explica tanto objetivamente como desde el punto de vista artístico y formal. El lamento —y aquí se trata de un lamento continuo, inextinguible, dolorosamente evocador del Ecce homo— es la expresión en sí y puede uno atreverse a decir que toda expresión es lamento. Así la música, tan pronto como ve en sí misma un medio de expresión, en los principios de su moderna historia, se convierte en lamento, en un «dejadme morir», en el lamento de Ariadna y en el canto elegíaco de las ninfas, que el eco devuelve débilmente. Por algo la cantata de *Faustus* está emparentada, de modo tan vigoroso como indudable, con el estilo de Monteverdi y del siglo XVII, cuya música mostró una preferencia punto menos que maniática por el eco, por el sonido humano devuelto como sonido natural y puesto al descubierto como tal. El eco es esencialmente lamento, la respuesta condolida de la naturaleza al hombre y a su intento de manifestar su soledad —como, a su vez, el lamento de las ninfas está con el eco emparentado. En la última y la más importante de las obras de Leverkühn, el eco, unos de los caprichos predilectos del barroco, hace frecuentes apariciones, preñado siempre de indecible melancolía.

Un lamento gigantesco, como es la obra de Adrian, tenía que ser, a la fuerza, así lo creo yo, una obra expresiva y, al propio tiempo, liberadora, de igual modo que la música de tiempos anteriores, con la cual estaba vinculado, aspiraba a liberar la expresión. Sólo que el proceso dialéctico, el paso de las reglas rígidas al libre lenguaje de la pasión, el nacimiento de la libertad hasta entonces aprisionada en el seno de las normas, se opera en una obra como la de Adrian, situada a tan alto nivel de la evolución de la música, de un modo infinitamente más complicado, más impresionante y más maravilloso dentro de su lógica, que en tiempo de los madrigalistas. Quiero evocar aquí para el lector la conversación que un día ya lejano, el día del casamiento de su hermana en Buchel, sostuve con Adrian durante un paseo en torno del estanque de Kuhmulde y en la cual, mientras luchaba contra terribles dolores de cabeza, me expuso sus ideas sobre lo que él llamaba el «estilo rígido» de composición musical, semejante al de la melodía *Niña querida, qué mala eres*, donde tanto la melodía como la armonía están condicionadas por un motivo fundamental de cinco notas: *si-mi-la-mi-mi* bemol. Me dejó entonces entrever el «cuadrado mágico» de un estilo o técnica que extrae la variedad, incluso la más extremada, de una materia fundida en la identidad y en la cual no hay nada que no sea temático, es decir, variación de un elemento constante. Este estilo, esa técnica, no autorizaban el empleo de un solo sonido que no estuviera funcionalmente motivado dentro de la construcción general. No quedaba ni una sola nota libre.

Ahora bien, al tratar de dar una idea de lo que es el oratorio apocalíptico de Leverkühn, ¿no hube ya de subrayar la identidad de lo sagrado y de lo abyecto, la unidad profunda del coro angélico y de las risas infernales? Allí está realizada, para místico espanto del que sabe descubrirlo, una utopía formal de estremecedora significación que en la cantata del *Faustus* adquiere carácter universal, se apodera por completo de la obra y —si así puedo decirlo— la consume temáticamente. Ese gigantesco *Lamento* —su ejecución dura alrededor de hora y cuarto— llama la atención por su falta de dinamismo, por la ausencia de desarrollos, de acción dramática; sugiere la imagen de los círculos concéntricos que causa una piedra al caer en el agua, empujándose unos a otros hacia lo lejos, sin dramatismo, siempre idénticos. Una formidable sucesión de variaciones del lamento —negativamente emparentadas, como tales, con el final de la novena sinfonía y sus jubilosas variaciones— se amplifica en círculos, cada uno de los cuales arrastra al siguiente consigo, irresistiblemente: tiempos, grandes variantes que corresponden a los diversos capítulos del texto y que no son otra cosa, en sí mismos, que series sucesivas de variaciones. Y todo ello descansa sobre un tema, una figura fundamental de notas, extraordinariamente plástica, sugerida por un determinado pasaje del texto.

Es sabido que en el viejo relato anónimo de la vida y la muerte del supermago, cuyos capítulos, retocados con gran tino, habían servido de base para los diversos tiempos de la composición de Adrian, es sabido, digo, que el Doctor Faustus, al agotarse su ampolleta, invita a sus amigos, «maestros, bachilleres y otros estudiantes», a la aldea de Rimlich, cerca de Wittenberg, les regala con abundante comida durante el día, les da de beber por la noche y en un discurso compungido, pero digno, les pone en antecedentes de cómo estaba a punto de cumplirse su destino. En esta «oración de Faustus a los estudiosos», el doctor ruega a sus amigos que, al encontrarle muerto y estrangulado, le den caritativamente sepultura en la tierra, porque muere como buen y mal cristiano; bueno en virtud de su arrepentimiento y porque siempre ha creído de corazón en la salvación de su alma; malo porque, según su saber, había sonado la hora de la espantosa muerte y el diablo quería y debía apoderarse de su cuerpo. Estas palabras: «Porque muero como buen y mal cristiano» forman el tema general de la obra y de sus variaciones. Contando sus sílabas se obtiene el número de doce, es decir, que dispone de las doce notas de la escala cromática y de todos los intervalos imaginables. Aparece ya el tema y se reproduce en el lenguaje musical, antes de que, llegado el momento y el lugar, sus palabras sean pronunciadas por un grupo coral (no hay solistas en el *Faustus*), en escala ascendente hasta la mitad, descendente después, según el carácter y la cadencia del *Lamento* de Monteverdi. Esta es la base de todo aquel mundo sonoro; con más exactitud: la fuerza que lo empuja todo, sirviendo casi de tonalidad, y que así crea la identidad entre infinitas variedades —la misma identidad que entre el cristalino coro angélico y la gritería infernal, pero extendida ahora al conjunto, al todo, en el seno de un riguroso formalismo para el cual sólo lo temático existe, de un orden material absoluto, dentro del cual una fuga carecería de sentido, precisamente porque no queda una nota libre. Este formalismo se encuentra, sin embargo, colocado al servicio de un fin superior, porque —¡oh, profunda y diabólica maravilla!— gracias a la rigidez formal absoluta queda liberado el lenguaje musical. En cierto sentido, grosero y material, el trabajo está ya listo antes de que comience la composición y ésta puede entonces desenvolverse libremente, es decir, puede entregarse a una expresión que ha sido recuperada más allá de lo constructivo o, si se quiere, según la más rigurosa construcción. El compositor del *Lamento del Doctor Faustus* puede emplear sin trabas el material preorganizado, puede dar rienda suelta al subjetivismo sin preocuparse de la construcción previamente puesta en pie, y así esta obra suya, la más estrictamente concebida, la más finamente calculada, es al propio tiempo una obra expresiva. El retorno a Monteverdi y al estilo de su tiempo es lo que yo llamé «reconstrucción de la expresión» —de la expresión en su forma primera, original, de la expresión como lamento.

Recurre el compositor a todos los medios expresivos de aquella época emancipadora, y uno de ellos, ya mencionado, el eco, lo utiliza en forma adecuada al carácter de una obra basada en la variación y en la cual cada una de las transformaciones se presenta, en cierto modo, como un eco de la precedente. Abundan las repeticiones, en un registro más agudo, de la frase final de un tema dado. Una discreta evocación de los lamentos de Orfeo hace de éste el hermano de Faustus en la conjuración de las tinieblas, cuando Faustus clama por Helena, que ha de darle un hijo. Las alusiones al madrigal son frecuentes y un tiempo entero, las confortaciones de los amigos durante la última cena, es de una escritura correctamente ajustada a las formas del madrigal.

Pero el compositor utiliza también, y como en un compendio, todos los elementos imaginables de expresión con que cuenta la música. No por imitación mecánica ni como una marcha atrás, claro está, sino por efecto de un dominio completo, a la par que voluntario y consciente, de todas las características expresivas sucesivamente acumuladas en el curso de la historia de la música y convertidas ahora, en virtud de un proceso de alquímica destilación, en depuradas cristalizaciones de los más típicos impulsos del sentimiento. Todo está allí: el suspiro profundo en frases como: «¡Ay! Faustus, corazón temerario e indeciso, ser razonable y travieso, audaz y voluntario...»; el calderón, aunque sólo empleado como elemento rítmico, la melodía cromática; el silencio total, atemorizador, antes de iniciarse una frase; la repetición y las prolongaciones silábicas; supresión de intervalos y profundas declamaciones, todo ello acompañado de los más extremados efectos de contraste, como la entrada trágica del coro, *a capella* y a toda voz, después de la marcha al infierno de Faustus, gran coreografía orquestal, verdadero galop de fantástica variedad rítmica, un ¡lamento abrumador que estalla después de una orgía de jubiloso desenfreno infernal!

Este descenso al reino de las tinieblas, concebido como una furiosa danza, evoca con más fuerza que ningún otro pasaje el recuerdo del *Apocalipsis cum figuris* –recuerdo asimismo presente en el atroz *scherzo* coral–, que no vacilo en calificar de cínico, en el cual «el espíritu maligno» atormenta a Faustus con «chanzas sarcásticas y singulares refranes» para acabar diciéndole: «Calla, por tanto, sufre, soporta y aguanta, no te quejes a nadie de tu suerte, es demasiado tarde para confiar en Dios; tu perdición aquí está para siempre». Poco tiene de común, por otra parte, esta obra tardía de Leverkühn con las que compuso en sus treinta. Su estilo es más descarnado, su tono más sombrío. Está ausente de ella la parodia. Sin que su ágil evocación del pasado tenga nada de conservadora, es más suave, más melódica, más inclinada hacia el contrapunto que a la polifonía –con lo cual quiero indicar que las voces secundarias, aun conservando su independencia, están más sujetas a la voz principal. Ésta se prolonga a menudo en amplias curvas melódicas, pero su meollo, del cual la obra entera deriva, reside en la figura de doce notas construida sobre la frase: «Porque muero como buen y mal cristiano». Ya se indicó hace tiempo en estas páginas que tanto la armonía como la melodía de *Faustus* están a menudo dominadas –en todos los pasajes alusivos a la promesa, a la dádiva, al pacto de sangre– por el símbolo letrístico que yo descubriera el primero en la figura de Hetaira Esmeralda: *h e a e es* (o sea *si-mi-la-mi-mi* bemol).

Se distingue sobre todo la cantata de *Faustus* del *Apocalipsis* por sus grandes intermedios orquestales, intermedios que, en ciertos casos no son más que alusivos, de un modo general, al asunto y carácter de la obra, pero que en otros, como en la música coreográfica de la marcha al infierno, representan una etapa de la acción. La instrumentación de esta terrorífica danza está confiada exclusivamente a los instrumentos de viento, con un acompañamiento continuo de dos arpas, clavicordio, piano, celesta, campanas y timbales. Ciertos corales van acompañados por el mismo grupo de instrumentos, al cual se unen para el acompañamiento orquestal de otros, ora los instrumentos de viento, ora los de cuerda. Todo el conjunto instrumental se suma al coro en otros pasajes, mientras que el final queda exclusivamente reservado a la orquesta: un adagio sinfónico en el que se resuelve, por lenta transición, el lamento vocal posterior al galop de la marcha al infierno. Es, recorrido en sentido opuesto, el camino que, en la *Novena sinfonía*, conduce al himno a la alegría; el negativo genial de la genial explosión de júbilo vocal que pone fin a la sinfonía de Beethoven. Lo que Adrian quería destruir.

¡Mi pobre y gran amigo! Cuántas veces, al leer en las obras que nos dejara, he descubierto el anuncio del ocaso de su vida, a la vez que el presentimiento clarividente de otros ocasos revelado en las palabras que me dijo a la muerte del niño: que lo bueno y lo noble no debían ser, que había que destruirlos y serían destruidos. Estas palabras constituyen la indicación general para los coros y la orquesta del *Lamento del Doctor Faustus*, pero están particularmente encerradas en cada compás, en cada nota de ese *Himno a la tristeza*. No cabe duda de que el fragmento fue escrito con el pensamiento fijo en la *Novena* de Beethoven y en profunda y melancólica oposición a ella. Pero el negativo de la obra de Adrian no es sólo formal: hay en ella también un negativismo de lo religioso −con lo cual no puedo querer significar su negación−. Una obra que gira en torno del Tentador, de la caída en las tinieblas, de la perdición, no puede ser otra cosa que una obra religiosa. Me refiero a una inversión, a un arrogante trastrueque de los significados, tal como se descubre, por ejemplo en el «amable ruego» del Doctor Faustus a los compañeros de su última hora. Que se vayan a la cama, les aconseja, que *duerman tranquilos* y no se preocupen por nada. Dentro del marco de la cantata es difícil no ver en este ruego el reverso voluntario y consciente del «¡Despertad conmigo!» que resonara en el huerto de Getsemaní. Y el brindis del que va a alejarse de sus amigos se presenta, por otra parte, con un carácter ritual inconfundible, como una repetición de la Cena. A ello va unido un trastrueque de la idea tentación, al sentirse Faustus asaltado por la sospecha de que puede salvarse y al rechazarla, no sólo por fidelidad formal al pacto y porque es «demasiado tarde», sino porque desprecia con toda su alma la falsa piedad, la positiva realidad del mundo en nombre del cual se le proponía la salvación. Con mayor fuerza y más acusados contornos todavía, aparece esta misma idea en la escena con el viejo médico y vecino que Faustus invita para intentar con él un piadoso esfuerzo de conversión y que aparece en la cantata, con clara intención, como una figura tentadora. Es transparente –la alusión a la tentación de Jesús por Satanás, y no menos clara la arrogante desesperación de la negativa apógica contra la falsa y endeble religiosidad burguesa.

Por otra inversión del significado, la última y verdaderamente postrera, merece aquí un recuerdo, un cordial recuerdo: el lamento infinito que, al final de la obra, con voz suave, superior a la de la razón, con el lenguaje sin palabras que sólo es dado a la música, roza y hiere la sensibilidad. Me refiero al tiempo final de la cantata, cuando el coro se pierde en la orquesta, y cuyas armonías son como el lamento de la Divinidad ante la perdición de su mundo, como la voz del Creador clamando que tal «no fue su voluntad». En este final se encuentran, para mí, los más extremados acentos de la tristeza, la expresión del más patético desespero, y serían una violación, que no cometeré, de la intransigencia de la obra, y de su incurable dolor, decir que sus notas, hasta la última, contienen otro consuelo que el de poder dar expresión sonora al dolor –el consuelo de pensar que a la criatura humana le ha sido dada una voz para expresar su sufrimiento–. No, ese oscuro poema sinfónico llega al final sin dejar lugar a nada que signifique consuelo, reconciliación, transfiguración. Pero, ¿y si la expresión —la expresión como lamento— que es propia de la estructura total de la obra no fuera otra cosa que una paradoja artística, la transposición al arte de la paradoja religiosa según la cual en las últimas profundidades de la perdición reside, aunque sólo sea como ligerísimo soplo, un germen de esperanza? Sería esto entonces la esperanza más allá de la desesperación, la trascendencia del desconsuelo —no la negación de la esperanza, sino el milagro más alto que la fe. Escuchad el final, escuchadlo conmigo: uno tras otro se retiran los grupos instrumentales, hasta que sólo queda, y así se extingue la obra, el único sobreagudo de un violoncelo, la última palabra, la última, flotante, resonancia, apagándose lentamente en una *fermatapianissimo*. Después nada —silencio y noche—. Pero la nota ya muerta, cuyas vibraciones, sólo para el alma perceptibles, quedan como prendidas en el silencio, y lo que era el acorde final de la tristeza dejó de serlo, cambió su significación y es ahora una luz en la noche.

XLVII

«¡Despertad conmigo!» –Adrian quería, con su obra, disimular la humana angustia ante el misterio de la divinidad,
detrás de la humana y solitaria soberbia con que su Doctor
Faustus pronuncia las palabras: «Dormid tranquilos y no os
preocupéis por nada» –pero lo humano subsiste, el vivo anhelo, ya que no de asistencia y socorro, por lo menos de la compañía de sus semejantes, la súplica: «¡No me abandonéis! ¡Sed
conmigo al llegar mi hora!».

Así Adrian Leverkühn, cuando había ya casi transcurrido
la mitad del año 1930, durante el mes de mayo, quiso reunir
en Pfeiffering un numeroso grupo de sus amigos y conocidos, unos treinta en total, incluidas algunas personas que apenas trataba, a las cuales hizo llegar invitaciones por diversos
conductos, ya sea escribiéndoles directamente o encargándo-
me a mí la misión de avisarles. Algunas de las personas invitadas recibieron asimismo encargo de avisar a otras y no faltaron tampoco, en fin, los que, por curiosidad, se invitaron a
sí mismos, es decir solicitaron ser admitidos por mediación
mía o de otro cualquiera de los amigos más próximos a Adrian.
Adrian había anunciado en sus tarjetas que deseaba reunir a
unos cuantos amigos bien dispuestos para darles a conocer
al piano algunos fragmentos característicos de la nueva obra
sinfónico-coral que acababa de terminar, con la cual aguzó el
interés de varias personas que no había tenido la intención de
invitar, entre ellas la soprano dramática Tanja Orlanda y el
tenor Kjöjelund, venidos al amparo del matrimonio Schlaginhaufen, y el editor Radbruch, con su mujer, estos últimos

gracias a la recomendación de Schildknapp. Adrian había mandado una invitación escrita a Baptist Spengler, a pesar de que no podía ignorar su muerte ocurrida seis semanas antes. Fue doloroso ver desaparecer a hombre de tanto ingenio a tan temprana edad, entre los cuarenta y los cincuenta años.

Confieso que la cosa no me acababa de gustar. Decir por qué sería difícil. Ese llamamiento a un gran número de personas, cuyas relaciones tanto internas como externas con Adrian nada tenían de íntimo, al lugar de su retiro para revelarles la más solitaria y más personal de sus obras, era en verdad, dado el carácter de mi amigo, algo insólito. Me disgustaba la idea, más que en sí misma por lo que tenía de extraño a su modo de ser —y en sí misma me desagradaba también. Por la razón que fuere —y la razón me parece haberla ya indicado— prefería decididamente ver a Adrian en la soledad de su refugio, sin más frecuentación que la de las personas que le eran afines o estaban ligadas a él por un respetuoso afecto: los miembros de la familia que le daba hospedaje, Schildknapp, la buena Jeannette, Kunigunde Rosenstiel y Meta Nackedey, yo mismo, y no, como ahora, saberlo expuesto a las miradas de gentes que no estaban acostumbradas ni a él ni a su soledad. No me quedaba, sin embargo, otro recurso que prestar mi ayuda a una empresa que él mismo había iniciado, conformarme a sus instrucciones y telefonear a derecha e izquierda. Nadie se excusaba, como ya he dicho: al contrario, eran muchos los no invitados que deseaban serlo.

No sólo me disgustaba la cosa en sí. Iré más allá en mis confidencias y confesaré que estuve tentado de no asistir al acto que Adrian organizaba. A esta tentación se oponía, sin embargo, un inquietante sentimiento del deber que, quieras que no, me obligaba a estar presente y a ser testigo de cuanto allí ocurriera. Y así me fui aquel sábado, con Helena, a Munich, donde tomamos el tren para Waldshut. En el mismo compartimiento que nosotros viajaban Schildknapp, Jeannette Scheurl y Kunigunde Rosenstiel. En otros compartimientos se encontraban los demás invitados, a excepción de los Schlaginhausen que, con sus amigos Orlanda y Kjöjelund, hicieron el viaje en automóvil. Llegaron a Pfeiffering antes que nosotros y su coche resultó muy útil para transportar desde la estación a casa Schweigestill, en varios viajes, a los invitados que no preferían hacer el camino a pie. A pesar de la atmósfera de tormenta acumulada en el horizonte, con algunos truenos que se oían ligeramente, el tiempo se aguantó sin lluvia. Nada se había previsto para llevar a las personas venidas de Munich desde la estación a la casa y Else Schweigestill, mientras preparaba a toda prisa una ligera merienda para tanta gente —emparedados, café con leche y jugo de manzanas fresco—, nos dijo a Helena y a mí, en la cocina, que Adrian no le había dicho ni una palabra de la invasión que ahora se le venía encima.

Mientras tanto, el viejo *Suso*, o *Kaschperl*, no cesaba de ladrar y de tirar como un condenado de su cadena. Sólo se calmó cuando hubieron llegado los últimos forasteros. Todo el mundo se reunió en la sala de la hornacina, adonde habían sido llevadas sillas suplementarias del aposento de la familia y hasta de los dormitorios del primer piso. Aparte de las personas ya nombradas estaban presentes otras cuyos nombres anoto según me vienen a la memoria: el acaudalado industrial Bullinger, el pintor Leo Zink, que Adrian había invitado junto con Spengler a pesar de que ni él ni yo le teníamos ninguna simpatía; Helmut Institoris, a quien había que considerar ahora como viudo; el doctor Kranich, la señora Binder-Majorescu, el matrimonio Knöterich; el retratista Nottebohm, tan enjuto de rostro como siempre y acompañado de su mitad, se presentó en compañía de Institoris. Habían venido asimismo Sixtus Kridwiss y los más asiduos concurrentes a sus debates: el geólogo doctor Unruhe, los profesores Vogler y Holzschuher, el poeta Daniel Zur Höhe, vestido de negro hasta la pechera como de costumbre, y, con gran irritación de mi parte, el ina-gotable charlatán Chaim Breisacher. Aparte de los dos can-tantes, estaba allí, representando al mundo de la música, Fer-dinand Edschmidt, director de la orquesta Zapfenstösser. Y se presentó, por fin, con gran sorpresa mía y de los demás, el barón Gleichen-Russwurm, la primera vez, según creo, que, en compañía de su esposa, una austríaca algo regordeta pero elegante, aparecía en sociedad desde la famosa historia del ratoncillo. Supe después que Adrian, ocho días antes, le había mandado a su castillo una invitación que el nieto de Schi-ller, tan seriamente comprometido, no había vacilado un ins-tante en aceptar como medio de restablecer el contacto con el mundo.

Todas estas gentes, unos treinta como ya dije, se encon-traban esperando en la gran sala campesina, se presentaban los unos a los otros, cambiaban entre sí frases y palabras de curio-sidad. Veo todavía a Rüdiger Schildknapp, con su eterno traje de deporte usado, rodeado de mujeres, cuyo número era con-siderable en la reunión. Oigo aún la voz imperiosa de la sopra-no dramática, la precisa articulación del asmático doctor Kra-nich, las baladronadas de Bullinger, el tono convencido de Kridwiss al asegurar que la reunión y su motivo eran algo de «enorme importancia», y la prontitud con que Daniel Zur Höle, sin olvidar de subrayar sus palabras con un ligero taco-neo, repitió por millonésima vez en su vida: «Sí, sí, vaya, vaya, puede usted decirlo». La baronesa Gleichen iba de una parte a otra pordioseando expresiones de simpatía y dando explica-ciones, que no le pedía nadie, sobre la «contrariedad sufrida, ¿sabe usted?» Desde un principio me di cuenta de que eran muchos los que no habían reconocido a Adrian, presente des-de hacía largo rato, y seguían hablando como si todavía le espe-raran. Adrian, vestido con la sencillez de siempre, estaba sen-tado contra las ventanas, detrás de la gran mesa ovalada del centro de la pieza, donde le vimos recibiendo al empresario

Saul Fitelberg. Me preguntaban unos y otros quién era aquel señor y al responderles yo, un tanto sorprendido de la pregunta, lanzaban una de esas exclamaciones propias del que de pronto ha caído en la cuenta y se apresuraban a ir a saludarle. Mucho tenía que haber cambiado, sin que yo, viviendo casi junto a él, me diera cuenta, para que tal cosa pudiera ocurrir. La barba contribuía en buena parte a ello y así lo hacía notar yo a los que se resistían a creer que aquél fuera Adrian. Junto a su silla permaneció largo tiempo de pie, rígida como un centinela, Kunigunde Rosenstiel, mientras Meta Nackedey permanecía medio oculta en un rincón de la sala. Kunigunde tuvo sin embargo la lealtad de retirarse al cabo de cierto tiempo y su lugar fue ocupado inmediatamente por la segunda escudera. En el atril del piano de mesa, con la tapa levantada, estaba abierta la partitura del *Lamento del Doctor Faustus*.

Mientras hablaba con unos y otros no perdía yo de vista a mi amigo. No se me escapó, por lo tanto, la seña que me hizo para darme a entender que había llegado el momento de que los presentes se sentaran cada cual en su lugar. Me ocupé en seguida de conseguirlo invitando de viva voz a los más próximos, lanzando un ademán a otros e imponiéndome, por fin, el esfuerzo de dar un par de palmadas para lograr silencio y anunciar que el doctor Leverkühn iba a sentarse al piano. El hombre no puede palidecer sin darse cuenta de ello por el frío de muerte que invade su rostro. Frías, del mismo frío, son también las gotas de sudor que a veces aparecen en su frente. Al palmotear débilmente y con reserva, mis manos temblaban como tiemblan ahora al ir a fijar sobre el papel aquel espantoso recuerdo.

El público obedeció con docilidad. Orden y silencio quedaron rápidamente establecidos. Junto con Adrian, en torno de la mesa, quedamos sentados el matrimonio Schlaginhaufen, Jeannete Scheurl, Schildknapp, mi mujer y yo. Los demás se repartieron como pudieron entre las sillas de madera, los sillones, el sofá, y algunos hombres permanecieron de pie, reclinados contra la pared. Adrian no daba señales de querer sentarse al piano, como esperaban todos y yo mismo. Permanecía sentado con las manos juntas, la cabeza inclinada, los ojos fijos ante sí, la mirada un tanto levantada, y mientras reinaba el más completo silencio, con voz algo monótona y esas suspensiones de expresión que me eran conocidas, empezó a dirigir la palabra a los reunidos, como si tuviera la intención de pronunciar un discurso de bienvenida. Tal era, por lo menos, la impresión que dieron sus primeras palabras. Hago un esfuerzo sobre mí mismo y añado que, al hablar, Adrian se equivocaba repetidamente y que, a menudo, su esfuerzo para corregirse daba lugar a nuevos errores, hasta que por fin renunció a rectificar los tropiezos y siguió adelante como si tal cosa. Oírle en estas condiciones era para mí un verdadero tormento y me clavaba las uñas en la palma de las manos. No hubiese debido, por otra parte, preocuparme tanto de muchas de sus incorrecciones gramaticales, repetición hablada de las que voluntariamente solía cometer en su lenguaje escrito y que, en parte, no eran más que remedos del viejo alemán. Esto aparte, las incorrecciones y los defectos sintácticos son siempre una cosa muy relativa. No hace tanto tiempo, en efecto, que la lengua alemana salió de la anarquía para ajustarse, con más o menos precisión, a un sistema de reglas gramaticales y ortográficas.

Empezó en voz muy baja y murmurante, de modo que la mayoría apenas logró comprender lo que decía y muchos creyeron al principio que se trataba no de un discurso sino de un jocoso intermedio retórico. Empezó poco más o menos así:

—Muy dignos de aprecio y especialmente queridos hermanos y hermanas.

Dicho esto guardó silencio un instante, la mejilla contra el puño cerrado, el codo apoyado sobre la mesa. Lo que después vino fue asimismo interpretado como una introducción destinada a poner de buen humor al público. Pero la inmovilidad de sus rasgos, el cansancio de su mirada, su palidez eran como la contradicción de las risas amistosas y de las sonrisas con que las damas acogían sus palabras.

—Primeramente —dijo Adrian— tengo que expresaros gracias por la benevolencia y amistad puestas de manifiesto al venir hasta aquí, a pie o en carruaje, contestando a la invitación lanzada desde este apartado refugio, o transmitida por mi fámulo, siempre fiel y especial amigo, que lo es desde la niñez y desde que en Halle estudiábamos, pero de esto último y de cómo en aquellos estudios aparecían ya la soberbia y la horrible abominación se hablará en mi sermón más adelante.

Al pronunciar Adrian estas palabras, muchos, volviendo los ojos hacia mí, me dedicaron sonrisas a las que mi excesiva emoción no me dejaba corresponder. Tanta blandura en el recuerdo no era, en efecto, en nada conforme al carácter de mi querido amigo. Pero las lágrimas que se asomaban a mis ojos fueron, precisamente, causa de regocijo para la mayoría y recuerdo con disgusto el gesto de Leo Zink, acercando el pañuelo a su considerable nariz, tantas veces objeto de sus propias burlas, y sonándose con fuerza para caricaturizar mi visible turbación, con lo cual no dejó de provocar la risa burlona de algunos. Adrian no pareció haberse dado cuenta de nada.

—Debo también —siguió diciendo—, ante todo disculparme —pronunció esta palabra mal, se corrigió y acabó pronunciándola mal una tercera vez— y rogaros que no toméis a mala parte si *Prestigiador*, nuestro perro, que responde al nombre de *Suso*, pero en realidad se llama *Prestigiador*, tan desconsideradamente se condujo, y los tímpanos de todos mortificó con sus ladridos y aullidos sin parar mientes en las molestias y engorros que por mi culpa os habíais impuesto. Hubiéramos debido proveer a cada uno de vosotros de un silbato sobreagudo, para el perro sólo audible y que de lejos le hubiera dado a comprender que cuantos llegaban eran buenos y requeridos amigos, llevados por el deseo de oír lo que, por largos años, hiciera y compusiera yo bajo su guarda.

Por cortesía, aun cuando no sin aprensión, se rieron algunos al hablar del silbato de Adrian, el cual prosiguió imperturbable y dijo:

—A vosotros he de dirigir ahora una amable y cristiana súplica: la de que no toméis con malicia o recelo mis palabras, sino que tratéis, como mejor podáis, de comprenderlas, ya que tengo verdadera necesidad de haceros una plena y humana confesión, a vosotros, los buenos e incapaces de hacer mal a nadie, no del todo inocentes pero sí tan sólo corrientes y soportables pecadores, a los que, como tales, cordialmente desdeño y sinceramente envidio, al saber que ante mis ojos tengo el reloj de arena y que debo estar dispuesto, para cuando el último grano se haya escurrido por el agujerillo y venga a buscarme Aquel a quien tan caro me adjudiqué con mi propia sangre, en cuerpo y alma por la eternidad; dispuesto a ponerme en sus manos y bajo su ley cuando quede vacía la ampolla y el tiempo (la mercancía que me vendió) llegue a su término.

Fueron recibidas estas palabras con algunas risas, que eran más bien resoplidos, pero también con algunos de esos chasquidos de lengua y movimientos de cabeza que son modo corriente de subrayar una falta de tacto. Algunas miradas se hicieron torvas e inquisitivas.

—Sabed pues, buenos y virtuosos amigos —dijo dirigiéndose más especialmente a los que estábamos sentados en torno de la mesa—, refugiados en el regazo de Dios —pronunció esta palabra con falsa entonación y no consiguió rectificarla— gracias a la moderación de vuestros pecados, lo que tanto tiempo conservé secreto para mí y ahora voy a declarar, a saber, que desde el año veintiuno de mi vida vivo aparejado con Satanás y que, guiado por intrepidez, arrogancia y temeridad deliberadas, con el propósito de conquistar fama en este mundo, concluí con él pacto y alianza, de modo que cuanto durante un período de veinticuatro años he dado de mí, y que los hombres han considerado con justificada desconfianza, sólo he podido darlo con su ayuda: obra del diablo vertida en mi espíritu por el ángel de la ponzoña. Porque siempre pensé que quien no arriesga no gana y que hay que rendir homenaje al diablo porque es el único que hoy puede dar aliento a grandes obras y empresas.

Reinaba en la sala ahora un silencio profundo y penoso. Pocos eran los que seguían escuchando tranquilamente. Muchos, en cambio, los que arqueaban las cejas y en cuyo rostro se leía la pregunta: ¿qué significa todo esto y a dónde vamos a parar? Una sonrisa, un guiño cualquiera de Adrian, dando a entender que sus palabras eran pura mistificación de artista, lo hubiese arreglado todo. Pero nada hizo de semejante. Al contrario, allí estaba sentado, pálido y visiblemente presa de profunda preocupación. Algunos me lanzaban miradas interrogadoras. ¿Cómo explicaba yo aquello? Quizá hubiese debido intervenir y dar la reunión por acabada. ¿Pero con qué pretexto? No había ninguno que no hubiese sido indigno o representado una traición. Entendí que debía dejar que las cosas siguieran su curso con la esperanza de ver pronto a Adrian sentado al piano, ofreciendo al auditorio notas y acordes en lugar de palabras. Nunca se me apareció tan claramente como entonces la superioridad de la música, que todo lo dice sin decir nada –la vaguedad protectora del arte, en comparación con la crudeza de la confesión directa–. Interrumpir la confesión hubiese sido una falta de respeto y, por otra parte, sentía con toda mi alma el deseo de oír, aun sabiendo que la mayor parte de los que oían conmigo no eran merecedores. ¡Aguantaos y escuchad, decía yo a los demás en mi fuero interior, ya que por una vez, os ha tratado, al invitaros, como si fuerais sus semejantes!

Después de una pausa de reflexión, mi amigo empezó a hablar de nuevo:

—No creáis, queridos hermanos y hermanas, que para consumar el pacto hube de encontrarme en la encrucijada de un bosque, trazar múltiples círculos y prestarme a groseros conjuros. Santo Tomás nos ha enseñado ya que no es preciso llamarle con palabras para condenarse y que basta para ello un acto cualquiera sin necesidad de explícito homenaje. Fue una mariposa nada más, el solo contacto de Hetaira Esmeralda, la bruja de lechosos filtros, a la que seguí, persiguiéndola, hasta las verdes frondosidades que son gratas a su transparente desnudez, semejante a un pétalo cuando el aire la lleva, y allí gusté de ella, desoyendo su advertencia. Así fue. Lo que hizo conmigo fue acto y veneno de amor. Así se consumó la iniciación y quedó cerrado el pacto.

Sentí pasar en mí un escalofrío al producirse en este momento una interrupción. El poeta Daniel Zur Höhe, vestido como un cura, dio un taconazo y expresó, como de costumbre, su juicio a borbotones:

—¡Hermoso! ¡Tiene belleza! ¡Así es! ¡Muy bien! ¡Muy bien!

Se oyeron algunos siseos y yo mismo dirigí una mirada desaprobadora al interruptor aun cuando, en el fondo, le agradecía sus palabras. Aun siendo torpes, venían a situar lo que acabábamos de oír en un plano tranquilizador y aceptable, el plano estético, que nada tenía que ver allí, por supuesto, pero que a mí mismo, irritado como estaba, no dejó de calmarme. Un rumor de satisfacción pasó entre los presentes como si se les hubiese quitado un peso de encima. Una de las damas, la esposa del editor Radbruch, estimulada por las palabras de Zur Höhe, se sintió capaz de decir:

—Una cree estar oyendo versos....

No fue, por desgracia, posible seguir creyéndolo mucho tiempo. La interpretación era cómodamente grata, pero no se aguantaba. Aquello no tenía nada que ver con las ingratas digresiones de Zur Höhe sobre la obediencia, la fuerza, la sangre y el saqueo del mundo. Aquello era algo terriblemente serio: era confesión y verdad, la auténtica confidencia que un hombre, hundido en las más profundas angustias del alma, sentía la necesidad de hacer a sus semejantes –depositando en ellos una confianza absurda–. Porque nuestros semejantes sólo son capaces de reaccionar ante una verdad así con fría crueldad y con la brutalidad que no tardaron en poner de manifiesto tan pronto se dieron cuenta de que no podían seguir tratándola como una divagación poética.

Aparentemente Adrian no se había dado cuenta siquiera de las interrupciones. Al detenerse en su discurso, el ensimismamiento le dejaba aislado de los demás.

–No dejéis muy especialmente de notar –dijo reanudando el hilo de su discurso–, amados amigos, que tenéis que habéroslas con un infeliz abandonado de Dios, para cuyos restos no es lugar adecuado el camposanto de los cristianos piadosos, sino el pudridero a donde van a parar los cadáveres de las bestias sin alma. En el ataúd (os lo advierto de antemano) lo encontraréis siempre tendido boca abajo, y si cinco veces le dais la vuelta otras tantas volverá a su invertida posición. Porque largo tiempo antes de que gustara el filtro envenenado, mi alma, orgullosa y arrogante, caminaba hacia Satanás y era designio establecido que hacia él había de dirigirme desde mi primera juventud, pues no podéis ignorar que el hombre nace predestinado para la salvación o para el infierno y yo soy de los que con destino al infierno nacieron. Así me propuse dar alimento a mi soberbia con el estudio de la teología en la Universidad de Halle, pero no por amor de Dios sino del Otro. Secretamente, mis estudios teológicos fueron el comienzo de la alianza y el medio indirecto de llegar no a Dios sino a Él, el gran religioso. Nada detiene a quien se siente impelido hacia el diablo, y el paso fue breve que me condujo de la teológica facultad a la ciudad de Leipzig y a la música. Y a ella me consagré, única y exclusivamente con figuras, caracterizaciones y fórmulas conjuratorias del hechizo y de la magia.

»Otrosí: la culpa de todo la tiene mi corazón desesperado. Dones diversos y una despierta inteligencia me llegaron de arriba que hubiese podido explotar honrosa y modestamente. Pero cuenta demasiado clara me daba de que los tiempos no eran propicios para poder, derechamente, en forma y modo debidos, hacer obra alguna y que el arte era imposible sin ayuda diabólica y fuego infernal debajo de la caldera... Así es, queridos compañeros, nuestra época tiene la culpa de que el arte no avance un paso y sea demasiado difícil, de que todo sea demasiado difícil y las pobres criaturas de Dios no sepan cómo salir de su miseria. Pero si uno se da al diablo para superar esta situación, para practicar una brecha y abrirse paso, entonces carga quien tal hace sobre sus hombros toda la culpa de la época y arrastra su alma a la condena. Es fácil decir: ¡serenos y vigilantes! Pero muchos son incapaces de conservar la serenidad y la vigilancia a un tiempo y, en lugar de atender avisadamente a lo que en la tierra exige cuidado para que las cosas mejoren, en lugar de perseguir prudentemente la creación de un orden entre los hombres que ofrezcan, de nuevo, terreno abonado y noble marco a la obra de arte, corren, infelices, detrás de lo imposible y se abandonan a la infernal embriaguez: así se pierden sus almas y van sus cuerpos al desolladero.

»Así pues, bondadosos y queridos hermanos y hermanas, me conduje yo, y la nigromancia, la carmina, la encantación y el beneficio, cuantas ciencias pueden ser designadas con nombres y palabras semejantes, fueron objeto de mi solícita atención. Pronto entré también con Aquél en contacto, con el desastrado, la carroña humana. Larga conversación tuve con él en una sala del mundo meridional, durante la cual muchas cosas hubo de decirme sobre el infierno, su carácter, su fundamento y su sustancia. Me vendió tiempo también. Veinticuatro años incalculables, y por este período me dio su palabra y promesa de avivar el fuego bajo la caldera para que pudiera hacer grandes cosas y ser capaz de crear, a despecho de mi inteligencia y de mi ironía, que me hacían el trabajo difícil. Nada de eso habría de importar. Sentiría, eso sí, ya durante ese período, dolores cual si me acuchillaran, como los que sufría en sus piernas la pequeña sirena, la llamada Hyphialta, mi hermana y dulce novia. Él fue quien la llevó a mi cama y me la dio por hembra y esposa, y yo empecé a cortejarla y a estar más enamorado de ella cada día, ya viniera a mí con su cola de pez o con sus piernas. Muy a menudo venía con su cola, porque los dolores que le causaban los cuchillos en las piernas le quitaban el apetito del amor, y a mí me complacía contemplar la graciosa transición entre su blando cuerpo y su apéndice escamoso. Pero mucho mayor era mi deleite al contemplarla en su pura forma humana y mi apetito era más vivo cuando se me entregaba con sus piernas.

Estas palabras provocaron cierta agitación en la sala y una salida. El matrimonio Schlaginhaufen, marido y mujer, se levantaron de sus asientos y sin mirar a derecha ni a izquierda, procurando hacer con los pies el menor ruido posible, se dirigieron, por entre los demás invitados, hacia la puerta. No habían pasado siquiera dos minutos cuando se oyó en el patio el ruido del motor del automóvil, lo que nos dio a entender que su alejamiento era definitivo.

Muchos que contaban con el automóvil para el viaje de regreso a la estación se sintieron defraudados, pero nadie trató, sin embargo, de imitar el ejemplo de los fugitivos. Permanecíamos allí como subyugados y cuando, alejado el automóvil, se restableció el silencio en el patio, Zur Höhe dejó oír de nuevo su voz: «¡Hermoso! ¡Sin duda alguna! ¡Muy hermoso!».

Estaba yo también a punto de abrir la boca para pedirle a mi amigo que pusiera término a su introducción y se sentara al piano, cuando Adrian, insensible al incidente, reanudó su discurso:

—Así ocurrió que Hyphialta quedó embarazada en su cuerpo y me colmó con un hijito que era la niña de mis ojos, un angelito de muchacho, agraciado por extraordinario modo y, por sus maneras, como llegado de vieja y lejana tierra. Pero siendo el niño de carne y hueso y el trato que yo no había de querer a ningún ser humano, decidió Él darle muerte y sirvióse para ello de mis propios ojos. Porque habéis de saber que cuando un alma ha sido llevada hacia la Maldad, su mirada es venenosa y viperina, sobre todo para los niños. Así murió, durante la luna de agosto, ese hijito lleno de dulces palabras, como si yo hubiese podido figurarme que tanta ternura podía serme permitida. Creí también, ya antes, que había de serme lícito, como monje que era del demonio, amar en cuerpo y alma a quien no era de femenino sexo, pero que había implorado mi tuteo con ahínco tal que fuerza me fue concedérselo. Así estuve obligado a matarlo y a la muerte le mandé, hacia ella le dirigí. El sórdido maestro descubrió mi intención de unirme en matrimonio y esto le llenó de cólera porque en el nupcial estado descubría mi intención de apartarme de él y de ir por caminos indirectos a la expiación. Me obligó pues a proceder de esa suerte, a asesinar a mi amigo fríamente y así quiero confesarlo aquí y que todos sepáis que tenéis a un asesino ante vosotros.

Otro grupo de invitados abandonó la sala en este momento. Fueron el pequeño Helmut Institoris y sus amigos, el pintor relamido y su esposa, a la que solíamos llamar, aludiendo a sus formas redondeadas, el «pecho maternal». Se marcharon los tres a las calladas. Pero no se callaron, sin duda, tan pronto estuvieron en el patio, porque pocos instantes después de haber ellos salido entró, silenciosa, la señora Schweigestill, con su delantal y su pelo gris estirado y partido. Con las manos juntas permaneció, de pie, cerca de la puerta y escuchó mientras Adrian continuaba diciendo:

—Pero si he sido un gran pecador, amigos, un asesino, enemigo del prójimo, entregado a diabólicos amores, no por ello dejé de ser siempre un diligente y aplicado laborante que sin descanso ni sueño —aquí volvió a embrollarse su dicción y sus esfuerzos para corregirla fueron inútiles— me he dado empeño y he ido al encuentro de ingratas tareas, según la palabra del apóstol: «quien busca lo difícil encontrará dificultades». Porque si Dios no se sirve de nosotros para nada grande cuando no cuenta con nuestra consagración, así ocurre también con el Otro. Lo único que hizo por mí fue librarme de mi impulso al escarnio y menosprecio por la inteligencia, despojarme de todo cuanto, además, era en mí entonces contrario a la obra creadora. Todo lo demás hube de hacerlo yo, aun cuando bajo la influencia de extrañas inspiraciones. Muchas veces, en efecto, surgía en mi interior uno o unos amables instrumentos, órgano grande o pequeño, arpa, laúdes, violines, trombones o sacabuches, pífanos, trompas y flautines, cada uno con cuatro voces, de modo que en el cielo hubiese podido creer estar, de no haber sabido que el lugar era otro. A menudo venían también a mi pieza niños y niñas y con las solfas en la mano cantaban motetes, sonreían con mal disimulada astucia y se miraban los unos a los otros. Eran muy hermosos niños. De cuando en cuando parecían hincharse sus cabelleras como bajo la acción de un soplo de aire tibio. Volvían después a alisarse el pelo con sus lindas manitas, llenas de hoyuelos con un rubí en cada uno. De sus nasales orificios surgían a veces, retorciéndose, amarillentos gusanillos que se escurrían hacia el pecho y desaparecían.

Estas palabras fueron, una vez más, signo de partida para otros concurrentes. Salieron ahora de la sala los profesores Unruhe, Vogler y Holzschuher —uno de ellos, no recuerdo cuál, apretándose las sienes con los puños—. Pero Sixtus Kridwiss permaneció inmóvil en su puesto y la expresión de su rostro denotaba el más vivo interés. Quedaban todavía allí unas veinte personas, aunque muchas de ellas se habían levantado de sus asientos y parecían dispuestas a aprovechar la primera ocasión para darse a la huida. Leo Zink arqueaba las cejas con maligna curiosidad y, como era costumbre suya hacerlo al dar su opinión sobre las obras de sus compañeros, soltaba de vez en cuando un «Jesús, María y José» que no significaba nada preciso. Un grupo de mujeres se había acercado a Leverkühn como para protegerle: Kunigunde Rosenstiel, Meta Nackedey y Jeannette Scheurl. Esas tres nada más. Else Schweigestill se mantenía a distancia.

Y así pudimos oír:

—El Maligno mantuvo cumplida y fiel palabra durante veinticuatro años, y ahora está todo listo, sin que falte punto ni coma, terminado todo entre el crimen y la obscenidad, y quizá sea bueno, por obra de la gracia y de la misericordia, lo que en la maldad cumplí. Es cosa que ignoro. Quizá se dé cuenta Dios de que he buscado lo difícil y he sido duro conmigo mismo, quizá me sean tenidos en cuenta mi gran diligencia y el ahínco con que procuré dejarlo todo listo —no sabría decirlo y me falta valor para esperarlo. Mi pecado es demasiado grande para serme perdonado y mis elucubraciones lo agravaron todavía, mi compungida creencia de que la falta de fe en la posibilidad de la gracia y del perdón pudiera presentar el máximo aliciente para la bondad infinita. Bien me doy ahora cuenta de que tan desvergonzado comportamiento hace del todo imposible la compasión. Partiendo de aquí, sin embargo, fui todavía más allá en mi devaneo y me dije que la máxima abyección tenía que ser precisamente estímulo, y el más extremo, para que la bondad pusiera de manifiesto su ausencia de límites. Y así siempre más, entregado a una loca carrera con la bondad divina para saber si era o no más inagotable que mis especulaciones —ya veis pues que estoy condenado y que no hay compasión posible para mí, porque mis especulaciones la destruyen de antemano.

»Pero ya que el tiempo comprado con mi alma toca a su término, os he llamado a mí, bondadosos y queridos hermanos y hermanas, antes de mi hora final, para que mi desaparición espiritual no permanezca oculta. A todos os ruego que conservéis un buen recuerdo de mí, que saludéis fraternalmente en mi nombre a cuantos de invitar me olvidara y que por nada me guardéis rencor. Dicho todo lo cual, y dado a conocer, voy a tocar, para despedida, algo de lo que me dejó oír el adorable instrumento de Satán y que, en parte, me cantaron los astutos niños.

Se levantó, pálido como la muerte.

Se oyó con el silencio la voz asmática del doctor Kranich diciendo con precisa articulación:

—Este hombre está loco. Hace ya rato que no es posible ponerlo en duda y es de lamentar que la psiquiatría no esté representada entre nosotros. Como numismático, me siento yo aquí completamente fuera de lugar.

Dichas estas palabras se marchó él también.

Rodeado de sus amigas ya nombradas, de Schildknapp, Helene y yo, Adrian se había sentado al piano de mesa y con su mano derecha alisaba las páginas de la partitura. Vimos cómo las lágrimas corrían por sus mejillas y caían sobre el teclado. Sus dedos resbalaban sobre las húmedas teclas y arrancaban al instrumento disonantes acordes. Abrió la boca como para cantar, pero de entre sus labios sólo surgió un grito, un lamento que no olvidaré mientras viva. Inclinado contra el instrumento abrió los brazos como si quisiera abrazarlo y de pronto, cual empujado, cayó su cuerpo del asiento al suelo.

Else Schweigestill, del lugar apartado donde se encontraba, fue la primera en precipitarse sobre él. Los que estábamos a su alrededor, sin saber por qué, permanecimos un segundo inmóviles. La buena mujer levantó la cabeza del accidentado y, aguantando maternalmente el cuerpo de Adrian con sus brazos, gritó dirigiéndose a los que, testigos de la escena, estaban allí con la boca abierta:

—¡Fuera de aquí todos juntos! ¡Las gentes de ciudad no comprendéis nada y aquí hace falta mucha comprensión! Mucho ha hablado de la gracia divina, el pobre hombre, y no sé si ella podría bastar. Pero la comprensión, podéis creerlo, cuando es total y humana, basta para todo.

EPÍLOGO

Se acabó ya. Un hombre viejo, encorvado, deshecho casi por los horrores de la época en que escribió y por aquellos que son objeto de su narración, contempla con vacilante complacencia el alto montón de las cuartillas que su esfuerzo animó, que son obra de mi industria, producto de estos años, tan llenos de sucesos presentes como de pasados recuerdos. He dado cima a una tarea que, dada mi naturaleza, no era yo el más apto para llevar a cabo, pero a la que me llamaron el cariño, la lealtad y el deseo de ofrecer un testimonio fiel. Lo que estos sentimientos puedan dar de sí, lo que pueda conseguirse a fuerza de abnegación, habrá sido quizá logrado. No sabría decir ni añadir otra cosa.

Cuando empecé a escribir estos recuerdos que son la biografía de Adrian Leverkühn no podía el autor, ni de por sí ni en virtud de la obra artística del biografiado, tener la más leve esperanza de que pudieran un día ser ofrecidos al público. Ahora, cuando el monstruo político que entonces tenía aprisionado entre sus garras un continente entero, y más aún, ha llegado al final de sus orgías; cuando sus lugartenientes y potentados solicitan de los médicos la inyección venenosa que habrá de libertarles, o, empapados en bencina, se entregan a las llamas devoradoras para que no quede de ellos ni el más leve resto —ahora, digo, puede empezar a pensarse en la publicación de estas devotas cuartillas—. Pero hasta tal punto se encuentra Alemania postrada y destruida por obra de aquellos malvados, que no es posible atreverse siquiera a esperar el florecimiento en tierra alemana de una actividad cultural cualquiera, así fuera la publicación de un libro nada más. He procurado ya, por lo tanto, encontrar el medio de hacer llegar estas cuartillas a América del Norte, con la idea de presentarlas primero al público de allí en traducción inglesa. No me parece que al obrar así haga nada opuesto al sentir de mi difunto amigo. Pero aparte la natural extrañeza que mi libro habrá de causar en aquel mundo moral, me preocupa también el temor de que su traducción al inglés, por lo menos la de ciertos pasajes de raigambre típicamente alemana, resulte una empresa de realización imposible.[1]

Me preocupa también cierta sensación de vacío que inevitablemente se apoderará de mí cuando, en pocas palabras, haya narrado el epílogo de la vida del gran compositor y puesto punto final a mi manuscrito. Me faltará el constante y agotador trastorno de una tarea que me ha ocupado como un deber durante años, cuyo peso hubiese sido más insoportable aún en el ocio, y vanamente busco de antemano un trabajo susceptible de suplantarla en el porvenir. Cierto es que si hace once años me separé del cuerpo docente, fue por motivos que ahora se disipan ante los truenos de la historia. Alemania es libre, en la medida que puede ser libre un pueblo arruinado y colocado bajo tutela, y es posible que mi retorno a la cátedra vuelva a ser, dentro de poco, posible. En este sentido me ha hablado ya varias veces Monseñor Hinterpförtner. Quién sabe si un día no podré volver a inculcar en el corazón de mis estudiantes de último año los principios humanísticos de una cultura en la cual el temor a las divinidades de las tinieblas, el culto ordenado de la razón y la claridad olímpicas se confunden en *una* religión. Pero mucho me temo que durante esa espantosa década haya crecido una generación tan incapaz de comprender mi lengua como yo la suya. Temo que la

1. Sirvan estas generosas palabras del narrador para excusar las notorias insuficiencias de la presente traducción. *(N. del T.)*

juventud de mi patria se encuentre demasiado alejada de mí para que yo pueda volver a ejercer cerca de ella mi magisterio. Y más aún: Alemania misma, tierra infeliz, se ha convertido en una cosa extraña, completamente extraña, para mí, precisamente porque, persuadido de cuál iba a ser el trágico desenlace, no quise solidarizarme con sus pecados y preferí buscar refugio en el aislamiento. ¿He de preguntarme si hice bien? ¿Es cierto, por otra parte, que haya hecho lo que digo? Hasta la hora de su muerte mantuve mi fidelidad a un hombre lamentablemente grande. Su vida, que nunca cesó de inspirarme tanto temor como cariño, acabo de narrarla. Esta constancia en la lealtad puede servir de contrapeso, me parece, al horror con que me aparto de mi país y de sus culpas.

★ ★ ★

Un sentimiento de piedad me impide detallar el estado en que Adrian volvió en sí después que el choque paralítico sufrido en el piano le dejó doce horas sin sentido. En verdad no volvió en sí; resurgió como un extraño a su propio ser, como la cáscara, consumida por el fuego, de su personalidad, sin tener ya nada que ver con el hombre que se había llamado Adrian Leverkühn. En su sentido original, la palabra «demencia» no significa otra cosa que apartamiento del propio yo, convertirse en extraño para el propio ser.

Diré tan sólo que su permanencia en Pfeiffering no fue posible. Rüdiger Schildknapp y yo aceptamos el penoso deber de llevar al enfermo, una vez que el doctor Kurbis le hubo administrado los calmantes necesarios para que pudiera emprender el viaje, a la casa de salud para enfermedades nerviosas del doctor Von Hösslin, en Nymphenburg. Allí pasó Adrian tres meses. El pronóstico del competente especialista fue terminante desde el primer momento: se trataba de una dolencia mental que sólo podía progresar. Desaparecerían pronto, en el curso de la evolución de la enfermedad, los síntomas más escandalosos, y entraría ésta, gracias a un tratamiento adecuado, en una serie de fases más tranquilas, aun cuando en modo alguno esperanzadoras. Estos informes nos indujeron a Schildknapp y a mí, después de alguna reflexión, a no precipitar el momento de dar cuenta de lo ocurrido a la madre de Adrian. Era seguro que se pondría en camino tan pronto como se enterara de la catástrofe sobrevenida a su pobre hijo.

¡Su pobre hijo! ¡Su niño! Esto y no otra cosa había vuelto a ser Adrian cuando la vieja mujer, al acercarse el otoño, llegó un día a Pfeiffering para llevárselo otra vez a Turingia, al hogar de su niñez, tan curiosamente evocado por el conjunto de elementos que, desde tantos años, era el marco externo de su existencia. Un niño, desamparado, sin discernimiento, para el cual el vuelo majestuoso de su carrera de hombre había dejado de ser un recuerdo, a menos que no lo conservara oculto y enterrado en las profundidades inaccesibles de su ser (un niño, pegado a sus faldas como en los años que fueron, y al cual, como entonces, había que cuidar, llevar en andaderas, llamar, reñir, reprocharle —otra vez— sus travesuras). No es posible imaginar nada más emocionante y lamentable a la vez que esta nueva caída en el regazo materno de una inteligencia atrevida, voluntariamente emancipada, después de describir en la vida una vertiginosa parábola. Tengo, sin embargo, el convencimiento, hijo de impresiones que no pueden ser engañosas, de que, por grande que sea la trágica desgracia, el retorno no deja nunca de causar satisfacción y contento a la madre. Para ella el vuelo icárico del hijo heroico, la difícil aventura viril que escapó a su protectora autoridad, no es nunca otra cosa que un incomprensible y pecaminoso desvarío, una tácita y humillante repetición de las implacables palabras: «¡Mujer, nada tengo que ver contigo!» —siempre dispuesta a recibir de nuevo en su seno al «pobre hijo de mi alma», a perdonárselo todo al caído, al vencido, inspirada únicamente por la idea de que más le hubiese valido no marcharse jamás.

Tengo asimismo motivo para creer que en lo profundo de sus tinieblas intelectuales Adrian se sentía horrorizado por esa dulce humillación, se rebelaba instintivamente contra ella —vestigio de su antigua arrogancia—, antes de que el goce confuso de la comodidad que un alma agotada encuentra en la abdicación se la hiciera aceptar. De no haber existido esa instintiva rebeldía, ese impulso a evadirse de la madre, sería más difícil explicarse la tentativa de suicidio de Adrian cuando le dimos a entender que Elsbeth Leverkühn, informada de su estado, estaba a punto de llegar. Las cosas ocurrieron así:

Después de tres meses de tratamiento en el sanatorio del doctor Von Hösslin, donde sólo pude ver a mi amigo pocas veces y por pocos minutos cada vez, el enfermo se calmó, no digo mejoró, se calmó lo bastante para que el médico autorizara su traslado a Pfeiffering. Razones financieras aconsejaban también esta medida. Adrian volvió, pues, a encontrarse en su antiguo medio. Al principio hubo de soportar la vigilancia de un enfermero, pero su comportamiento permitió pronto prescindir de él y el enfermo volvió a encontrarse encomendado al cuidado de la gente de la casa, en particular de la señora Schweigestill, menos atareada desde que Gereon llevara al hogar una robusta nuera (Clementine, por su parte, se había casado con el jefe de estación de Waldshut), y libre, por lo tanto, de atender tan humanamente como ella sabía hacerlo al que, tantos años huésped de la casa, había llegado a ser para ella como un hijo mayor. Adrian la quería como a nadie. Nada parecía serle más grato que permanecer sentado junto a ella, dándole la mano, en la sala del abad o en el jardín. Así lo encontré al volver a verle en Pfeiffering por primera vez. La mirada que me dirigió al descubrirme, vaga y violenta al principio, se hizo pronto hostil con gran pena por mi parte. Había quizá reconocido al que fue testigo de su despierta existencia y se resistía a aceptar aquella alusión al pasado. Su expresión se ensombreció aún más, hasta hacerse amenazadora, cuando la señora Schweigestill trató, con buenas palabras, de conseguir que me saludara. No me quedó otro remedio que retirarme.

Había llegado el momento de escribir a la madre y ponerla al corriente del mejor modo posible. Seguir más tiempo sin hacerlo hubiese sido desconocer sus derechos y sustituirse a ella. El telegrama anunciando su llegada no se hizo esperar ni un solo día. Adrian, como ya dije, fue avisado de la inminente presencia de su madre, sin que fuera posible decir si había comprendido o no la noticia. Una hora más tarde, mientras los demás suponían que estaba dormitando, se escapó Adrian de la casa, sin ser visto, en dirección al estanque de Klammerweiher, en cuyas aguas penetró, después de haberse quitado la ropa exterior, y en ellas estaba ya metido hasta el cuello —no hubiera tardado en desaparecer porque la profundidad era grande, en aquel lugar, a poca distancia de la orilla— cuando fue descubierto y vuelto a tierra por Gereon y uno de los criados—. Este último no vaciló en echarse al agua para salvarle. De vuelta a la casa, Adrian, durante el camino, se quejó varias veces de que el agua estaba fría y de que era difícil ahogarse en aguas donde uno estaba acostumbrado a bañarse y a nadar. Pero Adrian nunca se había bañado en el estanque de Klammerweiher y sí sólo, de muchacho, en el de Kuhmulde, cercano a la casa paterna.

Abrigo la sospecha, que es casi una seguridad, de que uno de los motivos de esta fuga fracasada hay que buscarlo en la idea mística de salvación que era familiar a la antigua teología de los comienzos del protestantismo, a saber, que quien tenga pacto cerrado con el diablo puede salvar su alma a cambio de entregar su cuerpo. Es probable que este fuera uno de los pensamientos que inspiraron el acto de Adrian, y si fue o no fue obra buena impedir que cumpliera hasta el fin su propósito sólo Dios lo sabe. No todos los actos de locura deben necesariamente impedirse por ser tales, y el deber de conservar la vida a un ser humano fue cumplido aquí sólo en beneficio de la madre —para la cual un hijo desvalido es siempre preferible a un hijo muerto.

Blanco el pelo ya, pero estirado y partido por una raya como siempre, vivos aún los ojos de color castaño, la viuda de Jonathan Leverkühn vino decidida a llevarse a su hijo enloquecido para devolverlo a su niñez. Al verla, Adrian se echó en sus brazos y, tembloroso, reclinó su cabeza largo rato sobre su pecho, llamándola madre y tuteándola, como para distinguirla de la otra, que allí estaba a distancia y que durante tantos años llamó madre también pero nunca tuteó. Con su voz siempre melodiosa, hecha para el canto y que casi nunca cantó, la madre contestó a las palabras del hijo. Durante el viaje con rumbo norte, hacia las tierras del centro de Alemania, acompañados los dos, afortunadamente, por el enfermero, sin motivo aparente, se descompuso, con sorpresa de todos, en un violento ataque de ira contra su madre que obligó a Elsbeth Leverkühn a pasar una gran parte del viaje, casi la mitad, en otro compartimiento.

Nunca había de volver a suceder semejante cosa. Cuando al llegar el tren a Weissenfels Elsbeth Leverkühn volvió a acercarse a su hijo, éste la recibió con afectuosas muestras de cariño, la siguió hasta casa sin apartarse un momento de su lado y, mientras ella se consagraba a su cuidado con una abnegación de la que sólo era capaz una madre, él fue siempre un modelo de infantil obediencia. En Buchelhof, donde había entrado también una nuera desde largos años y dos nietos iban haciéndose hombres, se instaló Adrian en la misma pieza del primer piso que, cuando niño, había ocupado con su hermano mayor y, en lugar del olmo de Pfeiffering, subían otra vez hasta su ventana las ramas del tilo, cuyo perfume parecía serle grato al aparecer las flores anunciadoras de la fecha de su aniversario. Sin que la gente de la casa parara mientes en él permanecía largas horas a la sombra del árbol, sentado en el banco redondo donde Hanne, la gritona moza de los corrales, nos iniciaba con sus cánones en los secretos de la música. Su madre cuidaba de que no le faltara ejercicio: juntos, y del brazo, daban largos paseos por entre los campos silenciosos. A las personas que cruzaban en el camino, Adrian, sin que su madre tratara de evitarlo, solía tenderles la mano, sin reparar en las miradas de compasión que se cruzaban entre Elsbeth y los así saludados.

Por mi parte volví a ver al amigo querido el año 1935, cuando, jubilado ya de mi cátedra, me trasladé a Buchelhof, desbordante de tristeza el corazón, para felicitar a Adrian el día en que cumplía sus cincuenta años. El tilo estaba florido y Adrian sentado a su sombra. Confieso que me temblaban las piernas cuando, junto con su madre, y con un ramo de flores en la mano, me acerqué a él. Me pareció más bajo de estatura, lo que pudo ser efecto de su encorvamiento, y de entre sus hombros levantó hacia mí un rostro enflaquecido, una verdadera faz de Ecce homo, a despecho del color sano que daba a su piel la vida en el campo. Me miró con la boca abierta. En sus ojos no había luz ni intención. Si la última vez, en Pfeiffering, no quiso verme, no cabía duda ahora de que mi presencia, a pesar de algunas palabras de la madre para estimular su recuerdo, no significaba nada para él. Lo que le dije sobre la importancia de aquel día, sobre mi presencia allí, era evidente que no lo comprendía. Sólo las flores parecieron interesarle un instante –pero pronto las dejó de lado sin volver a ocuparse de ellas.

Le vi de nuevo en 1939, después de la victoria sobre Polonia, un año antes de su muerte, que su madre había de ver aún, a los ochenta. Ella fue quien me condujo entonces, escaleras arriba, hasta su puerta, alentándome a entrar con estas palabras, mientras yo permanecía atónito en el umbral: «¡Venga usted, no se dará cuenta de nada!». En el fondo de la pieza, tendido sobre un diván, vuelto hacia mí de modo que podía ver su cara, bajo una ligera manta de lana, estaba aquel que un día fue Adrian Leverkühn y cuyo nombre persiste en la inmortalidad. Sus manos pálidas, expresión modelada de su sensibilidad, las había cruzado sobre su pecho cual una medieval estatua yacente. La barba, mucho más canosa, daba una línea alargada a la faz, evocadora de los rasgos de un noble del Greco. ¡Curiosa ironía de la naturaleza, capaz de sugerir una imagen de la más alta espiritualidad allí donde se extinguió la llama del espíritu! Los ojos aparecían profundamente hundidos en las cavidades, las cejas se habían hecho más hirsutas, y desde el fondo de sus tinieblas el fantasma lanzó de pronto hacia mí una mirada escrutadora hasta la amenaza, que me hizo erguir involuntariamente pero que al cabo de un segundo se había apagado ya. El enfermo puso entonces los ojos en blanco y bajo los párpados medio cerrados los dos globos no cesaban de ir de un lado para otro. Repetidamente me invitó la madre a acercarme más. No seguí su consejo y me marché, los ojos bañados en lágrimas.

El 25 de agosto de 1940 me llegó a Freising la noticia de que se había extinguido la vida que durante tantos años inspirara a la mía sentimientos de cariño, de angustia, de temor y de enorgullecimiento. Junto a la tumba abierta en el cementerio de Oberweiler se encontraban la familia y, conmigo, Jeannette Scheurl, Rüdiger Schildknapp, Kuningunde Rosenstiel y Meta Nackedey. Otra mujer estaba allí también, imposible de reconocer bajo el velo que cubría su rostro y que había desaparecido ya cuando empezaron a caer sobre el féretro las primeras paletadas de tierra fresca.

Alemania entonces, enrojecidas las mejillas por la orgía de sus deleznables triunfos, iba camino de conquistar el mundo, en virtud del tratado que firmara con su sangre y que trataba de cumplir. Hoy se derrumba, acorralada por mil demonios, un ojo tapado con la mano, el otro fijo en la implacable sucesión de las catástrofes. ¿Cuándo alcanzará el fondo del abismo? ¿Cuándo, de la extrema desesperación, surgirá el milagro, más fuerte que la fe, que le devuelva la luz de la esperanza? Un hombre solitario cruza sus manos y dice: «¡Amigo mío, patria mía, que Dios se apiade de vuestras pobres almas!».